La Veuve de l'artiste

Janine Tessier

La Veuve
de l'artiste

*À l'homme des bois et à sa sœur
qui pourrait bien s'appeler Marie-Laure.*

1

Héléna était assise sur la véranda, dans un angle discret qui faisait dos à la route. La nuque infléchie, les genoux sagement rapprochés sous sa petite table, elle avait groupé devant elle, d'un côté, ses livres de comptabilité et, de l'autre, une pile de factures en provenance de ses fournisseurs.

Sans s'arrêter, elle extirpait un feuillet d'une enveloppe, y jetait un coup d'œil, puis griffonnait une note dans son grand cahier. Ses états minutieusement répertoriés, elle les disposait à sa droite sur une autre liasse, puis rabattait dessus un lourd presse-papiers.

Elle travaillait lentement, avec patience et une précision de nonne, ne ralentissait ni ne regardait autour. De temps à autre, ses lèvres avancées sur son souffle, elle soulevait une mèche rebelle qui s'obstinait à jouer sur son front.

Malgré la brise qui s'amenait du large, elle choisissait chaque fois de s'asseoir du côté ouest, justement à cause de ce vent qui allait frôler les eaux du fleuve avant de reporter sa fraîcheur sur leur petit hameau écrasé de soleil.

Sa main soutenant son ventre, elle se déplaça sur sa chaise. Sa grossesse même peu avancée lui était pénible. Le mois d'août venait de débuter, traînant avec lui un relent de canicule qui ajoutait à son inconfort.

Sa pensée se tourna vers l'enfant qu'elle portait dans son sein, cet héritier dont son époux attendait la venue comme un messie. Elle songea combien il en éprouvait de fierté. « Il sera comme son père, répétait-il sans la plus petite pointe d'humilité, il sera rusé, combatif. » Car c'était pour lui une évidence, le bébé à naître serait un fils et c'est à lui qu'il reviendrait de reprendre les rênes de ses entreprises et perpétuer sa réussite.

Elle laissa poindre un sourire. Léon-Marie Savoie, son époux depuis un an, révélait une personnalité peu commune. Organisé, rationnel, il déployait, en plus de son opiniâtreté légendaire, une arrogance qui frisait le péché d'orgueil, disait de lui son curé. Astucieux, le verbe coloré, il était un meneur d'hommes. Sans cesse aux aguets, il savait déceler les manœuvres de ses opposants d'un seul coup de son œil noir et les contrer aussi rapidement.

Aux yeux de ses pairs, il était un homme intraitable. Pourtant depuis qu'Héléna le connaissait, qu'elle le regardait vivre, elle savait qu'il n'était pas qu'irréductible.

Dès l'instant où elle avait partagé ses jours, elle avait perçu, sous sa carapace, l'être tendre et généreux qu'il était et l'amour incommensurable qu'il portait aux siens.

Elle le voyait encore, planté près d'elle sur le portique de l'église, le dimanche après la messe tandis qu'il décidait allègrement de sa progéniture devant ses concitoyens attentifs, son regard brillant, penché sur son ventre et fixant l'imperceptible rondeur qui ouvrait les plis de sa jupe.

La poitrine gonflée de satisfaction, il poursuivait l'exégèse de ses espoirs, discourait avec assurance et un sentiment d'appartenance tels que les autres le regardaient, bouche bée, transportés d'envie.

De nature pudique, elle avait peine à dissimuler son embarras.

Mais Léon-Marie Savoie était ainsi fait et elle ne pouvait rien y changer.

C'était cette fougue, cette libéralité dans ses actes qui l'avaient mené au succès et, de ça, elle ne lui ferait pas le reproche. Elle avait toujours voué une grande admiration à ceux qui avaient le talent de dépasser les autres et c'est ce qu'elle découvrait dans l'homme qui était son époux aujourd'hui.

Elle leva les yeux de son travail. La moustiquaire de la cuisine venait de se refermer, puis des pas souples ébranlèrent la galerie. Cécile, son aînée, était sortie de la maison et s'amenait vers elle.

—Vous n'arrêterez donc jamais de travailler, maman! lança-t-elle sur un ton enjoué en même temps qu'elle venait près de sa chaise. Pourquoi ne pas vous reposer un peu et profiter de l'été?

Héléna esquissa une petite grimace d'impuissance. La main tendue, elle indiqua la pile de documents qui débordaient de sa table.

—Et ce fourbi, qu'est-ce que j'en fais?

Chapelière de profession, en plus de son métier, aussitôt installée dans la maison de son époux, elle avait pris sur elle de s'occuper aussi de la quincaillerie et du magasin général. La charge était lourde et prenait chaque jour une bonne partie de son temps.

—Je peux savoir ce que tu me veux, ma grande? s'enquit-elle en se penchant sur ses écritures.

—Je venais vous demander la permission de faire jouer le gramophone.

—Mais tu as déjà passé tout l'après-midi d'hier devant le gramophone, émit Héléna avec un soupir de lassitude. Ça ne te suffit pas?

Elle jeta un coup d'œil désapprobateur du côté de la maison. Depuis bientôt un an qu'ils étaient installés dans la somptueuse demeure du maître de la scierie, dans ses affaires, ses meubles nombreux, luxueux, Cécile et David, ses deux adolescents, n'avaient d'autre loisir que d'en parcourir les pièces, à la recherche de quelque objet insolite, inventoriant tout ce qui leur tombait sous la main.

Pendant un temps, elle avait toléré qu'ils soient éblouis devant pareille abondance, eux qui avaient vécu de façon plus que modeste dans leur petite habitation de bois flanquée dans la rue voisine. Mais elle se disait qu'arrive un moment où cela doit s'arrêter.

—Tu ne peux pas trouver occupation plus intéressante? Je me demande ce qu'il y a de si excitant à faire tourner des disques?

—On n'a pas tous eu votre chance, maman, répliqua Cécile. Vous aviez tout, vous, chez le sénateur Martin. Il cédait à tous vos caprices.

—D'où te vient pareille idée? se récria Héléna. Le sénateur était loin de céder à tous mes caprices. Quand il le fallait, il savait être sévère aussi avec moi.

Son regard se tourna vers le large. Elle reprit, la voix adoucie :

—Je reconnais que les onze années passées dans la maison du sénateur ont été heureuses. J'avais le confort, l'affection, mais, avant d'entrer chez lui, la vie n'a pas été facile pour la petite fille que j'étais...

D'un mouvement vif, dans un effort pour chasser ses pensées morbides, elle secoua la tête.

—Vous ne parlez pas souvent de votre passé, maman, fit remarquer Cécile.

—C'est vrai que je n'en parle pas souvent. Il y a des souvenirs qu'on n'aime pas réveiller.

Elle se rappela son tout jeune âge, combien cette période de sa vie la bouleversait encore.

Dernière-née d'une famille de dix-sept enfants, elle avait perdu sa mère peu après sa naissance. Prise en charge par une tante déjà surchargée de travail avec sa flopée d'enfants, en plus de sa besogne de fermière, Héléna avait grandi sans recevoir trop d'attentions jusqu'à ce jour, à l'âge de sept ans, où le sénateur Martin, le personnage le plus influent de son village du Bic, l'avait accueillie chez lui.

11

Elle n'oublierait jamais cette matinée du mois de juin où, sa main dans celle de sa tante, elle avait gravi les marches du large escalier menant à sa demeure.

Elle revoyait l'impressionnant personnage, debout sur le seuil, les paupières plissées de soleil, sa haute silhouette barrant l'ouverture.

Derrière elle, la mer déroulait ses vagues qui allaient claquer contre les rochers. Le vent soufflait en rafales et charriait la pesante odeur du varech. Ces effluves qui, pourtant, faisaient partie de son quotidien, mêlés qu'ils étaient à l'activité des pêcheurs œuvrant sur la grève, lui avaient paru d'une violence inhabituelle et l'avaient cernée jusqu'à l'étourdir.

Saisie, elle s'était réfugiée dans les replis de la jupe de sa tante et s'était retenue de tomber. Le sénateur avait froncé les sourcils. Pendant un instant, ses yeux de vieillard avaient scruté la succession de madriers recouverts de peinture grise qui formaient la plate-forme du perron, puis s'étaient arrêtés sur elle, toute menue, dissimulée derrière sa tante, tenant entre ses mains un seau de fraises qu'elle s'apprêtait à lui offrir pour la vente, bien trop lourd pour ses bras délicats.

Il l'avait fixée, le regard interrogatif, puis son visage s'était illuminé d'un sourire. Elle avait entrouvert les lèvres et, timidement, lui avait souri à son tour.

Attendri, le vieil homme avait proposé à sa tante de lui céder cette enfant qui n'était pas la sienne, dans l'intention de la garder et l'adopter. Sa tante avait accédé à sa demande sans la moindre hésitation.

Immédiatement, peut-être dans la crainte que le bon sénateur ne revienne sur sa décision, elle avait ramené la petite fille qu'elle était vers leur logis, avait fait un baluchon de ses maigres affaires et avait repris avec elle le chemin du village.

C'était, aux yeux d'Héléna, la décision la plus sensée que sa parente ait pu prendre, le plus beau cadeau qu'elle lui ait jamais offert, que de lui permettre de poursuivre sa vie dans le sillage de cet homme exceptionnel, dans sa belle et vaste demeure donnant sur la mer.

Le sénateur Martin s'était comporté envers elle avec bienveillance et générosité. Veuf, remarié à une femme ravissante, plutôt mondaine, de vingt ans sa cadette, ses deux unions étaient demeurées stériles.

Cette jeune vie qui entrait dans sa maison, ces mouvements

folâtres, ces petits pas qu'il percevait dans les pièces et qui brisaient le silence l'avaient comblé. Il n'avait pas attendu longtemps avant d'ouvrir son cœur à l'enfant douce qu'elle était et la considérer comme sa propre fille.

Pendant toutes ces années où elle avait vécu auprès du grand homme, il avait veillé scrupuleusement à son éducation, lui inculquant les règles de morale dans lesquelles l'engagement et le sens des valeurs tenaient la première place. Il avait aussi tenu à lui donner une instruction conforme à ses dispositions naturelles.

Les études primaires et secondaires d'Héléna terminées, considérant son talent pour les ouvrages manuels, il l'avait dirigée vers une école de haute couture de Montréal où elle avait appris à maîtriser l'art de la forme et l'harmonie des couleurs. De là, elle s'était elle-même orientée vers la chapellerie.

C'est dans le cadre de cette institution, sise non loin de l'École des beaux-arts, qu'elle avait rencontré le jeune sculpteur de talent, Édouard Parent, qui était devenu son mari.

Ils s'étaient formés en ménage, ils s'aimaient, ils connaissaient un bonheur tranquille quand, un matin de jour de l'an, Édouard était mort.

Encore aujourd'hui, elle se sentait incapable de décrire le chagrin que lui avait causé la perte subite de son bien-aimé Édouard. Elle en avait éprouvé une douleur si vive et incommensurable, une terreur panique et un abandon tels, que pendant un moment, elle avait eu la sensation que le soleil s'était éteint, que la terre entière s'était figée dans une sorte de torpeur de laquelle elle ne pourrait jamais se dégager.

Tristement, elle avait tourné son regard vers ses deux enfants, Cécile et David, assis sur leur chaise, stupéfiés, vulnérables. Ils formaient le seul héritage que lui avait légué Édouard. Ils étaient jeunes et ils avaient besoin d'elle.

Alors elle avait surmonté son désespoir et s'était redressée. Ainsi que lui avait appris le sénateur Martin, elle avait chargé sur ses seules épaules la tâche difficile qu'elle partageait avec Édouard et, pour ces deux orphelins, avait continué à vivre.

Il y avait un peu plus de trois ans qu'Édouard était mort quand Léon-Marie Savoie s'était imposé dans sa vie. Fonceur, il avait surgi dans son salon transformé en boutique de chapeaux, un jour de l'été précédent.

Avec son impudence coutumière, ainsi qu'un ours dans un jardin de fleurs, il s'était avancé entre les socles et les trépieds, puis avait regardé autour de lui. D'un élan spontané, sans qu'elle l'ait jamais prévu, il lui avait demandé de l'épouser.

Veuf d'une femme qu'il avait adorée, Henriette L'Heureux des Aboiteaux, considérée comme la plus belle fille de Saint-Germain du Bas-du-Fleuve, il avait vu mourir, les uns après les autres, les cinq enfants qu'elle lui avait donnés.

Puissant industriel, on disait de lui qu'il était l'un des rares hommes dont l'influence marquait profondément sa région. Fondateur du hameau de la Cédrière et propriétaire de la scierie du même nom, d'importants commerces et de plusieurs habitations d'ouvriers, il était la coqueluche de toutes les femmes en mal de se trouver un mari. Pourtant, écartant toutes les autres, c'est vers elle qu'il avait porté ses yeux.

Un peu effrayée devant pareille audace, elle avait d'abord refusé tout net. Elle menait une existence paisible, organisée, avec ses enfants, et elle n'avait d'autre ambition que de poursuivre ainsi le reste de ses jours, se nourrir du souvenir de son bien-aimé Édouard et lui demeurer fidèle même dans la mort.

Mais Léon-Marie Savoie était un homme tenace, c'était connu. Il était revenu à la charge, avait insisté, s'était montré empressé, obstiné, si malheureux qu'elle avait fini par accepter.

Le lendemain, sans rien dire à personne, il avait quitté sa maison avec l'aurore, avait descendu la côte du Relais vers la gare et était monté dans le train en direction de Québec.

Rentré le jour suivant, il avait couru vers la chapellerie.

Les yeux brillants, il avait exhibé devant elle la bague la plus belle, la plus magnifique qu'elle aurait pu imaginer. Ornée de sept diamants enchâssés dans de minuscules chatons d'or, étincelante de mille feux, il l'avait passée à son doigt. Elle était ravie.

Quelques semaines plus tard, la mine prudente comme deux conspirateurs, ils s'étaient rendus à l'église où les attendaient leurs témoins : Charles-Arthur Savoie, le frère de Léon-Marie et Jean-Baptiste Gervais, leur voisin et ami.

Leur subterfuge rapidement découvert, une foule de curieux avaient quitté leurs maisons pour se ruer dans le petit temple. Sans s'interroger sur l'incongruité de leur conduite, ils étaient allés occuper les bancs de la nef. Jamais, depuis qu'il desservait cette paroisse, le curé Jourdain n'avait vu autant de fidèles à une messe basse du samedi matin.

Étonné, il avait regardé la masse de ses ouailles sans rien dire, puis s'était adressé aux futurs mariés. Dans les termes de son mentor, le curé Darveau, considérant qu'un sacrement aussi sacré que celui du mariage ne devait pas être jeté en pâture aux pourceaux, rapidement, il avait entraîné témoins et mariés vers la sacristie et avait décidé de procéder là au rite sacramentel.

Ainsi, avant que ne commence l'office de sept heures, ils s'étaient agenouillés devant le jeune prêtre. Avec l'odeur d'encaustique qui flottait dans l'air, les surplis de dentelle et les piles de carrés de coton empesés qui s'alignaient sur la grande table, l'encensoir et les vases de cuivre, ils avaient scellé leur union.

À trente-huit ans, de femme solitaire, pauvre, veuve, elle était devenue l'épouse d'un des hommes les plus riches et les plus respectés du Bas-du-Fleuve.

Aujourd'hui, moins d'un an après cet événement, elle portait son enfant.

En janvier 1934, quand le bébé naîtrait, il serait le troisième de sa lignée à elle, après Cécile, sa grande fille de dix-huit ans, et David, son fils de seize ans, qu'elle avait eus avec Édouard, surnommé l'artiste par les habitants du hameau.

Le futur père, pour sa part, attendait davantage de cet héritier. Il serait pour lui comme une raison de vivre, la poursuite de son rêve et surtout la conjuration de ce mauvais sort qui s'était acharné sur lui pendant de trop nombreuses années.

« Les événements qui marquent notre existence, qu'ils soient heureux ou malheureux, n'arrivent pas sans cause. Vient un temps où nous comprenons leur importance », murmura-t-elle pour elle-même, comme si, par ces mots, elle tentait d'expliquer ce brusque revirement dans sa destinée.

—Qu'est-ce que vous bredouillez, maman? interrogea Cécile qui attendait impatiemment près d'elle. Dois-je comprendre que vous acceptez pour le gramophone?

Héléna sursauta. Perdue dans ses souvenirs, elle en avait oublié sa Cécile.

Se ressaisissant, elle prit un temps de réflexion, puis dodelina de la tête.

—Bon, je te l'accorde, dit-elle enfin sans trop d'enthousiasme.

Radieuse, Cécile se pencha vers elle et entoura son cou de ses bras.

—À une condition, la retint-elle. C'est que tu prennes grand soin de ne pas rayer les disques de ton père.

Elle dévisagea sa grande. À dessein, elle avait insisté sur la finale de sa phrase.

Rebutée, Cécile recula. D'un seul coup, elle avait perdu son humeur joyeuse. Le menton pointé avec entêtement, les lèvres frémissantes, elle fixait sa mère.

—J'éprouve un grand respect pour monsieur Savoie, émit-elle à voix basse. Il est votre mari, mais il n'est pas mon père. Mon père à moi s'appelle Édouard Parent et il est mort.

D'accorder à un étranger, si magnanime soit-il, l'épithète de père, ainsi que sa mère le lui suggérait, lui semblait au-dessus de ses forces.

Ce n'était pas la première fois que sa mère la heurtait à cet effet et, à chacune de ces occasions, elle en avait eu le cœur brisé, en avait éprouvé comme une profanation à la mémoire de son véritable père.

Héléna marqua sa déception. Elle reprit avec patience :

—Il y a dix mois, quand tu es entrée dans la maison de monsieur Savoie, il t'a ouvert ses bras et n'a pas hésité à te considérer comme sa fille. Il me semble normal que tu lui rendes la pareille en lui accordant ce titre de père qui lui ferait tant plaisir. Et n'aie crainte, tu ne feras pas outrage aux morts en agissant ainsi. Ces sentiments n'existent pas de l'autre côté.

Cécile arqua la nuque. Dressée sur ses jambes grêles, comme un petit soldat au garde-à-vous, elle se retenait d'éclater en sanglots. Bien sûr, elle éprouvait de l'estime pour le nouvel époux de sa mère. Elle vivait sous son toit et elle profitait largement de sa générosité. Pourtant, malgré la valeur qu'elle lui concédait, elle se sentait incapable de lui ouvrir son cœur, au point de lui céder la place qu'y occupait son père décédé.

—Après la mort de papa, bégaya-t-elle, pendant des années, mon frère et moi avons vécu isolés des autres dans notre monde hermétique. C'est vous, maman, qui avez entretenu scrupuleusement en nous cette vénération à notre père dont vous vous disiez si fière de porter le nom. Chaque jour, vous avez évoqué sa mémoire, vous nous avez rapporté des faits qui mettaient en évidence sa gentillesse, son incomparable talent d'artiste et combien il aurait connu la célébrité si la mort n'était pas venue le ravir aussi brutalement.

D'un geste brusque, elle essuya ses joues humides. S'armant de courage, elle avança encore :

—Je ne veux pas manquer de bonne volonté, maman, mais ce que vous me demandez est impossible. Je ne pourrai jamais renier mon père.

Héléna sursauta.

—Loin de moi l'idée de renier le souvenir de ton père. Il est en nous et il va y rester.

Ses doigts pressant son front, elle se demandait comment faire comprendre à sa fille qu'il faut parfois faire fi de ses sentiments profonds pour prodiguer à ceux qui nous confortent les égards qui leur sont dus. C'était, à ses yeux, l'abc des bonnes relations entre personnes appelées à partager le même espace.

Lentement, elle revint porter son regard sur elle. Les mains croisées sur ses genoux, elle expliqua sur un ton de confidence :

—J'ai beaucoup hésité avant d'accepter de me remarier, tant j'avais l'impression de trahir la mémoire de ton père, de piétiner ce que j'avais connu de plus beau, de plus sacré dans toute ma vie. Puis j'ai compris que de demeurer ainsi, insociable, dans l'isolement total, ne ramènerait pas les morts, mais nous gardait plutôt dans une sorte d'état morbide, néfaste. Comme nous n'avons d'autre choix que de poursuivre, je me suis dit que si nos disparus nous aiment, ils ne nous feront pas le reproche de faire l'effort de continuer à vivre.

Lasse soudain, elle laissa échapper un soupir.

—Ce que je te demande est une question d'usage. Regarde ton frère David, il n'a pas hésité, lui, à considérer monsieur Savoie comme son père.

Outrée, Cécile éclata d'un grand rire sardonique. Elle vibrait de colère.

—David n'est qu'un vendu! lança-t-elle sur un ton chargé de mépris. Il s'est laissé acheter lâchement et pour le récompenser monsieur Savoie lui a donné la bicyclette d'Antoine.

—Papa... lui a donné la bicyclette d'Antoine, rectifia Héléna, les yeux sévères, papa...

—Papa, concéda difficilement Cécile.

Pendant un moment, la mine pensive, Héléna dévisagea sa fille. Peu à peu, elle se détendait. Elle ne pouvait empêcher une petite moue malicieuse d'arrondir ses joues.

—N'empêche que, si l'un de vous deux se devait de ressembler à votre beau-père, ce serait bien toi. Tu t'exprimes exactement dans ses mots.

—En tout cas, je sais que ce n'est pas par plaisir qu'il a cédé la bicyclette d'Antoine à David, révéla Cécile. Je l'ai vu quand il la lui a remise, c'était comme s'il se l'arrachait du cœur.

—Je m'en serais doutée. Ton beau-père a beau se donner des

allures de fier-à-bras, au fond de lui, c'est un être profondément sensible.

—Quand même, s'éleva Cécile. Rien ne l'y obligeait. Il n'avait qu'à la ranger dans la remise et la garder comme une pièce de musée.

—Comment peux-tu être aussi catégorique? protesta sa mère. Après avoir vu mourir, les uns après les autres, sa femme et quatre enfants, son Antoine était tout ce qui lui restait et il l'a perdu à son tour. Cela a dû être un drame épouvantable. En cédant sa bicyclette à David, ton beau-père voulait retrouver un fils; d'autre part, il se rendait compte qu'il ne pouvait effacer l'autre de sa mémoire par ce simple don.

Dès le premier instant où elle était entrée dans sa maison, elle avait compris le chagrin profond que vivait son mari, combien il était remué chaque fois qu'un quelconque événement faisait resurgir le souvenir de son Antoine, mort si brutalement dans sa vingt et unième année, il y avait de cela deux ans.

Léon-Marie n'avait pas oublié et il n'oublierait jamais. Elle en était consciente, mais elle n'en prenait pas ombrage. Ils avaient chacun leur jardin secret et le passé ne changeait rien à leurs sentiments réciproques.

En même temps qu'ils s'agenouillaient devant le prêtre, elle avait tenté de se convaincre qu'ils faisaient un mariage de raison, qu'Édouard et Henriette étaient les seuls amours de leur vie. Et pourtant...

Elle se retenait de penser aux mille gestes de tendresse dont Léon-Marie l'entourait dans l'intimité de leur chambre, à l'aisance de sa maison dont il la comblait, à cette quiétude qu'il lui apportait, opposée aux maigres ressources qui avaient été son lot auprès de son bien-aimé Édouard.

Elle se remémora ce doux matin de printemps où elle avait compris qu'elle était enceinte. Elle revoyait son regard pénétrant, cette joie qui l'avait transfiguré, comme une lueur vibrante, enfiévrée.

De ce bonheur qu'elle consentait à un autre, elle savait qu'Édouard ne lui ferait pas de reproche.

Tournée vers sa fille, elle prononça, sur un ton catégorique :

—Parce qu'il agit envers toi comme un père, à l'avenir tu vas considérer monsieur Savoie comme tel.

—Tout le hameau trouve déjà qu'on prend trop de place, protesta Cécile. Qu'est-ce que ça va être si, en plus, on m'entend l'appeler papa?

18

—Ce qui se dit dans le hameau est bien la dernière de mes préoccupations! lança Héléna avec mépris.

Elle marmonna dans un haussement d'épaules :

—Maintenant, va écouter tes disques puisque tu y tiens tant et laisse-moi travailler.

Cécile tourna les talons. Joyeuse, vivement elle traversa la véranda en diagonale et alla tirer la moustiquaire. Le ressort claqua. Son pas rapide résonna dans la cuisine, puis s'éteignit sur le parquet de bois verni du salon.

Demeurée seule, Héléna étira le bras pour reprendre son travail.

Presque tout de suite, elle repoussa son crayon. Elle avait perdu son enthousiasme. Elle ressentait brusquement un immense besoin de s'évader, se libérer de ce malaise qui l'avait assaillie à la suite de sa conversation avec sa fille.

Avec un soupir de lassitude, elle referma ses livres et se leva. La démarche lourde, elle avança sur la véranda et descendit les marches. Derrière elle, par la fenêtre du salon, elle percevait la voix moqueuse et polissonne de Maurice Chevalier qui interprétait une de ces chansons françaises que diffusaient d'abondance les postes de radio.

« Comment Cécile peut-elle se complaire dans pareil manque de goût? » se dit-elle.

En même temps qu'elle franchissait l'allée pour s'engager dans la rue, elle décida qu'il était plus que temps de trouver une occupation à sa fille. « À dix-huit ans, ou elle va se chercher un diplôme ou elle travaille. »

—Voilà que vous faites votre marche de santé, madame Léon-Marie? entendit-elle prononcer du côté du chemin de Relais. C'est une bonne habitude dans votre état.

Arrachée à sa réflexion, elle leva la tête. Georgette, la femme de Jean-Baptiste Gervais, venait de sortir de sa maison et se dirigeait vers le magasin général. Moulée dans sa robe de cotonnade à larges fleurs, un sourire aimable retroussant ses lèvres, elle avançait à petits pas rapides avec une aisance surprenante pour sa taille replète.

L'œil vif, fureteur, elle marchait en regardant autour d'elle, imbue de son importance, elle qui, depuis un temps, multipliait les interventions auprès des femmes du hameau jusqu'à remplacer la vénérable dame Maher reconnue il y avait des lunes comme la seule sage-femme de cette réputation à des lieues à la ronde.

Courte, dodue, elle avait lissé ses rares cheveux sur le dessus de sa tête et les avait enroulés en une sorte de beignet qu'elle retenait au moyen d'une longue pince. Elle tentait ainsi de faire oublier son front bas en plus de donner un peu de crédibilité à ses petits yeux noirs qui perçaient autour d'elle comme un rappel de son ancien état de maîtresse d'école.

—Et la grossesse, s'enquit-elle sur un ton de sollicitude, pas d'autres crampes?

Pénétrée de son rôle d'accoucheuse, elle avait adopté les intonations compassées du docteur Gaumont, le médecin du village, tant sa fonction lui apparaissait importante auprès des futures mères.

—S'il y a la moindre chose qui vous chicote, n'hésitez pas à m'en faire part, madame Léon-Marie. Je suis là pour ça.

Involontairement, Héléna se raidit. Étonnée chaque fois, elle tentait de se reconnaître sous cette appellation de « madame Léon-Marie » ainsi que la désignaient les habitants du hameau que, dans sa réserve naturelle, elle n'osait rectifier.

Elle se demandait à quelle consigne ils répondaient encore tous, depuis les dix mois qu'elle était mariée, de la Cédrière au village de Saint-Germain, pour omettre à son égard le nom de famille de son époux, comme c'était l'usage.

Un picotement, chaque fois, chatouillait désagréablement sa poitrine.

Comme un obstacle géant, il lui semblait voir surgir l'éblouissante Henriette L'Heureux, avec son profil d'ange, son teint de nacre, ses beaux cheveux blonds, sa douceur et sa fragilité.

Elle avait la sensation que la trop belle première épouse refusait de mourir dans le cœur des autres, mieux, qu'elle s'y enracinait au point d'empêcher l'humble veuve de l'artiste de s'approprier son nom, comme si cette dénomination de madame Savoie n'appartenait qu'à son passé intouchable.

Pourtant elle n'en voulait pas à la morte. Jamais, pendant la courte période où elle l'avait connue, elle n'avait lu dans ses prunelles bleues, pleines de candeur, la moindre étincelle de méchanceté, ni n'avait décelé le plus petit sentiment captatif ou d'envie. C'étaient les autres qui la façonnaient ainsi.

Elle releva fièrement la tête. Son regard froid, impénétrable, posé sur Georgette, elle répliqua avec un peu de sécheresse :

—Je vous remercie, madame Gervais, de vous préoccuper de ma santé, mais avec mes occupations, je vous avoue ne pas avoir le temps de penser à mes bobos.

Pressée soudain, elle fit un pas pour traverser la route et entrer dans la cour de la scierie.

Georgette n'avait pas bronché. Le menton levé, son petit œil noir à demi fermé dans une sorte de réprobation, elle hochait longuement la tête.

— C'est vrai. J'oublie tout le temps que, depuis votre remariage, vous avez pris en charge les deux commerces de Léon-Marie en plus de votre boutique de chapeaux.

Les yeux baissés vers le sol, elle prononça comme pour elle-même :

— Quant à savoir ce qu'en pense Léon-Marie...

Elle enchaîna dans une allusion à peine voilée :

— Il y a un temps, il n'aurait jamais accepté que sa femme s'occupe d'autre chose que de sa maison. Je sais de quoi je parle, je le connais depuis qu'il est haut comme ça.

Héléna ne releva pas son propos. Les épaules soulevées dans un imperceptible mouvement, le pas rapide, elle s'articula vers la cour de la scierie. Habituée à ne rendre de comptes à personne, elle considérait qu'elle n'avait pas davantage à se justifier vis-à-vis de sa voisine, sans doute une femme serviable, mais un peu trop indiscrète à son goût.

La tête haute, elle se dirigea vers le perron de l'ancienne meunerie. Autour d'elle, les bruits stridents des machines déchiraient l'air. Une chaleur intense se dégageait par les portes et les fenêtres grandes ouvertes et frappait son visage.

Dans l'ombre des ateliers, les hommes travaillaient avec puissance, le torse nu, luisant de sueur. C'était le labeur journalier des ouvriers d'usine, l'activité débordante, sans souci de la fatigue et de la touffeur de l'été.

D'un mouvement décidé, elle tira la porte et escalada les marches menant au bureau de son époux.

Léon-Marie était là. Assis derrière sa table de travail, avec sa chemise à carreaux, sa casquette enfoncée sur son crâne et cachant sa calvitie, il paraissait profondément absorbé dans ses écritures. Devant lui, un monceau de cendre grise remplissait un petit plat en verre. Partout dans l'air flottait l'odeur pénétrante de son havane.

À sa gauche et face à lui, les battants des fenêtres étaient largement ouverts. Le vent chaud chargé des arômes de l'été pénétrait à flots dans la pièce et se mêlait aux relents âcres de son cigare sans toutefois parvenir à les chasser.

Au bout de la table, trônant comme un bibelot précieux, un

contenant en bois finement sculpté renfermait sa réserve de havanes. Léon-Marie tenait à cette boîte autant qu'à lui-même. C'était à ses yeux l'image de sa réussite et de sa prospérité, un privilège réservé aux bien nantis, ce qu'il était devenu.

De temps à autre, il mordillait son crayon, bredouillait des mots inintelligibles, puis se penchait et se reprenait à tracer des chiffres.

— Si je te dérange, tu me mets à la porte, prononça Héléna en franchissant la dernière marche.

Léon-Marie leva la tête. Son visage s'illumina.

— Ah! c'est toi; avec le bruit que fait la raboteuse, je t'avais pas entendue.

Tout de suite, il laissa tomber son crayon, repoussa sa chaise et, les bras tendus, contourna son meuble.

— Es-tu montée jusqu'icitte pour me donner un p'tit bec? Tu sais que j'aime ça en barnache quand tu viens me surprendre de même. Ça se pourrait-ti que tu t'ennuies du plus bel homme de la Cédrière?

Elle éclata de rire.

— Peut-être bien.

Avec un peu d'impertinence, elle considéra son front large sous sa casquette, sa couronne de cheveux noirs, son regard tout aussi noir, sa bouche entrouverte sur ses dents saines et brunes, sa barbe trop longue qu'il négligeait de raser chaque jour et qui piquait sa joue quand il s'approchait d'elle.

Elle était un peu plus grande que lui, à peine, malgré les taquineries des ouvriers qui disaient de leur couple, quand ils les apercevaient ensemble, qu'elle le dépassait d'une tête.

De même que les autres fois où elle l'avait surpris dans son antre, Léon-Marie paraissait pâlot dans ses salopettes délavées, empoussiérées de ce bran de scie doré qui s'infiltrait partout dans les ateliers et à l'étage.

Le regard malicieux, elle prit ses mains dans les siennes.

— Tu sais bien que je ne dérangerais pas un homme de ton importance pour si peu.

— Que c'est que je peux faire pour toi, d'abord, ma belle Héléna? demanda-t-il, son œil admiratif rivé sur elle.

Ses prunelles se déplaçaient sur son visage et sur son épaisse chevelure noire qui allait se nouer en chignon derrière sa tête.

— T'es belle, tu sais, mon Héléna.

Elle le regarda sans répondre. Elle devinait que Léon-Marie usait envers elle de ce même qualificatif rempli de tendresse qu'il avait accordé à sa première épouse. Tant de fois elle avait entendu sa grosse voix de stentor résonner jusque sur le mont Pelé tandis qu'il débitait ces mots pour l'autre.

Elle ouvrit la bouche pour lui en faire la remarque, puis éclata de rire.

—Je n'ai pas de problème, dit-elle, répondant à son interrogation, mais, quand on tient commerce, comme il faut sans cesse se renouveler...

—Notre arrangement te convient pas, ma belle Héléna? T'as ta chapellerie, tu t'occupes des magasins. C'est ben ça que tu voulais, non?

—C'est du magasin général dont je ne suis pas entièrement satisfaite, expliqua-t-elle. Je trouve que la jeune Brigitte Deveault devrait être surveillée davantage. Je n'arrête pas de relever des erreurs dans ses factures.

—Elle est payée pour faire l'ouvrage comme il faut. Si elle te satisfait pas, t'as qu'à la mettre à la porte et embaucher une autre fille.

—Tu serais le premier à m'en faire le reproche, l'arrêta-t-elle très vite. Brigitte est la fille de Joachim Deveault. Depuis que nous sommes mariés, tu ne cesses de me dire combien cet homme-là t'est utile et combien il ne faut pas froisser ceux qui nous rendent service. Aussi, comme on doit surveiller ses affaires, il m'est venu une idée. C'est peut-être osé, mais...

Elle avança avec réserve :

—Que dirais-tu de construire un étage au-dessus des commerces et de nous y installer? On percerait le plancher par l'arrière avec un escalier qui aboutirait entre le magasin général et la quincaillerie, près des poches de farine et on...

—Tu dis pas ça sérieusement? souffla Léon-Marie.

Son visage s'était subitement rembruni.

—Tu serais prête à abandonner notre belle grande maison confortable, avec les deux pieds sur la terre. Et pis, as-tu pensé au p'tit que t'attends?

—D'abord, notre belle grande maison, comme tu dis, nous la louerions un bon prix. Le logement que je ferais construire serait moderne avec toutes les commodités et encore plus de luxe que dans notre grande maison. Il aurait huit pièces dont quatre chambres en plus d'un réduit pouvant servir de chambre de bonne et une large véranda du côté de la façade où le petit pourrait prendre l'air. Cela me permettrait de jeter un œil sur le magasin tout en le surveillant. Et si ma tâche était trop lourde, je n'aurais qu'à engager une servante. Nous en avions une chez le sénateur Martin. Je saurais quoi faire.

—Ça te plairait, toi, d'avoir une *fille engagère*?

—Ta première femme a toujours refusé, n'est-ce pas? prononça-t-elle avec délicatesse. Quand le temps sera venu, je n'hésiterai pas à en avoir une. Je ne suis pas très douée pour le ménage, et puis, je préfère contribuer au gagne-pain de la famille.

Elle se retint de dévoiler ses sentiments profonds, lui dire qu'elle voulait aussi contrer cette sensation d'insécurité qui la suivait partout, œuvrer de toutes ses forces afin de ne plus jamais connaître cette misère qu'ils avaient vécue avant qu'Édouard ne monte à la Cédrière et ne décroche un emploi à la manufacture de portes et châssis.

Dressé devant elle, la mine songeuse, Léon-Marie hésitait à émettre un avis. Il n'approuvait pas sa décision. Il avait toujours vu d'un mauvais œil que les femmes se mêlent aux affaires. Le commerce, le travail à l'extérieur étaient, à son sens, la responsabilité des hommes. Le rôle des femmes consistait à tenir la maison, faire des enfants et s'en occuper. C'est ainsi qu'il voyait la vie. Mais Héléna était d'une autre trempe. Il l'avait compris bien avant de l'épouser.

—Notre belle grande maison nous manquerait, dit-il après un moment de silence. L'espace, les arbres tout autour, le potager, ça serait pus pareil. J'aurais l'impression d'être juché en ville au-dessus du macadam.

—Là-bas, les pièces seraient toutes sur le même étage. Plus d'escalier dans lequel je devrais courir. Et puis, si ça n'allait pas, nous n'aurions qu'à revenir dans notre grande maison.

Poursuivant sa pensée, elle lança à brûle-pourpoint :

—Il y a aussi Cécile qui ne sait pas quoi faire de ses dix doigts. Je pense lui apprendre le métier de chapelière. D'ailleurs, j'ai décidé qu'elle me remplacerait en janvier prochain quand j'irai accoucher à l'hôpital.

—Tu veux aller accoucher à l'hôpital en plus! se récria Léon-Marie. C'est la première fois que tu m'en parles. Ça va donner tout un coup à Georgette. Elle qui espérait être ta sage-femme.

Il observa avec discernement :

—Elle aussi a son mari, Jean-Baptiste, qui me rend bien des services. C'est pas toi qui disais tantôt à propos de Joachim...

—Ce n'est pas la même chose, objecta-t-elle. C'est une question de sécurité. J'ai trente-huit ans, c'est un âge difficile pour mettre un enfant au monde. Sans compter les crampes que j'ai tout le temps.

—Ça veut-tu dire que tu veux t'arrêter là? interrogea-t-il, les yeux ronds de déception.

Elle le rassura tout de suite.

—Pas du tout. Mais si tu veux une ribambelle d'enfants, comme tu dis, il faut que je prenne soin de moi. En ménageant ma santé, je pourrai t'en donner un par année et, quand j'aurai atteint quarante-cinq ans, tu auras huit petits Savoie autour de la table.

Léon-Marie laissa fuser un grand rire.

—J'en demande pas tant. Trois ou quatre feraient mon affaire.

—Va pour trois ou quatre alors, répéta Héléna en se rapprochant de lui jusqu'à frôler sa joue du bout de son nez. Je vais modifier mon plan de construction et ajouter quelques chambres.

—Et moi, je vais voir à ce que les travaux commencent au plus tôt, enchaîna-t-il comme si déjà leur décision était arrêtée. Je dois voir mon frère Charles-Arthur en fin d'après-midi. J'en profiterai pour lui en glisser un mot.

Il lui jeta un regard expressif.

—Pendant ce temps-là, comme je tiens à mes trois, quatre petits Savoie, tu vas aller te reposer un brin. Pis si t'as le goût de t'engager une servante, gêne-toi pas pour aller placarder une annonce sur le portail de l'église.

2

La porte avant s'ouvrit toute grande. Héléna parut sur le seuil. Mince, élégante, avec sa longue robe noire qui touchait ses chevilles, elle avança sur la véranda d'un pas de promenade et alla s'arrêter devant le garde-fou.

Les mains agrippées à la barre, avec sa vue plongeante comme sur un juchoir, elle respira une bonne bouffée d'air frais. Ainsi qu'elle faisait chaque matin avant de se mettre à ses tâches, elle jeta un regard paisible sur le paysage magnifique qui l'entourait.

À ses pieds, le chemin de Relais longeant le petit bois de feuillus dégringolait la côte pour rejoindre la route communale. Mêlé au chuchotement du vent, elle entendait, derrière, le gazouillis de la rivière aux Loutres et le bruit assourdi de sa chute.

Face à elle, bien ancrée sur ses assises et entourée d'arbres luxuriants, s'élevait la manufacture de portes et châssis avec ses vitrines oblongues rappelant de grands yeux candides. Le mont Pelé s'était éloigné. Elle le distinguait maintenant cerclé de verdure ainsi qu'un gros rocher qui jaillissait de la terre.

Elle se retourna. Le dos appuyé à la balustrade, les bras croisés sur la poitrine, elle considéra le vaste exhaussement, massif, rectangulaire, exhalant le bois neuf, qui surplombait le magasin général et la quincaillerie.

C'était l'étage.

À peine l'avait-elle suggéré que Léon-Marie s'était précipité chez son frère Charles-Arthur et avait mobilisé les employés de son entreprise de construction. Les hommes s'étaient aussitôt amenés et s'étaient empressés de monter la charpente avant que ne viennent les grandes pluies d'automne.

Le mois de janvier arrivé, tandis que, dans un tam-tam échevelé, les menuisiers continuaient à enfoncer les clous à grands coups de marteaux pour ériger les murs, elle avait donné à son époux le fils qu'il attendait.

Léon-Marie l'avait accompagnée à l'hôpital et était resté auprès d'elle jusqu'à la naissance de l'enfant.

Le cœur chargé d'émotion, il s'était penché sur cette petite chose ridée, fragile, enserrée dans ses langes, qui dormait près d'elle, et l'avait soulevée dans ses bras. Le geste patriarcal, sans demander son avis à la mère, comme s'il n'attendait que ce moment de recommencer et perpétuer son nom, il s'était écrié avec des sanglots dans la voix :

« Sois le bienvenu, Joseph, Antoine, Léon Savoie, mon fils. »

L'héritier avait été baptisé le lendemain.

Malgré le froid très vif et la neige qui couvrait la terre en ce début de l'année 1934, l'abbé Darveau, le curé du village de Saint-Germain, s'était déplacé de son presbytère et avait tenu à administrer lui-même le sacrement.

Dans un laïus gentiment malicieux, lors de la réception qui avait suivi la cérémonie, tout en se réjouissant du bonheur retrouvé de son paroissien, il n'avait pas manqué de souligner l'incommensurable orgueil du personnage, lui qui n'avait pu s'empêcher d'incorporer son nom à celui de son nouveau-né.

Neuf jours plus tard, son bébé emmailloté dans ses bras, Héléna était rentrée dans leur grande demeure qu'ils habitaient encore face à la scierie.

Pendant que l'hiver continuait à sévir, tout en s'occupant de son enfant, elle avait suivi les travaux de construction et veillé scrupuleusement à ce que le projet soit réalisé selon le plan qu'elle avait conçu.

Elle avait voulu un large espace qui couvrirait les deux commerces, avec une cuisine spacieuse et bien éclairée, une salle à manger, un salon, quatre chambres et un réduit pouvant servir de pièce d'appoint. Elle avait aussi ajouté à son esquisse un cabinet de travail au fond duquel s'accrocherait l'escalier débouchant à l'arrière du magasin général.

Toujours selon ses directives, la cloison séparant l'épicerie de la quincaillerie au rez-de-chaussée avait été abattue et remplacée par une ouverture en forme d'arche afin de faciliter les mouvements de la clientèle.

Une longue table avait été disposée dans le petit bureau arrière sur laquelle elle gardait, étalés en permanence, les livres de comptabilité des entreprises.

Droit devant, au milieu du mur, trônait sur son socle, avec ses bras étalés, son visage bienveillant et vide, la statue du Sacré-Cœur qui était sa dévotion.

Quand elle n'avait pas à descendre au rez-de-chaussée pour apporter son aide, Héléna occupait son temps dans ce local exigu, avec son tableau piqué de pense-bêtes, son léger désordre et sa petite fenêtre qui donnait sur la mer. L'oreille fine, elle captait tout ce qui se passait en bas, sans bouger de sa place.

Le mois de juin était sur le point de se terminer, ils habitaient leur nouveau logis depuis le premier jour de mai et elle ne cachait pas son contentement. Sa tâche s'était peut-être un peu alourdie avec les galopades incessantes qu'elle devait effectuer entre les deux magasins, mais elle se sentait paisible. Elle était entourée de ses choses et elle aimait cette activité qui se déployait autour d'elle.

Elle jeta un coup d'œil à sa montre-bracelet. Il approchait neuf heures. C'était l'heure à laquelle elle faisait faire sa promenade quotidienne au petit Antoine-Léon en même temps qu'elle allait retrouver sa Cécile à la chapellerie.

À l'occasion de la naissance du bébé, ainsi que faisaient toutes les mères, elle avait retiré son aînée du pensionnat et lui avait confié, le temps de son absence, sa boutique de chapeaux toujours sise dans sa petite maison de la rue des employés qu'elle avait partagée avec l'artiste.

Cécile, qui avait fêté ses dix-neuf ans, avait rapidement pris goût à cette sorte d'émancipation qu'apporte le travail. Installée dans ses affaires, libre de ses actes, elle n'avait plus voulu retourner à l'école. D'ailleurs, elle n'aimait pas étudier. Héléna l'avait compris depuis longtemps. Comme elle n'acceptait pas de voir sa grande fille rôder dans la maison sans rien faire, elle avait décidé de lui laisser sa place et d'en faire une modiste comme elle.

À partir de ce moment, chaque matin, avec le petit figé dans son landau, elle avait poussé ses pas vers sa boutique et était allée lui apprendre l'art de la chapellerie.

Pendant qu'elle lui inculquait les premiers rudiments, elle se disait, à la condition que Cécile montre des aptitudes, que peut-être un jour elles pourraient ouvrir ensemble une boutique au village d'en bas et former une sorte d'association.

Léon-Marie, à qui elle avait fait part de son rêve, lui avait fait remarquer sur un ton badin qu'elle voyait un peu grand si elle voulait tenir sa promesse de lui faire au moins trois petits Savoie.

— Quant à moi, j'aurais préféré que Cécile continue d'étudier, avait-il repris sur un ton redevenu grave. Je lui aurais payé les écoles comme à ma propre fille, jusqu'à l'université si elle avait voulu. Pis toi, t'aurais engagé une modiste d'expérience pour faire l'ouvrage au lieu d'aller t'esquinter à lui apprendre le métier.

— Hélas, aucun de mes enfants n'aime l'école, avait-elle soupiré. À David aussi, bientôt, il va falloir apprendre un métier.

— Pour ce qui est de David, j'en fais mon affaire! avait-il

lancé, avec dans ses yeux une petite flamme qui disait sa décision déjà prise.

Elle n'avait pas cherché à en savoir davantage. Elle connaissait Léon-Marie et elle lui faisait confiance. Il avait résolu de s'occuper de David? Elle veillerait sur Cécile.

Par la suite, chaque matin, avec les beaux jours qui s'installaient, son petit Antoine-Léon couché dans son landau, elle avait continué à parcourir le court chemin menant à sa boutique.

Elle consulta encore sa montre. Cette fois il était neuf heures. Vivement, elle alla déplier la voiturette qu'elle gardait rangée contre le mur près de la porte, descendit les marches et y installa le bébé.

Une couverture de laine fine couvrant le poupon jusqu'au cou, le pas tranquille, elle s'engagea dans la côte.

La matinée était douce. Le soleil chatoyait sur la crête du mont Pelé. Autour d'elle, les herbes sauvages montaient dans les fossés et prenaient les couleurs de l'émeraude comme un dernier souffle de printemps.

— Où c'est que tu t'en vas de même, ma belle Héléna? s'entendit-elle héler d'une voix joyeuse, comme si de la voir déambuler ainsi était inhabituel.

Léon-Marie avait surgi à travers le sentier mal défini longeant la cour à bois et allait pénétrer dans la manufacture de portes et châssis. Un outil dans la main, les bras ballants, il l'examinait de haut en bas, l'œil vif, rempli de convoitise.

Il paraissait détendu. Depuis la naissance de son héritier, il ne cachait pas son bonheur et avait repris ses activités comme dans les plus beaux jours de ses exploitations. Derrière lui, trônaient à nouveau, tout en haut de ses bâtisses, les enseignes orgueilleuses portant son nom, telles qu'il les avait rédigées du temps de sa première famille. « LES ENTREPRISES LÉON-MARIE SAVOIE ET FILS », lisaient les gens de la Cédrière, du plus loin qu'ils pouvaient voir.

Elle répondit spontanément :

— Je fais faire sa balade au petit Antoine-Léon, et comme d'habitude, je me rends jusqu'à la chapellerie pour voir comment se débrouille ma Cécile. Ce petit Savoie-là manque d'air. Ne trouves-tu pas qu'il a les joues pâlottes?

— Il a l'air de se porter comme un charme, répondit-il sans le moindre souci.

Le visage subitement rembruni, il reprit tout de suite, sur un ton inquiet :

—J'espère que tu vas pas là pour t'esquinter, que tu vas laisser Cécile faire l'ouvrage.

Il n'approuvait pas cette habitude qu'elle avait prise d'aller tous les matins aider Cécile. Chaque fois qu'il la croisait, incapable de parler sans équivoque, il multipliait les remarques, les recommandations à demi-mot dans l'espoir de le lui faire comprendre.

—Si encore t'avais une servante à la maison pour t'alléger un brin, je...

Il s'interrompit. La mine soudain absorbée, il avait tendu l'oreille. Il écoutait plus bas, derrière le bosquet de noisetiers, le vrombissement d'une automobile qui s'était engagée vers le hameau.

Émergeant du rang Croche, la vieille Ford de Joseph Parent venait d'apparaître sur le chemin de Relais et bringuebalait dans la côte.

—On dirait ben que monsieur le maire s'amène par icitte, marmonna-t-il, le regard subitement animé. Il y aurait des élections dans l'air que je serais pas surpris.

—Je pensais Joseph Parent toujours élu par acclamation, dit Héléna.

—Cette fois-citte, j'ai ben peur qu'il soit pas tout seul, répliqua-t-il avec un petit hochement de tête entendu.

—J'espère qu'il ne te vient à l'idée de te présenter, fit Héléna sans cacher une certaine appréhension. Avec toutes tes tâches, je ne serais pas d'accord.

—C'est pas mon intention pour tout de suite. Mais j'en connais un, par exemple, qui reluque vers la politique municipale, pis en barnache à part ça.

Le véhicule s'était rapproché, ralentissait et freinait tout près d'eux. Joseph Parent se dégagea de la banquette. Revêtu de sa salopette de tous les jours, son vieux chapeau de paille enfoncé sur sa tête, sa peau burinée de soleil, il semblait avoir délaissé en vitesse sa besogne de fermier pour monter à la Cédrière.

Il paraissait nerveux. Du bout de son index, il souleva sa coiffure dans un geste poli vers Héléna, puis, prestement, revint porter ses yeux sur Léon-Marie.

Héléna agrippa les poignées du landau et fit une manœuvre pour s'éloigner.

—Partez pas, madame, la retint-il, j'en ai juste pour une minute. T'es au courant, toi, de ce qui se combine? lança-t-il à l'adresse de Léon-Marie. Qu'est-ce que c'est que c'te délégation que je viens de voir passer devant chez nous pour se rendre chez McGrath? S'il se brasse quelque manigance, je suis en droit de le savoir, c'est moi le maire.

Léon-Marie marqua sa surprise. Il répondit sincèrement :

—Je suis au courant de rien. Me semblait que les élections municipales, c'était pas avant l'automne 35.

—Les élections, si tu le sais pas encore, ça se prépare d'avance.

—Veux-tu dire que tu penses avoir de l'opposition à ton poste de maire? interrogea Léon-Marie, le regard candide, comme si cette hypothèse l'atteignait pour la première fois.

—Fais pas ton innocent, Savoie, gronda Joseph. Ratoureux comme t'es, tu viendras pas me faire croire que t'as rien entendu à travers les branches.

—Faut dire qu'avec mon ouvrage... bredouilla Léon-Marie en effleurant de ses doigts les poils rudes de son menton. Mais pour rien te cacher...

—Ce que je suis venu te demander à matin, reprit fébrilement Joseph, c'est si je peux compter sur ton appui, en supposant que j'aie de l'opposition.

Léon-Marie lui jeta un coup d'œil rapide, puis abaissa les paupières. Il ne répondit pas tout de suite.

La mine indécise, préoccupée, il frictionnait son menton avec plus de vigueur encore. Quiconque aurait observé ses yeux ronds, pointés vers le sol, y aurait décelé une toute petite lueur qui était bien proche de la gourmandise.

Immobile près de lui, Héléna se raidit. Elle savait Léon-Marie habile, retors même, avec ces petits airs fragiles qu'il se donnait quand il voulait obtenir quelque chose. Pourtant aujourd'hui, elle n'en croyait pas ses yeux. Elle avait l'impression qu'un plan précis avait mûri dans sa tête sans qu'il en souffle mot à personne et qu'il attendait comme un vautour le moment de sauter sur sa proie.

Lentement, son regard avait englobé les pâturages qui se déroulaient jusqu'à la mer puis était revenu se poser sur Joseph. Le menton levé, il avança avec circonspection :

—Faut dire que, quand on prend parti... comme je connais personne d'entièrement détaché, on espère toujours que ça rapporte un brin...

—Dis toujours, mon homme, fit Joseph, l'expression durcie. Je verrai ce que je peux faire. Si c'est à l'avantage des citoyens.

—Je connais pas les besoins de tous les habitants de la Cédrière, répondit Léon-Marie. Pour ça, faudrait organiser une assemblée de propriétaires.

Il parlait avec une douceur inhabituelle, presque avec scrupule. Enhardi soudain, il reprit avec plus de force :

—Par contre, il y a une affaire pour laquelle je sais qu'on est tous d'accord. Il y a longtemps qu'on veut prendre nos propres décisions en ce qui concerne le hameau. Je donne pour exemple la prochaine rue qui va s'ouvrir. On voudrait bien qu'elle porte un nom qui dit quelque chose. Des noms comme : rue des commerces ou ben : rue des employés, on en veut pus. On veut des noms de gens illustres ou de personnes du coin qui ont fait leur marque.

—J'ai un drôle de sentiment, glissa Joseph sur ses gardes. Tu serais pas en train de me souffler un nom bien précis pour la prochaine rue qui va s'ouvrir dans ta Cédrière?

Il rapprocha son visage.

—Un nom qui ressemblerait comme un frère à... Savoie?

—Barnache! s'exclama Léon-Marie, l'œil goguenard. J'avais pas pensé à ça. Ben si c'est toi qui le proposes, Joseph, je serais pas contre.

Choqué, Joseph fit un pas vers lui.

—Tu me prends pour qui, Savoie? Tu sais ben que c'est pas possible. La règle veut qu'on choisisse les noms de rues parmi les personnes décédées. Avec tout le vent que tu déplaces, t'es loin d'être mort.

—T'as raison, Joseph, approuva Léon-Marie. C'est la règle, faut la respecter, pourtant...

Les paupières plissées, il le regardait.

—Il me vient à l'idée un individu qui te déplairait pas. As-tu entendu parler d'un Acadien du nom de Savoie qui aurait été député dans le comté de Mégantic autour des années 1910? C'était un homme proche du peuple, un industriel comme moi. Le comté de Mégantic, c'est pas loin. S'il arrive qu'un mort porte mon nom, pis qu'on veuille lui rendre hommage, toi pis moi, on n'y peut rien.

Joseph fit un bond vers l'avant. Il était outré.

—Léon-Marie Savoie, ce que tu proposes là, c'est de la désinformation, du vrai chantage. Tu devrais plutôt me supporter, tout simplement. Aurais-tu oublié les services que je t'ai rendus depuis que t'es en affaires?

—J'ai pas oublié, répondit Léon-Marie avec un petit mouvement de la tête qui disait sa réticence, mais, dans la vie, d'un bord c'est toi, de l'autre, il y a les autres... parfois faudrait pouvoir se diviser en dix.

—Je remarque qu'il y a pas grand monde qui a de la mémoire, fit sèchement Joseph, pis que le mot reconnaissance, il est ben difficile à prononcer.

Léon-Marie ne répondit pas. Les sourcils froncés, comme si, subitement, un autre sujet occupait ses pensées, il fixait Joseph. Il avait pris un air revêche.

—C'est-tu vrai ce que j'ai entendu dire, que t'aurais l'intention de modifier le rôle d'évaluation municipale pour faire une meilleure répartition fiscale sur les entreprises par rapport au résidentiel. On peut savoir à quoi ça rime?

—Tu m'étonnes, Savoie, répondit Joseph. Tu trouves normal qu'un gars qui brasse des grosses affaires comme toi paie pas plus de taxes. C'est la même chose pour McGrath avec son pouvoir électrique. Depuis le temps que vous avez vos business, on vous a jamais augmentés d'une token.

—Si encore la municipalité faisait quelques dépenses pour nous autres, je comprendrais, mais on vous coûte pas une cenne noire.

—C'est une question de péréquation! lança Joseph. De justice pour les plus pauvres.

—Ben, t'apprendras, Joseph, que si je veux faire la charité, c'est moi que ça regarde, rétorqua Léon-Marie. Je gagne mon argent durement et il est à moi. Tu sembles oublier que je donne chaque semaine de quoi vivre à une soixantaine de pères de famille qui, à leur tour, paient des taxes. Si tu trouves que c'est pas de la répartition, ça, ben je pense qu'on aligne pas les chiffres dans la même colonne.

Joseph le fixa sans répondre. Dans ses prunelles s'agitait une petite flamme que Léon-Marie ne parvenait pas à définir.

—T'as joui d'une faveur, Savoie, prononça-t-il enfin sur un ton lourd de désillusion. C'est antidémocratique et il est temps que ça cesse.

Sans attendre sa réplique, d'un élan brusque, il se retourna, à grandes enjambées furieuses se dirigea vers son véhicule et grimpa sur le siège.

—Même si, à cause de ça, je dois perdre mes élections! cria-t-il en actionnant le moteur. Le monde se souviendra que j'ai été un maire intègre.

Son pied enfonçant la pédale d'embrayage, il mania le volant. Rudement, dans un nuage de poussière, le véhicule tourna et s'orienta vers le rang Croche.

Héléna, qui était restée sans bouger, se tourna vers son époux.

—Tu es abominable, Léon-Marie Savoie. C'est toujours ainsi que tu te conduis avec ton entourage? Tu as mis Joseph hors de lui.

—Ça s'appelle mener des affaires, répondit Léon-Marie. Quand on est devant un loup, faut savoir hurler. Regarde-les ben faire, tantôt, avant que sonne l'angélus, ça va être au tour de McGrath à monter à la Cédrière. Ils sont de même, les habitants du rang Croche. Quand ils ont une coche de travers, faut que ça se règle dret là.

Héléna pinça les lèvres. Elle se disait que Léon-Marie n'avait rien à envier à ses homologues, qu'il excellait même dans cette forme de confrontation. D'autre part, elle reconnaissait qu'il savait manœuvrer et attendre son heure. C'est ce qui faisait de lui l'être stable, sécurisant qu'elle admirait.

Sans rien ajouter, elle le laissa à ses affaires et s'enfonça dans la petite rue de la chapellerie. Elle en sortit à l'heure de l'angélus.

Au loin, des bruits de voix brisaient le silence du côté de la manufacture de portes et châssis. Face à l'entrée, une belle Oldsmobile était immobilisée, avec ses roues tournées à angle comme si elle s'apprêtait à repartir, son gros nez carré, ses chromes luisants d'avoir été astiqués. Ainsi que Léon-Marie l'avait présumé, avant que ne sonne l'angélus, l'Irlandais était monté à la Cédrière.

Les deux hommes s'étaient rejoints au milieu du sentier et discutaient ferme.

—Comme ça, tu me jures que t'as pas vu Joseph Parent dernièrement? entendit-elle l'Irlandais prononcer avec sa fougue habituelle.

—Joseph Parent, répondit Léon-Marie sur un ton évasif, comme je te l'ai dit, je le vois à la messe du dimanche ou encore quand il vient faire ses achats dans mes magasins, mais à part ça...

—Franchement, Savoie! s'exaspéra McGrath. Honoré Doucet l'a croisé dans son char, il y a une couple d'heures, il descendait la côte du Relais. Il revenait sûrement pas du village en passant par les Vingt-Six Arpents.

—Vingt-Quatre, corrigea Léon-Marie. Vingt-Quatre Arpents.

—Anyway, c'est pas deux arpents qui vont faire la différence.

—Enfin, vas-tu me dire ce qui se passe? gronda Léon-Marie. Tu parles de Joseph Parent comme s'il venait de trépasser.

—Joseph est en parfaite santé pis tu le sais autant que moi! lança McGrath.

Agacé, il frappa le sol de son talon.

—Godless, que c'est dur de te faire sortir les vers du nez!

Léon-Marie pinça les lèvres et tourna les yeux vers le lointain. Se reprenant avec lenteur, il émit, avec une indulgence inhabituelle qui fit se dresser l'Irlandais :

—Je suis content d'entendre que Joseph se porte bien. Je l'haïs pas notre maire. J'ai peut-être eu ben des prises de bec avec lui, dans le passé, mais pour mener une municipalité, je reconnais qu'il a pas son pareil. Avec les critiques qui fusent d'un bord pis de l'autre, j'en connais qui auraient lâché la job depuis longtemps.

—Tu le vanterais pas autant, si tu sav...

L'Irlandais se tut brusquement. Il venait d'apercevoir Héléna qui les croisait, la tête haute, les mains agrippées au landau. Galamment, le geste un peu théâtral, il courba son grand corps et la gratifia d'un sourire.

Héléna lui rendit sa marque de civilité et poursuivit son chemin sans rien dire. Elle n'avait jamais éprouvé beaucoup de sympathie pour l'homme et elle en ressentait encore moins aujourd'hui, devant cet air condescendant proche de l'obséquiosité qu'il affichait vis-à-vis d'elle et des femmes en général, comme si elles étaient des enfants.

—J'ai l'impression que c'est pas demain que je vas rentrer dans les bonnes grâces de ton Héléna, observa-t-il, un peu dépité.

—C'est de ta faute, aussi, le tança Léon-Marie. Chaque fois que tu reluques une créature, tu prends tes airs supérieurs. Les femmes aiment pas ça, surtout Héléna, c'est une personne timide.

—Pour une personne timide, je trouve qu'elle manque pas d'allant.

—Que c'est que t'entends par là? interrogea Léon-Marie subitement sur ses gardes.

—Des fois, je te comprends pas, Savoie, fit McGrath en secouant les épaules. Jamais t'aurais cédé à Henriette comme tu cèdes à celle-là. T'agis avec elle comme un tourtereau. Tu te laisses mener par le bout du nez.

—Que c'est que t'entends par là? répéta Léon-Marie qui sentait monter sa colère.

—Prends son idée d'abandonner votre château pour aller vivre au-dessus d'un espace commercial, insista McGrath, il y a person-ne qui aurait fait ça dans toute la Cédrière.

Léon-Marie lui jeta un mauvais regard. Il n'acceptait pas qu'on porte un jugement sur les siens, encore moins sur la femme qu'il aimait. Sa famille était inviolable, comme un sanctuaire, c'était dans sa nature. Lui pouvait s'en permettre, raisonnait-il, pour des raisons évidentes, mais pas les autres.

—Si on revenait à nos moutons, dit-il avec froideur.

—De quoi on parlait, donc?

—Tu me parlais de Joseph.

—Ah oui, Joseph!

L'Irlandais paraissait embarrassé.

—On peut-tu aller continuer ça dans ton office?

Léon-Marie montra son intérêt. Il connaissait l'homme. Méfiant, précautionneux, quand il lui demandait, comme à cet instant, de procéder dans l'intimité de son bureau, c'est que l'affaire était délicate.

Assis tranquillement derrière son meuble, les mains croisées devant lui, il se tint dans l'attente.

—Je suppose que t'es au courant des intentions de Joseph, amorça tout de suite l'Irlandais en s'enfonçant sur son siège, une jambe repliée sur son genou. Après avoir rien fait d'autre que d'occuper le fauteuil du maire, pendant vingt ans, v'là qu'il se décide à faire des grosses dépenses. Il parle même de faire passer l'aqueduc dans le village. Il dit que l'eau de nos puits est pas saine le printemps, que c'est ça qui rend les enfants malades pis, des fois, les fait mourir.

Léon-Marie sursauta. Son cœur s'était accéléré. Une période bien triste de sa vie montait soudainement à sa mémoire. Troublé, il pensa à son Henriette, morte au printemps de 1930, à ses jumeaux qui avaient suivi quelques jours plus tard, emportés par une gastro-entérite. Combien de fois il avait cherché la cause de ces épidémies qui survenaient chaque printemps et arrachaient leurs enfants.

Il avait peine à refouler son chagrin.

—Barnache, je savais pas ça, souffla-t-il dru. Si c'est le cas, qu'est-ce que Parent a attendu? Il a manqué ben des fois.

—Comme ça, tu trouves, toi aussi, que Parent a été négligent dans son mandat de maire? renforça McGrath.

Léon-Marie détourna son regard. Il allait acquiescer, mais il se retint. Subitement, venait à son esprit, depuis les nombreuses années qu'ils bataillaient ensemble, combien l'Irlandais était avide de puissance et de renom. Il ne fallait pas, à cet instant où il était fragilisé par ses souvenirs, que l'autre en profite pour appliquer une de ses ruses dans lesquelles il excellait.

Il fit un violent effort pour se ressaisir. Sur la défensive, il se tint prudemment sans parler.

McGrath avait plongé la main dans sa poche et faisait tinter quelques pièces de monnaie comme c'était son habitude quand il était indécis.

Affectant un air détaché, il reprit avec lenteur :

—Tu sais que les élections municipales s'en viennent à grands pas. Il nous reste à peine un an pour nous décider. Ou on déloge Parent du poste de maire ou ben on l'endure pour un autre terme. Parce que, pour se présenter, il se présente. Je le sais!

Il enchaîna sur un ton plus ferme :

—C'est pas toi qui disais que ça prend du sang neuf à la municipalité? Parent pis son équipe sont enracinés là comme des vieux arbres. Faut du changement.

—Pour ça, je te donne pas tort, répondit Léon-Marie. J'ai toujours prétendu qu'il est pas bon qu'un élu reste en poste trop longtemps. Il dort sur ses lauriers et il cesse d'innover.

Il agitait la tête à petits coups. Il ne pouvait chasser de son esprit le sentiment que, si Joseph avait fait son devoir de maire, les infections qui avaient frappé ses enfants ne se seraient pas produites.

Encouragé, McGrath reprit d'une voix encore affermie :

—C'est ce que je pense, moi aussi, et c'est ça que je suis venu te dire. Pour qu'un village prenne de l'expansion, faut que le maire arrête pas d'avoir des idées. Pour ça, faut qu'il soit jeune dans le métier, qu'il ait encore le goût de foncer.

—Sans que ça entraîne des augmentations de taxes pour les contribuables, le modéra Léon-Marie.

—Il y a moyen de développer une municipalité sans que ça entraîne des augmentations de taxes, répliqua McGrath. Il y a qu'à trouver d'autres revenus, entre autres, attirer des usines qui, elles, paieraient les taxes qui nous permettraient de couvrir le coût des améliorations. C'est ça, le vrai progrès.

Il avait haussé le ton. Il s'enflammait, parlait avec fougue, comme un orateur.

Assis devant lui, Léon-Marie s'était renfoncé sur son siège. Les mains croisées sur son ventre, il secouait la tête et buvait ses paroles dans une sorte d'acceptation tacite, fraternelle, comme le larron qu'il formait avec lui, sans s'en rendre compte.

—Ça veut dire que, si on faisait des grosses améliorations dans la paroisse, comme par exemple faire passer l'aqueduc, tu verrais pas d'augmentation de taxes, même pas pour des industriels comme toi et moi, conclut-il.

— Avec les nouveaux revenus qu'on irait chercher, il en serait même pas question, répondit spontanément McGrath.

Léon-Marie saisit son crayon et le tourna machinalement entre ses doigts. Il approuvait l'Irlandais, adhérait à son raisonnement, le trouvait juste.

Soudain, il se raidit. Ses sourcils s'étaient froncés. Alerté brusquement, il retint son geste.

— Je sais pas si je me trompe, mais me semble que les affaires municipales t'intéressent drôlement tout d'un coup. Serais-tu en train de me demander comme un genre d'appui?

Il ajouta en même temps qu'il pointait un index vibrant vers lui :

— Si c'est ça, je te le dis tout de suite. Je suis pas un gars qu'on achète comme un petit pain de ménage au comptoir de Jérémie Dufour.

— J'ai pas idée de t'acheter comme un petit pain, répondit spontanément McGrath. Je vais faire mieux que ça.

D'un mouvement décidé soudain, il se redressa sur son siège. Les bras écartés, le corps avancé vers l'avant, il déclina d'une voix élogieuse qui fit sursauter Léon-Marie tant les mots lui apparaissaient inhabituels venant de lui :

— Si j'ai choisi de venir te rencontrer, Savoie, c'est que je te crois le seul homme capable de comprendre la portée de mon raisonnement.

Léon-Marie arrondit les yeux. Sans reprendre son souffle, l'Irlandais poursuivait, dans une envolée remplie de suffisance :

— Anyway, Savoie, je suis venu t'annoncer que j'ai l'intention d'être candidat au poste de maire contre Joseph Parent lors des prochaines élections de 1935. Il est grand temps qu'il décolle de son siège de l'hôtel de ville, celui-là.

— Barnache! s'écria Léon-Marie. Briguer le poste de maire. Ça te tenterait pas de te présenter d'abord comme échevin, te faire la main un peu?

Il avait parlé sur un ton obligeant, surpris lui-même du désintéressement de son conseil. Il se rappela combien, dans le passé, il avait clamé son intention de s'opposer à l'Irlandais, l'abattre sans pitié, s'il osait prétendre au moindre rôle dans l'administration municipale des Canadiens français. Pourtant, aujourd'hui, sa déclaration ne l'avait pas outré.

Avec son remariage, la naissance de son héritier, ses multiples responsabilités, son ardeur avait tiédi. Il avait l'impression que les batailles notoires dont il avait été l'initiateur étaient d'un autre âge et terminées pour lui.

Il considéra l'Irlandais, le patenteux comme il l'appelait dans ses moments d'aigreur, avec son air arrogant, ses longues jambes qui s'appropriaient tout l'espace jusqu'à son meuble de travail.

Et pourtant... Un petit chatouillement titilla sa poitrine.

La tête baissée, il articula, en même temps qu'il lui jetait un regard furtif :

—Comme de raison, tu t'es pas demandé si l'ensemble des citoyens voudrait d'un importé comme toi pour mener nos affaires à nous autres, les Canadiens français.

—Godless! Tu vas pas recommencer, se désespéra McGrath. Pour une fois qu'on était d'accord.

Furieux, il repoussa sa chaise.

—Quand je pense que j'étais venu en ami chercher un supporter. T'as l'air d'oublier tout ce que j'ai apporté à la communauté, à commencer par l'électricité, le téléphone, la radio pis c'est pas fini.

Léon-Marie ferma à demi les paupières et pointa son index.

—T'as pas saisi, McGrath. Je serais pas digne de ma réputation si je t'ouvrais les bras sans que ça te coûte le plus petit effort.

McGrath se raidit. Il ne cachait pas son indignation.

—J'ai-tu ben compris? Je pense que le petit effort, je l'ai faite depuis longtemps. As-tu oublié que c'est grâce à moi si t'as pas souffert de la crise? Le contrat avec McCormick sur la Côte-Nord, as-tu oublié que c'est à moi que tu le dois?

—C'est pour ça que j'en demande pas plus que tu m'en demandes, prononça Léon-Marie.

Poursuivant son idée, il se racla la gorge :

—T'as dû remarquer le chemin que j'ai commencé à tracer à côté du magasin général. Comme il y a pus de place où construire le long du Relais, j'ai pensé qu'on aurait besoin d'une autre rue transversale.

—Si c'est ça qui te tracasse, j'ai rien contre, convint l'Irlandais comme si, déjà, il prenait ses décisions de maire. Le terrain t'appartient. La municipalité achèterait le chemin pour une piastre, comme c'est la règle, pis veillerait à son entretien.

—Le problème est pas tout à faite là, glissa Léon-Marie, la voix doucereuse. Il y a aussi qu'il faut lui donner un nom, à cette rue-là, ça fait que... j'ai pensé...

Heurté, McGrath recula bruyamment sa chaise.

—Ah ça non, par exemple! Viens pas me demander de t'appuyer pour appeler ce petit boutte de chemin-là rue Léon-Marie Savoie. Oublie ça parce que jamais j'accepterai de participer à pareil fricotage.

—C'est pas ça pantoute que je te demande, se récria Léon-Marie. Jamais j'aurais exigé ça de toi. Je pensais l'appeler simplement : rue Savoie.

—Rue Savoie, ironisa McGrath, c'est quoi la différence?

—Ça pourrait se rapporter à d'autres Savoie qui ont vécu avant nous autres, expliqua calmement Léon-Marie, des personnages qui se sont illustrés, comme par exemple François-Théodore, qui a été député dans Mégantic. C'est ce que j'ai suggéré tantôt à Joseph, il y a aussi le curé...

—À Joseph! coupa McGrath.

Dégrisé d'un seul coup, il arqua durement la nuque.

—Le chat sort du sac. Je le savais que t'avais parlé à Joseph.

Rouge de colère, résolu à quitter tout de suite les lieux, il repoussa sa chaise dans un grand raclement.

Impassible, Léon-Marie agita les trois moignons de sa main gauche.

—Assis-toi, McGrath, j'ai pas fini.

Sans hâte, il étira le bras sur sa table, ouvrit la petite boîte en bois qui y trônait en permanence, la tendit vers l'autre, puis prit lui-même un cigare. Avec une assurance tranquille, il en dégagea la bague, arracha les bouts d'un coup de dents énergique et l'alluma. Enfin, il leva les yeux. Il ne faisait rien pour rien, c'était dans sa nature. Il en était conscient et il n'en éprouvait pas de remords. Quand le temps était venu, il osait.

—Comme t'as plus d'électricité qu'il t'en faut, j'ai décidé que tu installerais un lampadaire juste devant l'église, pis un autre en face de ma scierie. C'est noir comme sus le loup dans le hameau par les nuits sans lune.

—Pis je suppose que tu me demandes de faire ça gratuitement. Va pour l'église, mais devant ta scierie, godless...

—C'est à prendre ou à laisser... articula Léon-Marie en expirant la fumée de son cigare.

—Ça s'appelle acheter des votes.

—Ça s'appelle te gagner les votes de tous les résidants du chemin de Relais et de ceux... de la rue Savoie, rectifia Léon-Marie.

McGrath lui jeta un long regard confondu. L'angélus tintait à l'église par la fenêtre ouverte. Sans un mot, il se leva et se dirigea vers l'escalier.

Léon-Marie se leva à son tour et l'accompagna vers la sortie.

Tous deux, côte à côte, immobiles au milieu du perron, ils se tinrent sans parler. Comme fasciné, l'Irlandais attardait son regard sur la campagne qui se déployait tout autour. Face à lui, le mont Pelé étalait ses échancrures piquées de petits sapins verts. Plus bas, les vastes étendues gorgées de soleil dépliaient leur luxuriance jusqu'au fleuve.

—En tout cas, on peut dire que tu l'as, le site, marmonna-t-il, et c'est pas parce que tu l'as mérité.

Un tic creusant sa joue, à grandes foulées, il traversa la cour, fonça à travers les cages de planches et rejoignit son véhicule stationné devant la manufacture de portes et châssis. Le moteur démarra, vrombit, puis l'auto fit un tour complet et descendit la côte.

Léon-Marie fronça les sourcils. Une crainte mal définie montait dans sa poitrine. Il revint porter ses yeux sur son paysage.

—C'est vrai que j'ai un beau site.

3

L'été s'était écoulé sans que Léon-Marie réitère sa demande. L'Irlandais connaissait ses exigences et il n'avait pas l'habitude d'insister. Patiemment, il avait attendu. Dans le souci de garder secrètes leurs tractations, à peine soulevait-il son chapeau quand il voyait l'homme à la messe le dimanche, mais il ne lui adressait pas la parole, laissant croire aux autres qu'ils étaient en froid, comme cela leur arrivait fréquemment. McGrath agissait de même. Ils avaient défini leurs conditions et ils se surveillaient du coin de l'œil.

Avec un petit air d'indifférence, Léon-Marie avait suivi les camions gris des monteurs de lignes qui avaient quitté la région au début du mois de juillet, lestés de leur matériel de travail et encombrés de leur équipement de campeurs. Comme chaque année pendant la saison estivale, les employés de McGrath allaient poursuivre leur avancée du côté des Appalaches pour étendre le flux électrique.

Le mois de septembre arrivé, en même temps que la neige hâtive encapuchonnait les pics des hautes montagnes, le visage cuivré, crevassé de soleil, ils étaient rentrés au village.

Pour la première fois, Léon-Marie avait laissé transparaître un peu de son impatience. Debout devant la fenêtre de son bureau, il avait fixé longuement le rang Croche.

Une semaine entière avait passé. Il commençait à désespérer quand, un matin brumeux, sans prévenir, les hommes s'étaient amenés et avaient déployé leur attirail devant la place de l'église. Avec des mouvements lents, précis, ils s'étaient appliqués à creuser un trou profond pour y enfoncer un poteau supportant un réverbère. Ils avaient ensuite ramassé leurs affaires, gravi la pente du Relais et fait de même devant la scierie. Le menton levé avec arrogance, Léon-Marie avait suivi leurs gestes. Une étincelle victorieuse allumait ses prunelles.

Quelques jours plus tard, en même temps que l'automne se parait de couleurs chaudes et que la nuit devançait son heure, le chemin de Relais chatoya sous deux faisceaux lumineux. Les habitants du hameau s'étaient regardés sans rien dire, les yeux ronds d'étonnement.

Léon-Marie jubilait. Son tour était venu de remplir ses engagements. Oubliant Joseph et leur amitié de naguère, tout doucement il avait osé ici et là quelques remarques mettant en évidence les capacités du patenteux, les avantages que la municipalité connaîtrait si elle avait à sa tête un homme d'un tel esprit inventif. Puis, peu à peu, il avait commencé à organiser des cabales en sa faveur.

Surpris devant pareille volte-face, les hommes de la Cédrière l'avaient considéré un moment avec méfiance, puis, tout naturellement, s'étaient joints à lui.

Le gel avait figé la nature. L'année 1934 avait cédé la place à l'année 1935, et Antoine-Léon avait fêté son premier anniversaire.

Pendant encore deux mois, l'hiver s'était attardé sur leur région, puis les congères s'étaient affaissées et les champs avaient reverdi. Le printemps était revenu.

Occupé par son nouveau rôle d'organisateur politique, à peine Léon-Marie s'était-il arrêté pour observer les pas hésitants de son petit garçon. Fidèle à sa promesse, il poursuivait sa propagande. Sans faillir, pendant tout l'été, tandis que les fermiers avait procédé aux semailles et plus tard engrangé leurs récoltes, avec une éloquence que ses concitoyens lui découvraient subitement, il avait parlementé, ergoté, exalté les valeurs de l'Irlandais.

Dans les semaines précédant les urnes, le magasin général s'était rempli des partisans de McGrath. Pendant d'interminables soirées, groupés autour de la *truie*, avec le vent d'automne qui hurlait sa plainte, les ténèbres qui couvraient la terre, leurs rires avaient résonné à travers la grande pièce qui croulait sous l'abondance des marchandises.

Penchée sur son ouvrage, Héléna avait écouté les palabres en silence, devinant bien que Léon-Marie ne supportait cette populace sous son toit que dans le but d'obtenir ce qu'il voulait.

Les élections avaient été prévues pour le lundi, 4 novembre, et elle était impatiente que passe cette activité des hommes, que reprenne enfin la vie normale.

Le jour dit, Léon-Marie s'était éveillé avec l'aurore. La mine déjà jubilante, il avait pris un déjeuner copieux, avait allumé un cigare, puis avait averti la famille qu'il ne rentrerait pas avant la nuit.

—C'est aujourd'hui qu'ils vont apprendre comment ça se gagne, une élection, avait-il prononcé en se dirigeant vers la sortie.

Accompagné de supporters, pendant toute la journée, il avait battu la campagne. Magnanime, sans épargner sa peine, il avait conduit dans son boghei les vieux propriétaires fonciers vers les bureaux de vote.

Tourné aimablement vers eux, avec le cheval qui marchait au

trot, il n'avait pas manqué chaque fois de leur indiquer de façon moins que subtile où apposer leur croix.

Le soir venu, les habitants du hameau, de même que ceux du village de Saint-Germain, avaient traversé des heures houleuses. Ajoutant à la tension qui planait dans l'air, le décompte des urnes s'était fait avec une lenteur désespérante; les militants de Joseph Parent occupant un côté de la salle du Conseil, ceux de Don McGrath, l'autre, tous silencieux, le regard chargé d'appréhension.

Enfin les résultats étaient sortis. Donald McGrath l'avait emporté sur son adversaire par une centaine de voix.

Comme s'il émergeait d'un rêve, tandis que leurs partisans criaient victoire à grandes poignées de main et coups sur l'épaule, Léon-Marie avait fixé l'Irlandais. À la façon d'un repenti qui reconnaît subitement la gravité de son geste, sa poitrine s'était gonflée d'un sentiment pénible, la sensation coupable d'avoir commis un acte de félonie. L'espace d'un instant, il avait regretté de lui avoir apporté son appui.

Joseph Parent, qui occupait ce poste depuis plus de vingt ans, avait avoué avoir connu, ce soir-là, la défaite la plus humiliante de sa carrière.

La nuit qui avait suivi l'événement, respectant la tradition, les détracteurs n'avaient pas manqué de faire brûler un bonhomme de paille devant sa demeure, ajoutant encore à son infortune. Mortifié et bien malheureux, le pauvre Joseph, si catégorique et suffisant d'habitude, s'était terré dans sa maison et n'en était sorti que pour assister à la messe du dimanche.

Ce comportement méchant de la part de quelques écervelés avait déplu à Héléna. Sans égard aux faiblesses, éprise de justice, elle trouvait inacceptable que l'on rejette de façon aussi cavalière le travail d'un homme qui avait voué énergie et temps au service d'une population pendant presque la moitié de sa vie.

—En politique, faut avoir la couenne dure, les avait excusés Léon-Marie. Aux yeux de certains, moi aussi, je peux passer pour un ingrat, mais j'avais mes raisons de faire ce que j'ai fait.

Il avait ajouté, la voix contrainte, comme s'il ne pouvait s'empêcher de douter de l'intégrité de l'Irlandais malgré la considération dont celui-ci l'entourait chaque fois qu'il était en sa présence :

—Astheure, j'attends McGrath. La balle est dans son camp.

La première assemblée avait eu lieu. Le lendemain, après le travail des hommes, bravant la nuit noire, un mandataire était venu frapper à l'étage. Par avis officiel, il l'informait que le bout de chemin ouvert à l'angle de ses commerces porterait à l'avenir le nom de Savoie.

Léon-Marie avait exhalé un profond soupir. Sa main enserrant la missive, avec une satisfaction évidente, il avait fixé longuement les ombres mouvantes qui jonglaient sous les deux réverbères.

McGrath était un homme d'honneur. Léon-Marie en faisait amende honorable.

Soudain, à nouveau, une sorte d'angoisse était montée en lui. Incapable de se libérer tout à fait de ses craintes, il s'était demandé encore si, entré dans l'engrenage, l'Irlandais n'oserait pas poursuivre le programme du précédent maire et hausser le rôle d'évaluation des entreprises. Cela s'était déjà vu.

Les traits durcis, il avait relu une autre fois l'avis officiel, puis l'avait replacé proprement dans son enveloppe. Il s'était ensuite dirigé vers le secrétaire à cylindre qui ornait un coin de la petite salle de travail et, dans un léger craquement, avait fait glisser le couvercle.

— On va garder ça précieusement, avait-il murmuré en rangeant le document dans une case. On sait jamais si ça nous servira pas un jour.

Par la suite, chaque lundi, avec l'humidité pénétrante de la fin d'automne, les nombreuses aspérités et les buttes de terre gelée qui rendaient la route périlleuse, il était descendu au village sur sa bicyclette et était allé occuper un banc dans l'enceinte du conseil municipal. Il avait décidé de suivre les délibérations.

— Pour c'te fois, ça va aller, disait-il en rentrant à la maison.

Il ajoutait sur un ton méfiant, nullement rassuré :

— McGrath joue prudent, mais il va finir par ouvrir les vannes. À ce moment-là, ça sera à moi de voir à ce qu'il marche dret.

Les lèvres avancées dans une moue caustique, il traversait les pièces et se dirigeait vers leur chambre à coucher.

Héléna plantait l'aiguille dans son ouvrage et allait le rejoindre. Elle se demandait avec un soupir d'incompréhension comment Léon-Marie pouvait avoir si peu confiance en celui dont il avait lui-même orchestré l'élection.

Mais, c'était connu, son époux n'était pas homme à se reposer sur quiconque. Et elle savait qu'il s'en remettrait encore moins à McGrath dont il reconnaissait les talents, mais qu'il considérait comme un rapace qu'il fallait surveiller de près, un « importé » en plus, se plaisait-il à répéter, ajoutant à sa suspicion.

Sans rien dire, elle se glissait près de lui sous les couvertures.

Redevenu paisible, Léon-Marie émettait un petit grognement de plaisir et se rapprochait d'elle. Avec des mots doux, dans l'épaisseur des ténèbres, il accomplissait son devoir d'époux, puis, assouvi, un bras appuyé langoureusement sur sa taille, s'endormait du sommeil du juste.

Deux mois s'étaient écoulés sans que le nouveau maire fasse la moindre incorrection. Délivré de ses inquiétudes, Léon-Marie avait réduit peu à peu sa surveillance et, quand débuta l'année 1936, avec l'hiver, la nature qui se déchaînait, les chemins devenus impraticables, il décida de reporter à de meilleurs jours son assistance aux réunions du Conseil.

Il n'y avait qu'Héléna qui ne dérogeait pas à ses habitudes. Chaque matin, chaudement vêtue et tirant le traîneau de son petit Antoine-Léon, elle montait la côte et parcourait l'espace la séparant de la chapellerie. Malgré le froid et les hauts bancs de neige qui vallonnaient la route, vaillamment, elle poursuivait sa randonnée vers l'atelier de chapeaux. Elle allait former sa Cécile.

Le mois de mars débutait. Comme chaque jour, elle avait passé la matinée avec son aînée et était rentrée à la maison pour le repas de midi. Elle avait mis rapidement la cuisine à l'ordre, puis était allée prendre place devant sa table de travail. Ainsi qu'elle faisait tous les après-midi, elle procédait à sa comptabilité.

Près d'elle, assis dans son parc, le petit Antoine-Léon geignait doucement. Il avait commencé à se plaindre avec leur retour de la chapellerie et avait refusé de faire sa sieste. Comme il venait d'avoir ses deux ans, elle supposait une poussée douloureuse de ses molaires.

De son pied, sans plus, elle remuait le meuble et poursuivait ses écritures.

Tout en reposant ses yeux fatigués, elle considérait dehors les arbres dégarnis ourlés de petits molletons de neige. Ce paysage d'hiver la remplissait d'un bonheur tranquille.

Un babil léger courait dans l'air et montait jusqu'à elle. Sur le chemin de Relais, les enfants frileusement emmaillotés, empêtrés dans leurs lourds vêtements, revenaient de l'école. C'était l'animation quotidienne de la Cédrière.

En bas, la porte de la quincaillerie venait de s'ouvrir dans un joyeux tintement de clochettes. Des pas lourds ébranlèrent le parquet, puis quelques éclats de voix percèrent. Jean-Louis Gervais, leur commis, donnait la réplique à un visiteur.

Se penchant un peu, elle inclina la tête du côté de la cage

d'escalier. L'oreille attentive, elle tentait de définir les mouvements qu'elle percevait dans les commerces.

Les sons s'étaient enchevêtrés brusquement. Brigitte s'était jointe à eux et s'esclaffait. Son rire résonnait et montait jusqu'à l'étage. Étonnée, Héléna prêta encore l'oreille.

Méfiante soudain, elle fronça les sourcils. Elle se demandait si ce visiteur qui lui avait semblé, au départ, être un client, n'était pas tout simplement une relation de leur employé.

Ce brouhaha de conversation qu'elle entendait la contrariait. Il retardait Jean-Louis dans sa tâche qui était d'étiqueter la nouvelle marchandise et remplacer les articles manquants sur les tablettes.

« Voilà ce que ça donne quand on engage deux jeunesses comme commis », marmonna-t-elle.

Agacée, elle repoussa sa chaise et descendit les marches. Rapidement, se frayant un passage à travers les poches de sucre et de farine, elle se dirigea vers l'ouverture en forme d'arche et vint s'arrêter juste au-dessous.

La vaste pièce était assombrie par le soleil baissant. Tout autour, les étagères s'élevaient jusqu'au plafond, accentuant encore les ombres qui enveloppaient l'espace. Près du grand comptoir, s'amoncelait une quantité importante de boîtes et de barils de clous.

Le commis Jean-Louis s'était glissé derrière son meuble. Planté sur ses jambes, les bras écartés, les mains aplaties en éventail, il se tenait l'échine courbée, à l'attention. Brigitte, l'employée à l'épicerie, avait déserté son poste et se tenait près de lui. Tous deux fixaient sur le comptoir un catalogue aux gravures luisantes. Face à eux, un avant-bras appuyé sur le panneau, les épaules arrondies, un inconnu riait. Fébrile, les mains chargées de bagues et agitées de petits soubresauts, il tournait les pages en leur lançant des coups d'œil entendus.

Une latte du plancher craqua. L'étranger leva les yeux et, aussitôt, se figea. Il venait d'apercevoir Héléna qui avançait vers eux avec lenteur.

Abandonnant les deux autres, sans bouger de sa place, il tourna son visage vers elle. Le regard fasciné, une hanche appuyée sur le comptoir, pendant un long moment, il la dévisagea de haut en bas, la bouche ouverte, avec une admiration non feinte, presque inconvenante.

Il paraissait émerveillé par cette grande dame qu'il voyait telle une apparition au milieu de la pièce, avec sa longue robe noire, son teint de nacre, son épaisse chevelure lissée sur ses tempes en deux bandeaux sombres qui allaient se joindre derrière sa tête.

Il la contemplait sans retenue, en connaisseur, comme s'il ne pouvait se détacher de son image.

Enfin, après un interminable moment, dans un geste rempli de galanterie, il souleva son chapeau et la gratifia d'une profonde révérence :

— C'est pas souvent qu'on rencontre des belles créatures comme vous dans nos tournées de voyageurs de commerce.

Sa voix enrouée de fumeur, ses dents trop éclatantes avaient rompu le charme. Il avait écarté les lèvres dans un sourire qui se voulait enjôleur. Héléna le trouva vulgaire.

Elle lui jeta un regard désobligeant et, instinctivement, recula. Cet homme lui déplaisait plus qu'elle n'aurait su dire. Reprenant son attitude impénétrable des mauvais jours, le menton levé, les mains sur son ventre, elle articula avec froideur :

— Que pouvons-nous faire pour vous, monsieur?

Sans paraître décontenancé par la sécheresse de son accueil, habitué qu'il était dans son travail de représentant de commerce à rencontrer des gens de tout acabit, prestement, il saisit son catalogue, le fit glisser vers elle sur le meuble et l'ouvrit tout grand. D'un mouvement vif, il se mit à en tourner les pages en même temps qu'à petits coups rapides, son doigt tapait sur les images.

— J'ai, dans ça, tout ce qu'une créature peut souhaiter : des petits plats de faïence, des lampes électriques, des radios, des bijoux, des petits miroirs. J'ai aussi des figurines.

Le geste habile, tel un prestidigitateur, il extirpa de sa poche deux statuettes finement sculptées et vernies et, avec un petit bruit sec, les déposa sur la table.

— Celles-là ont été fabriquées pas loin d'ici, au Bic pour être précis, par un artiste qui était doreur-sculpteur.

Intriguée, Héléna se rapprocha. Elle y jeta un regard, puis les considéra avec plus d'attention. Soudain ses yeux s'agrandirent démesurément. L'œil fixe, rivé sur les figurines, elle était incapable de bouger. Ses mains tremblaient. D'un seul coup, elle avait perdu son assurance.

Elle revint porter ses yeux sur l'homme. Profondément troublée, le souffle court, elle se retenait de s'élancer vers lui.

Son index pointé vers les objets, elle demanda, la voix étranglée par l'émotion :

—Comment... avez-vous eu... ça?

L'homme haussa un sourcil. Enhardi, sans percevoir son émoi tant il était préoccupé par ses propres affaires, il fouilla dans sa mallette et en retira deux autres.

Héléna laissa échapper un petit cri. Une fois encore, elle venait de reconnaître la facture. C'était celle de son bien-aimé Édouard. Ce réveil brutal de son passé la bouleversait. Elle suffoquait. Incapable de réagir, elle se sentait tout à coup vulnérable, comme une enfant brisée, privée de tout support.

—Ces... sculptures... vous savez... vous connaissez l'artiste qui a fait ce travail?

Penché sur son catalogue, comme s'il n'avait pas entendu son interrogation, l'homme poursuivait son boniment. Prestement, de crainte que son acheteuse ne s'en désintéresse, d'un mouvement adroit, avec ce grand froissement que donne l'habitude, il tournait les pages. Dans le scintillement de ses bagues, sa main courait sur le papier, s'arrêtait sur quelque publicité accrocheuse puis se remettait à courir.

—Regardez-moi ces beaux meubles! disait-il en indiquant une panoplie de radios. Que diriez-vous d'en vendre, ici, dans votre quincaillerie ou bien dans votre magasin général? Parce que, si j'ai bien deviné, c'est vous la patronne?

—Comment avez-vous eu ça? répéta Héléna, la voix raffermie en s'emparant des statuettes et en les serrant avec force dans ses mains jusqu'à bleuir ses articulations.

Surpris l'homme revint poser ses yeux sur elle. Il expliqua sur un ton rapide, détaché, pressé qu'il était de revenir à ses affaires :

—Mon boss les a achetées d'un passant, il y a bien des années. Il a eu l'idée de les reproduire pis de les vendre.

Comme une idée fixe, son doigt pointé sur une page, il déploya encore le catalogue vers Héléna.

—Ça vous dirait pas de vendre des radios?

—Non, répondit-elle sans hésiter.

Elle releva le menton d'un mouvement énergique. Elle venait de se ressaisir.

—Combien coûtent ces figurines?

—Une piastre, lança tout de go le représentant de commerce, avec dans son timbre des harmoniques généreuses qui disaient l'immense faveur dont il la gratifiait. Le prix de détail suggéré est deux piastres. C'est pas cher. C'est des vraies œuvres d'art, ces petits bibelots-là.

—Je sais, coupa Héléna. Aussi, je vous les achète toutes.

—Toutes? répéta l'homme en la fixant, éberlué.

—Oui, toutes. Nous n'avons besoin de rien d'autre pour aujourd'hui.

Dans un brusque demi-tour, à grands pas, elle s'éloigna vers l'arrière-boutique.

Soudain, elle se retourna.

—Un détail. J'exige que votre patron vienne me livrer lui-même la marchandise. Nous avons des choses à discuter. Dites-lui aussi que je lui saurais gré de n'en pas reproduire d'autres avant de m'avoir rencontrée.

D'un élan résolu, elle reprit sa marche, se fraya un passage à travers les denrées sèches qui encombraient l'arrière du magasin et s'engagea dans l'escalier.

Elle avait retrouvé son calme. En haut, le petit Antoine-Léon pleurait. Contrarié, il avait repoussé ses jouets et secouait avec vigueur les barreaux de son parc.

—Allons, qu'est-ce qui ne va pas? demanda-t-elle en se hâtant vers lui.

Le geste maternel, elle saisit la sucette, la plongea dans un bol de sirop d'érable qu'elle gardait à cet effet sur sa table et l'enfonça dans sa bouche.

L'enfant s'apaisa aussitôt et se mit à téter vigoureusement.

Elle alla reprendre sa place devant son meuble de travail et se pencha sur ses écritures.

Tout de suite, elle repoussa ses livres. Elle se sentait incapable de poursuivre. Cette rencontre fortuite l'avait fortement remuée, avait réveillé des souvenirs qu'elle aurait bien souhaité garder enfouis au fond de son être. Par cet homme venu de loin, son passé avait resurgi cruellement et elle en éprouvait un immense chagrin.

Les yeux fermés, elle revécut ces douze années qu'elle avait coulé avec Édouard dans leur jolie maison du Bic. Elle revoyait encore la petite pièce riante de soleil dans laquelle elle façonnait ses chapeaux tandis qu'installé dans son atelier, Édouard sculptait tout ce qui lui tombait sous la main. Tant de fois, elle était allée le surprendre, s'était émerveillée devant ses doigts qui caressaient le bois brut, lui donnaient les formes les plus expressives, les plus douces aussi.

Ils vivaient simplement, un peu à la bohème quand, un jour d'hiver, Léon-Marie Savoie était venu. Accompagné du curé de la paroisse de Saint-André, il avait confié à Édouard un travail de doreur dans l'église qu'il était en train de reconstruire.

Elle se rappela, son engagement terminé, les temps difficiles qu'ils avaient vécus, le manque de travail, la limitation dans les tâches à cause des vapeurs nocives de métal qu'il avait respirées trop fréquemment et qui avaient rendu ses poumons fragiles. À cette époque, la misère s'était installée dans leur maison.

Édouard n'avait refusé aucun emploi.

Elle avait éprouvé une telle affliction en le voyant gaspiller son beau talent d'artiste à travailler dans les champs comme ouvrier agricole ou à nettoyer et peindre des intérieurs de maisons.

Aujourd'hui encore, son cœur en était chaviré. Incapable d'émerger de ses tristes souvenirs, pendant un long moment, elle demeura sans bouger, assise sur sa petite chaise, la tête enfouie dans ses mains, avec son bébé qui geignait dans son parc.

Enfin, elle découvrit son visage. « On ne doit pas remuer le passé, lui avait tant de fois répété Léon-Marie, c'est toujours un acte inutile. » Elle se dit qu'il avait raison. Ils étaient tous deux des écorchés de la vie. Par la dureté de l'ignorance, chaque jour amenait des situations qui réveillaient leur douleur. Il fallait les refouler pour continuer à vivre.

D'un geste énergique, elle se leva. C'était l'heure de préparer le souper. Vaillamment, elle attrapa son tablier et se dirigea vers la cuisine.

Six heures sonnaient à l'horloge quand Léon-Marie rentra à la maison. Arrivé comme d'habitude par le magasin général, il grimpa l'escalier à grandes enjambées et vint la rejoindre près de la cuisinière. Un large sourire illuminait ses traits.

— Tu peux jamais deviner qui c'est qui vient de me rendre visite à la scierie. Tu te rappelles l'ingénieur Rivard, celui qui dirige les opérations de McCormick sur la Côte-Nord? Ben, il sort de mon bureau.

— Ça ne te paraît pas bizarre qu'il soit venu te voir sans s'annoncer? le pondéra Héléna. C'est peut-être une façon d'amorcer le mécanisme vers la fin du contrat.

— En tout cas, ç'a pas l'air que ça va s'arrêter demain! lança-t-il dans un éclat de rire. Monsieur Rivard vient de me faire une grosse commande de portes et châssis pour un village du nom de Comeau Bay, un peu plus en haut en allant vers Tadoussac.

— J'en suis ravie pour toi, prononça sincèrement Héléna.

Avec des gestes précis, elle lissa la nappe sur la table et disposa le couvert.

— J'espère que tu reconnais ta bonne fortune, raisonna-t-elle en même temps. La crise économique est mondiale, les salaires ont été réévalués à la baisse, les chômeurs font la queue dans les soupes populaires pour ne pas mourir de faim, tandis que toi, tu fais des affaires d'or. C'est à n'y rien comprendre. Ton frère Charles-Arthur n'a pas tort en disant que tu es un homme chanceux.

Heurté, Léon-Marie leva la tête et la regarda sans rien dire. Il n'aimait pas qu'on lui rappelle sa chance, même si cette observation venait de la femme qu'il aimait. La chance, à son avis, n'était pas un pot que l'on gagne à la foire ou dans un habile coup d'audace. Sa chance à lui était un acte pensé, l'espoir d'assurer par le travail un bonheur tranquille à sa famille, dans un univers serein, une sensation de plénitude englobant tout ce qui contribue à une existence épanouie.

Il prononça sèchement :

— J'ai eu mes malheurs, mes gros malheurs, et tu le sais.

Se reprenant, il revint vers elle.

— Mais il y a pas que des bonnes nouvelles. Imagine-toi donc qu'un ouvrier du planage, un jeunot, ben entendu, est monté dans mon bureau après-midi pour me demander s'il pourrait compter avoir une semaine de vacances, l'été prochain. Je lui ai dit qu'il en aurait tant qu'il en voudrait, des vacances tantôt, jusqu'en mai quand les menuisiers des entreprises de construction en auraient fini de fignoler l'intérieur des bâtisses. Comme il faut attendre le dégel avant qu'ils creusent d'autres fondations, qu'il serait ben content d'avoir de l'ouvrage pendant l'été.

— C'est rendu que les jeunes ne veulent plus travailler, approuva-t-elle. Comme ici, cet après-midi, j'ai surpris les deux commis en train de perdre leur temps avec un voyageur de commerce.

Près d'eux, le petit Antoine-Léon avait recommencé à pleurer. Elle le prit dans ses bras en même temps qu'elle observait :

— Je me demande si ç'a été une bonne idée d'engager Jean-Louis Gervais, le fils de Jean-Baptiste, en remplacement d'Oscar Dubé. Monsieur Dubé s'occupait de la quincaillerie depuis que le commerce était ouvert. Il avait une grande expérience, tandis que Jean-Louis est un bien jeune homme et puis...

Léon-Marie marqua son désaccord. Aux yeux d'Héléna, Jean-Louis Gervais avait la défaveur d'être le fils de Jean-Baptiste, lui-même responsable de la salle de coupe à la scierie. Elle avait toujours réprouvé que les membres d'une même famille occupent des rôles décisionnaires dans les industries du même employeur. « De là à prendre le contrôle, il n'y a qu'un pas », lui disait-elle. D'autant plus que ce jeune homme, parce qu'il avait été l'ami d'Antoine, le fils décédé de Léon-Marie, se considérait presque comme faisant partie des leurs.

— Il y a aussi le magasin général, dit-elle encore. Je trouve Brigitte Deveault bien peu sérieuse...

Le petit Antoine-Léon s'était remis à pleurer avec force dans ses bras. Elle le redressa sur son épaule et, patiemment, sa paume supportant sa tête, émit un mouvement berceur.

— En tout cas, je ne regrette pas de m'être installée près de nos affaires. Quand le chat n'est pas là...

— Faut pas trop leur en demander non plus, fit Léon-Marie avec indulgence. Il y a un proverbe qui dit que la perfection est pas de ce monde. Ce qui compte, c'est que ces jeunes-là appartiennent à des bonnes familles, qu'ils sont honnêtes, travaillants. Sans compter que leurs pères...

La pièce, brusquement, s'était remplie des cris d'Antoine-Léon. Ils avaient peine à s'entendre.

— Qu'est-ce qu'il lui prend, donc, au petit? interrogea Léon-Marie avec un peu d'agacement. Il a pas l'habitude de chigner de même.

Depuis un instant, le bébé s'était mis à s'agiter et à se débattre avec fureur. Ses menottes roses se déplaçaient sur son visage. Sans s'arrêter, il bougeait la tête et se pressait contre la poitrine de sa mère.

— Qu'est-ce qu'il a, le petit? répéta Léon-Marie. On dirait qu'il a un gros mal quelque part.

— Je pense qu'il fait une rage de dents, répondit Héléna. Il a deux ans. Il doit percer une molaire et ça fait très mal. Je me rappelle que David avait fait pareil à son âge.

— Il y a longtemps qu'il pleure de même?

— Il a commencé à se plaindre un peu après notre retour de la chapellerie, calcula Héléna. S'il continue, je vais lui donner quelques gouttes du sirop de pavot que j'ai fait quérir chez la veuve Maher.

— T'es sûre que c'est rien qu'une rage de dents! reprit Léon-Marie incapable de taire sa nervosité.

Nullement rassuré, il la fixait, les yeux noirs d'inquiétude. Une incontrôlable frayeur, subitement, l'avait envahi. Comme une vision difficile, ses autres enfants, ceux qu'il avait perdus, surgissaient les uns à la suite des autres dans sa tête.

Il se remémorait les premières années de leur vie, leurs petits bobos que consolait son Henriette, leurs malaises plus sévères qui couvraient le beau visage de leur mère d'un voile de tristesse, leurs traits creusés qui disaient leur souffrance, leur affaiblissement, les moments plus tragiques. Dans sa pensée défilaient ensuite leurs départs après avoir contracté des maladies qu'il n'aurait jamais pu imaginer.

Soudain, une angoisse profonde, une terreur panique le submergea. Était-il possible qu'il perde aussi celui-là?

La voix altérée, il prononça dans un souffle :

—Faudrait pas que ce soit autre chose qu'une rage de dents, comprends-tu? Faudrait pas. Jamais.

Héléna lui jeta un long regard. Elle serra l'enfant plus fort contre sa poitrine.

—Il va vivre, celui-là, Léon-Marie, tu peux me faire confiance. Il va nous enterrer tous les deux. Je te le promets.

—Les remèdes de la mère Maher, ça me dit rien de bon, s'obstina Léon-Marie. C'est du vrai poison. Cette bonne femme-là, c'est toute une sorcière. T'as vu la petite Bertha à Évariste Désilets? C'te vieille entêtée-là pensait qu'elle avait attrapé les écrouelles pis elle la soignait à force d'emplâtres sur la gorge quand elle avait une maladie de poumons. Si le docteur s'en était pas mêlé, la petite aurait pu en mourir.

Près de lui, le petit Antoine-Léon avait agrandi la bouche et s'était mis à hurler. Avec plus de force encore, il frottait ses joues contre la poitrine de sa mère.

—En fin de compte, il a peut-être un mal d'oreilles, convint Héléna.

—Barnache! Un mal d'oreilles, renchérit Léon-Marie, horrifié. Ça peut être ben grave. Tu te rappelles le petit Damien à Théophile Groleau, il avait mal aux oreilles, ç'a dégénéré en mastoïdite, pis il est mort.

Il s'affolait, rappelait les tragédies, les incidents banals survenus à la Cédrière, les autres qui avaient frôlé le drame. Sans s'en rendre compte, mû par son angoisse, il amplifiait, imaginait pour son fils tous les malheurs du monde avec la mort comme unique issue.

—Faut appeler le docteur Gaumont.

—Un enfant qui fait ses dents peut avoir mal aux oreilles,

l'apaisa Héléna, c'est normal, ça se voisine presque. On ne dérange pas un médecin pour ça.

Léon-Marie ne l'écoutait plus. D'un seul élan, il avait dévalé les marches, et son pas rapide avait ébranlé l'arrière du magasin. La manivelle du téléphone retentit. Il appelait la standardiste.

—Le docteur s'en vient, annonça-t-il en revenant dans la cuisine.

Héléna le regarda en silence. Elle pensait combien elle n'était pas de sa trempe. Autant il s'insurgeait, autant elle acceptait les vues de Dieu avec la soumission de l'incorruptible.

Mais elle le comprenait. Malgré son énervement, à ses yeux, bien inutile, elle se voulait compatissante. Léon-Marie avait subi tant de deuils, la vie l'avait tant terrassé, qu'aujourd'hui elle ne pouvait lui faire le reproche de s'accrocher au seul être qui constituait sa descendance et chercher à le retenir avec l'énergie du désespoir.

—Il m'est venu une idée pour les magasins, cet après-midi, avança-t-elle dans le but de faire diversion.

Léon-Marie ne répondit pas. La mine évasive, il était allé se poster devant la fenêtre et surveillait la route.

—Que dirais-tu si nous vendions des petits meubles? Nous commencerions par des radios, des tables d'appoint. Nous vendrions aussi des poteries, des...

Elle se tut. Elle n'osait lui rapporter sa conversation avec le voyageur de commerce et encore moins le rappel qu'avait provoqué leur échange.

—Qu'est-ce qu'il fait, donc, le docteur, qu'il arrive pas, grommelait Léon-Marie. S'il prend toujours autant de temps à se déplacer, je comprends pourquoi le monde meurt comme des mouches dans le village.

—Léon-Marie! le tança Héléna, il n'y a pas dix minutes que tu lui as téléphoné. Le docteur Gaumont n'habite pas au coin de la rue.

—Ça nous prendrait un médecin dans la Commune, décida-t-il. C'est une autre amélioration que je vais exiger de McGrath, astheure qu'il est maire.

—Quand on sait tous les bobos qu'ont les enfants, observa Héléna, on a tort de s'inquiéter. Un jour ils nous apparaissent mourants et le lendemain ils courent à travers la maison à nous étourdir.

Fermement, elle déposa le bambin dans ses bras.

—Tiens, au lieu de te lamenter, occupe-toi donc un peu de ton fils pendant que je sers le repas.

—Où c'est qu'est passé David, donc? demanda-t-il encore en jetant de vifs regards autour de lui comme s'il ne pouvait s'empêcher d'étendre son inquiétude aux autres enfants de la famille. Il devrait être rentré du collège depuis longtemps.

—David est revenu du collège. Il soupe à la chapellerie avec sa sœur.

Ils terminaient leur dessert quand le gong de la porte avant résonna sous un heurt vigoureux.

—Barnache! Il en a mis du temps, jeta Léon-Marie en allant lui ouvrir. À croire qu'il s'est perdu en chemin.

Le médecin s'immobilisa sur le seuil. Interloqué, son feutre enfoncé sur la tête, avec son long paletot sombre boutonné jusqu'aux basques, sa trousse à la main, il attendait, considérait Léon-Marie devant lui, l'air tourmenté, abattu.

—J'avais cru comprendre au téléphone que c'était ton petit Antoine-Léon qui était malade. Aurais-je mal entendu?

—C'est bien le petit Antoine qui est malade, intervint Héléna en entraînant le médecin vers la cuisine.

Pince-sans-rire, elle ajouta, son œil moqueur rivé sur son époux :

—Léon-Marie n'est pas malade, ce que vous voyez là, c'est son air habituel.

Le médecin laissa poindre un sourire. Il connaissait le personnage. Combien de fois il avait noté ses réactions vives, presque brutales quand il était inquiet, son impatience, mais il ne lui en faisait pas le reproche. Léon-Marie Savoie était, à ses yeux, le meilleur homme du monde, avec son grand cœur, son souci, comme une obsession, envers les siens.

Il alla s'arrêter devant l'enfant recroquevillé dans la berceuse près du poêle et qui geignait. Aussitôt, il extirpa de sa trousse son otoscope de même qu'un abaisse-langue, puis examina la bouche du petit et l'état de ses tympans.

—Une belle otite, dit-il en même temps qu'il replaçait ses appareils dans sa mallette. Tout ce qu'il y a à faire est de lui mettre deux gouttes de glycérine chaude dans les oreilles, appliquer des bouchons d'ouate pour lui éviter les courants d'air et attendre que le mal passe.

Debout face à lui, Léon-Marie le regardait, les bras ballants, avec son air de chien battu, rempli d'angoisse.

—L'état de ton enfant n'est pas dramatique, le rassura le médecin, mais quiconque a déjà fait une otite sait combien c'est douloureux. Je reviendrai le voir demain. Pour tout de suite, tout ce dont il a besoin, c'est de cette bonne chaleur qui se dégage du poêle à bois.

—Est-ce à dire qu'il ne pourra plus faire sa sortie quotidienne? se désola Héléna. J'avais l'habitude de l'amener avec moi dans son petit traîneau jusqu'à la chapellerie.

—Aussi longtemps que durera le temps froid, vous devrez l'éviter, trancha le médecin.

Le petit Antoine-Léon s'était remis à pleurer. Héléna se pencha et le souleva dans ses bras. Soudain, elle eut un sursaut et ses lèvres grimacèrent. Vivement, elle le déposa sur le fauteuil et pressa son ventre de ses deux mains. Haletante, elle attendit, la taille courbée vers l'avant.

—Ça ne va pas, madame Savoie? interrogea le médecin.

—Avec toutes ces crampes que j'ai depuis quelques semaines, je n'en suis pas sûre, mais j'ai bien l'impression que, dans peu de temps, Léon-Marie va avoir une autre raison de se chercher des inquiétudes.

—C'est ben vrai ce que tu dis là, ma femme? s'écria Léon-Marie. Tu serais...

Il se rua vers elle. D'un seul coup, toute l'angoisse qui l'avait assailli avait disparu de son visage.

S'adressant au médecin, comme s'il cherchait une approbation, il prononça, sur un ton d'autorité :

—Si c'est ça, Héléna va devoir abandonner l'ouvrage pis se reposer. Vous êtes de mon avis, docteur?

Le médecin lui jeta un regard amusé. Il les connaissait suffisamment tous les deux pour douter de son influence. Léon-Marie avait choisi une épouse à son image. Quoi qu'il ordonne, il savait que ni l'un ni l'autre ne changeraient d'idée. Éclatant d'un grand rire, il se dirigea vers la sortie.

4

Léon-Marie gravit l'escalier quatre à quatre, traversa le petit bureau à grands pas sonores et se dirigea tout droit vers l'angle de la cuisine où Héléna s'était installée pour faire ses travaux de couture.

—J'ai ben pensé à ton affaire, lança-t-il, hors d'haleine, comme si cette idée venait tout juste d'effleurer son esprit. Je t'ai vue passer tantôt devant la cour à bois quand t'es revenue de la chapellerie, t'avais de la misère à marcher sans bon sens. Je me suis dit que, dans ton état, tu peux pus faire la navette entre les commerces à un mois de ton accouchement.

Occupée à ourler une pièce de layette, Héléna continua à enfoncer l'aiguille dans le coton. Il y avait longtemps qu'elle attendait cette remarque de la part de son époux. Elle prononça, sans lever les yeux de son ouvrage :

—Tu vas décevoir Georgette, elle qui ne cesse de me répéter qu'une marche de santé est salutaire dans mon état. Je suppose que tu as une autre suggestion?

Interloqué, il la regarda. Son calme le désarçonnait. S'efforçant à la patience, il reprit sur un ton qui se voulait raisonnable :

—Dans pas grand temps, tu vas avoir deux enfants en bas âge à la maison. Aussi...

Il la regarda encore. Il paraissait embarrassé. Lentement, il lui tourna le dos et alla se placer devant la fenêtre.

—Faut pas être sorcier pour comprendre que Cécile a pas ton talent pour les fioritures.

Repris d'ardeur, il revint vers elle.

—Je pense que t'auras pas le choix que de fermer ta chapellerie.

—Mais je ne suis pas du tout d'accord, protesta Héléna. Cécile va finir par apprendre, ce n'est qu'une question de temps.

Elle pensa à l'interminable hiver qu'elle avait passé, entrecoupé des quelques représentants de commerce qui s'étaient introduits dans sa boutique pour lui apporter un vent d'ailleurs. Ces échappées lui avaient permis de s'intéresser à autre chose qu'à la lessive et au ménage.

Elle jeta un regard déçu vers Léon-Marie. Aujourd'hui, il lui demandait de fermer sa chapellerie quand elle voyait, dans cette activité, une vision différente du quotidien, une distraction qui, en plus d'être profitable, pouvait aussi être une sécurité. On n'écarte pas la manne quand elle descend du ciel.

—Si ça ne va pas, je n'aurai qu'à engager une servante.

—J'ai vu le docteur, ce matin, quand je suis descendu au village, insista Léon-Marie. Lui aussi est d'avis que c'est pas prudent avec tes crampes de faire des longues randonnées. Il en revenait pas quand je lui ai dit qu'en plus, tu avais commencé à aller à la messe tous les matins.

—Même si le docteur Gaumont est un impie, il ne m'empêchera pas de faire mes dévotions, observa Héléna sur un ton désobligé.

Léon-Marie ouvrit la bouche pour répondre, puis se retint. Debout devant la fenêtre, la mine pensive, il considéra dehors les feuillus du petit bois qui frissonnaient dans le vent.

Sans détacher ses yeux de la vitre, il avança à voix basse :

—Je t'ai laissée travailler à l'extérieur de la maison même si je t'ai jamais caché que je voyais pas ça d'un bon œil. Ce que j'aime moins c'est ce que l'entourage dit derrière mon dos, que je suis trop peigne de corne pour faire vivre ma famille.

—C'est donc ça! s'exclama Héléna en plaquant son ouvrage sur ses genoux.

—Ça t'empêcherait pas d'aider aux affaires. Prends Angélina, la femme de Charles-Arthur. Elle travaille. Elle fait toute la comptabilité de l'entreprise de construction. Elle le fait dans sa maison, en même temps que sa besogne, et il y a rien qui paraît.

—La chapellerie, c'est l'avenir de ma Cécile que je prépare, proféra Héléna. Il lui faut une occupation et j'ai décidé d'en faire une modiste, comme moi.

—C'est pas de t'entêter qui va donner à Cécile le talent pour faire des chapeaux, s'obstina-t-il. Elle devrait plutôt penser à se trouver un mari. Elle approche ses vingt et un ans.

—Pour ça, je ne suis pas inquiète. Cécile est d'un abord agréable et il y a un tas de jeunes gens qui lui tournent autour. Mais, comme je ne sais pas ce que la vie lui réserve, il est prudent qu'elle ait un métier pour parer aux difficultés.

Subitement affligée, elle se pencha sur son ouvrage.

—Après la mort d'Édouard, j'aurais été bien démunie si je n'avais eu mon magasin de chapeaux pour donner à manger à mes enfants. Je ne dois pas oublier non plus que Cécile n'a pas de père, donc pas grand-chose à apporter dans sa corbeille de mariage.

—Que c'est que t'es en train de me dire là? s'éleva Léon-Marie.

Aujourd'hui, c'est moi, son père. Il sera pas dit que Cécile va quitter la maison comme une pauvresse.

—T'ai-je dit que le plus jeune des garçons du notaire Beaumier vient rôder parfois dans les parages? l'informa Héléna avec un petit air d'indifférence en piquant l'aiguille dans sa pièce de tissu.

—Tu m'avais pas dit ça.

Il se rapprocha d'elle. Ses yeux brillaient. D'un seul coup, il avait oublié sa déception.

—Même si le notaire est ruiné depuis le krach de 29, je serais pas fâché si un de ses gars entrait dans la famille.

L'œil rêveur, il se remémorait ce temps lointain, la fréquence presque hebdomadaire avec laquelle il requérait les services du notaire Beaumier.

Il n'oublierait jamais ce matin brumeux où il s'était introduit dans son étude avec l'intention d'acheter le moulin à farine du vieux Philozor Grandbois à l'origine de sa prospérité actuelle. Par la suite, il n'avait jamais manqué de solliciter son aide, chaque fois qu'il avait eu une interrogation. Il reconnaissait la compétence du notaire, sa parfaite éducation, même si, parfois, elle lui apparaissait un peu hautaine.

Après les malheurs qui l'avaient atteint, la ruine de ses affaires qui avaient appauvri en même temps une bonne partie des rentiers du village, comme si rien n'arrivait sans raison, les épreuves qu'il avait subies semblaient l'avoir assoupli, avaient fait de lui un être socialement plus accessible.

—Qu'est-ce qu'il attend, ce petit gars-là, pour venir accrocher son fanal les bons soirs? demanda Léon-Marie sur un ton robuste.

—Tu es trop pressé, le modéra Héléna. Pour tout de suite, ce n'est qu'une inclination, sans plus. Cécile n'est pas prête.

Retournée à son travail de couture, elle piqua encore quelques points, puis releva la tête.

—Je persiste à penser qu'il faut garder ma chapellerie ouverte. Je reconnais qu'avec deux enfants en bas âge, ça va demander plus d'efforts, mais je vais réfléchir à une solution, quitte à m'aménager un espace dans le magasin général.

—Le magasin général est déjà pas assez grand pour stocker toute la marchandise, objecta Léon-Marie, en plus que tu viens d'y ajouter un comptoir de légumes frais. Et ça serait pas plus facile du côté de la quincaillerie avec le rayon des petits meubles que tu y as installé.

Brusquement, avec impatience, il revint vers elle.

— Pourquoi tiens-tu tant à garder ta boutique de chapeaux? Cécile va être traitée comme ma propre fille. Pis t'as pas à craindre pour nous autres, avec ce que je possède, on a de quoi vivre sans lever le petit doigt jusqu'à la fin de nos jours.

Héléna planta l'aiguille dans le tissu et le fixa. Un imperceptible mouvement animait ses lèvres. Il n'insista pas. Il connaissait le sentiment qui la tenaillait, cet esprit de prévoyance par lequel elle s'efforçait d'éloigner sa hantise de la misère. Il savait qu'elle ne posséderait jamais assez de biens pour oublier ses craintes et trouver la sérénité.

Un bruit se fit entendre en bas, à l'arrière du magasin. Brigitte avait enjambé les denrées sèches et s'était immobilisée au pied de l'escalier. De son ton claironnant habituel, elle annonçait une visite pour madame Léon-Marie.

Héléna s'empressa d'enrouler le carré de tissu dans son panier, à ouvrage et se leva. Cette digression arrivait à point nommé, semblaient dire ses yeux. À son opposé, cette interruption dans leur entretien dérangeait Léon-Marie, mais il n'en laissa rien voir. Avec sa ténacité habituelle, il savait qu'il trouverait une autre façon de reprendre le sujet.

Héléna avait atteint le rez-de-chaussée. Sa main supportant son ventre, avec précaution, elle parcourut l'espace vers le centre de la pièce.

Une ombre, à sa gauche, voilait l'accès à la quincaillerie. Debout sous l'arche séparant les deux commerces, son melon sur son avant-bras, un inconnu la fixait sans bouger.

Grand, d'une élégance certaine, il était revêtu d'une gabardine beige aux pans entrouverts qui découvraient ses vêtements sombres, chemise blanche et large cravate.

Il avait des traits réguliers et une épaisse chevelure brune qui ondulait sur sa tête en une vague profonde qui allait mourir sur sa tempe. Son expression paraissait sereine, posée, de celle d'un homme qui occupe une situation bien assise.

La main tendue, il fit un pas vers elle.

— Mon nom est Noël Gauthier. Je suis le propriétaire des ébénisteries Gauthier-Leclerc et je suis venu directement de Montréal pour vous voir.

Héléna retint un sursaut. Une lueur furtive passa dans ses prunelles et une légère crispation tenailla sa poitrine. Très vite, elle se ressaisit. Elle attendait ce visiteur depuis trop de mois pour laisser paraître sa vulnérabilité.

Elle inclina la tête. D'un geste ferme mais bienséant, elle indiqua à l'extrémité du magasin la série de chaises en bois, sans grâce, qui faisaient cercle autour du poêle rond.

—Nous serons plus à l'aise pour ce que nous avons à nous dire.

—Vous avez voulu me rencontrer, madame, amorça tout de suite l'étranger, comme s'il lui pressait d'arriver au but, en même temps qu'il prenait place sur sa chaise. J'ai accédé à votre demande, je vous apporte moi-même les figurines que vous avez commandées. D'autre part, je me permets de m'étonner de cette rencontre que vous exigez. Il me semble que tout est en règle.

Héléna redressa la tête dans une attitude qu'elle voulait déterminée.

Elle avança sur un ton calme :

—Vous devez savoir, monsieur, que ces figurines ne se sont pas faites toutes seules, qu'il a dû y avoir un maître d'œuvre.

—Je n'en ai jamais douté, répondit l'homme. Mais je ne vois pas en quoi cela me concerne. À ma connaissance, l'artiste n'a pas exigé de droit exclusif. J'ai agi en toute légalité.

Héléna serra les lèvres. L'étranger avait raison. Dans leur inexpérience, comment auraient-ils seulement songé à réclamer un brevet pour un acte aussi spontané, plus un loisir qu'une occupation lucrative? Car c'est ainsi que naissent les artistes. Les créateurs sont à ce point sensibles et inspirés qu'ils en oublient le sens commun. Ils sont si loin du mercantilisme qu'un individu vénal peut aisément s'emparer de leur pensée novatrice et la reproduire à son avantage.

Elle leva les yeux vers lui. Une expression ombrageuse, altière couvrait son regard.

—La légalité telle que vous l'entendez est comme la justice des hommes, elle est inflexible et sans âme, débita-t-elle. Le code civil est sa seule voix. La société dans laquelle nous évoluons se dit civilisée, mais elle oublie qu'en dehors des actes officiels, il existe une autre forme de justice qui est naturelle à l'homme de cœur, empreinte d'impartialité et de respect pour la propriété d'autrui.

—Dois-je comprendre, madame, que vous me demandez de céder le bénéfice de ma fabrication, pour faire un acte de charité à cet artiste?

—Loin de moi cette idée! se récria Héléna. Ce serait enlever à ces êtres toute leur fierté. Je vous demande seulement de reconnaître leur valeur. Quand donc cessera-t-on d'abuser de la naïveté de ces pauvres gens, comme si, au nom de l'art, toute leur production se devait d'être gratuite et servir la collectivité. Vous ne donneriez pas votre marchandise, vous, monsieur, pourquoi un artiste devrait-il le faire?

L'étranger avait froncé les sourcils.

—Je trouve que vous défendez cet homme avec beaucoup d'éloquence, madame.

—Ce doreur-sculpteur est décédé, monsieur, murmura Héléna avec émotion. Il était mon mari.

—Je suis désolé.

—Ne vous excusez pas, émit-elle doucement. Ce deuil est le mien. Je me réconforte en pensant que la mort n'est que physique. Par ses œuvres, mon époux est encore vivant et il le sera plus longtemps que nous tous.

L'étranger revint poser ses yeux sur elle. Son regard disait l'admiration qu'elle lui inspirait. Il la considérait comme une des rares commerçantes, qu'il ait rencontrées dans sa vie, possédant autant de classe et de sensibilité.

Il se leva. La précédant, il alla s'arrêter devant l'énorme caisse débordante de petites figurines en bois qu'il avait déposée sur le sol au moment de pénétrer dans la quincaillerie.

—Vous avez là tout ce qui était dans mon entrepôt.

Héléna fit un geste qui disait sa satisfaction.

—Je vais vous demander maintenant de cesser toute nouvelle fabrication.

—Permettez-moi de ne pas être de votre avis.

D'autorité et sur un ton de connaisseur, l'homme exposa l'erreur qu'ils commettraient en cessant toute reproduction qui équivaudrait à reléguer les œuvres de son mari aux oubliettes.

—Ces objets ont été façonnés avec un art certain et une expression qui est propre à l'artiste. Ils méritent de faire partie de notre patrimoine culturel.

Héléna le regarda avec intérêt. Confrontée par sa logique, elle devenait plus accommodante, presque conquise.

—Il me vient à l'idée de vous faire une proposition, bien que je n'y sois pas obligé, repartit l'homme. La quincaillerie Savoie serait le seul distributeur de ces sculptures dans le Bas-du-Fleuve. Je m'occuperais des autres régions du Québec et je vous paierais une redevance de dix pour cent sur le prix coûtant de toutes les ventes que je réaliserais.

Héléna prit un temps de réflexion, puis opina de la tête.

—Je vois que vous vendez déjà de nos petits meubles, dit-il en jetant un regard circulaire sur la pièce. Savez-vous que nous pourrions faire des affaires d'or ensemble?

— Nous avons décidé, il y a un mois, de garder en magasin des radios et des tables d'appoint, expliqua Héléna. Ça se vend très bien.

Le visage empreint de satisfaction, l'homme se dirigea vers la sortie. Parvenu dans l'embrasure, il se retourna encore.

— J'aimerais, madame, quand je repasserai dans votre région, m'arrêter pour vous saluer, émit-il sur un ton de grande politesse.

L'après-midi s'éteignait doucement. Dehors, c'était la touffeur de l'été des Indiens, et les bruits de la rue leur parvenaient par les fenêtres largement ouvertes.

Héléna souriait en s'engageant dans l'escalier vers sa résidence.

Elle avait repris son travail de couture depuis à peine quelques minutes quand, en bas, la porte du magasin général fit encore entendre son tintement de clochettes. Mais cette fois, elle s'était refermée dans un grand coup. Des talons de bois pointus, nerveux, martelaient le plancher vers le comptoir derrière lequel devait se tenir Brigitte.

Son aiguille en équilibre entre ses doigts, elle prêta l'oreille.

Les pas s'étaient arrêtés. Elle percevait maintenant des éclats de voix, des réparties promptes, incisives.

Intriguée, elle abandonna son ouvrage et descendit les marches.

Plantée derrière son meuble, le torse incliné, avec ses cheveux brillants et noirs, lissés comme un balai sur ses oreilles, Brigitte argumentait ferme. Devant elle, son bibi de paille défraîchi fiché en travers de sa tête, Aurore Langelier, la femme de Victor, monteur de lignes au pouvoir électrique, avait plaqué son poing sur la table.

Arborant son habituel petit air effronté, Brigitte répliquait avec verdeur.

Contrariée, Héléna se déplaça au milieu des denrées sèches et alla s'immobiliser non loin d'elles.

La femme Langelier avait haussé le ton. Son réticule ouvert sur le comptoir, elle brandissait dans sa main une poignée de menue monnaie qu'elle exhibait devant le visage de l'employée. Son corsage se soulevait sur sa respiration sifflante, son menton s'agitait, sa tête se déplaçait nerveusement à droite et à gauche.

Brusquement, d'un mouvement rageur, elle fit rouler les pièces sur le panneau. Soudain, tout aussi rapidement, comme déconcertée, elle se figea. Elle venait d'apercevoir Héléna dissimulée dans l'ombre et qui les observait.

—Madame Léon-Marie! s'écria-t-elle en faisant un mouvement pour s'élancer vers elle. Si vous étiez pas descendue, je pense que je serais montée à la résidence.

—Que se passe-t-il, madame Langelier? demanda calmement Héléna en marchant vers le centre de la pièce.

Son ton devenu plaintif, la femme entreprit d'expliquer dans un débit rapide :

—Il y a que j'ai envoyé ma Lucie chercher un fuseau de fil tantôt. Je lui ai donné un écu, et Brigitte lui a pas rendu toute sa monnaie. Il manque cinq cennes.

Son index pointé vers les pièces éparpillées sur le comptoir, elle les comptait une à une pour appuyer ses dires.

—C'est faux, se défendit Brigitte. Je me rappelle très bien lui avoir remis vingt-deux cennes, même que je lui ai donné trois cinq cennes et sept cennes noires parce que je manquais de dix cennes.

—Comptez donc vous-même, madame Léon-Marie, fit la femme, sa voix montant d'un cran. Comptez-les donc, vous allez bien voir qu'il manque cinq cennes.

Elle enchaîna sur un ton indigné :

—Ma Lucie m'a raconté que Brigitte l'avait à peine regardée, qu'elle lui avait jeté la monnaie dans la main sans même lui adresser un mot, qu'elle était trop occupée à jaser avec un des garçons à Ludovic Lavertu du bas de la côte.

Héléna considéra les deux femmes. Un imperceptible frémissement de ses lèvres trahissait son exaspération. Elle se tourna vers son employée.

—Mademoiselle Deveault, vous allez ouvrir la caisse et remettre cinq cennes à madame Langelier.

Brigitte agrandit les yeux. Stupéfiée, elle prit un temps avant de se ressaisir.

—Mais, madame Léon-Marie...

—Faites ce que je vous demande, articula sèchement Héléna.

Brigitte s'exécuta à contrecœur. Le profil obtus, elle plongea les doigts dans le tiroir-caisse, en dégagea une pièce de monnaie et la lança sur la table. Aurore Langelier la saisit prestement et la glissa dans son réticule.

Aussitôt calmée, sans ajouter une parole, avec la plume de son petit chapeau qui s'agitait de secousses rapides, elle fit demi-tour et marcha vers la sortie.

Soudain, elle s'immobilisa, et, d'un élan brusque, se retourna. La main appuyée sur la poignée, son regard posé sur Héléna, elle prononça, en pesant ses mots, comme une mise en garde :

— À votre place, madame Léon-Marie, je veillerais à ce que mes employés soient plus polis avec la clientèle. Aujourd'hui, vous avez le monopole, mais personne ne connaît l'avenir.

Tout de suite, avec le vent qui s'engouffrait dans ses jupes, elle franchit le seuil. Au-dessus de sa tête, la clochette retentit avec vigueur. Un rond de poussière courut sur le plancher de bois.

Héléna sursauta. Une douleur aiguë, semblable à la pointe d'une aiguille, traversa son sein gauche, et une ombre couvrit ses yeux comme un nuage noir qui assombrissait sa vue. Elle avait peine à se tenir sur ses jambes.

Elle se demandait si les paroles de la femme n'étaient que menace, ce qu'elle voyait souvent, ou si, la rumeur étant avérée, ils seraient, comme d'habitude, les derniers à en prendre connaissance. Elle en parlerait avec Léon-Marie, se dit-elle. Mais, pour l'instant, elle avait un autre sujet de préoccupations.

Elle prit une inspiration profonde, expira, puis revint vers son employée.

— Et maintenant, mademoiselle Deveault, dit-elle de son timbre le plus sévère, à mon tour d'entendre vos explications.

— Que voulez-vous que je vous dise? bougonna Brigitte en déplaçant nerveusement les pots de bonbons alignés sur le comptoir.

— C'est exact ce qu'a dit la femme Langelier, que vous étiez en grande conversation avec un jeune homme?

— Je vois pas le mal qu'il y a à répondre à un client quand il nous parle, répliqua Brigitte. Je pense que c'est plutôt ce que vous m'avez dit de faire.

— Le mal n'est pas de répondre à un client quand il vous parle, observa Héléna, le mal est de ne pas vous acquitter de votre tâche quand il se doit et comme il se doit.

— J'étais à mon ouvrage, se justifia Brigitte. J'avais aussi Gonzague Lavertu à servir. Et je sais que j'ai donné sa monnaie à la petite Langelier. Si elle a perdu une pièce, c'est quand même pas de ma faute.

— Il est possible que vous ayez remis toute sa monnaie à la petite fille, raisonna Héléna, mais si vous aviez agi comme je vous l'ai appris, pareil incident ne se serait pas produit. Combien de fois devrai-je vous répéter de faire, chaque fois, et, à haute voix, le décompte de la monnaie que vous rendez. Vous avez la fâcheuse habitude de remettre la monnaie au client comme si vous lui versiez une poignée de cailloux dans la main. Vous avez la tête dure, mademoiselle, ne put-elle s'empêcher d'ajouter.

Brigitte baissa la tête. Elle jeta, avec mauvaise humeur :

—Il y a sept ans que je travaille ici. Pendant les quatre premières années, c'était monsieur Savoie qui donnait les ordres et il ne s'est jamais plaint de moi. Depuis les trois ans que vous êtes là, on dirait qu'il y a jamais rien à votre goût.

Héléna blêmit.

—C'est exact, mademoiselle, articula-t-elle, la voix frémissante. Depuis que je suis là, les choses se passent autrement et, si Dieu me prête vie, je serai encore là demain et les choses se passeront encore autrement.

Excédée, Brigitte se pencha sous la table. D'un mouvement rude, elle en extirpa son sac à main et glissa la sangle sur son épaule.

—Si c'est comme ça... moi, je n'ai plus rien à faire ici. Je donne ma démission.

—À votre aise, ma fille, prononça Héléna sans perdre son flegme. Personne n'est irremplaçable.

Derrière elles, des pas ébranlaient le parquet sous l'arche limitant les deux commerces. Georgette était entrée par la quincaillerie et s'était arrêtée un moment à bavarder avec son fils Jean-Louis. Balançant ses hanches fortes, son filet à provisions sur son bras, elle se dirigeait maintenant vers le magasin général.

Elle avançait, comme une habituée de la place, l'allure décidée, presque présomptueuse, en déplaçant autour d'elle ses petits yeux perçants, fureteurs.

Soudain, elle s'arrêta net. Estomaquée, elle fixait près du comptoir Héléna, la nuque arquée, avec son expression rebutée des mauvais jours.

Devant elle, son sac à main appuyé sur son ventre comme si elle allait quitter les lieux, l'employée, Brigitte, arborait son air le plus renfrogné.

—Voulez-vous bien me dire qu'est-ce qui se passe? De ma vie je n'ai jamais vu pareilles faces de mi-carême.

—Il y a que je viens de donner ma démission, s'empressa d'annoncer Brigitte. Je m'en vais.

—Ta démission, répéta Georgette, scandalisée. Voyons, Brigitte, tu y penses pas.

La mine défaite, elle dévisageait la jeune fille.

Comme si cette décision l'affectait personnellement, qu'elle en augurait les conséquences les plus désastreuses, elle déniait de la tête à petits coups, sa langue sur ses dents, en émettant des tss-tss désapprobateurs.

La voix onctueuse, elle reprit, sur un ton qui se voulait compréhensif :

—J'espère que tu as bien réfléchi avant de prendre pareille décision. C'est beau ménager ta susceptibilité, mais tu oublies que tu as vingt-cinq ans. Tu viens de coiffer la Sainte-Catherine. À cet âge, il ne faut pas compter te faire vivre par tes parents. D'ailleurs, dans pas grand temps, c'est ton frère Robert qui va reprendre la maison et la ferme de ton père. Tu imagines pas qu'il va accepter de t'avoir à sa charge.

—Vous inquiétez pas pour moi, fit Brigitte avec un geste détaché, je suis pas en peine. S'il le faut, j'irai m'engager comme servante au village de Saint-Germain.

—Tu t'es pas demandé non plus ce que va en penser ta mère? insista Georgette. Moi, si j'étais à sa place, je te renverrais bien vite ici, en te disant qu'avec la crise qui sévit, la multitude de chômeurs qu'il y a autour de nous, quand on a la chance de travailler, on pile sur son orgueil et on fait l'ouvrage. Regarde mon Jean-Louis. Il y a bientôt deux ans qu'il travaille à la quincaillerie et...

—Je vous remercie de votre appui, madame Gervais, la coupa Héléna sur un ton poli mais froid. C'est aimable à vous de me soutenir, mais je peux régler ce problème.

Elle se tourna vers la jeune fille.

—Mademoiselle Deveault veut partir, je ne la retiens pas. Elle espère trouver un meilleur travail ailleurs, tant mieux. Quant à nous, nous allons nous organiser.

—Vous êtes pas raisonnable, madame Léon-Marie, reprocha Georgette. Vous avez un bébé de deux ans et demi, et dans cinq semaines vous en aurez un autre. Vous ne pouvez pas vous occuper de deux enfants et du magasin en même temps.

Héléna tira les lèvres. Elle paraissait sereine. Il était évident qu'elle savait ce qu'elle faisait, qu'au fond de son cœur elle attendait depuis longtemps cette situation qui sonnait le départ de son employée.

—Bon, c'est vous que ça regarde, soupira Georgette. Si vous êtes mal prise, vous aurez qu'à nous demander. Jean-Baptiste et moi, on a toujours été bien proches de Léon-Marie.

Elle fit une pause avant d'ajouter à voix basse :

—On a été là chaque fois qu'il a eu ses malheurs.

—Je retiens votre offre, répondit Héléna.

La porte d'entrée s'était refermée brutalement. Pendant un long moment, la clochette résonna dans le silence et projeta son écho jusqu'au fond de la pièce. Autour d'elles, la pénombre avait envahi l'espace. À l'étage, le petit Antoine-Léon, qui s'amusait dans son parc, avait cessé son babillage.

Sans bruit, presque imperceptiblement, Héléna alla se glisser derrière le comptoir. Elle avait pris la place de son employée. Debout, les doigts croisés, elle se tenait à l'écoute de sa cliente.

—Que puis-je vous servir, madame Gervais?

Georgette appuya ses avant-bras sur la table et la fixa avec reproche. Elle n'approuvait pas la décision d'Héléna et elle aurait bien voulu comprendre le pourquoi de pareil comportement.

Elle savait la seconde épouse de Léon-Marie renfermée, d'approche difficile, et elle le déplorait. Héléna était si différente des autres, en plus de ne rien dévoiler de ses pensées. À l'inverse d'Henriette, elle avait une force décisive qui la rebutait.

Soudainement, Georgette se surprenait à regretter la faible première épouse qui avait sans cesse besoin de son aide, mais dans le cœur de laquelle elle pouvait lire comme dans un livre ouvert.

Enfin, se ressaisissant, elle plongea la main dans sa poche, en extirpa sa courte liste, puis dégagea des mailles de son filet un petit contenant en métal qu'elle déposa sur le panneau.

—Pesez-moi deux livres de sucre. Je voudrais aussi un pot de moutarde et un demiard de mélasse.

Immédiatement, Héléna se pencha sous le comptoir et en retira un sac en papier brun qu'elle ouvrit d'un léger coup de son poing fermé. Se retournant à demi, elle enfonça une petite pelle à manche court dans la poche de jute contenant le cent livres de sucre qu'ils gardaient rangé derrière le meuble et en remplit le sachet. Elle le plaça sur le plateau de la balance, en indiqua le prix avec un crayon de plomb, puis le déposa sur la grande table et aligna à côté le pot de moutarde.

Avec ses jupes qui bruissaient sur ses jambes, elle se dirigea ensuite à l'arrière du magasin vers un gros baril aux couleurs mordorées, chargé d'écritures sombres. Un genou plié, elle tourna le robinet, laissa couler une mélasse noire, épaisse dans le minuscule contenant que Georgette lui avait remis et revint vers le centre de la pièce.

—Désirez-vous autre chose, madame Gervais? Avez-vous...

Soudain elle s'embrouilla dans ses mots. Incapable de terminer sa phrase, elle pressait son ventre de ses deux mains. Une douleur insupportable labourait ses entrailles. Avec une lenteur insidieuse, troublante, une chaleur inhabituelle se déplaçait entre ses cuisses. Elle pâlit. Le regard implorant, elle fixa Georgette :

— Je ne croyais pas avoir besoin de vos services aujourd'hui, madame Gervais, mais je pense que je suis en train de perdre mes eaux.

— Mon Dieu! s'énerva Georgette, ses yeux agrandis d'horreur, accrochés à la cheville d'Héléna qu'elle voyait s'auréoler de rouge. Ce ne sont pas vos eaux que vous êtes en train de perdre. Vous êtes en train de faire une hémorragie.

Promptement, elle agrippa son bras et l'entraîna vers l'escalier.

— Vite, au lit! Moi, j'appelle le docteur.

5

Léon-Marie repoussa son assiette et avala une dernière gorgée de son thé. Ainsi qu'il faisait depuis qu'Héléna était revenue de l'hôpital, son petit déjeuner terminé, il empila son couvert et alla le déposer dans le plat à vaisselle.

Comme un rituel, il se retourna, traversa la salle à manger et atteignit la petite chambre aux couleurs douces qui s'ouvrait à l'entrée du corridor. À pas feutrés, il pénétra dans la pièce et se pencha sur le berceau habillé de tulle dans lequel le bébé dormait paisiblement.

Un chatouillement, comme une égratignure, monta dans sa gorge. Malgré ses efforts, il était incapable d'oublier l'inquiétude qui l'avait rongé pendant ce long mois où Héléna avait séjourné dans l'établissement hospitalier. Tout s'était passé si vite.

Alerté par Jean-Louis, bien avant qu'il ne rentre à la maison, Georgette avait déjà téléphoné au docteur Gaumont et rempli une mallette des effets d'Héléna nécessaires à une hospitalisation. Sitôt arrivé, sans prendre le temps de l'examiner, le médecin l'avait transportée dans sa voiture jusqu'à l'hôpital.

Pendant ce temps, Georgette avait pris d'autorité la charge du magasin général et s'était installée derrière le comptoir pour le reste de la journée. Le soir venu, elle avait empilé dans un sac quelques vêtements et jouets du petit Antoine-Léon et l'avait amené avec elle.

Léon-Marie savait qu'il devait une fière chandelle à Georgette. Il se demandait ce qu'il aurait fait si elle n'avait pas été présente, cet après-midi-là, de même que pendant cette période interminable qu'Héléna avait passée loin de la maison...

Un grand frisson parcourut son échine à ce souvenir.

Déjà trop éprouvé, perdu dans son vaste espace comme du temps où il s'était retrouvé sans famille, il avait vécu des jours douloureux pendant lesquels la pensée d'Henriette et de ses enfants disparus s'était imposée cruellement à lui.

Incapable de taire ses appréhensions, il s'était demandé si l'immonde fatalité qui l'avait poursuivi durant tant d'années, jusqu'à décimer les uns après les autres tous les siens, n'allait pas, une fois encore, s'abattre sur son nouveau foyer.

Puis il avait exhalé un soupir de soulagement. Un matin froid, peu de jours avant que ne s'achève le mois d'octobre, la famille avait été de nouveau réunie.

Derrière lui, des pas lents faisaient craquer le parquet du corridor. Il se retourna.

Enveloppée dans un long peignoir de chenille, Héléna s'était immobilisée dans la porte.

—J'espère que c'est pas moi qui t'ai réveillée avec mes grosses bottes, s'excusa-t-il.

Elle avança lentement vers lui.

—Il était temps que je me lève. Il dépasse sept heures.

Il la considéra avec inquiétude. Héléna était encore faible. Il se remémora son séjour à l'hôpital et combien le travail de l'accouchement avait été pénible. Le matin du 10 octobre, elle avait donné naissance à une toute petite fille, délicate et fragile, qu'on avait placée en incubateur.

Héléna avait beaucoup souffert, en plus de perdre une importante quantité de sang. Anémiée, elle était demeurée deux autres semaines dans la grande institution afin de reprendre ses forces.

Durant cet intervalle, comme un dérivatif, il avait préparé son retour à la maison. Sans lui demander son autorisation, il avait fermé la chapellerie et confié à Cécile la charge du magasin général, qu'il estimait plus lucratif, puis avait engagé la fille de son ouvrier Arthur Lévesque pour s'occuper du ménage.

Après un contact plutôt distant avec sa belle-fille, depuis les quatre années qu'ils vivaient sous le même toit, pendant toute la période où ils avaient été seuls, ils avaient travaillé de concert et Léon-Marie en avait éprouvé une immense satisfaction.

Il lui avait semblé que Cécile le découvrait, se mettait à l'apprécier.

Après avoir manifesté tant de réticence envers lui qu'elle voyait comme un usurpateur de son père, il la surprenait à badiner gentiment, n'hésitant plus à le gratifier du qualificatif de papa.

Couchée sur son lit d'hôpital, dolente, Héléna n'avait pas protesté. Elle était si épuisée, privée qu'elle était de son sang, avec cette impression de flotter sur un nuage, qu'elle les avait regardés faire et avait laissé couler les jours un à la fois.

Leur petite fille avait eu de la difficulté à survivre. Née avant terme, elle était d'un poids bien inférieur à la moyenne. Pourtant, tous s'accordaient à dire qu'elle était l'enfant la plus jolie du monde avec ses joues rondes, son petit nez fin et ses grands yeux d'un bleu profond qui tourneraient au brun, assurait sa mère.

Ondoyée le jour de sa naissance et baptisée le dimanche suivant, elle avait été prénommée Marie-Laure à la mémoire de l'aînée des filles de Léon-Marie qu'il avait eues avec Henriette.

Il y avait maintenant trois semaines que la petite famille avait réintégré l'étage au-dessus du magasin, et on était à la mi-novembre.

À peine installée dans ses affaires, Héléna avait repris la direction de la maison en commençant par renvoyer la jeune bonne que son époux avait engagée. Elle en avait tout de suite déniché une autre et encore une autre, sans jamais être satisfaite.

Les yeux ronds d'étonnement, Léon-Marie soupesait le nombre de filles du hameau qu'il avait vues défiler dans leur cuisine et il en était pris d'une sorte de vertige. Mais il n'en avait pas fait la remarque. Héléna avait l'habitude de mener sa vie à sa manière, aussi il se retenait d'intervenir.

—Comment tu t'arranges avec tes servantes? interrogea-t-il d'une petite voix dans laquelle perçait un peu d'hésitation.

—Les filles ne sont pas fiables, déplora-t-elle. Ou bien elles n'ont pas appris à travailler ou bien elles sont paresseuses.

Elle fit un geste large pour affirmer ses dires.

—Comme ce matin, je devais avoir l'aide d'une des filles d'Ephrem Lavoie. Il sera bientôt sept heures trente et elle n'est pas encore entrée. J'ai bien peur d'être obligée de placer une annonce dans *L'Écho du Bas-du-Fleuve*.

—Il est encore tôt, elle peut arriver d'une minute à l'autre.

—Elle devait être ici à sept heures, précisa Héléna. Une personne qui n'est pas ponctuelle ne fait jamais une bonne employée.

Il jeta un dernier regard sur l'enfant endormie, puis se redressa et enfonça sa casquette sur sa tête. Il était temps pour lui de se rendre à l'usine.

—En tout cas, si elle vient pas, promets-moi de pas te fatiguer, pis oublie le ménage. Ça nous fera pas de mal si ça brille pas partout comme un miroir. Souviens-toi qu'il y a rien qu'une chose qui attend sans jamais s'en plaindre, c'est la poussière.

Enjôleuse, Héléna entoura son cou de ses bras et appuya sa tête contre sa joue.

—Ne t'inquiète pas, je serai raisonnable.

Le parfum subtil de ses cheveux courut jusqu'aux narines de Léon-Marie. Il refréna un petit frisson de désir.

—Si t'es pas trop fatiguée, à soir, on va se coucher de bonne heure.

—Penses-tu que je ne devrais pas demander l'avis du docteur?

Ils éclatèrent de rire. Derrière eux, le soleil du matin pénétrait à flots par la porte avant grande ouverte.

Sans détacher ses yeux du visage de son Héléna, comme à regret, Léon-Marie se retourna et franchit le rai de lumière.

Pressant le pas, il parcourut la longue véranda extérieure et descendit les marches, traversa la route et accéda à l'usine par le sentier de la manufacture de portes et châssis.

Il se hâtait. C'était la fin des contrats et le travail abondait dans les industries. Autour de lui, les hommes s'affairaient vers les cages de bois à sécher, tantôt entrant dans les différents ateliers, tantôt en sortant, une pile de planches sur l'épaule, tandis que d'autres formaient de belles palissades comme un bâti bien droit avec le bois frais coupé.

Il pénétra dans la salle de coupe, la traversa sans un regard et se dirigea d'un trait vers l'ouverture de l'ancienne meunerie.

—Aspic, Léon-Marie! cria Jean-Baptiste tandis qu'il croisait leur aire de travail. Que c'est qui t'arrive? Tu passes dret comme si tu reconnaissais pus personne?

Léon-Marie s'immobilisa.

—Je suis en retard, Baptiste, je me suis trop attardé à regarder dormir la petite. Barnache que c'est une belle enfant.

—M'est avis qu'elle tient de sa mère, le taquina Jean-Baptiste. Ton Héléna est reconnue comme une des plus belles créatures du canton, tandis que toi...

Mordillant son copeau d'épinette, il planta son *can-dog* dans une grosse bille qu'il poussa sur la crémaillère.

—Avez-vous réussi à vous trouver une servante?

Léon-Marie hocha négativement la tête.

—Depuis la naissance de la petite, Héléna a essayé presque toutes les filles de mes ouvriers, pis celles des cultivateurs du chemin de Relais. C'est des bonnes filles, mais c'est difficile d'en trouver une qui soit qualifiée.

Jean-Baptiste prit le temps d'entraver la pièce de bois entre les crochets avant de se tourner vers lui. Il prononça avec circonspection :

—Je voudrais pas me mêler de ce qui me regarde pas, mais t'admettras avec moi que ça va être difficile de trouver une *fille engagère* capable de contenter ton Héléna.

Léon-Marie sursauta. Le menton levé, il interrogea, sur un ton bourru :

—Que c'est que t'entends par là, Baptiste?

Sans paraître démonté, Jean-Baptiste enchaîna tout de suite :

—Ta femme a des grosses qualités, à commencer par être ben perfectionniste. Tu dois admettre avec moé que, pour ceux qui le sont moins, elle est pas facile à satisfaire.

Le regard appesanti sur lui sans rien dire, Léon-Marie tiqua de la joue.

Mal à l'aise, Jean-Baptiste se détourna et se concentra sur son travail. Reprenant son *can-dog*, il l'enfonça dans l'écorce dure du billot, gonfla les biceps et le ramena vers lui.

Il regrettait sa remarque. Il se demandait s'il n'avait pas dévoilé un peu trop crûment le fond de sa pensée. Depuis toujours, il connaissait Léon-Marie, savait qu'il ne tolérait pas la moindre critique envers les siens.

Pourtant, il était persuadé que son observation était juste. Combien de fois, le soir avant de s'endormir, Georgette et lui avaient-ils discuté la question? « Je comprends pas Léon-Marie de toujours choisir des têtes de mules comme femmes, disait Georgette. Henriette était entêtée, mais pas toujours dans le bon sens. Pour Héléna, c'est l'inverse, elle est entêtée, mais elle a trop de bon sens. Je me demande comment Léon-Marie peut s'accorder avec une femme aussi exigeante. Avec Henriette, au moins, il pouvait mener ses affaires à sa guise. »

Jean-Baptiste était d'accord avec elle, mais Léon-Marie était son meilleur ami en plus d'être le pourvoyeur de sa famille. Compagnon des premières heures, quoi qu'il dise, quoi qu'il fasse, il savait qu'il le servirait fidèlement, toujours.

En ce sens, Georgette ne manquait pas de l'approuver. Tournés l'un vers l'autre, avec leur souffle qui s'entremêlait, ils cherchaient plutôt un moyen d'alléger les tâches d'Héléna en même temps qu'ils apporteraient un peu de support à Léon-Marie.

—Georgette me disait hier qu'elle pourrait peut-être regarder pour toi du côté de Saint-André pour une servante, ben entendu si ça marche pas avec les filles du hameau.

Sans cesser de mastiquer son copeau d'épinette, il ramena le chariot vide et alla dégager un autre billot. Le dos tourné, il avança avec lenteur :

—Tu te rappelles Antoinette Bonenfant qui venait se promener chez nous pendant les vacances?

Léon-Marie souleva le menton.

—Tu dois ben te souvenir, insista Jean-Baptiste, elle était venue pendant ton veuvage, même qu'un midi, Georgette, qui avait pas le temps de te porter ton dîner, l'avait envoyée à sa place. Elle est restée vieille fille. C'est une femme dépareillée. Elle sait faire de la bonne cuisine, coudre, tricoter, elle est ben patiente avec les enfants, en plus qu'elle pourrait servir tes clients au magasin général.

Léon-Marie laissa poindre une œillade malicieuse. Il n'avait pas oublié l'enfilade de prétendantes que lui avaient référées Georgette et Jean-Baptiste du temps de ses deuils.

Bien sûr qu'il se souvenait de la cousine Bonenfant, de même qu'il avait en mémoire la belle Ange-Aimée, la sœur de Ludger Lévesque, les maîtresses d'école et toutes les autres qui avaient franchi la porte de son bureau à l'étage de la scierie.

— Si Georgette pense avoir trouvé la perle rare que cherche Héléna, dis-lui de pas se gêner pour aller y en parler.

Tout de suite il se remit en marche et courba la tête pour franchir la brèche menant à l'atelier de planage.

Derrière lui, une ombre avait voilé la lumière qui jouait dans le vaste espace des grandes portes. Grimpé sur ses longues jambes comme sur des échasses, McGrath venait de surgir par l'ouverture de la salle de coupe.

Il avançait vers le milieu de la pièce, la démarche traînante, avec ses belles chaussures vernies qui s'empoussiéraient de sciure de bois à chacun de ses pas.

— Je montais au mont Pelé. Je peux te dire un mot, Savoie?

Léon-Marie revint vers lui. Il n'en était pas surpris. Depuis qu'il était le maire de la place, McGrath avait pris l'habitude, chaque fois qu'il avait quelque obligation du côté du chemin de Relais, de s'arrêter à la scierie et discuter avec lui de la chose municipale. « Il vient prendre conseil auprès de son organisateur politique », plaisantait-il.

Oubliant sa suspicion des premiers jours, rassuré par l'évidente bonne volonté de l'Irlandais, Léon-Marie lui rendait sa confiance, allant jusqu'à se glorifier ouvertement d'avoir concouru à son élection.

— As-tu le temps de venir fumer un cigare dans mon bureau?

Ils se dirigèrent vers l'étage.

— T'as pas eu vent de choses étranges qui se seraient produites dernièrement autour de la montagne? s'enquit tout de suite McGrath en prenant place sur une chaise droite. Le garçon de la veuve Maher est venu s'en plaindre à l'hôtel de ville. Paraît qu'il y aurait eu tout un remue-ménage dans le petit bois, que ç'a bardassé fort, assez pour les empêcher de dormir.

— J'ai entendu parler de rien, répondit Léon-Marie. Faut dire que c'est pas d'hier que le petit bois sert autant aux chasseurs que pour les faiseurs de mauvais coups.

—Le village grossit, fit remarquer McGrath, et plus il grossit, plus ça va être difficile d'y faire régner l'ordre. Va falloir trouver des moyens pour assurer la sécurité des citoyens. On aura peut-être pas le choix que d'organiser un service de police.

—C'est aussi mon idée, approuva Léon-Marie en étirant le bras sur son bureau pour saisir sa boîte de cigares. Avec la crise, la famine, les voleurs qui courent les routes, il y a pus de respect pour la propriété d'autrui.

Assis l'un face à l'autre, pendant un moment la mine évasive, ainsi que deux complices, ils aspirèrent quelques puissantes bouffées dans leur havane.

—Je suis content d'avoir ton approbation, fit McGrath, rompant le silence. La solution que j'ai trouvée serait d'engager deux policiers à temps partiel. J'ai pensé au garçon d'Alcide Thériault qui travaille avec son père sur la ferme, puis à Robert, le garçon de Joachim Deveault. On leur aménagerait un local à même l'édifice de la mairie qu'ils occuperaient le soir après leur ouvrage sur la ferme. Ben entendu, avec l'équipement et les salaires qu'on devrait leur payer, ça nous obligerait à chercher de nouveaux revenus.

Il se racla la gorge. Les joues creuses, il pompa dans son cigare et laissa exhaler une longue fumée grise, opaque, qui alla se fondre dans un rayon de soleil.

—La semaine prochaine, je vais présenter mon budget annuel. Je suis pas sûr que ce que j'ai décidé va te plaire, mais il en va du bien de la municipalité.

Il fit une pause avant d'ouvrir la bouche et glisser son cigare entre ses dents brunes.

—J'ai pas oublié que le monde est raide pauvre, aussi j'ai pas l'intention de faire réviser le rôle d'évaluation. J'ai plutôt pensé imposer une nouvelle taxe, mais seulement à ceux qui profitent de la commune pour en vivre. À l'avenir, tous ceux qui opèrent un commerce ou une industrie, comme toi pis moi, payeraient ce que j'appellerais une taxe à l'entreprise.

—Quoi?

Outré, comme s'il s'éveillait d'un rêve, Léon-Marie avait bondi sur sa chaise.

—Tu m'avais promis que t'augmenterais pas les taxes.

—Faut progresser, Savoie, répliqua McGrath. Avant d'être élu, j'avais pas vu à quel point Saint-Germain avait grossi. C'est devenu presque une ville, faut se mettre au pas, comme les villes. On s'est entendus pour faire installer l'aqueduc. On en est rendus à se doter d'un service de police. Graduellement, on fera d'autres améliorations.

—D'autres améliorations? lança Léon-Marie, rouge de colère. Que c'est que tu veux ajouter de plus? Les chemins sont secs, ils manquent pas de gravelle, les rues sont éclairées pis le curé Jourdain est content.

—Justement, parlant d'électricité, j'espère que tu t'attendais pas à ce que je fournisse l'éclairage de ton chemin toute ta vie. Je te l'ai accordé pendant un an...

—Veux-tu dire qu'à partir d'astheure, tu vas exiger, en plus, des redevances de la part de la municipalité? souffla Léon-Marie.

McGrath secoua la cendre de son cigare. Il avait pris un air désolé.

—J'ai pas le choix, faut que je vive, moi aussi.

—C'est vrai que t'es raide pauvre, fit Léon-Marie sur un ton sarcastique.

—Depuis que t'es en affaires, ton compte de taxes a pas varié d'un iota, se justifia McGrath. De ce côté-là, l'administration précédente a fait preuve de laxisme.

Léon-Marie lui jeta un mauvais regard. Depuis les douze ans que son usine fonctionnait à pleine capacité, il savait que ce jour viendrait, mais cette façon qu'avait McGrath de décider à sa place, sans considération, l'irritait plus qu'il n'aurait su dire. L'Irlandais ne semblait pas reconnaître son dévouement, son apport à l'enrichissement de la commune.

—J'ai donné du travail à des chefs de famille qui ont eux-mêmes payé des taxes, c'est ce que j'ai expliqué à Joseph du temps qu'il était maire. J'ai participé au développement du hameau et d'une partie du rang Croche. C'est moi qui en ai fait une ville.

—Moi aussi, par mon pouvoir électrique, j'ai contribué à en faire une ville, répliqua McGrath, et moi aussi, j'aurai à payer une taxe à l'entreprise.

Il fit un geste d'impatience.

—T'as pas l'air de comprendre qu'une municipalité, ça se gère pas comme une entreprise privée.

—Ben, je le prends pas pantoute, si tu veux le savoir! explosa Léon-Marie. Es-tu en train de me dire que c'est ça que tu venais m'annoncer en passant? Que tu me ferais payer avec la sueur de mon front l'éclairage d'une route qui sert à tout le monde, en plus d'un service de police qui protégerait tout le village? C'est ça que t'appelles de la démocratie?

—Les riches doivent payer pour les pauvres, c'est ça, la démocratie. Pis c'est pas fini. Il y a aussi l'ameublement de la salle du conseil qu'il faut changer. C'est une autre affaire qui s'en va en décrépitude. On a une image à montrer. Si un dignitaire vient chez nous, il va penser que le village est resté au temps des Sauvages. Mais fais-toi z'en pas, on étalerait la dépense. T'aurais juste une petite augmentation chaque année, au coût de l'inflation.

—En pleine période de crise quand les salaires sont à la baisse, de l'inflation, il y en a pas, riposta Léon-Marie. C'est plutôt de déflation qu'il faut parler. Qu'est-ce que tu fais de ton engagement d'attirer des usines qui, elles, paieraient les taxes? C'est ça, les politiciens. Ça promet n'importe quoi si ça peut se gagner des votes, pis, quand ils sont élus, ils montrent leur vrai visage, jusqu'à reprendre à leur avantage l'idée du candidat adverse qu'ils avaient dénigré à hauts cris.

À cet instant, il regrettait amèrement d'avoir cabalé en faveur de l'Irlandais. Il se prenait à aspirer au temps paisible où Joseph Parent régnait peut-être en maître sur leur communauté, mais multipliait les économies.

Il attendait encore les promesses que l'Irlandais avait fait miroiter à grand renfort de discours de part et d'autre du village et qui avaient rallié la population. Il en était profondément désillusionné.

—Je t'ai laissé trop de corde, McGrath, marmonna-t-il. Il est plus que temps que je me mêle aux affaires.

Heurté, McGrath se raidit. À son tour, il lança, comme un avertissement :

—Au lieu de chercher à mener la municipalité, tu ferais peut-être mieux de surveiller ton carnet de commandes pis t'assurer qu'il sera bien rempli.

Léon-Marie écarta les bras avec largesse. La mine complaisante, il indiqua, par la cage de l'escalier, les moteurs qui tournaient joyeusement en remplissant les espaces de leurs bruits durs.

—Comme tu peux voir, même si l'hiver est proche, on manque pas d'ouvrage, pis c'est pas demain que ça va s'arrêter.

—Anyway, faut jamais être trop sûr de soi, glissa McGrath. T'oublies que c'est le contrat de la Côte-Nord avec McCormick qui t'a tenu debout pendant la récession. Ça fait bientôt huit ans que ça dure. C'est rare qu'on voie un contrat s'éterniser aussi longtemps.

Léon-Marie se rapprocha de lui. Une petite crispation étreignait sa poitrine.

—C'est un message que t'es en train de me passer?

—Je suis surpris qu'il en ait pas été question dans ta correspondance avec les ingénieurs de McCormick, reprit McGrath, mais le bruit court que le projet de l'Américain irait pas plus loin que Comeau Bay, que les grands développements sur la Côte-Nord, ça s'arrêterait là pour lui.

Léon-Marie le fixa en silence. Oppressé brusquement, il revécut ce jour lointain où il s'était embarqué sur le traversier vers la Côte-Nord afin de décrocher ce qu'il considérait comme le plus gros contrat du siècle pour un propriétaire de scierie. Cette attribution lui avait permis d'échapper à la débâcle des autres moulins à scie provoquée par la crise économique en plus d'accroître sa prospérité.

Pris d'une soudaine inquiétude, il se demandait s'il n'avait pas été trop présomptueux. Il savait l'imprudence qu'il y avait à ne dépendre que d'un seul projet, si gros soit-il, mais en pareilles circonstances, l'offre était si mirobolante qu'il s'était reposé sur le millionnaire américain.

Il se demandait encore, avant qu'il ne soit trop tard, s'il ne devait pas adhérer à la suggestion que lui avait faite un jour son frère Charles-Arthur de parcourir la province à la recherche de nouveaux contrats.

—Es-tu ben sûr de tes sources? s'enquit-il les yeux rivés sur l'Irlandais.

—C'est pas dans mes habitudes de débiter des paroles en l'air, répondit McGrath. Mais il y a une autre affaire plus intéressante dont je voulais te parler.

Il s'était levé de son siège et arpentait la pièce à grandes enjambées.

Machinalement, se retenant d'être suffisant, il effleurait les meubles poussiéreux de ses longs doigts secs. En bas, les bruits de la raboteuse étaient devenus assourdissants, ils devaient hurler pour s'entendre.

—Le petit curé Jourdain m'a fait venir au presbytère, dimanche dernier, après la messe, cria-t-il. C'est en tant que maire qu'il m'a convoqué.

Il revint se placer tout près de Léon-Marie.

—T'as réussi à m'extirper un nom de rue, je viens t'apprendre que le rang Croche va aussi changer de nom.

—Es-tu en train de m'annoncer que le petit curé Jourdain a proposé d'appeler le rang Croche, rang McGrath? fit Léon-Marie, choqué.

—Jamais de la vie. Godless! se récria-t-il. J'ai pas ta prétention. Le curé Jourdain a seulement suggéré que le rang Croche porte le nom de route de l'Église, ce que je trouve normal puisqu'il est la continuation du chemin de l'église. Il va falloir que tu viennes au conseil, lundi prochain, pour me seconder.

—Barnache!

La mine ombrageuse, Léon-Marie le toisa. Il imaginait sans peine sa satisfaction, de même que celle de tous les habitants du rang Croche. La rue menant à l'église étant réputée la plus importante d'une agglomération, de s'appeler route de l'Église représentait pour eux un honneur considérable et il en concevait un immense dépit. Il se rappelait les intrigues de McGrath auprès du curé Darveau afin d'obtenir que la construction de l'église se fasse à l'endroit précis qui faisait face au rang Croche.

Les yeux tournés vers la fenêtre, il fixa, à sa gauche, le petit bout de chemin, en terre battue, creusé d'ornières qu'il devinait s'ouvrant malaisément à l'angle de ses commerces, à la limite des terres d'Ovila Gagné et de Josaphat Bélanger. Blessé dans son orgueil, il ressentait tout à coup un fort besoin de contrecarrer l'Irlandais, le freiner à sa manière.

—T'as pas pensé qu'il pourrait y avoir des objections? Une rue d'église se doit d'être droite. Ton rang, il est tout croche.

—Si ça te dérange, on peut le redresser.

—Aux frais des contribuables, ben entendu, nargua Léon-Marie. Que c'est que tu dirais si je soulevais la question dimanche prochain, après la messe?

—T'as ben beau, si tu veux provoquer l'ire du curé à coup sûr. Par contre, tu risques de pas avoir beaucoup de supporters. Souviens-toi que les paroissiens sont fiers de leur église. Ils peuvent loger dans des cabanes, si leur église est construite dans la plus belle rue, à la plus belle place, pis avec la plus belle vue de l'endroit, ils sont comme des bienheureux.

Il fit une pause avant d'enchaîner, sur un ton railleur :

—J'ai l'intention de convoquer tous les hommes de la paroisse. J'ai même l'idée d'inviter le petit Nestor Beaulieu, tu sais, celui qui a acheté les fardoches de ton beau-frère après avoir tenté d'acquérir la terre du vieil Adalbert Perron pour y installer sa fabrique de charbon de bois. Tout ça parce qu'une certaine Joséphine A. Lévesque lui avait coupé l'herbe sous le pied en s'empressant d'acheter la terre du bonhomme avant lui.

Son dos émit un petit craquement sec. Il se pencha vers Léon-Marie.

—Je t'ai pas dit que, dans mes fonctions de maire, j'ai l'occasion de feuilleter les archives de la paroisse? Je trouve là des affaires qui m'étonnent en godless. À ce propos, je savais pas que ta mère était née Lévesque?

Il énuméra avec une précision délibérée, lente, de sa voix grêle, devenue profonde :

—Marie, Joséphine, Adèle Lévesque.

Léon-Marie sursauta. Sur l'expectative, il se demandait si, par quelque machination diabolique dont il le savait capable, Don McGrath n'avait pas mis au jour son astuce d'il y a dix ans, quand il avait fait en sorte que l'usine de charbon de bois du petit Nestor Beaulieu soit construite en dehors de leur région ou si, dans son habitude de procéder à des déductions, il ne se hasardait pas tout simplement à échafauder une hypothèse.

Il ne trouvait pas de réponse à ce qu'il voyait comme une insinuation bien proche du chantage. Il se raffermit sur son siège. Il venait de prendre une décision qui, à son sens, se révélait sage. Faisant le parallèle entre les deux systèmes gouvernementaux du pays, il considérait que, dans ce genre de situation, mieux valait être du bon bord.

—À quelle heure que tu vas la passer, ta proposition? Je suis pas trop intéressé à aller écouter les doléances de tout un chacun pour ensuite t'entendre pérorer devant l'assemblée.

—Je vas ménager ton temps précieux, le rassura McGrath, sarcastique. Je vas inscrire la proposition au début de la séance. T'auras tout le loisir d'aller retrouver ton Héléna et passer la soirée à bercer ta petite dernière.

Il éclata d'un grand rire. Satisfait, pressé soudain, il se retourna et, sans rien ajouter, dévala l'escalier vers la sortie.

Léon-Marie riva ses yeux à la fenêtre. La mine dubitative, il fixa longuement la haute silhouette de l'Irlandais qu'il voyait grimper dans son véhicule pour s'éloigner vers le mont Pelé. Un sentiment indéfinissable montait dans sa gorge.

Bientôt le rang Croche s'appellerait route de l'Église, et les édiles municipaux seraient dotés de meubles neufs. Il ne pouvait s'empêcher d'en être tourmenté. Mais, plus que tout, c'était la rumeur de la Côte-Nord qui l'angoissait, comme une inquiétude nouvelle qui accaparait ses pensées.

Il se demandait si la malchance qui s'était acharnée sur lui dans sa vie familiale n'était pas en train de le rejoindre dans ses affaires. Il considérait, dehors, la cour immense avec ses cages de planches proprement alignées qui témoignaient de son labeur, de la lutte qui était son lot sans jamais finir.

Il ne se sentait plus la force de recommencer ainsi qu'il avait fait tant de fois. Était-ce le poids de ses cinquante ans qu'il avait fêtés, il y avait peu de temps, qui le rendait vulnérable? Trop souvent terrassé, il n'éprouvait plus ce plaisir à entreprendre et à grandir. Aujourd'hui, il se serait bien contenté de ce qu'il avait accompli.

Cet héritage qu'il voulait pour son petit Antoine-Léon, était-ce un rêve de trop?

Il s'empressa d'aller rejoindre les employés de la salle de coupe. Ils étaient tous là, à leur poste, chacun s'affairant à sa tâche devant une machine.

Le cœur rempli d'un sombre pressentiment, il les dénombra : Jean-Baptiste, son ami de toujours, Omer Brisson, Arthur Lévesque, Lazare Darveau, ces ouvriers qui le servaient avec dévouement depuis le début de ses entreprises. Près d'eux, quelques jeunes hommes, recrutés pour les besoins de la scierie pendant la saison active, transportaient le bois débité dans la cour.

— Aspic, on s'est passés de ça jusqu'astheure et on a vécu pareil! entendit-il clamer Jean-Baptiste.

— Vous autres, les jeunes, vous voulez tout avoir sans effort, appuya Omer. C'est déjà assez difficile d'avoir une job, faut la garder.

Intrigué, Léon-Marie s'approcha d'eux.

— Que c'est qui se passe?

— Il y a que ces jeunots-là reviennent à la charge. Ils proposent pus, astheure, ils parlent de t'obliger à fermer boutique pendant une semaine l'été prochain pour profiter du beau temps.

— Barnache! Je leur ai dit, l'hiver passé, qu'il en était pas question, que l'été, c'est la plus grosse saison. C'est pas le temps de fermer boutique.

Un doigt menaçant pointé vers les garçons, il proféra avec colère :

— Quand on a un peu de sérieux dans la tête, on travaille quand il y a de l'ouvrage, pis on prend des vacances quand il y en a pas. Que feraient nos clients si on retardait la livraison des matériaux sous prétexte que la scierie est fermée pour raison de vacances? Ben, ils iraient acheter ailleurs, pis c'en serait fini de notre usine de sciage. Avec la crise économique qui sévit, vous autres, vous iriez vous ajouter aux chômeurs qui vont passer l'hiver dans les camps de bûcherons pis qui vendent des fruitages aux portes pendant l'été pour pas crever de faim.

Il respirait bruyamment, exaspéré, se rangeait du côté des aînés, en même temps que, l'œil furibond, il toisait les garçons.

— Aspic, les jeunes nous mèneront pas par le bout du nez, nous autres, les vieux! s'emporta Jean-Baptiste. Depuis le temps qu'on est là, ils vont apprendre à marcher dans nos roulières.

— Ma défunte mère disait tout le temps que, si on a la chance d'avoir de l'ouvrage en temps de crise, faut le prendre pis pas dire un mot, appuya Omer.

— Ben moi, reprit Léon-Marie, je vas vous dire... tant que je serai le boss... je... per...

La bouche ouverte, il fit un pas vers l'avant. Très pâle, il battit des mains, se retint de trébucher.

— ... je... per... répéta-t-il avec effort.

Il avait porté ses doigts à son cou et tentait de dégager son col de chemise. Il était oppressé, il suffoquait. Étonnés, les hommes s'étaient rapprochés de lui. Engourdis, comme inhibés, ils le fixaient. Autour d'eux, les machines émettaient des claquements métalliques, discordants.

Le visage crispé d'angoisse, Léon-Marie s'agitait à petits mouvements fébriles. En vain, il cherchait à reprendre son souffle. Soudain, il se raidit, mollit. Un grand soupir s'exhala de ses lèvres. Ses bras retombèrent. Sa tête s'inclina sur le côté, ses genoux fléchirent. Pesamment, dans un bruit mat, il s'affala sur le sol.

Épouvanté, Jean-Baptiste abandonna son *can-dog* qu'il tenait enfoncé dans la grosse bille et se rua vers lui. Ses prunelles étaient noires d'inquiétude.

— Aspic, Léon-Marie, que c'est qui t'arrive?

Il criait et le secouait d'abondance.

— Réveille-toé, Léon, t'es pas pour t'en aller bêtement de même.

Comme un appel de détresse, il fixait les hommes autour de lui. Ses yeux étaient humides de larmes. Omer, le premier, sortit de sa torpeur. S'articulant à grands pas, il attrapa un gobelet de métal, actionna durement la pompe et le remplit d'eau froide. Il revint en courant, maladroit, encombré dans ses chaussures grossières et, sans égard, lança le contenu à la figure de Léon-Marie.

Léon-Marie émit un léger grognement, puis, lentement, souleva les paupières. L'expression égarée, il jetait des coups d'œil surpris autour de lui.

— Que c'est qui m'a pris?

— Faut appeler le docteur, s'agita Jean-Baptiste.

Léon-Marie toussota, s'appuya sur ses coudes, puis, avec peine, se remit sur ses jambes.

— Ça sera pas nécessaire, Baptiste, c'était juste un étourdissement.

— Un étourdissement, ça arrive pas sans raison, s'énerva Jean-Baptiste. Il a dû y avoir une affaire qui t'a troublé ben gros.

— Il y a tout le temps des affaires qui causent du trouble, assura Léon-Marie. Un étourdissement, ça peut arriver à n'importe qui.

— Ben, aspic, je suis pas de ton avis, objecta Jean-Baptiste. C'est peut-être ben grave, ce qui vient de t'arriver. Promets-moi d'aller consulter le docteur Gaumont sans faute après-midi.

— C'est vrai que j'ai eu ma part d'inquiétudes depuis quelque temps, reconnut Léon-Marie. En plus des problèmes journaliers à la scierie, il y a eu Héléna. Après l'avoir vue malade de même pour une affaire aussi naturelle que mettre un enfant au monde, je l'ai ben mal pris, mais astheure, c'est passé...

Les yeux soudainement durs, il se pencha vers Jean-Baptiste jusqu'à toucher son visage.

— Écoute-moi ben, Baptiste, tu te rappelles du temps d'Henriette? Ben, on va faire pareil. On en parlera pas un mot, surtout pas à Héléna.

6

Au grand dam de Léon-Marie, aussitôt qu'était arrivé le printemps et la reprise des activités, McGrath avait puisé dans les réserves municipales et s'était doté d'un beau fauteuil en cuir de vache, massif, avec les bras, le dos et le siège douillettement rembourrés.

Non content, il avait commandé un grand réaménagement de la salle du Conseil, avait fait remiser les meubles bancals au grenier et les avait remplacés par de belles chaises en bois d'érable à l'usage de la foule qui assisterait aux assemblées. « Les édiles municipaux méritent de délibérer dans des conditions décentes. Ça vaut aussi pour les contribuables qui viennent les entendre », avait-il décrété devant le cercle des hommes.

— Comme d'habitude, c'est le peuple qui va payer, avait lancé Joseph Parent qui ne cachait pas son indignation. Ça se serait pas passé de même du temps de mon administration, avait-il enchaîné en dardant un regard noir sur Léon-Marie.

— Faut que nos édiles soient installés confortablement, s'était objecté, près de lui, Jérémie Dufour, comme un écho aux paroles de l'Irlandais. On leur doit un minimum de considération. Après toute, ils travaillent pour nous autres.

— Tu trouves juste, toi, qu'on soit obligés de payer de notre sueur le fauteuil en cuir de vache de McGrath, pour qu'il se prélasse les fesses sur un coussin ben mœlleux? avait repris Joseph avec verdeur.

— C'est le système, avait rétorqué Jérémie dans son habitude de se rallier au plus fort.

Les hommes avaient haussé les épaules. Ils connaissaient Jérémie depuis trop longtemps pour prendre son jugement en considération. Depuis l'ordination de son fils Alexis à la prêtrise et bien avant, à cause des privilèges qu'il avait obtenus autant de la part du clergé que des autorités laïques, Jérémie n'avait plus d'opinion personnelle.

« Une mitaine, avaient-ils déploré pour la nième fois. Jérémie, c'est pas un homme, c'est une vraie mitaine. Les gens de son acabit devraient pas avoir le droit de vote. Ils devraient se contenter d'écouter. Ils faussent tout raisonnement », avaient-ils conclu dans leur logique habituelle.

Près d'eux, planté sur ses jambes, Léon-Marie s'était bien gardé d'émettre une opinion, même s'il en mourait d'envie. Il appréhendait les reproches que ne manqueraient pas de lui faire ses concitoyens, lui qui les avait ralliés à la cause de McGrath. Humilié en même temps qu'outragé, pour une rare fois, il s'en était retourné à la maison sans rien dire.

Enfin, peu à peu, avec le temps qui apporte l'oubli, les esprits s'étaient apaisés. Léon-Marie avait attendu un moment avant de relever la tête, puis, comme si de rien n'était, s'était replongé dans ses affaires.

Pourtant, quiconque le connaissait aurait sans peine deviné que la frustration n'avait pas quitté son cœur, qu'il n'attendait que le moment propice pour obtenir réparation d'un acte qu'il voyait comme une véritable félonie en plus de le mettre dans l'embarras.

Les jours avaient passé, les lilas avaient fané et le trèfle des champs avait rosi les pâturages.

Il y avait deux semaines que l'été avait débuté. On était dimanche, un beau dimanche plein de chaleur et de soleil.

C'était jour de pique-nique avec les membres de la famille Savoie. Léon-Marie et Héléna étaient allés entendre la messe basse, puis, sans s'attarder, étaient rentrés à la maison. Ils se hâtaient. Héléna, surtout, ne manquerait pas d'occupation. Pendant toute la matinée, elle devrait préparer sandwichs, mets froids, crudités et desserts qu'elle apporterait à la fête.

C'est à elle qu'ils devaient cette idée d'un repas champêtre réunissant les parents proches. Il lui paraissait important de rassembler la famille, entretenir cette stabilité, cet esprit d'entraide qu'elle découvrait chez les êtres apparentés.

Il y avait longtemps qu'elle nourrissait ce projet. Et si l'événement était réussi, elle en ferait une coutume et en organiserait un chaque année, assurait-elle.

Sitôt rentrée à la maison, elle avait noué un tablier autour de sa taille et avait dégagé ses plus gros récipients des armoires. Avec l'aide de la bonne, elle avait commencé à peler les légumes.

Au cours de la semaine précédente, elle avait réservé un vaste champ en friche, propriété de la famille Maher, au pied du mont Pelé. Joliment piqué d'herbes sauvages, il était limité par le lac aux Sorciers, cette grande étendue d'eau calme qui allait se déverser dans la chute de la rivière aux Loutres en coupant par la forêt.

Elle avait décidé qu'ils mangeraient près du lac, à l'ombre du bosquet de résineux. Ils profiteraient ainsi du petit vent de fraîcheur qui formait un constant tourbillon autour de la montagne.

La veille, elle avait retenu les services de deux employés de la scierie et y avait fait transporter les larges panneaux devant servir de tables.

Pendant que les femmes bavarderaient à l'ombre des arbres, les hommes procéderaient aux habituels concours qui étaient leurs jeux lors de cette sorte de réjouissances.

Il avait été entendu que Charles-Arthur, l'aîné de la famille, viendrait lui aussi dans son automobile avec sa femme Angélina et ses enfants.

Et il amènerait la *mére*, avait-il promis sur un ton qui disait l'immense faveur dont il les gratifiait tous en délogeant l'aïeule de sa berceuse, incrustée qu'elle y était depuis tant d'années.

Héléna laissa poindre un sourire. En même temps qu'elle tournait la cuiller dans les plats, elle songeait à Charles-Arthur et à l'importance qu'il accordait à chacun de ses actes de générosité.

Elle n'avait pas eu souvent l'occasion d'apprécier à sa juste valeur ce frère aîné de son mari qu'elle voyait trop impudent à son gré, en plus de profiter des autres avec une bonne conscience qui lui était toute personnelle.

Mais Charles-Arthur était ce qu'il était et, quoi qu'elle pense, elle savait qu'il continuerait à exhiber sa superbe partout autour de lui en exigeant la préséance. Aussi elle se disait que mieux valait le laisser faire et vivre.

Ses victuailles soigneusement apprêtées, elle les transvida dans leurs réceptacles et les disposa dans le panier d'osier qui attendait sur la table.

Elle jeta encore un regard autour d'elle, s'assura qu'elle n'avait rien oublié, puis rabattit le couvercle. Les comptoirs étaient vides. À l'autre bout du panneau, s'entassaient dans une boîte les assiettes en carton, les tasses et les ustensiles enfoncés dans un angle, avec, couchée sur le dessus, la grande nappe en papier proprement repliée. Elle était prête. Il ne lui restait qu'à attendre son époux.

Désœuvrée subitement, avec un soupir, elle se dirigea vers la fenêtre et appuya son front sur la vitre. Un peu fébrile, elle fixa, de l'autre côté de la route, le petit chemin en terre battue qui ondulait devant les cages de bois à sécher.

—Qu'est-ce qu'il attend? émit-elle pour elle-même. Il y a un bon moment qu'il a quitté la maison pour aller atteler le cheval.

—Vous êtes trop impatiente, la freina mademoiselle Bonenfant en passant près d'elle pour aller ranger les chambres. Il n'y a pas dix minutes que monsieur Savoie a franchi la porte.

—Vous avez probablement raison, dit-elle sans détacher ses yeux de la vitre.

Contrairement à ses habitudes, elle avait acquiescé sans discuter. Elle reconnaissait le bon sens de mademoiselle Bonenfant.

Il y avait huit mois maintenant que la vieille fille était sa domestique, et elle n'avait pas cessé de se louer d'avoir requis ses services.

Peu de jours après que Jean-Baptiste en eut fait la proposition à Léon-Marie, elle avait accepté de prendre à l'essai la cousine de Georgette. Elle avait longuement hésité avant de s'y résoudre tant elle refusait d'être sans cesse redevable aux amis de son époux de la bonne organisation de sa vie.

Aujourd'hui, elle ne regrettait pas sa décision. Antoinette Bonenfant était consciencieuse, vaillante et infiniment endurante. Peu loquace, ainsi qu'avait assuré Georgette, elle savait s'occuper du ménage, veiller sur les enfants, en plus de remplacer Cécile au magasin général quand cela était nécessaire.

Héléna éprouvait une profonde reconnaissance envers Georgette qui semblait être toujours là comme un ange gardien quand il lui arrivait un problème.

Depuis ce jour où elle avait failli perdre son bébé, elle la voyait d'un œil différent et entretenait une relation plus amicale avec elle.

Confortée par la présence de mademoiselle Bonenfant dans sa maison, elle s'était remise à rêver du jour où elle rouvrirait sa chapellerie.

Après la naissance de sa petite fille et le long repos auquel elle avait dû s'astreindre, Léon-Marie avait transformé son ancienne habitation en logement et l'avait louée à un ouvrier de la scierie. Héléna ne lui en avait pas fait le reproche. Léon-Marie avait fait comme elle aurait fait à sa place, même si, dans le secret de son cœur, elle en était un peu triste. Non pas qu'elle eût le loisir de reprendre son travail de chapelière. Ses journées étaient bien remplies avec les magasins et les loyers à percevoir en plus de la surveillance de la maison.

Ce qu'elle éprouvait ressemblait plutôt à une sorte d'insatisfaction qu'elle ne pouvait définir, mais qui faisait qu'elle n'était pas tout à fait rassasiée.

Le soir, avant de s'endormir, elle ne pouvait s'empêcher de sentir monter en elle, comme un relent de nostalgie, son passé cerné de fanfreluches, de rubans et de parfums doux qui avaient été sa vie pendant tant d'années.

Mais elle refrénait ses attentes. La petite Marie-Laure était encore bien jeune et elle-même, demeurée faible après l'enfantement, devait ménager ses forces. Le temps venu, elle saurait quoi faire.

—J'ai mis sa robe en organdi à la petite, avec son bonnet rose, entendit-elle derrière son dos. Elle est belle à croquer.

Mademoiselle Bonenfant était rentrée dans la cuisine, portant le bébé.

Héléna sourit. C'est vrai qu'elle était jolie, sa Marie-Laure! Âgée maintenant de neuf mois, elle avait un petit visage rond avec de grands yeux noisette, remplis de curiosité, et une épaisse chevelure brune qui ourlait sur ses tempes. C'était, au dire de tous, la plus mignonne enfant du hameau, et Héléna n'en était pas peu fière.

Elle reporta son regard vers la vitre. En bas, une nuée d'oiseaux s'était abattue sur le chemin de Relais et picorait le crottin de cheval laissé là par le passage d'une charrette. Brusquement, dans un claquement d'ailes, ils s'élevèrent dans les airs.

Un mouvement s'était amorcé du côté de la cour à bois. Le cheval blond venait d'apparaître sur la route, puis le boghei. Assis sur le siège avant et tenant les rênes, Léon-Marie dirigeait l'attelage. Près de lui, l'allure fringante, se tenait David, son grand garçon de vingt ans, ravi de les accompagner en même temps qu'il apportait son aide à son beau-père.

Elle sortit rapidement sur le balcon et dévala l'escalier extérieur.

—Vous en avez mis du temps. Y avait-il un problème à la scierie?

—Les vérifications usuelles, répondit Léon-Marie sur un ton détaché, en sautant du véhicule.

Elle opina de la tête. Dans sa hâte, elle avait oublié les habitudes de Léon-Marie depuis ce jour où le feu s'était déclaré dans les dosses. À la suite de cet incendie qui avait failli raser la scierie, il ne quittait jamais la maison sans avoir, au préalable, fait un tour complet de ses entreprises.

—Il faut faire vite, lui dit-elle. Si on continue sur ce train, les invités seront arrivés là-bas avant nous.

Elle marmonna, en même temps qu'ils grimpaient vers l'étage:

—J'espère que tu n'en as pas profité pour huiler quelque machine. Tu sais que tu commettrais un péché si tu faisais un travail manuel le jour du Seigneur.

— T'es ben scrupuleuse tout d'un coup, lui souffla-t-il dans un grand rire. Je pense que j'ai travaillé autrement plus fort à matin, pour un dimanche.

Rouge jusqu'à la racine des cheveux, Héléna s'immobilisa au milieu des degrés.

— Veux-tu bien te taire! Avec ta grosse voix, les enfants vont t'entendre et toute la paroisse aussi. À cette heure, le magasin est rempli de clients. Qu'est-ce qu'ils vont penser de nous?

— Ils vont penser qu'on s'aime, pis ils vont être jaloux, répondit Léon-Marie, les yeux brillants, en entourant sa taille de son bras.

Il paraissait heureux. Au loin, dominant la campagne, les cloches des églises carillonnaient à toute volée pour annoncer l'angélus de midi. Ils se pressèrent vers la maison et en ressortirent aussi vite les bras chargés des victuailles qu'ils empilèrent dans la valise arrière du boghei.

Près d'eux, trottinant sur ses jambes courtes, Antoine-Léon poussait son tricycle. Le regard suppliant, il fixait son père et sa mère. La semaine précédente, Léon-Marie était revenu du village avec ce jouet qu'il avait offert à son fils. Le petit garçon l'avait entouré de ses bras et n'avait plus voulu le quitter.

— Ze veux l'apporter à pique-nique, bredouilla-t-il devant le silence de ses parents.

— Pas cette fois, dit Héléna en enfonçant sa capeline sur sa tête. Tous tes cousins seront là. Ce serait impoli de les abandonner pour t'amuser tout seul.

— Ta mère a raison, appuya Léon-Marie. Sans compter qu'avec les herbes hautes pis les bosses qu'il y a dans le champ de la veuve Maher, t'aurais de la misère à pédaler.

Antoine-Léon leur jeta un regard rempli de tristesse et alla ranger son appareil. Sans un mot, les paupières baissées sur ses grands yeux noirs, il monta à l'arrière du boghei et se blottit contre son frère David.

Mademoiselle Bonenfant descendit derrière eux, portant dans ses bras la petite Marie-Laure. Elle se pencha vers Héléna et la déposa précieusement sur ses genoux.

— Je vous ai apporté un mouchoir de tulle pour protéger son visage pendant sa sieste. J'ai pensé qu'elle aurait trop chaud avec un carré de coton.

Elle s'éloigna aussi vite.

— Je dois aller aider Cécile. Je ne sais pas ce qui leur prend tous, aujourd'hui, mais il y a un monde fou au magasin. Ensuite si vous me le permettez, j'irai passer un bout d'après-midi chez ma cousine Georgette.

— Vous méritez bien une demi-journée de congé, accorda aimablement Héléna. Cécile s'occupera de fermer le magasin.

Il avait été entendu que Cécile ne participerait pas au dîner familial. Prise par sa tâche d'épicière, elle ne viendrait les rejoindre qu'un peu plus tard sur sa bicyclette, après que se serait apaisée la ruée des paroissiens qui monopolisaient les commerces chaque dimanche, au sortir de la grand-messe.

Le cheval marchant au trot, ils se dirigèrent vers le mont Pelé, dépassèrent la petite agglomération du hameau, la ferme d'Évariste Désilets et sa rangée de sapins, puis l'humble maison en bois brut de la veuve Maher, avec son jardin de plantes médicinales et son buisson de rosiers sauvages.

Plus loin, au bout du chemin sillonné d'ornières, ils distinguaient le lac au Sorcier. La petite mare bleue frémissait sous la brise. À sa droite, comme un profil sombre, la montagne y mirait sa tête lisse. Héléna sourit. Ils auraient une belle journée.

Le grand pacage de la veuve Maher s'étendait tout autour, avec son foin d'odeur piétiné par le passage des bestiaux, ses touffes d'arbrisseaux sauvages, son bosquet de trembles et de résineux. Près du lac, assis sur leurs chevalets et devant servir de tables, attendaient les longs panneaux de bois apportés là par les employés de la scierie.

Ils étaient les premiers arrivés dans la vaste étendue avec sa vue splendide qui embrassait la campagne jusqu'au fleuve.

Léon-Marie tendit les rênes et orienta son attelage vers la barrière ouverte.

Tandis qu'il détachait le cheval et l'envoyait brouter dans le champ, Héléna, aidée de David, s'affaira à dégager le grand panier d'osier de l'arrière du boghei, puis prit dans la boîte de carton la nappe en papier et la rabattit sur la table improvisée jusqu'aux bords.

Derrière eux, des bruits de sabots, comme une cadence joyeuse, se répercutaient en écho sur le mont Pelé. Les autres membres de la famille s'amenaient à leur tour dans leurs bogheis en une lente procession dans le petit chemin de terre.

Presque au même moment, une pétarade déchira l'air et fit se dresser les oreilles des bêtes.

Enveloppée dans un nuage de poussière, la grosse automobile marron de Charles-Arthur venait d'apparaître dans le tournant.

Arrogant, solennel, le puissant véhicule freinait derrière les voitures à cheval. Le frère aîné des Savoie s'amenait avec les siens et, ainsi qu'il l'avait promis, la *mère* était du voyage.

Assise près de lui, sur le siège avant, la vieille dame trônait, telle une statue dressée, le regard lointain, majestueux, un foulard passé autour de ses cheveux, un châle noir, en laine fine, entourant ses épaules. Sur le siège arrière, s'entassaient Angélina et les enfants.

Les fils de la maison abandonnèrent aussitôt femmes et bogheis et s'empressèrent autour du véhicule de leur frère. Avec des gestes remplis de sollicitude, glapissant comme des oiseaux de basse-cour, ils aidèrent leur mère à se dégager de son siège, l'un tenant sa canne, l'autre saisissant sa main, la soulevant presque pour la déposer sur le tapis d'herbe.

—Laissez-moi un peu tranquille, se débattait la vieille, je suis pas à bout d'âge. Je suis encore capable de marcher.

Appuyée sur sa canne, en claudiquant sur le sol inégal, elle se dirigea vers le petit bouquet d'arbres. Patiemment, Angélina déplia une chaise, l'installa à l'ombre d'une épinette, puis, sans un mot, revint se joindre aux femmes.

Maigre, avec son large chapeau de paille qui dissimulait son visage ingrat, sa jupe de toile grise, son corsage blanc à jabot, fermé jusqu'au col, elle s'affaira à déposer sur la table les mets qu'elle avait, elle aussi, préparés pour le pique-nique.

—Vous êtes arrivée de bonne heure, madame Léon-Marie, fit-elle remarquer à Héléna sur un ton poli, en même temps qu'elle étirait le bras pour disperser ses plats.

À l'égal des habitants de la commune, Angélina avait pris cette habitude de désigner Héléna du seul prénom de son époux, comme si, pas plus que les autres après tout ce temps, elle lui concédait la place qu'avait occupée la belle Henriette.

Héléna tira les lèvres. Si elle avait été piquée autrefois devant pareille attitude, aujourd'hui, elle ne s'en formalisait plus. Bien sûr, elle était toujours un peu surprise, mais bourgeoisement installée dans ses affaires, dans son cocon tranquille, elle n'en éprouvait que de l'indifférence.

—J'aurais souhaité arriver encore plus tôt, répondit-elle, mais Léon-Marie n'en finissait plus de faire sa tournée des bâtiments.

—Faut le comprendre, l'excusa Angélina, Léon-Marie a toujours eu tellement peur du feu. Et depuis l'incendie dans les dosses, c'est pire, c'est devenu une vraie obsession.

Les autres belles-sœurs avaient découvert leurs plats et, à leur tour, les avaient éparpillés sur la table.

D'un commun accord, les hommes allèrent chercher la *mére* et l'installèrent au bout du panneau, comme un patriarche.

—Vous trouvez pas qu'Angélina a l'air fatigué? fit remarquer une des épouses en se glissant sur le grand banc.

—Angélina a de la grosse besogne, en plus de garder la *mére*, nota Louisa, la femme de Georges-Henri, le cadet des frères Savoie.

Elle ajouta, en s'assoyant près de l'autre sur le banc :

—Faut dire que la vieille est pas toujours commode. Je sais pas ce qu'elle attend pour demander sa place à l'hospice. Elle serait bien plus heureuse avec les vieux de son âge.

—Je ne suis pas de votre avis, intervint Héléna. Je pense, au contraire, que nos vieux doivent rester dans leur environnement aussi longtemps qu'ils en sont capables, même s'ils sont devenus un peu malcommodes.

—C'est facile à dire quand on a une grande maison pis les moyens de se payer une servante, articula Louisa sur un ton cassant.

Héléna ouvrit la bouche pour répliquer, puis se tut. Ils formaient un groupe homogène et la réunion devait être agréable. Les lèvres pincées, elle jeta un bref regard vers sa jeune belle-sœur, puis se détourna.

Elle avait toujours éprouvé un grand respect envers les aînés, reconnaissait leur apport à la société et les sacrifices qui avaient jalonné leur vie. Bien sûr, avec le temps, l'expérience, leur caractère s'était trempé et ils devenaient plus difficiles à vivre, mais, pour le peu de place qu'ils prenaient, les plus jeunes n'avaient qu'à les laisser faire.

—Qui veut du jambon avec de la salade de pommes de terre? Il a été fumé avec du bois d'érable par Joachim Deveault sur sa ferme.

—Pis toi, Léon-Marie, demanda Charles-Arthur à l'autre bout de la table, es-tu allé essayer les belles chaises neuves de la salle du Conseil? J'aurais pu te le dire, moi, que McGrath tiendrait pas ses promesses électorales. Habitué qu'il est dans son château, enfoncé dans ses fauteuils qu'on lui voit rien que le bout du nez, je savais qu'il pourrait pas tenir longtemps sur la vieille chaise en bois de Joseph.

—C'est facile à dire après coup, répondit Léon-Marie. Si t'avais été si sûr de tes dires, pourquoi tu nous as pas mis en garde? T'as cabalé à côté de moi comme un diable tout le temps qu'a duré la campagne.

Les voix s'étaient renforcées, chacun leur tour, les convives donnant leur opinion. Ils mangeaient avec l'appétit des travailleurs et vidaient les plats goulûment, la tête penchée vers l'avant, en buvant une gorgée de bière brune.

Puis Héléna étala sur la nappe ses tartes au sucre. En peu de temps, les écuelles étaient vides.

Le repas terminé, tandis que les femmes s'occupaient de ranger les restes dans les paniers, les hommes se groupèrent au bord du lac. Le geste désœuvré, ils dégagèrent leur pipe de leur poche. Léon-Marie exhiba son étui à cigares et, avec une fierté non dissimulée, en offrit à la ronde.

Pendant que les hommes s'installaient pour les jeux, l'oncle Philippe prit place sur une chaise et empoigna son harmonica. Les paupières mi-closes, ses paumes épaisses enveloppant le petit instrument, il commença à émettre des sons plaintifs. Les pieds fermement appuyés sur la planche usée qu'il transportait avec lui comme son ombre, il se reprit à souffler des sons plus vifs, puis endiablés, en même temps qu'il battait la mesure et frappait la semelle. La tante Germaine alla prendre son accordéon et se joignit à lui. Les jeunes firent cercle sur le gazon inégal et dansèrent la gigue.

Le soleil était à son zénith et rôtissait les champs. Le front moite de sueur sous leurs capelines, les mères étaient allées s'asseoir à l'ombre auprès de la vieille dame et papotaient ensemble.

Vigilante, Héléna surveillait sa petite Marie-Laure profondément endormie et couchée sur une couverture à même le gazon. De temps à autre, elle considérait la campagne environnante, puis tournait les yeux vers le sentier dans lequel elle espérait voir surgir sa Cécile.

Elle était un peu agacée. Le dîner était terminé depuis longtemps, et son aînée n'était pas encore venue les rejoindre. Reportant son regard sur ses hôtes, elle s'efforçait de taire son impatience. Cécile aurait bientôt vingt-deux ans et elle était raisonnable. Un quelconque contretemps comme il en arrivait souvent chez les commerçants avait dû la retenir. Bientôt, elle la verrait apparaître, grimpée sur sa bicyclette, dans le chemin tortueux qui menait au pacage.

Léon-Marie avait abandonné les hommes et s'était approché de leur groupe. Essoufflé d'avoir participé à toutes les compétitions, il avait décidé de s'en éloigner un moment. En exhalant son souffle, il se laissa tomber à même le sol et croisa les chevilles. Dans ses yeux jouait une petite lueur qui rappelait sa fougue d'antan.

— On se rend compte qu'on est pus jeunes comme avant, émit-il comme une excuse, sans trop de sincérité.

Hors d'haleine, Raymond, le fils de Charles-Arthur, alla se laisser tomber près de lui.

— Je m'en viens vous rejoindre, mon oncle, moi non plus, j'en peux pus.

Il soufflait dru. Pendant un moment tranquille, il arracha une brindille de chiendent qui poussait à ses pieds et la tritura entre ses doigts. Il regardait autour de lui, tentait de se montrer aimable.

— Je sais pas si vous êtes au courant, mon oncle, avança-t-il brusquement, avec sa franchise brutale qu'il avait héritée de son père. Saviez-vous que le bonhomme Isaïe Lemay parle d'ouvrir un magasin général pour son garçon Clément dans la route de l'Église?

Arraché à ses rêves, Léon-Marie sursauta.

— Tu veux dire dans le rang Croche, précisa-t-il avec lenteur, encore incapable qu'il était d'appeler le rang de McGrath route de l'Église, depuis bientôt un an que le vieux chemin portait cette appellation.

— Paraîtrait qu'il veut aussi se partir un commerce de cubes de glace pour les ménagères pendant l'été, poursuivit Raymond.

Léon-Marie se tourna vers lui. Ses yeux laissèrent percer une petite étincelle méchante qui disait son déplaisir. Le geste faussement débonnaire, en regardant autour de lui, il jeta sur un ton marqué d'indifférence :

— C'est ben tant mieux pour lui.

— Ça vous tenterait pas de vendre des glacières pour l'accoter, en plus de vos petits meubles dans la quincaillerie?

— Je virerais pas mes magasins à l'envers pour l'accommoder.

— Ça te dérange pas plus que ça qu'on te fasse concurrence? dit Charles-Arthur qui venait de se joindre à eux. Toi qui t'es battu comme un déchaîné, il y a une dizaine d'années, quand le neveu à Jérémie Dufour avait osé ouvrir une cordonnerie dans le village, v'là que t'es prêt à partager l'achalandage de ton magasin général?

— Si le père Isaïe a le goût de se casser les reins, répondit-il, s'il a le moyen de manger ses vieux jours, c'est son affaire.

La mine détachée, il jeta un regard tranquille sur la campagne autour de lui.

Alerté soudain, il se redressa.

—Où c'est qu'est passé Antoine-Léon, donc?

Les autres se retournèrent. Devant eux, entourés d'herbes hautes, les enfants de la famille étaient sagement accroupis sur le sol et écoutaient la grand-mère Savoie leur raconter des histoires. Plus loin, au milieu du pré, quelques hommes se tenaient debout et riaient ensemble. Installées sous le couvert des arbres, les femmes bavardaient paisiblement. Mais ils ne voyaient le bambin nulle part.

Alertées à leur tour, les femmes scrutèrent la campagne, puis revinrent poser leurs yeux sur lui.

—J'espère qu'il est pas allé jouer au bord du lac, présuma Léon-Marie au bord de la panique.

Héléna se leva et alla le rejoindre. Elle prit ses mains dans les siennes et le secoua avec vigueur.

—Ressaisis-toi, Léon-Marie. Tu sais bien que ce n'est pas possible. Au nombre que nous sommes, quelqu'un l'aurait remarqué.

—Peut-être qu'il est simplement allé faire une virée dans le p'tit bois, dit l'oncle Philippe. Je me rappelle, dans mon jeune temps, j'aimais ben ça aller jouer autour du mont Pelé.

—Dans le p'tit bois! se découragea Léon-Marie. Vous y pensez pas, mon oncle. Il est truffé d'ours, le petit pourrait se faire manger d'une seule bouchée.

—Raymond pis moi, on va aller jeter un coup d'œil par là, proposa David.

—Allez-vous cesser de vous inquiéter, entendirent-ils proférer soudain sur un ton sans réplique, du côté du bosquet d'épinettes.

Trônant sur sa chaise à l'ombre de son résineux, sa main droite enserrant fermement sa canne à la manière d'une souveraine, la vieille dame Savoie fixait Léon-Marie avec autorité.

—Ton Antoine-Léon doit être tout simplement retourné à la maison. Il est venu se plaindre à moi, tantôt, en me disant qu'il s'ennuyait, qu'il voulait s'amuser sur son tricycle. T'aurais pas dû lui donner un tel jouet, tança encore la vieille dame. Voilà ce qui arrive quand on gâte trop un enfant. Si tu continues, tu ne seras plus capable de te faire obéir.

—Je vais de ce pas m'en assurer, coupa nerveusement Léon-Marie.

—Je t'accompagne, dit Héléna.

—Je vais vous conduire dans mon char, proposa Charles-Arthur en marchant à grandes enjambées vers son automobile.

Ils s'empressèrent de monter dans le véhicule. Héléna prit place sur le siège arrière tandis que Léon-Marie ouvrait la portière du côté du passager.

Silencieux, le cœur gonflé d'angoisse, ils se laissèrent ballotter par le véhicule.

Assis près de son frère, les yeux rivés sur la campagne, Léon-Marie ne pouvait s'empêcher d'évoquer ce triste matin d'octobre, cet autre déplacement qu'il avait accompli, comme aujourd'hui en compagnie de Charles-Arthur, vers le séminaire, pour aller retrouver l'autre Antoine, celui qu'il n'avait pu que regarder mourir.

Se pourrait-il que le destin lui arrache, encore une fois, son unique fils? se demandait-il avec un frisson d'horreur. Il savait que cette crainte le poursuivrait toute sa vie.

Il jeta un regard vers Charles-Arthur, avec son profil obtus, ses mains noueuses agrippées au volant, ses articulations bleuies par la tension. Il connaissait son frère. Fendant, crâneur à l'occasion, il recelait, sous son air d'indifférence, une sensibilité certaine qu'il cacherait toujours aux siens. Peut-être était-ce pour cette raison, à cause de cette vulnérabilité qu'il devinait chez son aîné, qu'il avait accepté, malgré leurs constantes altercations, de poursuivre leur relation d'affaires? Il secoua la tête. Il ne pouvait que profiter de ses libéralités au moment opportun.

Ils étaient arrivés devant la maison. Le trajet était court et aurait pu se faire à pied.

Ils se ruèrent vers le magasin général. La porte n'était pas verrouillée. Cécile devait être occupée derrière son comptoir.

Énervé, devançant les autres, Léon-Marie courut vers le milieu de la pièce en même temps qu'il lançait d'une voix fébrile :

—Cécile! Aurais-tu... vu...

Soudain, il s'arrêta net. Debout près de la longue table de bois, vêtu avec élégance et d'allure racée, se tenait un jeune homme. Il reconnut Thomas, le plus jeune fils du notaire Beaumier. Sa main négligemment appuyée sur le rebord du panneau, une cigarette entre deux doigts, il avait approché son visage près de celui de Cécile et la fixait en silence.

Les yeux émerveillés, Cécile le dévisageait, elle aussi. Elle avait entrouvert les lèvres et les gardait arrondies dans une attitude lascive, voluptueusement soumise.

Léon-Marie la considéra avec étonnement. Il n'avait jamais

remarqué combien la fille d'Héléna était jolie et combien elle possédait le charme de sa mère avec, en plus, dans son regard, cette tendresse, ce velouté qui caractérisaient l'artiste, son père.

La jeune fille sursauta. Comme prise en faute, elle s'écarta vivement du jeune homme.

— Que se passe-t-il pour que vous rentriez déjà? demanda-t-elle. Est-il arrivé quelque chose de grave?

— T'aurais pas vu... bredouilla encore Léon-Marie.

Se reprenant, il débita avec plus de force :

— T'aurais pas vu ton petit frère Antoine dans les parages, par hasard?

— J'ai entendu un bruit en haut, il y a une minute, mais je ne me suis pas interrogée. Je croyais que c'était mademoiselle Bonenfant; peut-être que c'était lui.

Léon-Marie n'attendit pas davantage. D'un mouvement brusque, suivi d'Héléna, il se précipita vers l'escalier.

— Je peux savoir ce qui se passe? leur cria Cécile.

Ils émergèrent à l'étage. Antoine-Léon était là. Grimpé sur son tricycle, avec l'insouciance de son âge, il tournait autour de la table de la salle à manger en émettant des vrombissements de moteur, la bouche agitée de petites secousses, les joues renflées comme un écureuil.

Un soupir de soulagement s'échappa de leurs lèvres. Presque aussi vite Léon-Marie durcit son regard et fit un pas vers l'enfant.

Incapable de contrôler sa colère, avançant une main tremblante, il le saisit rudement par l'épaule et, sans égard, le dégagea de son jouet.

— T'as peut-être rien que trois ans et demi, mon petit gars, prononça-t-il la voix frémissante. C'est ben jeune, mais ce l'est pas trop pour apprendre qu'on quitte pas ses parents comme tu viens de le faire, sans rien dire, pour s'en retourner à la maison et leur causer la peur de leur vie.

Ses doigts serrant avec force le bras de l'enfant, il ajouta sur un ton impératif, comme un ultime avertissement :

— Recommence-moi pus jamais ça, Antoine-Léon, tu m'as ben compris, pus jamais!

Héléna s'agitait derrière eux. À son tour, le visage rembruni, elle se retourna et, dans un bruissement nerveux de ses jupes, se dirigea vers l'escalier.

— Moi aussi, j'ai une affaire à régler, dit-elle, la voix blanche.

D'un élan rapide, elle dévala les marches et atteignit le rez-de-chaussée. Cécile était derrière son comptoir, au milieu du magasin. Pliée vers la table, la taille auréolée de soleil, elle faisait tranquillement ses comptes. Le jeune homme avait quitté les lieux.

Le pas décidé, sévère, Héléna traversa l'arrière-boutique et alla s'immobiliser devant elle.

—Maintenant, ma fille, tu vas m'expliquer pourquoi tu n'as pas vu ton frère monter vers la maison, quand il n'a pas pu faire autrement que passer près de toi.

—Je devais être occupée à l'autre bout du magasin à tailler dans une pièce de cretonne pour une des femmes du hameau, se justifia Cécile. Je ne pouvais pas tout voir, j'ai eu beaucoup de travail.

Héléna ouvrit la bouche pour répliquer.

Un craquement derrière elle la détourna de sa semonce. Léon-Marie descendait l'escalier. Se tortillant, riant aux éclats, il portait son petit Antoine-Léon à bras-le-corps et s'amusait à le faire sauter sur son épaule.

—Je pense que tu seras d'accord avec moi que Cécile mérite d'être grondée, lui dit-elle. Non seulement elle n'a pas vu son petit frère passer près d'elle dans le magasin, mais elle a reçu un garçon sans chaperon.

—Mais, maman... protesta Cécile.

Léon-Marie vint les rejoindre. Il connaissait la rigueur d'Héléna quand il s'agissait de la morale et il partageait son avis. Le curé Darveau avait répété tant de fois qu'il revenait à la mère de retenir ses filles dans le sentier de la vertu et garder leur innocence jusqu'au pied de l'autel.

—Même si le p'tit gars est de bonne famille, je pense comme ta mère que c'est pas convenable que tu le reçoives au magasin quand t'es toute seule, accorda-t-il. J'ai ben du respect pour le notaire Beaumier, son Thomas a beau avoir de l'éducation jusqu'au bout des ongles, ça l'empêche pas d'être fait en chair comme tout le monde et d'avoir des tentations de temps en temps.

—Mais la porte n'était pas verrouillée, papa, se défendit Cécile, quel mal aurions-nous pu faire quand quelqu'un risquait à tout moment d'entrer et nous surprendre?

Léon-Marie l'écoutait, la mine dubitative. Il l'avouait sans hésiter, il aimait les enfants d'Héléna comme s'ils avaient été les siens et il nourrissait de grands projets pour eux. Que Cécile entre un jour dans la famille du notaire Beaumier en épousant son plus jeune fils constituait à ses yeux un immense honneur, la consécration de ses efforts et de sa réussite.

S'efforçant de brider son enthousiasme, il revint porter ses yeux sur sa belle-fille. Malgré cette notoriété qui rejaillirait sur eux, ils se devaient de préserver sa vertu.

— À partir d'aujourd'hui, Cécile, tu vas recevoir ton cavalier dans le salon, les bons soirs et sous le chaperonnage de ta mère.

— Mademoiselle Bonenfant te remplacera au magasin ces soirs-là, ajouta Héléna.

Avec un soulagement manifeste, ils franchirent la porte et remontèrent dans le véhicule de Charles-Arthur. Leur petit Antoine-Léon sagement assis entre eux sur le siège arrière, ils s'en retournaient vers le grand pacage de la veuve Maher où les attendaient les autres membres de la famille.

7

Pelotonné dans la berceuse, un mouchoir sur la bouche, David refrénait sa toux. Tout juste s'était-il approché de la table et avait-il trempé ses lèvres dans son potage qu'il était allé se réfugier dans le grand fauteuil près de la chaleur du poêle et avait fermé les yeux.

On était le jour des Rois. Contrairement à leurs habitudes des jours de fête où ils mangeaient dans la salle à manger, Héléna avait fait dresser le couvert dans la cuisine. David était malade et elle voulait lui tenir compagnie.

—S'il ne va pas mieux demain, j'appelle le docteur Gaumont, décida-t-elle en sirotant son thé.

—Faut dire que David s'est démené pas mal pour un petit gars qui devait profiter de son congé de Noël, fit remarquer Léon-Marie.

Héléna acquiesça de la tête. Elle jeta un regard vers la fenêtre avec ses carreaux givrés et l'épaisse couche de neige qui ouatait leur cadre. L'année 1938 avait débuté, traînant avec elle de lourds nuages poussés par un vent violent. Pendant trois jours, la tempête s'était abattue sur leur région, bloquant les routes et formant des congères si hautes qu'elles avaient enseveli presque entièrement les rez-de-chaussée des maisons.

Rentré de son collège, David avait occupé son temps de vacances à pelleter et à gratter le devant des commerces. Ce matin encore, son déjeuner à peine terminé, il avait enfilé son parka et était descendu dans la cour. Épuisé avant de commencer, il n'avait pas eu la force de compléter son travail. Fiévreux, un petit sifflement faisant vibrer ses narines, il avait abandonné sa pelle sur le perron de la quincaillerie et était monté à l'étage.

—Va falloir demander à Jean-Louis de finir l'ouvrage, avait-il haleté. Je sais pas ce que j'ai, mais j'ai de la misère à respirer.

—J'espère que tu n'es pas en train de développer la maladie de ton père, s'était inquiétée Héléna en approchant la berceuse près du poêle.

—Je me suis jamais senti aussi fatigué, avait-il répondu. Si ça continue, je pourrai pas retourner au collège en même temps que les autres.

Il avait ajouté avec un léger rictus :

—Faut dire que ça me dérangerait pas bien gros.

Héléna l'avait considéré sans rien dire. Élève médiocre à l'école commerciale de la ville voisine où elle l'avait mis pensionnaire en septembre, il devait reprendre ses cours le lundi suivant. Plutôt doué pour les arts, David se plaisait peu aux exercices de style et à la trigonométrie qu'on lui enseignait dans la grande institution.

Plus habile à manier l'ébauchoir, il passait son temps à sculpter des petites figurines dans des retailles de bois dur. À peine entre ses mains, la matière prenait forme, débordait de courbes élégantes, expressives, instinctivement remplies d'originalité.

Héléna avait compris depuis longtemps la voie qui était la sienne, celle de l'artiste, son père, et elle n'avait pas protesté. Elle en avait plutôt éprouvé une juste fierté.

Pourtant, en cette fête des Rois, la journée s'était terminée sans que David déplie son canif. À bout de résistance, comme un vieil homme fourbu, il avait regardé filer les heures, affalé dans son fauteuil, à tousser et à imbiber son mouchoir, les joues brûlantes, rouges de la chaleur vive que dégageait le poêle ronflant.

Pas plus qu'à son potage, il n'avait voulu goûter à la bouillie de gruau à la cassonade que lui avait servie mademoiselle Bonenfant et qui refroidissait sur un petit guéridon près de sa chaise.

—Faudrait que tu manges, insista la vieille servante qui tournait autour de lui.

—Écoute mademoiselle Bonenfant, appuya Léon-Marie. Si tu veux reprendre des forces, faut que tu manges.

—Des fois, j'ai l'impression qu'il fait exprès pour être malade pour ne pas retourner au collège, bavarda Cécile en remplissant sa tasse de thé. Je le regardais faire, hier, de la fenêtre du magasin, il pelletait le parka ouvert et le cou dénudé jusqu'au poitrail.

David jeta un coup d'œil exaspéré vers sa sœur. Une toux profonde fut sa réponse.

—Ce n'est un secret pour personne que David n'aime pas étudier, observa Héléna. Parfois, il me vient à l'idée de le retirer immédiatement de son école et lui apprendre un métier, tout simplement.

Léon-Marie émit un petit grognement approbateur. À cause de ses difficultés respiratoires et ses accès de toux, son beau-fils passait plus de temps à l'infirmerie que dans la salle de cours, attrapant toutes les affections qui couraient dans le collège. Cette condition, à son avis, n'était pas normale.

Lui qui, il n'y avait pas si longtemps, avait tant souhaité que les enfants d'Héléna poursuivent leurs études, se surprenait à fléchir.

—C'est vrai que, quand on n'est pas heureux quelque part, c'est assez pour nous rendre malade, émit-il à la défense du garçon.

Héléna considéra son fils. Elle ne pouvait s'empêcher de le comparer à son défunt Édouard, à son état souffreteux, ses phases de crises suivies d'accalmies que le médecin avait identifiées comme une forme d'asthme. David ressemblait tellement à son père.

—Le médecin m'avait dit à l'époque que la maladie d'Édouard pouvait être héréditaire et de ne pas me surprendre si nos enfants en étaient affligés, eux aussi.

—Ben, si c'est vrai que David est pris d'un mal héréditaire, on va le garder avec nous autres, pis on va le soigner, décida Léon-Marie sur un ton subitement sans réplique.

L'œil farouche, il fixait le garçon, la mémoire encore remplie des événements douloureux qui avaient précédé la mort de son Antoine, l'ignorance dans laquelle il avait été tenu, son impuissance et les interrogations qui n'avaient pas cessé de l'assaillir depuis.

D'un mouvement dur, il repoussa sa chaise. Comme il faisait quand il voulait cacher son trouble, il se mit à arpenter la cuisine. La mine irrésolue, il hochait la tête à petits coups.

Soudain, il s'arrêta net, vivement revint sur ses pas et alla s'arrêter devant David. Ses prunelles brillaient.

—Que c'est que tu dirais si tu retournais pas au collège lundi prochain, si, à la place, je te faisais travailler avec moi dans mes entreprises? Je pourrais te trouver un ouvrage dret là.

—Attends au moins qu'il soit guéri, le freina Héléna.

Repris d'enthousiasme, sans entendre, il échafaudait encore :

—On pourrait commencer par te confier la responsabilité des commerces. Ça soulagerait ta mère, d'autant plus que...

Il glissa avec un petit air complice :

—D'autant plus que, dans peu de temps, il y a des grosses chances qu'elle soit occupée à autre chose.

—Veux-tu bien te taire, grand bavard, pesta Héléna, le visage empourpré. Attends d'être sûr avant de faire courir les bruits, surtout que je m'en vais sur mes quarante-trois ans. À cet âge, il y a des retards qui peuvent ne rien vouloir dire et puis... on ne discute pas de ces choses-là devant les enfants.

—Maman! se désespéra David, un rire moqueur animant ses traits fatigués, je ne suis plus un bébé, je m'en vais sur mes vingt et un ans.

—Il y a des secrets que les parents ne doivent pas partager avec leurs enfants, quel que soit leur âge, s'entêta Héléna.

—Écoute-moi bien, David, reprit Léon-Marie comme une idée fixe. V'là ce que je te propose. Tu abandonnes le collège. Aussitôt que t'es guéri, tu te charges de la comptabilité des commerces et moi, le mois prochain, pour tes vingt et un ans, je t'amène chez le notaire et je te signe une donation en bonne et due forme. Les commerces seraient à toi, mon garçon. Ce serait ma façon de t'aider à te partir dans la vie. T'aurais un métier, tu serais indépendant, tu pourrais fonder une famille.

Ému, il le fixait, paraissait repu, comme s'il venait d'établir son propre fils.

Héléna fit un mouvement pour protester, puis retint son geste. Depuis les cinq ans qu'ils étaient mariés, elle avait appris à connaître son époux. S'il avait résolu d'offrir les deux commerces à David, c'est que ce projet mûrissait dans sa tête depuis longtemps. Peut-être qu'aujourd'hui, il était un peu bousculé par les événements, mais son comportement demeurait la suite logique de sa réflexion.

Debout, l'air faussement bourru, Léon-Marie dévisageait son beau-fils.

—Tu réponds pas? T'es pas content?

—Au contraire, je suis content, bredouilla David, mais je suis surpris aussi.

Les yeux baissés, il hésitait.

—Je ne peux m'empêcher de penser à Antoine-Léon, je croyais que les commerces lui reviendraient. Après tout, c'est lui votre...

—Antoine-Léon aura sa part dans le temps comme dans le temps, bougonna Léon-Marie. Il a pas encore tout à faite ses quatre ans et il a ben des croûtes à manger avant d'avoir atteint l'âge de faire des affaires. Pour tout de suite, j'ai besoin d'un homme, j'en connais rien qu'un et c'est toi.

Aussi vite, il se redressa. Le geste autoritaire, il se tourna vers les autres.

—On parlera de ça à personne, vous avez ben entendu? Pas un mot avant que ça soit définitif.

Des bruits de porcelaine qui s'entrechoque se faisaient entendre du côté de l'évier. Mademoiselle Bonenfant avait desservi la table et rempli le bassin d'eau savonneuse. Avec de grands mouvements, elle tournait la lavette sur la vaisselle. Héléna attrapa un chiffon propre et, tout en écoutant les deux hommes élaborer leurs plans, commença à essuyer les assiettes.

Au fond, sur le mur de la salle à manger, la vieille horloge grand-père avait égrené sept coups. Rapidement, comme mue par un mécanisme, Cécile se leva, vida sa tasse de thé et se dirigea vers sa chambre. Elle allait procéder à sa toilette dans l'attente de son prétendant.

Depuis ce jour de l'été précédent où ses parents l'avaient surprise en compagnie du fils du notaire dans le magasin général et sans chaperon, elle s'était pliée à leurs ordres et accueillait le jeune homme dans le salon familial les *bons soirs*.

Ponctuel, Thomas ébranlait la sonnette en même temps que l'horloge indiquait sept heures trente. Sa longue écharpe de soie blanche, passée autour du cou et pendante sur ses basques à la façon des gens du monde, les pans de son manteau entrouvert frôlant la neige, il se dressait dans l'ouverture et se tenait figé, la nuque arquée, avec son feutre planté sur l'occiput dans une attitude frondeuse, un peu irrévérencieuse.

Si, au début, Léon-Marie avait reconnu la prestance du fils Beaumier, cette façon rituelle qu'il avait de se présenter chez eux finissait par l'agacer. Depuis les cinq mois qu'il fréquentait Cécile, beau temps, mauvais temps, le garçon n'avait rien fait d'autre que de venir s'écraser sur le fauteuil du salon quatre soirs par semaine.

— Pour un fils de notaire, je pensais qu'il aurait plus d'envergure, déplorait Léon-Marie. On avait pas peur, nous autres dans le temps, de sortir les filles. Il pourrait amener Cécile sur la patinoire de l'école, aller voir un film au village.

Héléna l'écoutait et ne pouvait que l'approuver.

— Quand j'ai appris, en plus, qu'il avait pour tout métier de vendre des assurances à domicile, poursuivait-il sur le même ton, ça m'a déçu. C'est pas un avenir. Je pensais qu'en fils de notaire, il aurait eu de l'instruction ou ben qu'il aurait été en train d'étudier pour avoir une profession à l'égal de son père.

Son engouement si vif du début s'était peu à peu refroidi jusqu'à voir s'évanouir ses dernières illusions. Le garçon le désappointait. Aujourd'hui, quand il entendait le tintement à la porte, bien avant que la haute silhouette de Thomas se dessine dans l'ouverture, une titillation désagréable montait dans son cœur.

Pire, le fils du notaire arrivait chez eux le plus souvent un peu *pompette*, selon son expression.

Il avait peine à se retenir de lui dire son fait quand il le voyait pénétrer ainsi dans la maison, la mine insolente, l'œil injecté. Mais il se maîtrisait. « J'attends juste mon heure », disait son regard noir indiquant qu'il approchait la limite de la patience.

106

Ce qui ne l'empêchait pas, certains soirs, de communiquer son exaspération.

—Ce gars-là est pas faite pour Cécile, ponctuait-il comme s'il lui pressait d'intervenir. Si elle voit pas clair, faut l'aider un brin.

Héléna partageait son jugement, mais le retenait de jouer les don Quichottes. Thomas Beaumier était le fils d'un homme puissant qu'il serait malvenu de froisser. Plus que les autres, les gens d'affaires se devaient de ménager les susceptibilités, lui avait-il tant de fois répété. Combien souvent, l'œil roublard, il lui avait narré ses ruses, les détours qu'il avait pris pour arriver à ses fins.

Cécile avait vingt-deux ans, se disait-elle. Elle était en âge d'user de son libre arbitre. C'est à elle qu'il reviendrait de prendre une décision le moment venu.

Et puis, elle connaissait sa fille. Les deux jeunes gens se voyaient depuis peu. À l'exception d'une relation amicale, elle n'avait décelé aucune étincelle d'amour dans ses yeux. Ces fréquentations étaient, à son avis, une distraction sans conséquence. Aussi, ils ne devaient pas s'emballer et mettre la charrue devant les bœufs.

L'horloge sonna un coup. Cécile sortit de sa chambre en courant. Fleurant l'eau de rose, les yeux rivés sur sa montre-bracelet au risque de buter sur les meubles qui encombraient l'enfilade des pièces, elle interrogea, d'une voix fébrile :

—Thomas n'est pas arrivé?

La cloche de la porte d'entrée résonna au même instant avec puissance. C'était un tour de sonnette, sec, plutôt crâneur, dans le style particulier du jeune Thomas. Tournant les talons, du même pas rapide, elle s'enfonça dans le hall et alla ouvrir.

Thomas était là. Comme il faisait chaque *bon soir*, il se tenait dressé sur le palier enneigé chargé d'ombres, les mains dans les poches, un sourire figé tirant ses lèvres.

Autour de lui, une buée blanche, épaisse, poussée par un vent de froidure pénétra dans le vestibule, comme un roulement de vague, déferla dans le couloir et alla mourir au fond de la cuisine, faisant frissonner les habitants des lieux.

—Que c'est que t'attends pour rentrer, pis fermer la porte! cria de sa place Léon-Marie avec mauvaise humeur en levant les yeux de son journal. Tu vois pas que tu refroidis toute la maison.

Chaussé de ses bottillons de suède encore chargés de neige, avec Cécile qui trottinait sur ses pas, Thomas avança lourdement dans le corridor en faisant craquer les lattes et apparut devant l'entrée de la cuisine. Une odeur de givre se dégageait de ses vêtements et se répandait dans l'air.

—Bonsoir, le *père*, lança-t-il sur un ton costaud.

Les feuilles de *L'Action catholique* en équilibre entre ses doigts, Léon-Marie lui jeta un regard sans aménité.

—D'abord, je suis pas ton *père*. Ça fait que, tu vas continuer à m'appeler monsieur Savoie comme tout le monde. Aussi, tu secoueras tes bottes sur le paillasson avant d'entrer dans la maison. Notre servante a pas que ça à faire que de passer derrière toi pour essuyer les tapis.

Nerveuse, Cécile s'activa autour de son invité. Vivement, elle l'aida à se débarrasser de son paletot et l'entraîna vers le salon.

Thomas marchait derrière et reluquait autour de lui, avec ses mains qu'il frictionnait l'une contre l'autre en produisant un petit bruit rêche.

Soudain, il s'arrêta net, puis, d'un seul mouvement, se retourna.

Il venait d'apercevoir David, engoncé dans la berceuse près du poêle, les yeux mi-clos, une couverture de laine le recouvrant des pieds jusqu'à la poitrine.

À grands pas, avec ses chaussures qui martelaient le linoléum luisant de cire, il entra dans la cuisine et alla s'immobiliser devant lui.

—Dis donc, David, ça file pas pour vrai ou bien si c'est encore une de tes entourloupettes pour pas retourner à l'école?

—Laisse David tranquille, le retint Cécile en tirant sa manche pour le ramener vers le salon. David ne retourne pas à l'école. À partir d'aujourd'hui, il va travailler avec papa dans les entreprises.

Les yeux agrandis, Thomas se pencha vers elle. Brusquement, il éclata d'un grand rire.

—David va travailler dans les entreprises de ton père? Mais il sait rien faire.

—Un métier, ça s'apprend sur le tas, s'immisça Léon-Marie sans lever les yeux de son journal. David est débrouillard, pour tout de suite, c'est tout ce qu'on lui demande.

—J'espère que David va reconnaître sa chance d'avoir pour beau-père l'homme le plus riche de la Cédrière, observa Thomas en même temps qu'il s'en retournait vers le salon. Il aura même pas à commencer au bas de l'échelle.

Il avait perdu son arrogance et ne cachait pas son amertume, lui, le fils de bonne famille qui, avec la ruine de son père dans le crash de 29, devait gagner sa vie à vendre des assurances à domicile, contraint à distribuer ses sourires avec une égale complaisance, aux pauvres comme aux riches, déballant partout le même baratin pour assurer des granges délabrées ou des maisons de bois prêtes à flamber à la première étincelle.

—Je vois d'ici monsieur David Parent assis derrière un bureau, donnant des ordres à un ouvrier qui a plus que vingt ans d'expérience et qui pourrait être son père, débita-t-il sur un ton méprisant en franchissant l'arche du salon.

Léon-Marie leva les yeux de sa lecture et fixa la silhouette du jeune homme jusqu'à ce qu'elle ait disparu de sa vue derrière la cloison.

—Que j'haïs donc cette mentalité-là, marmonna-t-il. Au lieu de relever ses manches, tout ce qu'il sait faire, c'est de critiquer les autres qui ont le courage de se mettre à l'ouvrage. Dans mon jargon à moi, j'appelle ça de l'envie, pis l'envie, ç'a jamais fait progresser le monde.

Héléna s'était arrêtée au milieu de la pièce. Sa main enserrant celle de son petit Antoine-Léon qu'elle s'apprêtait à mettre au lit, elle lui jeta un coup d'œil amusé.

—Dire qu'il y a peu de temps encore, tu ne jurais que par lui.

—Ben, j'ai changé d'idée. Autant j'ai souhaité que ce garçon entre dans la famille, autant, aujourd'hui, je veux plus que ça se fasse. Je sais pas ce qui m'a retenu, tantôt, de le prendre par le chignon du cou pis de le mettre à la porte.

Il vibrait de colère.

—S'il fallait qu'il marie Cécile, pis que je sois obligé de le prendre dans mes entreprises, ce serait assez pour me faire tout abandonner. Un individu pareil dans le sillage d'un homme, ça tue toute ambition dans l'œuf.

—Tu es trop intelligent pour te laisser influencer par cette sorte d'individu, objecta Héléna. D'ailleurs, rien ne t'obligerait à le prendre dans tes affaires.

—Tu ne l'aimes pas, toi non plus.

—Bien sûr que non, je ne l'aime pas. Je le trouve prétentieux et il ne sait rien faire de ses dix doigts.

L'œil malicieux, elle se pencha vers lui et susurra à son oreille :

—Je voudrais pour Cécile un garçon qui a du cœur au ventre, vaillant, entreprenant, la tête remplie d'idées. Un homme comme toi.

Léon-Marie lui jeta un regard lourd de tendresse. Un léger frémissement faisait se soulever ses lèvres.

—Tu es une bonne épouse. Tu me soutiens bien gros. Avec toi à mes côtés, je peux pas faire autrement que d'avancer.

Son visage s'était adouci. Il la fixait en silence.

Brusquement, il éclata de rire. Il avait retrouvé sa vivacité coutumière.

—J'ai des tas de projets pour David. Je vas en faire un second Léon-Marie. Aussitôt qu'il sera guéri, en plus de la responsabilité des commerces, il va travailler dehors, pis il va avoir à bien tenir sa tuque, parce que ça va durer une bonne partie de l'hiver. J'ai décidé qu'on couperait des blocs de glace sur la rivière pour les vendre aux ménagères pendant l'été.

—Léon-Marie Savoie! se récria Héléna. Te rends-tu compte de ce que tu es en train de faire? Tu reprends l'idée d'Isaïe Lemay. Tu sais pourtant que ça fait partie de ses projets pour son fils Clément.

—Et l'épicerie que son gars se prépare à ouvrir? C'était pas d'abord mon idée? Si opérer un commerce est un droit qui appartient à tout le monde, ben la glace aussi. Aux dernières nouvelles, Isaïe a pas l'exclusivité de la rivière. Personne peut m'empêcher de m'en servir, comme on peut pas m'empêcher de respirer l'air du large.

Héléna hocha la tête. Plus que jamais, son époux méritait son surnom de maître de la scierie et de la Cédrière. Une fois encore, il devançait son rival pour mieux le vaincre.

Mais c'était là sa nature et elle l'admirait pour ce qu'il était. Il pouvait être ingénieux jusqu'à la démesure, s'approprier tout ce qui l'entourait, déplacer mer et monde, elle savait qu'elle ne discuterait pas ses façons de faire.

Elle s'écarta de lui. À pas feutrés, elle s'éloigna vers les chambres et alla border les enfants dans leurs lits.

Revenue dans la cuisine, elle attrapa son travail de couture et se dirigea vers la salle à manger attenante au grand salon. Elle allait surveiller le jeune couple.

8

Les deux chevaux avaient atteint le sentier qui débouchait sur la rivière aux Loutres. Debout au milieu du traîneau, et agrippant fermement les rênes, se tenait David, la tuque enfoncée jusqu'aux yeux, un foulard de laine entourant son cou.

Léon-Marie et Jean-Baptiste marchaient derrière. Ils avançaient à longues foulées dans la neige épaisse, les bras ballants de chaque côté de leurs hanches, avec leurs grosses mitaines de cuir qui couvraient leurs avant-bras. Par intervalles, une vapeur opalescente s'échappait de leur bouche et allait se cristalliser sur leurs joues.

— Wo! cria David.

D'un élan agile, il sauta du véhicule, à grandes enjambées d'adulte, se dirigea vers l'arrière et alla joindre ses efforts aux autres.

Ensemble, avec des bruits creux de ferraille, ils dégagèrent les pelles, les scies et les pics de toutes sortes qu'ils avaient empilés sur la plate-forme.

En poussant des « *han* » énergiques, ils chargèrent les outils sur leurs épaules puis, d'un même mouvement, s'articulèrent vers le cours d'eau emprisonné sous une belle glace vive, bleutée.

La matinée était claire, vibrante de soleil, et le froid était mordant, caractéristique de ce début du mois de février. Devant leurs yeux, la campagne, d'une blancheur immaculée, se déployait jusqu'au fleuve.

Ils se déplaçaient à grands pas, l'œil brillant, satisfait. Ils n'auraient pu trouver meilleur temps pour entreprendre leur commerce de cubes de glace.

Un pic à la main, Léon-Marie devança les autres et s'aventura plus avant sur la rivière. Avec des gestes exercés, précis, il entreprit de sonder ici et là l'épaisseur de la surface gelée.

— Profite du bon air, mon gars, dit-il en même temps à David. Travailler dehors par une journée pareille, c'est comme si tu te dépoussiérais les poumons.

— C'est vrai que c'est une journée plaisante, admit David, utilisant les expressions de son beau-père, bien que je déteste pas m'occuper des commerces non plus.

Un petit pétillement de plaisir animait ses prunelles.

Il y avait maintenant quatre semaines qu'il avait pris la direction des magasins. Sitôt remis de son refroidissement, il avait rejoint sa mère dans le minuscule espace de bureau donnant sur l'escalier arrière et, sous sa surveillance, avait fait l'apprentissage du grand livre de comptabilité.

Le soir venu, ç'avait été au tour de son beau-père de l'initier aux affaires.

Assis l'un près de l'autre devant la table de la salle à manger, ils avaient passé de longs moments à discuter, s'ingéniant à trouver des façons d'étendre encore les exploitations commerciales et les organiser au goût du jour.

—Que c'est que tu dirais si on transportait la vitrerie pis la miroiterie du côté des magasins, avait suggéré, un soir, Léon-Marie. Ça me permettrait d'agrandir la manufacture de portes et châssis par l'arrière, pis, dans la salle de montre, j'installerais un commerce de lattes de bois franc pour les planchers.

Il avait accepté avec enthousiasme.

Dès le lendemain, profitant de l'accalmie qui suit toujours la période des fêtes, il avait entrepris de réaménager la vaste pièce qu'était la quincaillerie. Aidé de Jean-Louis, il avait repoussé le comptoir de même que les grosses boîtes en bois et les barils de clous qui traînaient à demeure au milieu de la place et, dans le large espace découvert, avait disposé la vitrerie et la miroiterie.

L'agencement terminé, il avait pris entente avec un spécialiste de la glacerie de la ville voisine et y avait passé deux jours en formation afin de s'initier à la fabrication des miroirs.

Par la suite, en plus de couper la vitre pour remplacer les carreaux brisés, il procédait à l'étamage du verre qu'il gravait à la guilloche.

Avec un art consommé, en digne fils de l'artiste, il répondait aux commandes de la clientèle en ornementant les glaces de longues arabesques relevées d'enjolivures qu'il fixait à l'acide.

Il s'était aussi occupé du magasin général.

Toujours avec l'aide de Jean-Louis, il avait débarrassé le passage vers l'escalier des poches de légumes et des denrées sèches qui l'encombraient et les avait déplacées dans la cave. Le coin libéré, il avait acheté, d'un fabriquant de la Gaspésie, un tonneau de vin de cormier et un autre de raisin de grève et les avait alignés près du baril de mélasse.

Cette innovation s'était révélée aux yeux de la population du hameau comme un souffle de rajeunissement.

Quand arrivait le samedi soir, comme une suite ininterrompue, chacun se présentait, trimballant d'une main son petit demiard pour la mélasse, de l'autre, une bouteille en verre épais qu'il regardait se remplir du petit boire légèrement alcoolisé devant être consommé avec la visite pendant le congé dominical.

Dans le rang Croche, plutôt nommé route de l'Église, le magasin général de Clément Lemay avait ouvert timidement ses portes.

L'œil morne, sans faire de commentaire, Léon-Marie avait regardé le jeune homme s'installer. Héléna avait marqué son étonnement, tant il n'était pas dans la manière de son époux de laisser un autre empiéter sur ses affaires sans se rebiffer un peu. Elle n'avait pas eu à attendre longtemps avant d'avoir réponse à son interrogation.

Peu de jours après l'ouverture officielle de l'épicerie du jeune Lemay, ses tâches terminées à la scierie, ainsi qu'il faisait chaque soir, Léon-Marie était entré par la porte du magasin général. Son pas dur résonnant sur le parquet de bois, il avait traversé la pièce jusqu'à atteindre l'arrière-boutique puis, brusquement, comme frappé d'une idée subite, s'était arrêté net. Lentement, il était revenu sur ses pas et était allé appuyer son coude sur le grand comptoir. En regardant autour de lui, son index frôlant ses lèvres dans une attitude dubitative, il s'était penché vers Cécile.

Sur un ton détaché, il s'était informé des clients de la journée, du genre et de la régularité des achats, puis s'était redressé. Sans rien ajouter, il s'était éloigné vers l'étage.

Le lendemain et les jours qui avaient suivi, un mouvement inhabituel avait animé la Cédrière, chacun regardant passer devant sa porte la femme d'Omer Brisson, habituellement si casanière et effacée, puis Georgette, la femme de Jean-Baptiste, l'une et l'autre poussant leur promenade du côté du rang Croche jusqu'à l'épicerie de l'Église, ainsi que le jeune Lemay avait désigné pompeusement son commerce.

Toutes deux étaient réapparues un peu plus tard pour s'arrêter « un moment » au magasin général des Savoie. Elles en avaient profité pour tendre à Cécile une enveloppe avec mention de la remettre à monsieur Léon-Marie.

En même temps que résonnait l'angélus de midi, Léon-Marie avait traversé à son tour la route vers le magasin général.

— Il y a un message pour moi? avait-il demandé avec assurance, la main tendue vers Cécile.

— Il y en a même deux, papa, avait chaque fois répliqué Cécile.

Le geste fébrile, il avait déplié les feuillets, y avait jeté un bref coup d'œil, puis avait relevé le menton.

Sans attendre, il était allé dénicher dans le tiroir le pot de peinture à l'eau et un pinceau et, à grands pas résolus, avait marché vers les vitrines.

Une lueur maligne animant son regard, à larges coulées généreuses il avait couvert les vitres de ses nouveaux spéciaux, allant jusqu'à vendre un sou moins cher la boîte de petits pois, la livre de sucre et de cassonade, en plus d'accorder un important rabais sur le demiard de mélasse.

L'œil retors, il s'était tourné vers Cécile et David, sidérés, et qui le regardaient faire.

—Gardez bien ça en mémoire, les jeunes. Cet exemple-là va vous servir toute votre vie. Ça s'appelle : protéger son bien.

Appliqué qu'il était à organiser son épicerie en plus de constamment avoir à se défendre contre les offensives de Léon-Marie Savoie, le jeune Clément Lemay avait dû se résigner à retarder son projet de commerce de glace.

Léon-Marie avait tiré avantage de son inaction et l'avait devancé.

Il avait attendu la période de grand froid qui sévissait toujours après le dégel de janvier et s'était mis impatiemment à l'ouvrage.

—La glace est lisse, cette année, comme elle a jamais été, fit remarquer Jean-Baptiste, brisant le silence qui enveloppait les grandes étendues neigeuses. On va faire des beaux cubes pis on manque pas de bran de scie pour les conserver jusqu'à l'automne. Accepterais-tu de vendre quelques ballots de sciure à Isaïe, s'il venait t'en demander? interrogea-t-il sur un ton railleur comme s'il devinait les pensées de Léon-Marie.

—On est de la même race, on pratique la même religion, répliqua Léon-Marie. Par contre, faudrait pas me demander de les livrer dans sa cour.

L'œil encore désobligeant, il avança plus à fond sur la rivière tandis que, de son talon, il jaugeait la masse bleuâtre de la glace. De temps à autre, il faisait une pause, puis se reprenait à marcher. Enfin, il s'immobilisa, empoigna son pic et, d'un élan solide, asséna un coup violent sur la surface durcie. L'endroit lui paraissait adéquat. Se reprenant, il enfonça à nouveau la pointe, puis se mit à frapper de toutes ses forces. Un trou profond cerclé de blanc s'était formé et laissait apparaître un filet d'eau qui envahissait peu à peu la cavité étroite.

Essoufflé, il se redressa en toussotant.

—Je pense que ça va aller icitte. Il y a un bon deux pieds de glace.

Jean-Baptiste agrippa sa hache et s'approcha à son tour. Les jambes écartées, ses grosses chaussures calées de chaque côté du petit orifice, il se mit à bûcher avec vigueur, à coups répétés, pour agrandir l'espace.

—C'est le premier bloc qui est difficile à déloger, observa Léon-Marie qui le regardait s'échiner. Une fois sorti de l'eau, pour les autres, ça va aller tout seul.

David avait saisi lui aussi une hache et était allé rejoindre Jean-Baptiste. Entraîné par son ardeur, il se mit à frapper de toutes ses forces.

—Prends ton temps, ti-gars, le freina Léon-Marie, faut jamais se presser dans ce genre d'ouvrage-là. La glace, c'est traître, c'est aussi coupant que de la vitre.

Stimulé par Jean-Baptiste qui travaillait avec méthode et lenteur, David poursuivait sa tâche sans ralentir. Les éclats se projetaient autour de lui, brillants, durs, et heurtaient ses jambes.

—Slaque un peu que je t'ai dit, David, gronda Léon-Marie.

Hors d'haleine, David laissa tomber son outil. Avec un contentement évident, il regardait autour de lui. Il avait accompli la majeure partie du travail.

—Ouais, tu m'impressionnes, observa Jean-Baptiste en même temps qu'il fouillait dans la panoplie d'instruments empilés derrière lui. Te v'là devenu tout un homme.

—T'as tort de l'encourager, Baptiste, blâma Léon-Marie. C'est pas un concours. Faut lui apprendre à travailler.

S'emparant d'un couteau-scie, Jean-Baptiste se remit à la tâche, approfondit l'entaille et étira la cavité jusqu'à ouvrir un espace suffisant pour atteindre l'eau et faire glisser l'égoïne. D'un mouvement solide, régulier, il trancha, tourna à angle et traça un beau cube bien droit.

Léon-Marie écarta les crocs de la grande tenaille et l'accrocha solidement entre les parois. Les deux hommes halèrent puissamment ensemble et extirpèrent la lourde pièce de la rivière. Autour d'eux, une mare d'eau glacée déborda sur leurs bottes. Dans le trou béant, un amas de frasil s'était formé et émettait des petits crépitements comme des étincelles.

Ils se reprirent et coupèrent encore de beaux morceaux de glace vive qu'ils empilaient au fur et à mesure dans le traîneau.

—On en coupe un dernier, pis on retourne au moulin, décida Léon-Marie en consultant le ciel. On reviendra après le dîner.

David fit un pas devant les autres et saisit une hache.

Courbé, les jambes écartées, s'accaparant la tâche de Jean-

Baptiste, à grands coups, il entreprit d'approfondir la brèche à travers la masse épaisse de la glace. Il travaillait sans s'arrêter. Devant ses pieds, la surface bleutée prenait des teintes blanchâtres. Peu à peu, l'eau de la rivière montait par l'espace dégagé.

Vivement, il attrapa un pic et l'enfonça profondément dans la rainure. Reprenant son geste, il s'acharna, cogna jusqu'à ce qu'il ne sente plus de résistance.

Debout près de lui, les mains enfermées dans ses grosses mitaines, Léon-Marie le regardait faire en silence. Un éclair de fierté animait son regard. Il ne cessait de se répéter combien son beau-fils le remplissait de satisfaction.

Il se louait d'avoir renforcé l'avenir de David qu'il considérait comme son fils, de l'avoir doté des magasins en plus de le faire participer comme aujourd'hui à son commerce de glace.

La veille, il était descendu à sa ferme du chemin communal, avait ramené le cheval gris, acquis il y avait dix ans du vieil Adalbert Perron, et l'avait installé auprès du blond dans le nouveau box emménagé du côté de la quincaillerie, après avoir réquisitionné le hangar à boghei et l'écurie attenants à la scierie pour y entreposer ses cubes de glace.

En plus d'être employé au transport de la glace, le gris serait utile pour les besoins de la scierie, de même que pour livrer les commandes d'épicerie à domicile, cette autre innovation qui était une idée de David.

— Tu te presses trop, fit remarquer Léon-Marie en voyant le visage de David qui se marbrait d'égratignures. Regarde ce que t'as l'air. C'est votre défaut à vous autres, les jeunes, de toujours vouloir que tout aille trop vite.

Essoufflé, David se redressa, enleva ses mitaines et moucha son nez. Il avait terminé. Ils transportèrent le gros cube à l'arrière du traîneau, et les chevaux halèrent. Leur belle tête altière légèrement courbée, avec leurs pattes qui glissaient sur la glace, ils sortirent de la rivière, s'enfoncèrent jusqu'au poitrail dans l'épaisseur de la neige, puis se retrouvèrent dans le sentier vers le chemin de Relais.

Derrière eux, l'angélus sonnait à la petite église.

Ils gravirent la côte, croisèrent les bâtiments de ferme d'Ovila Gagné et dépassèrent les magasins. Plus haut, tapie au fond de la cour, se dressait la maison de l'ouvrier Lazare Darveau, avec son revêtement de bois blanchi à la chaux, sa cheminée qui fumait dru.

Une petite voiture d'hiver obstruait l'entrée. Le cheval paraissait hors d'haleine, comme s'il venait à peine de s'arrêter, et piaffait en secouant son attelage.

—Arrête-toi, Léon-Marie, entendirent-ils prononcer dans le silence.

Léon-Marie sursauta. Emmitouflé dans son épais manteau noir, son casque de poil enfoncé jusqu'aux oreilles, le curé Darveau venait de se dégager du traîneau et tirait à lui une peau d'ours qu'il s'apprêtait à glisser sur le dos de la bête.

Son visage était sévère. Lentement, abandonnant sa tâche, il se rapprocha de la chaussée.

—Il a fallu que je reçoive une invitation à dîner de cette bonne Marie-Jeanne, l'épouse de mon neveu Lazare, pour voir ce qui se passe dans ta Cédrière et te prendre sur le fait, débita-t-il, son regard froid posé sur le fardier rempli de gros cubes de glace qui défilait devant lui. As-tu décidé de vider la rivière pour te l'approprier dans ta cour, Léon-Marie?

—La rivière appartient à tout le monde à ce que je sache, monsieur le curé, répliqua Léon-Marie en faisant un mouvement pour poursuivre son chemin. Pis pour la vider... avec l'eau qui sourd de partout, j'ai pas l'impression que c'est demain que ça va arriver.

—Tu ne vois pas que c'est une image? s'irrita le curé. Nous avons des choses à discuter, Léon-Marie, reprit-il tout de suite sur un ton autoritaire. Si je ne t'avais pas rencontré aujourd'hui, je t'aurais demandé de venir à mon presbytère.

Étonné, Léon-Marie fit s'arrêter l'attelage.

—Je vois pas ce que vous voulez dire, monsieur le curé. Me semble que j'ai rien à me reprocher.

—Quand est-ce que tu vas laisser un peu de place aux autres? s'impatienta le curé en se rapprochant encore de lui. Tu ne cesses de couper l'herbe sous le pied à plus petit que toi.

—Moi, je coupe l'herbe sous le pied... quand je fais tout ce que je peux pour améliorer le sort du hameau. Je fournis de l'ouvrage, je...

—Et ton magasin? Tu te rends compte du mal que tu fais à ce pauvre jeune Clément Lemay qui a à cœur de gagner sa vie? La rumeur de tes manigances est parvenue jusqu'à mon presbytère.

—Vous oubliez que c'est lui qui a décidé de s'ingérer dans mon domaine, jeta Léon-Marie. J'étais là bien avant lui. Me semble que c'est de la concurrence loyale que d'utiliser tous les moyens pour garder sa clientèle.

—Quand bien même il te prendrait quelques clients du côté de la route de l'Église. Il te reste tout le chemin de Relais.

—Ces gens-là font partie de mon achalandage depuis dix ans, insista Léon-Marie. Leur apport est important pour maintenir mes affaires. En plus qu'il s'est pas gêné pour s'approprier mes idées.

—Et le commerce de la glace, s'éleva le curé. Tu vas me dire que c'était ton idée, que tu y avais pensé avant lui?

Léon-Marie laissa poindre un léger rictus. Comme un enfant pris en faute, il fixa le sol.

—Tu ne trouves pas que tu outrepasses tes droits, soupira le curé. Que fais-tu de la charité chrétienne? Je me dois de dénoncer l'injustice, le tort que tu causes autour de toi. Bien sûr, vous ne faites plus partie de mon ministère, mais je suis le pasteur de toutes les brebis...

Léon-Marie se redressa. Il avait peine à contenir la révolte qui montait en lui. Le curé n'avait pas le droit, au nom de la charité chrétienne, parce qu'un homme avait le courage de déborder des autres, de l'obliger chaque fois à partager le fruit de ses efforts.

—Moi aussi, je dois gagner ma vie, se défendit-il, et j'ai de grosses responsabilités. J'ai une soixantaine de pères de famille qui comptent sur moi pour assurer leur subsistance. Pour le moment, les affaires vont bien, mais si le contrat avec la Côte-Nord se renouvelle pas en juin prochain, c'est peut-être vous, monsieur le curé, qui allez venir me demander de me tordre les méninges pour créer de l'emploi.

Le curé lui jeta un bref regard et serra les lèvres. Se détournant, il considéra autour de lui la campagne figée dans le froid de l'hiver avec ses habitations modestes accrochées à flanc de colline, ses étroits chemins battus devant les entrées, comme une suite de bras, tous orientés vers les imposantes entreprises de la scierie Savoie. Il revint poser ses yeux sur Léon-Marie.

—Je ne te demande qu'un peu de souplesse. On dirait que tu cherches toujours à t'approprier toute la place. Quand est-ce que tu vas en laisser un peu aux autres et mettre ta confiance en Dieu. N'est-il pas dit qu'Il nourrit jusqu'au plus petit oiseau?

Il laissa échapper un soupir.

—Je reconnais que tu sais être généreux. J'ai appris ce que tu as fait pour David. On m'a dit que tu es allé avec lui chez le notaire pour son anniversaire et que tu lui as fait don de tes deux commerces.

Presque tout de suite, d'un mouvement volontaire, il arqua la nuque.

—Mais ta générosité ne doit pas s'arrêter là. Dieu t'a beaucoup donné, Léon-Marie. Tu dois L'en remercier en distribuant un peu de ta richesse autour de toi. As-tu seulement pensé à aider nos pauvres qui abondent en ce temps de crise au lieu de tout garder pour toi?

— Franchement, monsieur le curé! lança Léon-Marie outré. Vous exagérez pas un peu?

Il vibrait de colère :

— C'est déjà assez dur de gagner mon pain sans, en plus, me demander d'être le secours direct. Chacun doit se débrouiller. Ça demande juste un peu de génie. Les hommes sont paresseux, monsieur le curé. Vous savez pas, vous, l'effort que je dois mettre pour les faire travailler. Ça veut tout avoir pis rester assis. Eux aussi, s'ils veulent recevoir, ils doivent donner. C'est la loi de la vie.

— Le bonheur n'est pas un effet du hasard, articula le curé sur un ton d'augure. Si tu n'y fais pas attention, l'ambition va te détruire et détruire aussi ceux que tu aimes.

— Je vais prendre ça en considération, accorda Léon-Marie sur un ton sec, incapable qu'il était de reprendre son calme.

— C'est toi que ça regarde, jeta le vieux prêtre, mettant un terme à sa remontrance. Tu t'arrangeras avec ta conscience. Mais souviens-toi qu'on récolte ce qu'on sème.

Sans rien ajouter, dans un haussement d'épaules, il s'éloigna vers la maison.

Léon-Marie se retourna à son tour et remit l'attelage en branle. Il se sentait épuisé, écrasé tout à coup en pénétrant dans la cour à bois. Il lui semblait qu'il ne méritait pas ce reproche, lui qui, depuis qu'il était au monde, n'avait eu d'autre règle que de se dépasser.

Raisonnant avec bon sens, il se dit qu'il ne devait pas se laisser abattre. Le curé pensait faire ce qui était son devoir. Habitué au monde spirituel, il ne comprenait rien à la vie des travailleurs. La vie matérielle, c'était le dur labeur, la sueur, les muscles endoloris, les mains couvertes de callosités, les cheveux encrassés de poussière. La vie matérielle, c'était peiner, poursuivre aussi longtemps qu'on en avait la force.

D'un mouvement résolu, il s'empara d'une tenaille et aida à décharger les cubes. Silencieux, les lèvres serrées, il les enroba les uns après les autres d'une couche épaisse de bran de scie et les empila au fond du hangar.

Le travail terminé, il considéra leur récolte. Elle couvrait à peine un pan de mur.

— On va avoir des croûtes à manger avant de remplir la bâtisse.

—Pis le curé, s'enquit Jean-Baptiste, que c'est que t'en fais?

—Le curé? Comme il dit lui-même, son rôle c'est de s'occuper des âmes.

L'air détaché, les yeux levés, il consulta le ciel.

—Il y a pas un nuage. Le beau temps va être là après-midi pis encore demain. On va pouvoir avancer dans notre ouvrage.

—Comme ça, on retourne sur la glace? dit Jean-Baptiste.

—J'ai pas entendu que c'était interdit, marmonna Léon-Marie en orientant ses pas vers la maison pour prendre un repas rapide. On dîne pis on recommence vers une heure et demie.

Le soleil descendait à l'horizon et couvrait la campagne d'une traînée rose qui pétillait sous le froid vif quand ils dételèrent les chevaux pour les faire réintégrer leurs stalles du côté de la quincaillerie. À trois reprises pendant l'après-midi, ils avaient rempli le traîneau de beaux blocs qu'ils étaient allés déposer dans le hangar. Ils étaient joyeux, et Jean-Baptiste sifflait en mâchouillant une brindille d'épinette tandis qu'il s'en retournait chez lui.

Le souper fut animé. Encore rempli d'enthousiasme, David babillait sans tarir sur sa première journée de travailleur manuel.

Assise au bout de la table, le menton appuyé sur son poing, Héléna l'écoutait en silence. Elle était apaisée. David paraissait avoir trouvé sa voie. Sensible, vulnérable à l'égal de son père, elle se disait qu'il avait eu de la chance de rencontrer sur sa route un homme de la trempe de Léon-Marie Savoie. Elle souhaitait qu'à son image, il s'endurcisse. La vie est parfois si impitoyable.

L'horloge égrena sept coups. Elle détourna son regard de son David pour le porter sur sa Cécile qui s'était levée et se dirigeait vers sa chambre. Ainsi qu'elle faisait les *bons soirs*, elle allait se préparer à recevoir son prétendant. Pour elle aussi, Léon-Marie avait été généreux, se disait Héléna. Il l'avait accueillie dans sa maison et il se préoccupait d'elle comme un père.

En bas, le grelot du magasin général avait retenti avec puissance. Elle fit le geste de se lever.

—J'y vais, la retint mademoiselle Bonenfant en essuyant ses mains sur son tablier.

Elle remonta presque tout de suite, suivie de Thomas qui escaladait les marches à grand bruit, en regardant autour de lui.

Cécile émergea de sa chambre. Sa brosse à cheveux dans la main, elle le regardait avec étonnement.

—Tu arrives bien tôt, et qu'est-ce qui te prend de passer par le magasin?

—Je voulais voir s'il était encore là, lança sèchement Thomas.

Le jeune homme paraissait plus éméché que d'habitude, et ses yeux injectés défiaient la famille.

L'ambiance agréable qui couvrait la salle à manger depuis le début du repas venait de se briser. Léon-Marie s'était redressé sur sa chaise, Héléna était sortie de son rêve, Antoine-Léon et Marie-Laure avaient cessé d'agiter leurs petites jambes et David s'était tu.

—On peut savoir ce que t'entends par là, mon homme? interrogea Léon-Marie, le menton pointé vers lui, prêt à se lever de son siège.

—Je vous en prie, papa, intervint Cécile en prenant le bras du garçon pour l'entraîner avec elle.

Thomas la suivit dans le corridor. Poursuivant son idée, il remarqua, tandis qu'il se débarrassait de son paletot :

—T'es au courant, toi, que ton beau-père est passé par l'office de mon père avec David pour lui faire don de ses deux commerces?

—Bien sûr que je suis au courant, répondit sans hésiter Cécile en suspendant le vêtement d'hiver dans la penderie. Ce n'est un secret pour personne.

Elle ajouta, tandis qu'elle le précédait dans le salon :

—Je trouve même que c'est très généreux de la part de papa. Après tout, David n'est pas son vrai fils.

—Tu trouves!

Il s'était immobilisé au milieu de l'imposante pièce de réception et regardait autour de lui. L'œil estimatif, il énumérait les meubles nombreux, massifs, les riches bibelots qui ornaient les tables basses, le tapis épais, le beau papier peint aux reflets azurés qui habillait les murs.

—Et toi, on te donne rien?

—À moi? fit Cécile sur un ton amusé. Je devrais recevoir quelque chose?

—C'est tout ce que ça te fait! jeta Thomas en secouant les bras. Ma pauvre Cécile, es-tu inconsciente ou quoi? Tu t'échines comme une servante depuis bientôt deux ans, sept jours sur sept pour faire fonctionner un magasin qui ne t'appartient pas et tu n'as pas aussitôt le dos tourné qu'on le donne à ton frère.

Cécile le regarda. Elle avait cessé de rire.

—Je fais partie d'une famille. Je me dois de faire ma part. La coutume veut que le père aide ses garçons à s'établir. Moi, je suis une fille.

—Tu aurais dû recevoir au moins le magasin.

—J'espère, au contraire, ne rien avoir. Je ne veux pas qu'un homme s'intéresse à moi uniquement pour ce que mon beau-père pourrait m'offrir.

—Une fille du monde se doit d'apporter une dot en mariage, articula-t-il avec hauteur. C'est la règle. Une décision comme celle que vient de prendre ton beau-père peut te porter ombrage au point que tu pourrais rester sur les tablettes.

—C'est toi qui le dis, Thomas Beaumier! répliqua Cécile. Pour ma part, je connais un tas de filles qui n'ont pas apporté de dot en mariage et qui ont épousé d'excellents garçons.

—Si elles se sont contentées d'épouser quelque empoussiéré comme ceux qui triment dans la scierie de ton beau-père...

Il reprit sur un ton raffermi :

—Un homme de qualité ne choisit pas en mariage une fille sans-le-sou. Ta situation amènera immanquablement un prétendant à s'interroger. Actuellement, moi, je vends des assurances et je n'ai pas l'intention de faire ça toute ma vie. Si je réussis à trouver une femme qui possède quelque bien, ça ne sera pas long que je vais sauter le pas.

Frustrée, Cécile se dressa sur le fauteuil.

—Dois-je comprendre que tu me courtises uniquement parce que mon beau-père est fortuné?

—Jamais de la vie! s'écria-t-il. Que le mari de ta mère soit à l'aise est un atout, mais je te courtise aussi pour une foule d'autres raisons. Tu es intelligente, tu n'es pas laide non plus.

—Pas plus que ça, fit Cécile, franchement désappointée.

—Que veux-tu que je te dise?

Ils avaient haussé le ton.

—J'aurais pu te plaire un peu.

—Et toi, reprit-il. Je te plais? En tout cas, tu n'as jamais rien fait pour le prouver.

Il se rapprocha d'elle. Sa main étalée en éventail sur sa taille, il monta lentement vers sa poitrine. Son visage touchait le sien. Son haleine tiède, enfiévrée, effleurait ses joues. Elle s'écarta de dégoût.

—Tu as bu, Thomas Beaumier! Tu es *chaud*.

—Toi, t'es frette comme la glace! lança-t-il en se raidissant.

Héléna, qui surveillait sa fille dans un angle précis de la salle à manger, sursauta. Les mains crispées sur son travail de couture, elle prit un temps avant de comprendre. Vivement elle se leva et courut retrouver Léon-Marie qui lisait son journal dans la cuisine.

—Cette fois, il dépasse les bornes. Il a osé poser sa main sur la taille de Cécile. Si elle ne l'avait pas repoussé... Je pense que tu vas devoir intervenir, Léon-Marie.

Aussitôt, comme s'il n'attendait que ce moment, Léon-Marie referma son journal et recula sa chaise. Sans un mot, l'œil mauvais, enchanté de régler une affaire qui l'embarrassait depuis longtemps, il se leva, à grandes enjambées sonores se dirigea vers le salon et alla s'arrêter devant le canapé.

—Astheure, mon homme, gronda-t-il, tout fils de bonne famille que t'es, tu vas sortir de ma maison. C'est pas la première fois que tu viens voir Cécile en boisson. J'aime pas ça, pis je pense qu'elle aime pas ça, elle non plus. Ça fait que...

Saisissant le garçon par le col, d'un mouvement rude, il le poussa vers le corridor, ouvrit la penderie dans laquelle était suspendu son paletot et de sa main libre le lança sur son épaule.

—Prends tes hardes, pis va-t'en. T'auras pas besoin de t'expliquer avec ton père, je vais me faire un plaisir de m'en charger.

Éberlué, Thomas le regarda et ne résista pas. Avec la docilité de l'ivrogne, son grand corps se décarcassant comme une marionnette, il enfila son manteau et enfonça son chapeau sur sa tête. En même temps qu'il passait près de Léon-Marie, dans un geste de provocation, comme s'il revendiquait tout l'espace, il le frôla durement de sa hanche, se dirigea vers la sortie et claqua la porte. Ses pas crissèrent sur la neige croustillante de la galerie, puis se dégradèrent et se perdirent dans l'ébranlement des marches.

—V'là une bonne affaire de réglée, prononça Léon-Marie en se frottant les mains.

—Thomas était furieux parce que vous avez fait don des commerces à David, expliqua Cécile. Il disait que je n'étais pas traitée comme je le devais.

—Ben, barnache, il se trompe et j'ai bien l'intention de continuer à te traiter comme ma propre fille. Même que je vais t'acheter un beau manteau de fourrure. En plus, à partir du mois prochain, ton frère va te donner une augmentation.

Derrière lui, David était sorti de sa chambre et se rapprochait d'eux.

—Pas vrai, David, que tu vas augmenter le salaire de ta sœur?

—C'est bien vrai, fit David, les lèvres tirées dans un large sourire.

Frais et dispos comme s'il avait passé une journée tranquille au magasin, il endossa son paletot et se dirigea vers la sortie. Il allait faire un tour au restaurant de Roland Lepage situé près de la boulangerie de Jérémie Dufour au coin de la rue des commerces.

Depuis qu'il avait abandonné ses études, il avait pris l'habitude d'aller retrouver ses copains, le soir, dans ce lieu de rencontre. Les jeunes hommes s'y présentaient autour de huit heures et se groupaient sur les banquettes de gauche.

Quelques jeunes filles s'y amenaient, elles aussi, et occupaient les banquettes de droite. L'air un peu frondeur, tout en sirotant une boisson gazeuse, les garçons reluquaient les filles. Parfois, un jeune un peu plus hardi quittait son poste pour aller bavarder avec elles. Il arrivait alors qu'une amitié se noue et qu'ils repartent ensemble.

Les autres achevaient immanquablement leur soirée dans la cour de la petite école, l'été à disputer une partie de balle-molle, l'hiver à quelque jeu sur la patinoire que, sans y manquer depuis sa construction, les employés de la scierie Savoie installaient dans la cour. Tout le hameau y avait accès. Les jeunes travailleurs, surtout, s'y rassemblaient, leurs tâches terminées.

De longs poteaux avaient été plantés aux quatre coins de la piste et supportaient de puissantes ampoules électriques. Les jeunes avaient la permission de jouer jusqu'à dix heures, après quoi, le règlement était formel, les lumières s'éteignaient.

David pénétra dans le restaurant à l'heure dite. Accompagné de Jean-Louis, son commis à la quincaillerie, il se dirigea vers les banquettes déjà mobilisées par un groupe de jeunes ouvriers.

Tout en se rapprochant des autres, ils jetaient des coups d'œil furtifs du côté des filles.

David repéra la jolie Agathe Dubé, la cadette de Napoléon, le chef de gare, Jean-Louis lorgna Marie-Marthe, la fille d'Éphrem Lavoie, puis, tous deux, le visage cramoisi, se glissèrent sur le banc.

—Quand est-ce qu'on va aux noces? les taquina Robert Brisson.

—Il y a pas lieu de faire publier les bans, répondit David avec des intonations d'adulte, bien que va falloir qu'on se décide. Moi, je viens d'avoir vingt et un ans, tandis que Jean-Louis...

—Surtout que te voilà devenu le meilleur parti de la région, fit remarquer, avec un regard d'envie, Léopold Renaud, un garçon de son âge qui venait lui aussi d'abandonner ses études. Pensez donc, David Parent, propriétaire des deux plus gros commerces de la Cédrière.

David haussa les épaules. Les paupières baissées sur son verre, il dégustait sa boisson gazeuse et se retenait de trop montrer son contentement.

124

—Vous allez pas faire tout un plat pour le fils d'un journalier sans le sou qui vient de décrocher le jackpot, entendirent-ils proférer du côté de l'entrée.

Ils se retournèrent tous ensemble. Thomas Beaumier venait de franchir le seuil, traînant avec lui une bouffée d'air glacial. Sans prendre la peine de secouer ses bottillons, en maculant le plancher de bois de longues empreintes de neige sale, il se rapprochait du centre de la pièce. Dégrisé, il regardait autour de lui, l'air outré, requérait l'approbation des autres.

—Que Parent remercie plutôt sa mère qui a su se placer les pieds! C'est pas tous les jours qu'une pauvresse réussit à épouser le millionnaire de la place. Moi, de la magouille de même, ça me donne des haut-le-cœur.

David rougit violemment. La belle quiétude qu'il avait manifestée une seconde auparavant venait de fondre d'un coup.

Furieux, vivement, il se leva de son siège et alla se dresser devant Thomas dans l'allée. Les poings fermés dans un geste menaçant, les yeux rivés sur lui, il le fixa sans rien dire avec son allure fragile, sa masse de cheveux bruns qui cachait ses oreilles, son front lisse teinté de rose encore proche de l'adolescent.

Thomas le dépassait d'une tête. L'expression arrogante, il le regardait lui aussi en silence avec une assurance tranquille. Un malaise avait envahi la salle. Occupé à faire ses comptes derrière son comptoir, le propriétaire Roland Lepage avait levé les yeux au-dessus de ses lunettes et froncé les sourcils.

—Venez, les gars, suggéra Robert Brisson dans un effort pour alléger l'atmosphère. Il est temps d'aller faire notre partie de pelotes de neige à la petite école.

Les jeunes hommes se levèrent aussitôt d'un même mouvement. Visiblement soulagés, ils enfilèrent leurs parkas, enfoncèrent leurs tuques et sortirent dans le noir.

David s'articula derrière les autres; il ne contenait pas sa colère.

—Je vais de ce pas aller parler à mon beau-père, décida-t-il en descendant les marches. Je vais lui dire que j'accepte pas ce cadeau-là. J'ai pas envie de me le faire reprocher toute ma vie.

—Que c'est que ça peut te faire, ce que pense Thomas Beaumier? le raisonna Jean-Louis. Attends au moins à demain, tu vas voir plus clair. Comme dit ma mère, il faut jamais prendre de décision sous le coup de l'emportement.

Ils franchirent la cour et traversèrent la petite rue des commerces. La nuit était claire. Au-dessus du fleuve, la pleine lune s'accrochait aux nuages et courait vers l'horizon ouest.

—Je pense que je vais plutôt m'en aller à la maison, décida David, j'ai eu une grosse journée. Je commence à avoir mal partout.

—Moi aussi, j'ai eu une grosse journée, reconnut Jean-Louis. Je vais rentrer avec toi.

Ils revinrent sur leurs pas et s'engagèrent dans la côte du chemin de Relais. Ils avançaient à grandes foulées, une main agrippant le col relevé de leur manteau afin de se protéger du vent qui cinglait leur visage.

Soudain une masse, comme une boule de neige, frôla l'épaule de Jean-Louis et le fit trébucher. Il se retint de tomber.

Tournant la tête, il éclata d'un grand rire.

—Eh! les gars! Vous vous êtes pas aperçus qu'on voulait pas jouer?

Sa voix se perdit dans le silence. Avec un petit bruit mat, une autre boule de neige l'avait atteint. Amusé, il fit un demi-tour sur lui-même et, ses yeux scrutant l'obscurité, poursuivit sa route à reculons.

Presque aussitôt une masse de neige perça les ténèbres et toucha David, puis ce fut une autre et encore une autre. Ils se sentaient heurtés. Les balles, subitement, se succédaient avec force et les faisaient basculer à chaque coup.

Furieux, ils se retournèrent et crièrent dans le noir.

—Qu'est-ce qui vous prend, les gars? On vous a dit qu'on voulait pas jouer.

Une autre balle de neige fut la réponse des inconnus.

Excédé, David se courba, enfonça ses mains dans l'épaisseur de la neige et les pressa avec vigueur pour en faire une pelote ferme, ronde, qu'il lança au hasard dans la nuit. Instantanément, les balles redoublèrent. Elles semblaient provenir de partout. Les projectiles les atteignaient les uns à la suite des autres comme une pluie de grêlons durs et percutants.

Incapables de se défendre, ils ne pouvaient que se replier sur eux-mêmes et protéger leur visage de leur manche. Enfin, les lancers cessèrent. Ils découvrirent leurs yeux et fouillèrent les alentours... à peine le temps d'une pause. Il se raidirent. Déjà l'attaque avait repris, rapide, brutale.

Soudain un bruit court, étouffé, se fit entendre. David arqua la tête. Une longue plainte s'échappa de ses lèvres. Vivement, il se recroquevilla et couvrit sa figure de ses mains. Une boule de neige durcie avait heurté directement son œil gauche.

—C'est pus un jeu, gémit-il. Ça m'a fait tellement mal, c'est comme si mon œil avait rebondi jusque derrière ma tête.

Alarmé, Jean-Louis s'empressa vers lui et entoura ses épaules de son bras. Avec les gestes de sa mère, il l'examina de plus près.

—Je vois quelque chose qui glisse sur ta joue.

Brusquement, il recula d'effroi.

—Mais tu saignes! Tu es blessé!

David frôla son visage de ses doigts. Une masse chaude, gluante coulait de sa paupière pour aller mourir sur ses lèvres. Son cœur se serra.

—J'espère que c'est pas... non... faudrait pas...

Ils se ruèrent vers la maison.

Sans considération pour la famille qui s'apprêtait à se mettre au lit, Jean-Louis poussa durement la porte.

—C'est David! cria-t-il hors d'haleine. Les gars s'amusaient à lancer des pelotes de neige. David en a reçu une dans l'œil. J'ai peur que...

Très pâle, Héléna s'avança vers eux. Elle tremblait de tous ses membres. Lentement, elle s'éloigna, puis revint avec un chiffon propre.

—Je sais quoi faire, dit-elle à voix contenue. Il faut exercer une pression.

Léon-Marie bondit près d'elle. Une douleur intolérable déchirait sa poitrine.

—David, astheure!

Il respirait vite. Son regard chargé d'angoisse balayait autour de lui.

—Toute la journée, je l'ai mis en garde, comme si j'avais un pressentiment. Je trouvais qu'il était trop hardi, qu'il faisait des imprudences.

Révolté tout à coup, il lança sur un ton dur, avec puissance :

—Barnache! Qu'est-ce qu'Il me veut, Lui, en haut? Il va-t'y s'acharner sur moi jusqu'à ce qu'Il m'ait arraché la dernière goutte de mon sang?

Héléna se tourna vers lui. Elle paraissait accablée, brisée, elle aussi. Soudain, elle se replia sur elle-même et pressa son ventre.

—Ça ne va pas, moi non plus, Léon-Marie. Je pense que je suis en train de perdre mon bébé.

—Toi aussi! se désespéra Léon-Marie.

Anéanti, comme si brusquement la vengeance divine venait de l'atteindre, il émit avec lenteur, les yeux remplis de crainte :

— Ce matin, j'ai passé outre aux ordres du curé. J'ai pas voulu l'écouter...

— Ne dis pas de sottises, l'arrêta Héléna. Tu sais bien que ça n'a rien à voir.

— J'aurais pas dû tenir tête au curé, s'obstina-t-il, même s'il faisait juste une allusion, ça nous a porté malheur.

Il paraissait essoufflé, toussotait, frictionnait son front de sa main. De grosses gouttes de sueur perlaient sur ses tempes. L'œil égaré, il prit appui sur une chaise et se courba profondément.

— Que se passe-t-il? demanda Héléna subitement avec inquiétude.

— C'est rien, c'est un petit étourdissement. Ça va aller.

9

Le docteur Gaumont, que David avait consulté, n'avait pas tardé à émettre un sombre diagnostic. La balle avait perforé son globe oculaire gauche qui s'était vidé de son humeur aqueuse, lui faisant perdre irrémédiablement l'usage de son œil.

Il avait bien prescrit des gouttes antiseptiques et calmantes, mais à titre palliatif, avait-il précisé. La science avait ses limites, il ne pouvait rien faire de plus.

Le front cerclé d'une bande étroite agrémentée d'une œillère qui dissimulait son œil gauche, David était rentré à la maison.

Pendant le reste de l'hiver, reprenant ses habitudes comme si de rien n'était, il avait parcouru ses commerces, lançant ses ordres à droite et à gauche, sans paraître davantage ébranlé.

Les jours avaient passé, ils le pensaient guéri quand, un matin de mai, sans raison, la douleur qu'il éprouvait dans son crâne, de façon térébrante, s'était sournoisement avivée. Il s'était éveillé en serrant ses tempes de ses deux mains. Les élancements étaient devenus si intolérables qu'il était sorti de sa chambre en hurlant.

Héléna s'était empressée de le conduire chez un ophtalmologiste de la ville. Celui-ci avait expliqué qu'afin de contrer l'infection sympathique qui risquait de lui faire perdre l'usage de son autre œil, il n'avait d'autre choix que de procéder à l'énucléation de son globe oculaire affaissé et devenu inutile.

David était revenu à la maison trois jours plus tard, douleur en moins, une masse de chair mollasse et sinueuse remplissant la cavité de son orbite gauche.

Accaparé par ses tâches, il s'était aussitôt déplacé à travers les magasins à grands pas sonores, la mine désinvolte, le front sanglé d'un bandeau aux couleurs vives à la façon d'un corsaire, arborant une indifférence qui les avait étonnés.

Ils se demandaient si cette attitude qu'il affichait était une forme de courage ou s'il ne profitait pas plutôt de cette agréable sensation de préséance que lui procurait son handicap en attirant sur lui l'attention des autres.

Cécile, surtout, s'acquittait de sa besogne d'épicière avec un zèle inhabituel. Soulagée à la suite de sa rupture avec Thomas Beaumier, elle multipliait les occasions de prêter main-forte à son frère.

Le magasin se désertait-il de sa clientèle, qu'immédiatement elle traversait du côté de la quincaillerie pour se mêler à ses activités.

Héléna et Léon-Marie n'avaient pas été sans remarquer cet engouement subit de Cécile pour son frère et ses commerces, entraînant forcément un rapprochement entre elle et le fils de Jean-Baptiste.

Un peu perplexes, ils avaient observé ce sentiment nouveau qu'ils voyaient naître entre Cécile et Jean-Louis et qui ne cessait de grandir.

Georgette et Jean-Baptiste avaient perçu la même chose et avaient peine à dissimuler leur joie. Une alliance avec Léon-Marie, dont ils partageaient le quotidien depuis bientôt quinze ans, constituait à leurs yeux un achèvement, une récompense méritée, se chuchotaient-ils dans le secret de leur chambre.

Héléna n'avait pas été sans remarquer la lueur narquoise qui avait joué dans les yeux de Léon-Marie à partir de cet instant.

— J'espère que tu vas garder tes impressions pour toi, l'avait-elle enjoint avec un petit mouvement du menton qui disait sa volonté de ne pas le voir s'ingérer dans une affaire qui ne concernait que les deux jeunes gens.

Malgré ses propres ennuis, la perte de son bébé, elle n'avait rien perdu de son esprit décisif. À peine rétablie, elle était retournée à sa besogne, à laquelle s'était ajoutée la comptabilité des commerces dont elle avait décidé de s'occuper le temps que David récupère.

Contrairement à son époux, elle n'avait pas vu dans ces deux malheurs une punition de Dieu. « Les épreuves font partie du quotidien », se disait-elle. Bien sûr, elle aurait souhaité que leur vie soit autre, mais, avait-elle l'habitude de se répéter, « quand on n'a pas ce qu'on aime, faut se contenter de ce qu'on a ».

C'était plutôt l'attitude de Léon-Marie, ce soir d'hiver, qui l'avait déconcertée. Ordinairement hardi, au mépris de l'obéissance, il lui semblait qu'il avait perdu sa pugnacité. Pour la première fois, elle l'avait vu ébranlé, vulnérable, prêtant foi à l'irréel. Elle n'avait pas discerné en lui l'homme sans peur qui faisait sa réputation, et elle en avait éprouvé une vague inquiétude.

Il y avait eu aussi cet étourdissement qui l'avait frappé. Heureusement, ce malaise n'avait été que passager et elle l'avait vite oublié. Dans les jours qui avaient suivi, repris de verdeur, Léon-Marie avait multiplié les initiatives au sein de ses entreprises, en plus de trouver une excellente raison de reprendre ses empoignades avec le maire McGrath.

L'événement qui avait déclenché les hostilités entre les deux hommes s'était produit peu avant que ne commence l'été. Cet après-midi-là, rouge de colère, Léon-Marie était entré à la maison, brandissant devant les yeux d'Héléna un papier tout juste arrivé par la poste. McGrath avait enfin obtenu ce qu'il voulait!

Par un vote serré de quatre voix contre trois, le conseil avait entériné la nouvelle taxe aux entreprises. La facture qui lui était parvenue fixait, pour le total de ses exploitations, la somme de vingt dollars à payer pour l'année courante.

Cette estimation lui paraissait énorme. En plus, il trouvait antidémocratique cette façon de puiser dans les goussets de ceux qui avaient à cœur de créer des emplois.

Il reconnaissait que McGrath avait su manœuvrer en se gardant bien de varier la taxe domiciliaire, préservant ainsi le prestige de son administration auprès des contribuables.

Il s'était senti abusé.

De plus en plus, l'idée de se présenter au poste d'échevin l'avait tenaillé. L'Irlandais le décevait. Non seulement il avait repris à son bénéfice le projet de l'ancien maire d'imposer une taxe spéciale aux commerçants, mais il avait aussi décidé d'étendre à grands frais une couche de macadam sur les principales voies de circulation, dont le chemin communal et la route de l'Église. Il avait ignoré le chemin de Relais! Sauf, bien entendu, le coût de l'éclairage qu'il s'était empressé de facturer à la municipalité. Il ne manquait plus que le service de police.

Un éclair avait traversé son esprit. Si McGrath osait retourner à la municipalité le coût du flux électrique qu'il diffusait dans le chemin de Relais, pourquoi ne ferait-il pas pareille économie, lui qui gratifiait en toute saison la population de la Cédrière des jeux à la petite école? L'œil méchant, il avait fixé longuement le rang Croche.

—Il est temps que cesse le coulage des deniers publics, avait-il proféré. Par la même occasion, McGrath aurait sa leçon.

***

On était dimanche. Les faubouriens avaient entendu la messe et chacun s'en retournait chez soi. Le mois de septembre était sur le point de se terminer. Autour d'eux, les arbres flamboyaient. Un vent frais faisait frissonner les herbes, et le sol était parsemé de feuilles mortes.

—Tiens, madame Léon-Marie, vous promenez votre petit garçon?

Les épaules soulevées d'un gros rire, avec sa chevelure épaisse, blanche, qui débordait de son chapeau dur, ses yeux bleus comme l'acier sous ses paupières mi-closes, Évariste Désilets avait lancé un regard taquin vers le couple que formaient Héléna et Léon-Marie.

Héléna sourit. Tournée vers l'homme, elle prononça avec sa lenteur habituelle, quand elle s'adressait à quelqu'un n'appartenant pas à la famille :

—Je suis de votre avis, monsieur Désilets, et croyez-moi ce n'est pas mon plus sage.

Près d'elle, supportant son bras, Léon-Marie regarda son voisin sans rire. Le geste anormalement courtois, il souleva son melon et le reposa sur son crâne. Subtilement, dans une rotation à peine perceptible, il avait évité de l'enfoncer trop profondément sur son front afin de paraître plus grand à côté d'Héléna, élancée et mince, et qui le dépassait d'une demi-tête.

Formés en petits groupes, les fermiers du hameau escaladaient la côte. Espiègle, Évariste marchait sur leurs talons.

—Je sais pas ce qui se passe, mais on dirait que Léon-Marie a grandi de deux pouces depuis une minute, observa-t-il, s'adressant cette fois à Josaphat Bélanger comme s'il le prenait à témoin de cette situation nouvelle.

—C'est parce qu'il a fait ben attention de pas s'assire sur son chapeau, décida Josaphat, à moins que...

—Vous vous pensez ben comiques, ronchonna Léon-Marie en poursuivant sa marche. Si on n'était pas si pressés, si on n'attendait pas la visite du curé Darveau pour le dîner, je vous rendrais la monnaie de votre pièce.

—On peut savoir ce qu'il te veut, le curé? s'enquit Jérémie Dufour. Tu dois le connaître assez pour savoir qu'il a pas l'habitude de monter à la Cédrière sans motif, même s'il claironne que ta femme fait les meilleurs pâtés à la viande du canton. Ça se pourrait-tu que ça regarde sa nouvelle charge?

Léon-Marie ne répondit pas. Lui aussi se demandait ce que pouvait bien lui vouloir le curé et il en éprouvait une certaine appréhension. Depuis ce midi de février où le vieux prêtre l'avait tancé devant la maison de son neveu Lazare, il redoutait ses initiatives.

Pourtant, aujourd'hui, il avait beau tourner la question dans sa tête, faire un minutieux examen de conscience, il ne s'imputait aucune inconduite. Il avait, au contraire, l'impression d'être pur comme l'enfant qui vient de naître.

Bien sûr, le vieux curé avait une raison qu'il connaissait de monter à la Cédrière, mais il ne savait pas encore ce qui le poussait jusque chez lui.

Ce matin, seizième dimanche après la Pentecôte, les habitants du hameau s'étaient assis dans leurs bancs d'église pour entendre la grand-messe de dix heures. Comme il faisait après la lecture de l'Évangile, le curé Jourdain avait gravi les degrés menant à la chaire, avait procédé aux communiqués d'usage, mais, cette fois, n'avait pas ouvert son petit livre d'heures. L'air bon enfant, tourné vers le chœur, il avait rappelé la présence dans leurs lieux du curé Darveau et l'avait prié de prononcer l'homélie.

Le vieux prêtre s'était levé de sa place. Le port majestueux, sous le regard interrogateur des fidèles, la taille nouvellement entourée d'un ceinturon violine, il s'était dirigé à petits pas vers la haute tribune et avait appuyé ses mains à la balustrade. Son œil perçant balayant la nef, la mine faussement modeste, il avait annoncé sa nomination, la veille, par son évêque, à la dignité de prélat domestique avec le titre de monseigneur qui lui était rattaché.

La messe terminée, ainsi qu'il faisait dans son ministère de Saint-Germain, il s'était tenu sous le narthex et avait accueilli les félicitations de ses paroissiens.

Léon-Marie et Héléna s'étaient approchés ainsi que les autres et lui avaient tendu la main.

—Je suppose que vous avez toujours dans votre garde-manger de vos excellents pâtés à la viande, madame Savoie, avait-il décliné, les yeux plissés sous ses sourcils blancs. Comme je me sens un relent de gourmandise, j'ai presque envie de m'inviter chez vous pour le dîner.

—Vous nous feriez grand honneur, monsieur le curé, oh! pardon, monseigneur, avait répondu Héléna avec un petit rire timide. J'en ai toujours sur le bloc de ma glacière. Et si vous revenez au hameau dans un mois, il y aura du six-pâtes. Pour vous, j'ajouterai du vin de messe.

—Vous êtes aussi tentatrice que le Garrigou d'Alphonse Daudet dans ses trois messes basses, avait lancé le curé sur un ton mondain. Puisque nous en avons fini des pénitences, avant que ne commencent celles de l'Avent, je m'inviterai chez vous par deux fois.

Héléna avait empêché Léon-Marie de s'attarder sur le parvis et l'avait entraîné vers la maison. Il fallait se presser de faire chauffer les tourtières en plus d'avertir mademoiselle Bonenfant d'ajouter un autre couvert et de soigner la table.

— C'est le meilleur pâté à la viande que j'ai mangé après celui de ma mère, dit le curé en engouffrant une dernière bouchée.

D'un geste qui disait sa satisfaction, il avala une gorgée de thé brûlant, pressa sa serviette sur ses lèvres et repoussa sa chaise. Avec assurance, il se tourna vers Léon-Marie assis au bout de la table et qui l'observait du coin de l'œil.

— Et maintenant, si nous parlions de choses sérieuses.

Léon-Marie émit un léger sursaut et inclina la tête avec prudence. Il n'avait pas eu besoin de la remarque de Jérémie pour comprendre que la visite du curé était motivée par une raison autre que celle de goûter le pâté à la viande de sa femme, même s'il le considérait comme le meilleur de la région. Plutôt ascète, le vieux prêtre ne faisait que joindre l'agréable à l'utile qui était, pour lui, primordial.

Le geste imperturbable, Léon-Marie lui offrit un cigare, gratta une allumette et alluma le sien. Les lèvres arrondies, les joues creuses, le curé laissa longuement fuser son souffle et considéra Léon-Marie à travers les volutes bleuâtres de sa fumée.

— Tu ne dis rien, Léon-Marie? commença-t-il en même temps que, les yeux baissés sur son havane, il secouait machinalement la cendre dans le cendrier.

— Je suis un homme bien élevé, monsieur le curé.

Le curé jeta un regard autour de lui. Engoncés dans leurs tenues du dimanche, Antoine-Léon et la petite Marie-Laure s'excitaient à travers la pièce.

Assis l'un près de l'autre devant leur couvert, Cécile et David le fixaient sagement sans parler. Héléna se tenait au bout de la table et le regardait, elle aussi, un sourire poli tirant ses lèvres.

Derrière la cloison, dans la cuisine, mademoiselle Bonenfant faisait la vaisselle. Mêlé au bruit des récipients qui s'entrechoquaient, ils entendaient le crépitement des bûches qui avaient servi à chauffer le repas et qui achevaient de se consumer dans la grosse bouche du poêle. Dans la salle à manger, les fenêtres étaient ouvertes et les rideaux battaient au vent. Un souffle de fraîcheur remplissait l'air. La maison était vivante, c'était celle d'un foyer heureux.

— Tu es un homme comblé, Léon-Marie, émit le curé après un

moment de silence. Tu as eu de grands malheurs, tu as passé à travers et tu as refait ta vie. Tu avais une femme et cinq enfants que tu as perdus. Te revoilà avec une femme et quatre enfants dont les deux aînés te sont tombés du ciel. Les petits derniers grandissent et t'honoreront bientôt comme ont fait les autres. As-tu pensé à remercier ton Créateur de la faveur qu'il t'a faite?

—Je le fais tous les jours, monsieur le curé, répartit aussi vite Léon-Marie. Avec Héléna qui est bien dévote, on se met à genoux tous les soirs et on récite le chapelet en famille. Ce qui nous met pas à l'abri des malheurs. Je suppose que vous avez su pour David... son œil...

—Je l'ai appris, convint le curé, qui marqua son agacement devant un Léon-Marie dont il devinait les astuces, en le voyant, comme d'habitude, chercher à détourner la conversation. David s'est crevé un œil en jouant à se lancer des pelotes de neige. Mais ceci est une bien légère épreuve. Il lui reste la vie. Ce qui ne doit pas t'empêcher de faire montre de compréhension envers ton prochain, qui plus est, tu devrais en faire davantage si tu veux t'attirer la protection du ciel...

Il se pencha sur sa chaise. Son visage était tout près du sien.

—Tu as changé, Léon-Marie.

—Je vois vraiment pas ce que vous voulez dire, monsieur le curé, prononça Léon-Marie sur un ton sincère.

—J'ai bien peur que ton ambition démesurée t'empêche de voir à travers le brouillard de ton égocentrisme, soupira le vieux prêtre. Regarde autour de toi et demande-toi quel est ton comportement vis-à-vis des autres. Et en disant cela, je ne pense pas qu'au petit Clément à Isaïe Lemay que tu continues à asticoter malgré mes objurgations, je pense aux gens de la Cédrière qui sont tous tes ouvriers et qui mériteraient plus d'égards.

—Mes ouvriers sont les mieux payés parmi toutes les entreprises de la région et ils se plaignent pas d'avoir de l'ouvrage! lança Léon-Marie subitement avec irritation. Il y a que les jeunes qui rouspètent pis qui arrêtent pas de demander des congés. Je sais pas qui leur souffle quoi, à ceux-là, mais on dirait que moins ils en font...

—Je pense avec toi qu'entre deux maux, le travail est préférable à l'oisiveté, accorda le curé, bien qu'un travailleur ait aussi besoin de repos. Mais ce n'est pas de ça que je veux t'entretenir. Autrefois, le dimanche, tu organisais des jeux dans la cour de l'école. Cet été tu n'as rien fait. On dirait que tu n'as plus cette générosité.

—Astheure qu'on est taxés sur les entreprises, c'est pus mon affaire, jeta Léon-Marie avec rudesse. J'ai toujours payé les divertissements, même si la charge revenait à la municipalité. Tant que je payais des taxes raisonnables, je réservais un petit montant pour récréer la population du hameau. Astheure qu'on me demande de faire vivre la municipalité, j'ai décidé qu'ils assumeraient leur rôle. Moi, je suis redevenu un entrepreneur. J'ai pus d'argent à mettre sur les loisirs.

—Le hameau a besoin de ton support, déplora le curé. Tu sais bien que les édiles municipaux n'ont pas tes aptitudes pour s'occuper de ça.

—C'est McGrath, je suppose, qui est allé se plaindre? déduisit Léon-Marie. J'ai l'impression d'entendre ses mots sortir de votre bouche.

—Donald McGrath! s'exclama le curé. En voilà un autre envers qui je trouve que tu es injuste. As-tu oublié son apport à votre communauté? Votre région est en avance sur toutes les municipalités rurales et c'est grâce à lui. Il a répandu l'électricité, le téléphone et il vient de vous doter d'un poste de radio local.

—McGrath a pas de mérite, l'argent lui sort par les oreilles. Il sait pas quoi en faire.

—Il a eu le cœur de trouver des façons de vous en faire profiter, rétorqua le curé. Savais-tu qu'il s'apprête à instituer une école technique où les jeunes garçons pourront apprendre les métiers de menuisier, de soudeur et de mécanicien? Il a l'intention d'en ériger une autre qui enseignera les arts : la céramique, la sculpture, la peinture.

Il précisa, sur un ton qui disait son approbation :

—Bien entendu, monsieur McGrath a eu la bonne idée de placer ces écoles sous l'égide de l'Église et en confier l'administration à nos prêtres. Et ce n'est pas tout, grâce à lui vous aurez bientôt un journal local qui vous permettra de connaître les nouvelles de votre entourage autrement que sur le portique de l'église.

Nullement impressionné, Léon-Marie souleva les épaules.

—La dernière fois que je l'ai rencontré, il m'a laissé entendre qu'il avait deux ou trois gros projets, pis que ça allait ben me surprendre. C'est ça qu'il voulait dire, je suppose?

Il expira longuement la fumée de son cigare avant d'enchaîner, les lèvres avancées en une moue dédaigneuse :

—Depuis le temps que je connais McGrath, il a jamais fait rien pour rien. Toutes ces business-là, c'est pour faire encore plus d'argent. Un journal, c'est une affaire ben payante, j'en sais quelque chose. Monsieur McCormick, avec qui j'ai un contrat à Shelter Bay, possède le *Chicago Tribune* qui compte parmi les plus gros journaux des États-Unis. J'ai pas besoin de vous dire qu'il vit comme un pacha.

—Tu parles comme un petit, Léon-Marie, gronda le curé qui avait peine à maîtriser son indignation. Quels que soient les profits qu'ils en rapportent, ces grands hommes permettent au monde de progresser, ils le transforment, ils donnent de l'emploi aux pères de famille et, de ce fait, font fonctionner l'économie. Tu dois en savoir quelque chose, toi qui agis de même dans ton domaine.

—Moi, c'est pas pareil, je le fais en toute humilité.

Déconcerté, le curé arqua brusquement la nuque.

—Toi, tu le fais en toute humilité!

Il articula, sur ce ton vibrant qui lui était propre et qu'il adoptait du haut de la chaire, à la messe le dimanche :

—Donald McGrath est un homme des plus respectables, même que je ne serais pas surpris si, dans quelques années, il devenait sénateur. Si cela arrivait, tu aurais à marcher sur ton orgueil et l'appeler « honorable », Léon-Marie. Mieux, toi, un puissant industriel du Bas-du-Fleuve, il te faudrait l'appuyer.

Léon-Marie sursauta. Offusqué, il eut un mouvement de recul.

—Barnache, monsieur le curé. Vous pensez pas que j'irais donner mon aval à une affaire pour laquelle je suis pas d'accord pantoute. McGrath est un importé, il a pas d'affaire à être sénateur, il est même pas né dans la place.

—Donald McGrath fait partie de votre communauté depuis plus de trente ans, grogna le curé. Cesse d'être aussi raciste et considère-le comme des vôtres.

Se reprenant, il fit un geste d'impatience.

—Mais, il y a loin de la coupe aux lèvres. On n'a fait que suggérer son nom.

Les sourcils froncés soudain, se penchant, il lui jeta un regard à la dérobée.

—À ce que j'ai cru comprendre, ne serais-tu pas, toi aussi, tenté par la politique? Si c'est le cas, un bon mot de ma part et de celle du curé Jourdain ne serait pas négligeable.

—J'ai pas besoin de support, répondit tout de suite Léon-Marie. Si je décidais d'entrer en politique, ça serait pour être pas autre chose qu'un petit conseiller municipal qui fait son devoir et qui voit à ce que les affaires marchent dret.

—Tu aurais de l'opposition en la personne de Ludovic Lavertu, lui rappela le curé. Ludovic est échevin depuis vingt ans. C'est un fermier prospère. Il a une grande tribune, tandis que toi, ton public ne déborde pas beaucoup plus loin que la Cédrière. Je ne suis même pas sûr que tu obtiendrais la route de l'Église, surtout si tu es un opposant à Donald McGrath.

—Ludovic a commencé à faire de la politique avec Joseph Parent. Ça fait trop longtemps qu'il est là. Il s'encroûte. Personne aime ça.

Les yeux rivés sur un point vague, négligeant de relever son propos, le curé débita, sur un ton sentencieux, appliqué qu'il était à poursuivre sa pensée :

—Tu es un homme d'action, Léon-Marie. Peut-être qu'aujourd'hui tu veux te contenter du poste d'échevin, mais on ne sait jamais si, un jour, une autre idée ne germera pas dans ta tête. Maire? Député peut-être?

Autour d'eux, le soleil de l'après-midi pénétrait à flots par la fenêtre drapée de dentelle et dispensait un long couloir vibrant de lumière qui dorait la pièce, comme une invitation à grandir, à atteindre les plus hauts sommets.

—Une campagne bien faite peut faire sortir de l'ombre le moins connu des hommes, dit encore le curé. Ta femme aussi devra s'impliquer. Il lui faudra assister à des thés, à des organisations littéraires, faire des actes bénévoles. Pour ce, elle aura besoin de mon appui.

Il tourna son regard vers Héléna.

—Que diriez-vous de commencer immédiatement votre apprentissage?

Oubliant Léon-Marie, il s'adressait maintenant à elle, du même ton ferme, comme si, visant un but précis, son tour était venu de l'entendre.

—J'ai besoin de vous, madame Savoie. En plus de l'aide que vous apporteriez à votre mari, votre implication serait un apport pour votre communauté. Il s'est fait peu de choses dans votre paroisse depuis sa fondation. Il n'y a, à la Cédrière, ni confréries ni groupes d'action catholique.

Enthousiaste soudain, il enchaîna, d'une voix forte, convaincue :

—De même que dans les autres paroisses, il faut une ligue des enfants de Marie, de la jeunesse ouvrière catholique, des dames de sainte Anne. Il faut mettre en place des sociétés d'aide aux miséreux, un ouvroir, un cercle de couture. Il faut aussi prévoir des corvées. Pour toutes ces œuvres charitables, l'Église a besoin d'argent.

Il fit une pause. Les yeux fixés sur elle, il reprit, comme s'il la gratifiait d'un immense honneur :

—Je viens vous demander de mettre sur pied une levée de fonds afin de remplir les coffres de votre église.

Héléna émit un sursaut. Confondue, elle le considéra sans répondre. Certes, elle possédait un sens certain de l'organisation, mais ce que le curé exigeait d'elle lui paraissait bien au-dessus de ses compétences. Gérer sa maison est une chose, gérer une campagne pour l'église en est une autre.

Elle jeta vers Léon-Marie un regard désespéré, comme un appel à l'aide.

—Héléna est une femme timide, monsieur le curé, dit lentement Léon-Marie qui n'était pas d'accord, lui non plus. Elle a déjà des grosses responsabilités avec nos affaires. C'est un effort ben difficile que vous êtes en train de lui demander là.

—Je sais que vous n'avez pas l'habitude de cette sorte d'action bénévole, fit le curé sur un ton compréhensif, s'adressant de nouveau à Héléna. Mais vous êtes une femme intelligente et tout s'apprend. Vous n'auriez qu'un bazar à organiser, peut-être, aussi, une collecte porte à porte. Et puis vous ne seriez pas seule. Je verrais à vous faire assister par des dames du village. Sans compter qu'en même temps que vous participeriez aux œuvres de l'Église, vous aideriez votre mari dans ses prétentions politiques.

—Il me faudrait un peu de temps pour me faire à cette idée, dit Héléna.

Il y avait deux jours qu'ils avaient reçu la visite du curé quand le téléphone perça les bruits du magasin général pour demander madame Léon-Marie Savoie.

Dans des termes polis, mais avec une froideur qu'Héléna décela tout de suite, l'épouse du docteur Gaumont la conviait dans son salon le jeudi après-midi en huit, vers trois heures. Tout en prenant le thé, précisait la notable dame de sa petite voix enrouée, haut perchée, madame Savoie ferait la connaissance de son cercle au village, de même que de ses amies qui résidaient dans la ville voisine.

Héléna raccrocha le récepteur et demeura un long moment pensive. Peu rassurée, elle savait, pour avoir vécu ces mondanités au Bic du temps de l'épouse du sénateur Martin, sa mère adoptive, combien la panoplie de balivernes qui se débitaient dans ces réunions sociales étaient généralement décevantes et la rempliraient d'ennui. Sans compter que cette sortie non prévue à son emploi du temps l'obligerait à reporter l'organisation de son jeudi qu'elle avait l'habitude de consacrer à la comptabilité des loyers.

Cette invitation, elle en était consciente, était faite à la demande du curé Darveau. Ces femmes n'avaient nulle raison de rechercher sa présence.

L'échine appesantie, elle escalada l'escalier et alla rejoindre mademoiselle Bonenfant dans la cuisine. Elle avait pris sa décision à contrecœur. Elle obéirait au curé. Bien qu'il lui en coûtât, elle assisterait au thé de madame Gaumont.

L'horloge de l'hôtel de ville indiquait trois heures quand elle s'immobilisa sur le perron de la vaste demeure du médecin et fit retentir la sonnette.

Revêtue d'une robe de soie ambre gris qui était sa toilette du dimanche, elle avait recouvert ses épaules d'un manteau de laine fine de la même teinte et enfilé des gants de dentelle. Pour cette occasion particulière, elle avait aussi choisi de poser, sur ses cheveux relevés en chignon, un bibi de taffetas noir, ornementé d'une voilette piquée de faux brillants qui ombrait ses yeux.

Son habillement ne lui avait pas causé d'interrogation et elle était consciente de son élégance. De par sa profession de chapelière, même s'il y avait deux ans qu'elle n'exploitait plus son commerce, elle n'avait pas abandonné son intérêt pour la tenue vestimentaire et demeurait à l'écoute de la mode.

Un craquement à l'intérieur de la maison la fit dresser l'échine. Presque tout de suite, la porte s'ouvrit. Une boniche, coiffe sur les cheveux, robe noire et tablier blanc noué autour de la taille, apparut dans l'embrasure.

—Qui dois-je annoncer?

—Madame Léon-Marie Savoie, déclina Héléna.

La jeune domestique se retourna. Sans un mot, elle la précéda vers un large corridor recouvert d'une moquette de couleur lie de vin, jouxtant, à leur gauche, le cabinet du médecin et, de l'autre, la résidence.

Près de l'entrée, du côté du bureau médical, un renfoncement garni de chaises accueillait quelques malades dans l'attente de la consultation.

Héléna y jeta un coup d'œil rapide. Dans un angle, habillée de blanc et d'un âge respectable, une infirmière occupait un petit poste et s'absorbait dans ses écritures. Un silence feutré couvrait la pièce. Une odeur médicamenteuse à peine perceptible flottait dans l'air, laissant deviner l'activité qui se déployait derrière la porte capitonnée de cuir.

Marchant d'un bon pas, la jeune domestique s'enfonça plus avant dans le couloir et alla s'arrêter à droite devant une ouverture aux boiseries délicatement sculptées en forme d'arche.

Madame Gaumont avait surgi du salon et s'était immobilisée au milieu de l'entrée. Habillée d'une ravissante robe de satin bleu nuit qui découvrait largement sa gorge, elle avait entouré son cou de trois rangs de fines perles et épinglé une broche sertie de diamants à son épaule. Debout dans l'attente, les doigts croisés sur son ventre, elle regardait Héléna s'avancer, un sourire de circonstance accroché à ses lèvres.

Subitement, elle s'anima, tendit sa main potelée, un peu moite.

— Je suis Corinne Gaumont. Vous êtes la bienvenue chez moi.

Un babil discret comme une sorte de chuintement enveloppait la grande salle de réception derrière elles. Assises en cercle, se profilaient une dizaine de silhouettes inclinées les unes vers les autres et qui conversaient sous la lumière diffuse des lampes à abat-jour.

— Mes amies sont déjà là, expliqua madame Gaumont.

Héléna opina de la tête. Le geste élégant, elle lui emboîta le pas et se dirigea vers le groupe.

La pièce dans laquelle elle pénétrait était invitante, empreinte d'une douce harmonie, avec son haut plafond lambrissé et ses murs délicatement ornementés d'un papier peint dans les tons de beige et de blanc.

Du côté de la façade, de longs rideaux de dentelle écrue voilaient les fenêtres sur toute leur surface.

Alignés devant les panneaux latéraux, des guéridons, des chaises et des fauteuils contournés en bois d'acajou luisaient d'encaustique.

Au centre, un épais tapis d'Orient aux couleurs vives supportait une table à café débordante de gâteaux coupés en petites lanières et de biscuits de toutes les sortes. Ici et là, des sièges en bois avaient été disposés, les uns vis-à-vis des autres afin de faciliter les échanges.

Madame Gaumont s'était surpassée.

Au bruit des pas qui se rapprochaient, les invitées se turent. D'un même mouvement, les visages se levèrent.

Très à l'aise dans son rôle d'hôtesse, madame Gaumont posa un doigt sous le coude d'Héléna. Sa main gauche largement écartée, sans cesser de soutenir son bras, elle fit les présentations d'usage.

Chaque fois, Héléna inclinait la tête et esquissait un sourire. Elle s'efforçait de retenir tous ces noms qui déboulaient à ses oreilles comme autant de sons articulés qu'elle se devait d'associer à des visages nouveaux.

Madame Beaumier, l'épouse du notaire, peut-être une des rares personnes qu'elle connaissait pour l'avoir accueillie dans sa chapellerie, lui tendit une main plutôt molle. Sans doute n'avait-elle pas oublié la courte relation de son fils avec sa Cécile. Héléna se retint de lui annoncer que Cécile était maintenant courtisée par Jean-Louis Gervais, leur commis à la quincaillerie, que leur attachement paraissait si évident qu'un projet de mariage ne saurait tarder.

Elle serra ensuite la main de l'épouse d'un courtier d'assurances dont elle oublia le nom, celle de madame Larue, l'épouse de l'avocat du village, de l'organiste, mademoiselle Gauthier, qui posa sur elle un regard acéré dans une attitude qui ressemblait fort à de l'envie et, enfin, d'une pléiade d'autres, dont l'épouse du directeur de la banque, celle du député du Bas-du-Fleuve et de l'ingénieur en chef au pouvoir électrique.

Les présentations terminées, elle se tint debout, regardant autour d'elle, se retrouvant subitement seule, au milieu du petit groupe volubile qui s'était détourné pour se remettre à discourir.

—C'est la première fois que vous assistez à un de nos thés? dit près d'elle une dame qu'elle identifia comme une résidante du rang Croche pour l'avoir déjà vue à l'église.

Elle acquiesça de la tête.

—J'espère que nous vous y verrons souvent, ajouta aimablement la dame.

—Je ne crois pas, émit-elle avec un sourire navré. Je suis très occupée.

—Est-ce que vous jouez au bridge? interrogea subitement près d'elle une invitée avec une brusquerie qui la fit sursauter.

—Je ne joue pas au bridge, répondit-elle de sa voix tranquille. Je n'aim...

—Ah! Madame Mongeau, fit la femme, avec un petit mouvement de la tête qui disait son indifférence, en se retournant rapidement pour s'adresser à une autre personne.

Vivement, elle s'éloigna pour poursuivre son dialogue amical.

Plutôt interdite, Héléna attarda ses yeux sur la nuque de la dame, une habituée de la maison, lui semblait-il, tant elle lui paraissait à l'aise, fendant les groupes et s'agitant comme un papillon avec sa chevelure savamment décolorée, sa petite toque de plumes qui oscillait sur sa tête tandis qu'elle babillait sur un ton fébrile.

— C'est madame Jobin, chuchota sa compagne. Elle est plutôt nerveuse, mais elle est puissante. Son mari est le plus gros industriel de Rimouski. Il est millionnaire.

Héléna émit un hochement de tête entendu et jeta un coup d'œil autour d'elle. Formées en cercles, les invitées bavardaient ensemble et semblaient l'avoir complètement oubliée. Les conversations s'étaient animées et les bruits devenaient assourdissants.

La dame du rang Croche s'était écartée d'elle et, penchée vers une autre, discourait avec animation. Elle se retrouvait seule maintenant et elle se sentait lasse.

Discrètement, elle jeta un coup d'œil sur sa montre-bracelet. Il n'était que trois heures trente. Elle laissa échapper un soupir. N'eût été l'exhortation du curé Darveau à s'allier ces dames pour l'organisation de ses œuvres, elle aurait signifié son départ et se serait éloignée sur-le-champ de cet endroit qui ne lui inspirait que de l'ennui.

Elle pensa combien, curieusement, la solitude pouvait être grande, au milieu d'une foule, plus grande encore que dans l'isolement de sa maison, entourés que nous sommes de nos objets comme autant de personnages authentiques et familiers.

Elle repéra une chaise libre près d'un petit guéridon et alla y prendre place. Son réticule posé sagement sur ses genoux, ses yeux fixant le sol, elle se tint assise sur le bout de son siège, l'échine droite. « Sans appuyer son dos », s'amusait-elle à se répéter, ainsi que lui avait appris madame Martin.

Elle avait l'impression d'être redevenue la petite fille docile qui s'appliquait à mettre en pratique les leçons d'étiquette que lui servait, sur le ton moqueur qui était le sien, sa jeune belle-mère.

— Vous n'êtes pas de la région, à ce qu'on m'a dit, entendit-elle débiter, sur un ton aigu qui perçait les bruits ambiants.

Perdue dans ses rêves, elle n'avait pas remarqué la dame qui s'était approchée d'elle. Madame Toutant, l'épouse du courtier d'assurances, s'était laissée tomber sur le siège qui lui faisait face et la dévisageait de ses petits yeux pâles, inquisiteurs.

Elle répondit calmement :

— Je suis originaire du Bic.

— Le Bic... répéta la femme, le regard oblique, cherchant une quelconque filiation, le Bic...

Tournée vers les autres, ses yeux balayèrent la pièce, comme si elle les prenait à témoin, requérait leur approbation.

—Connais pas. Il est vrai que je m'éloigne rarement des grands centres. Il y a si peu de confort dans ces petites localités.

—Le Bic n'est qu'à quelques milles d'ici et c'est un endroit très agréable, assura Héléna avec un sourire poli. Les gens de Montréal diraient bien la même chose de nous qui habitons Saint-Germain.

—Mais je n'habite pas Saint-Germain! se récria la femme avec un petit geste gracieux qui fit cliqueter ses bracelets autour de son poignet. Mon mari n'y a que son bureau. Nous résidons en ville.

—Moi, j'habite à la Cédrière. C'est encore plus retiré que le village de Saint-Germain et je vous assure que nous ne souffrons d'aucun inconfort.

—Je suppose que vous recevez vos amies dans votre résidence au-dessus des commerces, entendit-elle prononcer sur un ton insinuant.

Mademoiselle Gauthier s'était approchée sans bruit et était allée s'arrêter devant elle.

Héléna lui jeta un regard étonné.

—Je mentirais en vous disant que j'ai plaisir à recevoir des amies, répondit-elle sans perdre contenance. Je n'ai jamais eu beaucoup d'attraits pour les mondanités. Je ne suis ici aujourd'hui qu'à la demande de monseigneur Darveau qui veut me voir organiser un bazar à la Cédrière afin d'amasser des fonds pour ses œuvres charitables.

—Madame Beaumier vous organiserait ça comme personne! s'écria tout de suite madame Toutant, en s'empressant d'intervenir. N'est-ce pas que j'ai raison? interrogea-t-elle en jetant de vifs coups d'œil autour d'elle. Elle a présidé un tas d'associations et elle les a toujours menées avec brio.

—Je suis tout à fait de votre avis, renforça madame Leblanc, l'épouse du directeur de la banque.

—Moi aussi, reprirent les autres.

Elles se levèrent toutes en même temps et, radieuses, entourèrent la femme du notaire.

—Madame Beaumier, vous voilà élue à l'unanimité présidente des œuvres de bienfaisance de monseigneur le curé.

Incapable de réagir, Héléna les regardait sans rien dire. Tout s'était passé très vite, sans qu'elle ait eu seulement à ouvrir la bouche.

Les femmes s'étaient rapidement écartées d'elle et étaient retournées à leur babillage.

Isolée encore une fois, Héléna considéra la silhouette de madame Beaumier, haute, un peu carrée, rayonnante au milieu de son groupe, avec la plume de son chapeau qui s'agitait aux légers mouvements de sa tête.

Elle poussa un soupir de soulagement. Au fond d'elle-même, elle était heureuse qu'une autre ait été désignée à sa place pour décider de la mission du curé. Elle jouerait aisément un rôle secondaire. Elle reconnaissait que la démarche n'avait pas été si complexe.

Sa tâche était terminée. Aussitôt qu'elle pourrait, sans manquer aux égards dus à l'hôtesse, elle s'éclipserait et rentrerait à la maison.

—C'est difficile de trouver du personnel compétent quand on habite les petites régions, entendit-elle déplorer à brûle-pourpoint près d'elle. Madame Savoie doit en savoir quelque chose, elle qui réside dans un simple hameau, concluait la dame, son regard morne appesanti sur elle.

—Je ne pense pas que le lieu de travail d'une employée ait quelque chose à voir avec ses capacités, répliqua Héléna.

—C'est facile à dire quand on n'a pas de domestique, jeta madame Toutant avec sécheresse.

—J'ai, au contraire, mon personnel, rectifia très vite Héléna. J'ai besoin d'une bonne et de bien d'autres employés aussi.

Se désintéressant d'elle, madame Toutant se tourna vers sa voisine.

—Vous saviez que madame Hutchisson a fait transformer son petit salon bleu. C'est ravissant.

—Ma chère, ne me dites pas qu'elle vous a invitée chez elle, firent les autres avec envie.

—Elle a donné un cocktail la semaine dernière pour les relations d'affaires de son mari. Comme le mien est son courtier, nous avons été invités.

Les femmes s'étaient penchées les unes vers les autres et s'étaient remises à babiller. Une fois encore, Héléna se sentit isolée. Elle serra plus fort son réticule entre ses doigts. Elle se demandait comment il était possible que ses pensées soient aussi éloignées de ces personnes, pourtant toutes des mères comme elle. Elle comprenait que les humains étaient dissemblables, qu'on puisse n'avoir rien de commun avec certaines gens, mais il y avait des limites.

—Mon mari et moi passerons l'hiver prochain sur la Côte d'Azur, mentionna madame Jobin, l'épouse du riche industriel.

Nous serons accompagnés de nos amis l'avocat Dicaire et sa femme. Vous savez qu'il va être nommé juge. Comme c'est officiel, je puis en parler, ajouta-t-elle avec importance.

—Mon mari et moi allons prendre une semaine de repos à New York en novembre, informa à son tour madame Gaumont qui s'était assise devant la table pour servir le thé. Je vais en profiter pour faire mon magasinage de Noël sur la Cinquième Avenue.

—Et vous, madame Savoie? demanda-t-elle en lui tendant une tasse. Vous allez quelque part cet hiver?

—Je ne vais nulle part, répondit Héléna.

—Allons donc, toutes les femmes de notre monde se permettent un petit voyage pendant l'hiver.

—Je n'ai nulle envie de passer l'hiver ailleurs que dans ma maison, prononça-t-elle sur un ton subitement agacé.

Un silence accueillit sa remarque. Tout en croquant dans les petites bouchées que leur offrait la bonne, elles se remirent à papoter de tout et de rien.

—Le personnel est si indiscipliné, se plaignit l'une des femmes. L'autre jour, ma bonne a osé répondre à la porte sans sa coiffe.

—Et vous, madame Savoie, demanda madame Toutant de sa petite voix acerbe, vous accepteriez que votre bonne aille répondre à la porte sans sa coiffe?

Excédée, Héléna jeta autour d'elle un regard dans lequel se lisait un profond sentiment d'incompréhension. Sans cesse, elle se sentait agressée, comme si, à tour de rôle, les femmes s'acharnaient à lui faire passer le test de probation avant de l'accueillir dans leurs rangs.

Fatiguée de ces insinuations, de ce constant besoin de se faire valoir, à l'instar de Léon-Marie qui n'aurait pas hésité à mettre à leur place ces fières personnes, elle ressentait soudain une irrépressible envie d'écraser leur suffisance.

—La mienne peut bien répondre à la porte de la façon qu'elle veut. Je ne l'ai pas engagée pour parader mais pour tenir la maison. Pour ce qui est de la coiffe, elle n'en porte pas.

Aiguillonnée, elle jeta un regard circulaire sur les autres avant d'ajouter sur un ton hardi :

—Mieux, lorsque j'en ai le temps, je l'aide à faire la vaisselle.

Un regard désapprobateur accompagna la fin de sa phrase.

—Je suppose que ça se passait ainsi dans votre milieu, laissa tomber, la mine hautaine, une autre invitée qu'Héléna ne réussit pas à identifier.

—C'est exact, répartit fièrement Héléna. C'est ainsi que ça se passait chez mon père, le sénateur Martin.

Les femmes sursautèrent. Désarçonnées, leur regard interrogatif tourné vers elle, elles la fixaient, comme abasourdies.

Assise sur le bout de sa chaise, Héléna les observait en sirotant à petits coups son thé trop chaud. De temps à autre, elle jetait un coup d'œil à sa montre. Enfin, quand les aiguilles indiquèrent quatre heures trente, elle se leva et prit congé.

Profondément déçue, elle se demandait ce qu'elle était allée faire dans cette galère quand toute cette mascarade aurait pu se régler en trois mots au téléphone. Elle attendit longtemps au bord de la chaussée, dans le vent frais, figée, les nerfs à vif, avant de comprendre. Enfin un peu remise, elle s'articula vers le hameau. Elle avait décidé de rentrer à pied. Elle éprouvait un immense besoin de prendre l'air, de retrouver son équilibre.

Tandis qu'elle avançait dans le chemin communal en direction de la Cédrière, elle se jurait qu'elle n'accepterait plus jamais de subir pareille perte de temps.

Peu lui importaient les bonnes œuvres du curé Darveau, les espoirs de Léon-Marie à la députation ou à la mairie. Elle préférait que son époux gagne honorablement sa vie, près de ses ouvriers avec leurs sourcils empoussiérés, leur barbe trop longue, exhalant autour d'eux des arômes forts de bois vert. Ces gens étaient honnêtes et foncièrement bons, se disait-elle. Et puis ils avaient d'autres chats à fouetter que de s'entredéchirer, comme devaient le faire à cet instant, dans son dos, cette petite clique dont elle venait de faire la connaissance.

—Ma B.A. est faite! cria-t-elle à Léon-Marie qui s'apprêtait à entrer dans la manufacture de portes et châssis. Si tu perds ton élection à l'échevinage, ce sera ma faute.

—Ç'a pas l'air que t'as aimé ton après-midi.

—Non, je n'ai pas aimé mon après-midi.

Elle ajouta sur un ton amer :

—Et ne compte pas sur mes relations pour devenir député, non plus.

—Je te demande rien, la rassura-t-il. De t'envoyer dans cette fosse aux lions, c'était l'idée du curé. On s'est toujours arrangés et on va continuer. Pour ce qui est des élections, je vas mûrir ça. On est seulement en 38, j'ai encore un an pour me préparer.

—Eh bien! Moi, je pense qu'on peut très bien s'accorder avec ce qu'on a, payer les taxes qui nous sont imposées et rester tranquilles!

Le pas lourd de son désappointement, sans passer par le magasin général comme elle faisait d'habitude, elle gravit l'escalier extérieur, traversa la grande galerie découverte et disparut dans la résidence.

10

Léon-Marie s'était assis derrière son meuble de travail et s'appliquait à ses écritures. Il avait pris un substantiel petit déjeuner, composé d'une omelette, de patates brunes et de lardons comme il aimait qu'Héléna le lui prépare, puis il avait traversé la route vers la scierie.

Il se sentait paisible. La fenêtre donnant sur la cour à bois était ouverte, et un vent doux chatouillait son visage. On était en mai, c'était une de ces belles journées de printemps où le généreux soleil étirait ses rayons jusque sur son bureau.

L'hiver s'était écoulé sans anicroche, partagé entre ses tâches dans les industries et le commerce de cubes de glace qu'en dépit des admonestations du curé Darveau, il avait décidé de maintenir avec David et Jean-Baptiste.

Les soirs, son travail terminé à la scierie, tandis que le froid crépitait sur les vitres, il avait utilisé un large espace du magasin général et y avait réuni ses supporters. Assis devant la *truie* qui répandait une puissante chaleur, il les avait longuement harangués. Des élections municipales avaient été prévues pour l'automne et, même si sa décision n'était pas encore prise, il voulait s'assurer de leur allégeance tout en échafaudant des tactiques électorales dans une ambiance détendue, un peu sournoise.

Héléna n'avait pas cherché à lui apporter son aide. Pendant tout le temps qu'avaient duré les délibérations, elle s'était tenue à l'écart dans la cuisine de l'étage et avait piqué l'aiguille, résignée à laisser son combatif époux mettre son nez dans la marmite partout où il passait.

Ainsi qu'ils l'avaient pressenti, avec l'arrivée du printemps et la période de Pâques, Cécile et Jean-Louis avaient annoncé leurs fiançailles. Le mariage aurait lieu le samedi 16 septembre.

Leurs fréquentations avaient été courtes, mais les parents ne s'étaient pas opposés à leur union. Cécile avait vingt-trois ans et Jean-Louis, vingt-huit. Il était temps pour eux de fonder une famille.

Léon-Marie songea que bientôt ce serait le tour de David à prendre femme. Il ne resterait, avec eux à la maison, qu'Antoine-Léon et la petite Marie-Laure. À l'automne, Antoine-Léon, qui était maintenant âgé de cinq ans, commencerait à fréquenter l'école, tandis que Marie-Laure... Il laissa échapper un soupir.

« V'là astheure que je deviens sentimental comme une bonne femme », marmonna-t-il en se secouant avec énergie.

Les yeux levés, il émit un léger mouvement de surprise. Perdu dans ses pensées, il n'avait pas entendu les pas rapides qui ébranlaient l'escalier.

Jean-Baptiste avait surgi en haut des marches et s'était immobilisé sur le dernier degré. Il mâchouillait nerveusement son copeau d'épinette.

—Aspic, Léon-Marie, il y a un gars ben curieux qui vient d'arriver en bas, pis qui demande à te voir.

Le visage tourmenté, il le fixait sans bouger, efflanqué, moulé comme un saucisson dans sa salopette saupoudrée de bran de scie, sa vieille casquette grise enfoncée sur sa tête.

—Il a qu'à monter, répondit Léon-Marie, ma porte est ouverte.

Jean-Baptiste accéda au plancher de bois et franchit l'espace à grandes enjambées jusqu'à son bureau. Il paraissait inquiet :

—Je trouve que ce gars-là a un drôle d'air, pas catholique pantoute. C'est pour ça que j'ai pensé venir te voir, te prévenir avant...

—Dis-y de monter, s'impatienta Léon-Marie, il me mangera toujours pas.

—Si tu le prends de même, maugréa Jean-Baptiste. En tout cas, tu pourras pas dire que je t'ai pas averti, ajouta-t-il avant de dévaler bruyamment l'escalier.

Presque aussitôt, un pas, encore une fois, fit craquer les marches. Émergeant sur le palier et vêtu avec une sombre élégance, un étranger s'avançait vers lui.

Intrigué, son crayon entre les doigts, Léon-Marie prit appui sur le dossier de sa chaise et le dévisagea sans retenue.

L'homme alla s'arrêter devant le bureau. Prestement, sans rien dire, avec le geste de l'habitude, il extirpa de sa poche une liasse de papiers repliés qu'il déposa sur le meuble.

Léon-Marie tendit une main molle et déplia l'épais document. L'œil détaché, rapide, il parcourut la première page. Soudain, il fit un bond vers l'avant en même temps qu'un bruit rauque fusait de sa gorge. Incrédule, il s'avança sur sa chaise. Les sourcils froncés, il reprit sa lecture. Sa poitrine se soulevait à mesure qu'il progressait dans son déchiffrage, ses lèvres bredouillaient les phrases, sa mâchoire se durcissait, vibrait d'indignation. Enfin, d'un mouvement violent, rageur, il repoussa la masse de feuilles vers l'homme.

—Barnache, c'est une plaisanterie ou quoi? On dirait quasiment un ordre de payer mes comptes d'électricité une deuxième fois, pis de la part de McGrath à part ça. Que c'est qui lui prend?

L'homme leva le menton dans un petit mouvement sec et serra les lèvres. Léon-Marie se pencha encore sur les pages et relut l'acte de sommation. En des termes polis mais stricts, la compagnie d'électricité lui réclamait la somme de quatre-vingts dollars, équivalant aux quatre derniers mois d'électricité qu'elle affirmait être impayés. Le propriétaire des entreprises LÉON-MARIE SAVOIE et FILS était tenu de régler cette somme immédiatement à l'officier de charge, sinon des procédures seraient prises contre lui.

—D'abord, on peut savoir qui vous êtes? lança Léon-Marie sur un ton bourru.

—Je suis huissier de profession et j'ai été mandaté par monsieur McGrath pour percevoir ses comptes en souffrance, s'identifia l'homme.

Léon-Marie lui jeta un regard malveillant. Il se demandait ce qu'il avait bien pu faire de plus que d'ordinaire pour provoquer ainsi les foudres de l'Irlandais, tant il était dans leur habitude de se houspiller sans arrêt.

Il se demandait si le patenteux n'avait pas décidé d'user de représailles pour toutes les fois où il s'était opposé à lui dans son rôle de premier magistrat municipal. Plongeant plus profondément dans ses souvenirs, il se disait que peut-être McGrath voulait lui rendre la monnaie de sa pièce. N'avait-il pas lui-même agi de la sorte quand il avait saisi les maisons des employés au pouvoir électrique afin de se faire rembourser son dû? Si c'était le cas, en plus d'avoir la mémoire longue, McGrath exagérait. Il y aurait bientôt dix ans que ces événements s'étaient passés et il avait agi en toute justice et humanité. Personne parmi ces gens n'avait été jeté à la rue, ni n'avait souffert du moindre préjudice.

Il se leva de son siège. Le pas ralenti, lourd de sa colère contenue, il fit le tour de son meuble et alla s'immobiliser devant l'étranger. La poitrine frémissante, il le toisa de toute sa hauteur.

—Ben, je vas te dire, mon petit homme, tout envoyé de McGrath que t'es, qu'avant de m'arracher une cenne noire, tu vas devoir faire la preuve de ce que t'avances.

Le regard féroce, il pointa un index inquiétant vers l'escalier.

—Pour commencer, tu vas sortir de la propriété.

La voix forte, impérative, il enchaîna, en martelant ses mots :

—J'ai payé mes comptes d'électricité, chaque mois, rubis sur l'ongle, et j'ai moi-même remis l'argent au père Côté, le commis de bureau de McGrath. C'est ça que tu vas te rentrer dans la tête pis que tu vas aller rapporter à ton office.

—Je pense que c'est plutôt à vous qu'il revient de faire la preuve en présentant les reçus, débita l'homme, fort de son mandat, nullement impressionné par son mouvement d'humeur. J'ai le pouvoir de saisir à l'instant tous les meubles que je vois dans cette pièce, en plus de vous couper l'électricité.

—J'ai pas de reçus, jeta sèchement Léon-Marie. J'ai ma parole pis celle du père Côté et ça me suffit. Tu diras à McGrath que s'il espère me faire payer son électricité en double, ben, il se trompe. Ça peut aller loin, une affaire de même.

Se rapprochant encore de l'homme, il ajouta sur un ton menaçant :

—Aussi longtemps que je vas être capable de me tenir deboutte, tu toucheras pas à mon bien. Pour tout de suite, tu vas t'en retourner tranquillement à tes manigances, pis tu vas aller faire le message à ton boss de ben caler sa tuque, parce que je me laisserai pas plumer comme un petit poulet.

L'homme hocha la tête. Sûr de lui, avec la lenteur du commissionnaire imbu de ses droits, il enfonça son melon sur sa tête et s'engagea dans l'escalier.

Léon-Marie le suivit des yeux tandis qu'il se fondait dans l'ombre du rez-de-chaussée. Immobile en haut des marches, les bras croisés sur la poitrine, il écouta le bruit de la porte qui se refermait.

Immédiatement, il se retourna. Le geste brusque, il attrapa sa casquette, descendit les degrés à son tour et se retrouva dans la cour à bois.

À grandes enjambées, il traversa la route en direction des commerces et se dirigea vers la bicyclette de David qu'il voyait appuyée contre le mur de la quincaillerie. McGrath verrait de quel bois il se chauffait, disait son expression courroucée.

Debout près du vélo, il hésita un moment. Incapable de contrôler sa colère, il se demandait s'il ne devait pas prendre tout de suite le chemin du village jusqu'au bureau de l'avocat Larue et intenter une poursuite en bonne et due forme contre l'Irlandais plutôt que d'aller l'enguirlander comme c'était son habitude.

Mais le visage d'Héléna avait surgi devant ses yeux, tranquille, hochant négativement la tête. Prudente de nature, tant de fois, elle l'avait retenu d'opter trop vite pour les moyens ultimes. « La justice n'est qu'un combat de coqs, répétait-elle. Le plus fort gagne, mais ce n'est pas nécessairement le plus juste. Donald McGrath ne manque pas d'arguments ni de bons avocats, lui rappellerait-elle. Mieux vaut commencer par s'expliquer et convenir d'un arrangement. »

Elle aurait aussi mentionné qu'il n'avait pas demandé de reçu. Il reconnaissait qu'il avait été imprudent, mais c'était l'habitude chez eux, dans leurs campagnes où tous se connaissaient et étaient foncièrement honnêtes de tenir leur parole pour acquis et conclure une entente par une poignée de main.

Bien sûr, il n'aurait pas agi de la sorte si l'enjeu avait été d'importance. Il se rappelait son astuce vis-à-vis du vieil Adalbert Perron quand il avait décidé d'acquérir sa ferme, leur insistance mutuelle pour que leur engagement soit rédigé dans les formes.

La ride profonde qui barrait son front s'était accentuée. Il fouilla dans ses souvenirs. Il devait bien y avoir d'autres clients avec lui, les jours où il allait régler ses comptes... se disait-il. Si seulement il pouvait se rappeler...

Le regard mauvais, il enfonça plus profondément sa casquette sur son front et enfourcha la bicyclette.

Encore munie d'un panier devant servir au transport des commandes à domicile, la vieille bécane familiale avait perdu son utilité depuis que les magasins utilisaient la voiture à cheval. À partir de ce moment, le petit vélo qui avait autrefois appartenu à son autre Antoine, s'empoussiérait entre les périodes où il allait le déloger de son socle pour ses déplacements. Car lui seul semblait en faire usage.

Étrangement, il ne s'était pas encore doté d'une automobile comme avaient fait son frère Charles-Arthur et la plupart des notables de la place. Les habitants du hameau chuchotaient bien un peu, derrière son dos, certains l'accusant même de radinerie, d'empiler son argent dans son grenier, mais ces taquineries l'indifféraient.

Le visage dans le vent, il descendit la côte du chemin de Relais et se dirigea vers le rang Croche. De chaque côté de lui défilaient les petites maisons qu'il avait louées aux employés du pouvoir électrique, nombreuses, rapprochées comme une importante agglomération rurale.

Sans comprendre pourquoi, avec le beau soleil qui plombait sur sa tête, elles lui apparaissaient fades, délabrées. Il ne pouvait s'empêcher d'en éprouver une impression désagréable, inhospitalière. Il se sentait presque hostile envers ces gens qui ne lui avaient rien fait, mais qu'il ne pouvait s'empêcher d'associer à l'Irlandais, tant cet homme, qui était leur maître, ne cessait de l'irriter, de troubler sa vie paisible.

Pédalant avec vigueur, il longea « l'épicerie de l'Église » du jeune Clément Lemay. Il y jeta un coup d'œil rapide. Minuscule, habillée de bois brut blanchi à la chaux, elle constituait un ajout à la résidence principale comme en avaient toutes les maisons et qui servaient de cuisine pendant l'été. Il pensa à ses entreprises, à ses solides constructions en brique, vastes, imposantes et bien assises.

Le petit commerce de Clément Lemay se révélait bien peu menaçant en comparaison de ses propres affaires. Un peu honteux, il détourna les yeux. Il avait la sensation d'être un géant du pays de Gulliver terrassant au cimeterre un Lilliputien.

Plus loin, à sa gauche, se dressaient les bâtiments de ferme de Joseph Parent. La grange s'élevait tout au fond de la cour, large, affaissée, avec sa chaux écaillée et ses hautes portes barbouillées de rouge. Au milieu de la façade, les battants étaient ouverts et allaient s'accrocher de chaque côté sur les murs.

Une idée, subitement, germa dans son esprit.

Il laissa poindre un sourire. Un jour de mai comme aujourd'hui, Joseph devait être occupé à préparer ses semailles dans le petit hangar aménagé à cet effet près de la grande bâtisse.

Freinant à peine, d'un seul élan, il traversa la cour et entra à l'intérieur de la pièce étouffante de la poussière des graminées.

Devant lui, un beau tracteur tout neuf accroché à une machine à semer le grain faisait entendre son ronron obstiné comme un gros chat. Penché sous le capot, un tournevis dans la main, Joseph Parent vaquait à quelque ajustement.

—Je savais que je te trouverais dans ta tasserie! cria Léon-Marie en guise d'introduction.

Joseph se redressa, tourna vers lui un regard sans aménité et alla éteindre le moteur.

—Que c'est que t'as dit? C'est pas que je suis sourd, mais, avec le vacarme que fait cet engin-là, j'ai rien entendu.

—Ç'a pas d'importance, répondit Léon-Marie sur un ton aimable en même temps que bourru. Je passais, je voulais seulement savoir comment ça allait.

Un peu embarrassé, ses mains agrippant les guidons de sa bicyclette, il jeta un coup d'œil autour de lui.

—Ouais! Joseph, tu t'es installé moderne.

—Je pense qu'il y a rien pour écrire à sa mère, répliqua froidement Joseph en se penchant sur sa tâche dans un geste antipathique.

Soudain sur ses gardes, il leva la tête.

—Toé, Savoie, je te connais assez pour savoir que t'as pas l'habitude de te déplacer pour faire des politesses. Ça fait que, viens-en au fait. Je suis pressé.

—Moi aussi, je suis pressé, accorda Léon-Marie. Je sais que t'as pas de temps à perdre, ni moi non plus. Aussi, j'irai pas par quatre chemins. Je suis venu te demander de te représenter aux élections municipales, l'automne prochain. Je suis prêt à t'appuyer.

Joseph fit un bond violent. Le tournevis qu'il tenait dans sa main roula sur le sol. Outré, l'œil mauvais, il marcha vers Léon-Marie et alla s'arrêter devant lui jusqu'à frôler son visage du rebord de son chapeau de paille.

—Ça prend tout un front pour venir me relancer de même après le coup que tu m'as faite. Si j'ai bonne mémoire, aux élections de 35, t'as cabalé contre moi tant que t'as eu du souffle, au point que j'ai été battu à plate couture. Aujourd'hui, tu revires ton capot de bord, pis tu te déplaces jusque chez moi au lieu de m'accoster après la messe du dimanche pour me faire ta proposition.

—Il y a que les sots qui reviennent pas sur leurs décisions, rétorqua Léon-Marie.

Il demanda brusquement :

—Es-tu content, toi, du mandat de McGrath?

—Sûrement pas! lança vertement Joseph. Mais c'est difficile pour moi d'être de son avis. Il a pris ma place. Je me vois mal en train de l'encenser.

—T'as pas répondu à ma question, insista Léon-Marie. Serais-tu intéressé à revenir en politique, à te représenter comme maire?

—Je voudrais ben savoir ce que ça cache, ça, Savoie, répartit Joseph aux aguets. Quand tu prends la peine de laisser ta scierie en plein milieu de l'avant-midi pour te déplacer jusqu'icitte, c'est que l'affaire est importante. Ça serait pas une petite vengeance que tu préparerais à McGrath? Je sais qu'entre toé pis lui, des fois, ça bardasse pas mal fort.

Léon-Marie ne répliqua pas tout de suite. Les paupières plissées de soleil, il fixait la forêt toute proche auréolée du vert tendre des premiers bourgeons. Lentement, il revint poser ses yeux sur Joseph.

—Je mentirais en te disant que ça y ressemble pas un peu. C'est vrai que, pendant un temps, j'ai cru que McGrath allait faire progresser la place. Son mandat est presque fini et on attend encore qu'il nous montre ce dont il est capable. À part donner quelques noms de rues, parler de mettre du macadam sur la route communale pis le rang Croche, j'ai pas vu grands changements.

—Je pourrais te dire que je le savais, savoura Joseph. C'est beau faire des promesses électorales, mais faut pas penser qu'on va retourner le monde.

—Ben moi, avant-midi, je suis venu te dire en primeur que j'ai décidé de me présenter comme échevin, déclara Léon-Marie. Par la même occasion, je viens te demander de te présenter comme maire. McGrath aurait à marcher dret parce que, toi pis moi ensemble, on ferait toute une paire.

—C'est aimable de ta part de me faire confiance, répondit Joseph sans trop d'enthousiasme. Mais j'ai vieilli, je suis pus le même homme. Je vas y réfléchir.

La mine désinvolte, Léon-Marie se retourna et grimpa sur sa bicyclette.

—T'as tout ton temps, je repasse dans une heure.

Joseph sursauta. Interloqué, il souleva sa casquette et se gratta la tête. Léon-Marie avait-il seulement songé à ce qu'il exigeait de lui? Une heure qu'il lui accordait pour prendre une décision qui l'engagerait pendant quatre ans.

Lentement, il retourna vers son tracteur et activa le moteur. Ses idées s'enchevêtraient dans le grondement de la machine.

Par sa venue, Léon-Marie Savoie avait fait resurgir une période de sa vie qui le remplissait de nostalgie. Il pensait à sa possible implication dans les affaires municipales, au regard critique de ses pairs, à leurs observations qu'il devrait supporter sans rien dire, au pouvoir de commander qu'il aimait bien pourtant.

Il ne cachait pas que l'invitation était tentante, ce qui avait allumé d'espoir le regard de Léon-Marie, planté au milieu de l'espace et qui attendait en silence.

Le cœur torturé, il alla chercher une ficelle, attacha solidement une grosse poche de jute remplie de grains durs et la déposa avec les autres sur son véhicule de travail.

Léon-Marie avait franchi la cour et s'était engagé sur la route vers la rivière aux Ours. Conforté, pédalant avec lenteur, il traversa l'îlot de broussailles qui isolait la ferme de Joseph, puis longea la terre de son enfance. Leur vieille maison qui avait vu naître trois générations de Savoie avait été démolie. À la place, s'alignaient une flopée de camions, le nez tourné vers l'extérieur, prêts à bondir afin de réparer l'une des continuelles pannes occasionnées par le système électrique encore déficient de l'Irlandais.

Face à la résidence de McGrath, en bordure de la route, s'élevait une maisonnette blanche, plutôt coquette avec ses volets noirs. C'était le bureau, comme ils disaient. C'était là que Léon-Marie et les autres allaient acquitter leur facture d'électricité chaque mois, en plus d'y faire leurs revendications et manifester leur mauvaise humeur.

Irrité, il reporta ses yeux sur la somptueuse demeure de l'Irlandais. Tout lui paraissait tranquille. À sa gauche, l'allée menant aux communs chatoyait dans les lueurs satinées du matin. De chaque côté, la double rangée de sapins avec leurs branches luxuriantes pointaient leurs têtes effilées vers le ciel. Devant la façade, le carré de gazon était piqué de belles tulipes dans les tons de rouge et de blanc.

Léon-Marie se demandait par quelle astuce diabolique Donald McGrath, le patenteux, pouvait être entouré d'autant de douceur et de délicatesse. Comment des fleurs, symboles de paix et d'amour, osaient étaler leur exubérance tout autour de la maison de cet homme aussi intransigeant que son cœur était sec.

À nouveau, la colère montait en lui. La révolte qu'il avait manifestée à la vue de l'huissier, encore une fois, reprenait sa place jusqu'à durcir les muscles de son corps.

D'un élan brusque, il orienta son petit véhicule vers le bureau et le laissa tomber près du perron. Rapidement, il escalada les marches et poussa la porte.

—Où c'est qu'il est, le bonhomme Côté! lança-t-il, son pied à peine posé sur le seuil, avant même de pénétrer dans la pièce.

Debout au milieu de la porte grande ouverte, son œil noir balayant autour de lui, il considéra, assis derrière le comptoir à la place du vieux commis, un jeune homme penché sur ses écritures. L'air absorbé, une visière cerclant son front, il tournait les pages et ne semblait pas avoir remarqué sa présence.

Son pas pesant ébranlant le plancher de bois, Léon-Marie se dirigea tout droit vers le meuble.

—Je veux parler au bonhomme Côté, commanda-t-il de son ton le plus rude.

Le garçon leva lentement la tête. Le temps d'une pause, son regard dédaigneux s'attarda sur son visage, puis cerna sa salopette poussiéreuse, sa casquette de meunier plantée sur sa tête, ses mains velues durcies par le travail.

Du même mouvement ralenti, il abaissa les paupières. Se détournant à demi, il prononça sur un ton impassible, en même temps qu'il reportait ses yeux sur son livre de comptabilité :

—Monsieur Côté ne travaille plus ici, il est malade.

—Depuis combien de temps qu'il est malade, le père Côté?

—Je n'en sais rien, répondit le garçon dans un haussement d'épaules, sans lever ses yeux. Il pouvait être malade bien avant de quitter son poste.

—C'est pas ça que je veux savoir, gronda Léon-Marie en appuyant fermement son poing sur le comptoir. Quand je demande depuis combien de temps le bonhomme Côté est malade, je veux savoir depuis quand il occupe pus son poste icitte, parce qu'il est malade.

—On peut faire quelque chose pour vous? interrogea le garçon sans relever son commentaire, avec un soupir qui disait sa lassitude.

Léon-Marie émit un sursaut. Insulté, le regard durci, il avait peine à se retenir de prendre ce freluquet par le col et le clouer sur sa chaise.

—C'est quoi, c'te façon de me parler? rugit-il. Quand je pose une question, je veux une réponse, une vraie, pas une remarque de tapette.

Un flot de rose monta au front du garçon. Avec des gestes vifs, il entreprit de déplacer les papiers qui encombraient son meuble.

—Je suis occupé. Si vous voulez bien en venir au fait, débita-t-il sur un ton disant l'importance de sa charge, implanté qu'il était derrière le grillage de son comptoir.

Vibrant de colère, Léon-Marie exhala brutalement son souffle. La voix blanche, il articula avec lenteur :

—Je vas commencer par t'apprendre une chose, mon p'tit gars. On parle pas sur ce ton-là à Léon-Marie Savoie. Les petits morveux comme toé qui ont pas le nombril sec, je peux mettre ça à leur place, pis ben vite.

Il prit un ton menaçant.

—C'est toé, je suppose, qui as décidé que j'avais pas payé mes comptes d'électricité ou ben si c'est McGrath?

—Je n'ai rien décidé. J'ai constaté, c'est tout. Je n'ai trouvé nulle part la preuve que vous les ayez payés. Alors je vous les réclame.

—T'as rien trouvé, ça fait que t'as conclu que je les avais pas payés, mima Léon-Marie. Ben tu sauras, mon p'tit gars, qu'icitte, on est des gens honnêtes. On a pas besoin de reçu. On le sait, c'est toute.

—Ainsi vous reconnaissez que vous n'avez pas de reçu.

Emporté soudain, Léon-Marie se pencha vers lui jusqu'à effleurer le celluloïd de sa visière.

— D'où c'est que tu sors, toé, de la ville? Ben barnache! tu viendras pas nous montrer comment vivre. Tu vas plutôt apprendre à marcher dans nos roulières, sinon compte sur moi pour te donner le goût de t'en retourner sur ton ciment.

Il se rapprocha encore de lui. À voix basse, contenue, avec des soupçons dans la voix, il débita, le regard lourd de menace :

— Fais ben attention. Une réputation, ça se perd vite dans les petits villages. Le bonhomme Côté était peut-être pas organisé, mais il avait une qualité, il était honnête. S'il était ici, il te le dirait, lui, que je dois rien à McGrath. Il avait une mémoire d'éléphant, il gardait tout dans sa tête.

— Vous admettrez que ce n'est pas une façon de tenir une comptabilité.

— Peut-être ben, mais comme il y a pas que tes petits gribouillages, que moi aussi je suis occupé, je vas aller trouver ton boss, pis je vas y conter fleurette.

Excédé, comme si, pour lui, le jeune homme avait perdu toute efficacité, il se retourna, sans plus, enjamba le seuil et se retrouva dans la cour.

Don McGrath venait d'apparaître au bout du sentier. Chaussé jusqu'aux genoux d'élégantes bottes de daim, avec sa gabardine noire, sa casquette en cuir souple, il revenait d'une promenade du côté des installations électriques.

— McGrath! le héla Léon-Marie en se dirigeant à grands pas vers lui. J'ai affaire à toi.

— Profites-en pendant que je suis encore disponible! lança l'Irlandais en poursuivant ses longues foulées. Parce que dans quelques mois ça sera pus possible. J'ai l'intention d'engager une équipe qui va régler tous les problèmes à ma place. Moi, je vas être ailleurs.

— Je le sais. J'ai eu vent de tes projets par le curé, mais c'est pas ça qui va me retenir de venir te dire ton fait quand tu veux m'empêcher de vivre, pis tout le hameau avec.

— Godless, que c'est que tu racontes? s'écria McGrath. Comme d'habitude te v'là encore parti dans tes exagérations.

— Moi, j'exagère? se dressa Léon-Marie. Moi, j'exagère quand ton homme de main rentre par la grande porte dans mes entreprises avec l'ordre de me faire payer ton électricité en double pis qu'il me menace de saisie en plus de me couper l'électricité?

—Que c'est que tu veux dire? fit McGrath abasourdi. Je comprends rien à ton baragouinage.

L'Irlandais paraissait sincère. Pourtant, pour une fois qu'il pouvait déballer son sac, Léon-Marie n'était pas résolu à clore aussi facilement sa grande envolée.

—Arrête de te défendre, les ordres peuvent pas faire autrement que de venir de toi. C'est toi, le boss.

Il pointa un index menaçant.

—T'es mieux de rétablir les faits, McGrath, sinon, j'hésiterai pas à te traîner en cour pour diffamation et vol. Ça sera pas difficile pour moi de trouver un témoin qui sera prêt à affirmer devant le juge que j'ai payé mon dû. Tu seras obligé de me verser des dommages pour le préjudice. Qui c'est, ce petit blanc-bec que t'as engagé en remplacement du père Côté? demanda-t-il tout de go.

Décontenancé, Don McGrath le devança vers le bureau.

—Tu peux reprendre tes sens, je vais voir ce qui se passe.

—Tu m'as pas dit qui c'était, ce petit blanc-bec qu'on a jamais vu dans la place.

—C'est le neveu de ma femme, coupa McGrath, pis je te laisserai pas dire que c'est un blanc-bec. C'est un bon petit gars, peut-être un peu zélé, mais qui fait de son mieux. Le bonhomme Côté faisait une drôle de comptabilité, il n'inscrivait rien, pas plus tes paiements que ceux des autres.

—Le neveu de ta femme... nargua Léon-Marie. Ça voudrait dire que t'as écouté ce jeunot-là, que t'as envoyé ton percepteur dans mes affaires pour m'obliger à balancer TA comptabilité, pis t'éviter de faire TES propres recherches? Si c'est le cas, tu baisses dans mon estime, McGrath.

—Godless, Savoie!

—J'admets pas cette sorte d'erreur-là! lança Léon-Marie avec puissance. Quand on a la capacité de penser, on a le devoir de se servir de sa tête pis de mettre de l'ordre dans ses affaires sans ameuter toute la paroisse.

—Puisque je te dis que je vas régler ça, pis avec les excuses de la maison, si tu y tiens.

Léon-Marie acquiesça de la tête. Satisfait, il fit un mouvement pour s'en retourner vers le hameau, puis brusquement s'immobilisa. L'œil méfiant, il considéra le grand Irlandais planté au milieu de la route, les yeux rivés sur lui, le torse un peu bombé vers l'arrière, avec ses longues jambes largement écartées, son sourire de conquérant qu'il voyait imprimé sur son visage et qui ne trompait personne. Ses excuses, toutes sincères qu'elles lui apparaissaient, ne le rassuraient pas. Il connaissait trop bien l'homme, avait subitement la certitude que le percepteur ne s'était pas déplacé jusque chez lui sans une raison précise, déterminée. Don McGrath, c'était connu, n'avait pas de temps à perdre et, surtout, n'avait pas l'habitude de commettre des erreurs.

—Tu t'es essayé, McGrath, souffla-t-il. C'est de la chétiverie et c'est plutôt méprisable. Prends garde. Une affaire de même, ça se retourne toujours contre soi.

Sans attendre la réplique de l'autre, il grimpa sur sa bicyclette.

Tandis qu'il roulait vers l'est, il se demandait avec un peu d'inquiétude quelle nouvelle rouerie l'ambitieux propriétaire du pouvoir électrique pouvait bien être en train de lui préparer. Il se jura de garder les yeux bien ouverts.

Il était arrivé devant la résidence de Joseph. Comme habité par une idée fixe, il entra dans la cour et se dirigea vers le hangar. Les portes arrière étaient largement ouvertes. À droite, du côté du champ en friche, il voyait le fermier, trônant sur son tracteur et s'activant avec son émotteuse qui striait le sol en émettant une suite de petits bruits secs.

—Pis, Joseph, cria-t-il, ta décision?

Joseph arrêta le moteur. Se tournant à demi sur son siège, il lança sans hésiter :

—Tu veux ma réponse? Ben, c'est non. Pis je changerai pas d'idée. J'ai été en politique pendant vingt ans. Ça prend du nerf pour endurer les critiques qui nous tombent dessus comme une pluie de grêlons, et moi, j'en ai pus. Peut-être que mon gars, Georges-Henri, serait intéressé. Tu peux toujours aller y demander.

—Barnache, Joseph! s'écria Léon-Marie franchement déçu, c'est à toi que j'avais pensé. Georges-Henri, c'est un bon garçon, mais il a pas ton expérience.

—Tout commence par le commencement, même l'expérience, prononça Joseph sur un ton sentencieux en retournant à sa tâche. C'est la même chose pour toi. Tout ce que je peux te promettre avec certitude, c'est de te donner mon vote.

Léon-Marie courba la tête. Il connaissait Joseph. Il savait qu'il était inutile d'insister, qu'il ne reviendrait pas sur sa décision.

Bien sûr, il était désappointé, mais il se disait que son refus n'était pas la fin du monde. Repris d'espérance, dans son habitude de ne pas se laisser abattre, déjà il cherchait un autre support et s'il n'en trouvait pas...

Un tic creusant sa joue, il enfourcha sa bicyclette. Tandis qu'il pédalait vers le hameau, la réflexion de Joseph revenait à son esprit. Il se reprenait à hésiter, se demandait quelle mouche l'avait piqué de vouloir s'engager dans pareille voie cahoteuse, avec les prétentions des concitoyens, les doléances, l'hostilité même, parfois.

En tant que payeur de taxes, il avait une tâche à accomplir, raisonnait-il. Quelqu'un se devait de freiner l'arrogance de l'Irlandais, cet homme trop hautain, trop autocrate aussi à son goût.

Incapable de trancher, il se dit qu'il demanderait l'avis d'Héléna. Même si, depuis sa mésaventure avec les bourgeoises du village, elle ne voulait plus se mêler à ses affaires.

Du temps d'Henriette, jamais il n'aurait seulement songé à se présenter en politique, mais Héléna était d'une autre trempe. En femme avisée, rationnelle, elle l'encourageait à faire valoir son bon jugement. « Les femmes sont plus intelligentes que les hommes, excepté toi », se plaisait-elle à lui susurrer avec son plus charmant sourire, ses yeux ne formant qu'une toute petite fente.

Stimulé, pédalant avec vigueur, il se dirigea vers la maison.

Il se lancerait dans la bataille, sans Joseph, sans personne puisqu'il ne pouvait faire autrement, et il vaincrait.

11

Léon-Marie n'avait pas attendu le bon vouloir d'Héléna pour définir son programme électoral et établir ses priorités. Il avait commis une erreur en soutenant McGrath. Il avait été impulsif. C'était son défaut. Il avait décidé de marcher sur son orgueil et foncer. Après ce jour de mai, ce temps perdu, fermement décidé à se présenter à titre d'échevin, avec plus d'acharnement encore, il avait poursuivi sa croisade, mêlant politique et travail, ne perdant aucune occasion de se faire connaître.

Les jours qui passaient, le printemps qui avait fait place à l'été, n'avaient pas affaibli sa détermination. L'Irlandais voulait la bataille? Il l'aurait, répétait-il, son œil noir dardant ses supporters qui l'écoutaient, le regard chargé d'admiration.

Dans la maison, la vie poursuivait son cours. Cécile préparait fébrilement son mariage, David accumulait les projets dans ses commerces, tandis qu'Héléna veillait sur son petit monde.

Pendant un temps, inquiète pour son aîné, elle avait suivi ses gestes, cherchant dans son comportement cette morosité que pouvait ressentir un garçon de son âge devenu subitement borgne, mais David n'avait pas semblé embarrassé par son handicap. Comme si aucun événement ne l'avait déstabilisé, son bandeau noir cachant l'espace de son œil, il avait occupé ses jours et ses soirs à déambuler à travers ses commerces et n'était monté à l'étage que pour manger et dormir.

Il n'en était pas de même pour son petit Antoine-Léon âgé maintenant de cinq ans et qui s'apprêtait à fréquenter l'école. Il ne cessait d'avoir mal aux oreilles.

Depuis qu'il avait atteint ses deux ans, aussitôt qu'arrivait le temps frais, il se plaignait de ce mal. Le médecin l'avait bien examiné, pour chaque fois diagnostiquer une otite à répétition.

L'inflammation devait faire son temps, disait-il en prescrivant les traditionnelles gouttes de glycérine chaude à laisser tomber dans ses conduits auditifs, en plus d'enjoindre la famille à la patience.

Encore ce matin, avec le mois de septembre qui débutait, chargé des vapeurs de l'été, Antoine-Léon s'était réveillé en grimaçant de douleur.

Héléna s'était empressée de téléphoner au docteur Gaumont.

On était lundi, le 4 septembre, c'était le jour de la fête du Travail et, le lendemain, Antoine-Léon ferait son entrée à l'école du rang. Même si ce jour en était un de repos, elle était bien déterminée à résoudre le problème et, pour ce, le médecin devait examiner son petit garçon.

—Antoine-Léon ne semble pas avoir trop mal, observa mademoiselle Bonenfant qui s'affairait dans la cuisine.

Debout sur une chaise face à l'évier, Antoine-Léon serrait fermement l'accotoir. Une serviette à la main, Héléna débarbouillait son visage.

—C'est parce que je lui ai mis ses gouttes. Mais ça ne peut plus continuer ainsi. Il n'entend rien quand il a des gouttes dans les oreilles. Comment va-t-il se comporter à l'école s'il ne comprend pas ce que dit la maîtresse? Cette fois, le docteur Gaumont doit faire quelque chose.

Elle bougonnait en tournant autour de son petit homme.

—J'espère que je ne me déplace pas pour rien. Je suis tellement occupée, sans compter Léon-Marie qui est en pleine campagne électorale.

Elle se hâtait, de temps à autre consultait l'horloge. Son beau-frère Charles-Arthur, avec qui elle avait pris entente, devait venir les prendre vers deux heures pour les conduire chez le docteur Gaumont.

Tous les travailleurs étaient au repos aujourd'hui. Les deux magasins étaient fermés de même que la scierie, comme un dimanche. Il n'y avait que le docteur Gaumont qui avait accepté de lui fixer un rendez-vous pour son Antoine-Léon.

—Laissez-moi terminer et allez vous préparer, dit près d'elle mademoiselle Bonenfant en la voyant s'essouffler, de fines gouttes de sueur perlant à son front.

Prestement, la vieille servante prit sa place et s'employa à glisser la chemise matelot sur le dos d'Antoine-Léon.

Héléna se dirigea à grands pas vers sa chambre. Il lui fallait faire sa toilette, elle aussi, et elle ne savait où donner de la tête. Depuis la matinée, elle n'avait cessé de courir, mettre ses livres à jour, préparer la rentrée d'Antoine-Léon à l'école, en plus de commander les réparations usuelles dans les logements de la route de l'Église.

Elle revint presque tout de suite dans la cuisine, en balançant son sac à main, détendue, élégamment vêtue de son tailleur d'automne, une touche discrète de fard sur ses joues et ses lèvres. Elle paraissait entièrement remise de sa fatigue.

Par les carreaux ouverts, elle entendait le bruit d'une voiture qui bringuebalait dans la côte et se rapprochait des commerces.

Ponctuel, Charles-Arthur s'amenait avec l'heure. C'était sa plus grande qualité, se dit-elle en allant se pencher à la fenêtre.

En bas dans la cour, elle distinguait Léon-Marie qui bavardait avec David. Sortis ensemble après le dîner, ils profitaient de ce jour de relâche pour organiser leurs affaires.

La voiture de Charles-Arthur s'était arrêtée près d'eux. Presque aussitôt, des pas ébranlèrent la véranda, puis la haute silhouette de son beau-frère se dressa au milieu de la porte grande ouverte.

—Vous êtes prête, madame Léon-Marie? lança-t-il avec sa brusquerie coutumière. C'est ben pour aujourd'hui que vous m'avez demandé de vous descendre au village dans mon char pour montrer les oreilles du petit au docteur?

Il avait débité sa tirade sur un ton précipité, inélégant, comme s'il voulait informer tous ceux qui voulaient l'entendre de l'immense service qu'il s'apprêtait à lui rendre.

—Comme vous voyez, enchaîna-t-il en pénétrant plus à fond dans la maison, nous autres, dans la famille, on est toujours prêts, surtout quand c'est pour le petit garçon à Léon-Marie.

Une moue déforma les lèvres d'Héléna. Elle fixa la chambre dans laquelle Antoine-Léon était retourné s'amuser après avoir revêtu son costume du dimanche. Grimpé sur son tricycle, il tournait en rond en faisant vibrer ses lèvres dans une sorte de grondement sourd.

—Comptez-vous heureux qu'il ne vous ait pas entendu, sinon il vous en aurait voulu pour longtemps. Antoine-Léon n'aime pas qu'on l'appelle ainsi et vous le savez. Comme il ne manque pas de caractère...

—Je le sais, il a de qui tenir.

Le regard éloquent, il suivit des yeux la servante qui avait quitté la pièce pour aller chercher le petit garçon. Debout, les mains enfoncées dans les poches, il revint porter ses yeux sur la cuisine et lorgna autour de lui.

—Je comprends pas mon frère de vous obliger à vivre au-dessus d'un magasin de même, émit-il subitement sur un ton dédaigneux, critique. Vous êtes jamais tranquille. En tout cas, Angélina, elle, elle aurait jamais accepté ça.

— Léon-Marie ne m'a pas imposé ce logement, répliqua très vite Héléna. C'est moi qui l'ai demandé. Et vous n'avez pas à vous inquiéter pour nous. Nous sommes mieux installés que la plupart des faubouriens.

Elle ne cachait pas son agacement. Qu'est-ce qu'ils avaient donc tous à exprimer leur point de vue sur sa façon de vivre quand elle n'avait rien sollicité? Cette situation ne concernait qu'elle seule et elle avait ses raisons. Elle ne permettait à personne d'en discuter.

Avec un peu de raideur, elle ajusta son chapeau sur sa tête et enfila ses gants.

Antoine-Léon était revenu dans la cuisine. Sans un mot, elle l'aida à endosser sa veste, prit sa main et rejoignit son beau-frère vers la sortie.

— Vous savez que la guerre est déclarée en Europe, mentionna Charles-Arthur en descendant les marches. Je donne pas une semaine au Canada pour la déclarer à son tour. Quand l'Angleterre décide, nous autres, on est comme des petits moutons, on suit.

— On n'a pas beaucoup le choix, le Canada appartient à l'Angleterre.

— Ça sera pas long astheure, que nos jeunes vont être appelés, prédit Charles-Arthur. C'est une chance pour David. Il a ben faite de se crever un œil.

— Charles-Arthur Savoie! s'exclama Héléna en s'immobilisant au milieu des degrés. Avez-vous conscience de ce que vous dites? Vous parlez comme si David l'avait fait exprès.

— Mon Raymond aurait dû faire pareil, continua Charles-Arthur sans l'entendre. Il vient d'avoir vingt-deux ans. Il y a pas de doute qu'il va être parmi les premiers enrôlés.

— Comme le Denis à Jean-Baptiste, le grand Jacques à Omer Brisson et combien d'autres, raisonna Héléna. Cessez donc de vous tourmenter. Vous vous inquiéterez quand le temps sera venu. Pour tout de suite, votre Raymond est bien tranquille à la Cédrière, en train de construire des maisons avec vous.

Charles-Arthur jeta un coup d'œil à sa gauche vers un petit attroupement d'hommes qui s'était formé, au milieu duquel Léon-Marie discourait avec conviction.

Debout près de lui, Joseph Parent approuvait avec de grands hochements de tête en fumant sa pipe. Après une période de fâcherie, peut-être de réflexion, il était venu se joindre à son organisation politique et, aujourd'hui, il lui apportait ses connaissances.

— Câlisse que mon frère est un gars chanceux! s'exclama

Charles-Arthur. Il a même réussi à se rallier Joseph après le coup qu'il lui a faite en 35.

Il enchaîna sur un ton rude :

—Ben entendu, faut pas trop compter sur lui pour nous soutenir. Il pense qu'à cabaler pour se faire élire comme échevin. Me semble qu'il pourrait dépenser un peu de sa salive à empêcher nos jeunes d'aller se faire tuer pour des étrangers qui ont pas eu l'intelligence de régler leurs chicanes en famille.

—Je trouve que c'est donner une bien grande tribune à Léon-Marie que de croire qu'il pourrait faire cesser la guerre par quelques harangues, observa Héléna.

—Mais l'affaire le concerne, lui aussi. Qu'il vienne pas se plaindre après ça, si les bons bras viennent à manquer dans ses usines.

—Comment va votre épouse Angélina? interrogea Héléna dans un effort pour détourner la conversation, en même temps qu'elle s'installait sur le siège avant avec son petit Antoine-Léon sur ses genoux. Elle m'avait paru souffrante, il y a quelque temps.

—Angélina va comme de coutume, répondit Charles-Arthur en enfonçant la pédale d'embrayage.

—Et votre mère? demanda encore Héléna sur un ton poli. Avec l'humidité de l'automne, elle doit souffrir de ses rhumatismes.

En prenant son temps, Charles-Arthur tourna le volant et s'engagea sur la route. Il répliqua d'une voix tranquille :

—Angélina se plaint pas, mais je sais qu'elle est ben tannée des fois. Que c'est que vous voulez, la *mére* se raccroche. C'est pas possible comme ça veut vivre encore à cet âge-là. Elle est pas une jeunesse, elle approche ses quatre-vingts ans.

—C'est votre mère, prononça sentencieusement Héléna.

—Moi, c'est à ma femme que je pense, fit Charles-Arthur avec une bienveillance insoupçonnée, à toute la patience qu'une vieille peut demander à garder. La *mére*, aussi, doit trouver la vie ben ennuyante. Elle a pus personne de son âge avec qui parler. À part tricoter une paire de mitaines de temps en temps, elle passe ses journées à se bercer pis à regarder par la fenêtre.

Sa main appuyée sur le levier de vitesse, il poursuivit avec conviction :

—Il faut arrêter de se berner pis dire les choses comme elles sont. Ce que j'en dis m'empêche pas d'aimer la *mére*, je l'aime plus, même, que mes frères pis mes sœurs parce que moé, l'aîné de la famille, j'ai eu à cœur de la garder dans ma maison. Je la nourris, je lui paie le docteur, ses remèdes...

Assise près de lui, son bras enserrant la poitrine de son petit Antoine-Léon, Héléna avait pincé les lèvres. Elle se retenait de lui répliquer que, s'il gardait sa mère, c'était justement parce qu'en tant qu'aîné de la famille, comme le voulait la tradition, il avait hérité du bien familial avec l'obligation de prendre soin de ses parents jusqu'à la fin de leurs jours.

Charles-Arthur s'était tu, comme si, après avoir tant donné, son avis était indiscutable. L'air repu, suffisant, il avait crispé ses mains sur le volant et fixait droit devant lui le chemin communal. De chaque côté, défilaient les habitations endormies dans le silence, entourées des grands champs de graminées.

— En tout cas, on peut dire qu'on l'a, la journée, émit-il avec un soupir bienheureux, admiratif.

— C'est vrai que la journée est belle, accorda Héléna.

Ils étaient entrés dans le village. La rue étroite nouvellement recouverte de macadam se déroulait devant eux, avec ses maisons basses qui s'alignaient de chaque côté. De temps à autre, un piéton surgissait d'une allée, faisait quelques pas sur le trottoir de bois puis disparaissait dans une cour. Partout sur le gazon, à travers le feuillage des arbres, le soleil chatoyait et pailletait le sol de mille petites étoiles dorées. Héléna se sentait paisible. C'était son temps préféré, se disait-elle, ni trop chaud ni trop froid.

Soudain, d'une brusque poussée, elle se sentit projetée vers l'avant. Charles-Arthur avait freiné brutalement, sans raison. De toutes ses forces, elle retint son petit Antoine contre elle.

Un peu étonnée, elle leva les yeux vers son beau-frère puis considéra autour d'elle. L'après-midi lui paraissait tranquille. Le chemin était désert. Du plus loin qu'elle pouvait voir, aucun véhicule ni voiture à cheval ne venaient entraver leur route. À nouveau, elle porta ses yeux sur son beau-frère.

Silencieux, comme hypnotisé, Charles-Arthur s'était appuyé sur le siège. Les mains raidies sur le volant, le profil indéchiffrable, il roulait avec lenteur, et fixait droit devant lui. Tout à coup, Héléna tressaillit. À sa gauche, déambulant au bord de la chaussée, une femme, grande, bien en chair, avançait au rythme lent de leur véhicule. La démarche onduleuse, remplie d'assurance, elle progressait près d'eux, avec ses hanches fortes, son dos presque entièrement caché sous la masse de ses cheveux qu'elle avait longs et très noirs.

Perplexe, Héléna jeta encore un regard vers Charles-Arthur.

Réservée, comme d'habitude, elle se retenait de faire un commentaire. Quelle belle chevelure a cette femme! songeait-elle toute-fois avec envie, quoiqu'elle considérât peu convenable de la part d'une dame de se promener ainsi, tête nue, les cheveux défaits, à la vue de tous.

Tandis qu'ils la dépassaient, Héléna tourna discrètement les yeux. Soudain, elle refréna un sursaut. Il lui semblait avoir déjà vu ce visage. Mais où? Elle ne trouvait pas la réponse.

Près d'elle, Charles-Arthur avait saisi la manette d'embrayage d'une poigne ferme. Accompagnant son geste d'un sec hochement de la tête, il enfonça la pédale de frein, dirigea son véhicule vers l'accotement et arrêta le moteur.

— Ça vous dérangerait de continuer à pied jusqu'à la maison du docteur? Je viens de me rappeler que j'ai une commission à faire dans le boutte.

— Ça ne me dérange pas, répondit Héléna sur un ton qu'elle voulut accommodant. D'ailleurs nous sommes presque rendus.

Elle n'était pas sans deviner les raisons qui motivaient l'attitude de son beau-frère. À l'égal des autres, elle savait depuis longtemps combien il était sensible aux charmes d'une jolie femme, ce que, dans sa pudeur et par compassion pour la pauvre Angélina, elle voyait comme un véritable péché d'adultère.

Pourtant, malgré la honte qu'elle en éprouvait, elle prit grand soin de ne pas le laisser voir.

Sa main tenant celle de son petit Antoine-Léon, elle descendit de la voiture et, tout naturellement, prit entente avec lui devant la façade de l'église pour leur retour vers le hameau. « Dans une heure », précisa-t-elle.

Sans plus, elle lui tourna le dos et orienta ses pas vers le bureau du médecin.

La salle d'attente était vide. La consultation ne dura que quelques minutes et Héléna se retrouva rapidement dehors. Charles-Arthur n'était pas à son poste. Elle n'en était pas surprise. Elle devançait leur rendez-vous de presque trois quarts d'heure.

La démarche assurée, son petit Antoine près d'elle, elle traver-sa la rue en diagonale et déambula du côté de l'église. Elle avait décidé de se permettre un peu de lèche-vitrine. L'après-midi était agréable et les boutiques étaient fermées pour la fête. Au pas de promenade, elle dépassa le couvent des sœurs, la bijouterie, le magasin général de Cléophas Durand, puis revint vers l'église.

Un peu blasée, elle poursuivit son attente en musardant et regardant autour d'elle, la mer qui faisait débouler ses vagues, la forêt qui se profilait autour de la montagne, humant les effluves forts des feuilles mortes qu'exhalait cette belle journée de fin d'été.

Elle consulta sa montre-bracelet. Charles-Arthur n'était pas en retard. Il avait encore de bonnes minutes qui lui étaient acquises. Détendue, elle se reprit à flâner devant les commerces. Autour d'elle, les oiseaux pépiaient. Juchés sur les fils électriques de McGrath, ils organisaient leur départ vers les pays chauds.

Face à elle, un bruit, comme un chuchotement, se mêlait au babillage des oiseaux. Elle ralentit le pas. Elle avait tout son temps et pouvait se permettre d'être curieuse.

Amusée, elle scruta les alentours, tenta de définir ce susurrement qu'elle percevait par à-coups et qui se fondait avec le vent, comme un écho. De temps à autre, une cascade de rires perçait la rumeur.

Soudain, elle se figea. Les yeux agrandis, elle serra avec force la main de son petit Antoine-Léon.

De l'autre côté de la route, dans la cour de l'imposante bâtisse de l'auberge, une silhouette s'agitait face à une petite porte dérobée, une silhouette longue, puissante, avec sa tête chauve, son costume marine, sa belle chemise blanche et sa cravate. Sidérée, elle venait de reconnaître Charles-Arthur qui balançait son grand corps en gesticulant avec largesse, comme d'habitude quand il était surexcité. Derrière lui, une femme, très belle, marchait sur ses pas.

Elle identifia sans peine l'inconnue qu'ils avaient croisée en entrant dans le village. De temps à autre, Charles-Arthur se retournait et marmonnait à son oreille. Celle-ci répondait avec de petits éclats nerveux.

Choquée, le souffle coupé, Héléna refusait d'admettre ce qu'elle voyait. Qui pouvait donc être cette femme pour se comporter avec une telle inconvenance? se demandait-elle.

La poitrine soulevée d'indignation, elle se demandait encore quel sentiment pouvait animer cette créature pour l'inciter à se retrouver en plein jour, au vu et au su de tous, avec un homme qui n'était pas le sien et qui, par surcroît, était marié et père de famille?

Puis elle comprit. Elle ne connaissait qu'une seule personne, dans tout le canton, capable de se conduire avec autant d'impudeur. C'était Clara Ouellet, la femme d'Anatole, autrefois employé à la scierie de son époux et responsable de la cour à bois.

Peu à peu, le scandale qui avait circulé à travers le hameau, il y avait près de dix ans, remontait à sa mémoire. Elle se rappela l'intervention du curé Darveau et l'ordre qu'il avait donné à Léon-Marie de l'en chasser de la Cédrière, incluant son mari et leurs enfants.

Ainsi, la Clara était revenue!

Incapable de décider, Héléna cherchait où était son devoir, celui de traverser la route et tancer vertement ces impudiques ou bien celui d'aller sonner à la porte du presbytère et en faire part à monsieur le curé qui, lui, sermonnerait à sa manière les deux malheureux.

Se ressaisissant, elle jugea, même si l'envie était forte, qu'il n'était pas dans ses fonctions de redresser les torts. Elle n'était pas bavarde et elle avait l'habitude de se mêler de ses affaires.

Et pourtant... Sa main appuyée sur la tête de son Antoine-Léon, comme si elle le prenait à témoin, elle se dit que, pas plus aujourd'hui qu'un autre jour, ils serviraient d'innocentes couvertures à l'inconduite de Charles-Arthur Savoie.

Vivement, elle fit demi-tour et se reprit à marcher. Elle venait de prendre une décision.

— Tu ne le savais pas, murmura-t-elle penchée vers son petit garçon, mais toi et moi, nous allons faire un beau tour dans le taxi de monsieur Hercule Lepage. Quant à ton mononcle Charles-Arthur, ajouta-t-elle les lèvres avancées dans un sourire méchant, il va apprendre ce que c'est que d'attendre et, crois-moi, il va attendre longtemps.

À grands pas, elle revint vers l'église, croisa la rue du collège, l'édifice de la municipalité et le bureau de poste, puis dépassa la maison du notaire Beaumier. Du même élan, elle poursuivit son chemin vers la demeure de monsieur Lepage et frappa à la porte.

— Je voudrais qu'on nous reconduise à la Cédrière, mon fils et moi, ordonna-t-elle sur un ton vibrant de colère contenue. Immédiatement si c'est possible, nous sommes pressés.

***

Personne au hameau, ni même sa famille, n'eut vent du mauvais tour qu'elle avait joué à Charles-Arthur. Léon-Marie avait bien remarqué, ce jour-là, la présence du taxi Lepage autour de la scierie quand elle était revenue du village, mais occupé qu'il était à convaincre ses électeurs, il n'y avait pas davantage porté attention.

Dissimulée derrière la dentelle de sa fenêtre, Héléna n'avait pas manqué de surveiller le retour de son beau-frère. Une flamme malveillante allumant son regard, elle avait longuement suivi la rutilante Studebaker qui était passée en trombe devant les magasins, une bonne heure après son retour. « Que cela lui serve de leçon », avait-elle marmonné.

Dans les jours qui avaient suivi, elle avait bien croisé Charles-Arthur à quelques reprises, ne serait-ce qu'à la messe du dimanche, mais ni l'un ni l'autre ne s'était adressé la parole. Charles-Arthur, moins qu'elle, ne souhaitait que soit commentée par son entourage la longue heure pendant laquelle il avait poireauté devant l'église du village d'en bas avant de prendre information auprès du médecin et découvrir que sa belle-sœur avait quitté le bureau quelques minutes seulement après son entrée.

En faible qu'il était, il s'était gardé de réveiller le chat qui dort et ébruiter cet incident, qui, s'il avait été connu, lui aurait valu immanquablement la risée de tous.

Pourtant, il ne pouvait s'empêcher d'en être tourmenté et craindre qu'on ne découvre la vérité, Léon-Marie, surtout, dont le regard perçant semblait le darder jusqu'au fond de l'âme chaque fois qu'il le voyait. De toutes ses forces, il comptait sur la discrétion d'Héléna, espérait que cette malheureuse affaire tombe au plus tôt dans l'oubli.

***

Le samedi, 16 septembre, arriva et tout le hameau se réunit dans la cour des commerces pour célébrer le mariage de Cécile et de Jean-Louis.

Pour la circonstance, le magasin général et la quincaillerie avaient été fermés. Une grande affiche écrite de la main de David plusieurs semaines à l'avance avait été placardée au milieu des portes afin d'aviser la clientèle de cette dérogation à leurs habitudes.

Initiative bien inutile, avaient murmuré les faubouriens, puisqu'ils avaient tous été conviés.

La veille, des ouvriers s'étaient amenés avec la gratte empruntée à la municipalité et avaient débarrassé le vaste espace des ornières formées par le passage des charrettes.

Ils avaient aussi égalisé la ligne de gazon, ajouté quelques massifs de chrysanthèmes au milieu du parterre et suspendu des bouquets de fleurs tout le long de la galerie couverte qui s'étirait devant les deux magasins.

Un large panneau supporté par des tréteaux, devant servir de table, avait été installé à l'ombre des érables, et un cercle de chaises avait été ordonné autour de l'emplacement en terre battue qui accueillerait les danses « câlées » accompagnant immanquablement les noces.

Léon-Marie avait prévu une énorme bâche afin de recouvrir l'endroit en cas de pluie, mais la journée était belle. Le soleil s'était levé sur une brume légère qui s'était dissipée rapidement pour envelopper la région tout entière de ses chauds rayons.

La cour était pleine d'invités. De la ferme de la veuve Maher jusqu'à celle de Joachim Deveault, ils étaient tous venus.

David faisait office de maître de cérémonie. Un bandeau de velours noir recouvrant son œil gauche, il fendait la foule à grandes enjambées avec près de lui la jeune Bertha Désilets à qui il avait demandé de l'accompagner pour l'occasion.

Madame Martin, la mère adoptive d'Héléna, était là, elle aussi. Babillarde, avec sa minuscule toque de soie noire qui remuait sur sa tête, elle s'était déplacée directement de son manoir du Bic pour assister au mariage de sa petite-fille.

Même la *mère* était de la fête. La messe terminée, la mine solennelle, Charles-Arthur était allé la chercher avec Angélina et l'avait ramenée dans un grand vrombissement de son véhicule.

Pendant tout l'après-midi, comme un fils attentionné, il s'était tenu derrière elle. Une expression taciturne dissimulant son embarras, une main posée sur le dossier de sa chaise, il avait gardé ses yeux rivés sur les invités.

Héléna ne lui avait accordé qu'un coup d'œil distrait. Occupée par la noce, elle avait un peu oublié son indignation à la suite de leur mésaventure et puis elle avait un autre souci qui était de veiller au bien-être de ses hôtes.

La foule défila devant les mariés pour les compliments d'usage, puis des servantes revêtues de l'uniforme noir, tablier empesé et coiffe blanche, circulèrent entre les groupes, chacune portant un plateau débordant de coupes de champagne qu'elles offraient à la ronde.

Léon-Marie fit lever les verres à la santé des nouveaux époux, puis, de la main, indiqua la table du buffet dressée dans un angle de la cour sur laquelle s'étalaient, entourant le traditionnel gâteau étagé avec ses colonnes blanches, une enfilade de mets apportés là par le pâtissier de Jérémie Dufour.

Rapidement, l'air tiède s'imprégna des rires, des bavardages et du cliquetis des ustensiles sur les couverts.

La fête était agréable. Sans oser le dire, ils devinaient bien dans la complaisance de Léon-Marie un geste politique. Depuis un mois qu'ils le voyaient cabaler avec une ardeur féroce, ils le connaissaient suffisamment pour comprendre que, ne faisant jamais rien pour rien, il ne manquerait pas cette autre opportunité de faire valoir ses prétentions.

Le repas terminé, tandis que les violoneux prenaient place sur une estrade pour les danses carrées, les jeunes mariés quittèrent leurs sièges et allèrent se mêler aux invités.

—Montre ta main que je te dise la bonne aventure, proposa madame Maher à Cécile, comme elle faisait à chacune de ces occasions, tandis que la jeune femme passait près d'elle.

Dans un grand froufrou de sa robe de satin blanc, Cécile revint sur ses pas. Rieuse, elle étala largement sa paume.

—Tu es une enfant douce, déclina la vieille en laissant glisser ses doigts sur sa peau comme une caresse.

La mine pensive, elle se tint un moment sans rien dire, puis leva les yeux.

—Tu auras plusieurs enfants et tu en perdras aussi.

—Je vais perdre des enfants, répéta Cécile sans trop y croire.

La vieille posa encore son regard d'augure sur sa main.

—Tu as une santé fragile, mais tu seras courageuse.

D'un geste brusque, elle la repoussa, comme si elle refusait d'en dire davantage.

—Prends bien soin de toi, prononça-t-elle très vite. Tu seras heureuse avec le fils Gervais. Il sera un bon époux tout le temps que durera votre union.

—J'espère que ça va durer longtemps, émit Jean-Louis qui venait de se joindre à elles.

L'expression subitement grave, la vieille le fixa. Elle articula avec lenteur :

—Quand on aime, le temps paraît toujours trop court.

Délaissant le jeune couple, elle se tourna vers Léon-Marie.

—Et toi, la vie te sourit, ne fais rien qui la gâcherait.

—Est-ce qu'il va gagner ses élections? s'enquit Jean-Baptiste, moqueur.

—Pourquoi cette question? répondit sans hésiter la vieille. Tu sais bien que Léon-Marie gagne tout le temps.

Les invités éclatèrent de rire. L'après-midi s'éteignait doucement. Le soleil avait commencé à décliner vers l'horizon. L'heure était venue pour les nouveaux époux d'aller endosser leur costume de voyage.

Accompagnés d'accolades et de poignées de mains en même temps qu'une traînée bleue chargeait les nuages, ils descendirent le chemin de Relais vers la gare et allèrent prendre le train en direction des chutes du Niagara. C'était le cadeau princier que Léon-Marie avait décidé d'offrir au jeune couple.

On était en automne et le temps fraîchissait rapidement. Les uns après les autres, les résidants de la commune s'en retournèrent chez eux tandis que les proches de la famille entrèrent dans la maison afin d'y poursuivre la soirée.

Cécile et Jean-Louis seraient remplacés à leurs postes dans les commerces par David et mademoiselle Bonenfant. À leur retour, dans deux semaines, il avait été entendu qu'ils s'installeraient dans la chambre de jeune fille de Cécile dans l'attente de décisions nouvelles que la famille prendrait à la mesure de leurs besoins.

Timidement, Georgette avait proposé le petit espace que Jean-Louis occupait dans leur maison jusqu'au matin de son mariage.

—La maison se vide lentement, avait-elle allégué. Des six enfants que nous avions, trois sont déjà partis. Avec le départ de Jean-Louis, il ne restera que Denis et Lucette, les deux plus jeunes.

Elle avait ajouté, une onde de tristesse dans la voix :

—Et avec la guerre, la maison risque de se vider encore...

Héléna avait hoché la tête. Elle comprenait le chagrin de Georgette, mais elle avait décidé que les nouveaux époux vivraient près de leur lieu de travail, simplement parce que c'était plus commode.

Georgette s'était inclinée sans rien dire tant la décision d'Héléna lui avait paru inflexible. Elle devinait que ni Héléna ni Léon-Marie ne voulaient rien bousculer. Les élections municipales auraient lieu dans un mois et la lutte serait chaude. Le maire sortant, Donald McGrath, appuyait Ludovic Lavertu, ce que Léon-Marie n'était pas près de lui pardonner.

D'autre part, même si, désormais elle faisait partie de la famille, elle ne pouvait s'empêcher de redouter dans son cœur celle qu'elle considérait toujours comme la veuve de l'artiste. Elle n'avait jamais vraiment compris Héléna, mais elle la sentait forte et il lui apparaissait important de vivre en harmonie avec elle. Plus que jamais, se disait-elle, maintenant qu'elle était devenue la belle-mère de son fils.

***

On était le 23 octobre et c'était le jour du scrutin.

Comme chaque dimanche, les fidèles s'étaient réunis à l'église pour entendre la messe, mais cette fois, au lieu de s'attarder sur le parvis comme ils avaient coutume de faire, sitôt l'office terminé, les hommes avaient abandonné leurs femmes et s'étaient dirigés vers la petite école où avaient été installées les urnes.

À l'exception d'Héléna et de la veuve Maher, toutes deux propriétaires de bien-fonds, les épouses n'avaient pas droit de suffrage. Aussitôt sorties de l'église, elles s'en étaient retournées à la maison.

Tel un politicien aguerri, sûr de sa victoire, Léon-Marie avait escorté ses électeurs. Tout le long du trajet, un sourire figé sur les lèvres dans un effort pour dissimuler l'angoisse qui étreignait son cœur, il s'était penché d'un côté, puis de l'autre, avec des gestes vifs, avait distribué cigares et poignées de main enrobées de sous-entendus qu'il glissait à point nommé, les paupières à demi fermées sur une œillade complice.

—C'est beau, les galipettes pis les promesses, dit près de lui Jérémie Dufour dans son habitude de contester toute dérogation à leur vie ordinaire, tandis que le groupe compact pénétrait dans la cour de la petite institution, mais avant de voter pour toi, faut être ben sûrs que tu vas défendre les intérêts du hameau mieux que l'a faite Ludovic Lavertu. Si c'est pour être du pareil au même...

—C'est ce que j'ai pas arrêté de dire pendant toute ma campagne, coupa Léon-Marie en élevant la voix afin d'être entendu de tous comme s'il s'apprêtait à improviser un autre discours. Tant que je serai là, ce sera justice! S'il se pose du macadam dans le rang Croche, il va s'en poser aussi dans le chemin de Relais, sinon il s'en posera pas pantoute.

—C'est pas si simple, émit près de lui Joseph Parent. Les lois, ça se décide au vote, pis les votes... je suis resté en place assez longtemps pour avoir mon idée là-dessus.

—Je vois que tu me connais pas encore, répliqua Léon-Marie, l'œil retors.

Ils étaient arrivés face au perron de bois. Devant eux, les portes venaient de s'ouvrir toutes grandes dans un long grincement. Léon-Marie se tut d'un seul coup. Figé, l'air subitement inquiet, il se tenait sans bouger, les yeux rivés sur l'ouverture.

—On y va ou ben si on attend à demain? s'impatienta Jean-Baptiste.

Léon-Marie sursauta. Autour de lui, les hommes s'étaient rap-

176

prochés. Le cœur étreint, comme une ultime recommandation, il leur jeta chacun leur tour un regard pénétrant, disant de toutes ses forces son espoir de les voir apposer leur croix à l'endroit qu'il leur avait indiqué rigoureusement, l'unique doigt de sa main gauche tendu vers un bulletin imaginaire et pointant la ligne du bas.

Lentement, la file des votants se mit en branle. Les jambes défaillantes, il les regarda disparaître les uns derrière les autres vers le couloir sombre comme s'ils allaient sonner sa dernière heure.

Sans se soucier de l'insistance interrogative qu'ils lisaient sur son visage, imprégnés de leur mystère, les hommes en ressortirent les uns à la suite des autres, les lèvres closes, les yeux baissés dans une sorte de recueillement, comme s'ils venaient de s'extraire du confessionnal après s'être libérés de leurs péchés. À pas feutrés, précautionneux, ils redescendirent dans la cour.

Léon-Marie franchit le seuil parmi les derniers, puis réapparut dehors. Repris d'assurance, il se dégagea de la porte et s'avança sur le perron à la vue de tous.

Disposés en cercle au milieu du tertre, les hommes l'encourageaient de hochements de tête pensifs, les uns, leur pipe entre les dents, les autres, un cigare, tous un nuage de fumée s'échappant de leur bouche.

— T'as réussi à voter combien de fois, Léon? interrogea Évariste.

— Quatorze fois, répondit sans hésiter Léon-Marie, quatorze votes honnêtes pour mes quatorze propriétés.

— Ouais! Ça fait des votes en pas pour rire, fit remarquer Jérémie Dufour, en tirant sur le tuyau de sa pipe. Sans compter ta femme...

— Avec ma femme, ça fait quinze.

— Aussi ben dire que t'es en train de t'élire tout seul, parce que je suppose que t'as pas tracé ton X en ligne avec le nom de Ludovic Lavertu.

— On peut rien te cacher, Jérémie, répliqua Léon-Marie. J'aurais pas voté pour Ludovic pour une terre en bois deboutte.

Héléna s'était approchée de la passerelle. Elle tenait la main d'Antoine-Léon et de Marie-Laure. Tel qu'entendu avec Léon-Marie, soucieux de montrer ses attaches familiales, sitôt après avoir déposé son bulletin de vote, elle était retournée à la maison et avait ramené leurs deux enfants.

Léon-Marie saisit sa petite fille dans ses bras et, la poitrine gonflée de fierté, l'exhiba devant ses électeurs.

Impressionnée par cette foule bigarrée qui la dévorait des yeux, la bambine cacha un moment sa figure dans le creux de l'épaule de son père puis, tout doucement, s'enhardissant, se redressa et, à la façon d'une petite princesse, gratifia l'assemblée d'un large sourire.

Les hommes laissèrent échapper un grognement de plaisir. Comme de gros ours attendris, ils avaient plissé les paupières et fixaient cette pure merveille en même temps qu'ils agitaient maladroitement leurs doigts renflés de travailleurs.

Appuyée sur le bras de son père, élégamment vêtue d'un manteau de serge rouge, un béret de la même teinte enfoncé sur ses cheveux bruns, la fillette trônait. Elle avait un joli visage rond, avec de longs cils qui ombraient ses yeux et des joues pleines, encore arrondies par le sourire irrésistible qui retroussait ses lèvres.

—Il y a pas à dire, ta femme fait des ben beaux enfants! cria de sa place Oscar Genest.

—Tu sauras que j'ai eu ma part d'ouvrage, rétorqua Léon-Marie. D'ailleurs, tout le monde le dit, la petite pis moi, on se ressemble comme deux gouttes d'eau.

Il souleva encore l'enfant et la tint au bout de ses bras.

—Viens pas nous faire accroire que ça te ressemble, ce beau brin de fille-là, fit Jérémie.

Léon-Marie lui jeta un regard amène. La guerre était commencée en Europe depuis un mois et, ainsi qu'ils l'avaient redouté, le Canada avait adhéré au conflit. Jérémie, comme plusieurs de ses amis d'enfance, avait un fils, Paul, son benjamin, en âge d'être appelé, et une certaine inquiétude se lisait sur ses traits depuis que la nouvelle était parvenue au hameau.

Cette digression à son angoisse ne pouvait que lui être bénéfique de même qu'à tous ceux de la Cédrière. Si les jeunes Canadiens devaient être mobilisés, ainsi que l'avait laissé entendre le premier ministre fédéral Mackenzie King dans son dernier discours à la population, plusieurs familles du hameau auraient à supporter l'épreuve d'un enrôlement, car ils étaient nombreux, les fils célibataires en âge d'être appelés et qui avaient grandi dans le chemin de Relais.

Léon-Marie énuméra ses employés à la scierie. Presque tous avaient des enfants mâles qui entamaient leurs vingt ans, comme auraient eu, s'ils avaient vécu, Gabriel et Étienne, les deux plus jeunes fils de son premier mariage.

Un frisson parcourut son échine. Si pareille chose devait se produire, ce serait un grand malheur pour leur communauté, songeait-il, la première vraie calamité à atteindre le hameau.

Il pensa au chagrin des autres puis à ses propres deuils, à cette sensation d'absence qu'il éprouvait chaque jour et dont il ne pouvait se délivrer.

Il se sentait abattu tout à coup. Une sourde douleur montait dans sa poitrine. Il posa une main sur son cœur. Sa blessure était là et elle y serait toujours. Malgré les autres joies de la vie, il savait qu'elle ne cesserait pas de lui faire mal. Peut-être, par moments, était-elle moins perceptible, mais elle était présente, certaines fois, plus intense, comme aujourd'hui avec ces émotions fortes qu'il vivait.

Au-dessus de sa tête, la plainte rauque d'une mouette déchira l'air. Sans comprendre pourquoi, ce cri grossier, déplaisant, l'atteignit comme la lame d'un poignard et le frappa jusqu'au fond de l'âme.

D'un seul jet, la sensation pénible qui labourait son corps s'était accentuée, était devenue violente, insupportable. Un flot de chaleur montait en lui. Tout ce qu'il percevait devant ses yeux s'était brusquement mis à bouger. Les hommes, la végétation environnante s'animaient de mouvements circulaires, rapides. Oppressé, il avait la sensation que la terre tournait, voulait l'entraîner avec elle dans une ronde sans fin. Pris de panique, il se retint au bras d'Héléna.

—Reprends la petite, je sais pas ce que j'ai... je me sens ben fatigué tout d'un coup.

—Aspic, Léon, le taquina Jean-Baptiste. Ça se pourrait-ti que t'aies peur de perdre tes élections?

—Je pense que je vas rentrer me reposer un brin, répondit-il avec effort. Je reviendrai après le souper pour le dépouillement des votes.

Jean-Baptiste avait cessé de rire. Les yeux agrandis, il le fixait.

—Prends ton temps, Léon. Laisse-nous faire à ta place. Le temps venu, on ira te chercher.

Ils terminaient leur souper quand des pas précipités ébranlèrent la véranda de l'étage. Sans attendre qu'on vienne leur ouvrir, les supporters étaient entrés en coup de vent dans la maison pour annoncer la nouvelle.

—On a gagné! criaient-ils comme si cette réussite les touchait personnellement. Ludovic a été battu à plate couture.

Léon-Marie arrondit les yeux. L'air désarçonné, incrédule, il les fixait, bouche bée.

Se ressaisissant, sa serviette de table encore retenue autour de son cou, il se leva. Avec une assurance nouvelle, déjà adoptant le comportement d'un politicien chevronné, il les fixa tour à tour en même temps qu'il débitait d'une voix posée :

—Faut voir dans cette victoire-là un signe d'insatisfaction de la part des citoyens. À partir d'aujourd'hui, McGrath va avoir à marcher dret. S'il a jamais connu ce que c'est, une vraie opposition, il va l'apprendre.

—Sois prudent, Léon-Marie, le prévint Joseph. Quand on déclenche la bataille, faut s'attendre à recevoir quelques coups de griffe en revanche.

—À mon tour de te demander de pas te lancer trop vite dans les grandes envolées, le contint Jean-Baptiste. Ces étourdissements-là qui t'arrivent à tout bout de champ, c'est pas normal. On se disait tantôt que tu devrais en parler au docteur.

—Mais je me sens comme un jeune homme, assura Léon-Marie en faisant un tour sur lui-même.

Assise à sa place, Héléna lui jeta un long regard. Elle aussi se souciait de ces dérèglements qui, depuis un temps, affectaient son époux aux moments les plus inattendus et qu'il refrénait en se plongeant avec énergie dans ses tâches.

Une foule d'événements se bousculaient dans sa tête. Elle ne pouvait s'empêcher d'évoquer d'autres hommes, fanfarons comme lui, qui avaient bravé le destin et qui dormaient aujourd'hui six pieds sous terre en laissant se débrouiller misérablement leur femme et une ribambelle d'enfants en bas âge.

Un léger tremblement agitait ses lèvres.

—On ne joue pas avec sa santé, Léon-Marie, articula-t-elle, la voix altérée. Tu vas aller consulter le docteur Gaumont, ne serait-ce que pour moi et pour nos petits Antoine-Léon et Marie-Laure qui ont besoin de connaître leur père.

12

L'automne 39 s'était écoulé puis l'hiver 40 sans que Léon-Marie délaisse un moment ses activités pour se rendre au bureau du docteur Gaumont et y passer un examen médical.

—Ça se pourrait-ti que t'aies peur des piqûres? l'avaient taquiné ses amis.

Il avait répliqué chaque fois, sans attendre, et sur un ton rébarbatif :

—Ma nouvelle tâche à la municipalité prend la moitié de mon temps, j'ai pas trop de l'autre pour voir à mes affaires.

Héléna l'avait pressé, avait insisté, mais il avait hoché négativement la tête. Il refusait de consacrer une seule minute à se faire soigner pour un mal qui, au fond, n'en était pas. Il ne s'était jamais senti aussi gaillard, assurait-il en se déplaçant à grandes enjambées à travers ses entreprises.

Avec l'automne, les commandes de portes et fenêtres que la Côte-Nord lui transmettait habituellement d'abondance avaient diminué considérablement et il avait craint que son engagement avec monsieur McCormick ne soit sur le point de se terminer.

Ce contrat durait depuis près de dix ans et l'avait préservé de la crise économique. Il aurait bien espéré qu'il s'étire encore un moment, mais il n'avait pas eu besoin de la remarque de McGrath pour comprendre qu'il ne serait pas éternel.

Conscient de ses obligations, du devoir qu'il avait d'assurer le plein-emploi dans le hameau, il avait décidé de commencer immédiatement à regarder ailleurs. En homme d'affaires avisé, ainsi que l'avait exhorté un jour lointain son frère Charles-Arthur, il avait établi une longue liste parmi les plus importantes entreprises de construction de la province et avait occupé tout son mois de novembre à aller frapper à leurs portes.

Les fêtes de fin d'année passées, il avait attendu que la rivière soit bien figée dans le froid de l'hiver et avait poursuivi son commerce de glace. Parce qu'il n'avait plus connu d'autres étourdissements, il avait accru ses activités, se permettant même de batailler pendant les réunions du conseil avec une ardeur qui rappelait le plus beau temps de sa jeunesse. Ceci au grand déplaisir d'Héléna qui voyait dans cette attitude un manque de responsabilité envers les siens.

Ses prises de bec avec le maire McGrath étaient devenues notoires et faisaient affluer chaque lundi une foule de badauds vers l'édifice municipal. Cette façon d'agir qu'il interprétait comme un encouragement à poursuivre le remplissait d'aise, le renforçait dans ses prétentions qu'il avait un rôle capital à jouer au sein de leur communauté.

Arrivé parmi les premiers, il ne manquait jamais de s'arrêter dans le hall de l'hôtel de ville afin d'écouter les doléances de ses supporters. Attentif à leurs récriminations, il leur accordait tout le temps nécessaire et ne poursuivait sa route vers la salle des délibérations qu'avec la voix du maître d'ordre claironnant le début de la séance.

Ses documents sous le bras, dans le brouhaha des conversations, la mine importante comme s'il était le président de l'assemblée, il traversait l'allée centrale vers la tribune. Regardant droit devant lui, il allait prendre place auprès des autres édiles tous déjà assis et qui l'attendaient en silence, les mains docilement croisées sur leur ventre.

Ce soir-là, comme d'habitude, le local était plein à craquer. Au centre de la table, installé dans son fauteuil de maire en cuir de vache, trônait Donald McGrath, son livre de charges ouvert devant lui, une carafe et un verre remplis d'eau posés à sa droite. L'expression lointaine, dans une attitude qui se voulait conséquente, il s'apprêtait à débuter l'assemblée hebdomadaire en discutant d'abord des problèmes courants portés à son attention pendant la semaine.

Les yeux levés de son cahier, il considéra l'enceinte, face à lui, avec ses belles chaises en bois d'érable inaugurées dans son précédent mandat et qu'il voyait toutes occupées jusqu'à la dernière rangée.

Autant son premier échevin, Léon-Marie Savoie, imputait à sa seule présence l'attroupement de villageois qui se pressaient chaque lundi soir devant leur estrade, autant McGrath renforçait l'idée que cet intérêt subit éprouvé par les contribuables était la marque de sa prestance et de sa bonne administration.

Reportant ses yeux sur ses affaires, il délia ses longs doigts secs et tourna les pages de son registre. Les sujets à l'ordre du jour avaient été affichés la veille devant les portes des deux églises. À l'exception de détails de moindre importance, les payeurs de taxes qui étaient présents à l'assemblée devaient connaître l'objet des débats.

Le mois de mars était sur le point de se terminer, la nature sortait de sa torpeur et, comme chaque année, les villageois avaient déjà commencé à subir les ennuis reliés à son éveil.

—On va débuter par les plaintes, prononça-t-il brusquement.

Ses lunettes plantées sur le bout de son nez, ses paupières abaissées sur une petite feuille qu'il avait extirpée du milieu des pages, il se mit à lire à haute voix :

—D'abord, il y a des femmes qui sont venues dénoncer le fait que la scierie de la Cédrière faisait trop de tapage et empêchait les habitants du hameau de mener une vie tranquille. C'est pas d'aujourd'hui que des critiques pareilles viennent à mes oreilles. Il est temps de prendre une décision à ce sujet-là.

Léon-Marie sursauta. Directement impliqué, il se dressa sur son siège.

—Que c'est que j'entends là?

Rouge de colère, il asséna durement son poing sur la table.

Penché sur son feuillet, sans lui jeter un regard, McGrath poursuivait sa lecture :

—Les habitants du hameau reconnaissent qu'ils ont eu la paix pendant les mois de l'hiver parce que les portes de la scierie étaient fermées, mais depuis que le temps a commencé à se réchauffer, les portes se sont rouvertes. Paraît que c'est pas supportable.

Léon-Marie fit un bond violent. Incapable de contrôler son indignation, le torse gonflé jusqu'à l'éclatement, il se leva de sa chaise et jeta un regard noir vers l'Irlandais. Il le soupçonnait sans peine d'être l'instigateur de cette odieuse machination afin de saper ses entreprises.

De toutes ses forces, il refusait de croire que pareil blâme pouvait être le fait de ses concitoyens à qui il fournissait le pain de chaque jour.

Furieux, en même temps que malheureux, il avait subitement l'impression d'être pris dans une souricière, entouré d'un monde d'ingratitude.

Les lèvres amincies, il se tourna vers l'assistance et tendit les bras, comme s'il prenait tous ces hommes pétrifiés, et qui le fixaient, à témoin de ce désaveu qu'il voyait comme une abomination.

—Ça fait seize ans que mon usine est installée, souffla-t-il, qu'elle fonctionne à plein rendement. Jamais personne s'est plaint.

—T'auras pas le choix que d'écraser tes bruits en fermant tes portes, coupa sèchement McGrath, sinon la municipalité va t'obliger à fermer ton usine tout court.

—Il est pas question que mes hommes travaillent pendant les grosses chaleurs de l'été avec les portes de l'usine fermées comme en hiver! lança Léon-Marie. Et pis, comment aurais-tu le cœur de mettre la clef dans la porte d'un moulin à scie qui donne de l'ouvrage à soixante-trois pères de familles, sans compter les retombées que ça rapporte aux alentours?

—Peut-être qu'on t'obligerait pas à fermer ton usine, mais le conseil pourrait t'obliger à te déplacer, par exemple.

—Me déplacer! hurla Léon-Marie au comble de l'horreur. J'étais installé avant tout le monde. C'est parce que mon usine était là qu'ils sont venus se bâtir autour. Que je me déplace un mille plus haut, tous mes ouvriers vont déménager leurs maisons pour être collés sur leur lieu de travail.

La lèvre sarcastique, McGrath lui jeta un regard exaspéré, comme si, dépassé, Léon-Marie Savoie ne savait plus évoluer avec le temps. Le profil obstiné, il avança sur un ton calme, les yeux tournés vers l'assistance, nimbé de son arrogance habituelle, sûr que tous reconnaissaient son esprit méthodique et plein de bon sens :

—Avec le nouveau moyen de transport qu'est l'automobile, les ouvriers seront bien contents de vivre dans des endroits tranquilles et oublier leur ouvrage une fois rentrés chez eux. Même que je gagerais ma chemise que ça va se passer partout de même à l'avenir. Les usines vont être regroupées dans un centre qui va se dire industriel, et les habitants vont aller vivre dans des faubourgs. On va appeler ça : le progrès.

Il repoussa son livre dans un petit mouvement sec qui disait son intention de clore la discussion :

—À partir d'aujourd'hui, Savoie, tu vas devoir tenir compte de cet avertissement-là. Tu vas garder tes bruits dans tes bâtisses.

Léon-Marie serra les dents. Estomaqué, il se tourna encore vers l'assemblée des hommes, attendant une protestation, un appui. Le souffle court, il scruta autour de lui. Mais il ne voyait là que des êtres apathiques, affalés sur les bancs, à l'affût de la moindre de ses réactions.

Il en était profondément déçu. Lui qui déployait tant d'efforts pour faire vivre ses ouvriers, ceux envers qui il croyait avoir des obligations morales, de les voir ainsi, désintéressés, amorphes, lui soulevait le cœur.

Il pensa à tous ces déplacements qu'il s'était imposés depuis qu'il était en affaires, encore récemment, le courage qu'il avait mis à sillonner les régions du Québec, dans la pluie froide de l'automne, pour décrocher des contrats. Quelle incompréhension de leur part! « Ainsi était la vie, se disait-il, l'égoïsme à chaque détour. Merci pour le passé, pour ce qui est de l'avenir, reprenons à zéro. »

À quoi bon la générosité, le dévouement, les nuits blanches, les prodiges d'imagination pour faire fructifier ses entreprises en même temps qu'il apportait la sécurité matérielle dans le hameau?

Il lui prenait subitement l'envie de tout abandonner. Il fermerait ses usines, se dit-il. Le hameau deviendrait la terre d'élection des chômeurs et lui vivrait des produits de la ferme du bonhomme Perron et de ses loyers. Ses revenus étaient suffisants pour le garder à l'aise jusqu'à la fin de ses jours.

Il se représenta la vie tranquille que serait la sienne, lui qui besognait sans s'arrêter depuis qu'il était au monde. Il pensa à cette oisiveté, cette liberté d'action qui seraient son apanage, et un soupir empreint d'une douce béatitude s'échappa de ses lèvres.

Il jeta un regard autour de lui. Ses yeux, peu à peu, s'ouvrant à la réalité, il évalua cette existence trop paisible qui serait la sienne, ces vacances perpétuelles, ce dégoût de vivre qui l'habiterait devant l'inutilité de ses jours.

Puis il songea à sa famille, à son petit Antoine-Léon. C'était pour lui qu'il s'acharnait aujourd'hui, poursuivait ce rêve insensé commencé pour d'autres, pour ceux qui étaient morts. Que lui arrivait-il tout à coup qu'il doutât, qu'il refusât de lutter? Il se secoua avec énergie. Il n'était pas dans ses habitudes d'abandonner aussi facilement pour une simple critique malheureuse.

D'un mouvement vif, il se redressa.

— Un instant, McGrath, lança-t-il brusquement, l'unique doigt de sa main gauche pointé vers lui.

Une idée, à brûle-pourpoint, venait de germer dans son esprit. Il s'était ressaisi, avait repris son ardeur combative. Ses yeux brillaient sous ses sourcils froncés, deux petites fossettes creusaient ses joues.

— Ce que tu viens de dire m'a porté à réfléchir. J'ai décidé de te prendre au mot pis d'arrêter tous mes bruits à la scierie. À partir de demain, la Cédrière va être tranquille comme un petit bois. Tout ce que tes critiqueux vont entendre, ça va être le cui-cui des moineaux au p'tit matin. V'là ce que je vas faire. Considérant que je peux pas faire travailler mes hommes dans un four, que c'est inhumain, pis que partout où j'irais, tu finirais par te plaindre du tapage, ben je vas fermer mes portes pis je vas démolir la bâtisse.

Je vas me faire construire à la place un beau château, plus gros que le tien, pis je vas faire mon frais, comme toi. Mieux, je vas vivre de mes rentes. Jean-Baptiste, le frère d'Honoré ici présent, Omer Brisson, le beau-frère d'Alcide Thériault qui siège en face de moi, Éphrem Lavoie dont la sœur est la femme d'Octave Dubé, mon voisin de gauche, pis les cousins Lévesque qui sont aussi leurs cousins, les neveux de tout ce monde-là qui travaillent dans ma scierie, ben, à partir de demain, ils vont être au chômage, la plupart sur le secours direct parce que, quand on est occupé à élever une famille, c'est ben connu, on a pas pris le temps de se ramasser un magot en cas de coups durs.

Il avait débité sa tirade, sur un ton grave, convaincu, sans reprendre un seul instant son souffle. Puis il redevint silencieux.

Impatient d'entendre les réactions de ses pairs, il jetait autour de lui des coups d'œil furtifs.

Honoré Gervais parla le premier.

— Mon idée à moi, c'est qu'on devrait y réfléchir à deux fois avant de museler la plus grosse industrie du canton. Une décision pareille pourrait causer ben du dommage. Pour ma part, je refuse que mon frère Jean-Baptiste qui travaille à la scierie depuis quinze ans perde son ouvrage, comme j'accepte pas plus qu'il travaille dans un four en plus de respirer de la poussière à la journée longue. Des deux manières, c'est pour le coup que ça le ferait mourir.

— C'est mon avis, à moi aussi, acquiesça Octave Dubé.

— Tu trouves pas que t'en mets trop, Savoie? s'éleva le maire.

— Moi, j'en mets trop! répéta Léon-Marie. Ben, t'apprendras, McGrath, que les revendications, c'est une arme à double tranchant. Tu peux vouloir récolter mieux, mais des fois, tu récoltes pire.

Sans l'entendre, l'Irlandais coupa court à son argumentation.

— De toute façon, je sais que t'es pas sérieux. Même si on te donnait une terre en bois deboutte, jamais tu fermerais tes usines, t'aimes ben trop ça bosser le monde.

Excédé, il secoua les épaules.

— Anyway, on a des sujets plus importants à l'ordre du jour.

Tirant son cahier vers lui, il mouilla son index du bout de sa langue et tourna la page.

— La grosse question aujourd'hui, c'est les *ventres-de-bœufs* qu'on retrouve sur nos routes tous les printemps. C'est une situation qui est pas normale de la part d'une municipalité qui se dit au-dessus des autres dans son développement économique, pis qui se pique le nez d'avoir l'électricité installée dans toutes ses maisons, quand la moitié de la province s'éclaire encore à la lampe à huile. Ça fait des siècles qu'on en parle, il est plus que temps d'agir.

—As-tu une solution? demanda Honoré Gervais, fort de son expérience d'échevin pour le rang Cinq depuis de nombreuses années. Je vois pas trop la manière de régler ça. Depuis que la paroisse est fondée, on a tout essayé : étendre de la gravelle, passer la gratte, creuser des fossés pour aider l'écoulement des eaux de dégel, il y a rien qui a marché.

—Il va falloir que ça se règle une fois pour toutes, décida McGrath. En tout cas, moi, mon idée est faite.

—Elle est mieux de pas coûter trop cher à la municipalité, ton idée! lança de la salle l'ex-maire Joseph Parent qui, comme une déformation, se faisait un devoir d'assister à chacune des assemblées du Conseil afin de suivre de près la bonne marche des affaires publiques et opposer son veto quand il le fallait.

—Faire un pas vers l'avancement, c'est jamais gratuit, répliqua sentencieusement McGrath.

Tourné vers les autres, il articula sur un ton ferme :

—On a pas d'autre choix que de faire goudronner les principales routes que sont la communale et celle de l'Église. C'est la seule façon d'éliminer les *ventres-de-bœufs* une fois pour toutes.

Il jeta un regard noir du côté de Léon-Marie.

—Ç'aurait dû être fait dans mon premier mandat, mais il y a eu de l'opposition. J'ai eu toutes les misères du monde à faire goudronner le petit bout de chemin qui traverse le village. Il est plus que temps de se sortir de la colonisation.

—T'as pas l'air de savoir que la route communale est du ressort de la province, observa Joseph Parent de son siège au milieu de la salle. C'est pour ça qu'il s'est jamais rien passé pendant mes mandats. Le premier ministre Taschereau a toujours refusé de nous donner les subsides qu'on demandait. Il disait qu'il y avait des dépenses plus importantes dans les régions reculées.

—Astheure que Godbout a pris sa place, on va faire une autre demande, trancha McGrath. Comme il se dit proche du peuple, en plus d'avoir obtenu un diplôme d'agriculture dans notre boutte, il va faire quelque chose.

—À la condition qu'il perde pas ses élections pour un vote de non-confiance, comme Duplessis l'année passée, lui qui avait pourtant si ben débobiné Taschereau en 36.

187

—On va espérer qu'il fera son terme, répondit McGrath. Si ça marche pas, on se le paiera nous-mêmes, notre macadam. On a les reins assez solides pour se montrer indépendants.

—Tu peux ben parler, s'éleva Joseph qui se faisait un devoir d'exprimer la voix du peuple. T'es capable d'acheter la paroisse. Essaie donc de répéter ça devant un ouvrier qui gagne quinze piastres par semaine.

—Godless, j'ai pas idée d'égorger personne, fit McGrath, outré.

—Ça coûterait combien à la municipalité, tes petites générosités envers le gouvernement? demanda le fermier Octave Dubé dont les acres de culture s'étiraient le long du rang Trois, cette petite route tortueuse qui serpentait vers la montagne surnommée la Tuque-de-chocolat. Parce que, moé, comme j'entretiens tout seul mon boutte de rang, les *ventres-de-bœufs* dans la route communale pis dans celle de l'Église, je vas te dire ben franchement, ça me dérange pas pantoute.

—Ben, barnache, intervint Léon-Marie à son tour, si la province refuse de payer, je suis d'avis qu'on a pas de cadeau à lui faire. On va continuer à remplir nos *ventres-de-bœufs* de gravelle comme on fait chaque printemps. À ce sujet-là, Octave a raison. Lui, pis ben d'autres, ont pas d'affaire à payer pour un service qui leur rapporte rien pantoute.

—Tu parlerais pas de même si je proposais de goudronner le chemin de Relais, riposta McGrath.

—Mon opinion est faite, prononça Léon-Marie sur un ton durci. C'est une question de justice, le principe de l'utilisateur payeur, comme disait mon défunt père.

—Une administration municipale doit en être une de collaboration, pour le bien de l'ensemble de la population! lança McGrath.

—Ben, je suis pas de ton avis et je vas te décevoir, répartit Léon-Marie en gonflant puissamment le torse. C'est aussi une question de bon sens. Quand tu paies, il est normal que ça te rapporte.

Assis près de lui, Honoré Gervais laissa échapper un soupir de lassitude.

—Bon ben, moé, j'ai autre chose à faire qu'à vous écouter vous chamailler. Il passe dix heures. Je commence à avoir hâte d'aller retrouver mon lit. J'ai douze vaches à traire de bonne heure demain matin, ça fait que, si on revenait à nos moutons, pis si monsieur le maire demandait le vote pour les *ventres-de-bœufs*...

—Je voudrais qu'il le demande aussi pour le tapage de ma

scierie, renforça Léon-Marie, le regard pointilleux, sûr de lui. Parce que j'aimerais ben savoir combien il y en a parmi vous autres qui vont voter pour que leur frère ou le mari de leur sœur soit sur le secours direct demain matin à cause d'un bourdonnement dans leurs oreilles qui ressemblerait pas au pit-pit d'un petit oiseau.

Dans la salle, du côté de ses supporters, les applaudissements fusèrent. Les échevins acquiescèrent de la tête.

Léon-Marie tourna vers le maire McGrath un regard triomphant. Il savait qu'il dormirait d'un sommeil paisible cette nuit-là.

***

Le petit jour s'était levé dans un rayon de soleil. Léon-Marie sortit prestement de son lit, grignota un morceau de pain et but son thé d'un long trait. En sifflotant, il endossa son chaud parka et se pressa vers la scierie.

Il avait été convenu, ce matin-là, que David, Jean-Baptiste et lui-même se rendraient sur la rivière afin de couper une dernière série de cubes de glace pour leur commerce de réfrigération, avant que ne survienne la débâcle.

Tandis que, le geste distrait, il attelait les deux chevaux au traîneau, il avait peine à cacher son contentement.

La veille, appuyé par ses alliés échevins, il avait battu la motion de McGrath concernant l'asphaltage des routes, de même que celle concernant les bruits dans sa scierie. Il en avait éprouvé comme une sorte d'apothéose. Avec le printemps et l'été qui s'en venaient, ils continueraient à travailler sans contrainte, portes et fenêtres ouvertes, comme par les années passées.

Revenu du village, il s'était glissé dans le lit auprès d'Héléna. Ses épaules étaient encore secouées de rire. L'excitation l'emportant sur la fatigue, il s'était tourné et retourné longtemps avant de parvenir à s'endormir. Enfin il avait sombré dans un sommeil peuplé de rêves où il voyait la grande carcasse de l'Irlandais embourbée dans des routes gluantes de boue ou encore enfoncée jusqu'au cou dans des sables mouvants.

La jubilation qu'il en éprouvait n'était pas tant son désaccord avec la proposition du maire, que cette habitude qu'il avait prise de lui tenir tête chaque fois que l'occasion se présentait.

Il savait bien que quelques coulées de goudron sur les routes constitueraient une amélioration certaine, autant pour le passage des voitures à cheval, que pour les véhicules automobiles. Il se disait qu'il aborderait lui-même le sujet un jour prochain et le proposerait à son avantage, faisant ravaler par la même occasion à ce prétentieux « importé » la réprimande qu'il lui avait servie concernant ses entreprises, comme à un gamin qui prend trop de place et mérite d'être mis au pas.

Il jeta un large regard autour de lui. Il y avait quinze ans qu'il régnait en maître absolu dans ce coin de pays né de ses efforts et de sa ténacité, autant d'années que sa scierie était installée dans l'espace de la meunerie du vieux Philozor Grandbois, avec ses éclats coutumiers : le hurlement strident de la scie ronde, les claquements de la machine à couper les bardeaux, le ronronnement des autres ateliers et de la manufacture de portes et châssis, sans compter les hennissements du cheval et le martèlement de ses pas sur le sol dur.

Jusqu'à aujourd'hui, les habitants du hameau avaient associé à leurs jours ce débordement d'activités, ce labeur incessant, comme le vacarme étourdissant d'une chaumière vivante, heureuse, et qui donnait un sens à leur vie.

Était-il concevable que cesse cette aventure pour laquelle il s'était tant dévoué? Il n'était pas prêt à lâcher prise, non plus qu'il supporterait d'être chassé de ses lieux comme un paria par l'intervention de quelques intolérants et d'un McGrath qui jouait leur jeu. Il avait trop donné et il avait encore trop à offrir. À l'inverse de ces vieux rendus à bout d'âge, il n'avait que cinquante-trois ans et, dans son cœur, il en ressentait vingt. C'est pourquoi il avait décidé de lutter pour garder intacte sa place au soleil, aussi longtemps qu'il en aurait la force.

—Aspic, Léon-Marie, s'impatienta Jean-Baptiste qui attendait près de lui et se retenait de grelotter de froid, te v'là encore reparti dans tes rêvasseries? On y va-tu, couper de la glace, ou ben si on y va pas?

Léon-Marie émit un sursaut. Sa main appuyée sur la têtière du blond, il regarda autour de lui.

—J'attends David. Je sais pas ce qu'il brette à matin. Il arrive pas.

Un froissement dans la neige les fit se retourner. David venait de traverser la route et courait vers eux.

—Je me suis réveillé oppressé, s'excusa-t-il. Ça m'a pris du temps à me remettre, pis reprendre mon souffle.

—Aurais-tu attrapé un rhume? interrogea Léon-Marie. Je t'entends siffler comme une marmotte. Si t'aimes mieux te reposer, pis pas venir avec nous autres, Baptiste pis moi, on peut s'organiser.

—Au contraire, le grand air me fera du bien.

Sans se préoccuper de l'expression soucieuse qu'il lisait sur le visage de son beau-père, David grimpa dans le traîneau et attrapa les rênes. Immédiatement, les chevaux s'orientèrent vers la côte du chemin de Relais.

—Je suis allé au village, hier soir, amorça-t-il en même temps qu'il détendait les guides. J'ai rencontré le notaire Beaumier. Vous savez qu'il a été nommé président des fêtes de la Saint-Jean?

—Ben certain que je le sais, répondit Léon-Marie. On en a discuté entre autres choses hier, au Conseil. Que c'est qu'il te voulait?

—Il m'a demandé de dessiner les chars allégoriques pour la fête du 24 juin et de les construire, si j'en suis capable.

—Barnache! Ça veut dire qu'il a confiance en tes capacités. Après l'affront que ta sœur a faite à son Thomas, il y a de quoi être surpris. T'es sûr qu'il y a pas une arnaque derrière ça?

David se retint d'éclater de rire. Cette habitude qu'avait son père adoptif de voir de la filouterie partout avait le don de l'amuser chaque fois.

—Le notaire Beaumier était sincère. Je lui ai fait quelques esquisses et il en a été enchanté.

En prenant son temps, il tendit les rênes vers la gauche. Le fardier tourna et pénétra dans la forêt. Le regard émerveillé, il considéra autour de lui les résineux chargés de givre qui s'ébrouaient sur leur passage. Au-dessus de sa tête, le soleil perçait les branches des arbres et répandait un long rayon d'or sur le chemin enneigé.

Il ouvrit la bouche pour poursuivre sa pensée, puis demeura silencieux.

—Il y a quelque chose qui te tracasse, mon gars? demanda Léon-Marie qui avait deviné son hésitation.

Il avait parlé spontanément, comme il aurait fait avec son propre fils. D'ailleurs, chaque fois que le jeune homme avait nécessité son intervention, il s'était tenu à son écoute et n'avait jamais eu à pousser ses sentiments pour le considérer à l'égal du petit Antoine-Léon.

David était un garçon raisonnable et il possédait les belles qualités de son père. Artiste comme lui, depuis l'automne, en plus de sculpter des figurines qu'il vendait à la quincaillerie, près de celles usinées par l'ébénisterie montréalaise Gauthier-Leclerc, il fabriquait des bases de lampes et de cendriers qu'il proposait avec les petits meubles dans l'espace qu'avait organisé sa mère.

L'esprit sans cesse inventif, il avait aussi commencé à dessiner des plans de résidences qu'il proposait aux entreprises de construction.

Un éclair, subitement, traversa l'esprit de Léon-Marie. Était-il possible qu'aujourd'hui son beau-fils regrette le temps perdu et veuille se remettre aux études? Il aurait vu en lui un excellent architecte.

Il lui jeta un regard incertain. David n'avait que vingt-deux ans. Il était suffisamment jeune pour reprendre un rêve qu'il avait omis dans son inconscience d'adolescent.

—T'aurais pas, par hasard, l'idée de retourner au collège pour aller te chercher un diplôme?

Encouragé par le silence du garçon, il lança avec sa brusquerie habituelle :

—Je suis prêt à t'aider, si tu veux.

—Ce n'est pas mon intention, répondit David. Déjà, dans le temps, je n'aimais pas l'école, vous comprendrez qu'aujourd'hui j'en aie complètement perdu le goût. J'ai un autre projet. Si vous le voulez, nous en discuterons un de ces jours.

Léon-Marie acquiesça de la tête. Il se retenait de dire à David combien cette confiance qu'il lui témoignait le remplissait d'aise.

—Quand tu voudras, mon gars.

Ils étaient arrivés au bout du sentier. Les lèvres arrondies dans un « woo » tonitruant, David fit s'immobiliser l'attelage et sauta du traîneau.

Devançant son beau-père, il s'empressa d'aller rejoindre Jean-Baptiste qui s'était extirpé de son espace à l'arrière du véhicule et l'aida à dégager les scies et les pics dont ils auraient besoin pour procéder à leur tâche. Ensemble, les épaules chargées de leurs outils, ils s'aventurèrent sur la surface glacée.

Marchant devant, son pic dressé comme la hampe d'un drapeau, sans s'arrêter, Jean-Baptiste frappait à droite et à gauche afin de sonder l'épaisseur de la glace.

—Le soleil commence à taper fort! cria-t-il vers les autres.

Arrivé au centre du cours d'eau, il s'immobilisa. Dans un geste de connaisseur, s'activant avec de grands « *han* » solides, il entreprit de bûcher dans la masse cristalline jusqu'à former un trou profond.

—La base est friable, souffla-t-il en même temps, hors d'haleine. Ça va faire des blocs qui seront pas de la meilleure qualité. Ils vont fondre plus vite.

Il se redressa et toussa bruyamment. Tout au fond, une coulée d'eau sombre montait en émettant de petits grésillements fragiles. Reprenant sa tâche, d'un mouvement facile, il plongea la lame de la scie dans la brèche et la fit courir de haut en bas jusqu'à former un carré parfait.

Autour de lui, le soleil jouait sur la surface d'une transparence livide et la faisait briller comme un miroir.

— Ç'a bien l'air que le printemps est arrivé, dit Léon-Marie en coinçant la grosse pièce coupée entre les tenailles. Mon avis que ça va être notre dernière cueillette.

Joignant leurs efforts, ils dégagèrent un bloc dur, bleuâtre et le portèrent sur le traîneau.

Ils se remirent vivement à la tâche. Bientôt, la plate-forme déborda sous les cubes épais qui dégoulinaient dans la luminosité du matin.

— On va dire que ça va être assez pour cette année, décida Léon-Marie.

Ils s'empressèrent de regrouper les outils.

David alla saisir la bride de l'une des bêtes, leur fit faire un lent demi-tour et les orienta vers la terre ferme.

Abandonnant les rênes, il retourna vers l'arrière du traîneau et se pencha pour ramasser un outil oublié.

Autour de lui, un long craquement avait déchiré l'air. Étonné, il leva la tête.

Brusquement, son cœur se serra. À ses pieds, le sol s'était mis à bouger, la glace tanguait, ondulait, se creusait en son centre. Emporté par la déclivité qui s'était formée comme un entonnoir, il se sentait attiré dans la pente.

Un grand cri s'échappa de ses lèvres. Épouvanté, ses mains s'accrochant tout autour, il essaya d'attraper le traîneau qui s'éloignait. Soudain, tout se passa très vite. Sans qu'il ait pu rien faire, il avait glissé et s'était retrouvé au milieu de la rivière dans un creux formé par les glaces qui s'entrechoquaient.

Plus loin, affolés, leur belle tête altière tendue vers l'avant, les chevaux dérapaient, mordaient de toute la force de leurs sabots vers la rive. Occupés à rassembler les outils, Léon-Marie et Jean-Baptiste se retournèrent ensemble.

Reprenant brutalement ses sens, Léon-Marie abandonna les pics et les scies. Le cœur battant à se rompre, il s'élança vers lui.

— David! cria-t-il, barnache! David! que c'est que tu fais!

Agrippé à la glace, la main tendue, David tentait vainement d'atteindre les guides qu'il voyait sautiller sur le sol, rythmées par le mouvement des bêtes dans leur difficile progression vers la rive. Terrifié, de toutes ses forces, il se retenait de s'enfoncer dans l'eau, avec ses bottes qui ripaient l'échancrure, la glace qui gémissait, se mouvait sous ses pieds.

— David! hurla Léon-Marie. Pour l'amour du ciel, raccroche-toi!

Autour d'eux, la glace, lentement, ouvrait de larges brèches. Instinctivement Léon-Marie se coucha sur le sol. Un bras étiré vers David, de l'autre, il s'efforçait d'atteindre les lisses du traîneau. Mais les chevaux étaient hors de sa portée, s'éloignaient laborieusement vers le rivage, creusant dans leur sillage de redoutables crevasses.

Partout, l'air était chargé de bruits secs, menaçants. Déstabilisé au milieu de l'étendue glacée, David se cramponnait, à chaque mouvement, glissait un peu plus vers les profondeurs. Autour de lui, l'eau formait un petit lac qui s'agrandissait dangereusement. Il tenta de se redresser. Aussitôt son pied s'enfonça dans une craquelure et l'entraîna jusqu'à la taille dans l'eau glacée et noire.

— David! s'égosilla Léon-Marie au bord de la panique. Faut que tu te sortes de là.

Jean-Baptiste, qui avait couru vers les outils éparpillés, en revenait avec une longue perche.

Il était arrivé près d'eux. Vivement, il se laissa tomber près de Léon-Marie et la tendit au garçon.

— Attrape, petit! s'essouffla-t-il. Attrape!

Ses mains battant le vide autour de lui, David s'accrochait désespérément aux morceaux acérés de glace qui pointaient et le ceignaient comme un rempart. Le sang giclait de ses poignets, de ses doigts écorchés. Son regard exprimait la souffrance, une peur immense, démesurée.

Jean-Baptiste tendit encore la perche. Il fit un mouvement vers Léon-Marie.

— Tiens le bâton, Léon, j'y vas.

D'une poigne ferme, il agrippa l'autre bout de l'outil.

À la façon d'un serpent qui se tortille dans le clapotement de l'eau, sans se soucier de l'onde glacée qui imprégnait ses vêtements et atteignait son corps comme une brûlure, il rampa vers le gouffre qui s'était formé autour de David.

Le jeune homme avait cessé de se débattre. Les yeux mi-clos, l'expression implorante, presque résignée au sort atroce qui l'attendait, il avait laissé retomber mollement sa main fatiguée, ensanglantée.

Jean-Baptiste progressait avec lenteur et se rapprochait de lui.

De toute la puissance de ses muscles, il allongeait le bras, s'étirait autant qu'il pouvait, tentait de le rejoindre.

—Aspic, p'tit, aide-toé! criait-il en même temps.

Multipliant les tractions et les torsions, il tenta à nouveau de toucher son poignet, en haletant, fit un violent effort et parvint difficilement à frôler la manche de son parka. Reprenant espoir, il tendit les doigts, au risque de sombrer lui aussi, avec plus de vigueur encore, il fit un mouvement vers l'avant.

Le corps immergé jusqu'aux épaules, David avait cessé de bouger et paraissait lentement s'engourdir.

—Aspic, p'tit, secoue-toé, s'affola Jean-Baptiste, c'est surtout pas la place pour t'endormir.

Sans cesse, il parlait, faisait éclater ses mots, par à-coups durs, presque brutaux, s'évertuant de toutes ses forces à tenir le garçon en éveil.

Il avança encore. Autour de lui, la glace craquait, se soulevait, bougeait dangereusement. Il eut un bref moment d'hésitation. Enfin, se décidant, les muscles contractés jusqu'à l'éclatement, il gonfla le torse.

—Si Dieu existe, c'est le temps de montrer ce qu'Il est capable de faire! hurla-t-il avec une puissance désespérée telle que sa voix se propulsa en écho à travers toute la campagne.

Faisant un ultime effort, il s'étira encore, se déchaîna avec l'énergie du désespoir.

—David! articula Léon-Marie comme un ordre strict. Barnache, tu vas te retrousser!

David sursauta, bougea. Jean-Baptiste toucha son poignet. Aussitôt, il referma ses doigts, brutalement, farouchement, comme les serres d'un oiseau de proie sur un butin âprement disputé. Profondément soulagé, il laissa échapper un long cri semblable à un interminable sanglot.

—Aspic, p'tit! C'est pas à matin que saint Pierre va t'ouvrir ses portes. Tire, Léon, tire!

Léon-Marie tira par-derrière. Jean-Baptiste s'abandonna comme une masse. Sa main agrippant le bras de David, il se laissa traîner jusqu'à atteindre le bord de la rive.

À bout de résistance, les trois hommes roulèrent dans la neige. En tremblant de tous leurs membres, les épaules soulevées de sanglots, ils s'étreignirent avec émotion. Ils criaient, pleuraient à la fois.

D'un élan violent, Léon-Marie empoigna David et le tint longuement contre sa poitrine. Ses mains enserrées autour de son dos, il l'agrippait comme s'il ne voulait jamais s'en séparer. De grosses larmes roulaient sur ses joues.

—Barnache que tu nous as fait peur. S'il avait fallu que j'en perde un autre, s'il avait fallu... bon gueux, ç'aurait voulu dire qu'il y a pas de justice...

Ses mots se perdirent dans une plainte aiguë, interminable. Brusquement, il enfouit sa tête dans ses mains. Replié sur lui-même, il se reprit à sangloter bruyamment, comme un enfant.

Ils frissonnaient de froid. Leurs vêtements étaient mouillés et déjà se raidissaient. Léon-Marie essuya ses yeux du revers de la main. Se dominant, il attrapa l'épaisse couverture qui servait à protéger les chevaux du vent cinglant pendant les longues attentes et en entoura les deux hommes D'un geste presque tendre, il les installa près de lui sur le banc avant.

Comme s'il émanait d'un cauchemar, il secoua les rênes et laissa les bêtes reprendre leur marche pesante vers la scierie.

***

Héléna s'était approchée du lit dans lequel était couché David. Un flacon dans une main, une cuiller dans l'autre, elle s'apprêtait à lui faire avaler une dose de la potion pour le rhume que la veuve Mayer avait préparée à son intention.

Il y avait une semaine que ces événements s'étaient passés et elle ne pouvait s'empêcher d'en éprouver encore un terrible sentiment d'angoisse.

Combien de fois, au cours de ces nuits sans sommeil, l'oreille aux aguets pour décortiquer la toux et les râles de son grand fils, au lieu de remercier le Sacré-Cœur en qui elle mettait habituellement sa confiance, n'avait-elle pas pensé s'emparer de sa belle statue qui trônait sur son socle dans son bureau et la tourner face contre le mur pour le punir de leur avoir infligé une telle frayeur.

Profondément croyante, elle se devait de vénérer l'Être suprême. D'autre part, en femme sensée, elle considérait que, si elle avait des obligations vis-à-vis de son Créateur, elle avait aussi des attentes. Dieu n'avait pas le droit de les éprouver ainsi.

Pourtant, c'était Lui qui avait placé sur leur route un homme de la trempe de Jean-Baptiste. Si les anges existaient, se disait-elle, et si leur notion était à cette image, Jean-Baptiste devait en être un.

Depuis ce jour tragique, ses pensées s'étaient souvent tournées vers lui. Elle le voyait d'un œil différent. Jean-Baptiste n'était pas que bon et généreux, il était aussi un héros. N'eût été de sa bravoure et de son acharnement, David n'aurait plus été parmi eux aujourd'hui. Elle lui en serait éternellement reconnaissante.

De constitution solide, Jean-Baptiste ne portait pas ses cinquante-trois ans. Spontané, peut-être un peu soupe au lait, il était fougueux comme un jeune homme, à l'inverse de Léon-Marie qui n'avait pas sa santé florissante, ni sa souplesse. Elle n'osait imaginer comment l'événement se serait déroulé ce matin-là, si Jean-Baptiste ne les avait pas accompagnés...

Georgette aussi avait encore grandi à ses yeux, car Héléna savait reconnaître les mérites des autres et, surtout, elle n'oubliait pas.

Un bruit derrière elle la fit se retourner. Les pas de Léon-Marie avaient ébranlé le plancher du petit corridor et venaient de s'arrêter dans l'embrasure.

— Comment va notre miraculé, après-midi?

— Avez-vous des nouvelles de monsieur Gervais? demanda David, comme une réponse à son inquiétude.

— Ça va de mieux en mieux, le rassura Léon-Marie en pénétrant plus avant dans la pièce pour aller s'arrêter près du lit. Je suis arrêté le voir en passant, tantôt. Baptiste est un coriace, il en a été quitte pour un bon rhume, il a pas frisé la pneumonie comme toi.

D'un geste encourageant, il posa sa main sur son épaule.

— Toi aussi, mon gars, tu vas bientôt être sur tes jambes. J'ai hâte parce que, même si ta sœur pis ton beau-frère te remplacent dans les magasins, ça vaut jamais la touche d'un propriétaire.

David lui jeta un bref regard, puis se détourna. Recroquevillé sous les couvertures, il posa sa main sur sa bouche et réprima une forte quinte de toux.

— Il souffle comme s'il annonçait le train, fit remarquer Léon-Marie en se tournant vers Héléna. Es-tu sûre que les remèdes de la mère Mayer sont efficaces? Il renâcle plus que jamais depuis sa baignade dans la rivière.

— C'est un sirop aux oignons qu'elle prépare exprès pour les bronchitiques. Il y a dans ça du gin, du miel et du citron. C'est censé être excellent.

— Mon sifflement n'a pas de rapport avec ma mésaventure dans l'eau, dit David. Il y a longtemps que le docteur Gaumont pense que je fais de l'asthme, que j'aurais hérité de la maladie de mon père. Si c'est ça, je vais en faire toute ma vie.

—Toute ta vie, répéta Léon-Marie. Veux-tu dire que tu vas souffler de même jusqu'à la fin de tes jours?

Consterné, il le fixait. Il se rappelait l'artiste, avec sa respiration difficile, son thorax déformé, dilaté par l'effort, son teint gris, ses forces qui déclinaient chaque jour. Il ne pouvait croire que David serait condamné à vivre lui aussi pareil état maladif jusqu'à en mourir.

—D'après le docteur Gaumont, il y a un moyen de diminuer mes crises, reprit David. Il me faut découvrir ce qui les provoque et l'éviter. Par exemple, j'ai noté que je me sens plus à l'aise quand je travaille à l'extérieur.

—Barnache! se désespéra Léon-Marie. Ton ouvrage qui est en dedans, avec les commerces. Tu peux quand même pas installer tes comptoirs dehors.

—Il y a une solution, expliqua calmement David. C'est ce dont je voulais vous entretenir l'autre jour. Nous pouvons en parler tout de suite si vous le voulez. La solution serait de vendre les magasins, vendre et faire autre chose.

Léon-Marie fit un bond vers l'avant. Horrifié, il faillit s'étouffer dans sa salive.

—Vendre les magasins! Tu irais vendre le bien que je t'ai donné! Tu abandonnerais à un autre deux business qui rapportent presque autant que tous mes loyers ensemble! En plus, tu nous imposerais un étranger en dessous de nous autres!

Il ne cachait pas sa colère. Tous les espoirs qu'il avait mis dans ce garçon depuis qu'il était entré dans sa maison, lui qui n'avait pas cessé de le considérer comme son propre fils, venaient de s'évanouir d'un coup. Il en était profondément déçu. Qu'avait-il donc fait au ciel pour voir sans cesse s'évanouir ses rêves, même les plus raisonnables?

—Ta mère autant que moi, on n'accepterait jamais ça.

—À la condition de trouver un acheteur que vous supporteriez en dessous de vous autres, avança David. Cet acheteur-là, je l'ai.

—Quoi? explosa Léon-Marie. En plus, t'as trouvé un acheteur pis sans même me demander mon avis.

—Ne vous énervez donc pas, l'apaisa David. Ce n'est que Jean-Louis avec Cécile. Il y a longtemps qu'il me dit de penser à lui, si je décidais de vendre un jour. Il n'y aurait rien de changé puisqu'ils y sont déjà installés et qu'ils vivent avec nous.

—Pis toi, tu ferais quoi comme occupation? s'enquit Léon-Marie, sceptique.

—Je partirais une entreprise de construction, répondit David, avec dans son regard une petite étincelle qui disait sa décision prise depuis longtemps.

—Une entreprise de construction, fit Léon-Marie, abasourdi. En plus tu aurais le culot de faire concurrence à mon frère Charles-Arthur.

Sa voix frémissait de colère contenue.

—As-tu pensé à la pagaille que tu sèmerais dans la famille? Aussi ben dire que tu prendrais une torche, pis que t'allumerais le feu dans nos deux maisons.

Son mouchoir sur la bouche pour refréner sa toux, David le considéra en silence. Son jeune visage rempli de projets et de vaillance paraissait encore plus fragile sous ses paupières rougies de fièvre.

Il fit un effort pour surmonter sa fatigue. Raffermissant sa voix enrouée, essoufflée, il exposa, sur un ton patient :

—Ce n'est pas mon intention de semer la pagaille ni de faire concurrence à votre frère. Mon intention est de faire du commercial, comme la décoration des magasins ou encore l'installation de vitrines. Nous faisons déjà le commerce des vitres à la quincaillerie. Avec nos routes en gravelle et tous les avatars que ça cause aux autos, je pourrais aussi me spécialiser dans le remplacement des pare-brise.

Léon-Marie l'écoutait à peine. Sans s'arrêter, il hochait négativement la tête. Il ne pouvait s'empêcher de marquer son profond désaccord. Il connaissait son frère Charles-Arthur. Il avait suffisamment observé ses réactions pour savoir que, quiconque osant poser le pied, ne serait-ce que sur le bord de ses plates-bandes, risquerait de le voir ameuter toute la paroisse. Avec les bavardages que cela ne manquerait pas d'engendrer, les prises de position partiales, les jugements sévères, pareille situation était bien le dernier de ses souhaits.

—As-tu pensé aux implications? On vit dans un petit village, quasiment une famille qui est pas toujours unie, avec certains qui se font un plaisir de déchirer les autres, de prendre parti sans même savoir de quoi il retourne. Tu vas me dire que faut être naïf pour porter un jugement sans décoder ce qui est bon de ce qui l'est pas. Malheureusement, quand les hommes se déchaînent, c'est même pas une question de bon sens.

—Vous ne m'avez pas compris, papa, le reprit délicatement David. Je ne ferais pas concurrence à votre frère Charles-Arthur.

J'ai des plans plein la tête. Ce que je veux, c'est seulement développer mon sens artistique, créer au lieu de faire toujours la même chose.

—Je te souhaite ben de la réussite, mon petit gars, souffla Léon-Marie, mais tu risques d'être déçu. Innover a jamais été facile. Les gens ont leurs habitudes et ils aiment pas en déroger. Si tu veux déclencher un tollé, t'as qu'à parler de changer quelque chose.

Il évoqua, à ses débuts d'industriel, combien ses concitoyens, en qui il avait mis sa confiance et qui lui paraissaient bien intentionnés, avaient été impitoyables à son égard et combien ils ne lui avaient laissé aucune chance de s'écarter de la voie tracée. Cette attitude destructrice lui avait fait mal... mais il était un homme téméraire et déterminé. En dépit des espoirs de ceux, parmi ses connaissances, qui auraient été contents de le voir se casser la figure, il avait foncé et il avait réussi.

Il doutait que David ait sa force de caractère, sa capacité d'ignorer les autres. Peut-être avait-il hérité du talent de son père, mais il était aussi, comme lui, sans défense et influençable. Il n'avait pas la poigne d'un Léon-Marie Savoie qui régnait depuis seize ans en maître absolu sur la Cédrière.

—Attends-toi à de la critique, même de la part de ceux que tu croyais tes amis, émit-il sur un ton radouci. Les gens ont de la misère à accepter qu'une personne qu'ils côtoient tous les jours ait des idées qu'ils sont pas capables d'avoir. Ils veulent que tu sois comme eux autres, ben ordinaire, pis ben petit, et, surtout, que tu fasses pas de vagues.

Il parlait sur un ton de profond mépris, comme si certains événements qu'il avait vécus l'avaient fortement marqué.

—Tu vas te faire dénigrer, mon petit gars. On va te décourager. Des éteignoirs, il y en a partout, même dans la famille. Tu vas avoir à te battre.

—Je sais, admit David, mais je suis prêt à y faire face.

—Pour ma part, plutôt que de te voir te faire déchirer, ne serait-ce que par un seul de ces vauriens, je préférerais que tu retournes aux études. Avec ton talent, tu pourrais faire de grandes réalisations.

Il avait exprimé sa pensée d'un trait puis, comme s'il cherchait une approbation, s'était tourné vers Héléna.

Héléna émit un léger mouvement des épaules. David était majeur et c'était à lui de prendre ses décisions. D'autre part, il lui venait à l'idée que, peut-être bientôt, pour une autre raison, ils devraient apporter certains changements dans l'organisation de leur vie de famille.

C'était cette quiétude qu'elle avait décelée dans les yeux de Cécile qui l'avait amenée à s'interroger, comme une sorte de tendresse qui animait son regard et la rendait paisible. Encore tantôt, après le repas de midi, alors qu'elle lui faisait sa visite quotidienne, elle avait observé cette transfiguration dans son visage. Cécile lui avait paru douce, alanguie.

Assise à sa place derrière son comptoir avec son livre de comptes ouvert devant elle, Cécile ne travaillait pas à ses écritures comme elle avait coutume de faire dans l'attente des clients. Le dos appuyé sur sa chaise, les mains ramenées sur son grand tablier blanc de commerçante, elle avait fermé les yeux et paraissait sommeiller. Au bruit des pas qui faisaient craquer les lattes, elle avait soulevé les paupières.

— C'est vous, maman? avait-elle murmuré en s'étirant comme si elle s'éveillait d'un rêve et n'attendait pas cette visite que sa mère lui faisait pourtant chaque jour.

Héléna n'avait pas mis de temps à comprendre. Cécile était enceinte, c'était évident. Elle en avait déduit que la petite famille qu'ils formeraient dans quelques mois aurait besoin d'espace.

Le moment était venu de céder la place.

Derrière elle, l'escalier menant aux magasins résonnait sous le poids de petites bottes décidées, qui s'appesantissaient à dessein sur les marches. Antoine-Léon rentrait de l'école. Elle songea que, pour lui aussi, il faudrait prendre une décision.

L'école de rang était bien peu appropriée aux besoins d'un enfant qui avait une fragilité aux oreilles, se disait-elle. Exiguë, bondée d'élèves, elle était inconfortable, avec l'air froid qui sourd de partout, en plus des fenêtres qui s'ouvraient de façon régulière pour aérer et chasser la fumée étouffante que dégageait le vieux poêle à deux ponts.

— David va vendre les magasins, émit-elle dans le silence. J'ai le sentiment que Cécile sera bientôt mère et, à l'automne, j'ai décidé d'inscrire Antoine-Léon au pensionnat des Ursulines. L'année 1940 aura été marquée par trois importants chambardements.

— Que c'est que tu racontes là? bougonna Léon-Marie. Va pour David, mais pour le petit Antoine-Léon...

Le souvenir de l'autre Antoine avait surgi douloureusement dans son esprit. Comme une pellicule qui se déroule, il revivait les moments épouvantables qui avaient marqué son temps de veille au chevet de son fils mourant, les heures, les secondes pénibles qui s'étaient égrenées, au cours desquelles, de toutes ses forces, il l'avait sommé de s'accrocher à la vie, les sentiments horribles qui l'avaient habité, mêlés d'espoir et de détresse, d'acceptation et de révolte.

—J'avais juré que plus jamais un de mes enfants irait pensionnaire...

—Dieu ne peut pas nous envoyer chaque fois les mêmes malheurs, raisonna Héléna.

—Le petit est bien avec nous autres. S'il lui arrivait quelque chose, on serait là pour le faire soigner, tout de suite...

—La petite école n'est qu'une cabane, et Antoine-Léon a toujours mal aux oreilles, insista Héléna. Les couvents sont confortables. Là-bas, il ne sera pas constamment entouré de courants d'air, et puis j'ai confiance aux religieuses pour le bien soigner.

—Tu penses que les sœurs font pas l'aération de temps en temps? railla Léon-Marie. Qu'elles passent leurs journées à appeler au miracle en aspergeant de l'eau bénite sur les murs pour purifier l'air?

—Tu sais bien que ce n'est pas ce que j'ai voulu dire. Admets que les couvents sont dotés de systèmes de chauffage centraux qui ajoutent au confort. Antoine-Léon sera bien là-bas, j'en ai la conviction.

Poursuivant son idée, elle revint poser ses yeux sur lui.

—Comme le cercle de la famille va s'agrandir, que Cécile et Jean-Louis vont avoir besoin de place, il ne sera plus possible de loger dans la même maison. Nous allons devoir déménager, Léon-Marie.

Penchée vers lui, elle lui susurra à l'oreille :

—Que dirais-tu si nous retournions vivre dans ta grande demeure face à la scierie?

13

Les femmes du hameau s'étaient rassemblées dans la sacristie à l'arrière de l'église. Assises autour d'une longue table, elles faufilaient, dans une entente parfaite, chacune une petite pièce de couture.

De temps à autre, un éclat de voix perçait les chuchotements qui couvraient la salle surchauffée. La nuque infléchie vers leur ouvrage, elles manifestaient leur assentiment par un léger signe de la tête, puis se reprenaient à piquer l'aiguille.

On était le 12 décembre. La guerre était commencée depuis un an en Europe et les nouvelles étaient mauvaises. Partout, l'armée allemande sévissait, étirait ses tentacules sur une distance considérable et avec une intensité chaque jour plus féroce.

Le 9 avril précédent, au cours d'une attaque surprise de ses ports de mer, la Norvège était tombée aux mains des nazis. Envahis dans les jours qui avaient suivi, mal préparés pour résister à une puissance aussi soudaine que brutale, les autres petits États nordiques avaient eux aussi cédé devant l'envahisseur.

Le 25 juin, ç'avait été au tour de la France à être assujettie à la gouverne militaire allemande. Rapidement démantelée, l'armée française avait été contrainte d'accepter un armistice. Deux millions de soldats avaient été amenés captifs dans le pays voisin tandis que les quelques enrôlés restants avaient été démobilisés.

Isolée dans son île et encore épargnée, la Grande-Bretagne tremblait de peur dans l'éventualité d'une occupation de son territoire. Pour les pays européens, c'était l'horreur.

Seule l'Amérique ne paraissait pas encore en péril. Les États-Unis étaient demeurés neutres, cependant que le Canada, à cause de son appartenance à l'Angleterre, avait dû s'engager dans le processus guerrier.

Au cours du printemps, tandis que sombrait l'Europe, le gouvernement de Mackenzie King avait décrété le service militaire obligatoire pour les jeunes Canadiens âgés entre vingt et un et vingt-cinq ans, sans toutefois les contraindre à participer aux combats.

Opposés à cette décision qu'ils voyaient comme une coalition avec l'oppresseur qu'était pour eux l'Angleterre, les Canadiens français avaient protesté énergiquement. Mais, esseulés dans leur province, critiqués par les autres qui voyaient dans leurs revendications un manque de patriotisme, ils n'avaient eu d'autre choix que de s'incliner.

Des associations avaient été formées. Les après-midi mondains s'étaient métamorphosés en groupes de travail, et des journées bénévoles avaient été organisées.

Encore une fois, le curé Darveau s'était déplacé de son presbytère pour monter à la Cédrière. Connaissant les capacités d'Héléna, son sens de l'organisation, de même que son habileté dans les arts manuels, il était allé frapper à sa porte et lui avait demandé d'implanter dans le hameau ces ateliers de couture et de tricot appelés effort de guerre.

Héléna s'était empressée de convoquer les femmes du chemin de Relais et du rang Croche.

Elles étaient toutes là en ce froid jeudi de décembre.

Regroupées dans l'annexe de l'église, penchées sur un ouvrage, elles surjetaient, ourlaient, cousaient les vêtements qui habilleraient leurs soldats.

Une longue planche assise sur des tréteaux avait été installée au milieu du local. Éparpillés sur sa surface, des monceaux d'étoffes roulées, de toutes les catégories et dimensions, retenues par des ficelles, les attendaient, apportés là, la veille, par un commissionnaire de l'armée.

Étalés dans un ordre précis, s'alignaient des cotons légers dans les tons de kaki, des toiles rudes d'un blanc incertain ou encore écru, quelques métrages de linon et un moindre nombre de coupons de lainage, tous ces tissus fournis par l'armée canadienne et devant lui être retournés, transformés en chemises, caleçons, pyjamas, draps et mouchoirs à l'usage des militaires.

Au centre de la table, trônait une imposante boîte en carton, débordante de modèles en papier de différentes tailles, mis à leur disposition afin de confectionner les pièces de vêtements avec le plus de précision possible. Tout près, dans une autre boîte, des ballots de laine kaki, piqués d'aiguilles et de crochets, attendaient les tricoteuses.

Les ouvrières de fortune avaient pris place sur des chaises disposées de chaque côté du panneau. Un peu compassées, elles causaient à voix basse. De temps à autre, une femme se levait pour les besoins de son travail, puis s'asseyait dans un léger crissement du plancher de bois brut.

—Comment trouvez-vous votre nouvelle maison? s'enquit poliment Rébecca Dufour, assise près d'Héléna, dans son désir d'amorcer la conversation.

— Cette maison n'est pas nouvelle, rectifia Héléna, en étirant le bras pour saisir une pièce de tissu. Nous l'avions habitée les premières années de notre mariage. C'est une bonne construction, confortable et qui ne manque pas d'espace.

— Ça doit faire une différence avec le dessus du magasin...

Héléna laissa poindre un imperceptible mouvement d'humeur. Elle ne pouvait s'empêcher d'être chaque fois heurtée par ces remarques qu'elle entendait à la moindre occasion, comme s'il était impensable qu'une famille puisse vivre agréablement ailleurs que sur le plancher des vaches.

— J'aimais bien le dessus du magasin, comme vous dites, répliqua-t-elle avec un peu de sécheresse. Nous avions toutes les pièces qu'il nous fallait en plus d'être sur le même étage. Pas d'escalier dans lequel courir. Il n'y a qu'après le mariage de Cécile que nous avons commencé à manquer d'espace. J'ai dû me défaire de mon bureau pour y installer Marie-Laure qui dormait jusque-là avec sa sœur afin de laisser la place à Jean-Louis. Bien sûr, aujourd'hui, avec le bébé que Cécile attend...

— Léon-Marie doit apprécier votre rapidité à vous retourner de bord, prononça Rébecca sur un ton exagérément aimable, cherchant à atténuer sa remarque inopportune en piquant dans le tissu rêche. C'est pas toutes les femmes qui ont cette qualité.

Héléna hocha la tête dans un geste disant qu'elle agréait volontiers le compliment. Elle reconnaissait qu'elle ne mettait pas de temps à se retourner.

Elle se remémora ce matin d'avril où Cécile lui avait confirmé ce dont elle se doutait déjà, qu'elle attendait un enfant. Le même jour, elle avait entrepris les démarches pour reprendre leur maison. À peine deux mois plus tard, ils étaient installés dans leurs affaires, chacun vaquant à ses tâches comme si rien ne les avait dérangés.

Entre-temps, David avait cédé les commerces à sa sœur et à son beau-frère et avait inauguré son entreprise de construction.

Tandis que Jean-Louis prenait la direction de la quincaillerie, Cécile avait poursuivi pendant quelques mois encore sa tâche d'épicière. Sa grossesse devenue trop avancée, sa lourdeur l'obligeant à restreindre ses activités, ils avaient engagé la jeune Bertha Désilets, la fille d'Évariste pour tenir le magasin à sa place.

Aujourd'hui, dans l'attente de son nouveau-né, Cécile ne quittait pas l'étage et cousait sa layette en se berçant dans la cuisine.

— Le petit, c'est pour bientôt? interrogea encore Rébecca, rompant le silence, comme si elle avait deviné ses pensées.

— Cécile en est à son dernier mois, à ses derniers jours, devrais-je dire, répondit Héléna avec un soupir qui trahissait une certaine appréhension.

Sa pièce de couture était terminée. Elle coupa le fil entre ses dents, replia avec soin le vêtement fabriqué et se leva. En tant que responsable de leur groupe, elle fit une tournée des ouvrières, rangea dans une boîte la pile des travaux effectués, puis en ouvrit une autre.

Une fois encore, le long panneau fut englouti sous des mètres de coton. Les coudes arc-boutés sur la table, les paupières plissées par l'attention, les femmes recommencèrent à piquer l'aiguille à grands coups. Les conversations s'étaient animées. La réserve de l'arrivée se dissipant peu à peu, chacune vaquait à sa tâche en devisant joyeusement.

— Dis donc, lança l'une, c'est vrai, ce que j'ai entendu dire, que ton mari va s'acheter un char?

— On veut faire faire des tours d'auto aux enfants, le dimanche, répliqua l'autre avec un petit air frivole.

Héléna lui jeta un regard et, pendant un instant, une pointe d'envie titilla sa poitrine. Elle pensa à son Antoine-Léon qui était pensionnaire au couvent des Ursulines de la ville voisine depuis le mois de septembre. Son petit homme lui manquait. S'ils avaient possédé une automobile, ils seraient allés le voir chaque dimanche, se disait-elle, tandis qu'actuellement, à moins de louer les services du taxi Lepage ou encore d'attendre le bon vouloir d'une connaissance, il fallait plus d'une heure en voiture à cheval pour se rendre à l'internat.

Avec une sorte d'entêtement, Léon-Marie s'était toujours refusé ce moyen de transport mécanisé. Mais elle ne lui en voulait pas. Malgré leur aisance financière, cette précipitation liée à l'automobile lui apparaissait, à elle aussi, exagérée, comme une bousculade effrénée qui empêchait de profiter de ce que la nature apportait de généreux.

Raisonnant avec sagesse, elle se dit que cette femme dont le mari avait décidé de s'acheter une voiture était bien superficielle, qu'avec un pareil jugement, elle avait des chances de rester pauvre toute sa vie.

Elle n'avait qu'à observer son beau-frère Charles-Arthur, toujours « au bout de la cenne », et qui n'avait de cesse de quémander à Léon-Marie des petits prêts qu'il ne remboursait jamais.

À la suite de son déplacement avec lui vers le village d'en bas, elle n'avait plus requis son aide. Encore outrée, quand ses sorties avaient nécessité un transport en automobile, elle avait décroché le téléphone et fait intervenir le taxi Lepage.

Angélina avait bien remarqué cette espèce de gêne qui s'était installée entre eux, apparemment sans motif, mais elle n'avait pas cherché à en connaître la raison. Lasse de ces discussions interminables qu'elle avait avec son mari et qui se soldaient chaque fois par une incompréhension encore plus grande, elle préférait s'enfoncer la tête dans le sable et ne rien voir.

— Moi, je suis pas intéressée à ce que mon mari s'achète un char, mentionna brusquement l'épouse d'un employé au pouvoir électrique, faisant sursauter les femmes qui l'entouraient. J'aurais trop peur qu'il aille faire son frais devant des cocottes, précisa-t-elle sans égard pour Angélina qui travaillait en silence, les yeux baissés sur sa couture.

Embarrassées, les résidantes du Relais s'appliquèrent à leur ouvrage tandis que celles de la route de l'Église étouffaient un petit rire.

De l'autre côté de la table, Angélique Désilets s'était levée de sa chaise et avait déployé une grande laize de coton. Amie d'enfance d'Angélina, comme elle l'était d'Henriette, elle appréciait peu la pente glissante vers laquelle certaines étourdies du hameau étaient en train d'orienter les bavardages jusque-là inoffensifs.

— Vous avez su pour l'avocat Larue qui a marié son garçon. Paraît qu'il aurait envoyé un faire-part à son frère, un médecin, ma chère, et que celui-ci n'aurait même pas daigné lui répondre.

— C'est très impoli, observa la femme de Josaphat Bélanger qui avait déjà touché l'orgue au village d'en bas et se targuait de fréquenter le grand monde. S'il n'était pas intéressé, il n'avait qu'à décliner l'invitation. Cela prouve que, même chez les gens instruits, il y en a qui n'ont pas de savoir-vivre.

— Il doit bien avoir une femme, cet homme-là, avança Georgette dans son habitude de s'occuper des affaires de la maison.

Et les faubouriennes, chacune leur tour, d'émettre un commentaire. Le sujet plaisait à l'ensemble et leur permettait de vider quelque ressentiment qu'elles avaient gardé enfoui au fond de leur cœur. Les conversations s'étaient avivées jusqu'à devenir assourdissantes.

— Peut-être étaient-ils en mauvais termes? l'excusa timidement Philomène Deveault avec sa compréhension habituelle.

— C'est ce que je pense, moi aussi, renforça Rébecca. Son frère ne devait pas être prêt à pardonner certains événements. Ce sont des choses qui arrivent.

Les femmes levèrent les yeux de leur ouvrage. Une main sur la bouche, elles se retenaient de pouffer de rire. Personne n'avait oublié le tempérament vindicatif du boulanger Jérémie Dufour, son époux, ses rancunes mémorables qui avaient fait les gorges chaudes dans la paroisse pendant de nombreuses années.

—Ç'aurait été une belle occasion de faire la paix, observa Rosanna Genest avec son bon sens habituel. S'ils étaient en froid, une invitation pareille équivalait à faire les premiers pas vers une réconciliation.

—En tout cas, moi, je ne pourrais pas supporter d'être en froid avec quelqu'un, déclara Philomène de sa voix douce.

Embarrassée, Héléna baissa les yeux. Elle songea à la famille Deveault et à leur fille Brigitte qu'elle avait chassée du magasin au moment de la naissance de sa petite Marie-Laure.

À aucun moment Philomène n'avait manifesté de mauvaise humeur. Même Joachim, son mari, et Robert, son fils, avaient continué à s'occuper, comme si de rien n'était, de leur ferme du chemin communal. Elle se dit que ces gens avaient la noblesse du cœur et savaient être généreux. Elle posa sur elle un regard bienveillant. Pendant un instant, elle regretta son intransigeance.

Face à elles, la jeune épouse d'un monteur de lignes au pouvoir électrique les regardait avec son visage rubicond, rieur et un peu impertinent.

—Bien moi, un jour de l'an que j'avais invité ma sœur, j'avais servi la crème bavaroise de notre mère pour le dessert. Elle y a goûté sur le bout des lèvres, puis elle a dit que celle qu'elle faisait était meilleure. Quand on sait que la crème bavaroise, c'est seulement des œufs pis des laitages, ben je lui ai dit, à l'avenir, d'aller manger la sienne chez elle.

Les femmes s'esclaffèrent.

Pendant de longues minutes, elles rirent à gorge déployée. L'atmosphère s'était détendue. Autour d'elles, l'après-midi s'éteignait doucement. Déjà, l'ombre précoce du solstice d'hiver s'installait dans les coins. Un peu essoufflées, elles tapotèrent leurs joues avec leur mouchoir, puis, sagement, se remirent à l'ouvrage.

Les derniers ballots avaient été ouverts, les ouvrières étaient sur le point de terminer leurs tâches. Il approchait quatre heures. Accompagnée d'Angélique, Héléna alla chercher les quelques gâteries que mademoiselle Bonenfant avait préparées à l'intention du groupe et les offrit dans des assiettes en carton.

—En tout cas, nous autres, on peut dire que, dans nos familles, on se comprend, prononça Georgette en même temps qu'elle mordait goulûment dans un appétissant chou à la crème.

Assise de l'autre côté de la table, face à Héléna, elle la fixait, de son œil rond, protecteur.

Depuis qu'elle était devenue la belle-mère de Cécile et surtout depuis que Jean-Baptiste s'était comporté comme un héros envers David, elle avait repris ce petit air rassasié qui se voulait rempli d'indulgence, qu'elle arborait du temps du veuvage de Léon-Marie.

D'un naturel dévoué, elle n'avait pas hésité autrefois à prendre sous son aile l'homme éprouvé qu'il était, à diriger sa maison d'une main de maître en plus de le retenir de sombrer dans le découragement.

Son heureux remariage et ces enfants d'une autre qu'il avait considérés comme les siens l'avaient délestée de ce qu'elle voyait comme une lourde responsabilité.

Même si Léon-Marie n'avait pas choisi la femme dont elle aurait rêvé, elle avait été profondément soulagée de sa décision et s'en était attribué un certain mérite. Plus tard, quand son Jean-Louis était entré dans la famille, elle avait connu la béatitude.

Ce lien l'avait projetée dans l'univers d'Héléna, cette femme trop hermétique, mais qu'elle admirait secrètement et qui l'intimidait aussi.

Chaque fois qu'elle était en sa présence, dans son regard se lisait cette complicité des mères qui se partagent les mêmes devoirs.

Pourtant, l'attitude d'Héléna n'était pas toujours à sa convenance. Avec son naturel réservé, peu expansif, elle la désarçonnait bien souvent, à l'inverse d'Henriette qui était rieuse et d'une transparence émotive.

Déterminée, indépendante, Héléna semblait se retrancher derrière ses défenses et se préserver contre quiconque tentait de s'ingérer dans sa vie. Elle gérait ses affaires avec prudence et jamais, même si elle avait dû parfois en éprouver le besoin, elle n'avait demandé conseil. Les seuls avis qui semblaient influer sur ses décisions étaient ceux de sa famille proche : son mari et ses deux enfants adultes.

Georgette savait qu'elle ne pouvait rien faire d'autre que de se montrer agréable.

—Je suis allée faire une visite à Cécile, ce matin, chuchota-t-elle, le cou tiré sur le panneau. J'ai palpé son ventre. Le bébé est retourné et sa tête est engagée. Je lui donne pas trois jours qu'il va être au monde.

Enhardie, elle poursuivait son babillage.

—Je ne lui ai pas conseillé de l'allaiter, avec ses tâches d'épicière, elle...

Héléna l'écoutait en sirotant son thé. De temps à autre, elle approuvait d'un léger signe de la tête qui se voulait aimable.

—Votre petit Antoine-Léon, il se plaît dans son école? s'enquit près d'elle Rébecca Dufour.

—Je pense que la vie de pensionnat lui plaît. En tout cas, c'est ce qu'il nous dit quand nous allons le voir, bien qu'il ait encore ses maux d'oreilles.

—Un mal d'oreilles, c'est pas inquiétant, intervint Georgette. J'espère que ni vous ni Léon-Marie ne vous faites de bile avec ça.

Elle se remémorait la suite de malheurs et de maladies mortelles qui avaient jalonné la vie de Léon-Marie jusqu'à lui faire perdre tous ses enfants. Que ses épreuves se limitent aujourd'hui à une otite de temps en temps pour le petit Antoine-Léon lui apparaissait banal.

—Et puis, par les temps qui courent, votre Antoine-Léon est mieux pensionnaire. Avec la guerre et ces étrangers qu'on croise à tout bout de champ dans le chemin de Relais, il ne serait pas en sécurité.

—Paraîtrait qu'il se passe des choses pas catholiques du côté de la montagne, prononça Rosanna sur un ton entendu.

Autour d'elles, les femmes avaient cessé leur bavardage. Les mains figées sur leur ouvrage, elles avaient penché la tête pour mieux entendre. Une certaine anxiété se lisait dans les regards.

Depuis quelque temps, un mouvement inhabituel couvrait le hameau. Jour et nuit, des véhicules motorisés s'engageaient sur leur petite route pour ne repasser devant leurs portes que plusieurs heures plus tard et, parfois même, seulement le lendemain.

—Où vont-ils comme ça, sur leurs motocyclettes ou encore dans leurs camions? interrogea l'une. Est-ce qu'ils montent vers les Vingt-Quatre Arpents?

—Mon mari, lui, pense qu'il y a de quoi s'inquiéter, avança Angélique. Jamais depuis qu'il est au monde il a vu pareil remue-ménage dans le Relais. Tout ce qu'il espère, c'est que la police de McGrath soit efficace.

—Deux fermiers qui prennent quelques minutes de leur temps après leur ouvrage pour jouer à la police, ce n'est jamais efficace, s'insurgea Georgette. Mon beau-frère Honoré, qui siège au Conseil, dit que c'est un gaspillage éhonté des deniers publics.

C'est d'ailleurs l'opinion de Léon...

Elle s'interrompit. Derrière elle, la porte venait de s'ouvrir brusquement. Une brume grise, accompagnée d'une bouffée d'air glacial, s'engouffra jusqu'au fond de la pièce, faisant frissonner les femmes pourtant toutes revêtues d'une chaude veste de laine.

Jean-Baptiste venait d'enjamber le seuil. Immobile au milieu de l'ouverture, il se tenait sans bouger, son regard balayant la salle, cerné par la buée qui l'enveloppait ainsi qu'un nuage.

—C'est Cécile, lança Georgette dans un souffle, en se levant précipitamment. Je le savais. Le bébé s'en vient.

Pénétrée de ses devoirs de sage-femme, sans attendre les explications de Jean-Baptiste qui demeurait là, muet, comme hébété, elle se hâta d'endosser son manteau. Souple, malgré ses rondeurs, avec ses hanches fortes qui ballottaient, sa respiration courte, haletante, elle fit demi-tour et se dirigea vers lui à grands pas.

—Jean-Louis t'a dit à combien de minutes sont rendues les contractions? demanda-t-elle en même temps sur un ton versé.

—Aspic! réussit à articuler Jean-Baptiste, si c'était rien que ça, ça serait une bonne nouvelle, c'est plutôt pour madame Léon-Marie que je suis icitte...

Georgette s'immobilisa net. Lentement, elle se retourna vers Héléna.

Héléna avait pâli. Debout, le cœur étreint, elle serrait avec force le dossier de la chaise qu'elle venait de quitter.

La mine douloureuse, à pas feutrés, comme ce matin de jour de l'an où elle avait trouvé son bien-aimé Édouard recroquevillé, sans vie, sur le plancher de leur chambre, elle alla enfiler son manteau. Elle n'avait pas interrogé Jean-Baptiste. Simplement, la tête inclinée dans une attitude résignée, fataliste, elle le suivait dehors.

Les yeux ronds de stupeur, Georgette la fixait. Elle avait freiné son élan. Tout ce bel enthousiasme qui l'avait animée un instant auparavant s'était enfui comme une coulée d'eau vive. Elle se sentait paralysée, infiniment déçue.

Tournée vers son mari, elle le secoua avec vigueur.

—Pis toi, Baptiste, qu'est-ce que t'attends pour t'expliquer? Attends-tu de nous voir toutes mourir d'inquiétude avant de nous dire ce qui se passe?

—Léon-Marie a eu un malaise, articula Jean-Baptiste, la voix assourdie. Le postillon était passé, il venait de lire son courrier. Il a déboulé dans l'escalier de son bureau. On pense qu'il s'est cassé quelque chose...

— C'est... grave? interrogea Georgette.

— On le sait pas. Quand je suis parti, il avait pas repris connaissance. Le docteur a été appelé. J'espère qu'il va pas tarder.

— Je vais avec vous, madame Léon-Marie, décida Georgette en refermant d'un geste ample son manteau sur sa poitrine et la précédant dehors.

Léon-Marie gisait sur le sol dur de la meunerie dans un angle sombre, inconfortable, avoisinant le pied de l'escalier. Immobile, les bras de chaque côté de son corps, il avait ouvert les yeux. Ses paupières clignaient, disaient son étonnement tandis qu'il regardait autour de lui.

Dans la crainte d'une cassure, les hommes avaient évité de le déplacer du coin de la porte où il avait buté. Ils étaient seulement allés chercher un coussin poussiéreux qu'ils avaient glissé sous sa tête.

Partout la scierie était plongée dans le silence. Les moteurs des différents ateliers étaient éteints. Les ouvriers avaient abandonné leurs occupations et s'étaient rassemblés autour de l'étroit espace. Respectueux, ainsi qu'en une veillée funèbre, ils attendaient, leurs poings enfarinés de bran de scie, fermés sur leurs hanches, leurs épaules un peu tordues, avec cette gaucherie qu'ont les travailleurs dans l'attente.

De temps à autre, des petits claquements brisaient cette pause, comme une sorte de recueillement qui s'était installé à travers leur trouble. Derrière eux, à l'extrémité de ce qu'avaient été les dispositifs du moulin à farine, ils entendaient le roucoulement de la rivière qui traversait un côté de la bâtisse, comme un babil léger, très doux.

Héléna longea le mur par-derrière et alla prendre place auprès de son époux du côté de l'escalier. Accroupie sur ses talons, le regard fixe, elle attendait sans bouger.

La porte émit un grincement. Le docteur Gaumont venait d'entrer dans la meunerie. Tout de suite, il s'agenouilla auprès de Léon-Marie et ouvrit sa trousse; vivement, il souleva ses paupières, prit son pouls et sa tension artérielle. Poursuivant son examen, avec de grandes précautions, il palpa ses bras, ses jambes, puis déplaça ses doigts sur son thorax.

— Il est possible que tu te sois fracturé une ou deux côtes en roulant dans l'escalier, dit-il. Ça te fait mal quand je fais une pression ici?

— Je me sens pas mal tabassé... répondit Léon-Marie, la voix difficile... Cette fois, je pense que je me suis pas manqué.

—Il va falloir trouver l'origine de tes étourdissements, insista sévèrement le médecin. Tu as négligé de venir me voir la dernière fois que tu as eu une attaque. Devrai-je te traîner de force à mon bureau pour te faire soigner? En attendant, nous allons te reconduire chez toi et tu vas y rester bien tranquille pendant quelques jours.

—Je viens de recevoir un gros choc, expliqua Léon-Marie, ce doit être pour ça... Je pense que je suis pus capable comme avant de prendre les coups durs...

Il se tourna vers Héléna. Il paraissait déstabilisé, fragile, avait perdu cette attitude combative qu'elle lui connaissait.

—Le contrat avec la Côte-Nord, c'est fini, Héléna, c'est fini pour de bon. Il y a aussi l'armée qui a annulé notre entente de l'été dernier pour le bois de construction du camp 55. Je sais pas ce qui se passe, mais on dirait que la guigne est en train de s'abattre sur moi tout d'un coup.

Héléna posa doucement sa main sur son bras. Sans un mot, dans un geste de réconfort, elle se pencha vers lui et appuya sa joue contre la sienne.

Près d'eux, la porte venait de s'ouvrir d'une poussée rapide. Elle se redressa. Jean-Louis pénétrait dans la meunerie. Il avait peine à reprendre son souffle.

—Je pense que Cécile a commencé ses douleurs.

Le docteur Gaumont referma immédiatement sa mallette et s'empressa de suivre le jeune homme vers sa résidence au-dessus des commerces. Georgette leur emboîta le pas.

Debout dans son coin d'ombre, Héléna ne fit aucun mouvement. Figée, comme embrouillée dans un dilemme, elle posa d'abord un regard sur son époux, que les ouvriers étaient en train de coucher avec précaution sur un brancard de fortune, puis se tourna vers le trio mené par son gendre qu'elle voyait traverser la cour à bois en diagonale pour aller retrouver sa Cécile.

L'expression remplie de chagrin, elle revint fixer son mari.

—Transportez-le à la maison, je vais m'occuper de lui.

Devançant les hommes, elle traversa la route vers sa demeure et poussa la porte de la cuisine. Sans hésiter, elle les précéda vers la chambre, alla s'arrêter près du lit et découvrit la couverture.

Le geste ferme, elle ordonna d'y coucher son malade. Elle avait dominé ses émotions. D'un seul coup, elle avait recouvré sa maîtrise habituelle.

Tandis que les employés s'en retournaient vers leur besogne, procédant avec méthode, elle alla casser quelques morceaux de glace dans le fond de la glacière, en remplit un sac en caoutchouc et alla le poser sur les côtes brisées de Léon-Marie.

Puis elle sortit de la chambre. Le pas décidé, elle se dirigea vers le téléphone.

—Jean-Louis, articula-t-elle de sa voix morne. Je vous prierais de me téléphoner de temps à autre pour me tenir au courant de l'état de ma Cécile. Vous comprendrez que je ne peux pas être auprès d'elle, mais je compte sur vous.

Revenant dans la cuisine, sous le regard ahuri de mademoiselle Bonenfant qui trottinait et cherchait à se rendre utile, elle alla chercher son chapelet qu'elle gardait dans un tiroir du buffet et prit place dans la berceuse. Les yeux rivés sur la statue du Sacré-Cœur qui reposait sur son socle, elle fit un grand signe de Croix et commença à réciter des Ave.

C'était sa façon de contrer son inquiétude en même temps qu'elle regardait filer les heures.

De temps à autre, elle levait les yeux vers le téléphone, puis laissait échapper un soupir et se remettait à marmonner ses Ave.

Six heures s'égrenèrent à la pendule. David rentra et alla occuper sa place à table. Ils soupèrent en silence : la petite Marie-Laure, David, mademoiselle Bonenfant et elle, tandis que Léon-Marie, à qui le médecin avait interdit de quitter son lit, mangeait dans la solitude de sa chambre.

Le repas terminé, elle alla prendre appui sur le dos d'une chaise et invita les autres à la récitation du chapelet.

La soirée s'écoula avec une lenteur pénible. Elle avait réintégré sa berceuse. Sans cesse, son regard implorant se rivait sur le téléphone.

Quand sonnèrent neuf heures, la cuisine commença à se vider de ses occupants.

—Si c'est votre désir, j'irai aider Cécile pour ses relevailles, lui proposa sa bonne avant d'aller au lit.

—Je vous remercie, mademoiselle Bonenfant, c'est probablement ce que je vous aurais demandé de faire.

Exaspérée subitement, elle secoua les épaules et laissa échapper un bruyant soupir.

—Cette attente devient insupportable.

—Pourquoi n'iriez-vous pas aux nouvelles? lui suggéra mademoiselle Bonenfant. Ça vous calmerait. Je ne vous ai jamais vue aussi tourmentée.

Un tic creusa la joue d'Héléna. Son regard se tourna vers le corridor sombre qui débouchait sur la chambre des maîtres.

Pendant un long moment, elle le fixa, comme hypnotisée, puis lentement ses yeux se reportèrent sur sa bonne. Elle hocha négativement la tête. Elle avait un autre devoir. D'ailleurs Jean-Louis la tiendrait au courant.

Elle attendit longtemps ainsi isolée dans le silence de sa cuisine, à écouter le vent qui hurlait à travers la campagne et à suivre les petits molletons de neige qui allaient se coller aux vitres des fenêtres. Lorsque la pendule sonna onze heures, elle quitta son poste et alla rejoindre Léon-Marie dans leur lit.

Le téléphone sonna deux fois au milieu de la nuit. La première était pour l'avertir que la dilatation était complète et que Cécile était entrée dans les grandes douleurs. La deuxième était pour annoncer la naissance du bébé, un petit garçon... mort-né...

Debout au milieu du corridor, la main crispée sur le récepteur, elle ne dit rien. La mine infiniment triste, elle raccrocha l'appareil. Une faible lueur éclairait les fenêtres. Dehors, l'aube colorait l'horizon. Un jour nouveau se levait. Derrière son dos, elle entendait le souffle régulier de son mari plongé dans un sommeil profond.

Elle fit un pas vers la chambre pour l'éveiller, puis retint son élan. Elle décida qu'il valait mieux le laisser dormir. Léon-Marie connaîtrait assez tôt la mauvaise nouvelle. Se retournant, elle pénétra dans la cuisine.

Désœuvrée, elle regardait autour d'elle, se déplaçait à droite et à gauche, avec des gestes secs, désordonnés. Elle pensait à sa Cécile, au chagrin qu'elle devait ressentir à cet instant d'avoir perdu ce petit être qu'elle attendait avec tant d'amour. Elle avait peine à contenir sa révolte.

Pourquoi Dieu les éprouvait-il ainsi? se demandait-elle. Pourquoi la maladie et la mort faisaient-elles tant partie de leur vie? Pendant tout l'après-midi et le soir, elle avait imploré le ciel pour sa Cécile, pour son enfant, mais Dieu n'avait pas agréé sa prière...

La poitrine vibrante, elle se dirigea vers le mur au milieu duquel trônait sur son socle le Sacré-Cœur de plâtre avec ses bras largement écartés, son doux visage débordant de mansuétude.

Ainsi qu'une mère s'apprêtant à infliger une réprimande à un enfant récalcitrant, d'un mouvement sévère, elle le retourna, face contre la cloison.

—Toi, tu vas rester en pénitence, aussi longtemps que tu n'auras pas remis nos maisons à l'ordre, marmonna-t-elle de son ton le plus rude.

14

Héléna avait passé un hiver difficile. Ces événements pénibles coup sur coup qu'avait subis sa famille avaient ébranlé son habituel stoïcisme et sa confiance en la vie.

Claustrée dans sa maison avec les bancs de neige qui rejoignaient les fenêtres, sans autre distraction que la présence de sa petite Marie-Laure, elle avait vécu dans l'inquiétude d'un autre revirement du sort.

L'épreuve de sa Cécile l'avait fait se rapprocher de Georgette. Frappées également, les deux femmes avaient décidé de faire front ensemble contre le Très-Haut. Ainsi, après une première rencontre à la suite de leur malheur, Georgette s'était empressée de tourner, elle aussi, contre le mur l'objet de sa dévotion qu'était sa statue de la Vierge.

Cette attitude avait renforcé Héléna dans sa conviction que le Seigneur ne pouvait continuer de les tourmenter à son aise sans qu'ils Lui marquent leur désaccord.

Tandis que mademoiselle Bonenfant allait s'installer dans le logement au-dessus du magasin général, Léon-Marie quittait malaisément son lit.

Ce matin-là, éveillé avec l'aurore, il avait suivi un moment, l'œil songeur, le timide soleil qui montait à l'horizon, puis, brusquement, au grand dam d'Héléna qui le regardait faire, avait repoussé ses couvertures et enfilé ses vêtements de travail.

En homme indispensable, il avait décidé qu'il n'attendrait pas d'être rétabli de son attaque avant de se remettre à l'ouvrage.

Faisant fi des ordres du médecin, il était allé prendre place devant la table de la cuisine, avait avalé son petit déjeuner puis, un bras supportant ses côtes douloureuses, l'échine courbée comme un vieillard, avait traversé la route vers la scierie.

Avec ces deux contrats qui lui avaient glissé entre les doigts la veille, il était impatient de compléter son carnet de commandes. C'était la guerre et c'était, en même temps, la fin de la récession. L'économie avait recommencé à fonctionner avec abondance et il voulait profiter lui aussi de cette manne qui tombait du ciel après les années de vaches maigres qui avaient suivi le crash économique de 1929. Et puis, disait-il, se tenir occupé est le meilleur moyen d'oublier ses peines.

Debout devant la fenêtre, le visage sévère, Héléna l'avait regardé s'éloigner. Enfin, avec un soupir lourd de sa désapprobation, elle avait quitté son poste et avait débarrassé la table.

Le même après-midi, le docteur Gaumont s'était présenté chez eux pour une visite médicale, croyant voir son malade couché dans son lit en train de soigner ses côtes cassées. Il avait été bien surpris de le trouver à l'ouvrage, arpentant les ateliers à grandes enjambées, et donnant des ordres à droite et à gauche, comme un vieux bougon.

Il l'avait réprimandé vigoureusement, mais Léon-Marie ne s'était pas laissé attendrir. Encore le médecin avait-il réussi à le convaincre de modifier son alimentation en diminuant l'apport des graisses.

Soumis au contrôle implacable d'Héléna, il avait dû renoncer pour toujours aux petites pommes de terre rissolées dans le beurre ainsi qu'au rôti de porc qui étaient ses mets favoris. Ce qui ne l'avait pas empêché de mener à bien ses objectifs, à commencer par remplacer les contrats perdus.

Dans les jours qui avaient suivi, comme si le ciel avait voulu se faire pardonner sa rigueur, il avait reçu deux commandes importantes dont l'une du couvent de son Antoine-Léon pour changer toutes les fenêtres de leur édifice.

Bien sûr, cet engagement ne l'enrichirait pas. Généreux quand il s'agissait des communautés religieuses, il avait décidé de leur abandonner son profit.

Aidé de Jean-Baptiste, il avait aussi poursuivi son commerce de glace sur la rivière, mais, cette fois, sans David qu'il avait laissé prudemment à son entreprise de construction.

Il avait bien éprouvé encore quelques étourdissements, comme cela lui arrivait fréquemment pendant l'hiver, mais ils avaient été si légers, avaient si peu suscité son inquiétude qu'il avait presque oublié en avoir déjà souffert.

Le premier mars, Héléna accepta de retourner sa statue du Sacré-Cœur. Dans la maison voisine, Georgette fit de même avec sa statue de la Vierge.

À la suite de leur journée bénévole dans l'annexe de l'église, Héléna, de même que les autres femmes du hameau, avait décidé de poursuivre son effort de guerre à domicile.

Sa table de travail s'était rapidement encombrée de piles de coton taillé qu'elle avait la charge de joindre ensemble. Chaque soir, après le chapelet, tandis qu'assis l'un face à l'autre, Léon-Marie et David commentaient leurs affaires, elle se penchait sur sa machine à coudre et, patiemment, cousait chemise après chemise à l'usage des militaires.

Pendant tout l'hiver, ses sorties s'étaient résumées à l'assistance à la grand-messe du dimanche et à celle de sept heures, durant la semaine.

Seule le jour à la maison avec sa petite Marie-Laure, elle avait partagé ses occupations entre son bénévolat, la comptabilité des loyers et le soin du ménage.

Cette oisiveté qu'elle se découvrait augmentait son désir de s'activer. Quand arrivait le crépuscule, dans la pénombre de la cuisine, elle ne pouvait s'empêcher de s'approcher de la fenêtre. Le regard tourné à sa gauche, vers l'humble habitation de bois qui faisait le coin de la rue, avec les bancs de neige qui vallonnaient son paysage, il lui prenait l'envie de rouvrir sa chapellerie.

Pour ce, il lui faudrait attendre le retour de sa bonne qu'elle avait prêtée à Cécile pour un temps indéfini. Fortement ébranlée par la perte de son bébé, malgré la présence auprès d'elle de mademoiselle Bonenfant, Cécile tardait à émerger de sa condition neurasthénique.

Lasse, Héléna avait conclu que, sans une règle de vie précise, sans un objectif, Cécile ne réussirait jamais à se débarrasser de son passé. Elle ne voyait qu'une façon de l'en guérir et c'était de la remettre au travail. « Si on veut retrouver son équilibre, disait-elle, il faut une raison de vivre. »

Déterminée, un matin de printemps au retour de la messe, elle s'était arrêtée chez elle.

— Cécile, tu vas te retrousser, avait-elle décrété.

Puis elle avait ramené sa bonne à la maison.

L'été 1941 venait de débuter. Comme chaque année, pendant la saison chaude, peut-être même avec plus d'arrogance encore depuis l'opposition de McGrath, l'atmosphère de la Cédrière s'était remplie des bruits de la scierie, avec ses portes, ses fenêtres grandes ouvertes et le va-et-vient des hommes.

Entièrement remis de ses ennuis de santé, Léon-Marie avait recouvré son mordant habituel et vaquait à ses tâches comme dans les meilleurs jours.

Seule Cécile, malgré les pressions de sa mère, tardait à réintégrer son poste derrière son comptoir d'épicière. L'humeur encore chagrine, elle avait jeté son dévolu sur les petits derniers de la famille.

Religieusement, chaque après-midi, beau temps, mauvais

temps, elle venait les prendre pour les amener en promenade avec elle.

Ce jour-là, elle avait décidé de parcourir les champs de la veuve Maher afin de ramasser quelques seaux de fraises sauvages qui y poussaient en abondance.

Ils avaient quitté la maison tôt après le dîner et s'étaient dirigés vers les vastes prairies qui se déployaient en éventail tout autour du mont Pelé.

Les enfants suivaient sans trop d'enthousiasme. Antoine-Léon, surtout, ne cachait pas son déplaisir, lui qui aurait bien préféré aller s'amuser avec les garçons de son âge. La lèvre boudeuse, il s'était détaché de ses sœurs et s'était mis à avancer à cloche-pied en sautant par-dessus les buttes et les crevasses. Revêtu de ses culottes courtes qui découvraient ses cuisses, avec son maillot de coton, ses chaussures de toile, il se distançait d'elles en balançant au bout de son bras son écuelle vide.

Il détestait ramasser des fraises et il ne l'avait pas caché à son aînée. Mais Cécile avait insisté, avec douceur d'abord, puis avec un peu plus de fermeté. Rebuté, il avait posé sur elle ses grands yeux noirs, aussi perçants que ceux de son père, avait ouvert la bouche, puis l'avait refermée sans rien dire et s'était éloigné en courant. Comme un jeune entêté, il avait décidé qu'il s'amuserait à sa façon et qu'il trouverait bien le moyen de laisser sa sœur procéder seule à sa cueillette.

Sans se préoccuper des exhortations de Cécile qu'il entendait derrière lui, il se mit à se déplacer de part et d'autre du pâturage de la veuve Maher.

Partout sur le sol raviné, de minuscules plants de trèfle agraire poussaient, chargés de fleurs en pompons qui répandaient leur odeur sucrée. Autour de lui, les abeilles volaient bas, grisées de chaleur et de soleil, et butinaient en émettant un léger bruissement de leurs ailes.

Il s'était écarté largement de ses sœurs et refusait d'écouter les appels de son aînée. Excité comme un petit chien en cavale, il courait, s'éloignait aussi loin qu'il pouvait.

Plus haut, la forêt étalait sa luxuriance autour du mont Pelé à la façon d'une barbe sombre. Piqué de curiosité, il fit un brusque demi-tour. D'un trait, sans s'arrêter de courir, il orienta ses pas en direction de la montagne.

Hors d'haleine, il s'arrêta à l'orée du bocage. Il ne percevait maintenant les cris de sa sœur que dans un bruit confus.

Les yeux arrondis, déconcerté par l'immensité, par cette force tranquille qui se dégageait des vieux bois, il attendit un moment sans bouger. Enfin, attiré par cette sensation de mystère que dispensaient les arbres touffus, par cette brise fraîche qui émanait de l'ombre, il se courba un peu et pénétra sous son couvert.

Un profond silence enveloppait l'espace. Impressionné, il s'enfonça plus avant dans la forêt. Au-dessus de sa tête, les feuillus s'étaient refermés dans une sorte de clair-obscur et masquaient le bleu du ciel.

Indifférent aux appels répétés de sa sœur dont il percevait la voix lointaine, à longues foulées de ses petites jambes, il se fraya un passage entre les arbustes qui s'entrecroisaient comme les fibres d'un treillis. Il progressait difficilement, en écartant les rameaux et faisant craquer les branches, sans souci pour ses mollets égratignés, ses vêtements qui se déchiraient.

« La forêt est truffée d'ours », l'avait mis en garde son père. Mais il n'en avait cure. Aujourd'hui, elle lui apparaissait bien paisible.

De temps à autre, un bruit léger se mêlait au souffle du vent: un battement d'ailes, le froissement d'une feuille, une fuite rapide vers un lieu sûr.

Soudain, il sursauta. Un claquement venait de déchirer l'air, avait suivi un éclat de voix, dur, impératif. Il s'immobilisa. Au-dessus de sa tête, d'une seule envolée, les oiseaux avaient fui vers la cime des arbres. Étonné, il ouvrit de grands yeux et regarda autour de lui.

Les voix s'étaient tues. Intrigué, avec mille précautions, il scruta les alentours en même temps qu'il prêtait l'oreille, mais partout il n'entendait que le silence. La nature semblait figée, pétrifiée dans le temps.

Il se reprit à marcher.

Brusquement, il se raidit. Son cœur se mit à battre plus vite. Au loin, du côté des hauteurs, il venait d'apercevoir une ombre, comme un grand tronc qui se déplaçait dans la grisaille de la montagne. Puis il en perçut une autre et encore une autre. Les yeux ronds de stupeur, il fixait ce remuement qu'il distinguait entre les arbres, cette ébauche de mouvement qu'accompagnait un babil confus comme des sons chuchotés.

Épouvanté, ses doigts pressant sa bouche, il se dressa sur ses jambes. Glacé de peur, il se tenait, figé, ainsi qu'un petit lièvre debout sur ses pattes arrière, incapable de bouger.

Là-bas, en amont du ruisseau au Sorcier qui roucoulait vers le lac de la famille Maher, des hommes s'étaient groupés, des hommes à l'allure menaçante qui se déplaçaient en émettant des craquements comme des pétarades.

Pendant d'interminables secondes, terrifié, osant à peine respirer, il attendit sans faire un mouvement. Le cœur battant, il tentait de décortiquer, à travers les bruits de la forêt, l'ampleur de ces sons qui arrivaient jusqu'à lui, le danger qu'il devinait dans leurs chuintements qui se confondaient avec le murmure de la source et le gazouillis des oiseaux.

Derrière, dans le grand champ de la veuve Maher, la voix de Cécile s'était rapprochée et criait maintenant son nom avec des accents dans lesquels se mêlait la colère.

Face à lui, du côté de la montagne, les chuchotements s'étaient tus. Alarmés peut-être par cette présence qu'ils devinaient toute proche, ils ne devaient pas souhaiter qu'on découvre leur repaire, supposa Antoine-Léon.

Une douleur tenailla son ventre.

« Si Cécile pénétrait dans le bois et si ces hommes étaient des bandits... se disait-il avec effroi, ils pourraient nous tuer tous les trois. »

Horrifié, il comprit qu'il devait quitter l'endroit au plus tôt pour aller se réfugier dans le giron rassurant de sa grande sœur. Il préférait ramasser des monceaux de fraises plutôt que de subir un seul instant de plus cette peur affreuse qui se bousculait dans ses veines et le saisissait jusqu'au fond de ses entrailles.

Difficilement, freiné par les ronces et les branchages, il fit demi-tour. En évitant le moindre craquement, ventre au sol, il se traîna, étouffé par l'odeur de la terre, jusqu'à émerger dans la lumière. Soulagé, il se redressa. Les yeux remplis de larmes, il courut se jeter dans les bras de Cécile.

—Te voilà enfin, vilain garnement, gronda-t-elle. Pourquoi nous as-tu abandonnées? ajouta-t-elle en l'éloignant pour mieux marquer sa désapprobation. Si tu continues à désobéir, il va t'arriver des ennuis.

Les épaules agitées de sanglots, Antoine-Léon enserra ses hanches de ses bras. Il tremblait de tous ses membres.

Surprise, Cécile posa un doigt sous son menton et l'obligea à lever la tête.

—Qu'est-ce que tu as? Ma foi, on dirait que tu pleures.

—Je ne pleure pas, répondit le garçon en frottant rapidement ses paupières du revers de sa main.

Découvrant son visage, il fixa bravement sa sœur pour bien lui montrer ses yeux secs.

— Toi, tu as vu quelque chose et tu as eu peur, déduisit Cécile.

— Je veux retourner à la maison, supplia Antoine-Léon en déniant de la tête à grands coups.

— Pas avant que tu m'aies dit ce que tu as vu.

Elle n'eut pas à insister. Nerveux, comme s'il n'attendait que ce moment pour se débarrasser de cette terreur qui prenait toute la place, il entreprit de narrer son aventure. La voix entrecoupée de hoquets, il décrivit cette activité étrange qu'il avait surprise dans la forêt, les ombres, les sons bredouillés. Avec force détails, il dépeignit ce silence anormal qui avait plané d'un seul coup à travers le boisé quand les appels de sa sœur avaient été perceptibles.

— C'est des bandits, bégaya-t-il, repris de frayeur. Les bandits choisissent toujours de se cacher dans les bois. On l'a dit à l'école.

— Allons donc, fit Cécile en éclatant de rire. Il n'y a pas de bandits chez nous en plein jour. C'est bien trop tranquille. Ces hommes ne sont probablement que des bûcherons de la scierie venus couper des arbres.

Résolument, elle prit sa main et l'entraîna avec elle.

— On va aller leur dire bonjour. Tu vas voir qu'ils ne sont pas dangereux.

— Non! se débattit Antoine-Léon, refusant de faire un pas de plus. Je ne veux pas retourner là-bas. Je ne veux plus jamais aller là-bas.

Sans entendre ses protestations, Cécile le tira vers le bosquet.

La démarche légère, elle avança en regardant autour d'elle, cherchant à repérer, à l'entrée du bois, cette piste étroite et sinueuse dont elle se rappelait l'existence et qu'elle empruntait dans ses randonnées de petite fille.

Elle n'était nullement inquiète, connaissait ce boisé par cœur pour l'avoir parcouru tant de fois du temps de son adolescence. Aussi, elle savait qu'il était inoffensif et combien toutes ces peurs que les adultes véhiculaient concernant les ours et les loups-garous qui y rôdaient la nuit pour manger les animaux de ferme n'étaient qu'histoires à dormir debout.

Cependant, elle voulait comprendre. Antoine-Léon était un garçon au comportement rationnel, hardi même parfois, jusqu'à l'imprudence. Aussi cette crainte qu'il éprouvait paraissait réelle et l'intriguait.

Elle repéra sans peine l'espace piétiné qu'elle se rappelait être le sentier de son enfance et, sans hésiter, pénétra sous le couvert des arbres. Elle avançait avec assurance, accompagnée des deux enfants qui trottinaient derrière, la taille un peu courbée afin de se prémunir contre les obstacles qui freinaient leur passage.

À longues foulées, elle s'enfonça plus avant vers la montagne.

Autour d'eux, le vent faisait entendre un bruissement doux. Une volée d'oiseaux que leur approche dérangeait s'étaient enfuis dans un grand vrombissement de leurs ailes et croassaient leur déplaisir.

La piste, déjà étroite, s'amenuisait à la mesure de leur avance. Partout, des brindilles et des arbres morts la coupaient en travers et rendaient leur marche pénible.

Essoufflée, Cécile fit s'immobiliser leur petit groupe. Une main sur le cœur, elle prit le temps de reprendre son souffle, en même temps que, l'oreille aux aguets, elle regardait autour d'elle et écoutait le silence.

Un écureuil croisa leur route, fit une pause, puis poursuivit sa course et disparut dans le feuillage d'un grand arbre. Partout, l'air était imprégné des parfums subtils des mousses et des fougères.

Encore une fois, Cécile prêta l'oreille. Elle s'appliquait à écouter les sons. Elle voulait discerner, à travers la clameur habituelle de la forêt, ces voix inquiétantes qu'avait décrites, avec l'esprit inventif de son jeune âge, son petit frère Antoine-Léon. Mais partout il n'y avait que la paix profonde, le recueillement des vastes étendues, denses, mystérieuses.

—Je pense que tu as beaucoup d'imagination, dit-elle sur un ton de reproche, tournée vers le gamin.

Elle se reprit à marcher, cette fois d'un pas détendu, de promenade, et s'enfonça plus avant vers la montagne. Les odeurs étaient bonnes. Libérée, l'humeur joyeuse, elle regardait à droite et à gauche, admirait la végétation exubérante, avec ses larges feuilles, ses arbustes festonnés.

Le sentier était redevenu agréable, semé de prêles dans lesquelles leurs pieds s'enfonçaient en émettant un petit bruit étouffé.

Cécile éprouvait subitement une sensation de bonheur, comme si la vie venait de s'arrêter pour une halte bénéfique. Elle en oubliait presque sa peine et ce petit être fragile qu'à cet instant, elle aurait dû tenir dans ses bras.

Elle se déplaçait, silencieuse, ouvrant la marche aux enfants qui la suivaient sans s'interroger, attirés par le rêve et le merveilleux.

Les uns derrière les autres, ils déambulèrent un long moment, longèrent le ruisseau au Sorcier, puis s'en écartèrent et suivirent les méandres de la piste qui se divisait en deux pour aller s'évanouir de chaque côté de la montagne.

Cécile choisit de bifurquer à droite. Elle voulait accéder, un peu plus loin, à une petite laie qu'elle se rappelait avoir empruntée dans le passé et qui débouchait sur le hameau.

Le sentier lui apparaissait plus large que dans ses souvenirs. Partout le sol piétiné était encombré de bois mort et de brindilles coupées.

Avançant avec prudence, elle enjamba les débris éparpillés. Au-dessus de sa tête, les oiseaux s'étaient tus. Elle ralentit le pas.

Sans comprendre pourquoi, une impression étrange, comme une sorte de malaise, l'avait envahie. Ce silence, cette clairière au milieu de la forêt la désarçonnaient, embrouillaient ses pensées. Étaient-ce les peurs d'Antoine-Léon qui la troublaient et la faisaient s'interroger?

Elle regarda autour d'elle. Soudain elle émit un sursaut. À quelques pas, dans l'opacité des résineux, une silhouette sombre bloquait la profondeur de la forêt, une forme immobile, grise, juchée sur une protubérance à flanc de montagne.

Carrée, de la hauteur d'un homme, elle présentait un toit pentu avec, en son centre, un clocheton élancé, piqué d'une flèche.

Elle pensa à une église miniature, mais une église si minuscule et incongrue à cet endroit qu'elle l'imaginait sans peine issue des contes de fées de Perrault qui avaient bercé son enfance. Jamais, dans ses randonnées autour du mont Pelé, elle n'avait remarqué pareil objet insolite.

Vaguement inquiète, elle fouilla les environs. Tout lui apparaissait immobile et silencieux.

Au fond de son être, la voix de la sagesse lui dictait qu'elle devait être raisonnable et s'éloigner au plus tôt de cet endroit déconcertant où elle n'aurait pas dû se trouver.

Ses mains enserrant fermement celle des enfants, elle fit un mouvement pour quitter les lieux, puis freina son élan. Curieusement, sans comprendre pourquoi, elle se sentait attirée par cette chose extravagante.

Pendant un long moment, figée au milieu de la clairière, elle la fixa, puis, d'un seul coup, se décida.

Résolument, avec les deux petits qui s'abandonnaient à elle, elle sortit de la sente. Avançant avec précaution, comme si cet entrecroisement de planches sans couleur vers lequel elle se dirigeait avait le pouvoir de prendre vie au simple remuement des feuilles sèches qui parsemaient le sol, elle se rapprocha, escalada le petit tertre et vint s'arrêter tout près.

Lentement, elle la contourna. Intriguée, reprise d'audace, elle l'examina de haut en bas, l'évalua, jaugea ses assises, se permettant même d'ébranler son bâti pour en connaître la solidité. Soudain, tournant le dos à la montagne, elle découvrit ce qui lui parut être comme une porte close, quelques planches à la verticale, retenues par deux autres à l'horizontale et percées d'un côté de deux charnières.

Elle jeta un regard autour d'elle. La grande paix qui y régnait la sécurisait, lui donnait l'intrépidité pour pousser plus loin sa recherche et satisfaire sa curiosité.

Elle habitait la région depuis plus de douze ans. Tant de fois pendant son adolescence elle avait parcouru cette forêt qui ceinturait le mont Pelé. Elle s'y reconnaissait presque un droit de propriété, y associait ses souvenirs, pouvait identifier chacun des vieux arbres qui la peuplaient, les sentiers tortueux, les ruisselets asséchés qui se gonflaient au printemps pour aller grossir le flot de la rivière aux Loutres. Pourtant, elle ne cessait de se le répéter, jamais dans ses expéditions elle n'avait vu pareille chose.

Au bas du panneau, tenant lieu de seuil, un madrier avait été enfoncé dans la terre noire. Elle y posa les pieds. Lentement, avec mille précautions, elle glissa ses doigts entre les planches et tira vers elle. La porte craqua puis se relâcha sur ses gonds. Brusquement, comme mû par un ressort, l'attirail de fortune se déploya puissamment et, sans qu'elle s'y attende, alla s'abattre avec fracas contre la bâtisse.

Elle recula d'un bond. Effrayés, les enfants se précipitèrent vers elle et enserrèrent sa taille de leurs deux bras.

Autour d'eux, le vent s'était mis à souffler et rasait le sol en soulevant des tourbillons de feuilles mortes. La forêt était subitement remplie de craquements sinistres.

Maîtrisant sa peur, Cécile leva encore les yeux vers le minuscule habitacle. Soudain, elle étouffa un cri. Face à elle, dans l'espace exigu aussi étroit qu'une penderie, une boîte rectangulaire qui lui apparaissait semblable à un tombeau avait été couchée. Empoussiérée, elle prenait tout l'espace. Devant, une sorte de prie-Dieu avait été installé, ainsi que faisaient les croque-morts pour les défunts exposés dans les salons avant de les porter en terre.

Incrédule, elle demeurait là, les lèvres entrouvertes, frappée de stupeur avec le bruit du vent dans les arbres qui ajoutait à son angoisse, lui donnait l'impression d'une présence, d'un être malveillant qui l'épiait derrière un fourré.

Elle regrettait sa témérité. Elle avait avec elle deux jeunes enfants qu'elle avait la responsabilité de ramener sains et saufs à la maison. Elle prit une inspiration profonde.

De toutes ses forces, elle voulait retrouver son bon sens. Cet aménagement lui paraissait illogique, déplacé. Que faisait donc pareille construction dans une forêt quand celle-ci se doit d'être peuplée d'arbres et d'une simple cabane à sucre?

Elle fronça les sourcils. La lumière, tout doucement, se faisait dans son esprit. Choquée en même temps qu'humiliée, elle comprenait tout à coup qu'elle venait d'être la victime d'une blague macabre et de mauvais goût montée à l'avance pour la prochaine mi-carême par quelque hurluberlu du coin. Furieuse, bien décidée à briser l'effet facétieux de ce plaisantin, d'un pas résolu, elle pénétra à l'intérieur.

Soudain, un petit cri fusa de ses lèvres. Vivement elle recula vers la sortie. Une angoisse profonde crispait son cœur. Saisie d'une frayeur incontrôlable, elle aurait voulu hurler, s'enfuir à toutes jambes, mais, incapable de faire un mouvement, elle demeurait là sur le seuil, figée, médusée, la bouche ouverte.

Devant ses yeux, un cercueil avait été déposé, sans ajout ni fioritures. À l'intérieur, derrière une vitre épaisse, endormi de son dernier sommeil, reposait un vieil homme, ses mains décharnées croisées sur sa poitrine.

—Mon Dieu! souffla-t-elle.

Terrifiée, elle se hâta d'attraper dans ses bras la petite Marie-Laure et agrippa la main d'Antoine-Léon.

—Vite, partons, nous n'avons rien à faire ici.

Comme des garnements pris en faute, ils se ruèrent vers le sentier qui menait à l'orée du bois. Entraînant les enfants, enfoncée jusqu'aux genoux dans les branchages qui encombraient sa route et lacéraient ses chevilles, au pas de course, elle coupa entre les arbres et émergea dans le grand pacage de la famille Maher. Essoufflée, sans s'arrêter, elle se remit à courir et aboutit dans le chemin de Relais.

D'un seul élan, elle se dirigea vers la scierie. Il lui pressait d'aller faire part de sa découverte aux hommes du hameau, les aviser de cette étrange construction plantée au milieu de la forêt, dont ils devaient ignorer l'existence.

Devançant les enfants, elle se précipita dans la salle de coupe, pénétra dans l'atmosphère étouffante des machines et alla s'immobiliser au milieu des ouvriers qui s'activaient près de la scie ronde.

Agitée, le souffle court, elle entreprit de narrer leur mésaventure. Ponctuant ses mots de larges gestes, elle bégayait, se reprenait, s'efforçait de décrire son épouvante, l'horreur qui l'avait saisie à la vue de ce mort exposé au regard de tous dans cette singulière chapelle ardente sise au fond de la forêt entourant le mont Pelé.

Intrigués, les hommes avaient interrompu leur tâche et la fixaient sans comprendre.

—Aspic, Cécile, explique-toé comme du monde, s'énerva Jean-Baptiste.

Penché sur la grosse bille qu'il s'apprêtait à coincer sur la crémaillère, Omer planta son pic dans l'écorce dure. Il prononça, de sa voix caverneuse :

—Ce mort-là, je mettrais ma main dans le feu que c'est le bonhomme Fortier du rang Trois. Je peux pas croire que ce vieil impie-là a mis sa menace à exécution. Il allait pas à la messe, pis il faisait pas sa religion.

D'un geste de déni, il cracha sur le sol.

—Tout le monde disait de lui que c'était un communiste. Le curé Darveau l'avait averti que, s'il faisait pas ses Pâques, il lui refuserait le cimetière. Comme c'était un homme en moyen, pis plutôt spécial, il avait répliqué qu'il était pas intéressé à aller dormir dans le cimetière, qu'il avait plutôt l'idée de s'acheter un boutte de montagne, de se faire construire un caveau, pis de se faire exposer là, à l'année, avec une vitre sur sa tombe, comme Lénine en Russie.

Il se tut brusquement. La mine embarrassée. Comme s'il craignait d'avoir trop parlé et voulait atténuer le poids de ses paroles, il reprit avec circonspection :

—Je voudrais pas trop m'avancer, mais comme le bonhomme est mort pendant l'hiver, pis que la nouvelle a pas été répandue parce qu'il a pas eu droit à un service à l'église, il est ben possible qu'il l'ait acheté, son boutte de montagne, pis qu'il ait exigé dans son testament que sa vieille carcasse soit couchée là, au pied du mont Pelé. En tout cas, d'après ce qu'on m'a rapporté...

Debout au milieu de l'espace séparant la meunerie, Léon-Marie avait écouté en silence. Il s'avança vers Cécile.

—Que c'est qui t'a pris, ma fille, d'amener les enfants dans un endroit pareil? C'est pourtant pas ton habitude d'aller chercher du trouble.

—Antoine-Léon avait entendu des chuchotements venant de ce côté, répondit Cécile d'une petite voix malheureuse. J'ai pensé que c'étaient quelques-uns de vos bûcherons qui coupaient des arbres. Comme je connais le boisé par cœur, je voulais le rassurer. Quand nous sommes arrivés là, il n'y avait personne et pas d'arbres fraîchement coupés non plus aux alentours, il y avait seulement cette étrange cabane, ce catafalque...

—C'est inquiétant, ce que tu racontes là, prononça gravement Léon-Marie. À l'avenir, je te demanderai de pus amener les petits du côté de la ferme Maher.

Tourné vers ses employés, il prononça sur un ton rude :

—Il y a trop d'étrangers qui rôdent par icitte. Va falloir agir.

**

—Je ne comprends pas comment tu as pu être aussi imprudente et t'aventurer dans le bois avec deux jeunes enfants, reprocha Héléna en dépliant les chaises sur le perron. Quand on sait tout le va-et-vient qu'il y a du côté de la montagne depuis quelque temps.

Le soir tombait sur leur petite commune. Le souper était terminé et toute la famille était sortie sur la véranda. À la suite de son incident de l'après-midi, Cécile, qui était allée prendre le repas avec son mari, avait profité du beau temps pour faire un brin de promenade et pousser à nouveau vers la résidence de sa mère. Le soleil était descendu derrière l'horizon. Dans le ciel, de longues traînées écarlates allaient rejoindre la montagne.

—Je ne vois pas ce qui m'aurait retenue d'aller dans le bois, répondit-elle, s'efforçant encore une fois d'expliquer son attitude. Je connais l'endroit comme ma poche. C'est pourquoi je n'étais pas inquiète. Et puis, je voulais vérifier les dires d'Antoine-Léon. Bien sûr, quand j'ai découvert le caveau...

—Que c'est qui t'arrive, Cécile? fit Léon-Marie. On te reconnaît pus. D'habitude, t'es peureuse comme un petit chevreau.

—Se pourrait-il que tu sois enceinte? supposa Héléna. Parfois un état de grossesse change le caractère.

—Allons donc, maman! s'écria Cécile dans un éclat de rire.

Assise sur la véranda, elle demeurait doucement pensive, bercée par ce relent de chaleur humide qui stagnait dans le crépuscule.

—En y pensant bien...

—Si c'est le cas, cette fois, tu vas aller accoucher à l'hôpital comme j'ai fait pour ton frère et ta sœur, décida Héléna. Et à ce propos, ta belle-mère est d'accord, même si elle aime bien jouer son rôle de sage-femme.

Du côté de l'habitation voisine, un bruit de porte moustiquaire qui rebondit sur son ressort avait ébranlé l'air et était allé résonner sur le mont Pelé. Charles-Arthur venait de sortir de son logis et dévalait le perron.

À grandes enjambées, il avait traversé la cour avant de sa maison et s'était engagé dans la rue.

—J'ai l'impression qu'on va avoir de la visite, fit remarquer Léon-Marie sur un ton résigné. Moi qui voulais passer une soirée tranquille.

Charles-Arthur avait tourné vers sa gauche. D'un seul élan, il avait emprunté l'allée menant chez eux.

—Câlisse! entendirent-ils siffler tandis qu'il montait les marches.

Ses talons frappant durement les madriers, son index pointé vers David, il alla s'arrêter devant Léon-Marie.

—Cette fois, tu vas y voir.

—Que c'est que David a encore faite? railla Léon-Marie. Il aurait été impoli avec toi?

—La construction, par icitte, c'est mon affaire! lança Charles-Arthur de sa voix puissante. À l'entendre parler, il devait se contenter de poser des vitres d'autos pis construire des magasins. Je lui ai accordé ce droit-là, mais depuis un an qu'il est dans le métier, il arrête pas de s'ingérer dans mon domaine.

—Depuis que je suis dans la construction, je ne fais que du commercial, répliqua David. Ce n'est pas ce que j'appelle m'ingérer dans votre domaine.

—Ah oui? fit Charles-Arthur en se retournant sèchement vers lui. Pis la maison de Joseph Couture que t'es en train d'agrandir au village de Saint-Germain, pis ce contrat de construction pour une fromagerie que t'as eu, icitte même, à la Cédrière.

—Ce local à même la maison de monsieur Couture, c'est pour son magasin de chaussures et la fromagerie...

—À ce que je sache, David construit seulement des édifices commerciaux, s'immisça Léon-Marie à la défense du garçon.

—Une fromagerie, c'est pas un commerce, c'est comme une grange, le corrigea Charles-Arthur sans se départir de son ton courroucé. Ç'a rapport avec les cultivateurs. As-tu oublié que c'est moi qui construis les granges dans la région?

Penché vers lui, il se fit menaçant :

—Ben, câlisse, ce que David est en train de faire, c'est de la concurrence déloyale. Il est mieux de s'arrêter, sinon, compte sur moi que, dans pas grand-temps, il va devoir se contenter de dessiner des chars allégoriques pour les fêtes de la Saint-Jean.

—Il y a pas de loi qui empêche quelqu'un d'œuvrer dans ton domaine, proféra Léon-Marie qui persistait à défendre son beau-fils. Je trouve que David a été bien bon de respecter ton espace quand le soleil luit pour tout le monde.

—Tu parlais pas de même quand il s'agissait du petit Clément Lemay, pis de sa concurrence avec ton magasin.

—Ça, c'est du passé. Le petit gars a compris que j'étais trop fort. Aujourd'hui, il se tient tranquille.

—Ben, David va devoir faire de même. S'il est pas content, il aura qu'à s'en retourner au Bic d'où il sort. Moé, du monde qui vient de loin pis qui cherche à tirer toute la couverte de son bord, v'là ce que j'en fais.

Le geste méprisant, il frappa le plancher de bois de son talon comme s'il écrasait une bestiole.

Se détournant, il fit un pas sur la véranda, puis revint faire face à Léon-Marie. Il avait perdu son insolence habituelle. Abattu soudain, le visage grimaçant, il avança sur un ton plaintif :

—J'ai de la misère à arriver sans bon sens avec les grosses dépenses que j'ai à la maison. Si, en plus, David m'enlève mon ouvrage... T'as pas l'air de comprendre que la vie est pas rose chez nous, avec Raymond qui risque à tout moment d'être appelé à la guerre. Il y a aussi Angélina qui arrête pas de se lamenter depuis quelque temps. Comme si on avait pas assez de problèmes! En plus de la *mére* qui me coûte cher de remèdes. Toi, t'es tranquille. La guerre te passe par-dessus comme de l'eau sur le dos d'un canard. Tes affaires marchent sur des roulettes. T'as tes enfants, t'es organisé. Ah! Je le dirai jamais assez. David a ben faite de se crever un œil.

Sa voix s'était éteinte. Encore une fois, il paraissait malheureux. Debout devant Léon-Marie, il le fixait sans parler. Soudain, se reprenant, il lança avec force :

—Occupe-toé donc de régler tes affaires à la municipalité plutôt que de défendre un gars qui a pas d'autre imagination que de voler les contrats des autres.

—Que c'est que t'entends par là, Charles-Arthur?

—Je veux parler de c't'histoire de tombeau ouvert du

231

bonhomme Fortier. Il se parle que de ça dans le hameau, depuis après-midi. Il y a peut-être du banditisme là-dedans. T'as voulu être conseiller, ben, fais ta job.

—C'est pas de ça que je veux parler, Charles-Arthur. Je veux savoir ce que t'entends par voler l'ouvrage des autres?

Charles-Arthur le dévisagea, puis laissa échapper un soupir lourd de son exaspération.

—Câlisse! Tu comprendras jamais rien.

D'un élan brusque, il fit demi-tour. La nuque arquée, sans rien ajouter, il s'en retourna vers sa maison.

Songeuse, Héléna accrocha son regard à sa haute silhouette qu'elle devinait vibrante de fureur et qui s'amenuisait sur la route de gravier. Fermement, elle reporta ses yeux sur Léon-Marie.

—Je suis loin d'être toujours en accord avec ton frère Charles-Arthur, mais en ce qui concerne le mort dans le caveau, devant pareille excentricité, je pense comme lui que tu dois en aviser au plus tôt ton conseil municipal.

Elle reprit, sur un ton subitement renforcé :

—Tu as des responsabilités, Léon-Marie. Le hameau est bourré d'enfants qui n'ont d'autre amusement que d'aller courir dans le bois. Ne t'arrange pas pour qu'on t'accuse de négligence.

—J'en suis conscient, se défendit Léon-Marie. Le problème, c'est que le terrain autour de la montagne est privé. Je veux ben en parler au Conseil à la prochaine assemblée, mais on va me répondre que, tant qu'il y a pas de délit, on peut pas faire intervenir notre police. Si je veux que la question soit discutée, faut que j'apporte des arguments.

—C'est ça, les autorités, fit Héléna, méprisante. Attendez donc qu'il y ait un mort ou deux ou une couple d'enlèvements, après ça, vous agirez.

15

À la demande des habitants de la Cédrière, sans trop d'espoir toutefois, le lundi suivant, Léon-Marie avait fait part au Conseil de l'existence de l'étrange caveau. Enfoncé dans son fauteuil, le maire McGrath avait levé vers lui un regard surpris, puis avait soulevé les épaules d'impatience.

Comme s'il n'en pouvait plus des constantes interventions de l'échevin Léon-Marie Savoie qui s'évertuait à empoisonner sa tâche de premier magistrat, il avait grommelé un quelconque « on va voir ce qu'on peut faire », puis s'était penché sur ses écritures et était passé à un autre sujet.

L'automne s'était écoulé, puis l'hiver, sans que la municipalité décide la plus petite intervention concernant un mort qui dormait de son dernier sommeil sous une cloche de verre au vu et au su de tous dans un boisé avoisinant le hameau.

Bien sûr, avec le conflit armé qui sévissait en Europe, le service militaire obligatoire, la régularité avec laquelle le gouvernement canadien convoquait les jeunes travailleurs, la désorganisation qui s'en suivait dans les entreprises qui se voyaient privées du jour au lendemain de leur main-d'œuvre la plus robuste, ils avaient d'autres soucis.

Le décès subit du ministre de la Justice au mois de novembre précédent avait aussi contribué à les éloigner de leurs problèmes journaliers. Ils vivaient maintenant une autre inquiétude, celle d'un plébiscite auquel ils étaient farouchement opposés à l'inverse des Canadiens anglais qui y étaient favorables. « Une consultation populaire va ouvrir la porte aux abus, disaient les hommes qui avaient vu, dans la mort du ministre Lapointe, la perte de leur unique porte-parole. Une fois délié, il n'y a qu'un pas pour que le gouvernement fédéral vote la conscription comme en 18. »

Pourtant, à cet égard, l'année 1941 avait passé dans une relative tranquillité.

Tandis que les recrues rejoignaient leur cantonnement et apprenaient à marcher au pas militaire, les Canadiens apportaient leur contribution à l'effort de guerre en restreignant leur consommation des produits convoités qu'étaient la viande, le sucre, le thé et le beurre.

Tous les soirs après le souper, comme un rituel, leurs tâches terminées dans les différentes industries, pendant que les femmes, qui se désignaient sous l'appellation pompeuse de dames patronnesses, occupaient leur temps libre à travailler pour l'armée, les hommes se réunissaient et commentaient les nouvelles qu'ils entendaient à la radio.

Chez les Savoie, Héléna collaborait, elle aussi, à l'œuvre commune. En plus de passer ses soirées, courbée sur sa machine à coudre ou encore dans la berceuse à piquer l'aiguille dans les cotons kaki, elle avait accepté d'être marraine de guerre pour les soldats éloignés de leurs familles.

Chaque dimanche, comme une règle, elle invitait un jeune militaire à sa table.

La guerre des autres demeurait un mal qu'elle ne cesserait jamais de réprouver, mais elle s'était résignée à coopérer dans le but unique d'adoucir un peu le sort de leurs enfants.

Le mois de mars 1942 avait entamé sa seconde moitié.

Le souper était terminé. Héléna avait rapproché son panier à ouvrage et avait commencé à effectuer son travail de bénévole. Léon-Marie avait tourné un moment en rond dans la cuisine, puis avait allumé son cigare. Avec lenteur, il avait enfoncé sa casquette sur sa tête et s'était dirigé vers la sortie.

—Je serai pas parti longtemps, précisa-t-il en posant un index caressant sous le menton de la petite Marie-Laure que mademoiselle Bonenfant s'apprêtait à mettre au lit.

Héléna lui adressa un sourire. On était un jour de semaine, la cuisine était rangée, ils avaient récité le chapelet, et leur benjamine effectuait des pirouettes dans sa petite robe de nuit en coton ouaté.

Elle avait l'habitude de ces sorties nocturnes. Chaque soir, tandis qu'elle s'installait devant sa machine à coudre, son époux quittait la maison. Tout en aspirant tranquillement quelques bouffées de son havane, il se dirigeait vers le magasin général où le rejoignaient les hommes du hameau. Ensemble, avec le jugement qui leur était propre, ils discutaient les nouvelles de la guerre, se livraient à une savante exégèse de la politique internationale, puis chacun s'en retournait chez soi, sans toutefois avoir réussi à trouver l'ultime solution pouvant freiner ces terribles affrontements qui divisaient le monde.

Pourtant, aujourd'hui, à l'heure où le crépuscule s'appesantissait sur leur montagne, Léon-Marie n'allait pas s'asseoir sur l'une des chaises de bois encerclant le poêle rond de l'épicerie familiale.

Il avait un autre sujet de préoccupation. Il traversait plutôt le chemin de Relais vers la scierie. Il y avait réunion ce soir et c'était à sa demande que les habitants du hameau sortaient chacun leur tour de leur maison pour aller le rejoindre, sans s'interroger, comme l'aimant attire le fer, vers un point central.

La veille, les plus jeunes fils d'Évariste Désilets et de Josaphat Bélanger, qui exploitaient une cabane à sucre dans la forêt entourant le mont Pelé, avaient surpris une agitation inaccoutumée qui avait réveillé les craintes de l'été précédent.

Occupés à parcourir en raquettes la grande érablière qui couvrait la partie est de la montagne, ils avaient observé des pistes et des traces d'objets traînés menant au caveau du bonhomme Fortier. Plus tard, quand il avait fait nuit, ils avaient aussi entendu des bruits de voix qui les avaient troublés.

Ils s'étaient empressés de rapporter ces faits à leurs familles.

Ébruitée, leur histoire avait rapidement avivé les peurs des citoyens en plus de rendre crédibles les dires du petit Antoine-Léon Savoie qui assurait avoir perçu, ce jour-là de juillet, des chuchotements dans le clair-obscur des feuillus longeant le ruisseau au Sorcier.

Inquiets devant pareille affaire énigmatique, ajoutée à ces individus louches qui sillonnaient leurs routes depuis le début de la guerre, les résidants du Relais en avaient déduit que le risque était grand qu'un accident se produise.

L'indifférence du Conseil municipal devant la demande de l'échevin Léon-Marie Savoie les avait outrés. Ils considéraient que la municipalité ne faisait pas son devoir. Ils payaient des taxes. L'administration communale avait l'obligation de protéger l'ensemble des contribuables, les doter à parts égales d'une situation tranquille et à l'abri du danger.

Léon-Marie n'avait pas hésité à profiter de ce courant de non-confiance envers le maire McGrath pour convoquer une rencontre secrète de citoyens, loin des regards, à l'intérieur de la salle de coupe.

Les hommes étaient tous là. Arrivés bien avant lui, ils s'étaient groupés dans la cour de la scierie, au milieu du chemin de voitures face aux grandes portes, et piaffaient d'impatience.

Autour d'eux, l'ombre de la nuit intensifiait la forme des arbres. Le soleil avait quitté l'horizon et laissé derrière lui une longue traînée grise comme une menace encore plus grande, un renforcement de leurs craintes.

—Je pensais jamais qu'on vivrait des affaires de même dans notre hameau supposé être si tranquille, déplora Oscar Genest.

—Moé, je suis pas prêt à gober ces histoires-là à dormir deboutte, déclara à brûle-pourpoint Jérémie Dufour, reconnu pour sa disposition à contredire toute affirmation pour le moins insolite. Faut être ben sûrs avant de mêler la municipalité à ça. S'il fallait que, ce que les petits gars ont vu, ça soit seulement d'autres jeunes qui s'amusaient autour du caveau, on passerait pour une gang de naïfs, pis on ferait rire de nous autres à travers tout le Bas-du-Fleuve. Faut pas oublier qu'un tombeau de même, en plein bois, ça attire les loustics, pis les loustics, c'est inoffensif.

Leur pipe entre les dents, les hommes approuvèrent à lents mouvements de la tête.

Partout dans le vaste espace piétiné, la neige de mars s'affaissait et découvrait de grosses flaques de boue qui maculaient leurs bottes. L'hiver fatigué commençait à battre de l'aile pour céder la place au printemps.

—Je suis de l'avis de Jérémie qu'il faut pas partir en peur trop vite, dit à son tour Omer Brisson. Je connais à fond l'histoire du bonhomme Fortier, pis je peux garantir qu'il y a pas de quoi énerver personne.

—Mon Fernand a pas l'habitude d'avoir plus d'imagination qu'il en faut, débita Évariste, un peu piqué, pis c'est loin d'être un peureux. C'est plutôt un gars qui a la tête froide, pis ben solide sur les épaules.

—Moé, je suis de l'avis d'Évariste qu'on doit pas tolérer une affaire de même à trois pas de nos maisons, intervint Charles-Arthur qui venait d'entrer dans la cour. Même que ça m'étonnerait pas qu'il y ait du banditisme là-dedans. Comme le banditisme, ça regarde la municipalité...

—Le terrain est privé, fit remarquer Omer. À part avoir remarqué quelques étrangetés, on a pas de raison de faire de plainte. Pour ça, Jérémie a pas tort.

Groupés devant la porte, les reins cambrés, les hommes tiraient dans le tuyau de leur pipe en même temps que leur tête s'agitait de haut en bas dans un accord tacite, mécanique.

—En tout cas, si j'étais échevin à la place de certain, reprit Charles-Arthur en jetant un regard fielleux du côté de Léon-Marie qui était sorti de sa maison et s'amenait vers eux à grands pas, il y a longtemps qu'une enquête aurait été ouverte, pis que l'affaire aurait été tirée au clair.

Occupé à déployer les grandes portes de la salle de coupe pour faire entrer les hommes, Léon-Marie s'arrêta dans son geste.

—T'apprendras, mon frère, que trois jours après que mon petit Antoine-Léon eut rapporté le fait, j'ai déposé une motion sur la table du Conseil, mais en haut lieu l'affaire a pas été jugée assez sérieuse pour être retenue.

Les paupières à demi baissées, il toisa son frère. Moins que jamais, il comprenait son attitude, cette façon qu'il avait, chaque fois qu'il se sentait appuyé par un étranger, de le confronter. Il en éprouvait un désagréable sentiment de défection. Pourtant, ils faisaient partie de la même famille. Il se disait qu'ils auraient dû se soutenir, mais Charles-Arthur semblait n'avoir qu'une attente qui était d'atténuer son mérite, l'obliger à se justifier quand il aurait dû lui être solidaire comme cela est normal quand on a dormi dans le même berceau.

—Je considère que j'ai fait ce que j'avais à faire.

—T'avais qu'à tenir ton boutte! lança Charles-Arthur. T'es plus persévérant quand il s'agit de tes entreprises.

—De toute façon, on se réunit pas à soir pour se reprocher ce qu'on a faite ou ce qu'on a pas faite, dit Léon-Marie en entraînant les hommes à l'intérieur de la bâtisse. On veut décider si on oblige la municipalité à agir et comment on s'y prend.

—On peut savoir ce qui se manigance icitte? entendirent-ils proférer d'une voix sévère derrière eux.

Ils se retournèrent tous à la fois.

Donald McGrath venait d'apparaître dans l'entrée de la cour. Assis dans sa jolie voiture d'hiver ornée de sculptures avec ses patins fins et dorés, il les fixait de son regard froid, désapprobateur. Devant lui, crinière au vent, le dos protégé d'une couverture de laine, son cheval secouait son harnais.

D'un mouvement sec, McGrath rabattit la peau d'ours qui recouvrait ses genoux et descendit du véhicule. Pénétré de son importance, comme s'il s'apprêtait à présider une assemblée du conseil, mais tenue dans un autre lieu, il articula sa haute carcasse en balançant les bras, l'œil vif, reluquant autour de lui, avec l'assurance d'un garde-chiourme.

Redevenus silencieux, les hommes s'étaient retournés et, sans lui jeter un regard, pénétraient à l'intérieur de la bâtisse.

Il les suivit à lentes enjambées pesantes, les épaules recouvertes de son manteau entrouvert avec les pans qui frôlaient le sol à chacun de ses pas. Il paraissait agacé, désappointé en se joignant au groupe.

—Quand on organise un caucus, il est d'usage de convier tous les intéressés, débita-t-il sur un ton cassant en jetant un regard de reproche du côté de Léon-Marie. On appelle ça de la démocratie.

Léon-Marie le fixa avec hauteur. L'arrivée fortuite de l'Irlandais, tout maire qu'il était, le contrariait, lui apparaissait une ingérence dans leurs affaires. Cette rencontre concernait les habitants du hameau et encore, elle n'intéressait que ceux qui étaient contraints au voisinage de cette installation saugrenue. Eux seuls étaient habilités à s'exprimer et à exiger des mesures afin d'y mettre un terme. Il pensa combien, à l'avenir, il devrait être prudent s'il voulait préserver leurs secrets, tant le puissant industriel était bien entouré et renseigné, comme aujourd'hui, malgré le grand soin qu'il avait pris pour le tenir à l'écart de leur réunion.

À son tour, il jeta, sur un ton caustique :

—Nos discussions nous appartiennent. Quand le temps sera venu de faire un rapport à la municipalité, on y verra.

—Godless, Savoie, se récria McGrath, te rends-tu compte? Tout ce que tu fais aujourd'hui, c'est échauffer les esprits.

—Aspic, que c'est que t'attends, d'abord, pour réorganiser notre service de police, pis embaucher en permanence deux agents qui assureraient notre sécurité? proféra Jean-Baptiste, joignant ses revendications à celles de Léon-Marie. Qu'est-ce que ça vaut, comme policiers, deux cultivateurs qui patrouillent les routes quand leurs vaches sont rentrées à l'étable? Dans un gros village comme le nôtre, il y a pas que des enfants Jésus. Pour les quelques cennes de plus que ça coûterait à la municipalité, qu'est-ce que ça serait que d'engager deux fiers-à-bras dans le genre de Jean-Gilles, le neveu à Éphrem Lavoie, pis Napoléon, le garçon au vieux Zéphirin Durand?

—Ils auraient pas grand-chose à faire, expliqua lentement McGrath. J'ai surveillé le village pendant un temps, pis je l'ai trouvé ben tranquille. Sans compter que, dans le cas qui vous concerne, nos pouvoirs sont limités. Le bout de terre appartient aux héritiers du bonhomme Fortier. Il y a rien dans le code qui leur interdit de construire une bâtisse qui est l'équivalent d'une cabane à sucre.

—Mais c'est pas une cabane à sucre, répliqua aussi vite Léon-Marie, c'est ça que je m'évertue à répéter depuis l'été dernier.

—Ça, c'est comme étendre ou pas étendre de l'asphalte sur nos routes, ça reste des routes, coupa McGrath, la voix enrobée d'une inflexion mauvaise, avec un flegme tout britannique.

Léon-Marie darda l'homme d'un vilain regard. Don McGrath n'avait pas oublié l'impétuosité avec laquelle il l'avait combattu, au début de sa charge d'échevin, concernant cette dépense énorme pour leur communauté qu'était l'asphaltage des routes, qui, somme toute, n'avantageait que son rang Croche et le chemin communal de Ludovic Lavertu.

Tourné vers les autres, il écarta largement les bras pour bien montrer cette attitude vindicative qui était le caractère habituel de l'Irlandais.

—Ça, c'est comme comparer des pommes avec des pissenlits. Depuis le temps qu'il est maire, McGrath doit pourtant savoir que, quand on décide une dépense pour la municipalité, ça veut dire immanquablement une augmentation de taxes pour tous les contribuables. C'est pourquoi il faut agir avec justice et pas favoriser seulement son petit groupe.

—On est en 1942, articula McGrath. Partout c'est le modernisme. Il y a que dans le Bas-du-Fleuve qu'on vit au rythme des années 1800. Prends toi, par exemple, t'es propriétaire de presque tout ce qui bouge dans la région, pis tu te promènes encore en *bécycle*, tu te sers même pas de ton boghei, pis t'as pas de char. Que c'est que tu fais pour faire rouler l'économie? Rien. Tu te contentes de ce que t'as acheté, pis tu dépenses jamais une cenne de trop. T'es un peigne de corne, Savoie, et c'est pas avec des peignes de corne que le monde va progresser.

Piqué au vif, Léon-Marie avait blêmi.

—T'oses me dire une affaire pareille, pis devant mes hommes en plus.

Il le fixait de son regard dur. Il ne cachait pas son indignation.

Depuis sa plus tendre enfance, on lui avait enseigné les nobles principes de l'économie. Jusqu'à en être repu, on lui avait seriné combien chacun se devait de dépenser son argent avec discernement et ne pas le jeter par les fenêtres pour ensuite attendre, comme un sans-génie, le bon vouloir du secours direct pour lui apporter le pain sur la table.

Aujourd'hui, cet « importé » s'introduisait sur ses terres et osait miner ces bases qui lui avaient été inculquées comme une véritable doctrine, démolissant sans égards des règles ancrées en lui depuis des générations. Outré, les poings serrés, il le fixait.

—Si on revenait à nos moutons, s'impatienta Évariste.

Léon-Marie l'arrêta d'un geste. La poitrine haletante, il fit un pas vers l'Irlandais.

—T'apprendras, Donald McGrath, fils d'Henry qui a jamais mis les pieds par icitte...

Une toux sèche étouffa ses paroles. Oppressé, il courba la tête et pressa son front de ses doigts.

Inquiet, Jean-Baptiste se précipita vers lui.

—Aspic, Léon, que c'est qui se passe encore?

—C'est rien, Baptiste, le rassura-t-il en prenant une inspiration profonde. C'est juste un petit étourdissement comme j'en ai souvent.

—Je pensais que c'était passé, ce mal-là, qu'avec le régime du docteur Gaumont, c'était fini.

—J'ai ben peur que ça soit jamais fini, se désola Léon-Marie. Des étourdissements de même, pendant l'hiver, j'en ai presque tous les jours, surtout quand une espère d'oiseau de malheur vient mettre son grain de sel dans mes affaires, ajouta-t-il en jetant un regard hostile vers l'Irlandais qui discutait à grands gestes devant le groupe.

La taille repliée vers l'avant, encore une fois, Léon-Marie pressa son front de sa main.

D'autorité, Jean-Baptiste l'entraîna vers le côté de la salle et le fit asseoir sur le grand banc près de l'armoire à outils.

—Pour une fois, tu vas laisser les autres décider, pis tu vas te reposer, prononça-t-il en prenant les intonations de Georgette. Tu peux pas toujours tout mener.

—Faut dire que ça file pas trop depuis quelque temps, se plaignit Léon-Marie. Ça commence avec l'hiver, pis ça se replace avec le printemps. Ce qui m'inquiète, c'est que, chaque année, ça commence un peu plus de bonne heure pour s'étirer un peu plus longtemps.

S'abandonnant soudain, il fixa Jean-Baptiste, son ami depuis toujours.

—À toi, Baptiste, je peux ben l'avouer, mais, des fois, je me sens si mal que j'en viens à penser que je pourrai pas attendre que mon petit Antoine-Léon devienne un homme. Si ça continue, j'aurai pas le choix, je vas devoir vendre mes entreprises.

—Aspic, Léon, s'énerva Jean-Baptiste, dis pas des affaires de même!

Il s'était rapproché de lui. Comme il avait fait pendant ces années terribles où les deuils avaient été l'apanage de Léon-Marie, il tenta de l'encourager.

—On est là, nous autres, Léon, prononça-t-il, des larmes brouillant ses yeux. On va faire comme on a faite ben des fois, on va se mettre ensemble et on va t'aider. Tu te rappelles dans le temps? Tu te décourageais plus souvent qu'à ton tour, pourtant c'est passé depuis dix ans, pis tu t'en es sorti.

Léon-Marie hocha tristement la tête.

—Je pense que c'te fois-citte, c'est plus grave. Avoir une bonne santé, ça demande plus qu'un effort de volonté. C'est en dedans que ça va pas, Baptiste, fit-il en frappant sa poitrine à grands coups. J'ai ben peur de devoir accepter l'évidence. Je pourrai pas attendre de laisser mes entreprises à mon petit Antoine-Léon.

—C'est juste un coup de fatigue, le réconforta Jean-Baptiste. T'es fort comme un beu T'as pas le droit de te démoraliser, pis, surtout, t'as pas le droit de seulement penser à vendre tes entreprises.

—J'ai-tu ben compris? lança brusquement derrière eux une voix réjouie. Tu penses à te départir de tes business, Savoie?

Oubliant la question municipale, McGrath s'était détaché des autres et s'était dirigé vers Léon-Marie à grandes enjambées rapides, enthousiastes, comme s'il venait d'apprendre la bonne nouvelle de la journée.

Planté devant lui, l'œil vif, captatif, il se mit aussitôt à examiner tout autour avec intérêt, comme si, déjà, il calculait l'étendue de la bâtisse, l'angle des combles, le nombre de poutres et de croix de Saint-André qui la soutenaient, l'entassement de planches brutes, les montagnes de bran de scie qui s'amoncelaient dans un coin, les moteurs, la crémaillère.

—Je suis acheteur, Savoie, fit-il en venant reporter ses yeux sur lui. Si tu veux, on peut en discuter tout de suite. Je peux même te faire une proposition dret là. Je suis prêt à t'offrir...

—Barnache! l'Irlandais, largue un brin! éclata Léon-Marie. Je suis pas encore à bout d'âge. J'ai jamais dit que je vendrais à soir. J'ai seulement dit à Baptiste que, peut-être un jour...

—C'est de même qu'on en vient à sauter le pas, répartit McGrath. Tout ce que je te demande, c'est de te souvenir que je suis acheteur, n'importe quand! N'importe comment!

—J'avais cru comprendre, il y a deux ans, que tu serais nommé sénateur. Ç'a pas marché?

—Les contacts sont pas coupés, prononça McGrath en arquant la nuque avec importance. Ce sera à moi d'en décider quand je serai prêt.

—Comme ça, t'as idée de te lancer dans le commerce du bois

en plus de ton électricité, ton téléphone, ton poste de radio, ton école des métiers, pis quoi encore, ironisa Léon-Marie. Tu te prends pour le roi du Bas-du-Fleuve, comme il y a un roi du Nord?

—Tu y es pas pantoute, Savoie, répondit McGrath en égrenant un petit rire. Ta scierie, ta manufacture de portes et châssis, ta cour à bois, ça m'intéresse pas. Je ferais tout démolir. Le coin des Savoie deviendrait le coin McGrath. Il servirait à un autre usage, plus prestigieux, mais dont je peux pas parler encore parce que c'est pas définitif.

—Aspic! s'alarma Jean-Baptiste, pis nous autres, nos jobs, on se retrouverait dehors?

—Calme-toi, Baptiste, ce projet-là, c'est pas pour demain matin. D'un autre côté, va falloir que tu te prépares, parce que, d'ici quelques années, la scierie va devoir disparaître. J'ai pris le temps d'étudier le code municipal. Telle qu'elle est construite, la bâtisse est pas conforme. Si Savoie refuse de déménager, la municipalité pourrait l'exproprier.

Léon-Marie le fixa. Une petite crispation tortura sa poitrine. McGrath n'en démordait pas. Qu'avait-il donc à constamment s'acharner sur lui, jusqu'à vouloir éliminer ses entreprises?

Abattu subitement, il avait l'impression de voir s'abîmer d'un seul coup et sans égard l'œuvre de toute une vie. Comme un amiral dont la flotte est avalée par la mer, il éprouvait la sensation insupportable de perdre ce à quoi il avait voué chacun de ses jours, ses aspirations, ses projets patiemment élaborés, autant d'efforts qu'il voyait balayés par une lame de fond, une sorte de cyclone du nom de McGrath.

Il s'y objectait de toutes ses forces. Il ne pouvait avoir accompli en vain un si gigantesque travail. Il s'en défendrait jusqu'à la mort. Le patenteux, cet Irlandais surgi il ne savait d'où, n'anéantirait pas d'un revers de main son grand rêve, son ambition démesurée qui l'avait mené à la formation de tout un village.

Il ouvrit la bouche. Sa voix avait des inflexions profondes, vibrantes.

—Ça fait dix-huit ans que j'exploite ma scierie. J'ai demandé un permis avant de la construire et je l'ai obtenu. J'ai, de plus, des droits acquis par la meunerie qui était là ben avant que tous les hommes ici présents soient au monde. On peut pas m'enlever ce que j'ai édifié à force de ténacité, clou par clou, planche par planche. Je suis tellement sûr de mon affaire que j'hésiterais pas à traîner la municipalité en cour s'il le fallait.

Reprenant sa vitalité, il lança d'une voix puissante :

—Tu perdrais ta cause, mon homme, et c'est pour le coup que tu perdrais ton poste de maire. On te pardonnerait pas les grosses dépenses que t'aurais fait faire à la municipalité. Il te resterait qu'à aller t'asseoir dans ta chaise de sénateur, à Ottawa, pis nous autres, par la même occasion, on serait débarrassés de toi.

—Je pourrais te couper l'électricité, le défia McGrath. T'aurais pas le choix que de fermer tes portes. Je pourrais aussi la couper dans les commerces de ton gendre. Une fois parti, je pourrais aussi la couper dans toutes les maisons du chemin de Relais, ajouta-t-il une lueur venimeuse dans le regard. C'est mon bien. Je peux le vendre à qui je veux, comme je peux refuser de le vendre à qui je veux.

Dressés l'un devant l'autre, avec les hommes du hameau qui les fixaient, l'œil avide, ne perdant pas une bribe de leur altercation, évitant d'intervenir, même de bouger dans la crainte de troubler leur ardeur belliqueuse, ils s'affrontaient comme deux vieux coqs hérissés, ponctuant leurs propos tonnants de menaces à peine voilées.

—Tu t'es essayé une fois pour mon usine, pis t'as perdu la face, jeta Léon-Marie. Essaie donc de priver les habitants de toute une région d'un service public. C'est le gouvernement que t'aurais à tes trousses.

—Mets-moi pas au défi, Savoie.

—C'est ça, essaie donc, répéta Jean-Baptiste, prenant le parti de Léon-Marie et par ricochet celui de son fils Jean-Louis. T'oserais faire ça quand ma bru est sur le point d'avoir un p'tit, en plus. Ben, je me gênerais pas pour alerter toute la population du Bas-du-Fleuve. Tu passerais pour un malvat, Donald McGrath.

Il fit un geste d'appartenance vers la grande salle de coupe, en même temps qu'il poursuivait, la lèvre méprisante :

—Pour tout de suite, la scierie est là, pis elle est ben solide sur ses assises. Je le sais, c'est moé qui l'ai bâtie.

Ignorant délibérément l'Irlandais qui avait fait un pas vers lui, prêt à la riposte, il pointa son menton vers Léon-Marie.

—Tu viens, Léon? Il est temps d'aller retrouver nos femmes.

—Moi aussi, faut que je rentre, enchaîna Charles-Arthur. Angélina file pas dans ce temps-citte.

Les uns après les autres, les hommes déclinèrent une raison pour quitter la réunion et s'en retourner vers leur logis. En même temps qu'ils passaient la porte, chacun leur tour, ils jetaient vers

McGrath un regard sombre, inamical, qui disait leur désapprobation.

— Tu vas devoir nous organiser un vrai service de police, McGrath, et ils vont patrouiller autour du mont Pelé, prononça Léon-Marie en passant près de lui. C'est ça qu'on est venus décider, à soir, les hommes du hameau.

Un peu dépité, l'Irlandais enjamba le seuil et se dirigea vers sa voiture. Pendant un moment, figé, sa main agrippant la bride de son cheval, il enveloppa du regard le vaste espace qui était la propriété de Léon-Marie Savoie, son rival, le maître de la scierie.

La mine songeuse, il considéra la vieille meunerie de pierre à laquelle était greffée la bâtisse de la salle de coupe, la cour à bois avec ses cages de planches à sécher déployées à l'infini jusqu'à la rivière, la manufacture de portes et châssis et, plus loin, le petit bois rempli de hauts arbres orgueilleusement dressés comme une futaie luxuriante. Un domaine considérable qui s'étendait de la chute du mont Pelé pour se prolonger jusqu'au pont du rang Croche, se disait-il en refrénant une sensation d'ivresse, comme un désir irrépressible.

Autour de lui, une humidité froide montait dans l'air. Il se ressaisit. Se hissant avec lourdeur, il prit place au milieu de son traîneau et secoua les rênes. Les patins de la petite voiture émirent un son mat. Dans un agréable son de clochettes, le cheval trotta vers la route de l'Église.

***

Le repas de midi était terminé. Mademoiselle Bonenfant était en train de ranger la vaisselle et Héléna s'apprêtait à faire ses travaux de comptabilité.

Un manteau glissé sur ses épaules, Georgette avait traversé le perron de son petit pas rapide et était entrée sans frapper.

— Ça y est. Cécile part pour l'hôpital. Jean-Louis s'en va la reconduire.

— Je sais, répondit Héléna, ils viennent de me téléphoner la nouvelle. Comment se présente le bébé? interrogea-t-elle de sa voix calme, dans laquelle perçait un léger chevrotement.

— D'après ce que j'ai pu voir, tout m'a l'air normal.

— Comme la première fois, laissa tomber Héléna.

— Comme la première fois, répéta Georgette, avec la différence que, cette fois, ça va se passer à l'hôpital, précisa-t-elle sur un ton encourageant.

—Et Léon-Marie qui ne cesse d'avoir des étourdissements, soupira Héléna. Quand il est rentré hier de sa réunion, il avait peine à marcher. On dirait qu'ils se donnent le mot, ces deux-là, pour nous causer des inquiétudes ensemble.

—Je suis juste fatigué un brin, se justifia derrière elle Léon-Marie qui sortait de la chambre après avoir fait une courte sieste. C'est à cause de McGrath, c'est lui qui me fait sortir de mes gonds. S'il était pas toujours en train de m'étriver, celui-là, je péterais le feu.

—Prends soin de toi, lui recommanda Georgette du pas de la porte, en arborant cet air protecteur dont elle usait quand elle s'adressait à lui. Ça ne me dit rien de bon, ces étourdissements-là. On dirait que tu te défends plus comme avant.

Gênée par son audace, se retenant d'expliquer cette sensation vague qui montait parfois en elle comme une intuition, elle serra son manteau sur sa poitrine et franchit le seuil.

—Je voudrais bien m'attarder à jaser encore, émit-elle avec importance, mais l'ouvrage manque pas aujourd'hui. Jean-Louis va être absent toute la journée et il m'a demandé de surveiller les commerces.

Héléna acquiesça de la tête. Debout sur le seuil, elle la suivit longuement des yeux tandis qu'elle traversait l'allée et trottinait vers la côte. Elle pensa combien la vie était imprévisible. Hier, elle avait la tâche de veiller sur les magasins, aujourd'hui ce rôle était dévolu à Georgette. Jamais elle n'aurait pu imaginer pareil revirement.

Un bruit, à sa droite, du côté de la maison de son beau-frère, la fit émerger de ses pensées. Charles-Arthur était sorti en manches de chemise dans l'air frais de l'hiver et arpentait la galerie de bois en martelant du talon. Sans cesse, il jetait un regard furtif du côté de la route et laissait paraître son impatience.

Charles-Arthur ne savait pas attendre, c'était connu. Elle pensa à Raymond, leur benjamin, qui avait été appelé pour son entraînement militaire. Elle imaginait leur chagrin et, cette fois, elle reconnaissait sa chance. Son David n'aurait pas à faire la guerre. La perte de son œil le dispensait de toute forme d'enrôlement. Sans en être heureuse, elle songeait qu'à quelque chose, malheur pouvait être bon.

Plus bas dans le chemin de Relais, des sabots résonnaient au milieu du silence, accompagnés d'un tintement de clochettes. La voiture d'hiver du docteur Gaumont venait d'apparaître en haut de la côte et entrait dans la cour voisine.

—Barnache! s'exclama Léon-Marie qui avait étiré le cou vers la fenêtre. Que c'est qui se passe chez Charles-Arthur? J'espère que la *mère* est pas plus malade.

—Ta mère se portait bien hier, quand je suis arrêtée la saluer, assura-t-elle.

Elle poursuivit avec ménagements :

—Je me soucie plutôt d'Angélina. Depuis quelque temps, elle se plaint de maux de ventre. Faut dire qu'avec l'enrôlement de son Raymond, ce n'est rien pour aider une mère. Angélina ne l'accepte tout simplement pas et je la comprends. Malheureusement, je n'ai pas pu m'en informer davantage, Charles-Arthur arrivait et... j'ai préféré m'en aller...

—Qu'est-ce qu'elle avait, Angélina?

—Je l'ai trouvée fatiguée. Son teint m'a paru encore plus gris que d'habitude. Je crains qu'elle ne couve quelque chose.

Elle pensa à la pauvre Angélina toujours surchargée de travail, silencieuse et résignée, à son existence aussi terne que sa peau, à ses enfants, à la vieille dame Savoie dont elle prenait soin, aux constants efforts qu'elle devait faire pour boucler le budget familial en dépit de son mari qui dilapidait l'argent sans considération.

Elle était soudainement envahie par un grand sentiment de pitié. Elle avait peu d'affinités avec Angélina, n'avait toujours entretenu qu'une relation polie, pourtant, à cet instant, elle aurait bien souhaité lui apporter son aide.

Debout, la mine pensive, elle fixait la maison voisine. Lentement, une idée germait dans son esprit.

Brusquement, elle se retourna; d'un mouvement preste, elle alla endosser son manteau.

—Je ne serai pas longue, dit-elle en franchissant le seuil.

Un peu surpris, Léon-Marie la suivit des yeux, tandis qu'elle franchissait le bout de chemin séparant leur résidence de celle de son frère, puis revint vers la cuisine. Il faisait confiance à Héléna, elle avait l'habitude de savoir ce qu'elle faisait.

À son tour, il enfila son parka et se dirigea vers la porte. Il allait reprendre sa place à la scierie.

—Devine qui je t'amène.

Il sursauta. Héléna était déjà revenue. La mine souriante, elle avait escaladé le perron et avançait vers lui.

Trottinant derrière, avec ses bottillons lacés, son épais manteau de fourrure défraîchi, boutonné jusqu'au col, la vieille dame Savoie portait précieusement dans sa main un petit sac en papier brun.

—Angélina ne va pas très bien, expliqua Héléna. Le temps qu'elle se remette de son mal, j'ai décidé d'amener ta mère chez nous. Nous allons l'installer dans notre chambre. Toi et moi allons dormir à l'étage avec les enfants.

Léon-Marie la regarda un moment en silence. Ses prunelles brillaient.

—Tu es généreuse, réussit-il à articuler.

Elle hocha négativement la tête. Elle n'était pas généreuse. Elle l'avouait sans honte, elle voyait plutôt dans son geste un dérivatif à son propre désarroi. Par sa présence, la vieille dame Savoie saurait atténuer son inquiétude concernant sa Cécile, de même que ses craintes pour lui dont les étourdissements ne cessaient de croître.

Déjà, elle ébauchait des projets. Elle laisserait la vieille dame sous la garde de mademoiselle Bonenfant et elle rouvrirait sa chapellerie. Quand l'aïeule retournerait vivre chez Charles-Arthur, l'habitude serait prise et elle continuerait à exercer sa profession.

Maintenant que Cécile et son mari possédaient les magasins, elle ne songeait plus à faire une chapelière de son aînée, elle préparait plutôt l'avenir de sa Marie-Laure. Mais elle avait tout son temps, sa petite n'avait que cinq ans. Elle devrait commencer par aller à l'école. Avec la venue de l'automne, Héléna avait décidé de l'inscrire dans l'institution de son frère Antoine-Léon, mais du côté des filles.

D'autre part, la santé de Léon-Marie étant fragile, elle se disait avec prudence qu'il lui revenait de prendre tous les moyens pour assurer leur sécurité matérielle.

—J'ai l'intention de rouvrir ma chapellerie, émit-elle subitement.

—Que dirais-tu si on faisait plutôt construire un immeuble? proposa Léon-Marie. Il y a longtemps que j'en ai l'idée. Quatre ou six logements comme on en voit en ville. Tu pourrais t'en occuper et puis, ça serait un bon placement au cas où je déciderais de vendre la scierie.

Il enchaîna très vite, comme s'il voulait repousser cette échéance :

—Ça ne veut pas dire que je vendrais demain. Je prendrais mon temps. Je chercherais un bon acheteur prêt à payer plus que les cinquante mille piastres que j'en aurais tiré, il y a dix ans. Avec la guerre, l'argent vaut pus ce qu'il valait. Placé à du trois pour cent, ça nous aurait donné à peine quinze cents piastres par année, à peu près le salaire d'aujourd'hui pour un ouvrier.

Inquiet devant le silence de sa femme, il la dévisageait, la mine interrogative.

—Accepterais-tu de gérer un immeuble à logements, au lieu de rouvrir ta chapellerie? demanda-t-il avec douceur.

Il poursuivit sur un ton subitement nostalgique :

—Une fois les travaux terminés, on ferait bénir la nouvelle maison par le curé Darveau. On inviterait tout le hameau, comme dans le temps. On organiserait un concours de force et d'endurance, on ferait...

Héléna pressa sa main. Tendrement, elle appuya sa joue contre la sienne. Ses yeux ne formaient qu'une toute petite fente.

—Oui, mon Léon-Marie. Nous ferons construire un immeuble de deux étages, trois même. Puis nous organiserons une grande fête. Tes étourdissements auront cessé. Cécile aura eu un bébé parfait. Ce sera le bonheur total... mais je rouvrirai aussi ma chapellerie.

Les paupières mi-closes, Léon-Marie se pencha vers elle. Il paraissait heureux. Il riait en chuchotant à son oreille :

—Me semble que je t'ai pas donné le sacrement ben souvent, depuis quelque temps, si tu veux, à soir, on peut s'essayer.

—Pas si fort, ta mère va t'entendre.

—Fais-toi z'en pas, elle est dure d'oreille.

Une voix sévère le ramena à l'ordre.

—De quoi parles-tu, Léon-Marie? Aurais-tu l'idée de semer du seigle dans ton champ? Essaie pas de me faire des cachotteries, je suis pas sourde. Au lieu de marmonner, donne-moi donc plutôt un peu de lait pour que je prenne mon remède.

Assise dans la berceuse, avec son manteau encore attaché jusqu'au col, la vieille dame avait entrouvert son sac de papier et exhibait une petite flasque de brandy.

—Le docteur m'a recommandé d'en prendre une dose tous les jours, pis de la doubler quand mes émotions sont trop fortes, comme aujourd'hui.

Héléna éclata de rire. Tout de suite, elle se dirigea vers la glacière et en revint avec un verre rempli de lait et une cuiller.

—Vous inquiétez pas, madame Savoie. Tout le temps que vous serez avec nous, nous allons obéir aux ordres du docteur.

16

Ce midi-là, Héléna n'avait pas aidé mademoiselle Bonenfant à ranger la cuisine comme elle avait l'habitude de faire après chaque repas. Elle était plutôt retournée à sa couture. On était samedi, le 5 septembre, et, le mardi suivant, lendemain de la fête du Travail, Léon-Marie et elle iraient reconduire leurs deux petits derniers dans la grande ville au pensionnat tenu par les Ursulines.

Léon-Marie avait longuement hésité avant de consentir à ce que Marie-Laure rejoigne son frère dans la vieille institution. Il trouvait la fillette bien jeune et fragile pour l'éloigner ainsi de sa famille. Mais avec sa ténacité coutumière, Héléna lui avait démontré que l'instruction et une bonne éducation sont l'apanage des gens de valeur et que c'était cet héritage qu'ils devaient donner à leurs descendants.

Il avait refoulé ses craintes. Bien sûr, le souvenir de l'autre Antoine qu'il avait perdu à l'intérieur de son collège ne cesserait jamais de le hanter, mais Héléna était une femme entêtée autant qu'il pouvait l'être, et elle dégageait une force de caractère qui le rassurait. Depuis les dix ans qu'ils étaient ensemble, elle avait toujours su dominer ses émotions et agir avec bon sens. Il se reconnaissait en elle. Alors il l'avait laissée faire.

Le 19 mars précédent, Cécile avait mis au monde une jolie petite fille. Sitôt remise de ses couches, elle avait repris son travail d'épicière. Radieuse, entièrement guérie de son état dépressif, tous les matins à partir de ce jour, elle avait monté la côte du Relais et laissé à sa mère son bébé à garder.

Héléna n'avait pas considéré cet office comme une charge. Ses deux enfants absents de la maison, elle se disait que c'était la meilleure chose qui pouvait lui arriver.

Avec des gestes tendres, elle avait rapproché le berceau de sa machine à coudre. Ainsi qu'elle avait fait pour Antoine-Léon et Marie-Laure dans son bureau à l'étage des magasins, le pied posé sur un arceau, tout en piquant l'aiguille dans le tissu aux couleurs militaires, elle l'avait bougé doucement jusqu'à ce que la petite s'endorme.

Ce jour-là, comme d'habitude, avec le poupon près d'elle, elle faufilait, piquait l'aiguille, mais, cette fois, au lieu de travailler pour les soldats, elle préparait la malle d'écolière de sa Marie-Laure.

L'été encore robuste pénétrait à grandes bouffées par la porte ouverte et remplissait la pièce des parfums âcres de la forêt. L'air était lourd, difficile à supporter. Courageusement, elle poursuivait son ouvrage.

Près d'elle, sur une table basse, une montagne de tissus kaki, proprement pliés, attendaient leur tour d'être transformés sous ses doigts habiles.

Depuis les trois ans que les hostilités se poursuivaient en Europe, elle n'avait pas cessé d'accomplir son travail de bénévole. C'était sa contribution à l'effort de guerre, expliquait-elle à ceux qui lui faisaient remarquer sa propension à s'isoler dans sa résidence.

Du côté du Canada, les nouvelles étaient inquiétantes. Ils ne seraient pas près d'oublier ce 27 avril 1942, jour où le gouvernement fédéral avait requis la consultation populaire afin de le délier des engagements pris au début de la guerre de ne pas voter la conscription.

Malgré la farouche opposition des Canadiens français, le plébiscite avait été voté avec une forte majorité par les provinces anglaises.

Cette décision, qui renforçait le régime d'inscription nationale du printemps 1940 imposant le service militaire aux jeunes hommes âgés entre dix-huit et vingt-cinq ans, donnait toute liberté d'action au gouvernement. Au moment le plus inopportun, sans que les familles concernées puissent émettre la moindre contestation, celui-ci pourrait voter la conscription et embarquer les enrôlés dans un bateau en partance pour les vieux pays.

Pour la première fois de leur vie, les habitants de la Cédrière connaissaient l'angoisse. Les familles de Jean-Baptiste, Charles-Arthur, Évariste, Omer Brisson, Jérémie Dufour, Josaphat Bélanger, et combien d'autres qui avaient vu leurs fils joindre les rangs de l'armée, frissonnaient d'horreur à la pensée que, demain peut-être, on les obligerait à traverser l'océan pour aller y mourir.

« Le Canada est à genoux devant l'Angleterre », disaient les hommes sans cacher leur mépris.

Héléna laissa échapper un soupir et, du revers de la main, essuya son front moite. Heureusement, ils avaient des consolations, murmura-t-elle en suivant la course de ses deux enfants à travers la cuisine et autour du bébé endormi dans son berceau.

Non loin d'elle, indifférente au vacarme des petits, son fauteuil frôlant la fenêtre, la grand-mère Savoie se berçait à grands mouvements en soulevant les semelles.

Assise à cette même place qu'elle s'était assignée le jour où elle était entrée chez eux, ainsi qu'elle faisait chaque matin, elle avait recouvert sa robe noire d'un long tablier blanc et posé ses mains de chaque côté d'elle, comme si elle s'apprêtait à se mettre à l'ouvrage.

Avec ses cheveux argentés relevés sévèrement au-dessus de sa tête, ses joues parcheminées, sa ride profonde coupant ses sourcils, elle reluquait autour d'elle, l'œil critique, la tête oscillante, à la façon d'une poupée désarticulée dans un geste de dénégation continue.

—Ces enfants-là sont trop gâtés, réprouva-t-elle pour la nième fois en considérant la pile de vêtements qui s'entassaient dans la grande malle de pensionnaires au milieu de la cuisine. Marie-Laure a pas besoin de tout ce linge-là. C'est bien trop de robes. Elle aura pas assez de toute l'année pour passer à travers.

—Marie-Laure va porter l'uniforme, expliqua patiemment Héléna. C'est la règle de l'école. Ce que vous voyez là, ce sont ses sous-vêtements et ses effets pour l'hiver.

—Il y a aussi Cécile qui en prend à son aise en vous amenant sa fille à garder tous les jours, s'entêta à critiquer la vieille.

—Cécile ne peut laisser sa petite Lina toute seule à l'étage pendant qu'elle s'occupe du magasin, dit encore Héléna.

—Cécile a qu'à descendre le berceau et la garder près d'elle en arrière du comptoir, décréta la vieille. Comment pensez-vous que les femmes d'épiciers s'organisaient autrefois, elles qui accouchaient de dix, quinze enfants pendant leur vie?

Héléna ne répondit pas. Impassible, les yeux baissés sur un liséré de dentelle, elle piquait le linon. Elle éprouvait un immense respect pour la mère de son mari, pour son vieil âge, aussi la laissait-elle ergoter en prenant grand soin de ne pas contester la valeur de son opinion, tout en sachant qu'elle n'en changerait pas. Elle avait toujours agi selon son idée, pour des raisons qu'elle savait raisonnables et qu'elle décidait seule.

Il y avait presque six mois maintenant que la grand-mère Savoie était entrée dans leur maison. Arrivée avec un unique sac en papier contenant sa précieuse bouteille de brandy, dès le lendemain, tandis qu'on conduisait Angélina à l'hôpital de la ville voisine afin d'identifier cette grosseur qui poussait dans son ventre, elle avait exigé qu'on lui apporte ses vêtements d'hiver.

Angélina était demeurée plusieurs semaines dans le grand établissement. Après avoir subi une série d'examens, elle avait été conduite à la salle de chirurgie où on l'avait débarrassée d'une tumeur assez volumineuse pour susciter l'inquiétude de sa famille. Rentrée à la maison, un mois plus tard, elle avait entrepris une longue et difficile convalescence.

Agréablement logée chez son second fils, la vieille dame Savoie s'était établie peu à peu dans ses affaires. En même temps que le printemps tiédissait, que le mois de mai exhalait le parfum des narcisses, elle avait ordonné à Charles-Arthur de lui apporter ses vêtements d'été. Elle se plaisait dans la maison de Léon-Marie. Tout y était bien rangé et discipliné. Ils comprirent bientôt, à son attitude, qu'elle n'attendait que le bon vouloir de ses hôtes pour emménager définitivement chez eux.

Héléna n'avait rien brusqué. Cette situation se révélait comme un enchaînement logique. Avec le mois de septembre et leurs deux petits derniers qui fréquenteraient le pensionnat pour ne revenir à la maison qu'au moment des vacances, son David qui courtisait assidûment Bertha, la fille d'Évariste Désilets, et parlait mariage, la spacieuse résidence se vidait peu à peu.

Elle n'avait jamais aimé voir de beaux et grands espaces inoccupés, les percevait comme un véritable gaspillage, une sorte d'indifférence envers ceux qui pourraient profiter de son confort et de sa tranquillité. Au fond de son cœur, elle souhaitait redonner vie à leur demeure en la remplissant d'êtres qui auraient besoin d'elle.

—J'espère que votre Cécile va reconnaître ce que vous faites pour elle, prononça brusquement la vieille au milieu du silence, comme s'il lui manquait de poursuivre sa critique. Les jeunes d'aujourd'hui agissent comme si tout leur était dû. On leur a pas appris à dire merci.

—Les jeunes ont beaucoup à faire. Ils commencent dans la vie, les défendit Héléna, mais, avec les années, ils se reprennent et ils reconnaissent le dévouement des parents.

Derrière elles, la pendule sonnait cinq coups. L'après-midi touchait à sa fin.

—Antoine-Léon doit avoir faim, je vas aller peler les patates, proposa la vieille sans bouger de sa chaise.

—Mademoiselle Bonenfant va s'en charger, dit Héléna. Et n'ayez crainte, votre Antoine-Léon ne crèvera pas de faim, ajouta-t-elle sur un ton rieur devant son regard anxieux.

Depuis qu'il était revenu à la maison pour les vacances estivales, Antoine-Léon avait occupé ses jours de semaine jusqu'au samedi midi dans l'entreprise de construction de son frère David, au grand dam de sa grand-mère qui le considérait bien jeune pour occuper une telle fonction.

David n'avait pas regardé longtemps son jeune frère traîner sa semelle et son désœuvrement autour de ses chantiers avant de lui proposer une besogne pouvant convenir à son âge, qui consistait à débarrasser les abords de ses édifices des bouts de bois que les ouvriers lançaient n'importe où.

Pendant tout l'été, sérieux comme un petit homme, du haut de ses huit ans, Antoine-Léon avait poussé sa brouette et l'avait remplie de tous les détritus qu'il trouvait sur son chemin.

Chaque matin, les paupières gonflées de sommeil, à l'heure où la rosée brillait dans l'aube, revêtu de ses culottes courtes, sa casquette bien plantée sur l'occiput, il avait trottiné bravement derrière les grands et s'en était allé à l'ouvrage.

—Les vacances sont un changement de travail, disait Héléna, voyant dans son activité sa juste participation aux entreprises familiales.

Derrière elle, la moustiquaire venait de grincer sur son ressort.

—V'là de la belle visite qui nous arrive du Bic, entendit-elle.

Elle émergea de son rêve. Léon-Marie s'était immobilisé sur le perron et, le bras tendu, gaillard, maintenait le panneau largement ouvert.

Debout près de lui, toute menue dans ses vêtements sombres, madame Martin attendait sans bouger, comme au garde-à-vous. Dans ses prunelles, se lisait une petite lueur moqueuse, prête à éclater et remplie de jeunesse qu'Héléna lui connaissait bien.

—Tu me pardonneras cette intrusion, ma fille, prononça-t-elle sur un ton malicieux en enjambant le seuil, mais je viens de recevoir ta lettre et je n'ai pu résister à une aussi gracieuse invitation.

Vivement, Héléna déposa son ouvrage et alla l'accueillir.

—Vous ne pouviez me faire plus plaisir.

La semaine précédente, comme elle faisait de façon régulière, elle avait écrit à sa mère adoptive. Veuve du sénateur depuis quinze ans, madame Martin s'entêtait à occuper son manoir du Bic avec sa vieille servante pour unique compagnie.

Pourquoi ne profiterait-elle pas des derniers beaux jours de l'été pour leur faire une visite? lui disait-elle. Et si elle se plaisait chez eux, peut-être qu'elle pourrait y séjourner un peu plus longtemps.

Précédant son gendre, la vieille dame avança vers le centre de la cuisine et alla s'immobiliser près de la table. Regardant autour d'elle, avec son délicat sac à main encore accroché à son poignet, elle émit de sa voix haut perchée, tout en dégageant lentement chacun de ses doigts de ses gants de dentelle :

—Je te taquine. Ce que je viens de dire n'est pas la véritable raison de ma venue. Ma sœur Hermine m'a invitée à passer quelque temps dans sa villa de Sainte-Luce. Comme ta résidence est sur mon chemin, j'ai décidé de partir un jour plus tôt et m'arrêter un moment chez toi.

Elle s'exprimait avec des mots un peu frivoles, en femme du monde, volubile et détachée, sûre d'elle, comme si les coups du sort ne pouvaient l'atteindre.

—J'ai eu un été fort occupé, dit-elle encore, j'ai même dû abandonner pour un temps mon club de bridge et j'ai un tas d'invitations qui m'attendent sur mon secrétaire.

Les yeux levés vers Héléna, elle égrena une petite cascade de rires. Elle avait un joli visage, des dents saines et un teint rose, encore lisse malgré ses soixante-douze ans.

Habillée comme d'habitude avec sobriété et élégance, elle avait revêtu un tailleur marine qui mettait en valeur la finesse de sa taille et les courbes graciles de son corps. Sur ses cheveux argentés, avec une coquetterie toute féminine, elle avait enfoncé un large chapeau en paille légère, de la même teinte que son ensemble et qui la protégeait des ardeurs du soleil.

Héléna attarda son regard sur elle. Elle avait toujours admiré sa mère adoptive, cette femme racée, raffinée, en même temps que mondaine qu'était la seconde épouse du sénateur. Elle ne pouvait s'empêcher de reconnaître, malgré le temps qui passait, la solitude qui l'entourait, les souffrances, les deuils, combien madame Martin avait gardé sa fraîcheur et sa spontanéité. Libre de toute dépendance, elle était comme un jeune cheval fringant, impétueux, qui saurait s'accrocher à la vie aussi longtemps qu'elle en aurait la force.

Il lui prenait soudain l'envie de la voir s'installer chez eux. Elle imaginait la vie agréable qu'ils mèneraient ensemble, dans le cadre douillet de leur vaste habitation, avec sa galerie couverte et le paysage magnifique qui l'entourait, portant, d'un côté, sur la mer, et de l'autre, sur la montagne.

Mais elle ne dit rien. Elle connaissait sa mère et elle savait qu'elle ne devait pas insister. « Ôtez toute initiative à une personne vieillissante mais encore active, en peu de temps elle perdra son autonomie et se laissera vivre, ou, plutôt, elle se laissera mourir », raisonna-t-elle.

—Pourquoi resteriez-vous pas un bout de temps avec nous autres? entendit-elle Léon-Marie demander sur un ton amène, comme s'il partageait ses pensées.

—J'ai décidé que je ne m'arrêterais qu'une nuit, répondit la vénérable dame de son ton chantant mais catégorique. Je reviendrai une autre fois.

Madame Martin avait toujours su ce qu'elle voulait. Encore aujourd'hui, elle avait donné une réponse nette, comme si tout dans sa tête était classé, organisé. C'était sa manière. Héléna savait qu'elle ne devait pas insister. Sa mère reviendrait à un autre moment.

Elle s'empressa d'ajouter un couvert à la table qu'elle plaça délibérément près de celui de madame Savoie, la mère de Léon-Marie.

Ils soupèrent dans une ambiance joyeuse, les aïeules, assises côte à côte, babillant de tout et de rien, ainsi qu'elles avaient fait lors du mariage de Cécile, penchées l'une vers l'autre et débitant quelque propos amusant. D'allure habituellement sévère, madame Savoie en paraissait rajeunie.

Le repas terminé, tandis qu'elles sirotaient leur thé, redevenues sérieuses, elles se reprirent à parler, cette fois sur un ton sentencieux, chacune commentant les effets pervers de la guerre.

Avec de grands hochements de tête pudiques, elles dénoncèrent cette sorte de débauche qui, depuis que le monde était monde, accompagnait les conflits, cette liberté de pensée, pas toujours axée sur les préceptes de l'Église, avec les jeunes enrôlés à qui on faisait ingurgiter des drogues pour trouver le courage de courir vers l'ennemi.

—Cette deuxième guerre va être pire que la précédente, prédit madame Martin. Nos enfants vont en revenir transformés, mais ce ne sera pas pour le mieux. Ils auront perdu leur candeur d'autrefois. Il sera dangereux pour une dame de se trouver dehors le soir sans escorte.

—Déjà, le chemin de Relais qui était si tranquille est devenu dangereux, déclara madame Savoie. Jour et nuit, des machines montent vers la montagne, remplies de militaires qui regardent droit devant eux comme si on existait pas. Heureusement que mon garçon Léon-Marie a fait installer des lumières de rue.

—Bien entendu, approuva madame Martin.

Face à elles, Léon-Marie et Héléna buvaient leur thé en silence. De temps à autre, ils levaient les yeux. Ils avaient peine à se retenir de pouffer de rire.

—Pourquoi ne resteriez-vous pas avec nous jusqu'à demain après-midi? proposa Héléna à sa mère adoptive. En tant que marraine de guerre, j'ai pris l'habitude, le dimanche, d'inviter un soldat du camp 55 à partager notre table. Cela vous permettrait de constater par vous-même ce laxisme que vous reprochez à nos militaires.

Elle ajouta avec une douceur toute maternelle :

—Pour ma part, je ne pense pas que nos jeunes soient si méchants, c'est une façon qu'ils se donnent parce qu'ils s'ennuient bien gros de leurs familles.

—Je ne demande qu'à te croire, ma fille, rétorqua madame Martin qui sentait près d'elle l'appui de sa compagne.

—La première chose dont je m'informerais à votre place, dit madame Savoie, c'est à savoir si ce garçon est un bon catholique et s'il a entendu la messe avant de s'amener chez vous. La pratique de la religion, c'est la meilleure façon de distinguer les gens honnêtes de la racaille.

***

Un bruit de motocyclette pétarada dans la cour et vint s'éteindre près du perron. Assis sur le siège, l'échine raide, un jeune homme en uniforme tenait fermement les guidons. D'un coup de talon de sa grosse chaussure militaire, il abaissa la cale, puis se dégagea du véhicule.

Dressé près de l'escalier, les épaules droites, il rajusta son béret sur le côté de sa tête, gonfla le torse et passa un doigt précautionneux sur chacun des boutons de cuivre qui fermaient sa veste.

Le pas dur, martial, il escalada les marches, avança jusqu'à la porte et frappa de trois petits coups secs.

Affairée devant la cuisinière, mademoiselle Bonenfant abandonna ses casseroles et, tout en essuyant ses mains sur son tablier, alla ouvrir.

Héléna venait à peine de rentrer de la grand-messe avec Léon-Marie et leurs deux enfants. Vivement, elle se débarrassa de son chapeau et, à son tour, alla l'accueillir.

—Vous êtes le bienvenu chez nous, articula-t-elle de son ton le plus aimable.

Se pliant à la suggestion des vieilles dames, elle ajouta, en l'entraînant plus avant dans la maison :

—J'espère que vous avez pris le temps d'assister à l'office religieux. Vous savez que c'est dimanche aujourd'hui.

Sa main gauche pressant son béret sur sa poitrine, de sa droite, le garçon glissa trois doigts dans ses cheveux embroussaillés.

—L'aumônier a célébré la messe à la caserne vers sept heures. Même que c'était mon tour d'être servant.

—C'est très bien, émit Héléna en jetant un regard furtif du côté des deux grands-mères assises dans le salon et qui avaient allongé le cou pour mieux entendre.

L'atmosphère était un peu contrainte. Intimidé, le jeune militaire progressait dans la pièce en roulant sa coiffure, silencieux et gauche, son œil vif balayant autour de lui avec une sorte d'intérêt candide.

—Tire-toi une chaise, mon gars, l'engagea Léon-Marie avec sa brusquerie coutumière en le regardant s'approcher de l'endroit près de la fenêtre où il se tenait sans trop rien faire. On va se parler entre hommes. Je suppose que t'es pas de la région?

Abandonnant leur invité à son mari, Héléna alla prêter main-forte à mademoiselle Bonenfant. Il y avait beaucoup à faire aujourd'hui. Ils seraient onze autour de la table, presque autant que pour les dîners des fêtes, sans compter qu'avec la présence de madame Martin, le service exigeait un peu plus de décorum. La vieille dame était d'un grand raffinement, et Héléna se faisait un point d'honneur, chaque fois qu'elle la recevait chez elle, d'appliquer les bonnes manières qu'on lui avait apprises dans la vénérable demeure du Bic.

La pièce de bœuf grésillait dans la rôtissoire, et un bon arôme de soupe aux tomates flottait dans la cuisine.

Héléna se pencha sur le four et en retira le pouding chômeur.

—Ça veut-tu dire que t'as de la parenté dans le commerce du bois? entendit-elle Léon-Marie s'enquérir derrière son dos.

Le jeune homme avait acquiescé. Excité subitement, Léon-Marie avait approché sa chaise dans un grand raclement du parquet et s'était penché vers lui.

Encouragé par l'importance que lui accordait son hôte, le soldat avait aussitôt entrepris de décrire sa vie de famille. Avec des mots simples, un peu hésitants, il raconta leurs efforts pour traverser la crise économique, les difficultés qu'avait connues son père, sans métier précis, à trouver un emploi, leurs déménagements, nombreux, presque annuels, pour enfin se fixer à Saint-Fabien où deux de ses oncles possédaient des lots à bois qu'ils exploitaient pour la coupe.

—On s'est débrouillés. Moi, j'ai choisi de m'enrôler et un autre de mes frères, qui avait la vocation, est entré dans les ordres.

Tout en surveillant la cuisson du repas, Héléna écoutait avec attention. Elle se réjouissait d'avoir admis ce militaire dans leur maison. Il semblait de bonne famille et il comptait même un religieux parmi les siens.

Elle attarda sur lui un regard rempli de bienveillance, puis se tourna vers le salon où les vieilles dames s'étaient retirées dans l'attente du dîner. Après leurs critiques de la veille, si elles avaient pu l'entendre, elles l'auraient vu d'un œil différent, songea-t-elle.

Derrière elle, Cécile entrait avec sa petite fille dans ses bras. L'angélus de midi tintait à l'église et leur parvenait par la porte et les fenêtres grandes ouvertes. Un vent léger agitait les rideaux. Il était l'heure de passer à table.

Léon-Marie avait fait asseoir le militaire près de lui. Encore fortement intéressé, oubliant les autres, il ne cessait de l'interroger, le pressait de poursuivre l'entretien qu'ils avaient entamé plus tôt. À sa gauche, penchées sur leur assiette, les vieilles dames se chuchotaient à l'oreille. De temps à autre, elles levaient les yeux vers le jeune homme puis, ainsi que deux tourterelles prises en flagrant délit d'indiscrétion, les abaissaient aussi vite. La tablée était joyeuse, un peu bruyante avec les petits qui profitaient de l'exubérance des grands pour se trémousser sur leur chaise.

—Sais-tu ce que ce garçon-là vient de m'apprendre? lança subitement Léon-Marie, s'adressant à Héléna qui mastiquait son repas à l'autre bout du panneau.

Ses prunelles brillaient de plaisir.

—T'as dû l'entendre tantôt quand il a dit avoir deux oncles qui font le commerce du bois. Ben, imagine-toi qu'ils se cherchent une scierie. J'ai presque envie de leur proposer d'acheter la mienne.

Héléna sursauta. Troublée, sa fourchette en équilibre dans sa main, elle le fixa. Elle ne savait que répondre. Bien sûr, elle connaissait ses intentions, ils en avaient déjà discuté. Si ses ennuis de santé persistaient, Léon-Marie n'aurait d'autre choix que de vendre ses usines. Pourtant, à cet instant où cette possibilité était près de se concrétiser, elle se surprenait à en repousser l'échéance. Elle aimait les activités liées au commerce et, aujourd'hui, pareille solution brisait un de ses rêves.

Elle se leva brusquement et alla se placer devant la cuisinière. Le dos tourné, elle souleva les ronds et attisa la flamme.

Surpris, Léon-Marie repoussa sa chaise à son tour et alla la rejoindre.

—Que c'est qui se passe, Héléna? Je pensais que tu serais contente d'apprendre ça, ç'a pas l'air de te faire plaisir pantoute.

—Là n'est pas la question, répondit-elle. Je me dis seulement que tu ne dois pas prendre de décision trop hâtive. Tu es encore alerte, et la scierie, c'est toute ta vie. Une fois qu'elle sera vendue, tu ne pourras plus revenir en arrière.

Pendant un moment, décontenancé, il la regarda sans rien dire. Enfin, lentement, il ouvrit la bouche. Il paraissait triste tout à coup. Dans un geste de lassitude, ses doigts pressaient son front.

—Je suis fatigué, Héléna, souffla-t-il, fatigué comme tu peux pas savoir. Il y a pas une journée où je me dis pas que j'ai pus la force de porter sur mes épaules une grosse business de même. J'ai des étourdissements, des troubles du foie, je me réveille la nuit, je tourne mes problèmes dans ma tête, pis je réussis pas à me rendormir. Je me lève le matin, courbaturé, tellement étourdi que j'ai de la misère à me tenir sur mes jambes. Je suis mieux de vendre tout de suite pendant que les affaires vont bien, que je peux en avoir encore un bon prix, plutôt que d'attendre d'être rendu à la limite, pis d'être obligé de la donner parce que j'ai pas été capable de m'en occuper, que je l'ai laissée aller à la ruine.

Héléna leva vers lui un regard surpris. Elle n'avait jamais pensé que Léon-Marie pouvait être à ce point souffrant. Elle le savait fort moralement, rarement enclin à se plaindre, pourtant aujourd'hui son mal physique paraissait évident. Elle le lisait dans ses yeux injectés, dans son teint gris, sa fragilité soudaine, dans ses mains qui tremblaient.

Elle se faisait un grand reproche. Elle avait été bien peu compréhensive. Accaparée par ses propres affaires, elle en avait oublié de regarder vivre les autres. À quoi bon élaborer sur la générosité des sentiments, raisonnait-elle, l'altruisme, la compassion, la charité chrétienne si ce n'était que d'intention, si elle ne l'appliquait pas elle-même dans sa vie?

Léon-Marie était un homme entreprenant, robuste. Elle avait bien remarqué, sans trop y prêter attention, ses traits creusés, son regard tourmenté et, depuis quelque temps, ce mouvement furtif de sa main qu'il portait à tout propos vers son front. Peut-être avait-elle pris un peu trop à la légère cette allusion qu'il avait faite, au cours du printemps, de vendre sa scierie.

Un pincement chatouilla sa poitrine. Elle l'avouait volontiers, elle n'était pas prête à voir ces beaux édifices qui se dressaient tout le long de la rivière, être la propriété d'un autre.

Elle courba la tête, puis, aussi vite, la redressa. Son regard rivé sur le sien, elle murmura dans un souffle :

— Tu feras pour le mieux, je serai avec toi.

Léon-Marie sourit. Apaisé, il effleura tendrement sa main et alla se rasseoir devant la table.

Repris de vigueur, il regarda autour de lui, puis arrêta ses yeux sur sa mère.

— Vous avez pas parlé à madame Martin du pique-nique qu'Héléna organise chaque été pour la famille? Je suis certain que ça l'intéresserait, pis qu'elle voudrait être avec nous autres l'année prochaine.

Il avait retrouvé sa bonne humeur et avalait son dessert à grandes bouchées gourmandes.

Le repas terminé, il repoussa sa chaise et entraîna le militaire dehors afin de fumer un cigare.

Ils s'installèrent l'un face à l'autre sur le perron, dans une pose instable, une jambe repliée sur le bras de la galerie, silencieux, un peu embarrassés, comme s'ils avaient épuisé les ressources de leur imagination. La mine rêveuse, ils suivaient les volutes de leur havane qui s'évanouissaient dans le vent. Autour d'eux, l'air était rempli de douceur et avait la touffeur de la canicule, comme si l'été s'étirait, refusait de céder la place à l'automne.

— Que c'est que t'as l'intention de faire une fois la guerre finie? interrogea abruptement Léon-Marie.

Le jeune homme ne répondit pas tout de suite. Il hésitait, ses paupières clignaient.

— Ça va dépendre comment je vais en revenir.

Il parlait comme s'il avait choisi la carrière militaire à la légère, sans trop savoir où cela le mènerait, et en éprouvait une certaine appréhension.

— C'est toujours la question avec la damnée guerre, observa Léon-Marie. Ç'a été pareil en 14.

Il se rappela le premier conflit mondial, combien il avait craint d'être enrôlé, lui aussi, mais, à vingt-huit ans, il avait passé l'âge. Il était, de plus, marié et père de trois jeunes enfants : Antoine qui avait quatre ans au début des hostilités, Marie-Laure qui en avait deux et le petit Gabriel toujours si fragile qui n'était âgé que de quelques mois. Une crispation, brusquement, monta dans sa poitrine. Tant d'heureux moments s'imposaient à son esprit à cet instant, comme un flot de détresse. Combien de fois il avait cherché à oublier ces êtres qu'il avait aimés, s'étourdir à force de se convaincre qu'il ne fallait pas retourner en arrière, jamais, et ne toujours regarder que vers l'avenir.

Il ne pouvait croire que ces créatures bien en chair, remuantes, qui avaient été siennes, faisaient maintenant partie du passé, comme un amas de poussière, et qu'elles ne se rétabliraient plus jamais dans leur forme. Il pensa à ses industries, à cet autre sacrifice qu'il s'apprêtait à faire, à cette abdication rendue nécessaire parce que sa santé l'abandonnait, parce qu'il n'était plus ce qu'il avait été, qu'il se sentait si brisé parfois, autant dans son âme que dans son corps, qu'il cédait, n'avait plus le courage de poursuivre.

Oppressé, il se leva. Sans égard pour le jeune étranger qu'il laissait en plan, il descendit les marches. Il éprouvait subitement un immense besoin de reprendre son espace, de se retrouver avec lui-même, avec ses pensées moroses, sa peine qui le suivait partout et qu'il ne pouvait partager.

La moustiquaire de la cuisine venait de se refermer dans un grand bruit. Cécile était allée coucher sa petite Lina dans son berceau et était sortie sur la véranda. Debout, les bras croisés sur la poitrine, elle fixait le chemin de Relais. Elle attendait Jean-Louis qui aurait dû en avoir terminé avec la horde de fermiers qui venaient faire leurs achats chaque dimanche au sortir de la messe.

—Il y a longtemps que vous habitez à la Cédrière? lui demanda le soldat de son timbre gêné, un peu maladroit.

Cécile s'était tournée vers lui. Appuyé sur la rampe, désœuvré, le jeune homme la regardait, le visage cramoisi.

Léon-Marie se réjouit de la présence inattendue de sa belle-fille sur le perron. Bouleversé par le réveil de ses deuils, il avait quitté son invité de façon plutôt abrupte, sans se soucier de l'inconvenance de sa conduite. Maintenant, il n'éprouvait plus de regret, mieux, il se sentait allégé. Ce jeune soldat n'avait que faire des rabâchages d'un vieil homme de cinquante-six ans. Cécile avait la grâce de la jeunesse et elle le remplaçait avantageusement.

Lentement, il progressa dans l'allée et s'éloigna vers le carré de gazon.

—J'ai toujours vécu à la Cédrière, répondit Cécile de sa voix douce, les yeux rivés sur la route. Ou plutôt non, je suis arrivée ici à l'âge de douze ans, je suis née un peu plus haut. Au Bic, pour être précise.

Elle se retourna subitement et fit face au garçon.

—Je pourrais savoir pourquoi vous me posez cette question?

—Parce que vous m'avez rappelé quelqu'un, tantôt, quand vous êtes entrée dans la maison pour le dîner. Votre nom de famille n'est pas Savoie, n'est-ce pas?

Intriguée, elle se rapprocha de lui.

—Vous ne vous trompez pas, mon nom de famille n'est pas Savoie.

Prudente, elle se retenait de donner plus d'informations, évitait de se découvrir. Si ce jeune homme était sincère, se disait-elle, il révélerait le fond de sa pensée.

Son regard limpide posé sur lui, elle attendait qu'il poursuive.

—Vous vous appelez Cécile Parent, déclina-t-il soudain volubile, et vous avez fréquenté l'école du village au Bic. Vous vous rappelez pas d'un petit gars de votre âge qui s'était blessé au bras sur une clôture de broche? Vous lui aviez donné votre mouchoir pour en faire un pansement.

Cécile ouvrit la bouche. Médusée, les sourcils haussés, elle le fixait sans comprendre. Brusquement, un éclair traversa son esprit.

—Votre prénom ne serait pas Pierre-Paul? risqua-t-elle une petite lueur animant ses prunelles. Je ne me souviens plus du nom de famille.

Le jeune homme éclata d'un grand rire et secoua la tête dans un geste affirmatif.

—Gobeil, Pierre-Paul Gobeil.

—C'est bien ça, je me rappelle maintenant.

La mine ravie, elle s'empressa d'aller prendre place auprès de lui sur la rampe. Excitée, elle se mit aussitôt à discourir, sur un ton babillard, évoqua ces petits riens qui avaient agrémenté son enfance passée dans les îles et les marais du Bic. Les yeux pétillants, elle rappelait leurs expéditions dans ces lieux incultes, les jeux qu'ils s'inventaient quand ils s'y aventuraient à marée basse, avec leurs jambes qui se coloraient d'une boue épaisse, tenace et noire comme de l'encre, au grand désespoir de leurs mères.

À son tour, il narra quelques anecdotes.

—Tu étais du groupe quand on avait été surpris par la marée haute à l'îlet au Massacre, incapables de retourner sur la terre ferme?

—Oui, répondit-elle, j'avais eu très peur et très froid aussi. Ce que nous avions fait là était bien aventureux. Si je me rappelle, tu t'étais blessé encore, mais, cette fois-là, c'était au visage. Tu étais tellement malhabile, tu avais le don de t'écorcher partout.

— C'était voulu, concéda le garçon, j'étais amoureux de toi et je cherchais toutes les occasions de toucher ta main.

— Ta blessure sur la joue a-t-elle laissé une cicatrice?

— Une toute petite marque, constate par toi-même.

Il se rapprocha jusqu'à frôler son visage. Troublée, Cécile avait cessé de rire et le fixait en silence. Il la dévisageait, lui aussi, sans parler, le regard douloureux, empreint d'une douce nostalgie. Un parfum subtil de foin mûr embaumait l'air. Leurs cheveux s'étaient emmêlés et ourlaient sur leurs fronts, caressés par la brise.

Derrière eux, la moustiquaire venait de s'ouvrir dans une grande poussée énergique. Héléna s'était immobilisée sur le seuil. Une expression sévère gauchissait ses traits.

— Rentre immédiatement, ordonna-t-elle à sa fille sur un ton glacial. Tu as une enfant et elle pleure dans son berceau.

17

Dissimulée derrière le rideau, Héléna retenait son souffle comme si elle allait commettre une indiscrétion. Immobile, l'œil fixe, elle observait les soubresauts du puissant véhicule automobile qui venait de s'engager dans la cour de la scierie et bringuebalait sur le sol raboteux pour aller stopper devant la porte de la meunerie.

Près d'elle, occupant la berceuse, la grand-mère Savoie la considérait en silence de son air sévère, son habituel tablier blanc passé sur sa robe noire, sa tête agitée de petites saccades comme une constante critique.

Prise d'une incontrôlable angoisse, Héléna avait plongé la main dans la poche de son tablier et serrait son chapelet. Elle ne récitait pas ses Ave comme elle avait coutume de faire dans les moments difficiles. Elle n'avait pas non plus retourné sa statue du Sacré-Cœur contre le mur pour lui signifier sa désapprobation, elle attendait plutôt, ne sachant quoi exiger. Sans rien préciser, elle Le priait de s'occuper de leurs affaires et, surtout, elle Lui demandait de veiller à ce que son époux ne regrette pas le geste qu'il s'apprêtait à faire.

Léon-Marie avait pris sa décision brusquement, le même matin, à son réveil. Ainsi qu'il faisait chaque fois qu'il arrêtait un projet, sitôt qu'il avait ouvert les yeux, sans prendre le temps de bâiller à s'en décrocher les mâchoires et étirer ses bras vers les barreaux de la couchette, il s'était assis au bord du lit et avait saisi ses vêtements.

—Je sais pas si c'est la nuit qui porte conseil, mais la solution vient de m'apparaître claire et nette, avait-il marmonné. Aujourd'hui j'entame les démarches pour vendre mon moulin à scie.

Immédiatement, comme si la brutalité de son assertion avait exigé qu'il confirme ses dires, un vertige l'avait saisi. Courbé en deux, il avait attendu pendant un long moment que passe l'attaque. Oppressé, les yeux larmoyants, il s'était tourné vers elle.

—Tu vois ben que ça peut pus continuer de même, je me sens tellement étourdi que j'ai tout le temps l'impression de marcher dans les brumes. Je vis pas, je suis même pus capable de penser.

Elle avait tenté de l'encourager, imputant ses crises à la fatigue, lui suggérant de prendre un peu de repos, mais il s'était récrié dans un grand mouvement énergique.

— Ma décision est prise, Héléna, pis c'est à matin que ça se fait. On est en octobre, bientôt ce sera l'hiver et mes étourdissements vont reprendre de plus belle. Je vas commencer par offrir mes industries aux deux commerçants de bois de Saint-Fabien. J'ai gardé ben précieusement leur numéro de téléphone que m'avait donné leur neveu. Tu te rappelles, le soldat que t'avais invité à dîner, le mois passé?

Elle l'avait regardé, encore frémissante d'indignation.

— Ne me parle plus jamais de lui, avait-elle articulé. Quand je pense que je l'avais pris pour un honnête garçon, que je lui avais fait confiance. Je m'étais bien trompée. Oser faire la cour à ma Cécile, une femme mariée, mère par surcroît. Et Cécile qui se laissait faire. Plus jamais j'inviterai ce militaire chez nous.

— Cécile t'a expliqué qu'il était un camarade de petite école, avait-il tenté de l'apaiser. Je vois pas le mal qu'il y avait à se rappeler quelques souvenirs.

— Au point de lui parler en dessous du nez comme je l'ai vu faire de mes yeux? avait-elle lancé avec verdeur.

— Ma foi, tu t'en viens aussi scrupuleuse que la *mére*, s'était-il moqué.

— Si c'est le cas, ta mère n'a pas tort, avait-elle répliqué aussi vite.

Il n'avait pas cherché à creuser la question. Tout en agrafant les bretelles de sa salopette, il avait quitté la chambre et était descendu au rez-de-chaussée. Du même élan déterminé, il s'était dirigé vers le téléphone.

Sa robe de chambre serrée contre sa poitrine, elle l'avait rejoint dans l'escalier. Déjà il raccrochait le récepteur.

— Ils vont venir aujourd'hui même, en milieu d'après-midi, avait-il annoncé sur un ton satisfait.

Puis, il avait pénétré tranquillement dans la cuisine et avait avalé son petit déjeuner.

Comme si aucun événement important ne pointait à l'horizon, il avait enfoncé sa casquette sur sa tête et, de son pas lent, normal, avait traversé la route vers la scierie.

Trois heures sonnaient à la pendule quand Héléna avait entendu le vrombissement du moteur. Les deux commerçants de Saint-Fabien étaient des gens de parole. Aussitôt, elle avait abandonné son travail de couture et s'était précipitée vers la fenêtre. Elle tenait à voir de ses yeux les occupants du véhicule qui allait s'immobiliser dans la cour de la scierie, jauger ces inconnus qui, peut-être demain, mobiliseraient de plein droit le bel espace dans lequel son mari avait mis tant de son cœur.

Les portières venaient de s'ouvrir ensemble. Curieuse, elle tendit la nuque pour se rapprocher encore de la fenêtre. Deux hommes en descendirent, avancèrent à longues enjambées et, sans jeter un regard autour d'eux, disparurent dans la meunerie.

Elle avait eu à peine le temps de les voir et elle en était déçue. Ils lui avaient paru grands, la tête altière, et proprement habillés d'un costume également sombre. Les cheveux bruns, la démarche souple, ils semblaient avoir près de quarante ans.

Ils devaient avoir escaladé les marches menant au bureau de Léon-Marie, supposa-t-elle, une contraction montant dans sa poitrine.

Devant ses yeux, un jeune moineau voletait autour du gros érable teinté aux couleurs de l'automne et qui masquait la cour à bois. Attiré par quelque moustique, il s'agrippait à sa ramure, picorait à petits coups de bec nerveux, puis reprenait sa course vers un arbre voisin. Elle enviait sa liberté, son agilité à se déplacer et se poser sans contrainte où bon lui semblait.

Combien elle aurait souhaité, à cet instant, accompagner cet oisillon qu'elle voyait battre de l'aile autour de la scierie, aller se rencogner avec lui sur le rebord de la fenêtre de l'étage, jeter un œil dans le bureau de son époux et oser écouter.

Léon-Marie avait abandonné ses écritures. Vivement, il contourna son meuble de travail et alla à la rencontre des deux hommes.

— Assoyez-vous à votre aise, lança-t-il sur un ton amène.

Ainsi que ce jour lointain où les deux forestiers du parc s'étaient introduits dans son bureau avec l'intention d'acquérir ses industries, répétant leurs gestes, les inconnus prirent place sur les chaises qui faisaient face à sa table de travail et attendirent avec politesse. Ils avaient procédé aux présentations d'usage, décliné leurs compétences et la fonction qu'ils détenaient dans leur société. La mine un peu fureteuse, chacun à sa manière, ils regardaient autour d'eux. De temps à autre, ils se penchaient l'un vers l'autre et passaient un commentaire.

— C'est la maladie qui vous oblige à vendre? dit l'un. En tout cas, c'est ce que nous a dit notre neveu.

— C'est pas de gaieté de cœur que je prends cette décision-là, avoua Léon-Marie. J'ai un petit gars qui a pas neuf ans, j'aurais tellement voulu lui laisser mes entreprises en héritage.

Il prit une inspiration profonde, puis laissa échapper un soupir résigné.

—J'ai ben peur de pas être capable de l'attendre. Depuis quelque temps, ça va pus pantoute, encore à matin...

Il balaya l'air du revers de la main.

—Ah! et puis, je veux pas vous achaler avec mes problèmes. Ç'a pas d'intérêt pour vous autres.

D'une poussée rapide, il pivota sur sa chaise.

De même qu'il avait fait dix ans plus tôt, tourné vers son classeur, il ouvrit les tiroirs. Procédant avec méthode, encore une fois, il empila sur son bras son grand registre des opérations générales, son livre de comptes à recevoir, celui des recettes, de la paie des employés, puis son carnet de commandes. Se retournant, il les laissa tomber sur le meuble.

—Prenez votre temps, on est pas pressés. C'est une décision qui est pas facile à prendre, pis qui demande ben de la réflexion.

Il avait prononcé ces derniers mots avec une lourdeur délibérée, les yeux remplis de tristesse, comme s'il s'employait à retarder une échéance qu'il redoutait, mais qu'il savait inévitable.

Les deux hommes se levèrent d'un même mouvement.

—Si ça vous dérange pas, on aimerait commencer par visiter vos installations.

—Ça sera pas difficile, vous avez qu'à me suivre.

Tout de suite, il les précéda dans l'escalier. Le pas lent, fatigué, il longea à sa droite l'espace qui avait abrité sa cordonnerie et pénétra dans l'atelier de planage. Courbés sur les machines, les hommes s'appliquaient à leurs tâches. À leur approche, sans cesser leur occupation, avec les bruits obstinés des moteurs qui remplissaient l'air, ils jetèrent un bref regard vers eux, puis, tout aussi vite, reprirent leur travail.

Léon-Marie s'approcha, attendit qu'une belle planche de pin blanc émerge derrière les couteaux de la raboteuse, puis ordonna de stopper les appareils.

Une main appuyée sur le gros dos d'Éphrem, il le fit se retourner.

—Lui, c'est le responsable du planage pis du rabotage, émit-il en guise de présentation. Il est fort comme un beu pis compétent en plus. Comme on a les qualités de ses défauts, je vous cacherai pas que c'est un homme qui a du caractère. Je vous recommanderais de le garder à votre service, vous pourriez jamais trouver mieux.

Poursuivant sa marche, il orienta ses pas vers le grand trou qui s'ouvrait sur la salle de coupe et, soudain, s'immobilisa.

L'espace d'un instant, son regard empreint de mélancolie s'attarda à sa droite sur ce qui avait été la meunerie, avec sa grande roue au repos, ses rouages encroûtés de rouille, comme des reliques oubliées, tableau silencieux d'un passé révolu, puis se porta plus bas, sur la rivière qui roucoulait dans son gouffre en raclant les gravillons.

Il paraissait malheureux tout à coup, comme écrasé sous le fardeau de l'abandon après une vie si active et si riche. Pour la première fois, son échine était voûtée, ses yeux regardaient le sol, ainsi qu'un vieil homme qu'il était presque et qui croulait sous le poids des ans.

Enfin, il se redressa. Il avait retrouvé son calme. Se penchant un peu pour protéger sa tête, il franchit l'ouverture.

Le bras levé, avec sa main droite étalée comme une palme et dessinant un large cercle, il prononça, la voix cassée par l'émotion :

— Ici, c'est la salle de coupe. Les trois travailleurs que vous voyez là près de la crémaillère, ce sont Jean-Baptiste, Omer et Arthur. Ces hommes-là sont avec moi depuis les dix-huit ans que ma scierie existe.

Pénétrant plus à fond dans la pièce, il se dirigea vers la machine à couper les bardeaux devant laquelle s'affairaient deux ouvriers.

— Dans ce coin-ci, on en est encore aux installations rudimentaires. Le patenteux, McGrath qu'on l'appelle, devenu aujourd'hui le maire de la place, m'avait promis qu'il m'organiserait une patente un de ces jours, une invention de son cru qu'il avait dit, qui ferait que les bardeaux se couperaient tout seuls. Mais c'est pas encore fait. Faut croire que le « un de ces jours » est pas arrivé.

Il se déplaça vers sa gauche. Péniblement, ses semelles raclant le sol, il alla s'arrêter devant la montagne de ballots de bran de scie qui s'étageaient dans un coin jusqu'au plafond.

— Ça, c'est les résidus de coupe que les hommes ramassent dans les ateliers chaque soir et qu'on tasse dans des poches de jute pour les vendre aux entreprises de construction. C'est ben utile pour isoler les bâtisses. Tous les entrepreneurs de la région viennent s'approvisionner icitte. Comme vous voyez, il y a rien qui se perd.

Du même pas fatigué, égal, il les entraîna dehors. Tout en ponctuant ses explications de grands gestes, il parcourut avec eux les cages de bois à sécher qui s'étendaient jusqu'à la rivière, puis revint vers la route et s'engagea dans le sentier de terre battue qui menait à la manufacture de portes et châssis.

Il se rappelait, dix ans plus tôt, la ronde semblable qu'il avait faite avec les forestiers du parc, sa détermination, l'exaltation qu'il avait ressentie dans son désir de se débarrasser au plus tôt de ses industries qui éveillaient en lui de si douloureux souvenirs.

Aujourd'hui, il aurait, au contraire, bien souhaité rester le maître de ses biens. Hélas, il éprouvait une telle lassitude dans son corps, une telle lourdeur dans ses membres qu'il ne s'en sentait plus la force. Il y avait aussi cet essoufflement qui accompagnait chacun de ses gestes, doublé de cette sensation de torpeur, comme un voile qui ne cessait d'obscurcir son esprit et le freinait dans ses décisions les plus ordinaires.

— Je demanderais cent mille piastres pour ces deux entreprises-là en plus du petit bois qui s'étend jusqu'au rang Croche, dit-il sur le chemin du retour. Je sais que c'est pas cher.

— Et ce problème que vous avez eu avec la municipalité, concernant la non-conformité de vos entreprises? interrogea l'un des deux hommes.

— Je vois que vous avez pris vos informations, répliqua Léon-Marie. J'aime ça de même. Ça veut dire que vous traitez pas les affaires à la légère.

Il se tourna vers eux avec assurance.

— Vous inquiétez pas pour ça, c'est rien que de la chétiverie de la part de McGrath. La raison est que ce spécimen, qui est notre maire en plus, aimerait ben s'approprier mon domaine pour ses fins personnelles. Mais ça peut pas se faire. Le notaire Beaumier, qui a vérifié dans ses livres de droit, m'a dit n'avoir trouvé aucun motif d'expropriation, sans compter que ça serait un conflit d'intérêt.

Il laissa fuser un grand rire. Subitement, il avait repris sa verdeur d'autrefois.

— Si McGrath insiste trop, vous lui vendrez deux cent mille piastres. S'il tient tant que ça à avoir mon coin, il aura qu'à payer. Il est riche comme Crésus. Vous autres, vous vous retournerez de bord pis vous irez vous bâtir un peu plus bas, comme par exemple sur la terre qui a déjà appartenu au vieil Adalbert Perron. Il y a là un grand pacage ben plane avec toutes les commodités dont vous pourriez avoir besoin.

— Je suppose que cette terre-là vous appartient aussi, prononça l'un des deux hommes sur un ton moqueur, entendu.

—Je vois que vous êtes plus renseignés que les habitants de la place, observa Léon-Marie en leur jetant un regard amusé mais qui disait sa surprise.

Les deux hommes le fixèrent un moment sans parler. Ils semblaient avoir décelé l'homme retors qu'il était, mais, prudemment, hésitaient à dévoiler le fond de leur pensée.

—On ne prend jamais assez de précautions, répliquèrent-ils ensemble.

Sagaces, avec un égal entendement, ils se reprirent à négocier, requérant des précisions sur des détails demeurés obscurs. Comme un interrogatoire, ils faisaient se succéder les questions.

Léon-Marie répondait chaque fois avec patience et pertinence, répétant qu'il n'avait rien à cacher.

—Y a-t-il du mécontentement parmi vos employés? s'informa brusquement l'un d'eux. C'est un courant américain, les mouvements syndicaux, les grèves...

—Il y en a eu, il y a quelques années, de la part de deux jeunots, répondit honnêtement Léon-Marie, mais la majorité était pas de leur bord. Ils se sont tout de suite remis à leur place.

Les deux hommes se regardèrent et firent un petit signe de la tête. Ils paraissaient satisfaits.

—Je suppose que vous nous donnez un temps de réflexion.

—Prenez tout le temps qu'il vous faut.

Immobile au milieu de la cour, le visage impassible, il suivit des yeux le long véhicule qui manœuvrait dans l'entrée pour s'engager sur la route.

Il attendit qu'il ait disparu de sa vue, puis, la tête courbée tristement, se retourna. Il lui avait fallu moins de deux heures pour décider de son avenir, le transformer radicalement, clore un projet qu'il avait commencé dix-huit ans plus tôt, avec tant d'enthousiasme et de détermination, entraînant dans son sillage une soixantaine d'hommes, bâtissant un village en plus d'organiser la vie journalière de ses résidants.

Il avait demandé cent mille dollars pour cette grande réalisation. Les deux commerçants avaient négocié, il avait cédé et abaissé ses exigences à quatre-vingt mille. Il avait, de plus, accepté une balance de prix de vente de cinquante mille dollars. Il ne leur restait qu'à trouver un financement en deuxième hypothèque au montant de trente mille dollars. Car ils n'étaient pas riches, ils le lui avaient précisé, mais ils avaient du cœur au ventre et ils poursuivraient ce qu'il avait entrepris.

Ses ouvriers conserveraient leurs emplois. De sa maison, comme du temps où il était leur employeur, chaque matin, il les verrait entrer dans la cour, engourdis de sommeil, la démarche un peu lourde, leur veste sur l'épaule. Il entendrait le grincement des grandes portes, puis les machines se mettraient en branle. Pendant un autre jour encore, l'air de la Cédrière serait rempli de leurs bruits.

Un long frisson parcourut son échine. Il était subitement envahi d'un profond sentiment, comme un regret sans nom, pénible, un irrépressible besoin de revenir en arrière.

Lentement, avec un ultime regard d'appartenance, il se déplaça à travers les cages, en parcourut chaque rangée et émergea du côté de la falaise.

L'œil hypnotisé, il fixa longtemps la petite rivière aux Loutres qui roucoulait dans le soleil en formant des méandres.

Autour de lui, c'était le silence. Même les oiseaux avaient déserté les branches des vieux arbres qui bordaient ses rives. Il entendait, bien au loin, les saccades étouffées des machines, le labeur de ses ouvriers qu'il devinait dans les différents ateliers, mais, baignée dans l'après-midi paisible, la nature lui apparaissait sourde à toute renaissance, épuisée à l'approche de l'hiver, comme il s'en approchait lui-même, à la différence que l'hiver des humains ne connaît pas le renouveau du printemps.

D'impuissance, il secoua les épaules.

« À quoi bon ressasser la vie, se dit-il. Vieillir, c'est la seule affaire que le bon Dieu a faite qu'on peut appeler justice pour tout le monde, pis encore, à la condition de pas mourir avant l'heure. »

Il fit un brusque demi-tour. Le pas rapide, comme s'il voulait repousser un impératif, un fardeau qui l'accablait, il fonça entre deux rangées de cages et alla s'enfermer dans son bureau.

***

Georgette avait poussé la porte. Sans attendre l'invitation de ses hôtes, avec Jean-Baptiste qui marchait derrière, elle franchit le seuil. Une veste de laine jetée négligemment sur ses épaules dans une attitude familière, elle avança d'un pas assuré vers le milieu de la cuisine, observant à droite et à gauche la meute de résidants du hameau et de la route de l'Église déjà installés et qui, comme eux, venaient aux nouvelles.

Avec sa politesse habituelle, Héléna alla chercher deux chaises et les joignit aux autres, agrandissant encore le cercle déjà imposant des voisins qui accaparaient l'espace du côté de la fenêtre.

Ce comportement de la part des faubouriens était coutumier. Solidaires les uns des autres, chaque fois qu'un événement particulier risquait de perturber leur vie, ils s'empressaient d'aller prendre l'information là où elle était, comme une grande famille, ne voyant dans leur attitude ni curiosité ni inconvenance.

On était mardi, le 13 octobre. Tantôt, à l'heure où le soleil quittait l'horizon, les frères Gobeil étaient revenus et, cette fois, ils étaient allés frapper à la porte de la résidence. Les voisins avaient vu dans cette attitude une démarche officielle et avaient attendu impatiemment que la grosse voiture marron quitte la cour des Savoie. Comme une meute de fourmis, ils étaient sortis de leurs maisons pour s'engager à la queue leu leu sur la route.

Il y avait presque deux semaines que Léon-Marie avait reçu une première visite de ses acheteurs éventuels. Inquiet devant leur silence, chacun s'était tenu dans l'expectative. Même McGrath avait quitté sa lointaine rivière aux Ours pour s'amener chez les Savoie.

Un murmure couvrait la pièce. Les hommes avaient allumé leurs pipes et discouraient en se jetant des coups d'œil entendus, la tête un peu inclinée dans une attitude circonspecte, comme s'ils allaient procéder à une assemblée de cuisine en vue d'élections prochaines.

Une brume grise flottait dans l'air et un arôme de tabac canadien piquait les narines.

Tous les chefs des ateliers à la scierie étaient présents, de même que les fermiers du Relais, de la route communale au mont Pelé, les commerçants de la place, ainsi que les principaux notables du rang Croche qui se sentaient concernés.

Léon-Marie les observait en silence. Il découvrait subitement, comme il ne l'avait jamais mesuré, tant son comportement lui avait toujours paru naturel, combien son implication dans la région avait d'impact, non seulement sur les résidants qui œuvraient dans ses entreprises, mais aussi sur la vie de tous.

—Avec la vente de la scierie, ça va faire une affaire de plus à jaser dans le hameau, émit Jérémie Dufour.

Bien appuyé sur le dos de sa chaise, une jambe croisée sur son genou, le boulanger se tenait en grande conversation avec son voisin, Oscar Genest. La semaine précédente, son fils Alexis, qui était prêtre, avait été nommé au vicariat d'une paroisse de la ville de Rimouski. Gonflé d'orgueil, le père profitait de l'occasion pour annoncer aux habitants de la Cédrière cet insigne honneur qui retombait sur lui.

— Ça sera pas long, astheure, qu'il va être nommé curé pis, dans une vingtaine d'années, peut-être qu'il deviendra prélat domestique comme monseigneur Darveau, raisonnait-il dans un rêve insensé. Vous pourrez pus l'appeler le petit Alexis, poursuivait-il en jetant des coups d'œil vindicatifs autour de lui, vu qu'il sera devenu quelqu'un de ben important.

— Faut dire qu'à soir, il se passe des choses plus préoccupantes que l'avenir de ton gars, le pondéra Jean-Baptiste, pis qui peuvent avoir des répercussions sur tout le monde à la Cédrière, même sur tes affaires.

Il tourna un regard interrogatif vers Léon-Marie.

— Tout ce qu'on souhaite, c'est que les nouvelles soient bonnes. Parce que, depuis la première visite des frères Gobeil, je le cacherai pas, on s'est posé des questions en aspic, assez pour nous empêcher de dormir.

Jean-Baptiste paraissait inquiet. Léon-Marie serra les lèvres. Il le savait attaché à son travail et il le comprenait. Jean-Baptiste œuvrait avec lui depuis le début de ses entreprises. Il avait partagé ses succès autant que ses épreuves.

Son cœur, soudain, lui fit mal. Il garderait toujours dans sa mémoire le souvenir du petit homme efflanqué qu'il était, prompt, mais d'une générosité sans limite. Il le verrait toujours, mâchouillant son éternel copeau d'épinette, les lèvres arrondies dans un sifflement joyeux, tandis qu'il s'employait autour des machines avec le bruit strident de la scie ronde qui remplissait l'air.

Plus loin, Éphrem Lavoie, Omer Brisson et Arthur Lévesque étaient penchés sur leurs chaises et discouraient à voix basse. Il se dit qu'il ne les oublierait pas, eux non plus. Ils étaient ses compagnons de la première heure, ceux à qui il devait la réussite de ses affaires.

Jamais il n'accepterait que des hommes de leur trempe perdent leur gagne-pain, comme il n'accepterait pas que, demain, un silence profond remplace cette activité qui avait fait naître le hameau en plus d'avoir été sa raison de vivre.

— T'as pas besoin d'avoir peur, Baptiste, assura-t-il. Ce qui arrive me crève le cœur autant qu'à vous autres, mais j'ai tout prévu. Je vous laisserai pas tomber.

Son regard noir posé sur lui disait sa détermination de veiller à ce que, lui parti, la scierie poursuive ses opérations sans rien y changer, qu'elle reste telle qu'il l'avait organisée.

—L'attente a dû vous paraître ben longue pis fatigante, concéda-t-il, tourné vers ses employés, mais faut comprendre que ces gars-là sont pas des millionnaires. Ils ont dû faire le tour des institutions financières pour obtenir un prêt. En fin de compte, il y a que les caisses populaires qui les ont pris au sérieux.

Il se tut, le temps d'une pause, puis lança d'un trait :

—Ça s'est passé hier. C'est pas encore officiel, mais ç'a ben l'air que ça va marcher.

Ses yeux brillaient.

—Je croyais pas trop, trop aux élucubrations du bonhomme Desjardins quand il suggérait de former une petite coopérative pour s'entraider, mais je pense que c'est pas si mauvais. Assez qu'il m'est venu à l'idée de leur proposer d'installer un comptoir, icitte, à la Cédrière. On serait entre Canadiens français, on continuerait à se tenir.

Les rires des hommes fusèrent.

—Cré Léon, éclata Jean-Baptiste, t'as pas encore décroché que déjà tu fais des plans pour autre chose. C'est pour dire, quand on a ça dans le sang.

—Ça veut dire que c'est pas chose faite, conclut Isaïe Lemay en tirant sur le tuyau de sa pipe. Ça veut dire que t'as pas encore vendu.

—Si c'est ce que tu veux savoir, Isaïe, non c'est pas encore signé, répondit un peu sèchement Léon-Marie, qui n'avait pas oublié la malveillance de l'homme et celle de son fils Clément dans la concurrence de ses commerces de détail. Ça serait-tu que tu serais prêt à leur prêter quelques piastres en deuxième hypothèque si, en fin de compte, les caisses populaires reculaient? Parce que, moi, vois-tu, je peux pas faire plus que de leur accorder une balance de prix de vente de cinquante mille piastres à du trois pour cent par année.

—Cré gué, tu seras pas dans le chemin avec une somme pareille en première hypothèque.

—Comme ça, ils ont réussi à te faire baisser de vingt mille piastres, s'étonna McGrath. C'est une proposition plus qu'abordable. Godless, à ce prix-là, je les aurais achetées, moi, tes entreprises, pis je t'aurais payé comptant. Aujourd'hui, tu te retrouverais avec un beau quatre-vingt mille piastres dans tes poches.

—Pour voir tout démolir pis bâtir à la place une de tes patentes? jeta Léon-Marie. C'est pas ce que je souhaitais pour mes usines.

Il reprit, sur un ton plus vif :

—C'est vrai que j'ai pas demandé cher, mais j'ai choisi de vendre à des gens qui sont dans le métier, qui vont garantir les emplois de mes travailleurs. Pis ça, j'y tenais en barnache!

—Léon-Marie a pris la bonne décision, intervint Joseph Parent. Je connais de réputation ces deux industriels-là, c'est des gars sérieux qui vont poursuivre ce qui est en place. Faut pas oublier que la scierie fournit de l'ouvrage à presque tous les habitants de la Cédrière. S'il fallait qu'il y en ait pus, ç'en serait fini du hameau. Tout ce qu'on verrait icitte ce seraient des maisons abandonnées, une école vide, une église vide, aussi ben dire un village fantôme.

—Tu parles donc ben, Parent, le taquina Isaïe, ça serait-ti que tu voudrais te représenter à la mairie, pis faire opposition à McGrath?

Interpellé, McGrath se souleva légèrement sur sa chaise.

—Pas une miette! lança fermement Joseph. Je vois clair, c'est toute.

Abandonnant son siège, il s'avança au milieu du groupe et écarta largement les bras dans un geste qui rappelait le curé Darveau dans ses plus grandes envolées.

Avec sa chevelure épaisse, argentée, ses sourcils broussailleux, son teint buriné de soleil, il ne lui manquait que la chaire avec son abat-voix pointu ornementé d'acanthes dorées pour ressembler en tous points au saint homme s'apprêtant à prononcer un de ses plus beaux sermons à l'église de Saint-Germain.

—Léon-Marie a eu à cœur de trouver un acheteur qui poursuivrait son œuvre, débita-t-il. La scierie est l'industrie principale de la Cédrière et elle fait vivre le hameau depuis bientôt vingt ans. Les entreprises qui se sont implantées par la suite sont là que pour servir les habitants déjà installés. La scierie, c'est comme une institution, et une institution doit pas mourir avec son fondateur, elle doit lui survivre, perpétuer son nom. Léon-Marie a beaucoup donné et il donne encore. Il a la valeur des grands. Aussi, je propose de déposer une motion au Conseil pour lui marquer notre reconnaissance.

—Barnache! Joseph, prononça Léon-Marie avec émotion, je pensais pas que t'avais autant de considération pour moi.

Joseph prit une inspiration profonde. L'expression enflammée, comme s'il était encore le maire de la place, il se tourna vers les autres.

—Je propose de faire ériger une plaque commémorative au bord du chemin, devant l'entrée des entreprises Savoie, pour bien montrer que Léon-Marie a été un bâtisseur, que son nom est gravé dans sa scierie, dans ses pierres, par les efforts qu'il a mis à en faire ce qu'elle est devenue.

La cuisine vibra sous les applaudissements.

—Va falloir commencer par en parler au conseil, les retint McGrath un peu vexé.

Tourné vers Léon-Marie, il interrogea avec espoir :

—Vas-tu démissionner de ton poste d'échevin?

—On décidera ça dans le temps.

—Tu vas continuer, trancha Joseph. Ta scierie vendue, tu pourras pas faire autrement.

Les hommes s'esclaffèrent. Ils en étaient assurés. Ils avaient repris confiance. Malgré ses ennuis de santé, avec un peu de répit dans ses tâches, Léon-Marie recouvrerait ses forces et redeviendrait comme avant.

L'atmosphère était détendue. Le cercle s'était défait. Chacun avait quitté sa chaise et se déplaçait dans la pièce.

Sur les ordres d'Héléna, les mains chargées d'un plateau, mademoiselle Bonenfant circulait parmi les gens et offrait des boissons gazeuses.

Chacun discourait avec entrain. Les éclats de voix étaient devenus assourdissants. Ils se seraient crus dans une joviale soirée du temps des fêtes.

Soudain, un claquement creva les bruits. Derrière eux, la porte venait de s'ouvrir dans un grand coup de vent. Étonnés, d'un même mouvement, les hommes se retournèrent.

Charles-Arthur venait de s'encadrer dans l'embrasure. Il paraissait atterré.

—Comment avez-vous le cœur de vous amuser quand le plus grand des malheurs vient de tomber sur nos têtes!

Les hommes avaient cessé de rire. Silencieux, lentement, ils se rapprochèrent de lui. Une profonde angoisse se lisait sur leurs visages.

Charles-Arthur respirait avec peine. Il mit un temps avant de laisser tomber de sa voix la plus sombre :

—J'arrive du village d'en bas. Il est arrivé une affaire épouvantable. La nuit dernière, le Caribou, le traversier de Portland, qui faisait la liaison entre Sydney et Terre-Neuve, a coulé au large de l'île du Cap Breton. Il transportait des civils, des femmes, des enfants. La plupart seraient morts.

Les yeux égarés, il cernait le petit groupe.

— Le bateau a été atteint en plein flanc par une torpille et se serait ouvert en deux. Ils ont eu le temps de descendre qu'un seul canot à la mer pour deux cent trente-cinq passagers. Ceux qui avaient réussi à mettre leur ceinture de sauvetage ont sauté à l'eau et ils seraient morts de froid, d'autres se sont noyés. C'est aussi pire qu'en 22, gémit-il, aussi pire que l'Empress of Ireland.

Excédé soudain, il lança avec force :

— Quand est-ce que les autorités vont comprendre que des sous-marins allemands avancent dans le golfe? Pis que c'est pas d'aujourd'hui. Ces bateaux dont on n'entend pus parler tout d'un coup, allez-vous me dire qu'ils se terrent quelque part dans une rade? Non! Ils ont été coulés. Depuis le temps que je le répète, pis que personne m'écoute. Il y a longtemps que je le sais, moi, que les Allemands rôdent dans nos parages. Il y a des espions partout, pas rien qu'en mer, il y en a aussi dans nos bois.

Il jeta un regard venimeux sur le maire McGrath qu'il voyait devant lui, sans parler, comme pétrifié.

— Que c'est que vous avez faite pour le caveau du bonhomme Fortier quand on a demandé au Conseil d'agir? Les avez-vous engagés à temps plein, les deux policiers? Non, vous avez préféré attendre qu'il arrive un accident. Ben, il vient d'en arriver un, pis c'est pas juste une petite coupure sur le bras. Il y a des morts, cent trente morts. C'est la guerre, comprenez-vous? La guerre partout, pas rien qu'en Europe, c'est la guerre aussi au Canada.

Abattu, il enfouit son visage dans ses paumes.

— Dire que je sais même pas ce qui va advenir de notre Raymond. Avec Angélina pis sa bosse qui s'est mis à repousser dans son ventre, je me demande comment elle va prendre ça.

Léon-Marie le considéra en silence. Il n'avait jamais vu son frère dans pareil état d'énervement. Peiné pour lui, il s'approcha. Il se sentait un peu gauche. Ni l'un ni l'autre n'avaient l'habitude des grands épanchements, de ces démonstrations de sentiments qu'ils voyaient comme un apanage réservé aux femmes. D'un geste apaisant, sans rien dire, il posa sa main sur son épaule.

Joseph Parent s'approcha à son tour. Paternel, il se pencha vers lui avec douceur.

— Quand tu verras ton gars, dis-y de rien signer, même s'il pense avoir ben lu, prononça-t-il sur un ton de grande prudence. Répètes-y chaque fois que tu le verras, t'as ben compris, Charles-Arthur, dis-y de jamais rien signer, jamais.

—Est-ce qu'il y avait des gens de notre connaissance parmi les morts? s'enquit Héléna d'une petite voix tremblante.

—C'est ben ça qui est le pire, geignit Charles-Arthur. Paraîtrait qu'il y avait du monde de Saint-Germain, deux mères de famille qui faisaient un petit voyage d'agrément vers les îles Saint-Pierre-et-Miquelon avec leurs enfants.

—Vous savez leurs noms? interrogea Héléna, le cœur battant.

—Il y avait l'épouse de l'avocat Larue avec ses deux enfants et l'autre, une dame Mongeau, je pense...

Héléna pâlit.

—Je connais ces deux femmes. Mon Dieu! C'est injuste de mourir comme ça.

Un sourcil relevé, Charles-Arthur la fixa un moment comme étonné. Brusquement, se désintéressant d'elle, il se tourna vers Léon-Marie. À nouveau, son regard était chargé de reproche.

—Quand je pense que t'oses faire des plans pour vendre tes entreprises, que t'as la tête pleine de projets pour recommencer autre chose, pendant que des gens de notre monde se font tuer presque sous tes yeux. En plus de David, le gars à ta femme qui est ben tranquille à la Cédrière avec son œil crevé, pis qui se gêna pas pour se marier au printemps prochain.

De même que ces faibles dont l'angoisse est si forte qu'ils éprouvent le besoin irrésistible de vider leur cœur d'une amertume qui attend depuis longtemps son heure, il déversait son fiel. Envieux, caustique, il montrait son vrai visage.

Héléna le regardait. Elle était abasourdie. Elle en demandait pardon à Dieu, mais elle ne pouvait s'empêcher de détester cet homme de toute son âme.

—Câlisse! reprenait-il. Quand tu disais qu'il y avait que toi pour avoir toutes les épreuves du monde, ben tu dois être content astheure, parce que le vent a viré de bord. Tes malheurs, tu les as largués dans ma cour.

Il courba la tête. Les bras ramenés sur sa poitrine, comme l'enfant sans défense dans le sein de sa mère, il marmonna pour lui-même :

—Depuis un temps, j'arrête pas d'avoir des malheurs. Angélina pis sa bosse qui continue à pousser dans son ventre... Le docteur Gaumont que j'ai vu après-midi m'a annoncé que c'est un cancer, pis qu'elle en guérirait pas, en plus de notre Raymond qui est enrôlé, qu'on sait pas s'il va revenir. Ah! la vie est une torture.

Occupée à servir ses invités, Héléna se retourna vivement.

Outrée, incapable de maîtriser sa colère, elle fendit le petit groupe et alla se placer devant lui. Sans se préoccuper des hommes dressés autour d'elle et qui la fixaient, les yeux ronds de stupeur, elle articula sans égards :

—Vous vous demandez ce que vous allez faire, Charles-Arthur Savoie? Eh bien! vous allez vous retrousser. Je suis bien triste pour Angélina, mais, un jour ou l'autre, chacun a ses problèmes. Aussi, vous allez cesser une fois pour toutes de mettre vos malheurs sur le dos des autres. Vous allez cesser de seriner à la ronde que mon fils s'est crevé délibérément un œil. Ce qui est arrivé est un accident. Vous imaginez bien que, comme tous les garçons de son âge, il aurait préféré avoir ses deux yeux. Et puis, qu'il épouse ou pas la petite Bertha Désilets ne changera pas grand-chose à la santé de votre pauvre Angélina de même que ça n'empêchera pas la guerre de se poursuivre.

Elle ajouta sur un ton déterminé :

—Comme la vie doit continuer, je vous annonce qu'au printemps prochain, je vais rouvrir ma chapellerie. De plus, scierie vendue ou pas, Léon-Marie va faire construire un immeuble à logements. Et je ne veux pas vous entendre dire que Dieu nous le rend bien parce que David n'a pas été appelé à la guerre.

Lentement, elle tourna son regard vers les deux hommes de sa vie, son mari et, près de lui, son fils David, avec son globe de verre qui occupait l'espace de son œil gauche.

—Nous aussi avons nos épreuves. Elles sont peut-être d'un autre ordre, mais elles sont là. La guerre va finir un jour, tandis que nous, nous ne savons pas ce que l'avenir nous réserve.

18

—T'aurais pas vu mon marteau?

Tout en cherchant autour de lui, le menuisier Ignace Gagnon tâtait sa ceinture de cuir autour de laquelle il avait l'habitude de glisser son outil.

Léon-Marie se retourna. Soufflant dru, il lança, en même temps qu'il déplaçait un épais madrier :

—Tu le vois pas? Il est là, à terre, à côté de toi.

—Ah ben torieux! T'as raison.

La rue Savoie grouillait d'activité. Presque tous les ouvriers disponibles avaient été mobilisés pour œuvrer sur le chantier qui couvrait le grand terrain vague s'étendant de la limite des magasins jusqu'à la résidence de Théodore Légaré, un employé au pouvoir électrique.

Sans répit, le choc des marteaux et le grincement des scies résonnaient dans l'air, chacun s'activant autour de cette vaste habitation à logements multiples, haute de trois étages, la première de cette importance à être érigée dans le hameau.

Ils se pressaient. On était en août et ils n'en étaient encore qu'au stade de la charpente. L'été avait débuté dans une grisaille de nuages et ils avaient un long retard à combler avec la pluie qui s'était déversée sur leur région pendant trois longues semaines avant de s'épuiser.

Pendant ces interminables jours désespérants de monotonie, au cours desquels des montagnes d'eau avaient noyé les cultures et envasé les routes, inactif pour la première fois de son existence, Léon-Marie s'était tenu devant la fenêtre. Une expression de profond ennui figeant ses traits, il avait consulté le ciel.

Enfin, un matin, sans avertissement, le soleil avait percé les nuages, et ses puissants rayons avaient encapuchonné le mont Pelé.

Ragaillardi, Léon-Marie s'était empressé d'appeler ses menuisiers. Les hommes s'étaient aussitôt amenés avec leur pelle et avaient entrepris de creuser les fondations.

Ils devaient se hâter. Les travaux étaient d'envergure et il était essentiel qu'ils soient terminés avant l'arrivée des grands froids.

Tous les employés de l'entreprise de construction de Charles-Arthur, de même que celle de David avaient été mobilisés pour parer à ce mois de retard et mener le projet à terme, dans les temps voulus.

En plus des gens de métier, Léon-Marie avait engagé des étudiants en vacances à qui il faisait exécuter des menus travaux. Même le petit Antoine-Léon était de la corvée. Accroupi devant une pierre plate, il passait des jours entiers à redresser des clous qu'à cause des restrictions de la guerre, les hommes récupéraient des démolitions. Parfois, lassé de faire toujours la même chose, il allait aider les grands à fouler l'isolant dans les murs.

Les mains serrées sur un long bâton, il perçait alors l'espace à grands coups en tenant bien compte des recommandations à la prudence de son père concernant ce mélange de bran de scie et de planures dans lequel les ouvriers introduisaient des débris de verre pour faire mourir les souris qui osaient y élire domicile.

Malgré l'opposition d'Héléna qui considérait Antoine-Léon bien jeune pour se mêler aux hommes dans une construction aussi haute et importante, Léon-Marie avait tenu à impliquer son fils, disant qu'à neuf ans et demi, il était temps pour lui d'apprendre à travailler.

« On a eu ces enfants-là sur le tard, se justifiait-il. Ils risquent d'être orphelins avant les autres. Faut les initier aux affaires. Faut qu'en cas de malheur, ils sachent prendre la relève. Comme on doit commencer au bas de l'échelle... »

Il n'était pas amer. C'était la loi de la vie. Un jour viendrait où ils partiraient. Leurs enfants devaient être préparés afin de bien gérer l'avoir qui serait leur héritage.

La scierie était vendue. Sitôt leur prêt versé par les caisses populaires, les frères Valère et Florent Gobeil avaient pris possession de leur nouveau bien. L'événement était survenu le premier mars.

Rentré à la maison nanti d'une tranche de trente mille dollars qui était la somme prévue à la vente, Léon-Marie avait, le même jour, convoqué son frère Charles-Arthur ainsi que son beau-fils David. Ensemble, ils avaient tracé sur une grande feuille la première esquisse d'un spacieux immeuble devant comprendre six logements sur trois étages.

En plus de répondre à leurs aspirations, l'ampleur de ce contrat avait eu pour effet bénéfique de tempérer la rogne de Charles-Arthur envers David qu'il ne considérait plus comme un compétiteur. Penchés sur le rouleau déployé, les deux hommes s'étaient mis à la tâche dans une entente parfaite, comme deux frères.

Pendant des heures, ils étaient demeurés assis devant la table, l'un près de l'autre, les prunelles rivées sur le plan ainsi que deux écoliers à leurs devoirs.

Héléna n'avait pas caché son soulagement. Dans les jours qui avaient suivi, pour une rare fois depuis qu'il la connaissait, Léon-Marie l'avait entendue fredonner tandis qu'elle faisait ronronner sa machine à coudre dans les cotons kaki.

— Qu'est-ce que tu chantes? lui avait-il demandé tant il était surpris.

« *Papillon, tu es volage* », avait-elle modulé en égrenant un petit rire. Puis elle avait reporté son regard sur sa pièce de couture. Pour elle, la tranquillité était revenue dans leur maison. La scierie ne leur appartenait plus. Elle le reconnaissait maintenant, Léon-Marie avait pris la bonne décision.

Un après-midi d'avril, en même temps que le vent tiédissait, que les effluves de l'eau d'érable couraient dans l'air, madame Martin, sa mère adoptive, s'était amenée chez eux sans s'annoncer. Sa bonne étant tombée malade, elle avait décidé de profiter de ce temps où elle se retrouvait seule dans son grand manoir pour leur rendre visite.

Dans les jours qui avaient suivi, le mal de sa vieille servante s'était aggravé jusqu'à nécessiter une longue hospitalisation. Elle avait suggéré, si sa présence ne les embarrassait pas, de prolonger un peu son séjour, jusqu'à ce qu'elle déniche en location pour l'été une maison de campagne à Sainte-Luce, dans l'entourage de sa sœur Hermine.

Ils s'étaient empressés de lui aménager une chambre dans le petit boudoir qui formait angle au bout du grand salon, du côté ouest. La spacieuse demeure s'était aussitôt remplie des petits pas agiles de madame Martin.

Du matin jusqu'au soir, ses éclats joyeux résonnaient à travers les pièces. Même le regard de la vieille dame Savoie avait perdu sa sévérité et ils la surprenaient à rire.

Entre-temps, Héléna avait jugé le moment opportun de reprendre ses affaires. Après avoir renvoyé le locataire de sa petite maison qu'elle avait partagée avec Édouard, elle avait rouvert son salon de modiste.

Par la suite, chaque matin, tandis que mademoiselle Bonenfant s'occupait des deux grands-mères et du ménage, elle quittait la maison et parcourait le court espace qui la séparait de sa chapellerie. Avec le soleil qui dorait la campagne ou encore, les jours sombres, avec la pluie qui ruisselait sur son visage, elle se disait que le printemps n'était pas qu'autour d'elle, il était aussi dans son cœur, tant elle était heureuse de renouer avec son art.

Pendant toute la journée, en chantonnant, elle modelait la paille, lui donnait des formes douces, la courbait, la repliait, ne délaissant sa tâche que lorsqu'elle entendait retentir le grelot de la porte annonçant une cliente.

Quand la pendule égrenait quatre coups, que ses muscles s'alourdissaient de fatigue, elle abandonnait aiguilles, ciseaux et rubans, puis se levait et rentrait à la maison.

Parfois elle poursuivait sa route. Se reposant sur mademoiselle Bonenfant pour s'occuper de la maisonnée, elle profitait du beau temps, des arômes sucrés qu'exhalaient les arbustes en fleurs et descendait vers le magasin général. Elle allait faire une visite à sa Cécile et en profitait pour bercer un moment la petite Lina.

Mais, depuis que le soleil s'était remis à briller, que l'été était dans son plein épanouissement, une grande carcasse de bois brut s'élevait un peu plus haut dans la rue Savoie à l'angle des commerces et masquait l'horizon sud. Alors elle ne s'attardait plus auprès de Cécile. Elle poussait plutôt dans la rue adjacente afin de constater la progression de l'ouvrage.

Chaque fois, Léon-Marie la regardait s'approcher, comme aujourd'hui, de son pas de promenade, tandis qu'elle longeait la rue étroite en terre battue, raboteuse et jonchée de bouts de bois.

Au-dessus de leur tête, un petit nuage qu'elle identifia comme un nimbus traversait les nues.

—J'espère que la pluie ne va pas nous tomber dessus encore une fois! lança-t-elle en guise de bonjour, en allant s'arrêter devant la construction.

Léon-Marie lui jeta un regard et leva les yeux vers le ciel. Sans cesser leur travail, les hommes firent de même, puis chacun esquissa une moue sceptique. Ils étaient habitués à la voir ainsi jouer les augures, dans sa crainte qu'une autre entourloupette de la nature ne retarde les travaux.

Léon-Marie avait escaladé un petit escabeau et travaillait maintenant sur le balcon de l'étage.

—Trouves-tu que l'ouvrage avance à ton goût?

Elle regarda autour d'elle, examina longuement la carcasse géante qui béait comme une grande bouche à demi édentée. Soudain, ses sourcils se froncèrent. De son index, elle indiqua la droite de la porte.

—Il ne devrait pas y avoir une fenêtre à cet endroit?

—C'est pas noté dans le plan, madame Léon-Marie, répondit un ouvrier.

—Faudra en percer une, ordonna-t-elle.

—Obéissez à la patronne! lança Léon-Marie dans un éclat de rire en assénant un énorme coup de marteau sur un chevron.

Délivré de ses responsabilités de chef d'entreprise, il paraissait heureux, travaillait avec entrain et se permettait mille boutades comme s'il avait retrouvé sa vigueur d'autrefois.

Depuis ce jour de mars où il avait cédé ses usines, il s'était investi dans l'élaboration de son édifice et il n'avait plus été frappé de ces étourdissements qui l'avaient affecté presque sans relâche pendant les trois dernières années.

Le samedi, 15 mai, David avait pris pour femme la jolie Bertha Désilets.

Après Cécile qui avait épousé Jean-Louis Gervais, le fils de Georgette et de Jean-Baptiste, c'était au tour d'Évariste et d'Angélique d'entrer dans la famille. Le cercle des amis et voisins se refermait dans des limites plus étroites, à la grande satisfaction de Léon-Marie qui voyait ses meilleurs compagnons d'enfance devenir des parents.

Installé temporairement dans la maison de ferme d'Évariste, le jeune couple avait choisi d'être parmi les premiers à occuper un logement dans l'immeuble de la rue Savoie.

En Europe, la guerre poursuivait ses ravages. Dans le hameau, presque tous les garçons âgés entre vingt et un et vingt-cinq ans avaient reçu la redoutable enveloppe les contraignant au service militaire.

Ils n'étaient pas encore tenus de traverser l'Atlantique, mais cet état précaire faisait vivre une angoisse perpétuelle à leurs familles.

Partout, les nouvelles étaient troublantes. Plus près d'eux, avec le naufrage du Caribou, au large de la Nouvelle-Écosse à l'automne précédent, les rumeurs courant à l'effet que des sous-marins allemands s'aventuraient dans les eaux du golfe Saint-Laurent s'étaient concrétisées.

Sur un pied d'alerte, les autorités en place dans les villes et les villages avaient aussitôt édicté de voiler les fenêtres des logis donnant sur la voie navigable. De la brunante jusqu'au lever du jour, toutes les familles avaient l'obligation, sous peine d'amende sévère, d'installer des stores ou encore des laizes de papier noir sur ce côté de leurs habitations.

Le soir, les rues étaient désertes, chacun ne sortant de chez soi que pour des raisons sérieuses. Les lampadaires ne s'allumaient plus, de même que les phares des voitures qui devaient, eux aussi, être soustraits à la vue d'éventuels ennemis. Barbouillés de noir jusqu'à la demie, ils ressemblaient à des lézards somnolents le jour et prenaient une allure dubitative la nuit, avec leur tout petit espace de clarté basse qui balayait le gravier de la route.

—Où c'est qu'il est, le petit Antoine? demanda brusquement Ignace en reluquant autour de lui. Les hommes manquent de clous, sur le toit.

—Je pense qu'il presse du bran de scie avec David dans le mur nord, l'informa Léon-Marie en déroulant un épais coupe-vapeur.

—Arrive, le petit garçon à Léon-Marie! cria le grand Isidore, le frère du fermier Josaphat Bélanger.

Son bâton de fouleur à la main, Antoine-Léon apparut devant l'ouverture du bâtiment et se tint immobile.

Haut comme trois pommes, la mine ombrageuse, avec sa salopette qui ballottait sur ses jambes, ses bas de coton ravalés jusqu'aux chevilles, ses vieilles chaussures de cuir aux lacets défaits, il fixait l'homme.

—Que c'est qu'il attend, le p'tit garçon à Léon-Marie, pour nous décrochir des clous, pis aller les porter aux gars qui travaillent en haut? répéta le grand Isidore.

—Mon nom, c'est Antoine-Léon! lança le gamin sans bouger de sa place.

—À part ça qu'il est chatouilleux, le p'tit garçon à Léon-Marie, rigola le grand Isidore.

—Je les décrochirai pas, vos clous, décida Antoine-Léon le visage obtus en laissant tomber son bâton parmi les copeaux qui jonchaient le sol. Je m'en vais chez nous. Je m'en vais aller jouer à la patience à deux avec ma mémère Savoie.

Vexé, abandonnant là sa tâche, Antoine-Léon dévala les marches et croisa l'homme. En courant, avec sa casquette enfoncée sur sa tête, ses chaussures qui creusaient le sol mou et soulevaient une poussière fine, il gagna le chemin de Relais et disparut vers la maison.

—Vous n'êtes pas correct de le taquiner ainsi, reprocha Héléna.

Agenouillé sur l'alignement de planches que formait le balcon de l'étage, Léon-Marie se pencha vers eux.

—Héléna a raison, Isidore, t'arrêtes pas de faire étriver le petit. Ça va être difficile, astheure, de le faire travailler, déjà qu'il a pas été facile à convaincre.

—Pour ma part, je ne serais pas fâchée s'il refusait de revenir, répartit Héléna. Le voir fouler de la ripe entre les murs, à son âge, avec ces tessons de bouteilles et ces débris de vitre que vous mêlez dedans...

—Les hommes le surveillent, fit Léon-Marie en poursuivant sa tâche à grands coups de spatule de maçon. Et pis, faut qu'il apprenne à être prudent.

Il soufflait et toussotait en déplaçant son outil.

Ignace s'était approché de la charpente, portant sur son épaule un seau rempli d'enduit goudronné. D'un mouvement leste, il le hissa au bout de ses bras et le lança vers l'étage. Le contenant décrivit une courbe et alla atterrir adroitement sur un madrier derrière Léon-Marie.

—Tiens, Léon, c'est ce que t'avais demandé?

—Ç'a ben l'air, répondit Léon-Marie en se redressant sur ses pieds pour agripper le récipient.

Ses deux mains enserrant l'anse, il le déplaça avec effort. Autour de lui, l'espace était encombré de bouts de bois et d'outils de toutes sortes. Les muscles tendus à l'extrême, il souleva l'objet malaisément et, en vacillant sur ses jambes, le torse incliné, progressa à petits coups vers le bout de la galerie.

—De toute façon, les souris, ç'a toujours été la plaie des constructions, conclut-il hors d'haleine. Si on veut pas que la vermine s'installe entre les colombages, c'est le seul moyen qu'on a trouvé de les en empêcher.

D'un mouvement brusque, fatigué, il laissa tomber le seau. Refoulées par le poids du récipient, les lattes se déplacèrent et formèrent une brèche dans le plancher de fortune. Gardant son appui, il fit un pas vers l'avant et se retint de trébucher.

—Faudrait faire débarrasser un peu! cria-t-il en se redressant. Il y a tout un barda par icitt...

Le reste de sa phrase se perdit dans un long hurlement accompagné d'un craquement sinistre de planches soulevées. D'un seul coup, il avait disparu de leur vue, chuté à la verticale et réapparu sur le sol de l'étage inférieur. Dans un bruit mat, comme une masse gélatineuse, ses genoux fléchirent et il s'étala de tout son long au milieu des débris qui jonchaient le rang de bois brut.

Héléna laissa échapper un petit cri. Affolée, les mains pressées sur ses lèvres, elle se précipita vers lui.

Empêtré dans ses grosses bottes de travail, le plus rapidement qu'il put, Ignace quitta son échelle et courut vers le petit espace du rez-de-chaussée.

—Torieux, Léon, que c'est qui t'arrive?

Léon-Marie s'était relevé péniblement et secouait ses vêtements recouverts de poussière. Les yeux égarés, il tâtait ses membres et regardait autour de lui.

—Je me suis rien cassé. Barnache! Je vois que faut regarder où on marche quand on travaille sur la construction. Faudra le dire au petit Antoine-Léon.

Il parlait sur un ton détaché, comme s'il s'éveillait d'un rêve.

—Comment te sens-tu? demanda Héléna, le cœur battant à se rompre.

—Je suis ben correct, c'est juste que j'ai pas mis le pied à la bonne place.

En boitillant, il fit un pas vers l'échelle.

—Astheure, laissez-moi aller. Faut que je finisse ce que j'ai commencé.

—Oh que non! lança aussi vite Héléna. Tu rentres immédiatement à la maison!

Très pâle en cette chaude journée du mois d'août, avec le généreux soleil qui rôtissait les champs, elle avait serré son châle sur ses épaules, comme si elle frissonnait de froid.

Léon-Marie la considéra, les yeux agrandis de surprise.

—On dirait quasiment que t'as eu peur.

—Oui, j'ai eu peur, avoua-t-elle. J'ai eu très peur.

Il ouvrit la bouche pour répliquer, puis courba la tête. Sans résister, traînant ses bosses et ses meurtrissures, il la suivit vers la maison.

—Je pense qu'il en a manqué de peu pour que saint Pierre m'ouvre ses portes, prononça-t-il après un moment de silence. S'il avait fallu que je meure d'une banale chute de l'étage... me semble que j'étais pas préparé. Je viens de comprendre que j'aimerais pas mourir subitement.

Il paraissait ébranlé.

—Je peux pas m'expliquer pourquoi, mais je voudrais pas mourir avant d'avoir vu mon petit Antoine-Léon fêter ses seize ans.

—Pourquoi seize ans? interrogea Héléna, le cœur étreint tout à coup.

—Je le sais pas moi-même. C'est dans ma tête.

—Antoine-Léon n'a que neuf ans, aussi tu vas me faire le plaisir d'oublier ça et penser à autre chose, jeta-t-elle, sévère.

Le pas déterminé, elle le devança dans la cuisine, tira un siège et l'approcha de la fenêtre. Sous le regard intrigué des aïeules qui attendaient une explication, elle alla chercher un oreiller et le disposa derrière sa tête. Du même élan, elle dénicha dans le placard le sac en caoutchouc et le remplit de glaçons.

—Tu le mettras sur le bleu qui te fait le plus mal, dit-elle en revenant vers lui.

Elle ajouta avec raideur :

—Pour ce qui est de la mort, qu'elle soit subite ou pas, tu prendras ce que le bon Dieu t'enverra.

Le soleil brillait de tous ses feux le lendemain matin, quand ils s'éveillèrent. Le petit nimbus aperçu la veille par Héléna avait poursuivi son chemin pour disparaître tout seul derrière la montagne. Par la fenêtre de la chambre, ils entendaient le pépiement des oiseaux et le craquètement joyeux des cigales.

—V'là une belle journée pour avancer dans notre construction, dit Léon-Marie en étirant les bras jusqu'aux barreaux de la couchette. Si ça continue à bien aller de même, le temps de colmater le toit, poser la brique et boucher les fenêtres, dans au plus quatre semaines, les hommes pourront travailler à l'intérieur, pis il sera pus question de s'inquiéter de la pluie.

—Moi, je viens de décider que je n'irais pas entendre la messe, ce matin, dit Héléna en repoussant la couverture. Le bon Dieu ne le mérite pas. Je pensais que tes problèmes étaient finis, que mes prières avaient été exaucées, mais il semble que ce ne soit pas le cas. Je vais aussi retourner ma statue du Sacré-Cœur contre le mur. Lui aussi mérite une punition.

—Tu me fais bien rire avec tes superstitions, observa Léon-Marie en s'asseyant au bord du lit pour enfiler ses vêtements. C'est pas un étourdissement que j'ai eu, hier, j'ai tout simplement marché à la mauvaise place.

La jambe un peu raide, il se dirigea vers la porte.

—Et pis, tes prières ont peut-être été exaucées. Ce matin, je me sens comme un jeune homme.

—Quand même, je ne prendrai pas de chance, dit-elle en le suivant dans l'escalier. Il ne faut pas que le bon Dieu pense que je Le regarde faire sans rouspéter un peu.

Ils pénétrèrent l'un derrière l'autre dans la cuisine. Mademoiselle Bonenfant était déjà à son poste devant le poêle et tournait de belles crêpes dans le poêlon de fonte. Léon-Marie alla occuper sa place habituelle devant la table, tandis qu'Héléna allait s'asseoir à l'autre bout, face à lui.

—As-tu l'intention d'amener Antoine-Léon avec toi, ce matin?

demanda-t-elle en avalant une gorgée de thé brûlant. Je doute qu'il soit bien enthousiaste. Les hommes n'arrêtent pas de le taquiner, de l'appeler le petit garçon à Léon-Marie.

Léon-Marie s'était renfoncé sur son siège et avait croisé ses bras sur sa poitrine.

—Je vois rien de déshonorant pour un petit gars à être le fils de son père.

On frappait à la porte. Ignace avait traversé le perron et, la mine penaude, le regardait à travers la moustiquaire.

—Te sens-tu capable de venir sur le chantier, à matin, Léon? On aurait un petit problème.

Léon-Marie se tourna vivement vers lui.

—Barnache! Il serait pas déjà arrivé un accident! De bonne heure de même, quand la journée est pas encore entamée?

—Ben non, le rassura Ignace, il y a personne de mort ni de blessé, c'est une autre affaire mais j'aimerais mieux que ça soit Charles-Arthur qui t'explique.

Il paraissait embarrassé et se balançait sur ses jambes.

Vaguement tourmenté, Léon-Marie arracha la serviette de table qui entourait son cou et écarta sa chaise.

—C'est ben parce que j'haïs ça des devinettes de même, sinon je mangerais mes crêpes tranquille.

Sans prendre le temps de terminer son petit déjeuner, il enfonça sa casquette sur sa tête et suivit son ouvrier. La jambe claudicante, à grandes foulées, il descendit la côte et s'engagea dans la petite rue près des magasins.

Ses hommes étaient tous là. Il les apercevait, groupés au milieu de la cour, avec leurs bras qui ballaient le long de leurs hanches, l'air stupéfié, sans bouger.

Tandis qu'il se rapprochait, il voyait distinctement sur le plancher du rez-de-chaussée, leurs coffres à outils largement ouverts, mais aucun d'eux n'y avait puisé le moindre objet.

—Barnache! Voulez-vous ben me dire ce qui se passe? hurla-t-il en accélérant le pas. Êtes-vous en train de faire la grève ou ben espériez-vous après la nouvelle de ma mort?

—Tu y es pas pantoute, répondit Charles-Arthur en s'écartant des autres. Comme Ignace a dû te le dire, on a un petit problème. Il y a qu'on vient d'avoir la visite de ton voisin Théodore Légaré. Il m'a demandé de te remettre ça.

La main tendue, il exhibait un document proprement plié, marqué d'un sceau officiel.

Léon-Marie émit un imperceptible mouvement du menton. Le geste sûr, il s'empara de l'assemblage de feuilles et le déplia. Lentement, avec un petit air d'arrogance, il en commença la lecture.

Soudain, il fronça les sourcils. Intrigué, il rapprocha son visage. Ses lèvres, subitement, s'étaient mises à remuer avec rapidité. Fébrile, il marmonnait, hochait la tête en même temps qu'une sorte de grognement débordait de sa bouche. Le papier frissonnait dans le vent. Sa voix s'intensifiait tandis qu'il parcourait l'écrit. Ses yeux s'agrandissaient de colère.

Enfin, il se redressa. Il ne cachait pas son indignation.

— Que c'est que c'est que cette histoire-là? Mon immeuble serait pas conforme? Barnache! Pour qui c'est qu'il se prend?

Ignace souleva sa casquette et se gratta la tête, dans ce geste machinal qui marquait son trouble. Il avança avec prudence :

— C'est pas que je veux te contredire, Léon, mais j'ai mesuré l'espace avec mon pied-de-roi. C'est vrai que ton immeuble est construit à cinq pieds de ta limite de propriété. D'après la loi, il faut six pieds de terrain libre pour avoir le droit d'ouvrir des fenêtres du bord du voisin. J'ai vérifié, il nous manque ben un pied.

Il ajouta sur un ton navré :

— J'ai ben peur qu'on soit obligé d'obtempérer à l'ordre de Théodore, pis boucher nos fenêtres du côté nord.

— Barnache, Ignace, tu sais ben que ç'a pas de bon sens. Ça voudrait dire que trois de mes locataires sur les six auraient des fenêtres seulement en avant pis en arrière, aussi ben dire qu'ils vivraient dans un trou noir.

— Théodore est dans son droit, tenta de le raisonner Charles-Arthur. Tu peux rien contre lui.

— Je le sais ben, s'impatienta Léon-Marie, mais me semble qu'il devrait y avoir une manière de le contrer. À part ça que je peux pas donner aussi facilement raison à un employé du pouvoir électrique. Je vois McGrath d'icitte, il me le rabâcherait pendant des années. Surtout qu'il m'en veut déjà de pas avoir réussi à s'approprier mes usines.

Excédé, il se tourna vers les hommes.

— Laissez-moi du temps pour ruminer ça, je vas chercher un moyen.

Accompagné d'Ignace et de Charles-Arthur, il se dirigea vers le côté de la maison qui jouxtait la coquette résidence de Théodore Légaré. Pensif, son index pressant ses lèvres, il fixait devant lui le petit espace tapissé d'herbes folles comme un étroit couloir qui allait mourir tout au fond dans le pacage d'Ovila Gagné. Il hochait la tête, paraissait dépassé.

—Comment j'ai pas pensé à ça? marmonnait-il pour lui-même. Il me manque un pied. Je peux pas boucher les fenêtres, Héléna accepterait jamais ça, comme c'est pas possible non plus de déplacer mon immeuble.

—T'as pas le choix, Léon-Marie, insista Ignace. C'est ça ou ben c'est la municipalité qui va se charger de te mettre au pas. Avec McGrath comme maire, pour une fois qu'il aurait le gros boute du bâton il se gênerait pas pour t'imposer sa loi, sans compter les frais que ça occasionnerait, que tu serais tenu de payer. Si tu t'obstines, tu vas courir après le trouble.

—T'as pas compris, Ignace, fit Léon-Marie, tourné vers lui. Faut que je trouve un moyen d'être dans mon droit, comprends-tu? Dans mon droit, sans avoir à boucher mes fenêtres.

—Quand est-ce que tu vas admettre que tu t'es trompé, jeta Charles-Arthur. On bouche les fenêtres, pis on en parle pus.

Sans l'entendre, la mine opiniâtre, Léon-Marie revint porter ses yeux sur le petit espace avec le soleil du matin qui étalait ses rayons d'or jusqu'au parterre de son voisin.

Soudain, il se raidit. L'œil brillant, vivement, il se tourna vers les deux hommes, son frère et son ouvrier, qui le regardaient en silence.

—Je pense que j'ai trouvé.

Les jambes écartées, comme au plus beau temps de sa jeunesse quand il procédait à ses concours de force et d'endurance, il arqua résolument la nuque.

—Vous vous imaginez pas, j'espère, que le petit Théodore Légaré va me plumer comme un moineau pis que moi, Léon-Marie Savoie, je vas me laisser faire sans me débatte un brin? Appelez les hommes, dit-il en agitant les doigts. Je veux les voir tous icitte avec leur marteau pis leur égoïne, pis qu'ils apportent le plus de planches brutes qu'ils seront capables, en sapin, de préférence.

Un sourire caustique tirant ses lèvres, il ajouta, en même temps qu'il fixait de l'autre côté de la clôture, la jolie maison de l'employé au pouvoir électrique :

—J'ai pas le droit d'avoir des ouvertures de ce côté-là parce que mon terrain a pas les six pieds réglementaires, je le concède. Par contre, j'ai le droit de construire un mur sur ma limite de terrain, à la condition qu'il soit sans ouvertures. Ça, la loi le permet. Ça fait que, vous allez m'en construire un et vous allez le coller sur la clôture du petit Théodore. Vous allez l'ériger juste sur ma borne. Je lui céderai pas un pouce.

—T'aurais pas le culot de faire ça, se récria Charles-Arthur. Ça sera pas regardable. Le pauvre Théodore pourra pus jamais jeter le plus petit coup d'œil de ton bord.

—Mets tes hommes à l'ouvrage, ordonna Léon-Marie sur un ton sans réplique. Je veux que tout soit fini avant l'angélus de midi.

Sans rien ajouter, il fit un demi-tour sur lui-même et, à longues enjambées pesantes, s'éloigna vers sa maison. Il allait terminer son petit déjeuner.

Un peu plus tard, il se retrouva sur la route. Il ne boitillait plus. En sifflotant, oubliant ses ennuis du matin, il s'engouffra dans le magasin général. On était au début du mois et il avait des affaires à régler avec Cécile. Il en ressortit à l'heure du dîner. En bas, l'angélus sonnait à la petite église. D'un pas résolu, il bifurqua à sa droite et se dirigea vers l'immeuble en construction. Il allait constater l'avancement du travail commandé à ses hommes.

À grandes foulées, il traversa la façade de la bâtisse en diagonale et marcha tout droit vers l'étroit espace qui bordait le côté ouest. La tâche était terminée. Les ouvriers avaient quitté le chantier et étaient retournés chez eux pour prendre leur repas de midi. Un long passage sombre dans lequel soufflait un vent frais avait fait place au petit enclos gorgé de soleil qui étalait ses couleurs au début de la matinée. Autour de lui, les herbes longues, couchées, piétinées étaient jonchées de bran de scie et de bouts de bois.

Le grand mur s'élevait à la hauteur des trois étages. Appuyé sur des étais, comme une sorte d'arc-boutant rudimentaire, avec ses planches rudes, laides, grisâtres, il jetait son ombre puissante sur la petite habitation de son voisin.

Léon-Marie y jeta un regard. Un sourire méchant tirait ses lèvres.

Derrière lui, des pas rapides faisaient crisser le gravier de la route. Il se retourna. Théodore Légaré rentrait pour le dîner à son tour. Essoufflé, l'œil presque larmoyant, il avait fait un crochet du côté de la construction et pénétrait dans la cour. Il paraissait furieux.

—Franchement, monsieur Savoie, le faites-vous exprès? Avez-vous seulement pensé avant de faire ériger un mur pareil? C'est une monstruosité. J'ai une belle maison, bien propre avec un jardin de fleurs. Que c'est que ça va avoir l'air?

—Ça va avoir l'air de ce que tu voulais, mon homme, répondit Léon-Marie en redressant durement le menton. C'est ben ça qui est écrit sur le petit papier que tu m'as envoyé? Tu voulais pas les voir, mes fenêtres? Ben tu les verras pas. Comme t'as pu t'en rendre compte, j'ai pas l'habitude de lésiner pis de faire des détours avant de me conformer à une sommation. Tu l'as demandé? T'as eu ce que tu voulais.

Il ajouta de façon à être bien entendu du personnage, tandis qu'il s'éloignait rapidement vers sa construction :

—Astheure que je suis en loi, on va se remettre à l'ouvrage. Mes ouvriers ont perdu assez de temps.

—Attendez, monsieur Savoie, cria Théodore en courant derrière lui. J'ai encore affaire à vous.

Léon-Marie s'immobilisa. Lentement, il se retourna. Le menton pointé, la nuque arquée avec puissance, il articula avec une froideur délibérée :

—Que c'est que je peux faire de plus pour toi, mon homme?

—Je peux plus le voir, votre maudit mur, avoua Théodore, démolissez-lé, pis gardez-les vos fenêtres.

—À ton aise, mon homme, répliqua Léon-Marie qui avait peine à dissimuler l'étincelle de victoire qui allumait ses yeux. Demain, je vas t'amener chez le notaire, pis tu vas me signer une petite servitude, après ça, on va être en règle. On va pouvoir se parler.

19

La construction était terminée. Les murs avaient été recouverts de brique rouge, le toit avait été soigneusement goudronné et les ouvertures avaient été peintes en blanc.

On était un dimanche. Comme Léon-Marie l'avait souhaité, presque tous les habitants de la Cédrière s'étaient déplacés pour la grande fête d'inauguration de sa nouvelle habitation à loyers multiples.

Même monseigneur Darveau était présent. Arrivé tout droit du village d'en bas, il était venu, cette fois, à titre de relation de la famille. La taille pompeusement entourée de son ceinturon violine de prélat domestique, il avait pris place au milieu de ses ouailles et, les bras croisés sur la poitrine, discourait de son ton le plus amène.

Près de lui, se tenait l'abbé Jourdain, le jeune curé de la Cédrière. Trapu, avec ses joues rouges, joufflues de fils de la terre, son col romain qui enserrait son cou, il souriait à la ronde d'un air candide.

Un pas derrière eux, revêtu du surplis frangé de dentelle, attendait un enfant de chœur, son bras refermé sur l'aspersoir.

Le député Lepage devenu ministre et son épouse s'étaient aussi transportés dans leur somptueuse limousine avec tout l'apparat et le chauffeur. Des élections étaient prévues pour 1944 et, en politicien astucieux, sans trop préparer sa campagne, il se disait qu'il n'était pas mauvais d'honorer de sa personne les gens les plus influents de la grande paroisse de Saint-Germain.

Donald McGrath s'était amené parmi les premiers. L'œil vif, dépassant les autres d'une tête, il examinait les alentours en fendant les groupes à longues enjambées affairées. Près de lui, sa femme, Grace, trottinait aussi vite qu'elle le pouvait. Son bibi de soie noire, planté sur l'oreille, elle avançait en ballottant sa taille replète qui avait encore épaissi depuis l'avènement de son époux au poste de premier magistrat municipal.

Les frères Gobeil, les propriétaires de la scierie, étaient là eux aussi. L'air un peu perdu parmi ces gens qui leur étaient étrangers, ils étaient venus faire acte de présence, avaient-ils dit à Léon-Marie et s'en retourneraient à leurs affaires sitôt après la bénédiction des lieux. Près d'eux, discutant avec animation, se tenaient quelques notables du village dont le notaire Beaumier et l'avocat Larue, le nouveau veuf.

La vaste cour était enveloppée de bruits. Une dizaine de véhicules automobiles étaient garés sur un côté de la route, tandis que de l'autre, s'enfilaient les bogheis, avec leurs chevaux encore retenus entre les limons, et qui piaffaient devant leur picotin d'avoine.

L'après-midi étincelait de soleil. Au-dessus de leurs têtes, les oiseaux, en bandes disciplinées, traversaient le ciel et poussaient des piaillements bavards. De la montagne jusqu'au fleuve, la campagne était colorée de roux.

Ils n'auraient pu choisir plus belle journée.

Les hommes avaient troqué le panama pour le melon et les femmes avaient coiffé leur plus joli chapeau. Tous paraissaient réjouis. Pour un bref moment, ils oubliaient leurs angoisses, la guerre et l'absence de leurs fils.

Assises l'une près de l'autre au milieu d'une longue enfilade de chaises, à l'ombre du vieil érable, se tenaient les deux grands-mères. Une main serrant leur ombrelle, l'œil intéressé, elles reluquaient autour d'elles, suivaient les mouvements de la foule.

—Te v'là enfin, David! entendirent-elles Léon-Marie héler près d'elles en s'avançant vers son beau-fils qui venait de franchir l'entrée. Presse-toi un peu. On a besoin de toi.

D'un même mouvement, elles tournèrent leur regard vers le jeune homme. Arrivé à pied de la ferme des Désilets où il résidait encore dans l'attente de son logement, il était accompagné de sa femme Bertha, souriante et fragile, une paume timide appuyée sur la rotondité de son ventre.

—David n'a pas tardé à profiter de son privilège de mari, fit remarquer madame Martin, se retenant d'une certaine pudeur, en considérant la nouvelle épouse. J'espère que le bébé ne naîtra pas avant terme. Ce serait choquant. Je n'ose imaginer ce qu'en penseraient mes amies. Quant à Cécile...

Ses yeux s'appesantirent sur Cécile qui venait d'apparaître à son tour dans l'entrée avec Jean-Louis portant leur petite fille dans ses bras. Revêtue d'une large tunique, elle étalait fièrement, son ventre, elle aussi, rebondi.

—Chez nous, on se casse pas les pieds avec des calculs pareils, coupa madame Savoie. Quand un enfant vient au monde, on le prend et on s'en occupe.

—Il est vrai que chez certaines gens, les mœurs sont plutôt débridées, répliqua madame Martin sur le même ton sec.

Madame Savoie lui jeta un coup d'œil acide, puis se détourna. Depuis quelque temps, les deux vieilles étaient en froid.

La mère de Léon-Marie qui, avant l'arrivée de madame Martin, mobilisait l'attention de la famille, considérait que la présence de l'autre s'éternisait plus qu'elle ne l'aurait souhaité. Sous le prétexte de n'avoir pu trouver de villa convenable à Sainte-Luce pour l'été, madame Martin avait prolongé son séjour.

Durant la même période, sa vieille bonne étant morte, elle avait vendu son manoir du Bic et depuis, paraissait s'être installée à demeure chez sa fille.

Dans le fond de son cœur, la vieille dame Savoie la soupçonnait de ne pas avoir cherché bien longtemps pour se dénicher une résidence comme elle en avait manifesté l'intention.

L'incident qui avait déclenché les hostilités et soulevé l'ire des deux vieilles, remontait à cet après-midi de septembre où madame Martin avait rapporté de sa maison, une jolie petite chaise de style Queen Ann qu'elle affectionnait particulièrement. C'était pour elle, un objet précieux, avec ses lignes courbes, finement ciselées, son siège et son dossier douillets, habillés de soie.

Peu habituée à posséder d'aussi élégantes choses, comme un chat qui s'apprête à se rouler en boule, la vieille dame Savoie avait tourné longuement autour du meuble délicat.

Dans les jours qui avaient suivi, chaque fois qu'elle en avait eu l'occasion, elle avait accaparé la jolie chaise. Sitôt le petit déjeuner terminé, en même temps qu'elle allait respirer l'air du dehors, elle ne manquait pas de l'attraper sur son bras et de l'occuper au grand dam de sa légitime propriétaire.

Un matin, madame Martin avait éclaté.

—Pourrais-je profiter de ce qui m'appartient? avait-elle lancé, incapable de taire son exaspération, en voyant l'autre, encore une fois, s'emparer de l'objet pour aller s'asseoir sur la véranda.

Offensée, madame Savoie avait aussitôt reposé le siège et s'était redressée avec verdeur.

—Que madame m'excuse! De toute façon, on n'est même pas bien assis sur ces bébelles-là. À mon tour, de vous demander de ne plus vous approprier ma berçante comme vous le faites chaque soir après le chapelet. Vous vous bercez tellement fort que vous avez usé les deux châteaux, assez que je vais être obligée de demander à mon garçon Charles-Arthur de m'en fabriquer d'autres.

La journée avait passé dans le silence, chacune assise sur le fauteuil qui était sa propriété. Avec un ressentiment propre à leur âge, jamais plus, par la suite, elles n'avaient partagé leurs affaires.

Leurs rapports étaient restés bienséants puisqu'elles avaient à vivre dans la même maison, mais ils avaient perdu leur cordialité. Le visage fermé, quand elles n'avaient pas à aider Héléna à découper des lisières de draps pour les pansements à l'usage des militaires, elles employaient leurs journées, madame Savoie à tricoter, madame Martin penchée sur sa lecture, chacune absorbée par l'occupation de son choix.

Le soir, elles écoutaient la radio. Madame Martin s'intéressait aux nouvelles pour ensuite se retirer dans sa chambre tandis que madame Savoie prêtait l'oreille au feuilleton *Un homme et son péché* qui suivait le journal parlé.

Héléna avait feint de ne rien voir dans ce comportement qu'elle jugeait enfantin. Comme si rien n'était, elle devisait agréablement avec elles, puis chacune allait au lit, pour reprendre le lendemain, la routine de la veille.

—Le curé Jourdain s'apprête à bénir l'immeuble de mon garçon, prononça madame Savoie sur un ton ronflant, le visage tourné vers la haute bâtisse. Je l'aime bien, ce petit abbé, reprit-elle avec un regard en coin vers sa compagne. Il s'enfarge pas dans les fleurs du tapis pour chercher des poux aux honnêtes gens, lui.

Madame Martin lui jeta un coup d'œil rapide et s'abstint de répondre.

Le ministre Lepage avait coupé le ruban et les invités s'étaient rapprochés pour une visite des logements.

Elles se levèrent à leur tour et, avançant côte à côte, comme deux sœurs, allèrent se mêler à la foule.

Les voix s'étaient intensifiées. Excités, les faubouriens s'étaient introduits à l'intérieur de la bâtisse et parcouraient les lieux avec aisance et familiarité, en reluquant autour d'eux, comme s'ils farfouillaient dans leurs affaires.

Les pièces encore vides exhalaient une odeur de bois neuf et de peinture fraîche. Il avait été entendu que les locaux seraient accessibles aux locataires le premier jour du mois de novembre.

—Je changerais ben de maison pour venir m'installer icitte, dit Oscar Genest en contemplant avec un œil d'envie le beau grand logement qui s'étendait sur tout un côté du rez-de-chaussée. Pus d'entretien, pus de toit qui coule, pus de robinet qui dégoutte, pus de gazon à tondre, pus d'entrée à pelleter l'hiver. Il y a pas à dire, il y a pas plus belle vie que celle de locataire.

Planté près de lui, Jérémie Dufour continua comme une litanie :

—Pus d'indépendance, pus de tranquillité, pus d'espace autant que t'en veux. T'entends marcher au-dessus de ta tête ou encore, t'entends parler dans le corridor. Tu sens passer par en dessous de ta porte, les relents de friture du voisin, la radio des autres cogne sur tes murs, enterre tes conversations, avec de la musique que t'as pas choisie, à ça s'ajoutent les petits qui braillent la nuit, sans compter les plus grands que t'entends crier par tes fenêtres ouvertes, à te casser les oreilles quand ils vont jouer dehors.

—On dirait quasiment que t'es pas faite pour être locataire, Jérémie, se gaussa Léon-Marie en venant le rejoindre.

—Jérémie, c'est dans un presbytère qu'il serait heureux, décida Jean-Baptiste en s'éloignant pour poursuivre sa visite, à côté de son Alexis, à réciter des prières.

Léon-Marie riait de toutes ses dents. Un bras passé autour de l'épaules de Baptiste, il marchait en traînant le pas, paraissait détendu, repu comme il n'avait pas été depuis longtemps. Héléna avançait derrière et ne cachait pas sa satisfaction. À cet instant elle avait peine à croire que son époux ait pu être souffrant au point de vendre ses entreprises quand il fallait si peu de chose pour lui redonner vigueur et joie de vivre.

Ils se retrouvèrent dehors.

L'heure était venue pour les hommes de procéder à leur traditionnel concours de force et d'endurance.

La veille, aidé de Jean-Baptiste, Léon-Marie avait décidé des jeux. Il avait voulu profiter de cette cérémonie de bénédiction pour recréer les rencontres d'autrefois, axées sur le plaisir de se retrouver ensemble.

Pour la première fois, il avait choisi de ne pas participer aux compétitions, de même qu'il ne tenterait pas de soulever le petit baril de clous que, fidèle à son habitude, Jean-Baptiste avait apporté à la fête. Courbaturé depuis sa chute du balcon de l'étage, il dormait mal et ses réveils étaient pénibles. D'autre part, avec la vente de la scierie et le ralentissement dans ses activités, il avait la sensation d'avoir perdu sa robustesse. Il éprouvait parfois une si grande lassitude dans son corps qu'il n'avait d'autre désir que de rester tranquillement assis et regarder se démener les autres.

—Je vois que tu as renoncé à concourir, observa près de lui monseigneur Darveau en constatant qu'il demeurait sur sa chaise. C'est une sage décision. Vient un temps où on doit céder la place. Si tu ne l'avais pas fait, je pense que je t'aurais incité à te rasseoir.

— C'est juste qu'aujourd'hui j'ai un peu mal dans les os, monsieur le curé. Ça veut pas dire que je mesurerai pas mes forces un autre jour.

— Tu te comportes comme un enfant, gronda le vieux prêtre. Tu sembles oublier que tu approches la soixantaine.

— Cinquante-sept, monsieur le curé. Seulement cinquante-sept.

Les concurrents étaient revenus à leur point de départ. Ils respiraient bruyamment. Leur front était piqué de mille petites gouttelettes de sueur. Dressé au milieu d'eux, Ignace avait levé la main et proclamait le gagnant.

Léon-Marie était allé les rejoindre et applaudissait leurs efforts. Héléna l'avait suivi et applaudissait, elle aussi. Radieuse, elle semblait avoir oublié sa réserve habituelle et bavardait sans retenue.

À sa droite, des servantes du village qu'elle avait engagées pour l'occasion s'affairaient à disposer crudités et sandwichs sur une grande table dressée près de la façade. D'autres se déplaçaient entre les groupes et offraient des boissons gazeuses. Peu à peu, les invités se regroupèrent et les conversations se poursuivirent autour du buffet.

Les heures avaient filé. Le soleil descendait vers l'horizon et l'air commençait à fraîchir. Bientôt, la fête serait finie et chacun s'en retournerait chez soi. L'après-midi avait été agréable, délassant, comme ils en connaissaient peu. Pour la première fois depuis longtemps, Héléna se sentait imprégnée d'une sorte de bonheur paisible.

Un bruit, soudain, lui fit prêter attention. Du côté de la route, un mouvement inhabituel faisait se déplacer les gens, comme une agitation désordonnée, fébrile. Jean-Baptiste s'était détaché des autres et reluquait autour de lui.

— Auriez-vous vu Charles-Arthur? On le cherche partout. C'est Angélina... paraît qu'elle aurait fait une attaque. Le docteur a été appelé... On trouve Charles-Arthur nulle part.

— Je l'ai vu au début de l'après-midi quand il est venu déposer les grands-mères, mentionna-t-elle avec prudence. Il est reparti tout de suite dans son automobile. Il m'a semblé qu'il allait vers la côte, peut-être qu'il se rendait au village. Il y va souvent depuis quelque temps...

— Charles-Arthur laisse seule sa pauvre femme malade, s'indigna le curé.

Tourné vers Héléna, il la dardait de son regard sévère comme si elle était responsable des agissements de son beau-frère et qu'il lui revînt de le ramener à ses devoirs.

Elle baissa les yeux. Elle ne pouvait avouer au vieux prêtre qu'elle avait deviné depuis longtemps le motif des absences de Charles-Arthur, mais qu'elle ne pouvait s'en mêler. Bien sûr, cette situation envers la pauvre Angélina si vaillante et mal-aimée, la révoltait autant que le curé, mais elle n'avait aucun pouvoir, encore moins celui de transformer le cœur de son beau-frère en un généra- teur d'abnégation et de générosité. Elle avait pris l'aïeule à sa charge afin d'alléger les tâches de sa belle-sœur et, un jour par semaine, elle lui envoyait sa bonne afin de l'aider au nettoyage de sa maison.

Elle avait pris cette décision à contrecœur, car elle était cons- ciente que c'était un cercle vicieux. Aussi longtemps qu'ils vien- draient en aide à Angélina, Charles-Arthur s'en remettrait à eux et n'assumerait pas son rôle de mari.

Les invités avaient réintégré la cour et déambulaient maintenant en silence. La belle ardeur qui les avait animés tout le long de la fête s'était évanouie. Angélina était une enfant du village. Elle était estimée de tous et ce cancer, qui allait écourter ses jours, les rendait tristes.

Plus bas, dans le chemin de Relais, un ronronnement de moteur se faisait entendre. Charles-Arthur revenait du village.

Héléna imaginait, tantôt, son expression pathétique, miséreuse, son regard implorant. Elle n'éprouvait pas davantage de sympathie pour l'homme, ne cesserait jamais de le considérer comme un faible et un opportuniste. Pourtant aujourd'hui, elle tenterait de se mon- trer clémente.

Autour d'elle, les invités avaient repris leurs babillages et les voix s'étaient amplifiées. En bonne hôtesse, consciente de ses devoirs, elle circula entre les groupes et entreprit de formuler quelques explications.

Soudain, elle s'arrêta net. Droit devant, une ombre venait de se profiler dans l'entrée de la cour, une ombre impressionnante, sculp- turale, avec de longs cheveux noirs qui flottaient sur ses épaules, des yeux tout aussi noirs et un teint d'une blancheur laiteuse. Grande, bien en chair et insolente, la femme avait pris appui sur un poteau de cèdre et regardait les alentours, semblait chercher quelqu'un.

Pétrifiée, incapable de réagir, Héléna la fixait. Léon-Marie l'avait aperçue lui aussi. Presque affolés, ils se rejoignirent.

—Qu'est-ce qu'elle vient faire icitte, celle-là? chuchota Léon-Marie. Je me rappelle pas avoir invité Clara Ouellet? J'espère que le curé l'a pas vue.

—Je puis t'assurer que je ne l'ai pas invitée moi non plus.

Charles-Arthur était descendu de son véhicule et avançait à pas de loup dans la cour. Héléna le suivit des yeux. Elle regrettait amèrement de ne pas avoir agi tout de suite comme elle en avait eu l'idée ce jour où il l'avait conduite au village, ne pas être allée immédiatement dénoncer son attitude au curé.

—Faut aller dire à Clara de s'en aller, décida Léon-Marie.

—C'est aussi mon avis. Cette personne n'a rien à faire ici.

Fendant la foule, ils se dirigèrent d'un pas déterminé vers le petit attroupement que formaient les familles de Josaphat Bélanger et Joachim Deveault derrière lesquelles ils avaient aperçu Clara. Héléna avançait la première, le visage empourpré, empreint de sa dignité des mauvais jours.

Ils contournèrent le groupe des fermiers.

Soudain, ils s'immobilisèrent de surprise. La femme n'était plus là. Déconcertés, ils jetèrent un regard autour d'eux, scrutèrent la foule, derrière les chaises, dans les coins d'ombre, sous le vieil érable qui étalait ses branches comme de larges tentacules, mais ils ne la voyaient nulle part. Ils avancèrent jusqu'à la route, examinèrent longuement des deux côtés. Ils ne trouvaient aucune trace de la femme. Ils se considérèrent en silence. Ils croyaient avoir rêvé. Comme un personnage qui passe dans un songe, elle avait disparu.

Héléna chercha Charles-Arthur. Sa voiture était là, garée près de l'entrée, mais il avait disparu, lui aussi. Avait-il seulement appris la nouvelle de l'attaque de sa femme avant de s'enfuir avec l'autre? Elle pensa à la pauvre Angélina, si triste et désemparée, qui avait passé sa vie à endurer son sort en silence. Si près de la mort, elle subissait un dernier affront.

Les épaules courbées, lourdes de son impuissance, elle s'en retourna vers ses invités.

***

Comme si les esprits avaient voulu se ranger du côté de Charles-Arthur au delà de l'incompréhension générale, Angélina, que tous avaient cru à l'article de la mort, reprit prodigieusement ses forces. Le lendemain de son attaque, comme un navire sombré qui remonte à la surface, sans l'intervention de quiconque, elle s'était éveillée et s'était assise dans son lit. Encore un peu fragile, elle s'était levée et avait fait quelques pas dans sa chambre.

Mademoiselle Bonenfant qu'Héléna avait déléguée à son chevet pour l'accompagner dans ses derniers moments, avait crié au miracle, affirmant que c'était là une intervention du bon père Mazenod qui était sa dévotion et qu'elle ne cessait d'invoquer.

Avec une ferveur nouvelle, elle avait réuni toutes les médailles et reliques du saint homme qu'elle avait pu trouver et en avait bardé le ventre d'Angélina. Sûre de sa victoire, elle avait réintégré la demeure de ses maîtres.

Traînant courageusement son mal, comme si elle ne pouvait se permettre de repos, Angélina s'était remise à sa besogne, avait préparé les repas, fait la lessive et le repassage.

Tranquillisé, Charles-Arthur avait repris ses habitudes. Chaque soir, fleurant le muguet des bois, revêtu avec élégance de son costume sombre au pli parfait, d'une chemise propre fraîchement repassée, il quittait la maison dans sa belle Studebaker et descendait au village.

Les jours avaient passé, le mois d'octobre s'était écoulé, chacun vivant son espérance et on entamait la deuxième semaine de novembre.

Héléna venait de rentrer de la chapellerie. Il avait neigé au cours de l'après-midi, quelques flocons fondants pour leur rappeler que l'hiver était proche.

— On voit que Noël s'en vient, dit-elle en secouant son manteau mouillé. Les clientes sont de plus en plus difficiles.

— Notre immeuble est complet, annonça fièrement Léon-Marie. Je viens de louer mon dernier logement. Au lieu de t'épuiser à travailler dans ta chapellerie, on devrait plutôt continuer à bâtir des blocs.

Il paraissait content, se laissait emporter, prêt à refaire une nouvelle vie.

— Je retiens ta suggestion, dit-elle, mais si tu penses m'empêcher de poursuivre mon art, là, tu te trompes! D'autre part, poursuivit-elle sur un ton devenu rêveur, je verrais bien un autre bloc dont le rez-de-chaussée serait consacré à des espaces commerciaux. Nous choisirions un emplacement visible, sur la rue principale. Tu pourrais louer un local à cette caisse populaire que tu souhaitais voir s'installer dans le hameau. Je verrais aussi des boutiques, des bureaux...

—Pour ça, faudrait qu'il s'implante d'autres industries, répondit Léon-Marie. Faudrait que le hameau continue à grandir. On tracerait d'autres rues, on...

Dans le corridor, le téléphone sonnait. Tout en écoutant son mari discourir, Héléna se dirigea vers l'appareil, ouvrit la bouche, puis se tut brusquement. Les yeux soudain agrandis, elle écoutait sans rien dire. Son bel enthousiasme s'était envolé.

La mine grave, elle déposa le récepteur.

—C'est Angélina, prononça-t-elle à voix basse en revenant dans la cuisine. Elle vient de faire une rechute. Elle était occupée à son raccommodage, quand elle a perdu conscience. Charles-Arthur l'a portée dans son lit... elle ne s'est pas réveillée. Ça s'est passé, il y a quelques minutes, vers quatre heures.

—Ça veut-tu dire qu'Angélina serait... morte... bégaya Léon-Marie comme s'il était incapable d'en accepter l'évidence.

À pas feutrés, sans inviter les autres, Héléna se dirigea vers son Sacré-Cœur.

Mademoiselle Bonenfant était profondément déçue. Assurée qu'elle était d'obtenir la guérison d'Angélina par l'entremise de ses saints, elle tournait en rond, se retenait de rabrouer sans égards le père Mazenod, tant il la désappointait.

—Je vas aller faire un tour chez Charles-Arthur, décida Léon-Marie. Il doit avoir besoin d'aide. Il a ses défauts, mais je pense qu'à sa manière, il aimait sa femme.

—Je vais y aller avec toi, fit la vieille dame Savoie en agrippant sa canne pour se lever de sa berçante. Après toute, c'est mon garçon qui est dans le deuil.

—Bernadette, leur plus vieille, est déjà là, les informa Héléna. Les autres s'en viennent. Raymond a aussi été averti à son camp militaire.

—Avant, faut que je prenne mon brandy, dit la vieille. Ça ramènera pas Angélina qu'on retarde de cinq minutes, mais moi ça va me remonter un peu.

—Les pompes funèbres vont venir prendre le corps tantôt, poursuivit Héléna à voix contenue en allant chercher la petite bouteille et une cuiller. Angélina sera revenue à la maison pour y être exposée à partir de demain. Je vais aller clouer une pancarte sur la porte de ma chapellerie pour aviser la clientèle de sa fermeture jusqu'au jour des funérailles.

Pendant trois jours, les résidants du hameau défilèrent devant le cercueil.

Toute la journée, jusqu'à l'heure où les jeunes gens du voisinage mandatés par la famille s'apprêtaient à veiller au corps pour la nuit, Léon-Marie et Héléna s'étaient tenus auprès de Charles-Arthur, effondré sur une chaise, n'écartant son mouchoir de son visage que pour déplorer les terribles épreuves qui l'accablaient.

Durant cette triste étape, marchant presque dans ses pas, Héléna avait eu tout le loisir de reconstituer l'existence terne et ordinaire qui avait été le lot de sa pauvre belle-sœur. Bien qu'elle l'ait peu connue, elle avait tout de suite décelé en elle la femme vaillante et généreuse qu'elle était, sans pour autant lui en accorder le mérite. Elle ne pouvait s'empêcher de déplorer sa passivité et sa trop grande soumission. Elle n'avait jamais aimé les êtres résignés, voyait dans cette attitude, une abdication, une incapacité de grandir, d'émerger de sa petitesse. Elle se demandait comment Angélina avait pu accepter les frasques de son mari, l'entourer de sa bienveillance, le chouchouter comme elle avait fait, sans penser le laisser un seul instant se débrouiller un peu.

Misérable et courageuse Angélina, se disait-elle, avec son teint gris, ses yeux noirs et sa maigreur, elle l'aura servi jusqu'à la fin. Et quand son corps malade avait flanché, que son ventre s'était gonflé d'ascite, que ce liquide insidieux avait atteint sa poitrine pour noyer son cœur et ses poumons, elle l'avait encore servi. Et lui, s'était laissé faire. Parvenue à son dernier souffle, elle s'était assise sur une chaise et ne s'était plus relevée.

Aujourd'hui, libérée, elle dormait pour toujours dans sa robe noire à jabot de dentelle, sa tête étroite appuyée sur un coussin de soie moirée, ses paupières closes, ses mains fatiguées, veinées, croisées sur sa poitrine.

—Pauvre Angélina, ne pouvait-elle s'empêcher de répéter.

Le jour des funérailles arriva, amenant les voisins en grand nombre et solidaires. Les familles de la route de l'Église s'étaient aussi déplacées pour assister à la messe de Requiem. Même les frères Gobeil, les nouveaux propriétaires de la scierie, étaient présents.

Debout au milieu de ses enfants, inconsistant, les yeux rougis, Charles-Arthur avait longuement fixé le catafalque sur lequel reposait Angélina. Héléna l'avait considéré avec étonnement. Elle ne pouvait s'empêcher de se demander comment cet homme grand et fort, égoïste et cinglant en général, pouvait être aussi faible et vulnérable face à l'adversité. « Tout passe par la mort » avait décliné la vieille dame Savoie avant leur départ pour l'église. Héléna se dit que c'était dans ces moments, par l'acceptation, qu'il aurait dû montrer sa force.

Ils s'étaient dirigés vers le cimetière en file disciplinée. Tristement ils avaient piétiné le carré de gazon et regardé descendre le cercueil en bois d'érable. Autour d'eux, une odeur humide de terre montait du trou profond et les étouffait.

C'était une belle matinée grisée de soleil.

Des larmes chaudes voilèrent les yeux d'Héléna. Elle pensa qu'on ne devrait pas quitter le monde un jour pareil.

Elle se tourna vers Léon-Marie.

Stoïque, la lèvre dure, il fixait un point vague. Elle devinait ses pensées. Lui aussi avait connu le deuil que vivait son frère et ce rappel l'attristait.

Tout doucement, presque furtivement, elle prit sa main. La serrant dans la sienne, elle l'entraîna vers la place de l'église et ne l'abandonna que lorsqu'ils furent rentrés à la maison.

20

L'aube rosissait un coin de l'horizon, quand ils se sentirent brutalement arrachés à leur sommeil. On était lundi et il y avait une semaine qu'Angélina avait été portée en terre.

Héléna s'assit dans son lit. Léon-Marie fit de même. Au loin, du côté de la route communale, des pétarades de motocyclettes et de jeeps détonnaient dans l'air et troublaient le silence de la campagne encore embrumée par les ombres de la nuit.

Les bruits s'étaient accrus et s'intensifiaient vers le hameau. Ils se jetèrent un coup d'œil interrogatif. Les véhicules s'étaient engagés dans le chemin de Relais.

— Qui peut bien venir à la Cédrière à une heure aussi matinale? marmonna Héléna.

— J'en connais pas ben gros qui sont assez effrontés pour venir réveiller le monde quand la nuit est pas encore finie, maugréa Léon-Marie. Il est même pas six heures.

Contrarié, il se dégagea de son lit et alla se pencher à la fenêtre.

Tout le long du chemin de Relais, du plus loin qu'il pût voir, une file de véhicules sans couleur encombraient la route. Il les voyait surgir au milieu d'un tourbillon de poussière, émerger les uns derrière les autres du bosquet de noisetier face au rang Croche et s'engager dans la côte.

Comme des fourmis brunes, avec leurs gros yeux froids, aux paupières noires, à demi fermées, ils se rapprochaient lentement de leur maison.

Partout sur leur passage, les oiseaux quittaient les arbres et s'enfuyaient en bandes apeurées du côté du mont Pelé.

— Je serais curieux de savoir ce que l'armée vient encore faire dans nos parages. Ils sont à peine partis que déjà ils reviennent. Mon avis qu'il se passe des choses pas catholiques dans le coin.

Héléna enfila sa robe de chambre et alla le rejoindre. Elle s'interrogeait, elle aussi. La semaine précédente, les prévôts étaient venus et avaient occupé le hameau pendant deux interminables jours. Sans égard pour le repos de ses habitants, procédant pendant la nuit, ils avaient frappé à toutes les portes.

Avec un acharnement vorace, ils avaient fouillé dans tous les coins et recoins à la recherche de conscrits réfractaires, puis étaient repartis en laissant derrière eux, des mères consternées et en larmes.

—Ils agissent comme si le hameau abritait des bandits de grands chemins, s'indigna Héléna.

—Depuis que le plébiscite a été voté par les Canadiens anglais, ils prennent tous les droits, observa Léon-Marie.

Le bruit des pétarades alla se répercuter en écho sur le mont Pelé. Les militaires étaient arrivés en haut de la côte. Le cœur d'Héléna se mit à battre plus vite. Le regard rempli d'angoisse, elle fixa le convoi. Comme une escorte solennelle, disciplinée, les bruyants véhicules progressaient dans le chemin de Relais. En bringuebalant, ils croisèrent leur maison et, sans ralentir, poursuivirent leur avancée vers la montagne.

Une onde de soulagement l'envahit tout entière. Elle laissa échapper un profond soupir et s'éloigna de la croisée. Étonnée de son attitude, elle se demandait ce qui lui prenait tout à coup d'avoir peur. Elle était sans reproche et elle n'avait, non plus, aucune raison d'éprouver une quelconque inquiétude. Mais, se disait-elle, l'humain est ainsi fait. D'aussi loin qu'elle avait vu vivre les hommes, elle avait lu dans leurs yeux, cette appréhension qu'elle ressentait aujourd'hui, ce respect mêlé de crainte instinctivement consenti à ceux qui sont les plus forts et qui font des autres des êtres vulnérables.

Les véhicules avaient dépassé la ferme d'Évariste Désilets et disparu dans le tournant. Léon-Marie quitta son poste d'observation et s'en retourna vers le milieu de la chambre.

—Astheure qu'on est levés, aussi bien aller déjeuner et se mettre à l'ouvrage, dit-il en attrapant ses vêtements sur sa chaise.

Héléna lui emboîta le pas et alla s'habiller à son tour. Sur la pointe des pieds, dans un effort pour ne pas réveiller les deux vieilles encore endormies, ils descendirent l'escalier vers la cuisine.

Mademoiselle Bonenfant n'était pas encore debout. Héléna se dirigea vers le poêle et souleva les ronds. D'un geste machinal, elle froissa une feuille de papier journal, ajouta quelques éclats de bois sec et gratta une allumette. Puis elle remplit la bouilloire et la mit à chauffer.

—Penses-tu que les nouveaux propriétaires de la scierie vont nous permettre de prendre des croûtes sur le tas au bord de la rivière, comme dans ton temps? demanda-t-elle. Notre réserve est presque épuisée.

—Je vois pas pourquoi ils y verraient un inconvénient, répondit

Léon-Marie, ça va plutôt les débarrasser. Ça me gêne pas d'aller t'en chercher tout de suite une petite brassée, si tu veux.

Sans attendre, il enfonça sa casquette sur sa tête et sortit dans l'air frais du matin. Il marchait avec lenteur, le visage tendu dans le vent, humant les vapeurs âcres qui montaient de la mer par saccades.

Autour de lui, la campagne s'éveillait et s'étirait sous les premiers rayons du soleil. Il faisait beau temps. Il avait toujours aimé les lueurs de l'aube et ce moment fugace où la rosée faisait briller les herbes chargées des arômes de la terre.

Plus bas, du côté des fermes, les vaches meuglaient dans l'attente de la traite. Il traversa la route et entra dans la cour de la scierie.

Les portes de la salle de coupe étaient encore closes. Partout c'était le calme comme un jour de fête. Traînant le pas, il avança vers la bâtisse, puis bifurqua à gauche et s'engagea dans le sentier qui longeait l'exploitation vers l'arrière.

Le gros tas de dosses s'élevait tout au fond, masse sombre, haute et large, comme un monstre trapu, le museau pointé vers le ciel et cachant presque entièrement la vue de la rivière.

Il n'en était pas surpris. Le mois de novembre avait été clément. La température avait à peine fraîchi et pendant la période chaude les habitants du hameau utilisaient peu de combustible. Chaque automne, ils observaient la même particularité. Les dosses s'accumulaient pour couvrir presque toute la surface libre avoisinant le bord du cours d'eau.

Il se rappela ce jour lointain où un incendie s'était déclaré dans la montagne de croûtes qui encombraient l'arrière de la scierie, le danger qu'ils avaient couru que le feu se propage à l'usine. Un frisson d'horreur parcourut son échine à ce souvenir. Il y avait plus de quinze ans que cet événement s'était produit et il ne l'avait pas oublié. Il savait qu'il ne l'oublierait jamais.

—Je me demande ce qu'ils ont l'intention de faire avec tout ça, marmonna-t-il. C'est pas prudent d'en garder autant. Va falloir que je leur en glisse un mot à la prochaine occasion.

En même temps qu'il hochait la tête avec détermination, il se pencha, écarta le bras pour former un arc et agrippa une écorce.

À sa gauche, un frôlement léger, comme un bruit d'herbes froissées, venait de troubler le silence. Une pièce de bois en équilibre dans sa main, il leva les yeux et jeta un regard autour de lui.

Dans le petit matin tranquille, il ne voyait que le vent qui soufflait en bourrasques sur le vaste espace limitant la rivière et faisait frissonner les arbres.

D'indifférence, il se retourna et, à nouveau, se pencha sur sa tâche. Presque tout de suite, un craquement, encore une fois, troubla le calme de l'endroit. Il freina son geste. Intrigué, il se redressa. Fronçant les sourcils froncés, il regarda avec attention autour de lui.

Le vent avait cessé. Il prêta l'oreille. Il ne percevait à travers la campagne que le roucoulement de la cascade et le gazouillis des oiseaux. Pendant un long moment, sur ses gardes, il écouta sans bouger. Mais partout autour de lui, il n'entendait que les bruits de la terre.

—Ça se pourrait-y que je commence à avoir des imaginations de bonne femme? se dit-il.

Agacé, il reprit son occupation. Soudain il s'arrêta net. Un chuintement du côté de la rivière encore une fois l'avait fait sursauter.

—Barnache, c'te fois-là, je suis pas fou. Entendre voler un oiseau, c'est une chose, mais entendre marcher par trois fois, c'en est une autre.

Il se leva rapidement. L'œil vif, perçant, il se mit à parcourir l'espace. Tout en regardant autour de lui, l'oreille aux aguets, il scruta avec soin les alentours, explora les herbes hautes, les amas de roches, le buisson de cornouiller, tentant de déceler le moindre mouvement. Mais partout c'était la paix profonde.

À grands pas, il avança vers la rivière, longuement, examina de part et d'autre, l'escarpement, les abords de la grande bâtisse, mais il ne voyait que les végétaux givrés qui s'agitaient dans la brise et quelques oiseaux noirs qui tournoyaient au-dessus du torrent. À ses pieds, un crapaud avait bondi sur ses pattes et disparu dans une touffe de chiendent.

Il n'entendait plus les bruits. Vigilant, comme il faisait chaque soir après le départ de ses ouvriers quand il procédait à l'inspection de ses entreprises, une pile de dosses sur son bras, il se pencha encore vers le cours d'eau, et fouilla, jusqu'au plus petit renfoncement, dans le sol, du côté de la chute, le long du versant, jusqu'à la bâtisse de la meunerie.

—Il y a quelqu'un? demanda-t-il d'une voix forte.

Un profond silence fut sa réponse. Même les oiseaux s'étaient tus. Pourtant il ne pouvait s'empêcher d'éprouver une sensation étrange, comme celle d'une présence près de lui, d'une respiration qu'il ne percevait pas distinctement, mais qu'il devinait.

Tracassé, il pensa à ce truc qu'ils utilisaient dans leurs jeux d'enfants et qui n'avait jamais manqué de réussir auprès des jeunes de son âge. Peut-être qu'aujourd'hui, avec ces étrangers qui s'obstinaient à parcourir leur région, jusqu'à l'exacerbation de leurs nerfs, obtiendrait-il le même effet? Il se dit qu'il y avait peu de risque à tenter l'aventure.

Dressé très droit, patiemment, il se tint sans bouger, figé comme une statue de plâtre, évitant le moindre mouvement. Son souffle avait ralenti, était presque imperceptible, ses paupières bougeaient à peine. Soudain il arqua durement la nuque. Aussi rapidement, d'un élan robuste, il lança sa brassée de bois devant lui en même temps qu'il criait de toute la puissance de ses poumons :

—Sortez de là!

Un sursaut lui répondit. Sous la passerelle de la meunerie, quelques cailloux se détachèrent de l'échancrure et, avec un petit tintement de clochettes, roulèrent dans la rivière. Vivement, il se rua de ce côté de la falaise et se pencha vers les fondations du moulin à farine. Deux hommes étaient là. Agrippés à l'angle opposé, ils se tenaient en équilibre, les pieds presque dans l'eau, la barbe longue, leur œil rond, farouche rivé sur lui. Ils semblaient grelotter de peur.

Abasourdi, incapable de faire un geste, il les regardait sans parler. Il ne pouvait s'empêcher d'éprouver une grande pitié pour ces deux garçons qu'il voyait vêtus de haillons, les bras nus dans le froid du matin, l'air épuisé, désemparé.

Enfin, se décidant, il se pencha un peu, prononça de son timbre lent, bas :

—Vous pouvez me faire confiance. Je suis un honnête citoyen. Remontez sur la côte, on va se parler.

Obéissants comme des enfants pris en faute, les inconnus gravirent la falaise et émergèrent sur la butte. Léon-Marie les examina aussitôt, sans retenue, de haut en bas. Ils paraissaient jeunes, à peine le début de la vingtaine. Tous deux étaient musclés, minces, de cette maigreur propre à leur âge.

—Je me trompe pas en disant que vous êtes pas du boutte, avança-t-il, vous avez pas des faces d'icitte.

—On vient de Montmagny, répondit l'un. On est des...

—Je l'ai compris, l'arrêta promptement Léon-Marie. Vous avez pas à le clamer sur les toits. Vous êtes pas rentrés dans le rang, c'est toute. J'ai vécu ça en 14 et je suis pas contre, ça fait que pour moi, il y a rien d'anormal. Mais racontez-moi un peu. Comment c'est que vous avez abouti dans notre coin?

Ils se mirent à parler ensemble, d'une voix nerveuse, expliquèrent comment ils avaient appris la cache facile qu'était le mont Pelé, les brèches, les nombreuses cavernes qu'ils pouvaient y trouver.

—Quand on a découvert le tombeau du bonhomme Fortier, on a décidé d'en faire notre point de ravitaillement pour la nourriture.

—Chaque nuit, un intermédiaire venait déposer les vivres dont on avait besoin, mais la semaine dernière, les prévôts ont fait une battue dans la montagne. On pense que quelqu'un aurait dévoilé l'existence de notre cachette. Faudrait s'en trouver une autre.

—Je suis pas sûr que ça serait une bonne idée, les retint Léon-Marie. La montagne a servi tellement souvent de planque pour les conscrits, qu'elle a pus de secrets. Il y a des enfants d'icitte parmi les soldats du camp 55, les avisa-t-il, ceux-là connaissent la montagne par cœur pour l'avoir parcourue dans tous les sens dans leur jeunesse. Aujourd'hui, c'est pus le meilleur endroit où se cacher. Avec les constructions qui se sont multipliées dans la Cédrière, la civilisation s'est trop rapprochée. Le mieux, ça serait de vous en aller de l'autre bord des Vingt-Quatre Arpents, dans la nature sauvage, là où il y a pas de chemin ouvert.

—Comment on pourrait se nourrir? demanda l'un des garçons, si personne peut venir nous approvisionner.

—Pêcher, tendre des collets, suggéra Léon-Marie, c'est ben sûr que vous auriez affaire à vous débrouiller. Vous êtes nombreux, dans la montagne?

—Une dizaine peut-être. C'est difficile de savoir, on reste jamais longtemps au même endroit.

—Je suppose que vous avez faim, dit encore Léon-Marie, pis que vous auriez le goût de vous débarbouiller un peu.

—On a pas mangé depuis hier matin. Avec le passage des prévôts, notre contact a pas pu s'approcher. Il reste plus rien à manger dans le caveau.

Léon-Marie hocha la tête. Les garçons étaient pâles, leur visage, leurs mains étaient tachés de terre et de résine d'arbres. On était en novembre et ils étaient à peine vêtus. Il pensa à son Antoine qui avait cet âge au moment de sa mort, au fragile petit Gabriel, puis à Étienne qui, s'ils avaient vécu, auraient connu leur sort. Il songea aux parents de ces jeunes gens, imagina leur inquiétude en les sachant loin d'eux, misérables, sans cesse fuyant, exposés à tous les dangers, à la merci des éléments. Il se dit, s'il avait été ce père, qu'il aurait apprécié qu'un homme comme lui compatisse à leur dénuement et leur apporte un peu de réconfort.

—Suivez-moi, dit-il spontanément.

—Mais l'armée est dans les parages, on a vu passer des soldats tantôt.

—Je sais, je les ai vus moi aussi, mais je suis né icitte. Je connais la place et je sais que c'est pas dans ma maison qu'ils vont venir fouiller en premier. Ils en ont pour l'avant-midi avant d'avoir fait le tour de la montagne, pis trouvé ce qu'ils cherchent. Vous avez amplement le temps de vous sustenter, pis de vous réchauffer un brin.

Il les précéda vers la cour, s'immobilisa prudemment au bord de la route et regarda de chaque côté. Enfin avançant à grandes enjambées, il leur fit signe de le suivre.

Héléna avait ouvert la porte et avait fait un pas sur le balcon.

—Veux-tu bien me dire ce qu'il se passe?

—Il y a que ces petits gars-là ont faim, répondit-il simplement. Tu vas leur servir à manger autant qu'ils vont en vouloir.

Un peu surprise, elle considéra les inconnus l'espace d'un instant, puis d'un geste rapide, élargit l'ouverture de la moustiquaire et les invita dans la maison.

—Allez vous laver les mains avant de passer à table, ordonna-t-elle tandis qu'elle les précédait dans la cuisine, comme elle aurait fait avec ses propres enfants. Il y a des œufs, des petites patates brunes et des crêpes pour le déjeuner.

Les garçons ne se firent pas prier. Aussitôt, ils plongèrent leurs bras jusqu'aux coudes dans l'eau froide de l'évier, y enfouirent leur visage une fois, deux fois, puis s'épongèrent en émettant de grands « *han* » essoufflés. Enfin, un peu gauches, fleurant le savon, ils allèrent prendre place côte à côte devant le panneau.

Héléna déposa face à eux, une pleine assiette d'œufs et de pain grillé.

D'un même élan, leur fourchette empoignée dans leur main, ils l'engouffrèrent à grosses bouchées avides. Non rassasiés, ils en redemandèrent.

—Mes pauvres petits, s'attendrit Héléna en leur apportant une autre assiettée. J'ai l'impression que vous n'avez pas mangé un vrai repas depuis longtemps.

—C'est vrai qu'on avait pas grand-chose à manger, dit l'un. Quand il y en avait! On trouvait le plus souvent du pain sec avec un peu de jambon, mais jamais de repas chaud.

—Que c'est que vous avez l'intention de faire, leur demanda Léon-Marie qui les observait du bout de la table.

—On le sait pas trop, dirent ensemble les garçons. On avait pensé descendre vers la Gaspésie, mais peut-être qu'on va aller du côté des Vingt-Quatre Arpents comme vous l'avez suggéré. Ce qu'on vient de comprendre, c'est que faut s'éloigner le plus loin possible des camps militaires.

—Ça serait pas prudent de partir aujourd'hui, dit Léon-Marie, avec les soldats qui rôdent dans le coin, vous tomberiez dans leurs pattes que ça serait pas long, aussi ben dire que vous iriez vous jeter dans leurs bras.

—On a pas beaucoup le choix.

—Comment ça, pas le choix? se récria Léon-Marie. Pour commencer, vous allez rester avec nous autres, dans notre maison. Les prévôts nous ont rendu visite la semaine dernière, ça serait surprenant qu'ils reviennent une autre fois.

—Rien ne les empêcherait de revenir, prononça Héléna qui jusque-là, avait écouté sans rien dire. Il ne faudrait pas être trop présomptueux, non plus.

—Ils pourraient se cacher dans le grenier ou dans le hangar.

—Après les penderies et les dessous de lits, tu sais bien que ce sont les premiers endroits qu'ils inspectent, dit Héléna.

Les vieilles dames étaient sorties de leurs chambres et s'approchaient de la table pour le déjeuner. Pendant un instant, le regard morne, elles considérèrent les deux étrangers qui dévoraient leur nourriture et parlaient la bouche pleine. Sans un mot, elles allèrent occuper leur place, grignotèrent leur repas, puis burent avec précaution leur thé brûlant. Comme chaque matin quand il faisait beau temps, elles couvrirent leurs épaules d'un chaud manteau et allèrent s'asseoir sur la véranda.

Son déjeuner terminé, Léon-Marie alla s'appuyer à la fenêtre. Encore frileux, les garçons choisirent d'approcher leur chaise près du poêle. Ils voulaient profiter autant qu'ils pouvaient de cette bonne chaleur rayonnante qui enveloppait la maison et dont ils avaient été privés pendant si longtemps.

La matinée passa lentement, chacun vaquant à ses occupations. On était lundi et ce jour-là, Héléna n'allait pas à la chapellerie. C'était la journée de la lessive et elle aidait sa bonne dans cette tâche exténuante.

La machine à laver avait été dégagée de son coin d'ombre et trônait au milieu de la pièce avec sa cuve débordante d'eau chaude. Les lits avaient été défaits et les draps portés à blanchir.

Un solide bâton à la main près de l'appareil, les muscles gonflés par l'effort, mademoiselle Bonenfant soulevait les unes après les autres, les pièces de tissu rincées et les passait entre les rouleaux de l'essoreuse avant de les déposer dans un panier d'osier pour les étendre à sécher dans l'air pur du dehors.

Son panier était rempli de linge. Elle le prit sous son bras et sortit sur le perron. Un fichoir entre les dents, elle se dirigea vers le coin de la véranda au bout de laquelle était accrochée la longue corde de métal.

Soudain, elle s'immobilisa net. Figée au milieu du perron, son contenant serré contre son ventre, elle fixait droit devant elle.

Vivement, elle fit demi-tour et rentra dans la maison.

—Les soldats s'en reviennent! lança-t-elle hors d'haleine. Je viens de les voir dans le tournant. Ils sont entrés chez la veuve Maher.

Léon-Marie se leva de sa chaise. Lentement, le bras tendu à la façon d'un patriarche, il s'avança vers les jeunes déserteurs.

—Je ne vois que le caveau à légumes. On va faire en sorte qu'ils oublient d'aller là.

Les précédant à l'extérieur, il les entraîna vers l'arrière de la maison jusqu'à la porte à deux battants qui fermait le cellier.

Du côté de la montagne, les jeeps se rapprochaient dans un ordre précis, stratégique. Arrivé devant chaque maison, un véhicule abandonnait les autres et pénétrait dans la cour.

—C'est bien ce que je pensais, s'inquiéta Héléna. Ils cherchent des fugitifs.

—S'ils les trouvent chez nous, nous risquons la prison, glissa mademoiselle Bonenfant, le regard chargé d'effroi.

—On fait notre devoir de Canadiens français, coupa durement Léon-Marie. Ils devront se rappeler qu'on a refusé le plébiscite.

La voiture de tête était arrivée devant leur résidence. En roulant lentement, elle bifurqua, s'engagea dans l'entrée et alla stopper près du perron. Deux hommes en uniforme s'en dégagèrent. Pénétrés de leur autorité, en frappant lourdement du talon, ils montèrent les marches et tirèrent la moustiquaire.

—Ordre de perquisition, articulèrent-ils sur un ton sans réplique.

—Faites votre ouvrage, jeta Léon-Marie avec froideur, en écartant les bras. On commence à être habitués.

Les hommes avancèrent vers le milieu de la cuisine.

Le temps d'une pause, ils regardèrent autour d'eux, puis d'un même élan, se pressèrent vers les pièces du rez-de-chaussée, la

314

chambre de la vieille dame Savoie, la salle de bain, le réduit de la bonne, le salon et la chambre de madame Martin. Suivis de Léon-Marie, ils montèrent ensuite à l'étage et le fouillèrent méthodiquement. Imbus de leur pouvoir, rapidement, ils ouvrirent les penderies, levèrent la trappe du grenier, se penchèrent sous les lits, jusqu'à soulever les matelas.

Enfin, leur pas pesant retentit dans l'escalier. Ils se retrouvèrent dans la cuisine où se tenaient Héléna et sa bonne, essoufflées toutes les deux, occupées à essorer un monceau de draps et de serviettes, avec le ronron du moteur de la lessiveuse qui remplissait l'air. Partout autour d'elles, des mares d'eau sale couvraient le plancher.

— Et maintenant, mesdames, vous allez nous dire si vous avez vu quelque chose d'insolite dans les alentours, depuis le matin.

— Comment aurions-nous pu avoir le temps de regarder dehors, avec notre besogne, s'écria Héléna. C'est pourtant facile à voir que nous sommes surchargées.

— Ainsi vous affirmez n'avoir pas vu d'étrangers rôder dans les parages, insista le militaire.

— Bien sûr que non, répliqua Héléna sur un ton outré en regardant l'homme droit dans les yeux. Depuis le matin nous travaillons dans la maison et vous l'avez fouillée de fond en comble sans rien trouver.

Les hommes se dirigèrent vers la porte, se retournèrent et les fixèrent un moment. Enfin l'un d'eux ouvrit la bouche. Il articula sur un ton mécanique, comme une leçon bien apprise :

— En temps de guerre, les citoyens se doivent de rapporter tout élément qu'ils trouvent suspect. J'espère que vous ne l'avez pas oublié.

D'un même mouvement, frappant du talon, ils poussèrent la moustiquaire.

Un bruit, soudain, sous leurs pieds, les fit se redresser. Ils se retournèrent vivement.

— Qu'est-ce que c'est? Vous avez une cave?

— Pas du tout, répondit Héléna, nous n'avons qu'un caveau à légumes.

Un éclair de triomphe brilla dans leurs yeux. Ils firent un signe vers Léon-Marie.

— Veuillez nous y conduire, monsieur.

Une sourde douleur tenailla la poitrine d'Héléna.

— C'est un endroit très petit et noir, je vous avertis tout de suite, dit-elle en les suivant vers la porte. Ce que vous avez entendu doit être un rat. Il en monte régulièrement des fermes des environs.

Ils lui jetèrent un bref regard, puis, sans un mot, franchirent le seuil. Devant eux, la vieille dame Savoie avait quitté sa berceuse. Appuyée lourdement sur sa canne, elle se tenait debout devant les marches. Un pied tremblotant sur le premier degré, elle s'agrippait d'une main ferme à la rampe de bois, comme si elle s'apprêtait à descendre dans la cour.

— Veuillez vous écarter, madame, lui ordonnèrent-ils.

C'est bien ce que j'essaie de faire, répondit-elle en s'empêtrant de plus belle dans ses mouvements.

Exaspérée soudain, elle se tourna vers eux.

— Au lieu de bretter, aidez-moi donc plutôt à remonter m'asseoir sur ma chaise.

Expéditifs, ils se pressèrent autour d'elle, prirent son bras et, d'un mouvement un peu rude, la déposèrent dans la berceuse. Elle les fixa en silence, les lèvres closes. Reprenant son habitude, les mains étalées sur les accoudoirs, elle se mit à actionner les arceaux à grands coups.

Les deux hommes se hâtèrent de descendre les degrés. Précédés de Léon-Marie, avec Héléna qui trottinait derrière, ils contournèrent la maison et atteignirent le cellier. Soudain Héléna pâlit. Une main sur les lèvres, elle refréna un petit cri. La porte était grande ouverte. Devant eux, une odeur âcre de terre humide montait de l'obscurité profonde.

Les soldats détachèrent leur lampe à pile de leur ceinture et en dirigèrent le faisceau vers l'orifice. Sans attendre, ils dévalèrent le petit escalier et se retrouvèrent au milieu de la plate-forme basse qui s'ouvrait sur le caveau. Ils avançaient avec précaution, un peu à tâtons, en creusant le passage en terre battue de la pointe de leurs talons, trébuchant à chaque pas sur les légumes séchés, ratatinés qui jonchaient le sol, occupés à regarder autour d'eux, la petite pièce, avec ses madriers impressionnants, ses croix de Saint-André étayés sur le roc. Derrière eux, Héléna et Léon-Marie les regardaient, la poitrine crispée d'angoisse.

Les soldats s'étaient immobilisés, puis s'étaient repris à avancer avec précaution. Ils venaient d'apercevoir une ombre devant eux, une ombre qui se déplaçait avec lenteur devant le carré à légumes. Le cœur battant, comme deux chats épiant leur proie, une main sur leur arme, ils se tenaient prêts à bondir.

Ils firent un pas, puis un autre, peu à peu se rapprochèrent. Ils avaient dégagé leur fusil et le pointaient en direction de l'ombre. Ils étaient tout près, la touchaient presque.

—Haut les mains! hurlèrent-ils d'une même voix puissante.

—Ai-je bien entendu, messieurs? s'insurgea près d'eux, une voix très douce.

Interdits, les deux militaires arquèrent la nuque. D'un bond, ils reculèrent et joignirent leurs talons dans un petit claquement sec.

—Est-ce là votre comportement habituel? insista la voix, ces cris, ces armes, est-ce ainsi qu'on vous a appris à vous conduire devant une lady?

Très digne, son bras passé dans l'anse de son panier d'osier comme si elle allait cueillir des fleurs, madame Martin remplissait son contenant de pommes de terre.

—Puis-je savoir ce qui vous amène ici, messieurs?

Elle repoussa son regard plus haut, du côté de la porte, près de laquelle se tenait Héléna, figée, comme transie de froid.

—En as-tu assez pour le dîner, ma fille, ou bien si je dois m'y prendre à deux fois?

Embarrassés, les soldats s'inclinèrent avec politesse.

—Veuillez nous excuser, madame, nous pensions trouver ici un homme...

—Un homme?

La vieille dame bougea légèrement le menton, puis entrouvrit les lèvres dans un petit mouvement coquet. Elle fronça les sourcils.

—Devrais-je m'en formaliser, messieurs?

—Encore une fois, madame, acceptez nos excuses, répéta le soldat en entraînant prestement son compagnon à l'extérieur du caveau.

Madame Martin attendit un moment, puis déplaça une pile de légumes.

—Ceci n'est que pour vous permettre de respirer un peu, chuchota-t-elle. Donnez-vous une dizaine de minutes, ensuite vous pourrez sortir.

Quelques pommes de terre roulèrent sur le sol. Les deux garçons dégagèrent leur tête.

—Je pense pas vous oublier de sitôt, madame, dit l'un.

—Moi non plus, reprit l'autre. On peut dire que vous avez bougé pas mal vite pour une personne de votre âge.

—Vous allez cesser de débiter des bêtises, protesta madame Martin, je suis encore alerte, je viens à peine de fêter mes soixante-treize ans.

Elle expliqua :

— Quand je vous ai entendus trébucher sur le seau vide que je savais être dans le chemin, j'ai compris que vous aviez besoin d'aide. Je n'étais pas certaine de déjouer les soldats, mais je devais prendre cette chance. Je n'ai jamais couru aussi vite, ajouta-t-elle en égrenant un petit rire.

— Vous avez été courageuse, dit encore le conscrit, surtout qu'il fait noir comme sus le loup, dans cette cave-là.

— Voilà un avantage à ne pas voir très clair, émit la vieille dame sur un ton sentencieux. Une vue déficiente nous donne un sixième sens et je pense qu'il m'a bien servie aujourd'hui.

21

Les militaires n'étaient plus revenus chez eux. Et c'était mieux ainsi, marmonnait Héléna, son œil noir rivé sur la route. Que ces grands fendants ne viennent plus s'imposer dans nos maisons pour tout virer à l'envers, sinon ils vont avoir affaire à moi, ajoutait-elle, incapable de taire son indignation.

L'attitude de ces hommes qui usaient exagérément de leur pouvoir, l'avait tant irritée, qu'elle avait décidé de cesser temporairement son travail de bénévole et de marraine de guerre. Pour les punir, disait-elle. Si on ne peut plus disposer de nos vies à notre aise, ils ne méritent pas davantage qu'on s'échine devant nos machines à coudre pour les vêtir convenablement.

Léon-Marie avait esquissé un sourire. Héléna était une femme de caractère. Elle avait vite oublié l'entourloupette qu'ils avaient faite aux militaires pour ne considérer que leurs droits. De ça, il ne lui ferait pas le reproche.

Les deux fuyards n'avaient pas quitté immédiatement la région. Pendant quelques jours, le temps d'organiser la longue période qu'ils passeraient loin de la civilisation, ils s'étaient tenus à l'abri des regards, terrés dans les granges.

Chacun des habitants de la Cédrière s'était employé à leur apporter sa contribution. Tandis que les femmes rassemblaient à leur intention des vêtements chauds, des couvertures et quelques écuelles, les hommes leur dispensaient leurs connaissances. Chaque soir, ils les rejoignaient dans leur planque. À la lueur des fanaux, ils leur indiquaient des techniques de survie ou encore des pistes et des caches de trappeurs dont ils connaissaient l'existence, dans les endroits les plus inaccessibles, aux confins des Vingt-Quatre Arpents.

Un matin de décembre, presque furtivement, avec la neige fine qui ouatait le sol, ils avaient chargé leurs besaces de victuailles et, après mille témoignages de gratitude envers leurs bienfaiteurs, s'étaient enfoncés dans la forêt vers les Appalaches.

Le raid militaire autour de la montagne avait déclenché la fin du mystère entourant le caveau du bonhomme Fortier. Au cours du même hiver, un soldat ou peut-être encore était-ce un clandestin, avait cassé la vitre qui protégeait le mort contre les assauts de l'air extérieur. Le corps s'était rapidement désagrégé.

Prévenu, le maire McGrath avait pris la décision de faire disparaître aux yeux des promeneurs, l'image répugnante de ce cadavre en décomposition. Transporté dans le cimetière, le vieil original avait été enterré aux frais de la municipalité dans une fosse commune au grand soulagement des habitants du Relais

Le quatorzième jour de février, au milieu d'une tempête de neige, Bertha l'épouse de David avait donné naissance à un garçon. Avec l'arrivée du mois de mars, ç'avait été au tour de Cécile de donner un petit frère à sa fille Lina.

Les mois avaient passé, l'été 1944 avait débuté et les petits derniers étaient revenus du pensionnat pour leurs vacances. D'un seul coup, la maison s'était animée et les grands-mères s'étaient senties entraînées dans un tourbillon joyeux.

Aussitôt rentré de son école, Antoine-Léon avait été mobilisé par son frère David pour travailler dans son entreprise de construction. Comme il avait fait l'année précédente, du haut de ses dix ans, il avait recommencé à fouler le bran de scie dans les murs des habitations en plus de redresser des clous rouillés.

Marie-Laure qui aurait huit ans en octobre, avait encore grandi. Éveillée, avec ses jolies boucles brunes qui encadraient son visage, pendant tout le jour, elle tournait autour des vieilles dames, sa poupée sur son bras comme une petite mère.

—Antoine-Léon a reçu une volée à l'école, l'autre jour, bavarda-t-elle un matin.

—Les religieuses ne battent pas les enfants sans raison, observa sa grand-mère Savoie. Antoine-Léon avait dû faire un...

—Il a reçu quatre coups de règle sur les fesses, révéla encore Marie-Laure. Elles étaient deux. Je les ai vues. Elles lui ont dit d'offrir ça au bon Dieu.

—J'espère qu'elles ne l'ont pas déculotté, fit madame Martin sur un ton pincé. Si j'étais sa mère, je ne l'accepterais pas.

Encouragée, Marie-Laure répondit tout de suite.

—Non, elles lui ont laissé ses culottes.

Antoine-Léon lui avait adressé une grimace lourde de mépris. Le dos arqué dans une attitude obstinée, sa petite casquette de toile enfoncée sur l'arrière de sa tête, il s'était dirigé vers la sortie, pressé qu'il était d'éviter les explications que requéraient les regards des grands-mères appesantis sur son postérieur.

Héléna et Léon-Marie avaient pouffé de rire et avaient quitté la maison derrière lui. Ils se sentaient tranquilles. C'était ça le bonheur, pensait Héléna en allant retrouver ses pailles tandis que

Léon-Marie orientait ses pas vers son nouvel immeuble à habitations.

Chaque matin, à l'exception de Marie-Laure et des vieilles dames laissées à la garde de mademoiselle Bonenfant, la vaste demeure se vidait de ses occupants.

Héléna revenait avant les autres à l'heure où le soleil quittait le zénith pour décliner lentement vers l'horizon.

Silencieuses sur leurs chaises face à la route, les deux aïeules la regardaient s'approcher et entrer dans la cour.

Parfois, quand il faisait beau temps comme cet après-midi-là de juillet, elle poussait ses pas jusqu'à leur immeuble.

—Vous savez où est Léon-Marie? demanda-t-elle en dépassant un peu sa résidence pour cheminer en direction de la côte.

—Il est descendu au village, l'informa madame Savoie. Il avait affaire au curé Darveau.

—Je pense qu'il avait plutôt affaire au notaire Beaumier pour une question de règlement municipal, rectifia madame Martin.

—Il avait affaire au curé puis au notaire, accorda madame Savoie, mais je pense pas que c'était pour une affaire municipale.

Depuis l'intervention heureuse de madame Martin envers les deux conscrits et celle aussi ingénieuse de madame Savoie qui avait su si bien retenir les militaires, une paix fragile s'était installée entre les deux aïeules.

Certes, elles s'obstinaient bien encore un peu.

Madame Savoie qui avait toujours jugé sa compagne comme une grande mondaine, inutile et superficielle, ayant l'art de mobiliser l'attention autour de sa personne, la considérait aujourd'hui d'un œil différent. Sans lui accorder une prééminence dont elle ne voulait pas exagérer le mérite, elle admirait en elle l'audace et une attitude de courage qu'elle n'aurait pas osées.

Madame Martin qui n'avait jamais vu en l'autre qu'une brave campagnarde sans culture et sans trop de raffinement, reconnaissait maintenant en elle la philosophie de la nature et cette précieuse solidarité propre aux travailleurs de la terre.

Madame Savoie ajusta ses lunettes sur le bout de son nez et pointa son index vers sa droite.

—Vous aurez pas à l'espérer longtemps. Je le vois justement qui monte la côte.

Héléna tourna son regard vers le chemin de Relais. Installé sur la bicyclette de David, le torse arrondi, Léon-Marie pédalait avec effort. D'un mouvement décidé, il obliqua vers la rue Savoie et disparut à ses yeux, caché par les imposantes constructions qu'étaient les commerces et l'édifice neuf.

Elle laissa poindre un sourire. L'esprit continuellement en ébullition, depuis qu'il s'était défait de ses entreprises, son époux accumulait les projets. Elle se demandait aujourd'hui, quel nouveau plan il mijotait dans sa tête pour se déplacer ainsi, à fond de train, sans un regard et s'enfoncer dans la petite rue qui abritait leur immeuble.

Elle se remit en marche, descendit à mi-côte et tourna à angle près des commerces. Elle s'immobilisa de surprise. La bicyclette de David était couchée sur le bord de la chaussée. À sa gauche, dans le champ vague parallèle au magasin général, leurs mollets fouettant les hautes herbes, Léon-Marie et Jean-Baptiste discutaient ferme, chacun installé à un bout du terrain et étirant un ruban à mesurer.

Comme dans les plus beaux jours de l'édification de la Cédrière, ils gesticulaient, s'obstinaient à la façon de deux collégiens.

—Veux-tu bien me dire ce que tu fais au milieu de ces fardoches et avec Jean-Baptiste en plus?

Il sursauta.

—Ah! C'est toi.

Il expliqua tout de suite :

—Comme il y a pas trop d'ouvrage dans la business des frères Gobeil dans ce temps-citte, je leur ai emprunté Baptiste. Florent est parti à la recherche de contrats, comme j'ai faite dans le temps.

—Ça ne me dit pas ce que vous faites dans ce champ au milieu des broussailles, insista Héléna.

Jean-Baptiste lança une œillade malicieuse vers Léon-Marie.

—Tu y dis, Léon?

—J'ai décidé de nous construire un autre bloc sur ce terrain que je vais acheter de Josaphat Bélanger, annonça fièrement Léon-Marie. Celui-là aurait deux étages plus le rez-de-chaussée que je louerais à des gens d'affaires.

—Et c'est pour cette raison que tu es descendu au village. Tu allais chez le notaire afin de régler cette question.

—On t'a raconté ça aussi... fit Léon-Marie en prenant un air faussement ennuyé. Il y a pas à dire, on peut rien te cacher.

Il paraissait heureux, avec sa chemise à carreaux, son col ouvert, ses manches relevées, ses mains brunies de soleil.

Après avoir tant lutté, il était parvenu au stade de la relâche, de la récréation. Elle le voyait ainsi qu'un jeune lion qui s'ébroue dans un champ.

Elle aussi était heureuse, de la joie qu'il irradiait et de cette nouvelle décision qu'il venait de prendre. Elle appréciait cette qualité qu'il avait de se créer une activité quand il lui aurait été si facile de profiter de son aisance financière et ne rien faire.

Derrière eux, les pétarades d'une automobile se faisaient entendre. Charles-Arthur revenait du village au volant de sa Studebaker et montait la côte. Depuis son veuvage, il délaissait plus souvent qu'à son tour la surveillance de ses chantiers de construction pour laisser cette responsabilité à Ignace, son employé de confiance.

Chaque après-midi, ils le voyaient descendre la côte du Relais. Il allait oublier son deuil en passant de longues heures à l'auberge.

Héléna se demandait où se tenait la belle Clara pendant ce temps. Depuis la mort d'Angélina, elle ne l'avait plus vue dans les parages.

Charles-Arthur avait atteint leur niveau. Cerné par le bringue-balement de son véhicule, regardant droit devant lui, il agrippait fermement le volant. Soudain, d'un mouvement brusque, il tourna, s'engagea dans leur petite rue et, dans un grand crissement de la manette d'embrayage, vint stopper près de leur groupe.

Vivement, il s'en dégagea. Nerveux, fébrile, il avançait vers eux à grandes enjambées en regardant autour de lui.

—Câlisse, vous avez pas l'air d'avoir entendu les nouvelles? On vient d'annoncer un accident de machine près du Lac des Baies en allant vers Saint-Valérien.

—Tu sais ben qu'on a pas le temps d'écouter la radio l'après-midi, bougonna Léon-Marie sans cesser son occupation. Je suppose que c'est encore un de ces fous de la route.

—C'est pire que le diable, ces engins-là, renforça Jean-Baptiste en enroulant le ruban. Un jour va venir où ils vont foncer sur nous autres jusque dans nos cours.

—Il arrive aussi des accidents de boghei, observa Héléna. Quand notre heure est arrivée, on nous rattrape où que nous sommes.

Les mains enfoncées dans les poches de son pantalon au pli parfait, sa chemise blanche et sa cravate, Charles-Arthur les fixait tour à tour, la mine ahurie.

—Je vois que vous avez rien compris. Vous avez pas pensé que vous pourriez le connaître, ce gars-là?

Héléna ouvrit de grands yeux.

—Voulez-vous dire qu'un accident est arrivé à... quelqu'un du hameau?

Charles-Arthur la considéra sans répondre. Elle lui rendit son regard. Une sorte d'affolement montait en elle. Depuis le temps qu'elle connaissait son beau-frère, jamais elle ne l'avait vu s'embarrasser de sensibleries. Il avait plutôt l'habitude d'aller droit au but, brutalement, sans égards. Quand elle le voyait, comme aujourd'hui, tergiverser, s'emberlificoter de remarques et de silences dans un effort pour retarder l'échéance, c'était que l'événement était grave.

Elle pensa à ses enfants qui n'étaient pas à la maison, à Antoine-Léon qu'elle trouvait bien jeune pour travailler sur les chantiers de construction, à Cécile, à ses trois petits-enfants, à David...

—Mon Dieu, David... marmonna-t-elle.

Une ombre noire voila ses yeux, comme un présage. Elle courba la tête.

—Parle donc, s'impatienta Léon-Marie. Tu vois pas que tu inquiètes Héléna sans bon sens? Barnache que j'haïs ça quand tu nous fais languir de même!

—Je te préviens, ça va te donner un choc.

Léon-Marie avait pâli. Il alla se placer près d'Héléna. Angoissé à son tour, il le fixait, n'osait plus intervenir.

—Ça concerne les frères Gobeil, les propriétaires de la scierie, articula enfin Charles-Arthur. C'est à propos de Florent, le plus jeune des deux...

Il lança d'un trait :

—Il aurait eu un accident, tantôt, il y a une heure.

—J'espère qu'il n'est pas gravement blessé, prononça Héléna d'une petite voix fragile.

—Il est mort, proféra Charles-Arthur. Mort sur le coup.

Léon-Marie refréna un sursaut.

—Barnache! Ça se peut quasiment pas.

Sidéré, il se rappelait, ce même matin, tandis que le jeune homme pénétrait dans la cour de la scierie. Il le revoyait encore, avançant vers la salle de coupe, son épaisse touffe de cheveux bruns lissée vers l'arrière, l'œil rieur, lançant une boutade aux employés qui empilaient du bois près des portes.

S'il avait pu connaître l'avenir, Léon-Marie se serait empressé de traverser la route pour lui dire une parole aimable. Mourir si jeune et de façon aussi abrupte le bouleversait, était pour lui comme une interruption au milieu d'un geste dont personne ne connaîtrait jamais l'amplitude.

—La vie tient pas à grand-chose, laissa-t-il tomber lentement dans un soupir.

—Comment est-ce arrivé? demanda Héléna.

Charles-Arthur ne répondit pas tout de suite. Il paraissait dépassé.

—C'est un accident absurde.

Il expliqua, la voix éteinte :

—Il y avait devant lui, un camion avec une benne remplie de barres de fer. Le mastodonte a freiné, mais Florent a pas réagi assez vite. Une barre de fer a traversé son pare-brise et lui a transpercé la poitrine de bord en bord. Il a été empalé.

—Mon Dieu! murmura Héléna.

—Barnache! souffla Léon-Marie.

Tourné vers lui, Charles-Arthur s'enquit brusquement :

—Pis toi, que c'est que tu vas faire?

—Que c'est que je vas faire, répéta Léon-Marie. Que c'est que tu veux que je fasse à part être ben triste pour sa femme pis ses enfants! C'était un homme envers qui j'avais de la grosse considération.

—C'est pas ça que je veux dire, insista Charles-Arthur. C'est ta scierie qui m'inquiète.

—Ma scierie, que c'est que tu veux dire? Elle est pus à moi, la scierie.

—As-tu oublié qu'ils te doivent encore cinquante mille piastres? lui rappela Charles-Arthur. Si Valère est pas capable de faire fonctionner l'entreprise tout seul, tu risques de perdre ton investissement.

—Pourquoi qu'il serait pas capable? demanda Léon-Marie qui sentait monter son agacement, je l'ai ben menée tout seul, moi, cette usine-là, pendant dix-huit ans. Ça m'a pas empêché de faire des affaires, pis de la maintenir ben florissante.

—C'est pas pareil, lança Charles-Arthur. D'abord t'avais pas de dettes, tu faisais ce que tu voulais de ton argent, tandis que lui, il va devoir commencer par rembourser la part de son frère à ses héritiers, sur les terres à bois, les bâtisses de la compagnie, le grément, en plus de payer à lui tout seul les redevances aux créanciers qui sont toi pis la banque. Comment c'est que tu veux qu'il soit capable de joindre les deux boutes avec autant de dettes qui lui tombent sur la tête d'un seul coup, il est presque pris à la gorge.

Il avança sans ménagements :

—Tu vas peut-être devoir reprendre ta scierie, Léon-Marie. Pis il y a des grosses chances que tu la retrouves pas dans l'état où tu l'as laissée.

Léon-Marie leva vers lui un regard suspicieux.

—Tu le sais peut-être pas, reprit Charles-Arthur sur un ton pénétré, mais les frères Gobeil utilisent pas tout à faite les mêmes méthodes que toi. Ça se peut que t'approuves pas trop leur manière de conduire la business. C'est ben différent de ce que tu faisais dans le temps.

Léon-Marie émit un sursaut. Vaguement tourmenté, il le fixait sans rien dire.

—Vois-tu, Léon-Marie, poursuivit Charles-Arthur de plus belle, t'as mené tes affaires à ta guise, pis ç'a marché. Faut dire que t'as été chanceux en câlisse...

Accablé, Léon-Marie avait courbé la tête et frictionnait vigoureusement son front.

Immobile près d'eux, Héléna avait écouté en silence. Elle ne cachait pas son indignation.

—Charles-Arthur Savoie! coupa-t-elle enfin. Allez-vous cesser de tourner le fer dans la plaie. Ne voyez-vous pas que vous mettez Léon-Marie dans tous ses états?

—C'était pas mon intention de l'inquiéter, malgré que faut pas s'enfoncer la tête dans le sable non plus, répliqua durement Charles-Arthur. Depuis la mort d'Angélina, la guigne nous court, nous autres, les Savoie. J'arrête pas de le dire. La chance qu'on a eue, c'est fini. Astheure c'est la dèche qui nous attend.

—Vous allez vous taire à la fin, jeta Héléna, exaspérée. Vous êtes un véritable oiseau de malheur. Vous ne voyez pas que votre frère est malade, que la moindre émotion peut lui causer une attaque? Des épreuves, nous en avons tous, tout le long de notre vie, et plus l'âge avance, plus elles nous touchent.

—Câlisse, se défendit Charles-Arthur, je pensais pas Léon-Marie feluette de même. Avec la mort d'Angélina, moi aussi j'ai mes malheurs, pis je me plains pas. J'y disais ça pour y rendre service, pour qu'il surveille ses affaires.

Héléna le fixa de son regard froid, impassible. Elle émit, sur un ton calme :

—Monsieur Florent Gobeil est mort, c'est bien triste, mais on n'y peut rien. Léon-Marie chaussera ses bottes quand le temps sera venu.

Tournée vers son époux, d'un mouvement vif, elle empoigna son bras.

—Toi, tu rentres à la maison. Les mesures pour un nouvel édifice vont attendre à demain.

***

Embrouillée entre le rêve et la réalité, Héléna tournait dans son lit. En bas dans la cuisine, l'horloge venait d'égrener quatre coups. Une obscurité épaisse, angoissante, descendait sur elle et l'engourdissait. Elle tentait de résister. Elle était dans le champ de la veuve Maher. Le sol était difficile, inégal, sillonné d'ornières profondes formées par le passage d'énormes camions. Essoufflée, elle préparait son pique-nique annuel. Elle trébuchait, péniblement, se redressait.

Partout jusqu'à l'horizon, un voile noir envahissait l'espace. Elle ne distinguait plus les champs, les arbres, les herbes. Une brume, comme une fine poussière, montait de la terre et couvrait ses chevilles. Un silence lugubre tombait sur elle, une immobilité totale, comme si la vie venait de s'arrêter.

Brusquement, un mouvement agita l'espace. Une plainte perça le silence. Le regard rempli d'effroi, elle fixait autour d'elle ces ombres qui s'élevaient, sortes de bras nus, exsangues, émanant du séjour des morts.

Attachés à des silhouettes blafardes, cernés par le brouillard, ils lui apparaissaient comme une nuée de chenilles grouillant dans leur toile. Elle pensa au purgatoire de ses livres d'image où les justes expiaient leurs fautes avant d'accéder au paradis.

Soulevée d'horreur, elle fixait ces spectres inquiétants. Elle les voyait tous, elle identifiait leurs visages. Ils étaient nombreux. Une multitude. « Il y a trop de morts autour de moi, déplorait-elle. » Soudain, une longue plainte, poignante, insupportable monta dans l'air. Son cœur se crispa de douleur. Elle distinguait maintenant leurs formes, ils l'encerclaient avec leurs bras levés, entourés de vapeur grise.

—Héléna, gémissaient-ils, Héléna... aide-moi, Héléna...

Bouleversée, elle se pencha sur leur gouffre. De toutes ses forces, elle tentait de leur venir en aide, mais leurs membres décharnés s'évanouissaient dans sa main. Horrifiée, elle se reprenait, mais elle ne sentait que le vide sous ses doigts.

—Héléna... entendait-elle, Héléna... aide-moi.

Brusquement une main livide, terreuse, avec ses longs doigts repliés, remua devant son visage. Descendant jusqu'à son ventre, il tâta un moment, frôla son poignet, puis aussi rapidement, l'agrippa.

Épouvantée, elle laissa échapper un grand cri et s'éveilla en sursaut. Le cœur battant à se rompre, elle s'assit dans son lit. Une main retenait son bras. Apeurée, elle se retourna. Elle allait encore crier.

—Héléna... bredouillait la voix près d'elle, Héléna... aide-moi...

Soudain, elle comprit. Couché sur le dos, la tête enfoncée dans son oreiller, Léon-Marie sanglotait doucement.

Inquiète, elle s'étira et alluma la lampe de chevet.

Comme s'il cherchait à se prémunir contre l'éclat trop vif de la lumière, Léon-Marie cligna des paupières.

—Ça va pas... Héléna... articula-t-il difficilement, c'te fois-citte... ça va pas... ça va pas... pantoute...

Il ouvrit encore la bouche. Ses yeux étaient rivés sur elle, suppliants, désarmés. Ses lèvres remuaient, mais aucun son ne parvenait à sortir de sa gorge. Il fit un violent effort. Comme un rescapé qui tente de recouvrer ses sens, il souleva son bras droit, le laissa retomber lourdement sur la couverture, puis porta son attention sur celui de gauche, déplié et qui pendait le long de sa hanche. Les muscles de son visage se tendirent avec force, mais son membre gauche demeurait inerte, aucun mouvement ne l'animait plus. Pris de panique, il se tourna vers elle.

—Mon bras est... paralysé, Héléna... parvint-il à articuler, paralysé...

Pétrifiée, Héléna le fixait. Elle ne savait que faire.

—Je vais aller te chercher une serviette mouillée avec un peu d'eau fraîche, dit-elle nerveusement, à tout hasard.

Léon-Marie ne répondit pas. Il avait fermé les yeux. De grosses larmes coulaient sur ses joues et allaient se fondre dans le tissu de l'oreiller.

—C'est fini... Héléna, gémissait-il. Je pourrai pas vivre paralysé... Je veux pas... Il me reste qu'à mourir.

Tristement, elle appuya sa tête contre la sienne. De voir cet homme habituellement si stoïque et vigoureux, de le voir ainsi, pleurer comme un enfant, lui crevait le cœur.

—Tu as encore la vie, murmura-t-elle près de son oreiller, c'est ça qui est l'essentiel. Le docteur Gaumont est un bon médecin, il va te soigner. Tu vas guérir...

Elle entoura sa poitrine de son bras. Elle aurait tant voulu le réconforter.

Elle pensa combien de fois le docteur Gaumont les avait mis en garde contre pareille éventualité. Si Léon-Marie ne faisait pas plus attention, répétait-il, le risque était grand qu'une autre attaque survienne et que, cette fois, les conséquences soient graves.

—Je l'avais pourtant averti, dirait-il tantôt en repliant son stéthoscope.

Elle regarda Léon-Marie, l'imagina dans les jours prochains, marchant difficilement, son bras gauche pendant le long de sa hanche et donnant ses ordres avec impatience, dans une sorte de bougonnement inintelligible.

Lui qui avait toujours été si maître de lui, serait à la merci des autres.

Elle laissa échapper un soupir. Elle savait qu'une dure épreuve commençait pour elle, qu'il lui faudrait s'occuper d'un grand malade pour qui les prières ne suffiraient pas. Elle aurait besoin de courage, de force physique, de patience aussi, car elle connaissait son époux. Avec la fierté qui lui était propre, il accepterait mal d'être un handicapé à la charge des siens.

Son cœur était rempli de chagrin. Pendant un long moment, les yeux rivés à la fenêtre, elle fixa la petite lueur qui chatoyait sur l'appui. Dehors, le ciel se colorait de rose. L'aube dessinait des arabesques autour du mont Pelé. Un autre jour commençait. Du côté des fermes, elle entendait le chant du coq.

Vaillamment, elle repoussa la couverture et enfila sa robe de chambre.

—Je vais aller faire chauffer de l'eau, décida-t-elle. Nous allons frictionner ton bras. Avec la chaleur, tes nerfs vont se raviver et laisser passer l'énergie dont tu as besoin, ajouta-t-elle sans trop d'espoir.

Elle descendit dans la cuisine. Tout en remplissant la bouilloire, elle songeait aux exigences que requerrait cette nouvelle épreuve.

Léon-Marie ne pourrait plus dormir à l'étage. Il faudrait réorganiser la maison. L'espace d'un instant, elle songea à reprendre leur grande chambre au rez-de-chaussée, puis elle s'y refusa. La grand-mère Savoie avait quatre-vingt-trois ans. Ils ne pouvaient raisonnablement lui imposer de gravir chaque soir l'escalier pour aller dormir dans une des chambres du haut, de même que pendant les moments de la journée où elle aimait aller sommeiller un peu.

Il restait le salon. Même divisé pour organiser une chambre à madame Martin, il était encore vaste et pourrait être scindé en deux. Sa décision fut rapidement prise. Tantôt, quand l'heure serait décente, elle téléphonerait à David. Ils réduiraient le grand cercle des fauteuils et elle ferait élever une cloison.

Aussi vite qu'ils le pourraient, ils y aménageraient.

L'espace serait exigu, ils n'auraient plus leur belle vue sur la montagne et ils ne jouiraient pas davantage du spectacle de la mer, ils n'auraient pour tout panorama que le jardin en friche de Charles-Arthur avec un petit bout du chemin de Relais.

Excédée, elle se dirigea vers le mur du fond sur lequel reposait sa statue du Sacré-Cœur. Les lèvres serrées de désapprobation, elle la souleva dans ses mains, lui fit faire un brusque demi-tour et retourna son visage contre la paroi.

— C'est tout ce que tu mérites, marmonna-t-elle.

L'eau grésillait dans la bouilloire. Elle la versa dans une bassine et alla retrouver Léon-Marie.

22

L'automne avait passé puis l'hiver sans qu'Héléna consente à se réconcilier avec son Sacré-Cœur et à lui montrer la lumière.

Le mois de mai débutait. Il y avait dix mois maintenant que Léon-Marie avait eu son attaque et malgré les soins dont elle l'avait entouré, les massages, les exercices qu'elle lui avait fait faire, religieusement chaque jour, son état ne s'était pas amélioré. Léon-Marie était resté claustré dans la maison, avec son impatience, son bras gauche inerte, ses jambes flageolantes et sa voix hésitante dans son incapacité à bien coordonner ses pensées.

Pourtant elle n'avait pas manqué de constance et mis tous ses efforts à appliquer les traitements prescrits par le docteur Gaumont.

—Il peut se compter chanceux d'être paralysé du côté gauche, avait dit le médecin, si ç'avait été le droit, il aurait été incapable de parler.

Pour cette différence, Héléna avait gardé espoir. Avec plus d'assiduité encore, elle avait poursuivi ses messes journalières. Sous la pluie, la neige, le soleil, chaque matin la retrouvait à l'église afin d'entendre l'office de sept heures. Elle allait demander la guérison de son mari.

Jusqu'aux fêtes de fin d'année, elle avait attendu un miracle puis elle avait compris. Elle avait vu Léon-Marie mettre tant de bon vouloir depuis ce jour de juillet, tant d'inutiles efforts, qu'elle avait fini par accepter l'évidence et cesser de se bercer d'illusions.

Un matin de janvier, la mort dans l'âme, elle était entrée dans le magasin général de son gendre et avait commandé une canne.

Léon-Marie s'y était opposé avec énergie. Il refusait catégoriquement d'utiliser cet objet qu'il voyait comme une capitulation, l'acceptation de son impotence.

—Je suis encore capable de marcher, se défendait-il. Mes jambes... sont seulement un peu faibles... c'est à cause de l'attaque... je me sens déjà mieux.

Elle avait insisté. Si Léon-Marie voulait retrouver une certaine autonomie, il avait besoin d'une assistance pour se déplacer sans prendre appui sur les meubles à chaque pas. De plus, il pourrait aller dehors, se distraire et surtout, il libérerait la maison. Elle n'en pouvait plus de le voir les surveiller de sa chaise, sans cesse grommelant et incapable de se rendre utile.

Il n'avait pas eu d'autre choix que de s'incliner.

Dans les semaines qui avaient suivi, son petit déjeuner terminé, comme si ce geste lui était familier depuis toujours, appuyé sur sa canne, chacun le voyait, déambulant sur la véranda ou encore courbé au bout de l'allée près de la route, échangeant une parole aimable avec un passant.

Il paraissait allégé quand il rentrait à la maison. L'œil vif, enveloppé par une odeur de vent, il regardait autour de lui avec intérêt, commentait les nouvelles et se permettait quelque critique.

Héléna qui l'observait, voyait presque le voile se lever sur ses ennuis. Rassérénée, elle se reprenait à rêver du jour où elle obtiendrait son miracle.

Mais ce matin-là, ils avaient une autre raison d'être réjouis. On était le 8 mai 1945 et la guerre était terminée. La radio avait diffusé la nouvelle dans un communiqué spécial autour de dix heures.

Avec un soulagement intense, ils avaient laissé pénétrer à pleines brassées dans la maison, le concert joyeux des cloches des églises qui carillonnaient la victoire à travers la campagne.

Fini, les fenêtres voilées du côté du fleuve, se répétaient-ils. Fini, le silence le soir, les phares des voitures peints en noir jusqu'à la demie, le rationnement, cette tension constante qu'ils vivaient de par la présence de l'armée dans leurs parages. Les enrôlés reviendraient et la vie reprendrait, comme autrefois.

—V'là... Baptiste qui s'amène, dit Léon-Marie de sa voix difficile, les yeux accrochés à la fenêtre. Ç'a ben l'air que Valère a donné congé à ses hommes pour qu'ils fêtent l'Armistice.

Héléna tourna son regard vers la porte. Jean-Baptiste avait escaladé le perron quatre à quatre et entrait chez eux sans frapper de ses habituels trois petits coups rapides. Il paraissait agité, surexcité même.

—Je suppose que vous avez entendu la nouvelle.

Léon-Marie attrapa sa canne et se leva de sa chaise.

—Rentre, Baptiste... viens te chauffer.

—Aspic, j'espère que t'as pas frette une journée comme aujourd'hui, dit Jean-Baptiste en traînant avec lui dans la cuisine, un chaud parfum de fleurs sauvages. Je voulais juste savoir si vous aviez écouté la radio.

—Si c'est au sujet de l'Armistice, on a entendu la nouvelle nous autres aussi... à la radio et pis, les cloches ont résonné assez fort pour nous faire comprendre... qu'il se passait quelque chose de pas ordinaire.

—Dans pas grand-temps, nos gars vont rentrer au pays, émit Jean-Baptiste. Quand je pense que mon Denis va revenir!

Sa poitrine se souleva dans un interminable soupir, comme une sorte de soulagement qu'il n'avait pas ressenti depuis longtemps.

—Vous pouvez pas savoir ce que ça représente pour Georgette pis pour moi.

Il se mit à arpenter la pièce, en même temps qu'il énumérait mille projets à l'intention de son fils. Il lui décrocherait le meilleur emploi, assurait-il. Il fouillerait jusqu'à la ville, s'il le fallait, pour lui trouver un travail qui répondrait à ses compétences. Et si ça ne fonctionnait pas, il lui apprendrait son métier de menuisier, celui de saint Joseph, se reprenait-il à répéter avec ses mots d'autrefois.

Sans s'arrêter, jusqu'à s'étourdir, il se baignait de rêves. Denis travaillerait avec son père, renchérissait-il avec des sanglots dans la voix, comme un Jésus. Ainsi qu'une soupape trop longtemps retenue et qui se relâche brusquement, sa voix débordait.

Dressés devant lui, Héléna et Léon-Marie l'écoutaient avec surprise. Ils n'avaient jamais vu Jean-Baptiste dans pareil état de bouleversement. Jamais ils n'auraient pu se douter qu'il puisse receler dans son cœur une telle inquiétude. Habituellement placide, ils l'avaient toujours imaginé à l'abri des vicissitudes, au-dessus de toute atteinte.

—Pars pas en peur... Baptiste, le freina Léon-Marie. Avant de faire un Jésus de ton gars, essaie plutôt... de lui trouver une place à l'usine... à côté de toi. Je vois pas pourquoi ça marcherait pas.

Jean-Baptiste contracta les lèvres et le fixa sans rien dire. Lentement, il se retourna et alla se placer devant la fenêtre donnant sur le fleuve. Pendant un moment, la mine dubitative, il suivit le train-train d'un petit bateau blanc qui descendait vers le golfe. Plus haut, un goéland traversait le ciel en poussant un long croassement et planait sur un champ de labour.

Sans hâte, il se tourna et leur fit face. Il reprit, avec ménagements :

—Ça fait un bout de temps que ça me chicote, mais depuis la mort de Florent Gobeil, j'ai le sentiment que les affaires à la scierie vont pus comme avant. Quelque chose me dit que, bientôt, il va se faire des gros changements à l'usine.

—Barnache! Tu penses pas ce que tu dis, Baptiste, fit Léon-Marie incrédule.

— Aspic, Léon-Marie, répliqua Jean-Baptiste, offensé, depuis le temps que tu me connais. Quand j'ai mes pressentiments, tu le sais, je suis comme une femme. J'ai pas coutume de me tromper.

Ébranlé, Léon-Marie posa sa main valide sur son front. Ses doigts tremblaient. Il hésitait plus que d'habitude.

— Ça me... donnerait... tout un coup.

Jean-Baptiste revint vers eux. Il était devenu subitement mélancolique.

— De mon côté, ça ferait pas une grande différence... Avec la guerre finie, nos gars rentrés au pays, les usines vont préférer engager des jeunes, des costauds pétants de santé, plutôt que de garder des vieux comme moi.

— La force pis l'endurance de la jeunesse vaudront jamais l'expérience d'un vieux comme toi, lança Léon-Marie.

— J'ai cinquante-neuf ans, Léon, jeta Jean-Baptiste. J'ai mon Denis qui va revenir tantôt avec le goût de se marier pis d'élever une famille. Il va avoir besoin d'un ouvrage pour gagner son pain.

Il prononça très vite, comme s'il craignait de regretter sa décision :

— Ben sûr, je vas essayer de trouver une meilleure job pour mon gars, régulière pis payante, mais en attendant, aussitôt qu'il va être rentré, j'ai décidé de lui céder ma place.

Léon-Marie sursauta.

— T'es pas sérieux, Baptiste. Ça serait toute une perte pour la scierie. Ça, c'est vrai que ça aiderait pas Gobeil à remonter ses entreprises.

— Allez-vous cesser de vous faire du mouron en imaginant le pire, s'insurgea Héléna. Monsieur Gobeil a amplement prouvé qu'il était capable de gérer ses affaires. En ce qui nous concerne, nous n'avons pas eu à nous plaindre.

Léon-Marie acquiesça. À la suite de la mort tragique de son frère, Valère Gobeil s'était mis vaillamment à la tâche et avait repris à sa charge, la gestion de la scierie.

Contrairement aux prévisions alarmistes de Charles-Arthur, les deux frères avaient contracté une assurance-vie qui les mettait à l'abri d'un pareil malheur. C'est ainsi qu'un mois à peine après le décès de Florent, Valère était venu frapper à leur porte et avait remboursé sa dette en totalité.

Dans l'attente d'une décision, Héléna était allée déposer le chèque à la banque.

Depuis la guerre, ne cessait de lui répéter Léon-Marie, l'argent n'avait plus la même valeur. Chaque année, les salaires augmentaient, les denrées aussi.

Elle se disait qu'il n'y avait que les immeubles locatifs pour s'apprécier au rythme de l'économie. Elle n'avait vu qu'une façon de maintenir leur capital en plus de le faire fructifier. C'était de poursuivre ce que Léon-Marie avait commencé.

Il y avait longtemps que l'idée mûrissait dans sa tête. Depuis le premier instant où il avait eu son attaque, elle savait ce qu'elle devait faire. Dès qu'elle pourrait, elle ferait construire l'immeuble qui était dans son projet puis elle en ferait construire un autre et encore un autre, aussi longtemps qu'il leur resterait de l'argent à la banque.

— Venez-vous à la fête à soir? interrogea Jean-Baptiste, changeant subitement de propos. La municipalité organise des grandes réjouissances sur la place de l'église. Je peux t'amener, Léon, si tu veux.

Léon-Marie serra les lèvres. Il le fixa, le visage rembruni.

— On va rester tranquilles à la maison... dit-il enfin. C'est déjà assez pénible pour moi d'être mal emmanché de même, sans en plus, être condamné à regarder sautiller les autres.

— De toute façon tu perdrais pas grand-chose, le consola Jean-Baptiste. Monseigneur l'évêque a encore fait dire par ses prêtres dimanche dernier qu'il défend les danses collées sous peine de péché mortel. Il autorise seulement les sets carrés.

— On peut se réjouir tout autant en restant chez soi, observa Héléna.

— Si j'avais... pas été obligé de démissionner de mon poste d'échevin, articula Léon-Marie, l'œil nostalgique, je leur en aurais organisé... une fête, autrement mieux que ce que va faire McGrath. Pis si j'avais eu... encore ma scierie, moi aussi j'aurais donné congé à mes hommes pour la journée...

Il laissa échapper un soupir.

— Ce que je suis pas capable d'accepter, c'est que tout finit toujours par finir. Comme toi, par exemple, s'il avait fallu que tu m'abandonnes pendant que la scierie était encore à moi, je m'en serais jamais remis.

Il hochait la tête à petits coups, dans une sorte de refus obstiné.

À ses yeux, Jean-Baptiste était associé à ses entreprises comme l'élément d'un tout. Jean-Baptiste parti, l'usine ne serait plus l'usine. Même la scierie ne lui appartenant plus, il ne pouvait se résigner à ne plus voir de sa fenêtre, sa silhouette de gringalet s'agiter devant les grandes portes de la salle de coupe, son *can-dog* à la main en mordillant son copeau d'épinette.

Ne plus entendre son petit rire aigu, ne plus suivre ses pas tandis qu'il se déplaçait de part et d'autre dans la cour, lui crèveraient le cœur.

Il avait accepté qu'un étranger poursuive son rêve, mais contre toute logique, il en refusait la moindre variante. Il voulait que son usine garde son caractère initial, qu'elle demeure telle qu'il l'avait établie. Avec le départ de Jean-Baptiste, il avait la sensation d'une seconde rupture, comme si, cette fois, ce passé qui avait été sa raison de vivre, allait lui échapper pour de bon.

—Je sais ben que je pourrais faire encore un boute, émit Jean-Baptiste comme s'il voulait pondérer l'effet de ses paroles, je veux juste ralentir un brin.

Il expliqua comme s'il avait longuement approfondi la question :

—Mon idée serait de travailler à mon compte, faire des jobbines, reprendre mon métier de menuisier. Si tu veux, je pourrais même te donner un coup de main dans l'entretien de ton bloc, pis aussi de tes petites maisons.

Intéressée, Héléna se rapprocha de lui.

—Léon-Marie ne vous a pas dit? J'ai décidé de faire construire l'immeuble à logements qu'il avait prévu lors de son attaque.

—Ah ben aspic, là, je suis content! s'exclama Jean-Baptiste avec émotion. Je suis ben content.

Il la fixait, l'œil mouvant, comme si son admiration pour elle avait grandi d'un cran.

—Quand j'ai vu Léon tomber malade, poursuivit-il, lui qui avait toujours été si actif, quand je l'ai vu, du jour au lendemain, pus capable de se déplacer plus loin que le tour de sa maison, j'ai pensé que les grandes entreprises, pour lui, c'était fini, qu'une page venait de se tourner.

—Avec nous, rien n'est jamais fini, répliqua fermement Héléna, vous l'apprendrez, Jean-Baptiste. Vous verrez aussi que je ne manque pas d'endurance.

Elle reconnaissait que la charge de propriétaire était accaparante. Elle en ressentait chaque jour les effets négatifs, avec ce modèle de locataires insatisfaits qui faisaient irruption chez eux, à tout propos, comme des loups dans la bergerie, pour les assommer de leurs revendications.

Elle pensait à Léopold Renaud et à Roger Lafleur, ces deux

commis à la fromagerie pourtant des camarades d'école de David qui, depuis qu'ils avaient aménagé dans leur immeuble, ne cessaient de récriminer, pour une latte de plancher qui craque, un robinet qui fuit, une fenêtre qui ferme mal. Et malencontreusement, comme si les dieux avaient eu l'impudence de leur donner raison, ce deuxième hiver, le toit plat avait coulé. Comme d'habitude, ils s'étaient précipités chez eux pour s'en plaindre.

Prenant un ton impassible, elle leur avait fait comprendre que la pose du bardeau de la toiture ayant été confiée à une firme spécialisée, elle veillerait à ce que l'entrepreneur respecte sa garantie.

Elle avait toujours été forte et ne craignait pas la lutte. Cette sorte de confrontation, au contraire, la stimulait. Comme une épreuve de compétition, elle lui donnait une envie féroce de foncer sans se préoccuper des obstacles.

— Quand allez-vous donner votre démission? demanda-t-elle, son œil vif rivé sur Jean-Baptiste.

— Je vais le faire aussitôt que mon Denis sera revenu des vieux pays.

— Quand ce sera fait, venez me voir. J'aurai du travail pour vous.

***

Le souper était terminé. Comme chaque soir, agenouillée près de Léon-Marie, Héléna massait vigoureusement son bras ainsi que l'avait prescrit le docteur Gaumont.

— Que c'est que les petits attendent pour revenir de leur pensionnat? demanda soudainement la vieille dame Savoie.

Héléna posa sur elle un regard surpris.

— Vous savez bien que ce ne sera pas avant un mois et demi, à la fin du mois de juin. Qu'est-ce qui vous arrive, mémère, vous vous ennuyez d'eux?

— J'avais rapaillé une série d'histoires que je voulais leur raconter. J'espère que je les oublierai pas d'ici ce temps-là.

— Si vous les avez oubliées, avec l'imagination que je vous connais, vous en inventerez d'autres, répliqua Héléna en se remettant à sa tâche.

Elle n'était pas inquiète. La grand-mère Savoie était reconnue comme une excellente conteuse. Combien d'heures tranquilles, ses deux petits avaient passé, le soir, après le souper, assis sagement par terre à l'écouter réveiller les loups-garous et les sorcières.

Héléna reporta ses yeux sur elle. La vieille dame lui paraissait fatiguée tout à coup. Elle décelait sur son visage, le poids de ses quatre-vingt-quatre ans.

—Ça ne va pas, madame Savoie?

Contrairement à son habitude, celle-ci n'avait pas répondu. Pensive, son visage tourné vers la fenêtre, elle surveillait les mouvements nerveux d'un rouge-gorge qui picorait le carré de gazon.

—Tu devrais acheter un piano à Marie-Laure, prononça abruptement madame Martin. Elle a huit ans, bientôt neuf, il est temps de faire une demoiselle de cette petite au lieu de lui faire écouter des sornettes.

Madame Savoie lui jeta un mauvais regard. Depuis un temps, pour une quelconque baliverne, les deux vieilles ne s'entendaient plus.

Héléna tiqua de la joue dans un geste qui disait son ennui. Peut-être leur brouille expliquait-elle l'humeur morose de la vieille dame Savoie? Elle n'en fit pas la remarque. Elle s'était fait une règle quand les aïeules s'étaient installées dans la maison, de ne jamais intervenir dans leurs différends.

—Antoinette, sers-moi donc une cuiller de brandy, ordonna madame Savoie à la bonne. Après ce que je viens d'entendre, j'ai besoin d'un remontant.

Derrière elles, la radio diffusait les nouvelles de sept heures. Les vieilles se rapprochèrent du poste et prêtèrent l'oreille.

De sa voix aux harmoniques profondes, le speaker commentait la fin de la guerre. Se référant aux propos du ministre fédéral des Finances, il discutait le désastre pour les pays d'Europe et, plus près d'eux, les conséquences sur l'économie canadienne.

—Le modernisme va peut-être améliorer le niveau de vie, accorda Léon-Marie, mais ça me confirme dans mon opinion... avec le même capital, on va être moins riche.

L'annonceur avait fait une pause. Élevant un peu le ton, il annonça de son timbre monocorde :

« Nous venons d'apprendre qu'un incendie de forêt fait présentement rage dans le Bas-du-Fleuve entre Trinité-des-Monts et Ladrière. Le feu, vraisemblablement d'origine accidentelle, se serait déclaré en milieu d'après-midi et ne serait pas encore sous contrôle. »

—Barnache, s'énerva Léon-Marie, ça ressemble... aux lots à bois de Valère Gobeil. J'espère que c'est pas le cas... sinon ce serait vrai que la guigne le court.

—Quand donc vas-tu cesser de te préoccuper pour cet homme,

le tança Héléna. La scierie ne t'appartient plus depuis deux ans et tu as été remboursé jusqu'à la dernière cenne.

Le quart d'heure de nouvelles était terminé. La vieille dame Savoie prêta l'oreille pour l'écoute de l'émission *Un homme et son péché*, tandis que madame Martin se levait et se dirigeait vers le téléphone.

— Vous permettez? glissa-t-elle. Je veux discuter des nouvelles de la guerre avec mon amie Marguerite Côté. Ça la concerne, ses deux fils sont des militaires de carrière.

Sans attendre l'approbation des autres, elle décrocha le récepteur et se mit à discourir avec enthousiasme.

Comme elle avait fait les soirs précédents, Héléna se leva et alla baisser poliment le volume de la radio. Elle l'avait fait à contrecœur en jetant un regard froid vers sa mère adoptive.

Depuis quelque temps, madame Martin avait pris cette habitude, le soir, après les nouvelles, d'accaparer le téléphone pour s'entretenir avec ses amies. La bouche appuyée sur l'appareil, la voix claironnante, elle babillait longuement de tout et de rien et commentait les événements de la journée.

Héléna se demandait pourquoi, subitement, sa mère adoptive choisissait cette heure pour procéder à ses appels téléphoniques et comment elle ne comprenait pas que le moment était inapproprié.

C'était l'heure d'*Un homme et son péché*. Ce roman-savon était l'émission favorite de la vieille dame Savoie et celle-ci était un peu sourde. Même avec le volume haussé, elle avait peine à entendre.

Madame Savoie avait rapproché son oreille et l'avait appuyée fermement contre le haut-parleur. Au risque de voir s'éteindre à jamais toute possibilité de trêve avec sa compagne, elle jeta un regard expressif vers Héléna, laissa exhaler un soupir lourd de son exaspération puis appesantit ses yeux sur madame Martin.

Perplexe, Héléna leva les sourcils. Elle ne savait que faire. Elle reconnaissait que cette habitude de sa mère était incorrecte, mais elle était indécise. Elle respectait la mère de son mari, d'autre part, la sienne avait aussi droit à son espace.

Pendant un moment, la mine songeuse, elle fixa sa mère adoptive. Elle cherchait ses mots, des mots bienséants, concis pouvant exprimer ce qu'elle voulait dire sans manquer aux égards qu'elle lui devait.

Elle attendit qu'elle ait terminé son dialogue et raccroché, puis résolument, se tourna vers elle.

— Vous serait-il possible de choisir un autre moment pour

appeler vos amies? L'après souper est la période où passent les émissions intéressantes et vos conversations m'obligent à baisser le volume quand toute la famille voudrait écouter la radio.

Madame Martin sursauta. Surprise, elle s'immobilisa sur place. Elle ne cachait pas son indignation. Son petit chignon argenté oscillait sur sa tête.

— Comment oses-tu? Je t'interdis de me parler de la sorte. Je suis ta mère, l'as-tu oublié?

— Nous sommes cinq adultes ici avec la bonne, insista calmement Héléna. Si nous voulons vivre en harmonie, nous devons nous conformer à certaines règles. Madame Savoie est la mère de mon mari. Je vous demande de lui laisser quinze minutes pour écouter son émission favorite, ensuite vous pourrez téléphoner à qui vous voudrez et aussi longtemps qu'il vous plaira.

Enfoncée dans sa berceuse près de la radio, madame Savoie tourna un regard triomphant du côté de madame Martin puis le reporta vers la fenêtre qui donnait sur la montagne.

Sans attendre les justifications de l'une ni de l'autre, Héléna plongea la main dans sa poche et prit son chapelet.

— Il est l'heure de la prière.

Derrière elle, on frappait à la porte. Paolo Borracio, le propriétaire de la firme de couvreurs de Saint-Germain se tenait sur le perron.

Elle remit son chapelet dans sa poche et se tourna vers lui sans surprise. Elle avait elle-même communiqué avec sa secrétaire au cours de l'après-midi et demandé à le voir.

Mademoiselle Bonenfant essuya ses mains sur son tablier et s'empressa d'aller ouvrir. Elle semblait particulièrement ravie de le voir. Étonnée, les sourcils levés, Héléna considéra longuement sa bonne.

L'homme avait franchi le seuil. C'était un beau garçon, grand, mince, d'origine italienne, les yeux et les cheveux très noirs. Pendant un moment, l'œil admiratif, il se tint sans bouger, reluqua la bonne de haut en bas, puis lui adressa un large sourire.

Frondeur, un peu coureur, il aimait les femmes bien en chair, comme l'était la servante de la famille. Célibataire pour les uns, le bruit courait pour les autres qu'il avait laissé une femme en Italie.

« A beau mentir qui vient de loin », disaient de lui les villageoises sur leurs gardes.

Le pas pesant, il s'avança vers le milieu de la cuisine et se dirigea tout droit vers Léon-Marie qui le regardait s'approcher, assis sur sa chaise, avec sa canne accrochée à son appui-bras.

— Vous m'avez fait démander, monsieur Savoie, articula-t-il en souriant de toutes ses dents. Yé suppose que c'est pour la nouvelle bâtisse? Jean-Baptiste, il m'a appris. Vous allez construire un autre immeuble à logements qu'il m'a dit. Si c'est pour la soumission, yé souis votre homme, encore oune fois.

Il avait parlé de son habituel ton assuré, avec son accent un peu paresseux qui rappelait son pays brûlé de soleil, ses « r » qu'il roucoulait comme un rossignol en rivant ses yeux pointus sur Léon-Marie.

— C'est moi qui vous ai demandé de venir, monsieur Borracio, prononça Héléna en s'avançant vers lui. Et c'est moi encore qui ai affaire à vous.

Interloqué, l'homme émit un léger tressaillement, lui jeta un coup d'œil rapide avec un petit air de « qu'est-ce qu'elle vient faire dans notre conversation, celle-là? » puis, sans plus se préoccuper d'elle, revint porter ses yeux sur Léon-Marie.

— Yé suppose que les questions dé construction, elles vont se régler comme la première fois, avec vous ou avec votre frère Charles-Arthur?

Agacée, la nuque raide, Héléna alla couper l'espace les séparant, lui et son époux.

— Je pense que vous n'avez pas compris, monsieur Borracio, proféra-t-elle sur un ton ferme. Je viens de vous dire que c'est moi qui vous ai demandé de venir. De plus, à l'avenir, pour ce qui est des questions de construction comme vous dites, vous allez devoir vous y faire, parce que, ça aussi, à partir d'aujourd'hui, ce sera MA responsabilité.

D'un mouvement sec, décidé, sans lui laisser la possibilité d'émettre une réplique, elle croisa les bras sur sa poitrine.

— Et maintenant, comme ni vous ni moi n'avons de temps à perdre, nous allons parler affaires.

Tout de suite, elle fit un demi-tour sur elle-même, alla chercher dans son secrétaire, le contrat de travail de l'immeuble de la rue Savoie et le brandit devant ses yeux.

— Avant de discuter tout nouveau contrat, vous allez commencer par respecter votre garantie de travail sur ce qui a déjà été effectué. Après cela, et après seulement, je considérerai si je peux vous faire confiance. Il y a plus d'un mois, je vous ai demandé de réparer le toit qui coule et ce n'est pas encore fait.

— C'est oune toute pétite craquelure, se défendit l'entrepreneur avec son accent monotone en persistant à s'adresser à Léon-Marie.

Il y a un mois, il faisait trop froid. Il faut lé soleil et la chaleur pour faire adhérer lé goudron.

—Nous savons tous cela, coupa Héléna, mais depuis deux semaines, il fait chaud comme en été.

—Depuis deux semaines, lé travail, il a repris, se justifia l'homme, consentant enfin à se tourner vers Héléna.

—Si vous avez trop de travail pour respecter vos engagements, je dois conclure que vous n'aurez pas davantage le temps de prendre le contrat pour le toit de notre future habitation à logements.

—Ce n'est pas ce que yé voulu dire, yé...

—Les locataires se plaignent, coupa-t-elle, et ils ont raison. Devrons-nous attendre qu'ils nous réclament des compensations? Croyez-vous que ç'a été drôle pour les familles qui logent au dernier étage d'éponger l'eau qui a coulé du toit pendant tout l'hiver? Sans compter les dommages causés à notre immeuble. Ces réparations sont urgentes. Ne m'obligez pas à les faire faire par quelqu'un d'autre et à vous envoyer la facture.

L'homme se raidit.

—Ah! Là, si vous faites ça, ma garantie, elle ne tient plus, la prévint-il, nerveux tout à coup.

Héléna lui jeta un regard dur.

—Que vaut votre garantie, si vous ne la respectez pas?

—De quoi ils sé plaignent, vos locataires? demanda l'homme.

—Vous êtes sourd ou bien vous ne comprenez pas notre langue? proféra Héléna en secouant les épaules d'impatience. Le toit plat de l'immeuble que vous venez de recouvrir coule comme une passoire. Vos employés ont mal fait leur travail de sorte que l'hiver la glace s'accumule et quand elle fond, l'eau s'infiltre. Un point, c'est tout.

—Présentement, yé veux dire, insista l'homme, présentement, ça coule pas?

—Vous savez bien que non, s'exaspéra Héléna, on est en mai. C'est en hiver que ça coule avec la formation de la glace.

—Excusez-moi dé mé répéter, madame, mais si ça coule pas, dé quoi ils se plaignent, vos locataires?

Choqué à son tour, Léon-Marie leva sa main valide et serra le poing.

—Tu parles comme un sans-génie, Paolo Borracio... Ça prend rien qu'un importé comme toé pour dire des folleries de même. Tu viendras te plaindre, après... qu'on est racistes, pis qu'on refuse de te donner de l'ouvrage... Avec des réponses de crétin pareilles, tu mérites pas qu'on te fasse travailler.

—Pour ma part, je pense que vous débitez ces stupidités pour mieux vous esquiver, reprit Héléna. Dans le cas qui nous occupe, les deux locataires du troisième étage menacent de ne pas payer leur loyer du mois de juin, si le toit n'est pas réparé avant le dernier jour de mai. Si c'est le cas, je n'hésiterai pas à vous poursuivre en justice, pour négligence causant préjudice.

—Dans mon pays, on...

—Dans votre pays, vous faites ce que vous voulez, coupa durement Héléna. Aujourd'hui, vous êtes dans le nôtre et vous ne viendrez pas y faire la loi. Vous avez choisi de vivre au Canada? Alors vivez comme les Canadiens!

—On va voir cé qu'on peut faire, prononça tranquillement le couvreur, avec dans ses yeux une petite étincelle laissant entendre qu'il n'était nullement décidé à accéder rapidement à sa demande.

Il se tourna vers Léon-Marie. Penché vers lui, il chuchota sur un ton de connivence :

—Quand vous sérez décidé à construire votre immeuble, vous mé lé ferez savoir. Yé vous ferai un bon prix.

Héléna sursauta. Les lèvres pincées, les bras obstinément croisés sur la poitrine, elle le fixa longuement tandis qu'il enfonçait sa casquette sur sa tête et faisait demi-tour pour franchir le seuil. Cet étranger n'a qu'à bien se tenir, exprimaient ses prunelles sombres, sinon il apprendrait de quel bois elle se chauffait.

—Pourquoi faut-il toujours devoir se battre quand la vérité est là, bien en évidence, déplora Héléna en revenant vers Léon-Marie. Maintenant ce sont les locataires que je vais avoir sur le dos et le pire c'est qu'ils ont raison.

—Si j'avais eu toutes mes capacités, bégaya Léon-Marie bouillant de colère. Je l'aurais mis à sa place, ce Borracio, que ç'aurait pas été long.

Il paraissait triste, dans son impuissance, serrait sa main valide, ses yeux fixant sa gauche pendante sur l'accoudoir.

—Mais amanché comme je suis...

—Compte sur moi que je vais me faire respecter, lança Héléna avec énergie dans le silence. Personne ne va venir m'en imposer, je te le jure, personne.

Léon-Marie posa sur elle un long regard admiratif et ne dit mot. Rassuré, les yeux tournés vers la fenêtre, il contempla son paysage.

***

Il y avait un mois que l'Armistice était signé. Héléna avait dégagé sa planche à repasser, abouté sa jeannette et s'était installée devant. Comme d'habitude, les lundis, elle n'allait pas à la chapellerie. C'était jour de lessive et elle aidait sa bonne.

Auprès d'elle s'amusaient les deux enfants de Cécile. Son aînée ne se sentait pas bien depuis quelque temps. Affligée de fréquents maux de tête, elle avait décidé, cet après-midi-là, d'aller consulter le docteur Gaumont.

Héléna ne pouvait s'empêcher d'en être vaguement tourmentée. À la maison, la grand-mère Savoie perdait peu à peu ses forces, il y avait son époux dont la paralysie ne semblait pas vouloir s'améliorer et maintenant, c'était au tour de Cécile. Elle se demandait si un autre malheur n'était pas en train de s'abattre sur leur famille.

Elle se secoua avec vigueur. Elle n'avait pas le droit d'entretenir pareilles idées défaitistes, se disait-elle en déplaçant résolument le fer sur le coton blanc. Que lui arrivait-il tout à coup qu'elle ne soit plus capable d'attendre le moment venu pour faire face aux difficultés?

Devant elle, la moustiquaire venait de s'ébranler sur son cadre. Mademoiselle Bonenfant était rentrée dans la cuisine à grandes enjambées. Essoufflée, elle portait sous son bras une manne débordante de linge séché qu'elle avait détaché de la corde.

— Vous pouvez pas vous imaginer qui je viens de voir monter la côte! lança-t-elle en même temps que, d'un mouvement nerveux, elle déversait son panier sur la table. Léopold Renaud. S'il vient encore vous embêter celui-là, j'espère que vous allez le mettre au pas.

— Il vient probablement pour acquitter son loyer, la rassura Héléna. Je l'ai fait prévenir ce matin par sa femme qu'il était en retard.

Étirant le bras, elle prit une chemise et la lissa sur la planche. Une bonne odeur d'ozone se dégagea autour d'elle.

— Je rêve du jour où tous les locataires paieront leur loyer à temps, laissa-t-elle tomber avec un soupir.

— Il y aura toujours des oublieux comme il y aura toujours des mauvais payeurs, observa Léon-Marie de son coin près de la fenêtre.

Dehors, les pas du locataire ébranlaient l'escalier. Aussi vite, l'homme avait tiré la moustiquaire et avait laissée rebondir son ressort.

344

Ses talons martelant le plancher, il franchit le seuil et, à grandes enjambées, marcha tout droit vers Héléna. Il paraissait furieux.

— Que c'est qu'il vous a pris d'aller achâler ma femme? Je vous avais avertie que je verserais pas le loyer de juin si le toit était pas réparé avant le 31 mai. On est rendus le 11 et c'est pas encore faite.

— Le couvreur a été avisé, répondit Héléna en étalant sa pièce de coton sur la planche. Il m'a promis que le travail serait effectué dans les prochains jours.

— Ah oui! jeta Léopold, sarcastique. Ben moi, je suis allé le voir, Paolo Borracio. Il m'a dit que vous lui aviez jamais demandé de réparer le toit.

— Quoi?

Héléna sursauta. D'un geste rude, elle déposa son fer sur sa base de métal.

— Et vous l'avez cru! Il ne vous est pas venu à l'idée que si les réparations ne sont pas faites, c'est notre propriété qui se détériore, que nous sommes les premiers pénalisés?

— Ça, c'est pas mon problème, se dégagea l'homme. Je répète ce qu'on m'a dit. Moi, je suis simplement venu vous avertir que si le toit est pas réparé avant dix jours, je vous traîne en cour et j'exige une baisse de loyer.

— Nous traîner... répéta Héléna, la voix blanche.

Ses yeux noirs rivés sur lui, elle laissa échapper un bruyant soupir. Elle paraissait dépassée par ces prodiges d'imagination qu'elle voyait se déployer autour d'elle, chacun tirant la ficelle pour se défiler de ses obligations. Était-ce toujours ainsi que les hommes faisaient des affaires? se demandait-elle, le plus rusé, celui qui parle le plus fort, sans être le plus honnête, gagnant son point et faisant payer les autres?

— Je vous l'avais dit, le mois dernier, que ni Roger Lafleur ni moé, on paierait notre loyer si le toit était pas réparé avant le premier juin, reprit Léopold.

— Que voulez-vous que j'y fasse! s'impatienta Héléna. Vous devez bien imaginer que ça me contrarie autant que vous, mais je ne peux quand même pas monter sur le toit et le colmater moi-même.

— On vous donne quinze piastres par mois pour vivre dans un endroit vivable, proféra l'homme. Nos femmes passeront pas un autre hiver à essuyer l'eau qui dégouline sur les murs. D'ailleurs avec les inconvénients qu'on a déjà subis, on a décidé que ça méritait une diminution de loyer.

—Ne vous imaginez pas que je vais céder à votre demande comme du beurre dans la poêle, objecta Héléna. Votre loyer n'est déjà pas cher. Essayez donc d'avoir un logement semblable ailleurs pour quinze piastres par mois.

—Avec un toit qui coule? Vivre dans un shack? Ça vaut pas quinze piastres par mois.

Leur timbre s'était envenimé, déchaîné, chacun se donnant la réplique.

—Si t'es pas satisfait, pourquoi que tu... vas pas vivre ailleurs? jeta Léon-Marie de sa place.

De sa main valide, il agrippa l'accoudoir. Outré lui aussi, dans un effort difficile, il tenta de se lever de sa chaise puis, épuisé, se rassit lourdement.

Il paraissait malheureux.

—Va-t'en, Renaud, souffla-t-il. Sors de ma maison.

L'homme arqua la nuque et le fixa de son regard dur, sans bouger.

Frémissante de colère, son fer brûlant devant elle comme un bouclier, Héléna se rapprocha de l'homme. Son visage touchait presque le sien.

—Vous avez entendu ce qu'a dit mon mari? Payez votre loyer et partez.

Léopold recula. Un peu inquiet, il avait rivé ses yeux sur le fer qu'elle tenait dans sa main et tournait machinalement sa casquette.

—J'ai des droits, vous le savez...

—Peut-être des droits, mais pas la manière.

Il y eut un moment de silence. Lentement, elle alla reprendre sa place derrière sa planche à repasser. Elle prit un carré de coton et, s'absorbant dans sa tâche, y laissa courir le fer.

—Le toit va être réparé, dit-elle enfin sur un ton conciliant. D'ailleurs le travail aurait dû être déjà fait. L'entrepreneur va s'exécuter avant l'hiver. Ça, je vous le garantis.

L'homme plongea la main dans sa poche et en extirpa un billet de dix dollars.

—V'là pour le loyer de juin, ça vaut pas plus que dix piastres.

Héléna se raidit. D'un geste catégorique, elle repoussa le billet.

—C'est quinze piastres, monsieur Renaud. Pas un sou de moins. Comme chaque mois, vous êtes en retard dans le paiement de votre loyer. Vous me remettez quinze piastres immédiatement ou je vous fais expulser de votre logement dans les trois jours.

Léopold replaça le billet dans sa poche et marcha vers la sortie.

—D'abord que vous voulez rien comprendre, ça va se régler en cour.

Héléna émit un brusque sursaut. Elle bouillait de colère. Estomaquée, elle le regardait. Les mots se bousculaient dans son esprit. Elle était incapable de répondre.

Figée devant sa planche à repasser, les doigts agrippés au manche de son fer, elle suivit, atterrée, sa silhouette maigrichonne tandis qu'il descendait les marches et gagnait la route.

—Tu vas devoir bien préparer ta cause, ma fille, prononça madame Martin derrière elle. C'est connu, les juges penchent toujours du côté du locataire.

Elle ajouta sur un ton incisif :

—Si tu m'avais laissée faire mes communications téléphoniques aussi, j'aurais pu t'aider, la plupart de mes amies ont des maris avocats.

—Vous exagérez, se récria Héléna, vous savez bien que je ne vous ai jamais empêchée de parler avec vos amies.

Retranché dans son coin, Léon-Marie ouvrit la bouche à son tour.

—Tu vas devoir démontrer... que ce qui arrive est pas de notre faute... qu'on a rien négligé, que le logement est neuf, salubre... énuméra-t-il de sa voix difficile.

Il laissa échapper un soupir lourd de son impuissance.

—Ce que je donnerais pour... être capable de me défendre comme dans le temps. J'y serais allé en cour, moi, et je te l'aurais gagnée, ta cause.

—Tu dois impliquer le couvreur, affirma madame Martin. C'est lui le responsable. Envoie-lui une mise en demeure et réclame-lui des dommages. C'est ce que faisait le sénateur. Il donnait dix jours à la personne fautive pour s'exécuter, sinon il la menaçait de saisie. Je t'assure que personne n'est jamais allé jusque-là.

—Je pourrais peut-être parler à Paolo, glissa mademoiselle Bonenfant, les joues enflammées, les yeux baissés sur son tablier. Il m'arrive de le croiser de temps en temps, mes soirs de congé.

Tous les visages convergèrent vers elle. Un grand silence, d'un seul coup, avait couvert la cuisine.

—Ce que vous faites n'est pas prudent, dit Héléna. Cet homme est un étranger et vous ne savez rien de lui. Il est peut-être marié dans son pays. Si c'est le cas, votre honneur serait perdu.

—Il n'est pas marié, il me l'a assuré.

—Il est pas à confesse, jeta Léon-Marie.

—Sans excuser l'attitude de Paolo Borracio, je persiste à dire que Léopold Renaud est un mauvais locataire, observa Héléna. S'il n'avait pas trouvé ce prétexte aujourd'hui, il aurait imaginé autre chose.

—Si j'en avais eu la force, je lui aurais sauté à la face, lança Léon-Marie subitement avec véhémence.

Repris de vigueur, il quitta brusquement sa chaise et avança dans la cuisine.

—Si seulement je pouvais retrouver mes forces... Ç'aurait été à moi de régler ça.

—Tu n'aurais rien pu faire, le contint Héléna avec un sourire aigre. C'est le beau côté des locataires.

—Je te fais la vie dure... murmura-t-il doucement. Mes business, toutes ces responsabilités que je te mets sur les épaules.

Attendri, il pressa sa main dans un geste de vénération.

—Je te dis pas assez souvent que je t'aime, que j'aurais jamais pu choisir meilleure femme.

Lentement, il leva les yeux. Une petite lueur allumait ses prunelles. Soudain, il se redressa. Toute trace de tristesse, d'un seul coup, avait disparu de son visage. Son regard était devenu malicieux, comme autrefois, dans ses plus beaux jours.

—T'as pas dit tantôt... que les hommes étaient naïfs...

—Mais c'est vrai, répondit-elle. On n'a qu'à vous flatter dans le bon sens du poil pour que vous tourniez votre capot de bord et compreniez tout de travers.

—T'es pas sérieuse?

—Je suis, on ne peut plus sérieuse, déclara-t-elle dans un éclat de rire en l'entourant de ses bras. Excepté toi, parce que toi, c'est pas pareil, tu es intelligent.

23

Héléna s'était bien défendue. Léopold Renaud avait présenté sa cause, agrémentée de ses habituelles jérémiades, puis elle avait pris la parole.

Sur un ton calme, avec sa petite toque de paille écrue qui tremblotait sur sa tête, elle avait mis en évidence l'effort qu'elle avait fait pour régler la situation, puis elle avait décliné les récriminations de ce locataire, ses doléances, ses perpétuels retards dans l'acquittement de son loyer.

Le juge avait regardé l'homme, puis avait frappé son meuble d'un coup solide de son marteau pour donner raison à Héléna, une femme vaillante, qui, selon la preuve qui lui avait été présentée, n'avait rien négligé pour corriger le problème.

Elle était épuisée en rentrant à la maison.

—J'espère ne plus jamais avoir à répéter pareil exploit, avait-elle proféré encore vibrante d'indignation en lançant son chapeau sur la table.

Assis sur sa chaise près de la fenêtre, Léon-Marie l'avait regardée avec un petit air espiègle.

—Ça serait dommage, parce que ç'a ben l'air que tu fais ça mieux que n'importe qui.

Elle s'était penchée vers lui avec tendresse et avait éclaté de rire. Apaisée, comme si son affrontement terminé, elle en avait ressenti un allègement incommensurable, de celui que l'on ressent après une longue et difficile bataille, elle avait laissé échapper un profond soupir, puis s'était éloignée.

Elle avait un dernier devoir à remplir qui était de se conformer à l'avis du juge. La loi étant pour elle, elle savait qu'elle n'aurait aucun mal à contraindre Paolo Borracio d'effectuer les réparations à la toiture de leur immeuble dans les délais les plus brefs.

La tête inclinée à la façon d'une écolière, elle avait trempé sa plume dans l'encre noire et avait rédigé une mise en demeure, ferme, concise qu'elle avait fait parvenir à l'Italien par courrier recommandé.

L'entrepreneur n'avait eu d'autre choix que de remplir la benne de son camion de tout son effectif et apporter les corrections nécessaires.

Les semaines avaient passé et l'été commençait à battre de

l'aile. La guerre, qui s'était prolongée pendant encore un temps avec le Japon après la capitulation en mai de l'Allemagne, avait pris fin de façon abrupte et définitive par l'explosion de deux bombes atomiques qui avaient presque anéanti les villes de Hiroshima et de Nagasaki. Plus de deux cent quinze mille Japonais étaient morts les 6 et 9 août sans compter les milliers de blessés qui garderaient pendant toute leur vie des séquelles irrémissibles de cette atrocité.

Pour les habitants du hameau, cette paix mondiale revenue avait signifié le retour assuré de leurs enfants et la reprise de l'existence paisible qui était la leur, avant le conflit.

Sitôt la nouvelle annoncée, partout, dans les commerces, au travail, sur le chemin de Relais, un soulagement intense s'était lu dans les visages, chacun prenant le temps de s'arrêter pour échanger quelque amabilité, ce dont ils se seraient sentis incapables du temps de leurs angoisses.

Même Paolo étalait sans distinction son large sourire. Les réparations effectuées dans l'immeuble des Savoie, comme si rien ne les avait divisés, il s'introduisait chez eux et, avec l'aisance d'un habitué, se faisait un plaisir de commenter les nouvelles qu'il avait glanées autour de lui pendant le jour.

Bien sûr, il avait un autre motif que tous avaient deviné. Ils n'avaient qu'à voir la figure réjouie de mademoiselle Bonenfant quand sa bruyante camionnette pénétrait dans la cour pour comprendre la raison de sa venue.

Cet après-midi-là, tandis qu'Héléna rentrait de la chapellerie, elle se demandait quel ragot il viendrait leur rapporter à sa prochaine visite. Elle en était chaque fois inquiète. Léon-Marie était fragile. La moindre émotion risquait d'aggraver son mal. Sans cesse, elle devait surveiller l'entourage et atténuer l'effet de leurs paroles. Comme un véritable chien de garde! se disait-elle en escaladant les marches.

Face à elle, la moustiquaire venait de se pousser d'un élan vif. Marie-Laure était sortie sur le seuil et courait à sa rencontre.

— Le piano est arrivé, grand-mère Martin l'a fait placer dans le salon à côté du gramophone.

Excitée, elle dansait en tournant autour d'elle.

Héléna laissa échapper une exclamation joyeuse. Il y avait longtemps que madame Martin souhaitait faire à sa petite-fille ce présent qu'elle voyait comme un incontournable moyen de faire d'elle une vraie demoiselle.

« Marie-Laure doit apprendre les usages de la bonne société, ne cessait-elle de répéter. Si elle veut trouver un mari de son rang, une jeune fille bien née doit savoir jouer du piano et chanter quelques lieds en plus de s'initier aux bonnes manières. »

— Rentrons voir, fit Héléna aussi excitée que sa fille.

Marie-Laure la précéda dans la maison et s'éclipsa rapidement vers la pièce de séjour. Pour bien montrer ses aptitudes, elle laissa glisser ses doigts sur le clavier, puis revint se joindre aux autres dans la cuisine.

— La petite a du talent, fit remarquer Léon-Marie qui avait reconnu dans sa courte audition, la ligne mélodique d'*Au clair de la lune*.

— Il nous reste à lui chercher un professeur de piano, dit Héléna.

— Pourquoi pas mademoiselle Gauthier, l'organiste à l'église Saint-Germain? la taquina-t-il.

Elle le regarda, l'air mi-figue, mi-raisin, puis éclata de rire.

Le souper se passa dans la bonne humeur. Héléna sirota son thé, puis, comme elle faisait les soirs de sortie de sa bonne, l'aida à faire la vaisselle.

Mademoiselle Bonenfant se pressait. Tantôt comme chaque *bon soir*, Paolo viendrait la prendre pour l'amener en promenade du côté du fleuve.

Malgré les recommandations à la prudence que lui avaient faites Héléna et les grands-mères qui se méfiaient de cet étranger un peu trop fringant et hâbleur à leur goût, la bonne persistait à se laisser fréquenter par lui.

Ils rentraient à la maison vers dix heures, après quoi, dans les puissantes pétarades de son véhicule, l'Italien s'en retournait au village d'en bas où il occupait un petit logis au-dessus du salon de barbier.

Une ombre avait masqué la lumière sur le perron de bois. Ponctuel comme d'habitude, Paolo venait de heurter la moustiquaire de trois coups légers et s'introduisait dans la cuisine.

Ainsi qu'il faisait chaque fois, il se tenait sur le seuil et, les lèvres entrouvertes sur ses dents éclatantes, regardait autour de lui.

Depuis qu'il avait réglé son différend avec Héléna et surtout depuis que mademoiselle Bonenfant l'avait agréé dans son cœur, il ne se gênait plus pour partager avec eux ses réflexions et émettre un jugement.

Sans attendre leur invitation, comme un intime, il s'imposait dans leur demeure. Il se sentait à l'aise auprès de ces gens, liant comme un exilé qui vient de se dégoter une famille.

—Ma... aujourd'hui yé sais pas comment vous l'annoncer, amorça-t-il avec son accent roucoulant, ses petits yeux noirs, appesantis tour à tour sur Léon-Marie et Héléna, mais la rumeur, elle court au village...

Héléna marqua son agacement. Encore ce soir, l'Italien se ferait un devoir de leur narrer un quelconque événement qu'il avait entendu dans la journée. Si l'information avait parfois un intérêt, la plupart du temps elle était banale, plus proche du commérage que d'autre chose et ne faisait que troubler inutilement son époux.

—J'espère, monsieur Borracio, que ce que vous vous apprêtez à dire nous concerne un peu, sinon je vous arrête tout de suite, fit-elle sans aménité. Vous savez que je n'aime pas quand vous venez nous rapporter les potins de tout le canton.

—Ma yé veux pas faire peur à monsieur Savoie, répondit-il. Peut-être l'affaire, elle lé regarde plus, mais dans un sens, elle lé regarde encore. C'est dé Gobeil que yé veux parler. Votre scierie, elle fonctionne pas bien depuis un temps, avança-t-il divulguant ses informations au compte-gouttes, votre scierie, il se peut que tantôt...

—Votre scierie, votre scierie, s'impatienta Héléna. Quand donc allez-vous comprendre que la scierie n'appartient plus à mon mari? Elle appartient depuis trois ans à monsieur Valère Gobeil. Ce qui s'y passe n'est pas notre affaire.

—Valère Gobeil, il a plus les clients pour le bois, poursuivit Paolo sans l'entendre, aussi il a décidé de réparer les automobiles, parce que, les ferronneries, elles suffisent plus. Et puis, il va avoir une pompe à essence.

Un large sourire illuminant ses traits, il enchaîna, en jetant un regard comblé du côté de mademoiselle Bonenfant :

—Moi, quand yé vas avoir besoin d'essence, yé vas venir *tanker* ici.

Interpellé, Léon-Marie s'était dressé sur sa chaise.

—Barnache! Installer un garage, pis une pompe à essence, icitte en haut de la côte du Relais. Gobeil y pense pas... la meunerie pis la scierie, c'est pas faite pour ça...

Ses yeux se tournèrent vers l'autre côté de la route et fixèrent longuement ce qui constituait encore ses entreprises, telles qu'il les avait créées, regardées grandir, avec ses projets à lui, ses attentes, son ingéniosité. Il paraissait malheureux. Il pensa à tous les efforts qu'il avait mis pour faire du hameau ce qu'il était devenu, à ses luttes, sa ténacité, à l'action de ses hommes.

Un long frémissement souleva sa poitrine. Gobeil n'aurait qu'à lever le petit doigt et tout serait balayé? Il secoua durement la tête. Jamais il ne pourrait le supporter. Une fois encore, l'heure était venue de se battre. Il lui revenait d'étouffer dans l'œuf pareille idée saugrenue.

D'une poigne ferme, il resserra sa main sur sa canne.

—J'ai peut-être pus la capacité que j'avais... dans mes jambes, mais j'ai encore toute ma tête. Je vas convoquer les hommes du hameau et ensemble on va aller au Conseil. Valère a pas le droit d'installer n'importe quoi... sans notre consentement.

Tourné vers Héléna, il poursuivit, la voix oppressée :

—Tu vas peut-être me dire que la scierie m'appartient pus... mais un bien... même s'il est vendu, qu'on le veuille ou pas, il reste toujours un peu notre propriété.

Il paraissait ébranlé, pressait son front de sa main comme s'il ne savait plus déceler la bonne décision.

—Peut-être qu'il aurait mieux valu que je vende à McGrath. Ben certain, il aurait tout démoli pour bâtir autre chose... mais j'aurais pas vu ce que j'ai monté à force de bras pis de sueurs, transformé... devant mes yeux, en cour à ferraille.

—Valère n'arrive pas, dit doucement Héléna. Le seul moyen qu'il a trouvé pour relever ses affaires est d'en faire une entreprise de réparation de voitures. Bien sûr si tu préfères voir Donald McGrath s'approprier ton bien... tu n'as qu'à bloquer son projet. Il n'aura pas le choix que de fermer ses portes.

Léon-Marie la fixa. Il était redevenu indécis.

Tant de fois, McGrath avait jeté son regard de rapace sur son domaine, par toutes les ruses possibles, il avait cherché à s'en approprier. Mais, à chacune de ces occasions, il avait veillé au grain. Avec une énergie farouche, proche de l'opiniâtreté, il avait multiplié les interventions, usé d'astuces, allant jusqu'à se rendre à la rivière aux Ours pour lui dire son fait.

Il ne concevait pas qu'aujourd'hui, l'Irlandais n'ait qu'à tisser sa toile et attendre avec la patience de l'araignée pour obtenir ce qu'il convoitait. Les affaires n'allaient pas à la scierie? En tant qu'ancien propriétaire, il l'avait compris bien avant les autres. Il n'avait eu qu'à observer les mouvements des ouvriers, les tâches irrégulières, les mises à pied pour deviner les difficultés de son successeur. Pourtant jusqu'à ce jour, il n'avait pas cessé d'espérer une reprise des activités.

Faudrait-il que, les conjonctures l'obligeant, il regarde ce qui avait été l'œuvre de sa vie passer aux mains de l'Irlandais, plutôt que de la voir défigurée par l'autre, transformée comme un arbre en totem?

Il héla Antoine-Léon.

— Mon petit gars, tu vas traverser chez Baptiste et tu vas lui dire de venir, qu'on a à se parler, lui pis moi.

— Dis à Georgette de venir, par la même occasion, enchaîna Héléna. Nous aussi, avons des choses à discuter, ajouta-t-elle, son regard contrarié appesanti sur sa bonne.

24

L'été avait cédé la place à l'automne. Il y avait un mois qu'Antoine-Léon et Marie-Laure avaient repris le chemin de leur pensionnat. Avec leur départ, la grande demeure s'était vidée de ses bruits pour laisser la place aux vieilles dames tranquilles, repliées sur elles-mêmes qui, quand elles parlaient, ne le faisaient plus qu'à mi-voix. La maison apparaissait à Héléna bien triste, privée des éclats de ses petits derniers qui multipliaient les empoignades à mesure qu'ils prenaient de l'âge.

Jean-Baptiste n'avait pas attendu le retour de son Denis pour abandonner son poste à la scierie. Inquiet devant la rumeur voulant que Valère Gobeil transforme la grande salle de coupe en atelier de mécanique, il avait décidé de prendre tout de suite une décision qu'il savait inévitable.

Un soir de septembre, il était venu frapper à leur porte. La mine un peu embarrassée, il avait demandé à Héléna si son offre de veiller à l'entretien de leurs logements était toujours valable. Elle avait accepté sans hésiter.

—Je suis ben content! s'était-il écrié, avec un soupir qui disait son soulagement.

Sa bonne humeur revenue, avec son zèle coutumier, il s'était plongé dans ses nouvelles fonctions.

Chaque matin, comme un rituel, il descendait la côte vers l'immeuble. Tout en parcourant les étages, il prêtait l'oreille aux avis des locataires et notait les réparations à faire. Cette première vérification effectuée, il remontait la pente et son pas rapide ébranlait le perron des Savoie. Il venait au rapport, s'amusait-il à dire.

Ce jour-là d'octobre, comme d'habitude, sa silhouette efflanquée s'était profilée dans la côte du chemin de Relais. La journée était maussade et un brouillard épais couvrait la montagne. Partout le sol était jonché de feuilles mortes et leur petite allée était sillonnée de flaques d'eau.

Héléna se préparait à partir pour la chapellerie. Debout devant la vitre, elle l'avait regardé se rapprocher, à grandes foulées pressées, l'échine courbée, en luttant contre la rafale.

—Vous veillerez à maintenir le chauffage aujourd'hui, recommanda-t-elle tournée vers mademoiselle Bonenfant. Avec ce vilain temps, il ne faudrait pas que les grands-mères prennent froid.

Jean-Baptiste avait poussé la porte. Il paraissait essoufflé. Une bruine froide le cernait et fraîchissait la cuisine.

—Je suis content de voir que vous êtes pas partie pour votre boutique, dit-il en essuyant ses pieds sur le paillasson. Il y a eu du grabuge la nuit dernière dans le corridor du deuxième. Léopold Renaud pis le petit dernier à Ignace Gagnon se sont colletaillés. J'ai pas trop compris pourquoi.

—Encore Léopold Renaud!

—Que c'est que t'attends pour le mettre dehors? vitupéra Léon-Marie de son coin.

—Je n'ai pas le choix que d'attendre la fin de son bail, répondit Héléna. On ne peut casser un contrat uniquement parce que le locataire joue au petit pape qui veut que tout le monde marche à la baguette.

Elle pensa que c'était ce même Léopold Renaud contre qui elle avait dû se défendre devant le juge. Elle était aussi impatiente que son époux de se débarrasser de cet indésirable qu'elle ne pouvait légalement mettre à la porte avant le mois de mai de l'année 1946 et encore, faudrait-il qu'elle trouve une bonne raison.

—Y a-t-il des dégâts? interrogea-t-elle presque avec espoir.

—Quelques coups de pied dans le crépi, répondit Jean-Baptiste. C'est plutôt Yvon qui est amoché, il a l'épaule déboîtée pis un œil au beurre noir.

—Il serait en droit de faire une plainte.

Elle s'interrompit. Le téléphone sonnait derrière elle. Elle revint presque tout de suite dans la cuisine.

—C'était la directrice du pensionnat. Antoine-Léon a encore mal aux oreilles. Depuis le matin, il paraît qu'ils l'entendent hurler de l'infirmerie du troisième jusqu'au premier étage. Elle m'a demandé l'autorisation de faire venir un médecin.

—J'espère que tu lui as permis, lança vivement Léon-Marie.

Ses yeux étaient noirs d'inquiétude. Penché sur le devant de sa chaise, il se tenait, malheureux, sa main valide appuyée sur le pommeau de sa canne. Soudain, d'un élan brusque, il leva les yeux vers elle, s'écria avec des sanglots dans la voix :

—Va-ti falloir que je le perde encore, celui-là?

—On ne meurt pas d'une otite, l'apaisa Héléna. Le docteur Gaumont l'a maintes fois répété. Ça fait très mal, c'est tout. La religieuse m'a dit que les sœurs se relayent à la chapelle et qu'elles invoquent leur fondatrice, Mère Marie de l'Incarnation. Elles demandent sa guérison.

Léon-Marie se raidit. Le regard rempli de détresse, il la fixa un long moment puis, lentement, son échine s'appesantit.

—J'ai connu ça. On a prié aussi pour l'autre Antoine... On sait ce qui est arrivé...

Héléna serra les lèvres. Elle devinait son angoisse et elle le comprenait. Elle savait aussi que ses craintes s'étendraient à chacun de ses enfants. Léon-Marie avait connu de grands malheurs et il était incapable d'émerger de son passé.

—Georgette me disait l'autre jour, qu'Antoine-Léon devrait se faire enlever les amygdales, avança Jean-Baptiste. Elle dit que c'est pour ça qu'il a toujours mal aux oreilles.

—C'est bien plus pour ma Cécile que je m'inquiète, répliqua Héléna. Un mal d'oreilles, c'est comme un rhume, on s'en remet, tandis que pour Cécile, ces maux de tête qui lui arrivent à tout propos, quoi qu'en pense le docteur Gaumont, je trouve que ce n'est pas normal.

L'examen médical auquel s'était pliée sa fille au mois de juin précédent ne l'avait pas satisfaite. Le docteur Gaumont avait jugé bénins ses maux de tête, dus possiblement à un problème hormonal ou encore causés par une lenteur de son foie. Cécile n'avait qu'à surveiller son alimentation, avait-il recommandé, éviter les petites douceurs dont elle était friande : *les menus gâteaux Vaillancourt* dont elle s'empiffrait d'abondance, de même que les tablettes de chocolat *Denver Sandwich* qui remplissaient l'arrière de son comptoir d'épicière, et son organisme retrouverait son équilibre.

Cécile avait suivi son avis à la lettre, mais elle n'avait pas cessé d'avoir mal à la tête.

—Pour Cécile aussi, Georgette a son idée, repartit Jean-Baptiste. Elle dit qu'il faudrait consulter un spécialiste, que Cécile devrait pas se fier au docteur Gaumont, qui est rien qu'un petit médecin de campagne.

—C'est également mon avis, approuva Héléna. J'ai l'intention de l'emmener voir un spécialiste de la tête dans la grande ville. En même temps, je prendrai une décision concernant Antoine-Léon.

Elle jeta un regard vers sa petite statue du sacré-Cœur qui reposait sagement sur son socle, avec ses yeux vides, ses bras largement écartés dans un geste secourable. Une envie féroce lui prenait de lui faire faire un autre demi-tour contre le mur.

Un raclement sur le plancher la fit sursauter. Léon-Marie avait tourné sa chaise vers la fenêtre.

—Que c'est... qu'ils font là? Barnache, mais ils sont fous.

Sidéré, la bouche ouverte, il pointait la vitre du bout de sa canne.

Jean-Baptiste s'était approché et étirait le cou derrière lui.

De l'autre côté de la route, deux jeunes hommes, employés à la scierie, avaient allumé un feu dans l'espace qui faisait angle avec la meunerie et l'alimentaient de copeaux qu'ils amassaient dans la cour.

—Avec le vent qu'il fait, j'ai déjà vu meilleur temps pour faire le grand ménage, observa Jean-Baptiste.

—Tu le sais, toi... Baptiste, combien j'ai toujours eu peur du feu, bégaya Léon-Marie, incapable de contrôler son angoisse. Si t'avais été là, t'aurais jamais permis une affaire de même.

—Je vas aller les avertir, décida Jean-Baptiste. Ils vont m'éteindre ça dret là que je t'en passe un papier.

Léon-Marie saisit sa canne.

—J'y vas avec toi. Ils vont devoir comprendre qu'on prend pas des risques pareils devant les habitations.

—C'est pour dire qu'on sait jamais à qui on vend son bien, dit Jean-Baptiste tandis qu'ils s'engageaient dans l'allée. On sait d'avance que l'acheteur s'organisera pas tout à faite comme nous autres, mais, des fois, on a des surprises.

À grandes foulées résolues, il traversa la route vers la scierie. Son regard rivé sur les deux employés, il les héla avec puissance, en même temps qu'il se rapprochait d'eux :

—Aspic, que c'est que vous êtes en train de faire là?

Minuscule avec ses muscles forts, ses petits yeux vifs sous ses sourcils broussailleux, il alla s'arrêter près des garçons. Hérissé comme un porc-épic, il les fixait de son regard sévère, les poings fermés sur ses hanches.

Les deux employés avaient levé la tête, puis s'étaient détournés. L'allure affairée, à nouveau ils étaient retournés à leur brasier et le couvraient de bouts de bois et de branchages.

—Vous savez pas que c'est dangereux de faire un feu... par une journée de grand vent comme aujourd'hui, lança Léon-Marie à son tour sur un ton de colère.

—Il y a pas de danger, monsieur Savoie, répondit l'un des garçons, on a fait exprès de choisir une journée pluvieuse et on est là pour surveiller.

—Même si vous êtes là... avec le vent qui hurle, vous pourriez pas faire grand-chose si des tisons volaient dans les airs pis retombaient sur nos toits... Nos toits sont en bardeau pis si vous le savez pas, du bardeau c'est sec... Ça prend vite, même quand il pleut.

—Mais il vente à peine, monsieur Savoie, il vient juste une petite bourrasque de temps en temps.

—Où c'est qu'il est votre boss? demanda sévèrement Léon-Marie. Je veux lui parler.

—Il n'est pas là, répondit le garçon.

—En ce cas... c'est moi qui vas vous demander de faire votre ménage de cour pis de brûler vos cochonneries un autre jour... il manque pas de belles journées pour ça.

—Le boss est pressé, répliqua l'employé. On a besoin de l'espace pour la nouvelle installation.

Ses prunelles étincelaient de plaisir.

—Bientôt il y aura ici un atelier de mécanique. Il y aura aussi une concession d'automobiles.

Léon-Marie sursauta. Une sourde douleur traversa sa poitrine. Ces mots prononcés sans ménagement, ce saccage de son bien qu'ils s'apprêtaient à faire et contre lequel il avait lutté en vain, lui faisaient mal, étaient pour lui, comme un second déracinement.

Las, il courba la tête.

—Tu m'apprends rien, ti-gars, je le sais...

Il se rappela, le mois précédent, les efforts qu'il avait faits pour bloquer ce projet. Dès que Paolo Borracio lui avait rapporté la nouvelle, il avait alerté ses supporters. Appuyé par une importante délégation de la Cédrière, il avait pris d'assaut le Conseil de ville à la réunion hebdomadaire des édiles municipaux.

Une énergie nouvelle coulant dans ses veines, il s'était opposé fermement à ce changement qui allait affecter ses entreprises, l'avait décrit comme un acte criminel, qui aurait des conséquences sur toute la population du hameau, privant d'un travail stable de nombreux pères de famille, en plus d'enlever aux faubouriens la raison première de leur constitution en paroisse qu'était l'exploitation d'un moulin à scie.

Le geste catégorique, il avait exprimé leur total désaccord avec l'installation d'un garage pour la réparation des automobiles.

—Il revient à la municipalité de maintenir l'équilibre de l'économie régionale, avait-il allégué sur un ton de reproche. Si les contrats affluent pas dans une industrie de cette importance, elle a le devoir de l'aider à en trouver.

Avec la fin de la guerre, tandis que le Bas-du-Fleuve se relevait de ses difficultés, pour la première fois de son existence, la Cédrière connaissait le chômage.

Resté seul après la mort de son frère Florent, Valère Gobeil, qui n'avait pas l'envergure de son cadet pour promouvoir leur image, avait perdu plusieurs contrats parmi les plus importants qui avaient contribué au bon fonctionnement de l'entreprise.

Aujourd'hui, le moulin à scie avait considérablement réduit ses activités et plus souvent qu'à leur tour, les ouvriers devaient attendre chez eux que le propriétaire les rappelle à l'ouvrage. C'est ce que lui avait fait comprendre le maire McGrath, avec, dans ses yeux une petite lueur ironique, benoîte, exprimant sans paroles qu'il n'avait peut-être pas pris la meilleure décision en choisissant les frères Gobeil comme acheteurs au lieu de l'écouter.

Léon-Marie en était sorti un peu dépité. Il avait réussi à freiner la mise en place d'une pompe à essence, mais l'installation d'un garage pour la réparation des automobiles avait été votée à l'unanimité par les échevins présents.

La mine ombrageuse, il avait serré le pommeau de sa canne et était monté dans la voiture de son frère Charles-Arthur. Renfoncé sur le siège, le visage renfrogné, il s'était tenu muet comme une carpe jusqu'à ce que le véhicule s'arrête devant sa porte.

Dans toute cette histoire, il n'y avait eu que Georgette et Héléna pour éprouver un certain soulagement. Au moins Paolo Borracio ne viendrait pas *tanker* devant leurs maisons, s'étaient-elles écriées sans toutefois réussir à convaincre mademoiselle Bonenfant de renoncer à ses amours avec l'étranger.

Léon-Marie en avait gardé une sorte de ressentiment. Désabusé, il n'avait plus jeté qu'un regard évasif de l'autre côté de la route.

Il avait perdu son intérêt pour les mouvements des hommes, comme si, fatigué, il n'avait plus la capacité de retenir le passé, l'empêcher de filer un peu plus chaque jour entre ses doigts.

Pourtant, la Cédrière était toujours là et c'est cette pensée qui le raccrochait à la vie. C'est pourquoi, il se disait aujourd'hui, que certaines règles devaient être observées.

D'un geste autoritaire, il tendit sa canne vers les jeunes ouvriers.

—Vous allez m'éteindre tout de suite ce feu-là... C'est une question de sécurité pour le hameau.

Surpris, les garçons levèrent les yeux, puis serrèrent les lèvres. Encore indécis, ils considérèrent le petit amas de tisons qui achevait de se consumer.

—Ça va, monsieur Savoie, décidèrent-ils. On va aller continuer notre ouvrage dans l'âtre à l'étage de la meunerie.

— C'est ça, haleta Léon-Marie, dans l'âtre, au-dessus de la meunerie.

Tandis que Jean-Baptiste retournait à ses affaires, encore méfiant, il attendit que les garçons aient arrosé copieusement le brasier et qu'ils l'aient recouvert de sable. Enfin, satisfait, sans un mot, il fit demi-tour et se dirigea vers sa maison.

— Ils commencent à débarrasser la cour, annonça-t-il en entrant dans la cuisine. Après avoir tant travaillé à monter cette scierie-là, voir l'autre en faire un garage pour réparer des machines, c'est comme recevoir un seau d'eau en pleine face.

— Pourquoi ne coupes-tu pas les ponts, l'exhorta Héléna. La scierie appartient à Valère Gobeil. Il l'a achetée et payée. Il a le droit d'en faire ce qu'il veut. Tu suis ce pauvre homme à la trace comme un enfant que tu refuses de voir quitter ton giron.

Léon-Marie la regarda et se retint de répliquer. Héléna ne pouvait comprendre. Personne, d'ailleurs, ne pouvait comprendre ce qu'il ressentait au fond de son cœur. La scierie, c'était sa source d'eau vive, sa nourriture, son air, son soleil. Il l'avait façonnée à son image comme une partie de lui-même. Il savait en la vendant qu'il ne s'en détacherait jamais entièrement. Elle était son monde secret, la seule chose de son passé qui lui apportait une totale sérénité.

Et aujourd'hui, on était en train de la briser.

Il alla prendre place sur sa chaise et se tourna vers la fenêtre. Oubliant les autres, la mine nostalgique, il riva ses yeux sur la route.

La journée s'écoula dans la grisaille. Le soir venu, le souper terminé, la famille s'agenouilla pour la prière, puis les vieilles dames se retirèrent chacune dans leur chambre. Dehors le vent était tombé. Les rafales qui s'étaient succédé pendant tout le jour comme un vieux Zeus en colère avaient cessé, c'était le calme plat.

De temps à autre, le vent se reprenait bien un peu à tourbillonner, mais ce n'était plus qu'un souffle doux, comme un effleurement, un friselis dans les arbres. Le ciel était encore lourd au-dessus des montagnes mais du côté de l'ouest, de longues percées brillantes coloraient les nues. Demain, le beau temps aurait chassé les nuages.

Comme chaque soir, tous deux assis sur leurs chaises, Léon-Marie et Héléna prolongeaient leur veille. Ils employaient ces rares moments d'intimité pour se retrouver ensemble; Héléna procédant à sa couture, tandis qu'il lisait son journal.

—Je t'ai pas entendue à matin suggérer aux religieuses d'envoyer une décoction de la mère Maher pour Antoine-Léon, émit-il à brûle-pourpoint. Ça se pourrait-ti que t'aies pus autant confiance aux remèdes de la vieille sorcière?

—Madame Maher n'est pas une mauvaise personne, répondit Héléna en piquant l'aiguille, mais ses potions ne sont pas toujours efficaces. En tout cas, ce qu'elle a préparé pour Antoine-Léon l'année dernière n'a pas eu grand effet.

—Il n'y a rien qui t'oblige à acheter ses remèdes, observa Léon-Marie en tournant une page de son journal. Ce n'est pas parce que la mère Maher habite à quelques arpents d'ici que tu doives absolument lui accorder ta confiance.

—C'est pourquoi j'ai décidé de consulter un médecin de la ville. J'ai pensé au docteur Alphonse Larue, c'est un spécialiste de la tête d'une grande compétence. J'ai l'intention de lui emmener aussi Cécile.

—Et la veuve Maher, c'est fini?

—Non! Ce n'est pas fini. Je pourrais avoir encore besoin d'elle. Comme j'ai un peu de sagesse en réserve, je m'efforcerai de distinguer le bon du mauvais.

Elle se leva de sa chaise et secoua le morceau de tissu.

—Tu ne trouves pas que ça sent drôle?

Léon-Marie leva le visage, huma l'air autour de lui puis haussa les épaules.

Soudain Héléna sursauta. Effarée, elle pressa ses mains sur ses lèvres.

—Oh mon Dieu! Dites-moi que je rêve!

Le regard rempli d'épouvante, son index pointé vers le plafond, elle indiquait l'angle sombre qui joignait le mur près du poêle. Incrédule, elle fixait ce petit trait de fumée noirâtre qu'elle voyait surgir d'entre les fentes, dans un tortillement insidieux, se dégager, polisson, semblable à un farfadet qui s'enhardissait, grossissait, agrandissait son espace.

—Mais c'est pas vrai.

Léon-Marie leva les yeux à son tour. Brusquement, il se raidit. Son journal glissa à ses pieds.

Les yeux noirs d'angoisse, incapable de parler, il regardait autour de lui. Sa main valide étalée sur la table, il la déplaçait, semblait chercher un objet, une façon de contrer cette horrible chose qu'il voyait se contorsionner, avancer laborieusement vers eux, dans un mouvement enveloppant, comme un long suaire.

—C'est le feu, Héléna, prononça-t-il avec effort. Le feu... qui est pris à notre maison...

—Il faut réveiller les vieilles, s'énerva Héléna en même temps que, d'un élan rapide, elle se précipitait vers la chambre de madame Savoie. Par-dessus le marché, mademoiselle Bonenfant n'est pas là. Pour une fois que j'aurais eu besoin d'elle, c'est son soir de sortie.

Sidéré, incapable de bouger, Léon-Marie demeurait rivé sur sa chaise.

—Je le savais, marmonnait-il, je le savais, depuis le matin, je le savais.

Une violente secousse le fit sortir de sa torpeur. Derrière lui, accompagnée d'éclats de voix nerveux, la porte de la cuisine venait de s'ébranler à grands coups frénétiques. Jean-Baptiste s'était rué dans la pièce.

—Aspic, Léon-Marie! Tu vois pas ce qui se passe? Le feu est pris dans ta cheminée, ça monte tellement haut qu'on voit les flammes de partout dans tout le chemin de Relais.

—Faut nous aider... Baptiste, gémit Léon-Marie qui demeurait cloué à son siège, son bras valide écarté dans un geste d'impuissance. Héléna est allée réveiller ma mère... la sienne est couchée au fond du salon... Faut aider Héléna... elle est toute seule, moi, je suis pas capable.

Jean-Baptiste se pressa vers la salle.

—Georgette est en train d'alerter les pompiers volontaires, cria-t-il tandis qu'il s'engageait dans la pièce à grandes enjambées. Ils seront là dans pas grand-temps.

Il lança, comme un ordre strict :

—Pour tout de suite, Léon-Marie, tu sors de la maison!

L'échine courbée, Léon-Marie prit sa canne et se traîna vers la porte. Il avait peine à se déplacer, il bredouillait, s'empêtrait dans ses mouvements.

—Si j'avais su que ça se terminerait de même, je me serais laissé mourir avant.

Jean-Baptiste venait d'apparaître sous l'arche du salon portant dans ses bras, madame Martin, la mine éberluée, revêtue de ses dentelles.

Devant eux, supportant son bras, Héléna entraînait la vieille dame Savoie vers l'extérieur.

—Faut apporter mon brandy, s'agitait la vieille, mon cœur, j'ai besoin de mon remède.

—Vous inquiétez pas, mémère, on vous dénichera bien une bouteille quelque part, la rassura Héléna.

Ils se retrouvèrent dans la cour, à petits pas, s'engagèrent dans l'allée vers la route. Soudain Héléna s'immobilisa et confia la vieille à Jean-Baptiste.

—J'ai oublié quelque chose.

Vivement, elle fit demi-tour et rentra dans la maison. Elle en ressortit quelques secondes plus tard portant sous son bras sa statue du Sacré-Cœur.

—Je pense qu'on va avoir besoin de celui-là.

Des pas précipités se faisaient entendre dans le chemin de Relais. Les pompiers volontaires s'emmenaient en courant. Plus loin, le tocsin de la pompe à incendie scandait furieusement ses notes et étouffait les pétarades du petit camion qui bringuebalait vers la côte.

Héléna leva les yeux vers le toit et considéra la grosse boule rouge qu'elle voyait s'échapper par la cheminée. Tout autour, des étincelles jaillissaient en panache comme un feu d'artifice pour enflammer de chaque côté les bardeaux de cèdre.

Son regard se remplit de tristesse.

—J'espère qu'ils vont réussir à sauver quelques meubles, se désola-t-elle.

Déjà, les flammes léchaient la saillie du toit. L'incendie prenait rapidement de l'ampleur.

—Je le savais, répétait Léon-Marie comme un leitmotiv, appuyé sur sa canne au milieu du chemin. Depuis le matin, je le savais.

Quelques pompiers volontaires qui résidaient au hameau étaient arrivés avant les autres. Aussitôt entrés dans la cour, ils foncèrent dans la maison et en ressortirent, portant la table de la cuisine et quelques chaises qu'ils abandonnèrent au milieu des herbes.

—On aurait voulu monter à l'étage, mais il y a trop de boucane.

Héléna se retourna et, résolument, fit un pas vers sa demeure.

Georgette était sortie de son logis et courait vers elle. D'un mouvement autoritaire, elle prit son bras.

—Vous, vous venez avec moi.

—Ramenez les vieilles, s'entêta Héléna, moi, je reste. Je veux suivre ce qui va se passer.

—Vous serez aux premières loges, bien au chaud, dans mon salon, répliqua fermement Georgette.

Héléna inclina la tête. Sa statue du Sacré-Cœur sous le bras, elle se laissa entraîner vers la maison de sa voisine. Pour une rare fois, elle cédait aux instances de Georgette. Elle se sentait à ce point vidée, bouleversée de perdre ainsi tout ce qui était son appartenance, l'intimité de sa vie, qu'elle n'avait pas le courage de réagir. Plus tard, se disait-elle, quand elle aurait repris son calme, elle recouvrerait son ressort.

Le camion des pompiers s'était immobilisé dans la cour. Les hommes s'y précipitèrent, vivement dégagèrent les boyaux et coururent les plonger dans la rivière de l'autre côté de la route. Deux volontaires grimpèrent sur le véhicule. Debout l'un face à l'autre, chacun les mains appuyées sur la barre d'appui, ils actionnèrent la pompe dans un patient mouvement d'alternance. Lentement, dans un gargouillis mêlé de poches d'air, l'eau s'infiltra dans les conduits que d'autres sapeurs orientaient vers le brasier.

Le feu avait pris encore de l'intensité. Autour d'eux, de minuscules parcelles incandescentes voletaient, semblables à des lucioles affolées qui couraient de part et d'autre et allumaient les ténèbres.

— Pompez, s'énervaient les hommes, pompez!

Héléna suivit Georgette dans sa maison et se dirigea vers la petite pièce de séjour dont la fenêtre donnait sur sa résidence en feu. Les mains crispées sur son ventre, le visage figé, sans écarter ses yeux, elle fixa le brasier.

La crête du toit était striée de rouge et autour de la cheminée, comme une profonde blessure, le feu gigotait, élargissait son cercle.

De l'intérieur de la maison, traversant les murs, elle entendait le crépitement des bardeaux de cèdre que mordaient les flammes.

Soudain, une vive lueur éclaira brièvement le ciel. Elle plaqua ses mains sur sa bouche. Dans un petit égrènement de clochettes, les vitres des lucarnes avaient éclaté. Le feu s'était propagé aux fenêtres de l'étage. Comme une langue épaisse, avide, les flammes ondulaient vers le haut et léchaient le rebord des châssis pour s'attaquer aux solives.

Elle pensa à toutes ces possessions accumulées dans les chambres et qui s'envolaient en fumée, aux objets que les enfants gardaient dans leurs commodes comme un bien précieux, à ces petits riens qui leur rappelaient un passé heureux et qu'ils n'auraient plus : les photos de famille, les images saintes, les jouets, les bibelots, les lits, les vêtements, tout ce qui avait été leur vie et qu'ils avaient imprégné de leur marque.

Un cri se fit entendre parmi les hommes. Le feu avait pris des proportions gigantesques et atteint l'espace au-dessus du salon. Pendant un instant une sorte de confusion les fit se déplacer en désordre puis, d'un même élan, ils se ruèrent vers cette partie du brasier qui s'était intensifiée et y dirigèrent leurs jets d'eau.

Immédiatement le rouge des flammes disparut pour faire place à une vapeur grise qui chuinta et monta vers le ciel. Le feu perdait de son acuité. Soulagée, Héléna laissa échapper un profond soupir.

Brusquement, le feu reprit. Les fenêtres du rez-de-chaussée avaient éclaté. Les flammes déferlaient comme de malheureux petits gnomes agitant leur tête à travers les carreaux. Tout autour, les belles briques rouges étaient barbouillées de suie.

Héléna entendait, entrecoupé par le sifflement de l'eau, le crépitement sinistre du feu qui rongeait la charpente. Soudain un craquement énorme déchira les airs. Le toit se souleva, ourla, puis se replia. D'un seul coup, il disparut au milieu du trou béant que formaient les quatre murs de brique. Héléna refréna un sanglot.

—Pourquoi vous vous tirez pas une chaise, l'invita Georgette qui venait d'apparaître dans l'entrée du salon. On a pas idée de rester debout de même pendant des heures.

—Ce n'est plus la peine. C'est fini. Le feu a tout détruit.

Elle paraissait anéantie. Mince, très droite, comme endeuillée dans sa longue robe sombre, elle fixait par la fenêtre, le noir de la nuit. Elle avait l'impression, avec l'effondrement de leur belle résidence, que disparaissaient en même temps les meilleurs moments de sa vie.

Les yeux accrochés à son passé consumé, elle songeait à ces actes de tous les jours qu'elle n'accomplirait plus, ce plaisir de rentrer chez soi, ces instants paisibles. Elle savait, si elle voulait survivre, que le temps à venir serait une constante confrontation. Avec Léon-Marie qui avait perdu sa capacité de se défendre, elle aurait à lutter pour deux. Elle était reconnue comme une femme forte. Pourtant, aujourd'hui, elle ne se sentait pas le courage de poursuivre.

—Vous aurez tout votre temps, demain, pour vous morfondre, la raisonna Georgette qui avait deviné son désarroi. Pour l'instant, faut aller dormir. J'ai préparé un lit pour vous et Léon-Marie dans l'ancienne chambre de Jean-Louis.

Derrière elles, la porte de la cuisine avait grincé sous une poussée robuste. Léon-Marie et Jean-Baptiste venaient de franchir le seuil. Nerveux, sans s'occuper des autres, ils discutaient ferme et s'obstinaient, parlaient en même temps.

—C'est la faute aux petits gars de la scierie, répétait Léon-

Marie. C'est le feu qu'ils ont fait à matin qui a couvé. Oublie pas qu'il faisait grand vent.

— Aspic, Léon, ça tient pas deboutte, ton raisonnement. Un tison aurait pas couvé à partir du matin pour prendre seulement à dix heures le soir, pis quand l'humidité est tombée en plus, sans compter qu'il a pleuvassé une partie de la journée.

— Oui, ça se peut, s'entêtait Léon-Marie. Je vas actionner Gobeil, je vas le tenir responsable.

— Théodore Légaré qui s'y connaît en sinistres, dit que c'est un feu de cheminée qui a mal tourné, expliqua Jean-Baptiste. L'as-tu faite ramoner, ta cheminée, dernièrement?

— Je la fais toujours ramoner avant l'hiver, mais là, barnache, on est qu'à la mi-octobre.

— Avec deux vieilles dans la maison, vous devez chauffer un peu plus que la normale. Les vieilles, c'est connu, c'est frileux.

— Je persiste à dire que c'est les gars à Gobeil. Je vas le...

— On discutera de ça demain, le freina Jean-Baptiste, excédé. Comme disait ma défunte *mère* : la nuit porte conseil.

***

Un fort rayon de soleil jouait sur l'appui de la fenêtre quand Jean-Baptiste se réveilla le lendemain matin. Dehors, le ciel était clair, sans nuages, comme un merveilleux jour d'été. Le beau temps était revenu.

De bonne humeur, en sifflotant, se déhanchant, il enfila sa salopette de travail et sortit de la chambre.

Dans la cuisine, le poêle crépitait. Georgette était déjà là. Levée avant les autres, un petit tablier en organdi entourant sa taille en l'honneur de ses invités, elle s'affairait à tourner de belles tranches de pain sur les ronds.

L'œil gourmand, il alla occuper sa place à table et la regarda faire.

Dans un geste d'habitude, Georgette prit une assiette dans le réchaud, y déversa le contenu de sa friteuse et la déposa devant lui.

— Aspic, j'ai idée que je manquerai pas d'ouvrage à matin, dit-il en mordant à belles dents dans un gros morceau de pain qu'il alternait avec un œuf au miroir.

— Va pas trop vite, le pondéra Georgette en s'activant devant le poêle. Oublie pas que quand on prend les responsabilités à soi tout seul, on prend aussi les blâmes qui vont avec.

Elle ne cachait pas son souci, avec sa lourde poitrine qui se

367

soulevait au rythme de sa respiration, son menton épais, laiteux, presque perdu dans la chair molle qui surabondait autour de sa gorge.

—T'as pus l'âge pour te darder devant les autres. Attends pas de faire une attaque comme Léon-Marie.

Jean-Baptiste allait porter sa fourchette à sa bouche. Il arrêta son geste.

—À ma connaissance, l'ouvrage a jamais faite mourir *parsonne*. Même que j'ai toujours pensé que c'était le contraire.

Un craquement dans l'escalier les fit lever la tête. Le visage défait, fatigué, Héléna et Léon-Marie descendaient les marches.

Georgette abandonna promptement son occupation et essuya ses mains sur son tablier. Son expression redevenue amène, un sourire aimable tirant ses lèvres, vivement, elle s'approcha de la table et écarta deux chaises devant lesquelles deux couverts supplémentaires avaient été dressés. Elle se déplaçait à mouvements vifs, efficaces, avec sa jupe en gros coton gris qui godait sur ses hanches.

—J'espère que vous avez bien dormi. Le lit de Jean-Louis n'est pas ce qu'il y a de plus confortable.

—Ne vous excusez pas, répondit poliment Héléna. Vous avez été bien obligeante dans les circonstances.

—En tout cas, ç'a dû être mieux que de coucher dehors, à la belle étoile, lança Jean-Baptiste avec son petit rire aigu.

—Je vais prendre des dispositions dès ce matin pour aménager la chapellerie, dit Héléna. Nous allons vivre là en attendant de faire réparer la maison.

—La chapellerie, s'étonna Georgette, c'est une maison toute menue, avec deux chambrettes, grandes comme des garde-robes, comment allez-vous vous y installer à quatre, à cinq même, si je compte ma cousine Antoinette qui est votre servante.

—Les grands-mères ne s'installeront pas avec nous. J'ai décidé de les placer à l'hospice des sœurs au village jusqu'à ce que nous ayons fait reconstruire la maison et pour un temps, je vais donner congé à mademoiselle Bonenfant.

—C'est pas de mes affaires, mais les vieilles seront pas contentes, observa Georgette en versant le thé dans les tasses.

—Je sais, mais je n'y peux rien. Je dois aussi m'occuper de mes enfants : Antoine-Léon et ses otites, Cécile, ses maux de tête. Je dois les emmener chez le spécialiste.

—Si vous voulez, je peux m'occuper de Cécile, offrit généreusement Georgette.

Héléna opina de la tête.

—Nous nous en occuperons, toutes les deux.

Les deux vieilles étaient sorties du salon où elles avaient passé la nuit et étaient allées occuper une place devant la table. La cuisine s'était remplie rapidement et le brouhaha des voix couvrait l'espace.

On frappait à la porte. Charles-Arthur avait poussé le panneau et s'était immobilisé dans l'ouverture.

—Câlisse, voulez-vous ben me dire que c'est qui se passe icitte, à matin? V'là que la maison de mon frère brûle, qu'il m'avertit pas, pis qu'il se fait héberger par le voisin.

—Le feu était visible dans tout le hameau, répliqua Jean-Baptiste. Pis avec la cloche qui a retenti, la pompe qui a grincé une partie de la nuitte, me semble que ç'a faite assez de tapage pour que t'aies pas besoin qu'on t'envoie une invitation.

Dressée devant lui, les poings plaqués sur ses hanches, avec son ustensile qui pendait le long de sa jupe, Georgette enchaîna, sur un ton lourd d'insinuation :

—Encore aurait-il fallu que tu sois chez toi, hier soir.

—T'as l'air d'oublier que j'ai ma business, se défendit Charles-Arthur. C'est vrai qu'hier soir je suis descendu au village. J'avais des affaires à régler. Je peux pas être partout à la fois.

—Tu mènes tes affaires à l'auberge, astheure, présuma Georgette. Isidore Bélanger qui est pompier volontaire a dit t'avoir vu, là, en milieu de soirée, en grande jasette avec les chômeurs du coin.

—Tout le monde fait ce qu'il peut, prononça la vieille dame Savoie qui venait à la rescousse de son fils.

Charles-Arthur se tourna vers sa mère. Il paraissait indécis, embarrassé.

—Pis vous, la *mère*, avez-vous idée de comment vous allez vous organiser?

Il enchaîna très vite :

—En tout cas, je vous le dis tout suite, faudra pas compter venir rester avec moi. C'est pus comme du temps d'Angélina. J'ai rien qu'une servante. Elle pourrait pas s'occuper de vous.

—En attendant de retourner vivre dans notre maison, nos pensionnaires s'installeront à l'hospice du village d'en bas, trancha Héléna.

Charles-Arthur parut rassuré. Se détournant, il se dirigea vers l'angle de la table près duquel Léon-Marie discutait à voix basse avec Jean-Baptiste.

—J'espère que tu vas penser à moi pour les réparations. À l'automne, de même, l'ouvrage se fait rare dans la construction.

—Attends qu'on se retrousse, gronda Léon-Marie. On sait même pas encore... jusqu'à quel point la maison est endommagée.

—Chanceux comme t'es, il doit y avoir juste quelques petits panaches de fumée sur les murs d'en haut comme une décoration, persifla Charles-Arthur.

—Je sais seulement pas... si mes assurances contre le feu vont me couvrir, poursuivit Léon-Marie. Tu connais leur jeu? En payer le moins possible... ou rien pantoute s'ils peuvent trouver en arrière du contrat, une clause... écrite en si petits caractères qu'on peut même pas la lire à la loupe.

Il se ressaisit très vite.

—Mais on se laissera pas faire. Si c'est le cas... on va se battre.

Ses yeux noirs brillaient comme des billes. Il avait retrouvé sa fougue des meilleurs jours.

—On va se battre comme on a toujours faite... La maison va être réparée et on va retourner vivre chez nous... comme avant.

25

Le même jour, Héléna et Léon-Marie avaient aménagé dans le logement attenant au magasin de chapeaux. Les deux aïeules avaient rassemblé quelques vêtements offerts par des dames charitables de la Cédrière, puis étaient montées dans la voiture de Charles-Arthur pour être conduites au village de Saint-Germain.

La grand-mère Savoie avait été déposée à l'hospice, tandis que madame Martin, qui avait reçu une invitation de son amie Marguerite Côté, s'était installée chez elle dans sa jolie maison à l'ombre de l'église.

Au cours de l'après-midi, accompagnée de mademoiselle Bonenfant, Héléna était retournée dans sa résidence sinistrée. Elle n'avait pu que constater l'ampleur des dégâts. Le feu avait tout détruit ne laissant que les quatre murs.

Il ne restait de leurs biens que ce bric-à-brac accumulé dans la cour que les pompiers volontaires avaient réussi à arracher aux flammes.

Elle l'avait fixé longuement en silence. Enfin, son expression redevenue énergique, elle avait considéré autour d'elle, les hommes qui s'affairaient à déblayer la maison des monceaux de bois brûlé qui l'encombraient.

—Vous transporterez ces choses à la chapellerie, avait-elle ordonné.

Puis elle avait fait demi-tour.

La démarche un peu brusque, elle s'était dirigée vers l'humble logis qu'elle avait partagé avec l'artiste et qu'elle avait choisi comme domicile jusqu'à ce que leur maison soit remise en état.

Cécile lui avait bien offert de venir vivre avec eux au-dessus du magasin général, mais elle avait refusé. Cécile avait deux jeunes enfants. Elle était suffisamment occupée par sa tâche d'épicière, sans lui imposer en plus la famille. D'autre part, elle trouvait commode d'habiter dans son lieu de travail. Sans compter qu'étant à deux pas de leur résidence sinistrée, Léon-Marie, qui ne tenait pas en place depuis l'avènement, pourrait suivre de la fenêtre, les travaux de réparation.

Leur arrangement était sommaire, mais elle avait veillé à ce qu'ils ne manquent de rien.

Pourtant, pendant les premières semaines, elle n'avait pas été tranquille. En même temps qu'elle humidifiait ses pailles et les moulait sur les formes, elle ne pouvait s'empêcher de s'inquiéter pour son époux, de ce revirement qu'il subissait sans paraître s'en plaindre.

Elle l'avait surveillé du coin de l'œil. Mais, occupé à chercher un responsable de l'incendie qui avait détruit leur demeure, il n'avait pas semblé voir le temps passer. Aiguillonné, il s'était dépensé comme dans les meilleurs jours, avait mis une telle constance dans son argumentation, qu'il avait paru se remettre de son attaque.

Bien sûr, son bras gauche demeurait paralysé, mais son élocution semblait chaque jour plus facile. Il n'hésitait plus quand il parlait. Seule une émotion trop vive le faisait trébucher dans ses mots.

Durant tout un mois, appuyé sur sa canne, il avait battu la campagne; avec son entêtement habituel, il avait multiplié les algarades et les interventions dans sa certitude que la cause du sinistre était le feu de broussailles allumé par les employés de la scierie.

—Si j'avais eu toutes mes capacités, répétait-il, il y a longtemps que je les aurais mis au pas.

Hélas, malgré ses efforts, il n'avait pu faire la preuve de la responsabilité des deux garçons. Profondément déçu, il avait attendu le résultat de l'enquête de l'agent de réclamations, l'évaluation des dommages et le coût de la reconstruction.

Ainsi qu'il l'avait pressenti, la compagnie d'assurance avait, à son tour, occasionné des délais. Une fois encore, il avait fallu discuter, houspiller, menacer avant de réussir à faire bouger ses représentants.

—Quand c'est le temps d'avoir notre clientèle, vous promettez la lune, avait-il rugi, mais quand arrive un sinistre, vos promesses ne tiennent plus. Ça veut dire quoi, dans votre jargon, nous protéger?

—La compagnie veille à ne payer que ce qu'elle doit, avait répliqué l'agent. Il est normal de vous demander d'apporter des éléments de preuve pour soutenir votre réclamation.

—Vous en avez pas demandé autant quand il s'est agi de me faire payer ma prime, avait-il proféré avec sécheresse.

Le mois de décembre allait commencer quand la compagnie avait enfin donné son aval, en retranchant toutefois du coût des réparations, une somme équivalant à la dévalorisation de la maison pour ses vingt années d'âge.

Cette clause faisait partie de la convention. Léon-Marie s'était incliné et avait puisé la différence dans sa cassette.

Le lendemain et les jours qui avaient suivi, assis devant la table, avec Héléna qui lui dispensait ses conseils, il avait retracé le plan initial.

Il avait décidé de moderniser la grande maison, installer un chauffage central et agrandir la salle de bain en plus de diviser la cuisine de façon à avoir une salle à manger comme au-dessus des magasins. Il avait aussi pensé aux besoins de la famille, avait partagé l'espace de façon à avoir trois chambres au rez-de-chaussée, l'une pour eux, les deux autres plus petites pour les grands-mères. Il avait même convenu de racheter un piano pour Marie-Laure.

Ses états terminés, il avait convoqué David et, au grand dam de Charles-Arthur, lui avait confié le contrat. Il voulait une belle demeure, riche, bien faite, avec des boiseries sculptées comme son beau-fils savait les faire. Sans compter qu'il savait David plus minutieux dans les détails.

Il lui pressait que les réparations soient terminées, que la vie reprenne son cours, avec les pas traînants des aïeules, leurs chuchotements, leur présence tranquille.

Héléna qui allait visiter les vieilles dames chaque dimanche, les tenait au courant de la progression des travaux et les incitait à la patience, madame Savoie surtout, qui semblait s'ennuyer dans son étroite chambre de l'hospice. Habituée à ses aises dans leur grande maison, avec son train-train quotidien, ses petits-enfants, son paysage, tandis que madame Martin s'amusait ferme entourée de ses amies, elle se languissait dans cet espace qui n'était pas le sien.

— Bientôt, l'encourageait Héléna, nous allons rentrer chez nous.

***

On était en février, un mois de février cristallisé par le froid très vif et les tempêtes de neige qui se succédaient avec une impitoyable ténacité. Les rues étaient désertes. Subitement casaniers, les habitants du hameau se tenaient frileusement cloîtrés dans leurs maisons, dans l'attente d'une température plus agréable.

Léon-Marie paraissait s'ennuyer dans cette tranquillité soudaine. Accoutumé à voir une forte activité se déployer autour de lui, pendant tout le jour, la mine désœuvrée, son poing fermé sur le pommeau de sa canne, il se déplaçait devant les fenêtres de leur petite habitation et regardait filer les heures.

Héléna avait retrouvé le rythme de vie qu'elle avait établi du temps de son union avec l'artiste. Comme jadis, le salon, de même que la chambre du rez-de-chaussée étaient à l'usage du commerce, l'un servant de boutique pour les clientes, l'autre d'atelier pour la fabrication des chapeaux.

Quand il n'allait pas entretenir ses rêves devant les fenêtres du salon de modiste, Léon-Marie tournait autour d'elle. Cerné par le parfum des rubans et l'exhalaison un peu âcre des pailles, il suivait ses gestes tandis qu'elle maniait avec adresse ce qu'il appelait, la lèvre malicieuse, ses fanfreluches.

De l'autre côté du chemin de Relais, la concession d'automobiles était installée. La cour à bois, autrefois remplie de cages de planches à sécher, était maintenant occupée par une flopée de véhicules neufs et usagés, alignés proprement jusqu'à la rivière, auxquels s'ajoutaient quelques bolides qui attendaient près du mur de l'ancienne meunerie, leur tour d'être réparés.

L'atelier de mécanique, de même que le local de montre pour les véhicules neufs, avaient été aménagés dans la grande salle de coupe et empiétaient largement sur l'espace de la scierie. L'usine de sciage fonctionnait bien encore un peu, reléguée dans l'ancienne meunerie, mais, avec la perte de sa section la plus importante, les activités avaient considérablement réduit, se résumaient à la coupe du bois brut, comme une petite flamme près de s'éteindre.

Valère Gobeil agissait ainsi qu'il avait fait lui-même à ses débuts d'industriel, quand il avait, à la fois, maintenu dans la même bâtisse : cordonnerie, meunerie et scierie. « Mais dans mon cas, c'était pour grandir, non pour décrocher, se récriait-il. »

Chaque matin, à peine sorti du sommeil, il entendait, mêlées aux bruits stridents de la scie ronde, les pétarades des véhicules hissés comme sur des échasses que les mécaniciens armés de clés anglaises et de marteaux s'employaient à réparer.

Sans relâche, ils frappaient, à grands coups durs, exaspérants, qui allaient se répercuter sur le mont Pelé.

De sa fenêtre, Léon-Marie regardait, l'œil malveillant, s'ouvrir avec une régularité d'horloge les portes de la salle de coupe. Laide, cernée de gris, il voyait apparaître « cette amanchure de broche à foin », comme il disait avec mépris.

Autour, agglutinés comme des insectes sur un collant à mouches, s'activaient les employés, les mains barbouillées de cambouis, venus il ne savait d'où, sorte d'engeance, sans cesse mêlant dans leurs conversations des mots incompréhensibles empruntés aux bas-fonds américains.

« DÉTROIT, CAPITALE DE L'AUTOMOBILE », lisait-il, placardé sur le bord du toit pour rappeler la nouvelle destinée des lieux.

Choqué, il levait les yeux vers le ciel qui rosissait à l'est comme un appel à la sérénité, laissait échapper un profond soupir et se détournait.

Le visage orienté vers la côte du Relais, il y rivait son regard jusqu'à ce qu'il aperçoive Héléna qui rentrait de sa messe quotidienne.

Ils prenaient alors le petit déjeuner ensemble, puis une autre journée commençait, monotone, sans contraste, semblable à la veille.

Ce matin-là, comme d'habitude, Héléna s'était rendue à l'église pour en ressortir une demi-heure plus tard. Son foulard de laine appuyé sur sa bouche, elle monta la côte à petits pas rapides et dépassa les habitations des ouvriers. Elle se pressait. Le froid était très vif et cinglait son visage.

Plus haut, à sa gauche, les employés de David entraient dans la cour de leur demeure sinistrée pour entreprendre un autre quart de travail. Il approchait sept heures. Les hommes étaient ponctuels, se disait-elle avec satisfaction. Affairés, les uns portaient sur leur épaule des piles de planches blondes, d'autres de lourds seaux à anse en métal. Ils en étaient rendus à la pose des nouvelles lattes du plancher et les plâtriers s'apprêtaient à enduire les murs de crépi.

Un petit frisson de plaisir chatouilla son échine. Elle pensa que dans peu de temps, ils rentreraient chez eux. Ils retrouveraient leur belle maison confortable et la vie reprendrait comme avant.

Une bouffée de vent souffla du nord et s'infiltra sous son manteau. Frileuse, elle resserra son col et retint son foulard sur son visage.

—Madame Léon-Marie, entendit-elle, mêlé au sifflement de la bourrasque.

Découvrant un peu ses yeux, elle jeta un faible regard à sa gauche. Charles-Arthur était sorti de sa maison et s'était immobilisé au milieu de l'allée enneigée. Les bras croisés sur la poitrine, il avait jeté son paletot négligemment sur ses épaules, avec ses pans ouverts qui godaient sur ses hanches malgré le froid de l'hiver.

—Voulez-vous bien me dire ce que vous faites dehors à cette

heure matinale et à moitié habillé? lui demanda-t-elle. Quelque chose ne va pas?

—Il y a que dans la famille on commence à trouver que les réparations à votre maison s'éternisent pas ordinaire, reprocha-t-il. Si j'avais eu le contrat, il y a une mèche que ça serait fini; pis que vous seriez rentrés chez vous.

—Je ne vois pas pourquoi vous me retenez dans la rue quand il gèle à pierre fendre pour me dire cela, répliqua Héléna. Je trouve, au contraire, que les travaux avancent très bien. Il n'y a pas trois mois que les réfections sont commencées. Et puis, nous ne vivons pas dehors. Notre maison est peut-être modeste, mais nous avons un toit.

Exaspérée, elle se détourna et reprit sa marche vers sa demeure.

—Vous avez pas l'air de comprendre que c'est pour la *mère* que l'attente est longue, cria Charles-Arthur en courant derrière elle.

—Votre mère? fit-elle en se retournant. Que lui arrive-t-il?

—La *mère* est malade, ben malade. J'ai pris la peine d'aller la voir hier à l'hospice. Elle s'ennuie sans bon sens. Si vous l'obligez à rester là encore longtemps, vous allez la faire mourir.

—Allons donc, Charles-Arthur, vous n'exagérez pas un peu. Je vais visiter votre mère chaque semaine. Elle me l'aurait dit. Et puis, c'est une personne raisonnable. Elle est au chaud, elle a tout ce qu'il lui faut. Elle sait bien que nous irons la chercher aussitôt que la maison sera prête, que ce n'est qu'une question de temps.

Elle accéléra brusquement sa marche. La remarque de son beau-frère lui avait fait mal. Charles-Arthur aurait dû comprendre qu'elle n'y pouvait rien.

Vivement, elle tourna dans la cour de la chapellerie et escalada le perron.

La porte avant venait de s'ouvrir toute grande. Léon-Marie s'était dressé sur le seuil et, l'œil moqueur, fixait Charles-Arthur qui trottait derrière, accroché aux pas de sa femme.

—Que c'est qui se passe pour que Charles-Arthur te suive comme un petit chien? T'es ben de bonne heure sur le piton, mon frère. Ça serait-tu qu'Héléna t'aurait promis un os?

—L'heure est pas aux farces plates, répliqua Charles-Arthur en pénétrant dans la boutique de chapeaux. Si je suis venu icitte à matin, c'est pour savoir ce que vous avez l'intention de faire pour la *mère*. Je suis allé la voir hier pis je l'ai pas trouvée ben pantoute. Depuis quelque temps, elle dépérit sans bon sens. Elle se meurt de langueur.

Il lança avec rudesse :

— Que c'est que vous attendez pour la ramener avec vous autres?

— Quand je suis allée voir madame Savoie, dimanche dernier, je l'ai trouvée comme d'habitude, mentionna Héléna. Bien sûr, elle n'a plus sa santé d'autrefois. Elle n'était déjà pas très bien quand elle vivait chez nous.

— La *mére* a quatre-vingt-six ans, fit remarquer Léon-Marie. À cet âge-là, faut pas s'attendre à ce qu'elle soit pétante de santé comme une jeunesse.

— De toute façon je n'y peux rien, reprit Héléna. La maison n'est pas prête.

— David fait-y exprès pour retarder les travaux? s'emporta Charles-Arthur.

— Si tu trouves la *mére* si malheureuse, là où elle est, pourquoi tu vas pas la chercher, que tu la prends pas avec toi pour un mois ou deux? observa Léon-Marie avec bon sens.

La démarche lourde, Charles-Arthur avança plus à fond dans la pièce, sans égard frôla les tréteaux et les formes au risque de faire tomber les chapeaux qui y étaient accrochés.

— Les vieux, ç'a ses p'tites habitudes, pis ça aime pas les dérangements. De se faire déraciner de même, ça aide pas la *mére*. En tout cas, enchaîna-t-il sur un ton insinuant, ça se serait pas passé de même si ç'avait été moé qui l'avais gardée.

Indignée, Héléna fit un bond vers l'avant. Elle avait peine à contenir la remarque cinglante qui allait fuser de ses lèvres.

— Tu tenais ta chance de la reprendre quand on a passé au feu, débita Léon-Marie traduisant tout haut la pensée d'Héléna. C'est toi qui as pas voulu.

— Je t'ai dit que je pouvais pas, pis je peux pas plus aujourd'hui. J'ai pus de femme à la maison, moé, j'ai...

— Je sais, coupa Léon-Marie. Ça fait assez de fois que tu le dis. T'as pus de femme, mais t'as une servante. Bien entendu, il t'est pas venu à l'idée de demander aux autres membres de la famille de la garder pour un bout de temps, à Dominique, notre plus jeune frère ou ben à Marie-Rose qui vivent tout seuls dans leur grande maison? Non! T'as préféré déblatérer contre nous autres, claironner à travers la paroisse qu'on est des sans-cœur d'avoir envoyé la *mére* à l'hospice.

— Si ça ne lui fait rien de vivre au milieu de mes pailles, avança Héléna sans grand enthousiasme, je pourrais lui organiser un matelas pour la nuit dans mon atelier.

— Tu sais ben que c'est pas possible, jeta Léon-Marie. Charles-Arthur va la prendre, lui, pour quelques semaines. Il a une grande maison à lui tout seul.

— Combien de fois devrai-je te répéter que c'est pas une question d'espace, s'agita Charles-Arthur. Ma servante pourrait pas la surveiller. Tu le dis toi-même, la mère a quatre-vingt-six ans, elle va tomber partout.

— Ça va, Charles-Arthur, accorda Héléna. Je vais libérer un coin dans ma pièce de travail. Votre mère y dormira, le temps de réintégrer notre grande maison. Faites-lui le message que vous et moi irons la chercher dimanche prochain.

***

La belle Studebaker de Charles-Arthur s'était immobilisée devant l'entrée dans un grand vrombissement de son moteur.

On était dimanche. Héléna avait assisté à la grand-messe de dix heures et s'était empressée de rentrer à la maison pour prendre un dîner rapide.

Tout en enfonçant son chapeau sur la tête, elle jeta un regard autour d'elle.

La cuisine était à l'ordre. Près de la fenêtre attendait la berceuse, une couverture de laine grise proprement disposée sur un des accotoirs. Le journal de la veille avait échappé pour une fois à l'allumage matinal du poêle et avait été mis en évidence non loin de la chaise. Tout était prêt pour accueillir la vieille dame.

Satisfaite, elle endossa son manteau et se hâta d'aller prendre place auprès de son beau-frère sur la banquette avant de son véhicule.

— J'ai pris le temps de mettre les chaînes à mes pneus, dit Charles-Arthur en actionnant le démarreur. La gratte est passée, mais si la bourrasque venait à prendre, je voudrais pas qu'on s'embourbe avec la *mère* dans le char.

Héléna laissa poindre un sourire. La journée était belle. Le ciel était pur et le soleil éclatait de douceur sur les bancs de neige. Elle était paisible. Aucun nuage ne pointait à l'horizon et Charles-Arthur paraissait détendu.

— Vous avez bien fait, dit-elle simplement.

Ils descendirent la côte du Relais en silence et s'engagèrent sur la route communale. Plongés dans leurs pensées, chacun regardant autour de soi, ils entrèrent dans le village de Saint-Germain.

Le couvent des sœurs se dressait non loin, masse sombre, sans grâce, rectangulaire, se découpant sur les eaux du fleuve.

À sa gauche, plutôt hétéroclite et barbouillé, un renfoncement comme un prolongement habillé de pierre des champs, s'étirait sur trois étages et s'accolait à l'école des filles. C'était l'hospice.

Manœuvrant le volant avec adresse, Charles-Arthur y orienta son véhicule. Les roues mordirent dans la fine couche de neige, progressèrent au milieu de la cour et s'arrêtèrent devant la porte principale.

—Nous v'là arrivés, dit-il en tirant le frein dans un grand coup brusque qui projeta Héléna vers l'avant. La *mère* doit être prête à l'heure qu'il est. Elle avait tellement hâte de s'en revenir quand je suis allé la voir hier soir.

Tourné vers elle, il ajouta en pesant ses mots :

—Vous le savez peut-être pas, mais quand je descends au village, c'est d'abord pour aller voir la *mère*. Je passe pas mon temps à l'auberge, comme des dénigreurs se gênent pas pour dire dans mon dos. La *mère*, j'en ai pris soin pendant vingt-cinq ans, c'est un ben gros morceau pour moé.

Il avait parlé avec des accents durs, les yeux rivés sur Héléna, dans une sorte de justification, comme un besoin longtemps refoulé d'infirmer les critiques désobligeantes dont il se savait l'objet.

Il paraissait grave tout à coup. Héléna marqua sa surprise. Elle avait toujours considéré Charles-Arthur comme un être égocentrique et calculateur. Tant de fois, il avait manifesté son indifférence et poussé son mauvais vouloir jusqu'à s'exprimer avec ingratitude. « On dirait que les vieux s'accrochent, l'avait-elle entendu proférer un jour. Que c'est qu'ils attendent pour aller retrouver leurs ancêtres de l'autre bord. » Elle n'avait pas oublié sa remarque. Pendant des jours, cette simple phrase l'avait hantée.

Aujourd'hui, Charles-Arthur projetait une autre image. Elle avait l'impression de découvrir une facette nouvelle de cet homme qui approchait lui aussi, du terme de la vie, comme si, l'âge aidant, il comprenait mieux les autres.

Il s'était extirpé de son siège. Le geste empressé, il contourna la voiture, lui ouvrit la portière et l'aida à descendre.

Rapidement, il la précéda dans l'immeuble vétuste et se dirigea tout droit vers le long corridor menant à la chambre de sa vieille mère.

Il avançait, la démarche pesante, assurée, son melon dans sa main, sa tête chauve résolument arquée vers l'arrière, avec son foulard de soie blanche, son beau paletot marine qui s'ouvrait sur son pantalon au pli parfait. « Comme du vivant d'Angélina, se disait Héléna, chaque fois stupéfaite, en marchant derrière lui. »

Charles-Arthur ne manquait pas de classe et il aimait être bien vêtu. Attentif à lui-même, il avait toujours eu le don de s'entourer de personnes serviles aptes à rehausser son image.

Elle se demandait d'où lui venait cette recherche de l'élégance, ce souci démesuré de soi qui ne semblait pas être l'apanage des autres fils de la famille. Elle songea qu'il ne le devait certes pas à sa mère, tant la vieille dame était de nature austère et dépouillée.

Elle l'imaginait derrière sa porte, revêtue sobrement de sa robe noire à jabot, son chapeau de feutre planté sur sa tête, l'échine raide comme un pic sur sa petite chaise, dans le dénuement de nonne de sa chambre.

Ses doigts seraient croisés sur ses genoux dans son attente impatiente et, comme si elle craignait de l'oublier, sa valise toucherait ses pieds.

Charles-Arthur ferait un pas vers elle, en fils dévoué, lui dirait que c'était grâce à son intervention si, aujourd'hui, elle rentrait à la maison, puis attentif, se pencherait, prendrait son bras et l'amènerait vers la voiture.

Le long corridor était tranquille et chargé d'ombres. De chaque côté, se découpait une enfilade de portes closes. C'était l'heure de la sieste et les vieillards avaient réintégré leurs chambres. Une odeur d'encaustique flottait dans l'air et se mêlait aux relents de cuisine qui montaient par l'escalier ouvert sur le réfectoire.

Se déplaçant à grandes foulées résolues, avec l'écho de leurs pas qui allait frapper sur les murs, ils se dirigèrent vers l'angle près duquel était située la chambre de la vieille dame Savoie. De temps à autre un craquement leur parvenait derrière un mur, un chuchotement puis à nouveau, c'était le silence.

Ils avaient dépassé l'aire de la chapelle et étaient arrivés à l'extrémité du couloir. Ils firent quelques pas encore vers leur droite, puis s'immobilisèrent devant un panneau aux couleurs délavées, marqué au centre d'un gros chiffre. En dessous, sur un carton blanc, ils pouvaient lire, écrit en lettres pompeuses à l'encre de Chine : dame Joséphine L. Savoie.

Charles-Arthur toqua aussitôt de trois petits coups, puis, sans attendre de réponse, entrebâilla la porte. La vieille dame était là.

Étendue sur son lit, les doigts croisés sur la poitrine, elle semblait dormir. Ainsi qu'Héléna l'avait imaginé, elle avait revêtu sa robe noire avec son jabot de dentelle blanche et sa valise était prête près de sa chaise.

Joyeuse, Héléna devança son beau-frère et s'approcha du lit à grands pas rapides.

—Nous sommes là, mémère, lança-t-elle en posant sa main sur son bras. Nous sommes venus vous chercher.

Madame Savoie ne répondit pas.

Se reprenant, en riant, Héléna la secoua un peu.

—Réveillez-vous, mémère. Vous n'êtes pas plus pressée que ça de rentrer à la maison?

Soudain, elle retint son geste. Étonnée, la main levée, figée dans l'air, elle regarda la vieille avec attention. Elle éprouvait une sensation étrange, l'impression désagréable d'effleurer une matière flasque, tiède, privée de ce petit frémissement qui titille les doigts au toucher de la peau. Son cœur s'étreignit. Angoissée, elle s'éloigna un peu, sans un mot, se tourna vers Charles-Arthur et l'interrogea du regard.

Charles-Arthur fit un petit mouvement du menton. Debout dans l'attente, il demeurait immobile et la fixait sans comprendre. Dressée devant lui, Héléna le regardait avec insistance. Ses lèvres tremblaient. De grosses larmes, lentement, remplissaient ses yeux et glissaient sur ses joues.

Perplexe, comme hébété, Charles-Arthur la dévisagea, puis, tout doucement, se tourna vers le lit sur lequel gisait sa mère, inerte, les paupières closes, ses mains ridées et brunes croisées sur sa poitrine comme un gisant. Pétrifié, incapable de réagir, il y accrocha son regard.

Soudain, il bondit. Les prunelles agrandies, il entrouvrit la bouche. Épouvanté, il se rua vers elle.

—La *mére*! cria-t-il.

Effondré, il se laissa tomber sur ses genoux et posa sa tête sur la couche. Ses épaules étaient soulevées de sanglots. Il gémissait, marmonnait des mots sans suite :

—La *mére*, dites-moé que c'est pas vrai, pas vous, pas la *mére*!

Il pleurait bruyamment, sans s'arrêter, avec ses doigts rudes qui se déplaçaient, s'agrippaient désespérément au bras de la morte.

Héléna se courba vers lui. Dans un geste de compassion, elle posa sa main sur son épaule. Cet homme habituellement insensible, arrogant, qu'elle voyait ainsi sangloter comme un tout petit enfant, la bouleversait. Elle avait peine à se retenir de mêler ses larmes aux siennes.

Derrière eux, la porte venait de s'ouvrir dans un léger grincement. Une religieuse avait franchi l'ouverture. Elle portait sur ses mains étalées comme des palmes, une pile de draps et de serviettes proprement pliés.

Le pas mécanique, avec sa longue jupe qui effleurait ses chevilles, son chapelet de bois, elle pénétra plus à fond dans la pièce jusqu'à la commode et y déposa le linge propre. Son lourd trousseau de clés pendait à sa ceinture et émettait un petit cliquètement froid.

— Une de nos filles va venir faire le ménage de la chambre, dit-elle en revenant vers eux. Si madame Savoie a besoin d'aide avant son départ, elle n'a qu'à le demander.

Héléna et Charles-Arthur ne répondirent pas. Le visage levé, ils la fixaient, comme stupéfiés, incapables de parler.

Intriguée, la religieuse les considéra un bref moment, jeta un coup d'œil sur la petite valise près de la chaise, puis tourna son regard vers la couchette.

— Madame Savoie ne...

Brusquement, sa voix s'éteignit. Elle venait de comprendre.

Ses doigts pressèrent ses lèvres.

— Seigneur Jésus!

Effarée, elle joignit ses mains sur sa poitrine et fit un grand signe de croix. Rapidement, d'un geste d'habitude, elle s'approcha de la morte, appuya son index sur son poignet, puis se redressa. Son expression était remplie de sollicitude.

— Tantôt, madame Savoie est descendue au réfectoire pour le dîner, prononça-t-elle sur un ton qu'elle voulait consolant. Elle paraissait comme à l'ordinaire, elle a ri avec les dames de sa connaissance, elle a mangé avec appétit. Elle était heureuse de retourner dans sa famille.

Nerveuse, tout en parlant, elle s'affairait autour de la morte, replaçait l'oreiller sous sa tête, redressait les plis de sa robe. Son chapelet bruissait sur sa hanche.

— Les voies de Dieu sont insondables, dit-elle dans un soupir.

Soudain, elle se raidit. Pressée tout à coup, à grands pas, elle se dirigea vers la sortie.

— Il faut appeler le médecin.

La porte s'entrebâilla. Ses jupes émirent un léger froufrou puis tout de suite l'ouverture se referma dans un bruit mat.

Héléna et Charles-Arthur se retrouvèrent seuls dans la chambre.

Ils se rapprochèrent lentement du lit. D'un même geste, comme si la morte avait pu dicter leur conduite, pendant un long moment, ils la fixèrent.

—Je me demande comment annoncer la nouvelle à Léon-Marie, chuchota Héléna. Depuis son attaque, il est fragile. Lui aussi était très attaché à sa mère.

—Il avait qu'à venir la chercher avant, jeta Charles-Arthur. Si j'avais pas insisté pour la ramener aujourd'hui, la *mère* serait morte comme un chien, peut-être qu'elle aurait croupi quelques jours dans sa chambre avant qu'on pense à ouvrir sa porte pour voir ce qui la retenait de pas descendre manger avec les autres.

Malheureux, Charles-Arthur déversait sa hargne comme un dragon crache son feu. Sans égards, il se déchargeait de son impuissance, imputait aux autres ce regret qu'il éprouvait et qui brûlait ses entrailles de n'avoir pu se justifier dans un dernier au revoir à sa mère disparue.

Héléna lui jeta un regard sévère.

—La douleur vous fait dérailler, Charles-Arthur. Ne vous a-t-on jamais dit qu'on ne doit pas troubler la paix des morts?

***

Les pompes funèbres de Saint-Germain avaient transporté le corps jusqu'à la maison de Charles-Arthur pour y être exposé dans un cercueil de chêne habilement sculpté, enduit d'un vernis impeccable, si brillant qu'il chatoyait comme un objet précieux dans le soleil.

Charles-Arthur était allé lui-même choisir la bière chez le croque-mort du village de Saint-Germain et avait fait adresser la facture à Léon-Marie.

—C'est assez qu'il ait envoyé la *mère* à l'hospice, il va au moins lui faire un dernier cadeau, avait-il soufflé aux autres enfants de la famille.

Le salon avait été drapé de noir. Pendant trois jours, voisins et connaissances avaient défilé devant la dépouille près de laquelle veillaient deux cierges allumés, avec au centre, un grand crucifix de bois.

Tous les parents étaient accourus à la Cédrière.

Antoine-Léon et Marie-Laure avaient, eux aussi, quitté leur

pensionnat pour assister aux funérailles. Pendant tout le temps qu'avait duré le cérémonial des condoléances, ils s'étaient tenus dans un angle du salon.

Assis côte à côte, silencieux, ils avaient fixé tristement la bière dans laquelle leur mémère Savoie dormait pour toujours. Leur grand-mère leur manquerait. Ils ne s'accroupiraient plus à terre devant sa chaise, le soir, après le souper, pour l'entendre raconter des histoires. Ils n'iraient plus se réfugier dans ses bras pour lui confier leurs peines. Leur mémère Savoie ne reviendrait plus.

Le matin du troisième jour, à l'heure dite, quatre hommes en noir étaient entrés, avaient refermé le cercueil et l'avaient glissé dans le corbillard, emportant une partie de leur enfance.

La foule des parents et connaissances réunis dans le salon s'était aussitôt mise en branle. Les adultes étaient montés dans les véhicules, tandis que les plus jeunes s'étaient formés en cortège. Antoine-Léon avait pris la main de sa petite sœur et tous deux avaient suivi leurs cousins dans le chemin de Relais vers l'église.

Une longue suite de voitures noires et de traîneaux les avaient précédés dans la côte. Gravement installé au volant de sa Studebaker avec ses pneus à chaînes qui mordaient la neige durcie de la route, Charles-Arthur avait conduit son frère Léon-Marie et sa belle-sœur pour la messe des funérailles. Puis tous s'étaient dirigés vers le charnier du village de Saint-Germain où la grand-mère avait été déposée en attendant le dégel de la terre et son enterrement dans le caveau familial auprès de son époux.

Léon-Marie et Héléna étaient rentrés à la maison. Au fond de la cuisine, en prévision du retour de l'aïeule, la berceuse récupérée du sinistre trônait toujours à la chaleur rayonnante du poêle, avec ses châteaux usés, son capitonnage défraîchi.

Appuyé sur sa canne, Léon-Marie avait longuement tourné autour. Le regard douloureux, brusquement, il avait lancé sur un ton bourru :

— Quand on verra Charles-Arthur, faudra lui demander d'aller porter ça à l'hospice. Je peux pus voir ça icitte.

**

Le dernier jour de mars, David vint frapper à leur porte et leur annonça que les réparations à la grande maison étaient terminées. Héléna s'empressa d'aller acheter quelques meubles pour garnir les chambres de l'étage, puis ils se réinstallèrent dans leurs affaires.

Dans la même période, Cécile et Antoine-Léon avaient consulté le docteur Larue et Antoine-Léon avait subi l'ablation de ses amygdales. Si Cécile éprouvait encore ses maux de tête, pour Antoine-Léon, après avoir tant souffert de ses oreilles, cette intervention semblait l'avoir guéri de son mal.

Georgette jubilait et s'était plu à en faire la remarque à Héléna, un soir qu'elle était allée lui rendre visite.

— Depuis le temps que je vous disais de faire opérer le petit, pis que vous m'écoutiez pas. Regardez aujourd'hui comme il est pétant de santé.

Héléna n'avait pas répondu, mais au fond d'elle-même, elle en avait compris l'évidence. Cette année, leur gamin était rentré pour les vacances de Pâques, de bonne humeur, bouillant d'activité, les joues rondes, dévorant ses repas avec un appétit d'ogre et n'ayant de cesse que de taquiner sa petite sœur.

— Quant à Cécile, avait soupiré Georgette, je sais vraiment pas quoi en dire.

Malgré les recommandations du spécialiste, les maux de tête de Cécile n'avaient pas cessé. Pourtant, il les avait rassurés. Depuis son plus jeune âge, Cécile souffrait de migraines. Il ne voyait dans son mal qu'une sorte de tension nerveuse causée par ses tâches. Cécile n'aurait qu'à apprendre à mieux contrôler ses émotions, s'accorder des temps de repos et tout rentrerait dans l'ordre.

— Toi, j'espère que tu ne m'obligeras pas à te retourner une autre fois, avait murmuré Héléna en dardant son Sacré-Cœur de son regard sévère.

— Ma sainte Vierge aussi est mieux d'y voir, parce que, moi non plus, je me gênerai pas pour la retourner contre le mur, avait renforcé Georgette.

Mais leurs personnages de plâtre avaient bon visage. Elles s'étaient remises à espérer.

26

—Depuis le temps que je t'en fais la promesse, cette fois, il n'y a rien qui va m'arrêter. Aussitôt que la température va le permettre, nous allons faire construire ton bloc, déclara Héléna, un matin, comme si cette décision s'était affirmée au cours de son sommeil.

Il y avait deux mois qu'ils avaient réintégré leur demeure et elle s'ennuyait un peu. Les deux chambres qu'ils avaient ajoutées à leur résidence au moment des réfections étaient toujours vides avec le décès de la grand-mère Savoie, et madame Martin, à qui elle avait offert de reprendre son espace avait décliné son invitation. Confortablement installée chez son amie Marguerite, elle menait une existence agréable, avait-elle argué, entourée des mondanités qui étaient siennes du vivant du sénateur et elle ne souhaitait pas en changer.

—Avec la nouvelle entreprise de monsieur Gobeil, la demande est forte pour les loyers, continua Héléna en dressant la table du déjeuner. Ses mécaniciens ne cessent de me demander des logements. Encore hier...

—Il m'est venu une autre idée, glissa Léon-Marie.

Assis au bout du panneau, il hésitait à poursuivre.

—Tu vas peut-être me dire que ça me regarde pas, que la chapellerie est pas à moi, mais ç'a pas cessé de me trotter dans la tête pendant tout le temps qu'on a vécu dans ta petite maison. Je te voyais dans ton atelier, sombre, pas plus grand qu'un réduit, pis pas trop confortable non plus, je me disais qu'il devrait y avoir moyen d'améliorer ça, t'organiser un local plus moderne.

Il se pencha vers elle, ses yeux brillaient.

—Que c'est que tu dirais... si au lieu de construire mon bloc près des magasins, on commençait par transformer ta petite maison de la chapellerie. On pourrait y ajouter un ou deux étages. Au rez-de-chaussée, on organiserait des espaces pour des commerces, des bureaux, pis tu te réserverais un coin pour ton salon de modiste. On installerait un chauffage central au sous-sol, l'eau chaude monterait dans les pièces par des calorifères comme ici dans notre grande résidence, une fois mon autre bloc construit, ça nous ferait des bons revenus et pis...

Sa voix s'éteignit brusquement.

—Si je venais... à pus être là, ça serait une sécurité pour vous autres. Tu en aurais pas de trop pour payer les études des enfants. Je voudrais qu'ils aillent à l'école, qu'ils se rendent jusqu'à l'université, qu'ils aient l'instruction que j'ai pas eue. Il me reste un peu d'argent à la banque, là où il est, ça rapporte pas ben gros...

Héléna lui jeta un regard rempli de tristesse. Ces mots qu'il prononçait avec une douceur inhabituelle, la troublaient, lui apparaissaient comme un testament oral, qu'il se pressait de lui faire quand il était encore temps.

—La bâtisse resterait à ton nom, ça serait un cadeau que je te ferais, précisa-t-il devant son silence. Tu serais pas contente?

—Tu sais bien que ça me plairait de faire un immeuble de ma maison, se reprit-elle avec des accents qu'elle voulait légers. Ce serait mon prochain défi, mais avant, je veux m'occuper de la construction de ton bloc.

—Je persiste à dire qu'on devrait commencer par retaper ta petite maison, décida Léon-Marie reprenant les rênes de l'affaire, et cette fois, on va donner le contrat à Charles-Arthur. Ça va l'arrêter de déblatérer à travers la paroisse qu'on est des ingrats.

Héléna détourna son regard. Elle songea à Charles-Arthur qui, depuis la mort de la vieille dame Savoie, n'avait pas cessé de répéter que si son frère Léon-Marie ne l'avait pas placée à l'hospice, sa mère serait encore vivante.

Elle se retenait de dévoiler ses pensées, lui dire que c'était dans la nature de Charles-Arthur de se figurer qu'il était le seul à savoir ce qui était bien et bon, que tous les actes de générosité de la terre n'y changeraient rien. Mais elle se tut.

—Charles-Arthur est un bon entrepreneur, articula-t-elle simplement.

***

L'été était commencé. Il y avait maintenant un mois que les employés de Charles-Arthur s'amenaient chaque matin sans y manquer sur le chantier de construction qu'était devenue la petite bâtisse de la chapellerie.

Pendant tout le jour, à grands coups de marteau, ils s'appliquaient à ajouter des éléments nouveaux de chaque côté et au-dessus de la petite habitation pour en faire un bel immeuble à étages semblable à celui qui s'élevait dans la rue Savoie.

L'œil réjoui, Léon-Marie tournait autour d'eux. Arrivé à l'heure des ouvriers, comme la mouche du coche, il dispensait ses ordres, appuyé sur sa canne et brûlant d'impatience dans son incapacité de joindre ses efforts.

Héléna surveillait, elle aussi, l'avancement de l'ouvrage.

Le temps que dureraient les travaux, elle avait nolisé une des chambres des grands-mères dans la grande demeure et y avait installé sa chapellerie. Chaque matin, le déjeuner terminé, elle allait prendre place devant sa table et, pendant toute la journée, moulait ses chapeaux.

Aussitôt que l'horloge sonnait quatre heures, comme un rituel, elle rangeait ses affaires. Curieuse à l'égal de son époux, elle se dirigeait vers le chantier.

Il avait plu cet après-midi-là, une pluie abondante, de courte durée, mais qui avait retardé quelque peu la pose des fermes devant composer la charpente du toit.

Charles-Arthur allait et venait parmi ses ouvriers. Impatient, accompagnant ses gestes de grands éclats de voix, il les pressait de bloquer les ouvertures. Il fallait contrer au plus tôt une autre de ces averses imprévisibles poussées par la rafale qui éclabousseraient la charpente au risque de faire se tordre les deux par quatre et les chevrons.

—Vous avez vu cette ondée qui nous est tombée dessus, maugréa-t-il en s'approchant du couple impassible que formaient Léon-Marie et Héléna. On a beau varmousser tant qu'on peut, quand la pluie s'en mêle et qu'il faut tout recommencer, c'est des profits que l'entreprise a pas.

Comme d'habitude, il devançait les critiques, s'en prémunissait par ses doléances qui étaient sa façon de se décharger d'une éventuelle responsabilité.

Héléna éclata de rire. Détendue, elle se disait qu'au contraire, depuis quelque temps, la chance leur était plutôt favorable.

—Avec les seaux d'eau qui ont arrosé notre bâti, c'est pas un cadeau du ciel, poursuivait Charles-Arthur. Si les colombages sont pas drettes, Léon-Marie va se plaindre qu'on a acheté du bois vert, à vil prix, pis qu'on l'a posé pareil.

—Je me suis pas encore lamenté, dit Léon-Marie.

—J'attendrai pas jusque-là, lança Charles-Arthur. Je suis reconnu dans tout le Bas-du-Fleuve pour faire de la bonne construction et je tiens à garder mon nom.

Enhardi soudain, il se rapprocha. La nuque infléchie, il interrogea, dans un débit rapide :

—Justement, à ce propos, t'aurais pas quelques piastres à me passer? J'en aurais besoin pour acheter des matériaux. Je te rembourserais le mois prochain.

Léon-Marie tendit sa main valide. De sa canne, il fit une large rotation.

—Les matériaux sont tous là, empilés dans le fond de la cour. Je te les ai même payés à mesure que tu les as achetés.

—C'est pas pour toi, c'est pour un hangar que je suis en train de bâtir chez le vieil Arsène Déry. Je sais pas ce qui se passe avec Valère dans ce temps-citte, mais il est pas d'équerre pantoute.

—Tu peux pas t'organiser? se récria Léon-Marie. Tu dois ben savoir qu'avec la vente de mes usines, pis ma maladie, j'ai pus les liquidités que j'avais.

—Valère me donne même pas mes trente jours, se plaignit Charles-Arthur, pire il me demande de payer comptant. Depuis qu'il vend des chars, on dirait que le petit coin qu'il a gardé pour le bois de sciage, ça compte pus pour lui.

—Je suppose que, comme d'habitude, t'as pas respecté tes termes, reprocha Léon-Marie. Depuis que Gobeil s'est tourné vers la mécanique, tu le sais pourtant que le moulin à scie est pus ce qu'il était. C'est devenu une petite affaire du côté de la meunerie, comme un dernier râlement, juste pour dépanner. T'as pas pensé aller t'approvisionner ailleurs?

—Ça va être pire. Ils me connaissent pas. Ils voudront pas me faire crédit.

—Vous devriez être capable de vous organiser, s'immisça Héléna. On vous rembourse vos frais à mesure que la construction progresse.

—Vous oubliez que j'ai d'autres dépenses, j'ai les réparations à mon char, la gazoline, sans compter ma maison qui me coûte cher. J'ai pus de femme, moi, pour l'entretenir. Pis depuis que mon Raymond est revenu vivre avec moi, c'est une dépense de plus. La *fille engagère* me demande une piastre par jour ce qui fait sept piastres par semaine, pis je compte pas ce qu'elle mange. Ça coupe un revenu en câlisse.

—Ouais! Parlons-en de ta servante, rétorqua Léon-Marie. Il a fallu que t'ailles la chercher à Saint-André quand t'aurais pu avoir une fille de la Cédrière pour cinquante cents par jour.

—Sans compter qu'elle serait retournée coucher chez ses parents chaque soir, ajouta Héléna choquée, au moins celle-là n'aurait pas fait jaser tout le hameau.

Charles-Arthur leur jeta un mauvais regard. Leur échange bifurquait vers une pente qu'il n'aurait pas voulue, à son grand déplaisir, lui qui attendait autre chose de son frère.

Ignorant délibérément Héléna, il revint se placer devant lui.

—Si tu peux pas me prêter, tu pourrais au moins m'endosser, j'irais demander un prêt à la Banque canadienne, au village d'en bas.

—Combien ça te prendrait? s'enquit Léon-Marie d'une petite voix fragile, inhabituelle, comme s'il allait céder.

Héléna sursauta. Léon-Marie n'avait plus sa volonté d'autrefois. Il y avait un moment qu'elle en avait pris conscience. Malgré la répugnance qu'elle éprouvait à se mêler de ses affaires, elle fit un pas vers lui et, d'un geste protecteur de sa main, pressa son bras.

Son regard tourné vers Charles-Arthur, elle articula avec fermeté :

—Mon mari ne vous prêtera pas un sou, et il vous endossera encore moins. Nous n'avons pas trop de notre argent pour notre propre usage.

Charles-Arthur émit un sec mouvement du menton. Il avait peine à cacher l'hostilité qu'elle lui inspirait. L'œil méprisant, comme si la discussion n'était pas de son ressort, il lui tourna le dos et persista à s'adresser à Léon-Marie.

—Si tu te rappelles dans le temps, tu m'avais endossé pis t'avais pas perdu une cenne.

Sans paraître décontenancée, Héléna se rapprocha encore de lui. Elle prononça avec une rigueur plus grande, proche de l'insensibilité :

—Je sais que je vais passer pour la méchante, mais mon mari en a suffisamment fait pour vous tous. Il doit maintenant penser à lui. C'est fini le temps où il prêtait de l'argent et endossait n'importe qui pour n'importe quoi.

Charles-Arthur ne répliqua pas. Les narines frémissantes, il lui jeta un long regard, de celui que l'on accorde à la seconde épouse, l'intruse, et qui disait toute l'aversion qu'elle lui inspirait. Charles-Arthur ne l'avait jamais aimée, aujourd'hui, elle le constatait.

Un pincement chatouilla la poitrine d'Héléna. Avec plus d'acuité encore, elle avait l'impression d'avoir usurpé la place de l'autre, la belle Henriette morte depuis seize ans, de ne pas mériter ce titre de madame Savoie qu'il lui avait toujours dénié pour la désigner sous le patronyme de madame Léon-Marie ou même parfois, de madame Parent.

Pourtant, toute désagréable et démoralisante que pouvait être l'attitude de Charles-Arthur, elle savait qu'elle lui tiendrait tête.

Ainsi qu'ils avaient fait depuis qu'ils se connaissaient, ils continueraient à vivre tous les deux avec leurs ressentiments, dans une sorte de civilité proche de l'imposture, de paix provisoire près de l'éclatement, mais sans jamais se révéler.

— Vous avez l'air d'oublier tous les services que je vous ai rendus, proféra Charles-Arthur. Il y en a qui ont ben de la mémoire pour ce qu'ils font pour les autres, mais qui en ont pas trop pour ce que les autres font pour eux.

— Il est possible que vous ayez raison, concéda Héléna. Le problème, c'est que certains ont tendance à penser qu'ils en font toujours plus que les autres.

— Essaie donc de t'arranger pour c'te fois, Charles-Arthur, l'exhorta Léon-Marie. Héléna a pas tort. C'est vrai que j'ai pus les mêmes moyens.

— Ça veut-tu dire que tu laisserais ton frère faire saisir ses biens?

— Vous ne laisseriez pas saisir vos biens, répliqua Héléna sur un ton lourd de sarcasme, vous êtes bien trop débrouillard pour ça. Devant pareille menace, vous feriez comme tout le monde, vous contrôleriez vos dépenses.

Charles-Arthur la fixa en silence. Elle lui rendit son regard. Au-dessus de leurs têtes, le soleil avait surgi derrière un nuage et chatoyait dans les flaques d'eau. Charles-Arthur cligna des paupières et baissa les yeux sur ses grosses bottes de travail maculées de boue.

— C'est ça, laissez-moi tout seul pour m'en sortir, comme un chien abandonné, sans la plus petite aide de personne.

— C'est ce que je pense, moi aussi, fit Héléna sur un ton cassant, c'est pourquoi j'ai parlé de débrouillardise.

L'angélus de six heures sonnait à l'église. Immédiatement, les bruits des marteaux se turent. D'un mouvement commun, les hommes descendirent de leurs échafaudages et empilèrent leurs outils dans leurs coffres. Fourbus après une dure journée, les uns derrières les autres, ils désertèrent le chantier et se dispersèrent vers leurs logis.

Charles-Arthur s'articula à son tour. La lèvre boudeuse, il emboîta le pas à ses ouvriers, puis, brusquement, s'immobilisa. Comme un jeune garçon à qui on a refusé une friandise et qui insiste, il fixa son frère.

— C'est non, Charles-Arthur, prononça Léon-Marie en se détournant de lui, je le regrette mais pour c'te fois-citte, c'est non.

— Câlisse!

La nuque arquée avec vigueur, Charles-Arthur tourna vers

Héléna un regard méchant, accusateur puis, à grandes foulées rageuses, s'enfuit vers sa maison.

—Ce n'est pas de cette façon que je vais rentrer dans les bonnes grâces de ton frère, observa Héléna. Comme il ne me tient déjà pas dans son cœur...

—Charles-Arthur est comme un petit chien barbette, jeta Léon-Marie. Il jappe fort, il montre les dents, mais quand quelqu'un jappe plus fort que lui, il s'en va se terrer dans son coin.

Antoine-Léon qui avait été engagé par son oncle pour aider au chantier, avait surgi du côté de la maison, poussant une brouette remplie de bouts de bois.

Sans plus faire de cas de l'événement, Léon-Marie le héla avec bonne humeur.

—Tu viens, mon petit homme? On s'en retourne à la maison, pôpa pis môman.

Prenant appui sur sa canne, il accorda son pas à celui de son Antoine-Léon. Penché vers lui, comme s'il voulait chasser de son esprit l'attitude belligérante de son frère, atténuer la portée de ses invectives, il se mit à lui parler de tout et de rien, de ses habiletés, ses envies, ses rapports avec les autres apprentis.

Ils cheminaient lentement, le père près de son fils, tous deux, leur casquette enfoncée sur l'occiput dans une sorte de similitude rigoureuse et parentale.

L'échine arrondie à la façon des garçons de son âge, Antoine-Léon traînait la semelle, avec ses running shœs délacés, ses bas godaillant autour de ses chevilles, son petit pied étroit un peu tourné vers l'extérieur, de la même démarche déterminée que son père, en creusant le sol de ses talons.

Antoine-Léon grandissait, songeait Héléna qui les suivait en silence. Âgé maintenant de douze ans, il avait terminé sa septième année au pensionnat des Ursulines et à l'automne il entreprendrait ses études secondaires au séminaire de Rimouski.

Léon-Marie avait pris un temps avant d'accepter que le fils de son second lit se dirige vers cette institution comme il avait fait pour l'autre Antoine qu'il avait eu avec Henriette. Tant de souvenirs douloureux l'assaillaient au simple rappel de ce lieu.

Mais, elle avait insisté. Dieu ne pouvait les affliger deux fois du même malheur, avait-elle assuré. Et puis, tout abandonner à cause d'une épreuve, signifierait en même temps freiner les idéaux et ne rien accomplir.

—Aimes-tu ça, travailler avec ton mononcle Charles-Arthur à

nettoyer la cour pis à fouler de la ripe? demanda Léon-Marie en se penchant vers son petit gars.

Antoine-Léon haussa les épaules.

—J'aimais mieux écouter ma mémère Savoie me raconter des histoires.

—Ta mémère Savoie te manque, fit-il avec émotion. À nous autres aussi, elle nous manque ben gros.

Ils étaient arrivés à la maison. La mine détachée, armé d'un morceau de bois ramassé dans les débris de la construction, Antoine-Léon battait les graviers qui parsemaient son chemin.

—Que c'est que t'as le goût de faire quand tu seras grand?

—Je le sais pas encore, répondit Antoine-Léon.

—Ça te tenterait pas de faire un avocat. Tu pourrais défendre ta mère contre les mauvais locataires.

—Tu ne préférerais pas qu'il devienne un bâtisseur comme toi? souffla Héléna derrière lui.

—Comme presque tous les politiciens sont des avocats, en plus de s'occuper de sa mère, il pourrait devenir député, ministre, pis il ferait recouvrir la route communale de macadam aux frais du gouvernement.

Héléna éclata de rire. Aussi longtemps que son époux se comporterait ainsi, avec ses réactions d'autrefois, quand il était le maître de la scierie et qu'il voyait à la bonne marche de leur région, elle savait qu'elle serait tranquille.

D'un pas léger, elle tira la moustiquaire et alla préparer le souper.

***

Comme si rien ne les avait brouillés, la construction terminée, Charles-Arthur vint lui-même déposer dans les mains d'Héléna, la belle clef toute neuve qui ouvrirait la porte centrale de l'immeuble habillé de briques qu'était devenue son humble maison de bois blanchie à la chaux.

L'imposante bâtisse s'étendait de long en large presque aux limites de la cour avec ses quatre logements et six espaces de bureaux au rez-de-chaussée.

Ajoutés à l'immeuble de la rue Savoie, ils avaient maintenant le fardeau de dix locaux d'habitation, tous loués à des jeunes familles en plus des huit maisonnettes de la rue de l'Église desquelles ils étaient encore les propriétaires.

Héléna n'avait pas tardé à y aménager sa chapellerie. Elle avait choisi un local du côté de la façade, avec une grande baie donnant sur la rue, dans laquelle elle pouvait exposer ses chapeaux à la vue de ses clientes.

Du matin jusqu'au soir, assise dans la pièce attenante à sa boutique, tout en procédant à son art, elle s'imprégnait de l'odeur de bois neuf qu'exhalaient les murs.

Pour la première fois depuis longtemps, elle se sentait sereine.

Dehors l'été se déployait, avec sa canicule, le soleil et le cri-cri des cigales. De l'autre côté de la route, par la fenêtre largement ouverte, elle entendait les mécaniciens de Valère Gobeil écrasés de chaleur et qui œuvraient autour de leurs machines en battant le fer à grands coups tonitruants.

C'était la nouvelle Cédrière, privée du sifflement de la scie ronde et du choc du bois débité.

Une onde nostalgique, parfois, montait dans sa poitrine. Léon-Marie avait tant peiné pour maintenir ses usines, jusqu'à y laisser sa santé, presque sa vie.

Tous ces efforts qu'il avait faits, l'avaient été dans le but de former un héritage pour leur Antoine-Léon. C'était l'époque où les industries étaient leur fierté.

Pourtant, aujourd'hui, elle souhaitait mieux pour leur petit gars que cette misère, cette lutte sans merci, qui avaient été le lot de son époux, chaque jour de son existence. Il y a un temps pour tout et ce temps était révolu, se disait-elle. Avec l'après-guerre, ces idées venues d'ailleurs, il y avait d'autres avenues, moins exigeantes et tout aussi profitables.

Derrière elle, le grelot de la porte venait de retentir. Comme elle faisait chaque fois, elle étira le cou vers l'ouverture et tenta d'identifier son visiteur.

Léon-Marie avait pénétré dans la pièce. De même que cet après-midi de 1932 où il s'était introduit chez elle pour lui demander sa main, maladroitement, il se frayait un passage entre les chapeaux.

Joyeuse, elle se leva et alla à sa rencontre.

— Que me vaut cette belle visite?

Léon-Marie s'avança encore. Sa main valide agrippant sa canne, il tenait entre deux doigts, un carton d'une blancheur immaculée, aux caractères élégamment tracés, avec de longs traits montants propres aux convocations protocolaires.

Il paraissait essoufflé. Sans s'arrêter, dans une sorte de déni, il hochait la tête.

— C'est trop, je peux pas accepter ça.

Tantôt, Ignace Gagnon avait franchi le seuil de leur résidence. En ce jour de semaine, il avait troqué sa salopette de menuisier et revêtu son costume neuf pour venir lui remettre en main propre, ce pli officiel.

Héléna prit le bristol et en commença la lecture :

Tes amis d'enfance, tes ouvriers et tous les habitants
du hameau de la Cédrière te convient le dimanche 12 août
prochain à une rencontre conviviale au cours de laquelle
ils désirent souligner ton apport au sein de leur communauté.
Ces agapes se tiendront sous la présidence de Monseigneur
Darveau, le curé de Saint-Germain ainsi que du curé Jourdain
et débuteront par une grand-messe célébrée à l'église
de la paroisse pour se poursuivre dans la cour de l'école
où un banquet sera servi en ton honneur.

— Je ne vois pas pourquoi tu te fais tant de scrupules, s'écria-t-elle en lui remettant le carton. C'est une reconnaissance que les résidants de la Cédrière auraient dû te rendre depuis longtemps, quand tu possédais encore toutes tes capacités.

Léon-Marie laissa échapper un soupir. Pour la nième fois, il posa ses yeux sur le papier.

— Je suis pas habitué à des cérémonies de même. Ça me gêne sans bon sens.

Héléna éclata de rire.

— Toi, gêné?

— Et pis, on est en deuil de la *mère*, prétexta-t-il encore.

Interloquée, elle se retourna.

— Décidément, toi, quand tu refuses quelque chose...

Il y avait six mois que la vieille dame Savoie était décédée. Sans compter que cette cérémonie n'en était pas une de réjouissances. Le hameau avait le droit de souligner la valeur de quelqu'un, même s'il était en deuil.

— Je sais pas comment m'habiller, persista-t-il, tout le hameau est habitué à me voir en overall avec ma casquette de meunier.

— Tu vas mettre ton habit de noces et ton haut-de-forme, décida-t-elle, pince-sans-rire.

La lèvre avancée, bougonne, il la regarda.

— Tu sais ben que je rentre pus dedans.

Le hameau était chargé de bruits. Partout à travers la campagne, des galopades, des cris, des portes moustiquaires qui claquent se faisaient entendre. L'agitation se poursuivait jusque sur la route. Fébriles, tous se hélaient, craignant qu'un quelconque détail ne leur échappe dans l'organisation de cette fête qu'ils voulaient parfaite.

Le soleil était là, lui aussi. Comme s'il avait tenu à les éblouir de sa lumière en ce jour où ils reconnaîtraient l'immense contribution de Léon-Marie Savoie à l'érection de leur paroisse, il déversait ses rayons avec une générosité qui leur semblait inhabituelle.

Les solennités débuteraient vers onze heures par la grand-messe du dimanche célébrée dans leur paroisse de la Cédrière.

Les organisateurs avaient mandaté Charles-Arthur pour aller chercher son frère dans sa Studebaker et le conduire à l'église. C'est à lui qu'il reviendrait ensuite de l'amener à l'école, lieu convenu pour la célébration.

Le moteur de l'imposant véhicule ronfla dans la cour cinq minutes avant l'heure. Sobrement vêtu de son plus beau costume, son chapeau melon planté sur sa tête, Charles-Arthur s'extirpa de son siège. Conscient de son rôle, ainsi qu'un chauffeur en livrée, il alla se placer devant la portière arrière et la tint grande ouverte.

— T'es ben trop en avance, cria Léon-Marie, la tête passée dans la moustiquaire. On est pas encore parés.

Ébranlé plus qu'il ne voulait le laisser voir, il cachait sa nervosité en ronchonnant. Il n'aurait jamais voulu avouer qu'il était prêt depuis longtemps, qu'il attendait cet événement avec impatience, comme un enfant à l'approche de la Noël.

À peine les lueurs de l'aube s'étaient-elles étirées à l'horizon qu'il avait endossé son complet neuf, chemise blanche et cravate, qu'il s'était empressé de prendre son petit déjeuner, avec son melon sorti de sa boîte, proprement brossé et posé près de lui sur une chaise.

— Câlisse, Léon-Marie, tu vas pas commencer à faire des manières, proféra Charles-Arthur, reprenant son humeur sarcastique, quand on sait que tu serais le premier à me le reprocher si j'étais en retard.

Un soupir désœuvré s'échappant de ses lèvres, Léon-Marie enfonça son chapeau sur sa tête et alla le rejoindre. Il avançait à petits pas, appuyé sur sa canne, une expression vague figeant ses traits. Pourtant, quiconque aurait croisé son regard y aurait vu briller une petite flamme qui disait sa joie contenue.

—Câlisse que t'es un gars chanceux! s'exclama Charles-Arthur en l'aidant à monter dans la voiture. Te faire fêter de même, c'est pas à moé que ça serait arrivé, une affaire de même.

—J'ai travaillé dur pour en arriver là, répliqua-t-il.

Héléna s'approcha à son tour tenant par la main, ses deux enfants, Antoine-Léon et de Marie-Laure. Délaissant pour une fois, ses habituelles robes noires, elle avait revêtu un ensemble en dentelle bleue et recouvert sa tête d'un minuscule chapeau de soie moirée qu'elle avait disposé sur ses cheveux en torsade.

—Tu es bien certain d'avoir glissé le texte de ton discours dans ta poche, s'inquiéta-t-elle en prenant place sur le siège. Je persiste à dire que tu aurais dû l'apprendre par cœur. Ç'aurait paru plus naturel.

Tout en parlant, d'un petit mouvement sec, elle enfonçait ses doigts les uns après les autres dans ses gants du même tissu que sa robe.

À l'opposé de Léon-Marie et de Charles-Arthur, elle paraissait grave. Bien sûr, elle était heureuse de cet honneur qui revenait à son époux mais elle était en même temps soucieuse. Depuis son attaque, Léon-Marie était fragile. Toute émotion, quelle qu'elle soit, pouvait le desservir, avait dit le docteur Gaumont comme une mise en garde.

Ils étaient arrivés devant l'église. Dans un geste d'habitude, elle s'assura que ses enfants avaient endossé correctement leur tenue du dimanche, rajusta le nœud papillon d'Antoine, les rubans de taffetas qui retenaient les longues tresses de Marie-Laure puis s'extirpa du véhicule. Ses deux petits trottinant derrière, elle accorda son pas à celui de Léon-Marie et avança sur le trottoir menant au porche.

Tous les habitants de la Cédrière et du rang Croche étaient sur le parvis. Le visage tourné vers eux avec curiosité, ils les regardaient s'approcher et gravir les marches de pierre pour s'arrêter devant les grandes portes.

—Une fois partis, qu'ils déroulent donc le tapis rouge, maugréa Léon-Marie. Ils le savent pourtant que j'ai jamais aimé les cérémonies.

—Tu vas les laisser faire, chuchota Héléna en pressant sa main. Tu ne voudrais pas qu'ils te reçoivent comme un malvat.

Fermement, elle l'entraîna vers le portique. Ensemble, avec

Antoine-Léon et Marie-Laure sur leurs pas, ils s'engagèrent dans l'allée principale et progressèrent vers le déambulatoire. Cécile et David tous deux accompagnés de leurs familles, étaient venus se joindre à eux.

Au-dessus de leurs têtes, l'orgue émettait des sons doux.

Ils étaient arrivés devant le sanctuaire. Tandis que leurs enfants se glissaient dans les premiers bancs, ils s'agenouillèrent sur les prie-Dieu placés à leur intention face à l'autel, ainsi que deux futurs époux venant échanger leur serment de mariage.

L'organiste plaqua l'accord final du choral de Bach qu'elle venait d'interpréter magistralement, puis la messe débuta, célébrée par les curés des deux paroisses.

L'office terminé, tandis que Léon-Marie et Héléna remontaient dans la voiture de Charles-Arthur, les paroissiens franchirent la brèche qui s'ouvrait sur la place de l'église et pénétrèrent par l'arrière, dans la cour de l'école.

En roulant avec lenteur, la Studebaker alla s'immobiliser devant l'entrée principale de la petite institution.

Léon-Marie descendit du véhicule. Dressé au milieu de la barrière, pendant un moment, la mine nostalgique, il regarda autour de lui.

Il ne pouvait s'empêcher de revivre ce jour lointain où ils avaient procédé à l'inauguration de la petite école de rang. Remontaient à sa mémoire les interminables palabres qui avaient alourdi les débats, les controverses, puis son intervention qui l'avait fait l'emporter sur ses détracteurs.

Il se rappelait combien il avait donné de son temps pour conférer une image particulière à ce bâtiment et combien il en avait été fier.

Aujourd'hui, l'empreinte des ans avait déposé sa marque. La petite école lui paraissait morne, sans âme, usée avant l'âge d'avoir été malmenée par l'ardeur impétueuse des élèves avec sa porte striée d'éraflures, sa peinture écaillée, son toit coiffé de bardeaux de cèdre, ses fenêtres oblongues, barbouillées comme de grands yeux d'épagneul.

Une salve d'applaudissements, comme un long grondement de cascade, le fit émerger de son rêve. Les gens du hameau s'étaient approchés et l'entouraient.

—Ce jour est le tien, Léon-Marie, prononça monseigneur Darveau sur un ton un peu pompeux qui cachait mal son émotion. Celui du grand bâtisseur que tu as été.

Son bras passé sous le sien, il l'entraîna vers le côté de la maison où une estrade avait été dressée. Disposée à l'abri du soleil sous les deux érables qui avaient poussé là, presque à l'abandon, les hommes y avaient aligné une longue rangée de chaises à l'intention du héros de la fête et des notables qui lui tiendraient compagnie.

Donald McGrath escalada les marches derrière eux. À titre de maire, il venait prendre place parmi les invités d'honneur. Il avançait avec son arrogance habituelle, l'œil mi-clos, à grands pas vifs, grimpé sur ses hautes jambes, revêtu de sa veste d'apparat et de son pantalon rayé.

—Godless! Savoie, ça rajeunit pas son homme quand on est rendu à se faire fêter de même, plaisanta-t-il en passant devant lui.

—Peut-être ben, répliqua Léon-Marie qui n'avait pas perdu la saveur de ses réparties, mais tu dois remarquer que j'ai pas trop de cheveux gris autour de la couronne, tandis que toi, t'as peut-être toute une crigne, mais... elle est blanche comme un champ d'avoine au mois de janvier.

Les autres dignitaires avaient suivi et occupaient une chaise sur la tribune. En plus du maire McGrath et des deux curés, ils comptaient l'ex-ministre Lepage redevenu député après la perte de son parti, l'ancien maire Joseph Parent, ainsi que ses amis les plus proches, ceux qui avaient participé à la construction de la scierie : Jean-Baptiste et Ignace.

Ignace, le premier, s'avança au bord de l'estrade.

Procédant à son rôle de maître des cérémonies, il prit dans sa poche un feuillet proprement plié et alla se planter devant l'assemblée.

Parlant au nom de ses homologues, il entreprit de décrire les phases de la vie de Léon-Marie, les jours heureux qu'ils avaient coulés ensemble dans leur enfance, leurs mariages, leurs liens d'adultes puis s'étendit longuement sur son évolution rapide, son talent de bâtisseur jusqu'à atteindre le sommet avant de se retirer pour un repos bien mérité.

Il parlait avec des mots justes, les yeux rivés sur son papier, la petite feuille oscillant entre ses doigts de travailleur, comme agitée par le vent. Ignace tremblait, paraissait ébranlé, avec cette vulnérabilité nouvelle qu'ils découvraient dans sa voix cassée, dans ce corps d'homme robuste, à la peau hâlée et ternie par les poussières qui avaient jonché son existence.

Léon-Marie s'était tournée vers Héléna. Il était troublé lui aussi, plus qu'il ne voulait le laisser paraître.

Ils ne voyaient plus Antoine-Léon et Marie-Laure. Héléna tenta de les repérer dans l'assistance, puis pensant que ces harangues les ennuyaient, se dit qu'ils devaient avoir déserté l'endroit pour se mêler aux enfants de leur âge.

Ils tournèrent la tête. Don McGrath s'était levé et parlait à son tour.

—Savoie, c'est le plus grand homme que j'ai rencontré dans toute ma carrière, lança-t-il devant l'auditoire éberlué.

Léon-Marie fit un bond vers l'avant. Après avoir essuyé tant de rebuffades, s'être tant querellés, voilà que l'Irlandais lui reconnaissait quelque mérite. Revivifié, il attarda longuement son regard sur lui. « Si j'avais su », semblait-il vouloir dire, l'œil à nouveau irascible...

Vinrent ensuite le discours du député Lepage et enfin celui du curé Darveau qui clôtura les allocutions en soulignant la générosité de celui qui avait été son plus irréductible en même temps que son plus attachant paroissien au cours des années où la Cédrière avait relevé de la paroisse de Saint-Germain.

Léon-Marie avait peine à contenir son émotion. Ces hommages qu'on débitait d'abondance, le remplissaient de mélancolie. Si seulement on avait reconnu sa valeur du temps de sa vie active, déplorait-il, si on lui avait accordé seulement le dixième de cette reconnaissance qu'on lui servait aujourd'hui, il aurait accompli de plus grandes choses encore, il aurait transformé son Bas-du-Fleuve. Mais, n'avait cessé de lui ressasser le curé en lui rappelant son ambition démesurée, son incommensurable orgueil : « que sert à l'homme de gagner l'univers s'il vient à perdre son âme... »

Il avait accepté que la gloire ne soit pas de ce monde. À cet instant, il ne pouvait s'empêcher d'en éprouver une certaine amertume.

Un mouvement avait agité la foule. Il se retourna. Une mignonne petite fille venait de monter sur le podium et s'amenait vers lui, portant un immense bouquet de fleurs. Il reconnut sa petite Marie-Laure.

Elle avait troqué son ensemble de coton pour revêtir une longue robe en organdi, blanche, cintrée à la taille d'un ruban rouge vif. Ses joues étaient fardées de rose et ses tresses brunes avaient été savamment enroulées en auréole sur sa tête.

Elle alla s'arrêter devant lui et déposa sa brassée de fleurs sur ses genoux. D'un geste brusque, elle entoura son cou de ses bras, le serra de toutes ses forces, puis intimidée, s'enfuit en courant.

Presque tout de suite, un autre murmure monta de l'assistance. C'était au tour d'un jeune garçon à la chevelure épaisse et brune d'escalader l'estrade.

Antoine-Léon s'amenait, lui aussi, tenant entre ses mains une pièce de cuivre large et plate. Avec l'aisance du jeune séminariste qu'il serait bientôt, debout devant son père, il le salua brièvement de la tête, puis lui tendit l'objet.

Léon-Marie découvrit une plaque souvenir, gravée d'or sur laquelle la paroisse Saint-Henri-de-la-Cédrière reconnaissait en lui leur pionnier et fondateur.

—Cette épigraphe va être installée dans le chemin de Relais, devant ce qui a été la scierie, même si elle a changé de nom, expliqua Ignace. Pour les gens de la Cédrière, ce coin-là sera toujours le coin des Savoie.

Les éloges étaient terminés. Léon-Marie dégagea son petit feuillet de sa poche et se leva à son tour. La voix cassée, il lut plus qu'il ne prononça les mots de remerciement qu'il avait préparés. Enfin sur un ton redevenu costaud, il invita l'assemblée à se succéder autour du buffet.

Les violoneux s'étaient avancés. Debout, comme au garde-à-vous, les invités attendaient. Soudain une voix enfantine le fit se redresser. Son petit Antoine-Léon était remonté sur le podium. Accompagné des violons, il interprétait à son intention : *La Chanson des blés d'or*, cette ballade qu'avait si souvent fredonnée l'autre Antoine. Bouleversé, il regardait autour de lui. De grosses larmes roulaient sur ses joues. Il ne cachait plus la souffrance que ce chant réveillait en lui. Sa peau labourée de rides ruisselait comme sous une forte ondée.

—Les petits ont préparé tout ça en secret, ça se peut quasiment pas, marmonna-t-il.

Se ressaisissant, il essuya ses yeux.

—Que c'est que vous attendez pour faire swigner la compagnie ? cria-t-il à l'adresse de la foule.

Les applaudissements fusèrent. Dans un même élan, les invités élargirent leur cercle et laissèrent la place aux couples qui se rejoignaient sur la piste de danse improvisée.

Aussitôt les groupes se formèrent pour les sets carrés.

—Tu viens, Léon ? l'invitèrent Jean-Baptiste et Ignace.

—Vous savez ben que je suis pas assez solide sur mes jambes, dit-il en regardant avec envie évoluer les danseurs.

—Juste un petit pas, insistèrent ses amis.

Sans plus se faire prier, prenant appui sur sa canne, il descendit les marches.

Il était content de cette attention qu'on lui portait. Il avançait en regardant autour de lui, un peu hors d'haleine, bredouillant des phrases comme des excuses vers ceux qu'il croisait, en réponse à leurs boutades.

Son bras passé autour de la taille d'Héléna, il fit quelques pirouettes. Il riait aux éclats. Les autres l'observaient, pénétrés d'une sorte de confiance naïve, espérant contre toute attente, une guérison subite, stimulée par ces parcelles de bonheur qu'ils lui octroyaient.

Puis il s'arrêta au milieu d'une gigue. Fatigué, courbé en deux, il se mit à tousser à se rompre et à souffler dru.

—Je pense que ça va être assez pour aujourd'hui, décida-t-il en prenant appui sur le bras d'Héléna. On va aller s'asseoir et on va se contenter de regarder sautiller les autres.

Un bruit de chute derrière eux, les fit se retourner. Les danseurs s'étaient immobilisés. Silencieux, ils avaient formé un large cercle et fixaient sur le tapis de gazon, une jeune femme, inerte, les jambes repliées, une main amollie sur sa hanche.

—Mon Dieu, mais c'est Cécile, s'énerva Georgette.

Elle regardait autour d'elle et ne semblait pas comprendre. Il y avait un moment, Cécile dansait joyeusement la gigue au bras de son mari. Sans raison, comme une masse, elle s'était effondrée.

Héléna se rua vers sa fille.

Agenouillé sur le sol, Jean-Louis considérait les deux mères qui s'amenaient en courant. Son regard était chargé d'angoisse.

—Faut amener Cécile chez un autre docteur, gémit-il. Même si le docteur Gaumont et le docteur Larue lui ont rien trouvé, je suis sûr qu'elle est très malade. Elle a tout essayé et elle ne cesse pas d'avoir mal à la tête, c'est pas normal.

Cécile avait ouvert les yeux et jetait des regards surpris autour d'elle.

—Qu'est-ce qu'il m'est arrivé?

—C'est à nous de te le demander, dit doucement sa mère.

Cécile grimaça et porta sa main à son front.

—Oh! Maman, j'ai tellement mal. Ça empire tous les jours. C'est devenu intolérable.

Héléna serra les lèvres.

—Je suis de l'avis de Jean-Louis qu'il faut voir un autre médecin. Demain je t'amène à l'hôpital de Rimouski. On trouvera bien là-bas un spécialiste capable de comprendre ce qui ne va pas dans ta tête.

— On devrait tous rentrer... fit Léon-Marie qui avait rejoint leur groupe. J'ai mal partout... comme si j'avais bûché... une corde de bois. Faut dire que ç'a été une rude journée.

Héléna laissa échapper un soupir. Léon-Marie s'était arrêté près d'elle, avec sa voix difficile des mauvais jours, ses traits fatigués.

— Toi aussi, ne put-elle s'empêcher de déplorer, on dirait que vous vous donnez le mot, chaque fois, Cécile et toi...

Tristement, elle se tourna vers ceux qui les avaient accueillis avec tant de considération.

— Nous devons vous quitter, mais nous espérons que vous allez continuer à vous amuser.

— Je me sens étourdi... s'agita soudain Léon-Marie, j'ai peur... de faire une autre attaque.

Il paraissait essoufflé. Son visage l'implorait, disait son angoisse.

D'un geste qu'elle voulait rassurant, elle prit sa main et la pressa dans la sienne.

Elle se remémorait, dans ses moments de désespoir, combien souvent Léon-Marie avait appelé la mort, l'avait considérée comme une délivrance, mais aujourd'hui qu'il se voyait si proche d'une rechute, curieusement, l'effroi se lisait dans ses yeux.

— Vous devriez téléphoner au docteur Gaumont, suggéra le curé.

Héléna lui jeta un regard douloureux. Que pouvait faire le docteur Gaumont, s'interrogeait-elle, à part prendre sa tension artérielle, soulever ses paupières et constater la dilatation de ses pupilles?

Elle se sentait accablée subitement, comme elle ne l'avait jamais été. Elle avait l'impression que l'existence n'était qu'une suite de malheurs. Léon-Marie avait vu partir tous ses enfants en plus de son Henriette. Elle avait perdu son Édouard, et autour d'eux les morts se succédaient : le premier enfant de Cécile, Angélina, la grand-mère Savoie... Elle se demandait qui serait du prochain départ?

Charles-Arthur avait avancé la Studebaker. La grosse voiture bringuebalait sur le gazon rendu inégal par le piétinement des enfants. Ils y transportèrent Léon-Marie plus qu'ils ne le menèrent vers la banquette arrière.

—Je suis encore capable de marcher, les retint-il.

Héléna poussa un soupir de soulagement. Léon-Marie parlait de façon claire avec le timbre volontaire qu'elle lui connaissait. Bien sûr, sa voix était plus difficile que ce même matin, à son réveil, mais il ne semblait pas davantage affecté. Elle toucha sa main paralysée, elle la sentait flasque, froide, comme d'habitude, depuis ce jour d'été, il y avait deux ans, où il avait fait son attaque.

Elle n'espérait plus le miracle de la guérison, elle demandait seulement que son état demeure stable, et que le ciel lui garde la vie.

Les yeux tournés vers la mer, elle se tint silencieuse jusqu'à ce qu'ils aient réintégré la maison.

27

Léon-Marie s'éveilla plus tard que d'habitude le lendemain matin. Abasourdi, comme s'il émanait d'un rêve profond, il souleva les paupières et regarda autour de lui. Ses yeux se plissèrent, fouillèrent dans la chambre, puis s'arrêtèrent tout au fond sur une silhouette immobile qu'il distinguait dans l'ombre.

Il raidit la nuque, battit des cils comme pour chasser un grain de sable qui brouillait sa vue, puis fixa avec plus d'attention.

Enfoncée dans le fauteuil qui coupait l'angle des deux fenêtres, Héléna le considérait en silence, les mains croisées sur son ventre, le visage creusé de fatigue.

—Que c'est... que tu fais là?

—Comment te sens-tu? demanda-t-elle. Tu as tellement bourlingué au cours de la nuit que j'ai décidé de m'installer dans la bergère.

—Moi, j'ai bourlingué...

Ses yeux sombres l'interrogeaient. Il prononça avec difficulté :

—Ça se pourrait que t'aies raison. C'est vrai que je me sens drôle. Je sens comme une sorte de frétillement dans mes jambes... je...

Subitement, pris de panique, il retint son souffle. Il s'énervait.

—Héléna... Ça se pourrait-ti que je sois... paralysé... un peu plus... Héléna... j'ai de la misère à bouger ma jambe gauche...

Héléna pâlit. Vivement, elle se leva de sa chaise et courut vers lui.

—Ta jambe doit être simplement engourdie, dit-elle en même temps, cherchant à se rassurer. Une fois debout, tout va rentrer dans l'ordre.

Avec précautions, elle passa son bras autour de ses épaules et tenta de l'aider à s'asseoir. Elle y mit toutes ses forces, puis laissa échapper un soupir et le reposa. Léon-Marie ne collaborait pas et il était lourd.

—Héléna... j'ai peur d'être paralysé de ma jambe gauche.

Elle le fixa. Une angoisse profonde se lisait dans ses yeux. Brusquement, elle se retourna et se dirigea vers le téléphone.

—Je vais demander à Georgette de venir me donner un coup de main.

—Réveille plutôt Antoine-Léon... je suis son père après toute.

—Non. Je préfère m'organiser avec une adulte. Antoine-Léon n'a que douze ans. Il connaîtra la maladie assez tôt.

Elle revint rapidement dans la chambre.

—Georgette s'en vient.

Elle paraissait dépassée, tournait autour du lit, replaçait la couverture.

—C'est dans des moments pareils que j'aurais bien besoin de mademoiselle Bonenfant.

—Pourquoi que tu la rappelles pas?

Elle hocha la tête. Mademoiselle Bonenfant n'avait plus donné signe de vie après l'incendie qui avait détruit leur maison. Elle se disait qu'elle devait être mariée maintenant sans qu'ils l'aient su et filer le parfait amour avec son Italien.

—Georgette arrive, dit-elle coupant court à toute explication. Je vais aller lui ouvrir.

Elle revint presque aussitôt dans la pièce, suivie de Georgette.

Sa vieille robe de coton godant sur ses hanches, Georgette avançait, l'air grave, le menton pointé vers l'avant dans une attitude de connaisseur, à petits pas rapides qui discordaient avec sa forte corpulence.

Elle se dirigea tout droit vers le lit. Prestement, sans requérir d'aide, elle glissa son bras sous celui de Léon-Marie et, d'un seul élan, le fit s'asseoir.

—Ce n'est qu'une question de méthode, dit-elle en tapant les oreillers derrière son dos, devant le regard ahuri d'Héléna.

Comme s'il allait de soi, tout de suite, avec les gestes d'une infirmière, elle entreprit de frictionner énergiquement les mollets de Léon-Marie.

—Vous pouvez pas rester seule avec un grand malade de même, prononça-t-elle en même temps sur un ton d'autorité. Votre boutique de chapeaux, vos deux enfants en vacances, sans compter Cécile qui cause bien des interrogations.

D'un mouvement soudainement exaspéré, elle secoua les épaules.

—Si vous aviez gardé ma cousine Antoinette, aussi.

—Je sais, reconnut Héléna sur un ton piteux, j'en parlais justement à Léon-Marie, tantôt. J'ai peut-être pris cette décision un peu à la légère, quoique à l'époque, avec les grands-mères parties, les enfants retournés au pensionnat, je n'avais pas vraiment besoin d'elle, et puis, je n'avais pas d'espace où la loger.

—Elle aurait pu coucher chez moi, raisonna Georgette, j'ai toujours la chambre de Jean-Louis qui est libre. Dans votre situation, c'était imprudent de vous en départir. Qu'est-ce que vous attendez pour la reprendre?

—Mademoiselle Bonenfant nous aurait quittés de toute façon. Vous n'avez pas oublié combien elle était amoureuse de son Italien. Je suppose qu'ils sont mariés, maintenant.

—Mariés? Qu'est-ce que vous allez penser! Paolo Borracio était déjà marié en Italie. Ah! il lui a bien chanté la pomme, celui-là!

—Je n'en ai rien su. Pourquoi n'est-elle pas venue me voir? Je l'aurais reprise tout de suite. Elle m'a manqué bien des fois.

—Elle avait tellement honte qu'elle s'est terrée chez son frère à Saint-André, marmonna Georgette avec un rictus qui disait sa désapprobation. La langue m'a fourché bien des fois de vous en parler, mais elle me l'avait défendu. Et puis, elle vous en voulait de l'avoir laissée tomber aussi brusquement.

—Que pouvais-je faire? Notre maison venait de brûler.

—Si vous y tenez, je puis essayer de vous la ramener. Je sais qu'elle fait des ménages dans le village. De là à savoir si elle abandonnerait ses pratiques pour revenir travailler ici... C'est certain qu'elle ne se déplacerait pas seulement pour dépanner. Je vais lui téléphoner quand je vais rentrer à la maison.

Reprenant ses fonctions, elle se pencha sur Léon-Marie.

—Et toi, est-ce que le sang commence à circuler un peu dans tes jambes?

—Je voudrais ben... te dire oui, répondit Léon-Marie, mais j'ai l'impression que ça remonte pas vite.

Georgette poursuivit sa friction pendant un moment encore, puis se redressa. La mine pensive, elle considéra autour d'elle. Son regard était soucieux, comme celui d'un praticien qui vient d'émettre un mauvais diagnostic.

—Je vais aller téléphoner à Antoinette, décida-t-elle en se dirigeant vers la sortie.

***

Mademoiselle Bonenfant réintégra ses fonctions trois jours plus tard. Entrée par la porte de la cuisine, à l'heure du petit déjeuner, le visage un peu penaud, avec sa toque de paille défraîchie plantée sur sa tête, sa vieille valise à la main, elle orienta ses pas vers le couloir et pénétra à sa droite dans le réduit qu'elle avait deviné être le même près de la salle de bain et qui lui avait servi de chambre.

À gestes précis, elle se débarrassa de son chapeau, le posa sur la commode, puis dégagea de sa mallette son tablier proprement empesé et l'enfila. Sans plus attendre, elle sortit de la pièce et alla occuper son poste devant la cuisinière.

Comme si elle n'avait jamais quitté sa place, elle saisit la longue spatule et tourna les œufs dans la poêle. Silencieuse, le bras tiré, elle prit la théière et versa le thé dans les tasses. Elle recommençait à servir la famille. Pour elle, la vie était redevenue comme avant.

Stimulée par la présence de sa bonne dont elle mesurait l'apport, Héléna s'attela à ses tâches avec un enthousiasme nouveau.

— Aujourd'hui, j'accompagne Cécile chez le docteur Dionne. C'est un grand spécialiste en neurologie. Et demain, j'entreprends les démarches pour faire construire ton immeuble sur le terrain près des commerces. Hier encore, j'ai eu une demande d'un employé de la fromagerie pour un loyer.

— Je pense qu'on devrait oublier ce projet-là, dit Léon-Marie. Je retrouverai jamais assez de capacité pour m'occuper d'un troisième immeuble.

— Que t'arrive-t-il? Le docteur Gaumont a assuré que tu t'en remettrais, que ce n'est qu'un peu de fatigue causée par la fête.

Le regard brillant, elle se pencha vers lui.

— Et puis, je suis là, moi, et il y a aussi Jean-Baptiste.

Il paraissait embarrassé.

— Je sais que tu es une femme vaillante, mais il y a une autre raison...

Se décidant, il exposa avec lenteur :

— J'ai vérifié mes comptes de banque et je suis pas trop sûr d'avoir assez d'argent liquide pour construire un immeuble. C'est rendu que la construction coûte cher sans bon sens. Les menuisiers sont payés une piastre de l'heure ce qui fait dix piastres par jour. Ils reçoivent dans une seule journée les deux-tiers du salaire hebdomadaire que je donnais à mes meilleurs hommes du temps de ma scierie.

— Et que ferais-tu de ce beau terrain, tu le laisserais à l'abandon?

— Je peux le vendre.

— Tu...

Elle hocha la tête de déplaisir. Il lui apparaissait inadmissible que son époux ait acquis cet espace, pour le vendre deux ans plus tard sans en récolter de profit, après en avoir payé les taxes et autres frais.

Depuis la guerre, l'argent perdait de sa valeur, ne cessait-il de lui répéter dans ses moments de cafard. À plus forte raison, ils devaient trouver un moyen de mener ce projet à terme, se convainquait-elle. En plus de leur apporter un revenu supplémentaire, par sa plus-value, joint aux deux autres, cet immeuble maintiendrait leur situation de fortune. Une idée, brusquement, venait d'effleurer son esprit.

—Pourquoi ne pas demander un prêt à la banque? Bien sûr, il y aurait des intérêts à payer, une partie du capital, mais avec la location des logements, il nous en resterait un peu. Et quand la dette serait éteinte, nous aurions un autre beau bloc qui ajouterait à nos revenus.

Elle le regardait sans broncher dans l'attente de sa réplique. La vie avait changé, disaient ses yeux. Il était révolu, le temps où l'investisseur n'engageait parcimonieusement que le bien gagné. Les banques offraient des services. Ils pouvaient en user, eux aussi.

—Je me sens pas la force de descendre au village, objecta Léon-Marie.

Elle lui jeta un regard paisible. Elle demeurait silencieuse, mais dans le petit frémissement de ses lèvres, quiconque aurait pu lire sa volonté de prendre la relève, parachever ce qu'il n'avait pu accomplir et ne pas s'arrêter de poursuivre.

—Je vais commencer par amener ma Cécile chez le docteur Dionne. Demain ce sera au tour de monsieur Leblanc de la Banque canadienne nationale à recevoir ma visite.

***

—Monsieur Savoie n'est pas un inconnu, émit le directeur sur un ton aimable. Il est considéré comme l'un des industriels les plus prestigieux de notre région.

Il paraissait flatté. Ses doigts boudinés manipulaient avec importance les quelques feuillets qui jonchaient son meuble longuement astiqué et luisant de propreté.

Assise sur la chaise inconfortable des emprunteurs dans le bureau étroit et sombre, discrètement feutré et tamisé, Héléna avait posé son réticule sur ses genoux et joint ses mains dans une écoute polie.

La pièce lui apparaissait écrasante, compacte, avec ses lourdes tentures qui habillaient les fenêtres et ses hauts murs en lattes de chêne imprégnées de vernis.

Une forte odeur d'encaustique flottait dans l'air et chatouillait son nez. Elle n'avait jamais aimé ces exhalaisons de bois laqué qu'elle associait aux lieux rigides de certaines salles de prétoire ou d'endroits sacrés, les percevait comme un déni, une tentative vaine de faire valoir la moindre requête.

—À la suite de votre appel téléphonique pour fixer notre rendez-vous, poursuivait l'homme, nous nous interrogions... concernant la santé de monsieur Savoie. Je suppose qu'il est encore capable de gérer ses affaires?

Il égrena un petit rire gêné.

—Je ne devrais pas vous poser cette question puisque vous êtes ici, en son nom.

—J'ai calculé que nous aurions besoin de dix mille dollars, mentionna Héléna sur un ton ferme, sans relever son sous-entendu, pressée qu'elle était d'en venir au fait.

—C'est une somme importante. Mais dans le cas de monsieur Savoie, je pense que nos administrateurs n'y verront pas d'inconvénient. Monsieur Savoie possède suffisamment d'avoir...

Il louvoyait, divisé entre son admiration pour l'industriel et la prudence qu'il se devait d'exercer face à l'épouse dont il ignorait les intentions. Penché vers l'avant, il tendit la main, articula avec circonspection :

—Je suppose que vous avez les... garanties.

Héléna arrondit les yeux. Prise au dépourvu, elle n'osait demander des précisions concernant cette éventuelle caution qu'il exigeait et elle ne savait quoi répondre.

Encore à son apprentissage, elle avait toujours pensé avec logique que la garantie d'un emprunt correspondait à l'usage qu'ils en faisaient et aliénait tout bonnement le bien qui y était attaché. Elle se rappelait, peu après la mort d'Édouard, l'emprunt qu'elle avait dû faire à la caisse populaire. Elle n'avait pas souvenance qu'on ait exigé une quelconque garantie. Il est vrai que la somme était minime.

Indécise, elle baissa les yeux vers la carpette et serra plus fort son petit sac sur ses genoux.

Devant elle, la chaise de l'homme émettait des craquements secs qu'elle percevait comme une sorte d'impatience. Pour la première fois de sa vie, elle mesurait l'ampleur de son inexpérience et combien il était important d'être prémuni avant de discuter affaires.

Une envie forte lui prenait de quitter l'endroit, d'aller parfaire son savoir pour revenir un autre jour et reprendre leurs pourparlers. Elle ne voulait plus rien ignorer. Elle comprenait subitement le danger d'entreprendre une telle démarche sans y être préparé, le risque qu'il y avait d'être la proie des rapaces.

—Eu égard au prêt, les banques demandent des garanties sur d'autres biens meubles et immeubles, libres de tout nantissement ou hypothèque, expliqua le financier. C'est la règle.

Le visage d'Héléna s'éclaira. Se retenant de laisser paraître sa méconnaissance de ce genre de transactions, très maîtresse d'elle-même, elle lui jeta un regard d'intelligence et acquiesça d'un petit signe.

Tout de suite, elle releva la tête. Elle avait repris son impassibilité.

—Mon époux possède un immeuble à logements et plusieurs maisons à revenus, énuméra-t-elle, et moi je suis propriétaire d'un bloc de trois étages dont le premier loge des commerces et des bureaux.

Encouragée, poursuivant sa pensée, elle proposa sans trop réfléchir :

—Vous pouvez prendre le mien en gage, si vous voulez. Pour moi, c'est la même chose.

Il leva brusquement les yeux. Il paraissait surpris de son attitude.

—D'après ce que je lis au dossier, vous êtes mariés en séparation de biens.

Il reprit sur un ton ferme dans lequel perçait un peu de condescendance :

—Nous prêterons à monsieur Savoie la somme qu'il désire, contre quelques garanties qui lui sont personnelles et, bien entendu, sa signature.

—Mon mari est paralysé de son bras et de sa jambe gauches. Je ne sais pas s'il pourrait descendre au village. Il a de la difficulté à se déplacer.

—Je chargerai un agent d'aller recueillir sa signature, prononça l'homme comme une faveur, de son ton le plus aimable. Ce n'est pas dans nos habitudes, mais pour monsieur Savoie, nous ferons une exception.

Héléna se retrouva dans la rue. Soulagée, les muscles endoloris, elle respira une bonne bouffée d'air chaud.

Elle se disait qu'au fond, sa rencontre n'avait pas été aussi difficile qu'elle l'avait craint.

Pressant le pas, elle alla requérir les services du taxi Lepage. Elle était impatiente de rentrer à la maison, faire part à Léon-Marie du résultat de sa démarche et surtout, apaiser ses craintes, car il devait en avoir à cet instant, songeait-elle en se rappelant combien il avait hésité à la laisser prendre cette initiative.

Il était là, assis sur la petite chaise près du perron avant, et l'attendait. Pour cette occasion, il avait délaissé son espace du côté de la mer qu'il avait pris l'habitude d'occuper depuis qu'ils avaient réintégré leur demeure, dans son incapacité de supporter les bruits assourdissants de l'entreprise de mécanique.

Elle distinguait presque, tandis que le véhicule se rapprochait, l'anxiété qui couvrait ses traits et ce souci qu'il avait laissé paraître quand elle l'avait quitté.

—Ça s'est fort bien passé, lança-t-elle en s'engageant dans l'allée vers la maison.

Elle riait tandis qu'elle escaladait les marches pour venir le rejoindre, comme si elle venait de se délester d'un poids énorme.

—Ça ne m'a pas empêchée pendant un moment, d'avoir très peur. J'ai aussi découvert que les affaires appartiennent aux hommes. Je n'ai eu qu'à prononcer ton nom pour que toutes les portes s'ouvrent. Moi, il m'a à peine regardée. On aurait dit que mon opinion n'avait aucune valeur. Pourtant... Son expression se raffermit.

—Je connais bon nombre de chefs de famille qui seraient bien démunis s'ils n'avaient à la maison une femme plus intelligente et plus instruite qu'eux pour administrer leurs biens.

—C'est parce qu'il te connaît pas comme moi, émit Léon-Marie sur un ton qui disait sa fierté, sinon, il t'aurait fait confiance.

Prenant appui sur sa canne, il se leva de sa chaise.

—Astheure que t'es revenue, on va aller s'asseoir sur la véranda arrière. Je sais pas ce que font les hommes de Gobeil après-midi, mais ils sont encore plus bruyants que d'habitude.

***

Tout juste une semaine plus tard, Léon-Marie reçut un avis de la banque indiquant qu'une somme de dix mille dollars avait été déposée à son compte.

Charles-Arthur et David avaient aussitôt été convoqués et les travaux avaient débuté sans délai. L'immeuble serait prêt à recevoir les locataires le premier jour de novembre.

On était à la mi-septembre. Il y avait deux semaines que les écoles avaient rouvert leurs portes. Pour la première fois, cette année, la petite Marie-Laure avait pris seule le chemin du couvent des

Ursulines. Son frère Antoine-Léon s'était dirigé avec enthousiasme vers le séminaire situé à quelques rues de son ancien pensionnat.

Maintenant que mademoiselle Bonenfant était là pour s'occuper de la maison, Héléna avait décidé d'aller chaque dimanche leur rendre visite au parloir de leurs institutions.

Sitôt rentrée de la grand-messe, elle prenait un dîner rapide puis montait dans le taxi Lepage et se rendait à la ville. Chaque fois, elle invitait Léon-Marie à l'accompagner s'il se sentait la force, mais fatigué, il préférait rester à la maison. Elle n'insistait pas. Bientôt, l'encourageait-elle, il irait mieux et ils feraient ensemble cette balade hebdomadaire.

Elle parlait sur un ton de confiance tout en devinant bien que ses promesses n'étaient que pieux mensonge. Depuis longtemps, elle avait cessé de croire que de meilleurs jours reviendraient. Léon-Marie venait d'avoir soixante ans. À cet âge, elle avait compris, comme une vieille machine qui a trop tourné, que le déclin est dans l'ordre de la vie.

Cependant, elle n'éprouvait pas la même résignation pour sa Cécile.

Le docteur Dionne, ce grand neurologue vers qui elle l'avait dirigée, l'avait longuement examinée, puis avait décidé de l'hospitaliser. Pendant deux semaines, il lui avait fait subir une suite interminable de radiographies et d'examens médicaux.

Il était perplexe. Il avait bien détecté dans son crâne une toute petite prolifération juste au-dessus de ses fosses nasales et il en avait informé la famille. Pour en savoir davantage, il faudrait opérer, avait-il dit, et cette intervention était risquée. Le cerveau est formé de circonvolutions et de replis sinueux. Les cellules nerveuses sont fragiles et le danger de les endommager par une chirurgie est grand, même en prenant d'immenses précautions.

—Est-ce que Cécile peut vivre normalement avec ce petit amas de cellules dans sa tête? lui avaient-ils demandé sans trop d'espoir avant qu'elle ne quitte l'établissement.

—Madame Gervais a de terribles maux de tête, avait-il répliqué. Elle ne peut mener une vie normale dans ces conditions et je ne crois pas qu'il soit suffisant de lui administrer des sédatifs. D'autre part, c'est une décision délicate. Je vous ai expliqué que pareille intervention n'est pas sans danger...

Héléna l'avait fixé un moment avec son index qu'elle enroulait nerveusement autour de la sangle de son sac à main, puis elle avait ouvert la bouche.

—Vous allez me trouver bien osée de vous poser pareille question, docteur, mais nous sommes tellement désemparés...

Elle avait hésité encore. Se décidant, elle avait lancé d'un trait :

—Docteur Dionne, si Cécile était votre fille, quelle serait votre décision?

Le médecin avait tiqué de la joue. Il avait répondu tout de suite :

—Si madame Gervais était ma fille, je crois que je procéderais à l'opération. Je voudrais comprendre et si je n'y pouvais rien, je chercherais au moins à atténuer ses douleurs.

Les yeux baissés sur ses mains jointes, il avait glissé à voix contenue :

—Et je le ferais dans les plus brefs délais. Je pense, madame, que votre fille souffre atrocement.

Elle avait secoué la tête dans une sorte de dénégation, en même temps qu'elle s'était tournée vers Jean-Louis, comme un appel au secours. Jean-Louis lui avait rendu son regard. La responsabilité de cette décision leur apparaissait à tous les deux insoutenable.

—Donnons-nous une période de réflexion, avait-elle suggéré. De retarder de quelques jours, ne portera pas à conséquence.

Son premier geste en rentrant à la maison avait été de se diriger vers son Sacré-Cœur. Debout devant la petite statue, pendant de longues minutes, elle l'avait fixée, avait attendu un signe. Mais elle n'avait lu aucune réponse dans son regard vide et elle en avait été déçue. Elle aurait eu tellement besoin d'une directive.

Avec un profond soupir, elle s'était retournée.

—Je verrai plus clair demain, s'était-elle dit.

Le même soir, ils entamaient leur souper quand le téléphone avait retenti. Cécile avait pris elle-même sa décision. Elle subirait l'opération et elle le ferait le plus vite possible si cette intervention pouvait calmer son mal. Elle n'avait pas cherché à en évaluer les risques. Plutôt mourir que de souffrir plus longtemps cette brûlure qui traversait son crâne, avait-elle éclaté, la voix chargée de sanglots. Elle n'en pouvait plus de subir ces élancements qui allaient cogner sur ses tempes comme une décharge de chevrotine, avec son esprit emprisonné dans une sorte de torpeur, jusqu'à lui enlever toute possibilité de penser.

Héléna avait ressenti sa douleur jusqu'au fond des entrailles. Bouleversée, incapable de poursuivre son repas, elle avait plaqué ses mains sur son visage et était sortie dehors.

***

414

—Cécile doit être montée à la salle d'opération, murmura Georgette en consultant la pendule.

Pour la première fois de sa vie, incapable de rester seule à la maison, Georgette avait attrapé dans ses bras, Lina et Marc-Aurèle, ses deux petits-enfants que Cécile avait confiés à sa garde, et s'était amenée chez les Savoie. Elle avait décidé de vivre avec eux cette attente pénible. Elle se disait qu'en alliant leurs forces, peut-être qu'ils pourraient contrer le mauvais sort et faire de cette intervention redoutée, une réussite.

—Vous avez bien fait de venir, prononça sombrement Héléna.

Derrière elle, sur le mur du fond, un lampion brûlait devant son Sacré-Cœur. Elle l'avait allumé aussitôt qu'elle avait appris l'intention de Cécile de subir l'opération.

—Tantôt, quand il aura fini sa tournée des logements, Jean-Baptiste va venir nous rejoindre, dit Georgette sur un ton encourageant. Il va nous distraire.

Dehors, le vent se déchaînait. Depuis le matin, le ciel était barbouillé de gris. C'était un de ces jours maussades, pluvieux qui annonçaient la chute des feuilles et du somptueux décor dont s'enorgueillissait l'automne.

—Désespérant comme la nuit, déplora Héléna en jetant un triste regard à la fenêtre par-dessus l'épaule de Léon-Marie.

On était un mardi. Elle aurait dû être au travail en ce jour de semaine, occupée à donner des formes à ses chapeaux, mais elle était si tourmentée qu'elle n'avait pas eu le courage d'ouvrir sa boutique.

Dans la côte du chemin de Relais, les deux commerces fonctionnaient comme à l'accoutumée. Jean-Louis, qui avait accompagné Cécile à l'hôpital, avait confié la garde des magasins à son frère Denis, devenu depuis son retour de la guerre son commis à la quincaillerie.

—Heureusement qu'on peut s'organiser en famille, observa Georgette. On a au moins cette consolation.

Héléna approuva de la tête.

L'horloge égrena onze coups. Ils levèrent les yeux et, d'un même mouvement, poussèrent un soupir. Soudain la porte extérieure s'ouvrit toute grande. En émettant un long sifflement, le vent s'engouffra dans la cuisine, courut à travers la pièce et alla mourir dans le petit corridor menant à la chambre.

—C'est un mauvais présage, bégaya mademoiselle Bonenfant. C'est arrivé comme ça à la mort de mon père.

—Voulez-vous bien vous taire? lança Héléna avec colère. A-t-on idée de débiter des sornettes pareilles.

Elle marcha fermement vers la porte, la referma d'une poussée énergique et engagea le verrou.

—Si on a affaire à un fantôme, il va avoir à travailler fort s'il veut entrer chez nous à nouveau. C'est ce qui arrive quand la dernière personne qui a passé le seuil a négligé d'enclencher le loquet, marmonna-t-elle en revenant vers les autres à grandes enjambées. Chacun se doit de collaborer. On n'est plus en été.

—C'est ben la première fois que je te vois impatiente de même, ma femme, fit remarquer Léon-Marie qui la regardait de son poste près de la fenêtre.

Héléna ne répondit pas. Elle se sentait incapable de commenter. Elle ne pouvait s'empêcher de penser à sa Cécile, à son crâne qui devait être ouvert à cet instant, dans lequel elle imaginait le chirurgien enfonçant ses instruments coupants jusqu'à l'os pour triturer dans la chair vive.

Son cœur lui faisait si mal à cette idée qu'elle aurait donné tout au monde pour éviter semblable traitement à son enfant. D'un mouvement brusque, elle tourna le dos à mademoiselle Bonenfant. Elle n'avait nul besoin de cette sorcière avec son franc-parler pour aviver sa douleur.

On ébranlait la porte. Jean-Baptiste en avait terminé avec sa tournée des loyers et venait les rejoindre. Elle alla lui ouvrir avec soulagement. Poursuivant son élan, elle prit une chaise devant la table et la plaça pour lui auprès de Léon-Marie.

—Aspic, j'ai l'impression que des locataires s'apprêtent encore à vous donner du fil à retordre, amorça Jean-Baptiste. Vous avez réussi à vous débarrasser de Léopold Renaud, astheure, ils sont trois ensemble à critiquer. Attendez-vous en tout cas à avoir la visite de Fernand Déry.

Le pas alourdi par ses grosses bottes de travailleur, il avançait dans la cuisine en balançant les épaules, avec l'aisance d'un habitué de la maison, sa veste sur le dos, sa casquette sur la tête, exhalant autour de lui une odeur de froidure. Comme chaque matin, sans noter la différence, il venait au rapport.

Ils avaient levé leur visage et, gravement, presque avec reconnaissance, l'écoutaient discourir. Jean-Baptiste leur apportait cette diversion qui leur faisait un peu oublier leur angoisse, ce dont ils avaient grand besoin.

—Qu'est-ce qui ne va pas avec le jeune Fernand? s'enquit Héléna.

—Fernand est aussi chiâleux que Léopold. Aspic, j'aurais pu vous le dire. Ce gars-là me disait rien de bon quand il est venu louer son logement. En plus que c'est des gars de même qui montent les autres, pis qui les encouragent à se plaindre.

—Il n'est pas facile de choisir ses locataires, reprit Héléna. Non plus que ce n'est pas écrit dans les visages que certains vont être des fauteurs de troubles et puis on ne peut juger sur une simple impression. De quoi se plaint-il?

—Des tas de petits détails comme les passages qui seraient mal entretenus. Aspic, c'est ses gars qui lancent des papiers sur le plancher en plus de coller leurs mâchées de gomme sur les murs. Faudrait être derrière eux tout le temps.

—Que les gens sont donc malfaisants, déplora Georgette. Ça vit dans des maisons insalubres, qui sentent l'humidité l'été, qui sont pleines de courants d'air l'hiver, vous leur offrez des loyers neufs, bien propres et malgré ça, ils trouvent le moyen de tout briser. Si j'étais à votre place, je leur chargerais des dommages. Les parents sont responsables de leurs enfants. C'est à eux qu'il revient de bien les élever.

—Quand je pense que vous êtes en train de vous mettre un autre bloc sur le dos! s'exclama Jean-Baptiste.

—On n'a rien sans efforts, dit Héléna. L'important, c'est que ça rapporte. Et puis, je suis capable de me défendre. Je préfère avoir dix fois ces troubles plutôt que de voir ma Cécile endurer ce qu'il se passe pour elle en ce moment.

—Je vous ai pas tout dit, poursuivit Jean-Baptiste. Les jeunes ont commencé à préparer leur hiver. À matin les garçons d'Yvon Arseneault avaient sorti leurs bâtons de hockey et s'amusaient à lancer des rondelles d'un bord à l'autre dans le corridor de l'étage. Dire qu'on est rien qu'au milieu de septembre. On n'a pas fini.

—Les corridors sont pas des cours de récréation, se récria Léon-Marie. Que c'est qu'ils attendent pour aller jouer dehors!

—Je vais devoir imposer des règles sévères, décréta Héléna. Les locataires ont peut-être des droits, mais ils ont aussi des devoirs.

Ils continuèrent leur discussion. Héléna écoutait dans une sorte d'oppression silencieuse. Elle avait peine à suivre leurs conversations. De temps à autre, elle consultait la pendule et sa poitrine se crispait d'angoisse.

Il approchait quatre heures quand le téléphone sonna. D'un bond, elle se leva et courut décrocher le récepteur. Elle écouta, reposa l'appareil, puis revint vers eux. Elle paraissait soulagée.

— C'était Jean-Louis. Cécile est sortie de la salle d'opération. Il dit que son état est stable. Elle est encore engourdie, mais... il pense qu'elle l'a reconnu.

Ils se regardèrent, sans un mot exhalèrent un profond soupir. Leurs yeux étaient voilés de larmes.

Se reprenant à parler, Héléna commenta les nouvelles que lui avait rapportées Jean-Louis. Brièvement, il lui avait confié que le chirurgien avait trouvé une excroissance grosse comme un pois à l'intérieur du crâne de Cécile. Bien entendu, la masse douteuse avait été extirpée. L'espace avait été gratté soigneusement au fond et tout autour.

Elle fit une pause avant de poursuivre d'une voix assourdie :

— Le médecin n'a pas fait de pronostic. Il veut attendre la confirmation du laboratoire, mais il craint une reprise de son mal.

Elle ferma les yeux. Dans un geste énergique, ses mains agrippèrent durement le dos d'une chaise. Elle aurait tant voulu régler cette affaire comme elle réglait ses problèmes de tous les jours, avec bon sens et efficacité.

L'après-midi se termina dans une quiétude relative. À l'heure où le crépuscule assombrissait la terre, elle sortit avec Georgette et Jean-Baptiste et les raccompagna chez eux. Elle éprouvait un immense besoin de respirer l'air du dehors, recouvrer un peu de son stoïcisme, ne rien montrer de cette émotion intérieure qu'elle ressentait avec puissance.

Elle était une femme forte, lui avait-on toujours dit, et c'est cette image qu'elle devait projeter.

Le vent s'était remis à souffler et tourbillonnait autour du mont Pelé. Au-dessus de sa tête, un gros nuage avait crevé le ciel. Le visage levé, pendant un long moment, comme une ondée bénéfique, elle laissa la pluie froide ruisseler sur sa peau. Enfin, un peu apaisée, elle rentra à la maison.

***

Debout devant la fenêtre, Héléna surveillait la route. Le mois d'octobre était commencé, il y avait trois semaines que Cécile avait été opérée et tantôt, Jean-Louis la ramènerait au hameau.

Pendant toute la période de son hospitalisation, ils lui avaient rendu visite, religieusement, tous les dimanches. Même Léon-Marie s'était déplacé jusqu'à l'hôpital malgré sa santé fragile.

Cécile les avait accueillis chaque fois avec bonne humeur.

Son front était cerclé d'une large bande, ses beaux cheveux bruns étaient coupés ras autour de l'entaille, mais à l'exception de la brûlure causée par sa plaie vive, elle ne ressentait plus de douleur dans sa tête.

Héléna se demandait si c'était là, le miracle qu'elle espérait ou si cette guérison n'en était pas une, n'était qu'une accalmie avant que son mal ne reprenne avec plus de violence, car ils ne connaissaient pas encore le résultat de l'examen au laboratoire.

Les yeux rivés sur la route, elle se refusait de penser. Tantôt, avec le retour de sa grande, ils sauraient et cette attente lui était insupportable.

Impatiente, elle quitta son poste et alla dégager sa machine à coudre. Il lui fallait s'occuper.

Farfouillant dans sa corbeille, elle prit un travail de couture et, machinalement, le glissa sous l'aiguille.

Ses petits-enfants couraient autour d'elle, Georgette les lui avait confiés afin d'aller accueillir Cécile dans sa maison et Léon-Marie était assis dans son coin.

—On a dépassé le trois du mois et il y a encore deux loyers impayés, fit-elle remarquer dans un effort pour distraire son esprit. Il va falloir demander à Jean-Baptiste d'aller les percevoir. C'est honteux, surtout de la part de petits gars de la place. Il me semble que leurs vieux ivrognes de pères auraient mieux fait de leur apprendre à payer leurs dettes au lieu d'aller flamber leur paie chaque samedi soir à l'auberge.

Elle enchaîna sans détacher ses yeux de son ouvrage.

—Et ces locataires qui ne savent pas quoi inventer pour nous causer des misères en plus de leurs enfants qui brisent tout, partout où ils passent. Encore la semaine dernière, j'ai dû les faire avertir.

Incapable de taire son inquiétude, elle ergotait, bougonnait contre tout et contre rien.

Dans un geste solidaire, Léon-Marie opinait de la tête et actionnait les arceaux de la berceuse. Soudain il s'arrêta et fixa la fenêtre.

—Quand on parle de la bête... v'là justement Fernand Déry qui s'amène. C'est-ti possible qu'il t'ait entendue et qu'il vienne payer son loyer?

—Si c'est le cas, je suis prête à faire publiquement amende honorable, marmonna Héléna avec un rire sardonique. Samedi dernier, c'est Yvon Arseneault qui est venu me faire ses sparages, aujourd'hui, c'est au tour de Fernand.

Elle ne se faisait pas d'illusions. Presque chaque semaine,

c'était la même rengaine. De façon ponctuelle, un locataire s'introduisait chez eux et multipliait les plaintes comme si, dans une tentative pour retarder le paiement de son loyer, il lui importait de montrer du mécontentement. Pourtant, ces gens habitaient des logements neufs, modernes, plus confortables que la plupart des résidences du hameau.

Il semblait bien que c'était dans la nature de l'homme de n'être jamais satisfait. Mais elle acceptait ces désagréments. Les immeubles étaient leur gagne-pain et ils rapportaient gros. C'était tout ce qui lui importait.

Fernand Déry aurait à bien se tenir, se dit-elle en activant durement le pédalier de sa machine. Aujourd'hui, avec cette inquiétude qui torturait son âme, elle n'avait ni la patience ni l'altruisme pour se laisser importuner.

Un bruit de pas ébranlait le perron. Presque aussitôt, la moustiquaire s'ouvrit et la silhouette du locataire s'imposa dans l'ouverture.

—Tu viens pour payer ton loyer, mon Fernand, lança Léon-Marie sur un ton moqueur.

Interdit, Fernand le regarda, puis se tourna vers Héléna.

—On va commencer par régler quelques petites questions. Après, on parlera loyer.

—Je suis très occupée, monsieur Déry, prononça froidement Héléna en continuant à faire ronronner sa machine. Aussi, je vous demanderais d'en venir au fait.

—Que c'est que vous attendez, d'abord, pour mettre le chauffage? jeta Fernand. On gèle dehors comme en hiver, pis les calorifères sont frettes comme la glace. J'ai une famille, moi, deux enfants. C'est-ti vous qui allez payer le docteur pis les remèdes si ma femme pis mes petits tombent malades? Je suis venu vous dire de mettre le chauffage, sinon je paie pas mon loyer.

Sa pièce de couture en équilibre dans sa main, Héléna leva les yeux vers lui.

—C'est écrit dans votre bail que nous maintenons le chauffage jusqu'au quinze mai et que nous le repartons le quinze octobre. Entre ces deux dates, vous devez vous organiser avec vos moyens. Vous connaissez cette entente, vous l'avez lue et vous l'avez acceptée.

—Nos moyens, nos moyens, rugit l'homme. Que c'est que vous pensez qu'on peut faire? Un feu de broussailles au milieu du corridor? C'est toujours pas avec le brûleur à l'huile dans la cuisine qu'on va chauffer toute une maison. Si c'est des igloos que vous louez, aussi ben le dire, on va aller s'installer ailleurs.

—Justement, à propos de corridor, fit Héléna, profitant de l'occasion. Ça fait trois fois que notre ouvrier répare les trous faits par vos enfants dans les murs avec leurs bâtons de hockey. Nous avons défendu aux enfants de jouer dans les corridors. Si les vôtres persistent et font des dégâts, je vous en ferai payer les frais.

—Où c'est que vous voulez qu'ils aillent jouer quand il y a pas de cour? argumenta le locataire. Quand est-ce que vous allez nous en donner pour ce qu'on paie?

Héléna laissa poindre un mouvement d'impatience.

—Parlons aussi de paie, monsieur Déry. Commencez donc par régler votre loyer. Chaque mois, c'est la même rengaine. C'est toute une histoire que de vous faire acquitter votre dû.

—Va falloir d'abord nous donner du service, s'entêta l'homme. Vous imaginez pas que vous allez faire de l'argent sur notre dos, qu'on va payer, pis qu'on va continuer à geler comme des cretons. On va se mettre tous ensemble, pis on va vous obliger à partir le chauffage aussi souvent qu'on va en avoir besoin.

Héléna serra les lèvres. La mine pensive, elle considérait devant elle, le petit homme chétif, avec son visage boutonneux d'adolescent, sa tête anguleuse, obstinée, sous ses cheveux en brosse. Il revenait à sa mémoire cette remarque que faisait le sénateur Martin « Celui qui crie le plus fort est toujours le plus vite écouté. Pour s'en débarrasser, on s'empresse de lui donner ce qu'il veut. »

Une envie très forte lui prenait de faire mentir le dicton.

Ses prunelles sombres rivées sur lui, elle prononça sur un ton tranchant :

—Les choses vont rester ce qu'elles sont, parce que c'est ce qui a été convenu. Si ça ne vous satisfait pas, vous n'avez qu'à terminer votre bail et aller vous loger ailleurs.

—Vous vous en tirerez pas aussi facilement, lança Fernand, subitement envenimé. C'est du banditisme, du vol.

—Nous avons bâti ces immeubles pour qu'ils nous rapportent, rétorqua Héléna son timbre montant d'un cran, et nous ne sommes pas le secours direct.

—Tu dépasses ta pensée, Fernand Déry, bégaya Léon-Marie de sa chaise. Paie ton loyer pis... va-t'en.

—Vous avez entendu ce qu'a dit mon mari? répéta Héléna. Payez votre loyer et allez-vous-en.

Le locataire se retourna. Sans un mot, les poings serrés dans un geste menaçant, il fit un pas vers elle.

Héléna durcit son regard. Un flot de colère empourpra son

visage. Brusquement, elle pivota sur elle-même; à grandes enjambées, elle se dirigea vers le poêle, tira le bras vers l'arrière et attrapa le tisonnier. Les yeux noirs de fureur, brandissant l'objet comme une catapulte, elle marcha vers lui.

— Vous allez sortir de notre maison, Fernand Déry, immédiatement, sinon je vous mets dehors à coups de tisonnier.

Saisi, l'homme ouvrit la bouche et la dévisagea un moment sans bouger. Enfin il baissa la tête et, sans émettre une parole, franchit le seuil. Comme un chevreuil apeuré, au pas de course, il dévala les marches et gagna la route vers son logis.

— Si j'en avais eu la force, je lui aurais sauté à la face, gronda Léon-Marie, son regard indigné rivé sur la silhouette du locataire qu'il voyait disparaître dans la rue voisine.

Il ajouta d'une voix éteinte dans laquelle perçait un immense chagrin :

— Il aurait pas eu l'occasion de parler de même devant moi, quand j'avais ma capacité.

Héléna posa sa main sur son épaule. Elle tremblait de tous ses membres.

— C'est tout comme. J'ai beaucoup appris à vivre avec toi. Je pense que je lui ai fait suffisamment peur pour lui enlever l'idée de recommencer d'ici la fin de son bail.

Les yeux tournés vers la fenêtre, elle considéra le nuage de poussière qu'elle voyait courir dans le chemin de Relais, comme une longue écharpe vaporeuse.

— Jean-Louis et Cécile rentrent à la maison. Je me demande quelles sont les nouvelles. Si je pouvais régler ce problème aussi facilement que j'ai mis mon locataire à la porte...

28

Héléna poussa la moustiquaire et aspira une bonne bouffée d'air chaud. Le souper était terminé. Fatiguée, après sa journée de travail, elle était sortie sur la véranda et goûtait un peu de cette fraîcheur qui précédait la nuit.

On était en juillet, le beau temps persistait et elle l'appréciait. Au loin, du côté de l'horizon qui se fondait avec le fleuve, les nuages étaient nimbés d'or.

Cette année, la saison froide s'était éternisée bien après le temps de Pâques, habituellement annonciateur du printemps. Pour la première fois de sa vie, elle qui avait toujours éprouvé une sorte de fascination devant ce tapis blanc qui masquait la grisaille, avait manifesté sa lassitude. Elle n'avait pas été fâchée quand l'hiver s'était enfui bien loin vers le nord, emportant avec lui ses tempêtes et ses bourrasques.

Elle pensait à la fonte des neiges et à tous les ennuis qu'avaient endurés les habitants de la Cédrière; la route boueuse et les profondes ornières creusées par le passage fréquent des véhicules. Combien de fois, les automobilistes, qui montaient le chemin de Relais pour se rendre chez le concessionnaire face à leur maison, s'étaient-ils embourbés, approfondissant encore les frayées et les *ventres-de-bœufs* qui labouraient la chaussée.

—Ça se serait pas passé de même du temps de Joseph Parent, maugréait Léon-Marie. Joseph avait le bon sens de faire étendre de la gravelle quand le besoin était là. McGrath voit pas au bien de la population. Il en a que pour son rang Croche qu'il s'est empressé de faire recouvrir de macadam, pis à nos frais, en plus. Si j'avais été encore échevin, je lui aurais fait passer un mauvais quart d'heure.

Elle n'avait pu que l'approuver. Les yeux tournés vers les commerces, elle avait songé à ce pauvre Jean-Louis qui persistait à faire la livraison des commandes d'épicerie en voiture à cheval. Elle louait son courage, lui qui besognait sans se plaindre, en plus de subir les affres de la maladie de sa femme, car l'état de santé de Cécile, même s'il paraissait stationnaire, ils le savaient maintenant, ne serait qu'un répit.

L'analyse au laboratoire du tissu extirpé de son cerveau avait renforcé le sombre pronostic du médecin. La tumeur était maligne. Cécile pouvait vivre de longues années encore dans une sorte d'accalmie, sans faire de rechute, mais sa maladie pouvait aussi la reprendre très vite. C'était pour eux comme une épée de Damoclès.

L'entaille en demi-lune au-dessus de son front avait été lente à se refermer. L'inflammation avait fait bomber son front pendant quelques semaines, pour voir ensuite l'infection rouvrir les lèvres de sa plaie.

Le médecin ne s'en était pas inquiété. Cet état était normal, avait-il expliqué, la conséquence d'une incision de cette importance. Les microbes étaient dans l'air et ils ne pouvaient les éviter.

Chaque jour, Georgette était allée prodiguer ses soins à leur malade. Avec un dévouement d'infirmière, elle avait changé ses pansements, avait saupoudré une gaze de sels de sulfamide et l'avait appliquée sur le grand cercle de sa coupure.

Un matin, l'infection s'était démarquée jusqu'à laisser deviner les traces violacées des points de suture. La guérison s'amorçait.

Aujourd'hui encore, après bientôt dix mois, l'enflure était apparente entre les pousses de ses cheveux. En même temps qu'elle allait lui rendre visite, Héléna se demandait si elle disparaîtrait jamais. Elle aurait tant souhaité que Cécile retrouve son beau front lisse et que la vie reprenne comme autrefois.

Mais elle ne se leurrait pas de vaines espérances. Elle savait que quelles que soient ses attentes, le destin était implacable et sourd à tout dialogue.

Il y avait deux semaines que les enfants étaient rentrés pour les grandes vacances et la famille avait repris ses activités estivales. Tandis que la petite Marie-Laure, qui n'avait que dix ans, retrouvait ses poupées, Antoine-Léon s'était dirigé comme par les années passées, vers les chantiers de construction de son frère David et de son oncle Charles-Arthur. Âgé maintenant de treize ans, gaillard, pendant tout le jour, il foulait le bran de scie entre les murs. Le soir venu, il descendait à mi-côte et allait peler des montagnes de pommes de terre pour le grand Isidore Bélanger et sa roulotte à patates frites. Il allait gagner le coût de ses distractions au petit séminaire.

La tête bouillonnante de projets, il avait décidé d'amasser suffisamment d'argent au cours de l'été pour acheter les éléments d'une radio cristal que sa mère lui refusait, considérant que l'argent durement gagné ne devait pas servir à pareille dépense inutile.

Non content, il s'était entendu avec Jean-Louis pour organiser dans son collège un commerce de tablettes de chocolat qu'il vendrait aux autres pensionnaires le double du prix qu'il les payait au magasin général de la famille.

Encore tantôt, son souper terminé, il s'était dirigé vers la côte. Héléna se demandait, avec un sourire indulgent, quelle autre idée il était en train de mûrir.

—Léon-Marie est-ti dehors?

Elle émana de son rêve. Comme il faisait depuis quelque temps, après le souper, Charles-Arthur avait surgi dans la cour et s'était arrêté en bas du perron.

—Aujourd'hui, j'ai toute une nouvelle à lui annoncer, précisa-t-il.

Elle le fixa sans répondre. Léon-Marie était fatigué et elle connaissait Charles-Arthur. Tel un oiseau de malheur, chaque fois qu'un bobard courait dans le village, il n'avait rien de plus pressé que de venir lui en faire part. S'il n'avait pas pris l'habitude de rentrer de l'auberge avec la nuit noire, elle se disait qu'il aurait traversé le petit carré d'herbe qui séparait leurs maisons et serait venu commenter le moindre événement jusqu'à les empêcher de trouver le sommeil.

—Il est assis du côté de la mer, mais dites-moi d'abord de quoi il s'agit...

Sans s'occuper d'elle, Charles-Arthur grimpa les marches quatre à quatre, bifurqua près de la porte de la cuisine et se dirigea tout droit vers le côté de la maison qui donnait sur le fleuve, l'endroit favori de Léon-Marie.

—T'as su pour Gobeil? lança-t-il vivement en allant s'immobiliser devant lui.

Fébrile, il recula. Le pas décidé, heurtant les madriers de ses talons, il se mit à arpenter la véranda. Il se déplaçait, le regard ferme, triomphant, les mains enfoncées dans ses poches. Brusquement, il fit un demi-tour sur lui-même et revint se placer devant Léon-Marie.

—Encore une fois, j'avais raison. Je te répéterai jamais assez que t'aurais dû me confier ta scierie. Je l'aurais menée, moi, ton affaire, elle serait encore dans la famille aujourd'hui, pis tout marcherait sur des roulettes comme dans le temps.

—Que c'est qui te prend de tout le temps venir me rabâcher la même rengaine? se hérissa Léon-Marie. Mes industries sont vendues, pis j'en suis pas fâché. Avec la concurrence, les temps difficiles dans le commerce du bois, sans compter ma maladie, je vois pas comment j'aurais pu m'organiser.

Il secoua la tête avec énergie. Il avait saisi l'occasion quand elle s'était présentée et il avait pris la bonne décision.

—T'as pas compris, s'entêta Charles-Arthur, t'as pas compris que ça va pus pantoute avec Gobeil.

—D'après ce que j'ai vu encore après-midi, je trouve que les affaires de Gobeil vont comme d'habitude, lança vertement Léon-Marie.

Interloqué, Charles-Arthur le regarda puis tapa durement de son index sur sa tempe.

—Je peux pas croire que t'as rien remarqué. Tu restes juste en face.

Léon-Marie jeta un coup d'œil de l'autre côté de la route. Les panneaux de la salle de coupe, transformée depuis peu en vaste salle de montre, étaient ouverts. Quelques hommes s'y affairaient. Proprement vêtus, chemise blanche et cravate, ils épiloguaient devant des clients éventuels, s'évertuaient à démontrer l'excellence de leurs véhicules neufs, déterminés qu'ils étaient à les convaincre d'en faire l'achat.

Face à la petite porte, une automobile, grimpée comme sur un tabouret à vis, montrait son gros nez carré par l'ouverture de l'ancien hangar dans lequel avait été installé l'atelier de réparations. En dessous, la moitié du corps incliné vers l'arrière, un mécanicien en bleu de travail frappait à grandes volées en émettant un bruit claironnant qui allait se répercuter sur le mont Pelé. Chaque jour, c'était le même manège, ce tintamarre étourdissant qui se poursuivait sans relâche pour ne s'arrêter que tard le soir.

—À part le transbordement de l'atelier de mécanique dans le hangar pour agrandir la salle de montre, je vois rien de spécial. Les affaires ont l'air d'aller comme de coutume, cahin-caha.

—Justement! articula Charles-Arthur, les affaires vont cahin-caha comme tu dis. Elles vont tellement cahin-caha qu'il s'apprête à fermer ses portes, ton Gobeil. Il est en train de déclarer faillite.

Estomaqué, bouche bée, Léon-Marie se raidit sur sa chaise.

—Que c'est que tu me dis là? Gobeil en faillite! Ça se peut quasiment pas. Il y a pas six mois, il a fait tout un chambardement pour réorganiser l'entreprise.

Il se renfonça sur son siège. Brusquement, de sa canne, il asséna un coup violent sur le sol.

—Ben, il a couru après. Il aurait pas dû abandonner la scierie pour en faire un dépotoir à ferrailles comme il a faite, pis juste devant ma maison, en plus. C'est devenu tellement pas regardable pis bruyant qu'on a rien qu'envie de tourner le dos au chemin de Relais pour admirer nos fonds de cour. Tu t'es pas demandé pourquoi j'ai pris l'habitude de m'asseoir du côté de la mer?

Il ajouta, sur un ton courroucé, de son timbre puissant d'autrefois :

— Pis je veux pas t'entendre me dire que tu savais que ça finirait de même.

Charles-Arthur lui jeta un regard de connivence.

— Mais tu connais pas le fin mot de l'histoire.

Lentement il se tourna sur ses talons. La nuque arquée, dans cette pose qu'il adoptait avant de faire une révélation d'importance, il se remit à arpenter la véranda.

— Je t'apprendrai rien en te disant que quand un individu fait faillite, ses affaires sont liquidées, pis rachetées par un autre.

Il revint vers lui. Ses yeux brillaient de mille petites flammes jubilantes.

— As-tu idée de qui voudrait profiter de l'aubaine, qui c'est qui serait intéressé à racheter ce qui a été ton empire, tes grosses entreprises?

— Toi, peut-être? ironisa Léon-Marie.

— Tu sais ben que j'ai pas ces moyens-là, répliqua son frère avec rudesse. Mais j'en connais un, par exemple, qui les a, lui, les moyens de s'approprier le coin des Savoie, pis qui attend son heure depuis longtemps.

Debout près de lui, Charles-Arthur se pencha jusqu'à toucher son visage. Léon-Marie sentait son parfum de muguet monter à ses narines.

— Je vas te le dire, mais faudra pas que tu te choques, mon p'tit frère.

Léon-Marie se déplaça sur sa chaise. Il devinait ce que s'apprêtait à lui révéler Charles-Arthur et il en était malheureux. Il avait beau crâner, répéter à tout venant que son bien était vendu, qu'il n'avait rien à y voir, pourtant à cet instant, un pincement, comme une brûlure chatouillait sa poitrine.

— Accouche, que c'est que t'attends?

Charles-Arthur se redressa. Il louvoyait encore, hésitait.

— Je me demande comment t'as pas déjà trouvé la réponse quand elle est à côté de toi, quand tu connais le spécimen depuis belle lurette, que vous vous entendez comme une paire de gants, une paire de gants de boxe, je devrais dire.

—Crains pas, je l'ai compris ben avant toi, lança rudement Léon-Marie. Tu veux parler de McGrath.

—Eh oui! mon p'tit frère. Don McGrath en personne, maire de la paroisse, propriétaire du pouvoir électrique, de la compagnie de téléphone, du poste de radio local, du petit journal, fondateur de l'école technique, organisateur en chef pour tout le Bas-du-Fleuve du parti libéral de MacKenzie King, mécène pour les arts et quoi encore, a décidé d'acheter ce qui a été ta scierie, la démolir, réaménager l'espace de la chute jusqu'à la manufacture de portes et châssis et y installer ses affaires.

Emballé, Charles-Arthur poursuivait encore :

—Paraît qu'il va construire dans le coin des Savoie une grosse usine à moteur diesel pour fabriquer encore plus d'électricité.

La tête fièrement levée, il se mit à tourner en rond sur la véranda, en reluquant autour de lui, avec ses doigts qui remuaient sa menue monnaie dans sa poche en émettant un petit bruit de clochette à la façon de McGrath. Quiconque lui était étranger aurait cru sans peine qu'il était lui-même l'instigateur de cet imposant ouvrage.

—Trois mille deux cents forces qu'il veut produire, lança-t-il avec emphase. Ça, ça va s'appeler du développement! Faut dire qu'il avait pas ben le choix. Sa chute suffit pus à la demande. Tout le monde s'en plaint. T'as dû constater toi-même, combien le courant est capricieux, l'hiver surtout dans les gros frettes. À ces moments-là, faut pas compter sur les plafonniers pour nous éclairer. Ça frissonne ces ampoules-là, assez qu'on s'imagine une chandelle dans la bourrasque, quand le courant nous lâche pas carrément.

—Pour ça, je suis de ton avis, approuva Léon-Marie. Dans mon temps aussi on peut pas dire qu'on pouvait compter sur les emmanchures à McGrath, pis je m'étais pas gêné pour le lui faire savoir.

Son regard rêveur tourné vers le fleuve, il fixa un moment les petites parcelles de couchant teintées de rose qui se déployaient en frémissant sur les vagues.

—Quand je pense qu'il a réussi à acheter mon coin! Depuis le temps qu'il lorgnait mes affaires, c'en était presque de la gloutonnerie.

Il hocha longuement la tête. Soudain, repris de doute, il se redressa.

—C'est sérieux ce que tu dis ou ben si tu viens me rapporter des bavardages, comme de coutume?

—Tu dois me connaître assez pour savoir que j'ai pas l'habitude de débiter des qu'en-dira-t-on, s'offusqua Charles-Arthur.

Léon-Marie laissa échapper un soupir. Il se demandait ce que McGrath pouvait bien avoir de plus que les autres pour que la chance le dorlote à chaque instant de sa vie.

Bien sûr, il reconnaissait en l'Irlandais un homme intelligent, tenace, mais lui aussi, Léon-Marie Savoie, le bâtisseur, l'homme de la rivière, avait démontré intelligence et ténacité.

D'autre part, à près de soixante-dix ans, McGrath était encore en excellente santé et s'activait comme un jeune homme, tandis que lui, pourtant de huit ans son cadet, avait eu une attaque qui l'avait laissé à demi paralysé, annihilant ses rêves en plus de le retenir emmuré comme un proscrit dans sa maison.

Dépassé par l'événement qu'il n'avait pu prévoir, il avait la sensation d'être proclamé vaincu, sans avoir eu seulement la chance d'entamer la lutte avec l'Irlandais.

—Je le savais depuis le début que Gobeil serait pas capable d'arriver, répéta Charles-Arthur, en appuyant sa cuisse sur la balustrade. Je te reprocherai jamais assez de pas avoir laissé l'entreprise dans la famille. C'était une affaire en or pour ton petit Antoine-Léon, mais ben entendu, comme de coutume, tu m'as pas écouté.

—Comment aurais-tu voulu que je gère une grosse business de même, emmanché comme je suis? protesta Léon-Marie.

—Combien de fois, je vais devoir te dire que je l'aurais gérée, moi, ta business en attendant que ton gars devienne un homme. T'aurais eu qu'à me la laisser entre les mains, pis, crains pas, je t'aurais pas fait faux bond.

Sans égard pour Léon-Marie dont il réveillait le passé douloureux, il poursuivit avec son débordement habituel :

—Comme du temps de tes malheurs, quand t'as eu besoin que je te remplace. Je l'ai fait consciencieusement. Si tu te souviens, t'as pas eu à te plaindre de moi une seule fois.

Léon-Marie approuva d'un petit signe de la tête. Ses yeux, subitement, étaient remplis de tristesse. Il revint à son esprit combien la vie ne lui avait pas ménagé les épreuves et tout le courage qu'il avait dû mettre pour s'en sortir.

Mais, à cette époque lointaine, il avait quinze ans de moins sur les épaules, raisonnait-il. Il ne voyait pas comment aujourd'hui, il se comporterait. Sans compter que, quel que soit l'apport de son frère dans ses affaires, il en aurait gardé la responsabilité. Et puis,

Charles-Arthur avait peut-être encore une excellente santé, mais il avait soixante-six ans. Il n'était pas éternel.

—À notre âge, c'est faire preuve de sagesse que de savoir s'arrêter.

—Câlisse que t'es un gars chanceux! redit pour la nième fois Charles-Arthur avec son insolence coutumière. Quand on pense que dans une affaire emberlificotée de même, t'as pas perdu une cenne noire.

Léon-Marie se détourna et ne releva pas son propos.

—Je pense que j'attendrai pas après le chapelet pour aller me coucher à soir, marmonna-t-il. Je sais pas ce qui m'arrive, mais je me sens épuisé comme si j'avais bûché une terre à bois.

Une main très douce se posa sur son épaule. Héléna s'était approchée sur la pointe des pieds et s'était arrêtée près de sa chaise.

—N'est-ce pas toi qui disais qu'on ne doit pas regarder en arrière?

Elle tourna vers Charles-Arthur un regard réprobateur.

—Pourquoi venir lui rapporter les nouvelles et pourquoi toujours choisir le soir, quand la fatigue est présente à cette période de la journée? On dirait que vous prenez plaisir à le torturer.

—Fallait qu'il l'apprenne un jour, se défendit Charles-Arthur. S'il l'avait pas su de moi, il l'aurait su par un autre.

—Vous auriez pu y mettre un peu de ménagement.

—C'est pas pire que de jeter un locataire dehors à coups de tisonnier, proféra durement Charles-Arthur.

Héléna se raidit.

—Je vois que le jeune Déry s'est trouvé une oreille complaisante.

Charles-Arthur esquiva son regard. Il débita, comme une excuse :

—Depuis des mois, il se parle que de ça dans le hameau.

La tête fièrement levée, Héléna fit un pas vers lui. Elle articula en détachant ses mots :

—Bien je vous dirai, Charles-Arthur, et vous le répéterez à vos ricaneurs. À l'avenir, c'est ainsi que ça va se passer dans la maison de Léon-Marie Savoie. Nous sommes maîtres chez nous et ce ne sont pas les locataires qui vont venir nous apprendre comment administrer nos logements.

Son ton était ferme, dur. Embarrassé, Charles-Arthur recula lentement vers les marches. Il s'était toujours senti mal à l'aise face

Héléna. Combien de fois son comportement déterminé avait glacé ses veines. Il n'avait jamais pu s'empêcher de la voir comme un censeur redoutable. De plus, il se l'avouait, il avait d'autres raisons de la craindre, car sa vie à lui n'était pas sans reproche et elle en connaissait quelques bribes qu'il aurait bien voulu voir celées au fond de son être jusqu'à la fin des temps.

—Si on peut pus rien dire. Je pensais pas que Léon-Marie était une feluette.

—C'est ainsi, Charles-Arthur, répliqua Héléna.

29

Le mois de juillet s'était écoulé, puis le mois d'août. À la suite de leur échange du début de l'été qui avait bien failli tourner à l'aigre, tout le temps qu'avait duré la belle saison, gêné peut-être par l'attitude d'Héléna, Charles-Arthur n'était plus venu goûter avec eux l'humidité chaude qui montait du fleuve à la fin du jour, s'installer une jambe sur la balustrade de la véranda et discourir de tout et de rien comme il avait pris l'habitude de le faire, les soirs, avant de descendre au village.

Héléna n'en était pas fâchée. Elle avait peu apprécié ses colportages de même que la conduite des habitants du hameau qui s'avisaient d'intervenir dans ce qui ne les regardait pas.

Ces façons qu'elle voyait comme une mesquinerie de petit village, loin de l'abattre, avaient renforcé son sentiment d'indépendance et de détermination.

Par la suite, elle avait marché d'un pas encore plus alerte en se rendant à l'église pour sa messe journalière.

Ainsi que Charles-Arthur l'avait annoncé, Valère Gobeil avait déclaré faillite. Moins d'un mois après qu'il eut rapporté le fait à Léon-Marie, un matin de semaine, à l'heure où les pétarades et les bruits durs auraient dû résonner sur le mont Pelé, un grand silence avait couvert le hameau.

Le même après-midi, une petite voiture avait monté en ronronnant la côte du Relais, avait ralenti un peu devant ce qui avait été la manufacture de portes et châssis, puis avait poursuivi sa route et était entrée dans la cour de la concession d'automobiles. Trois hommes en étaient descendus.

Chaussés de grosses bottes croûtées de boue sèche et rabattues sur leurs chevilles, les mains dans les poches, ils avaient longuement tourné autour des bâtisses. Le geste impassible, ils avaient ensuite cadenassé les portes et y avaient apposé leur sceau.

De longues pancartes avaient été collées sur les vitres de même que sur les murs, annonçant la fin de l'entreprise, l'ensemble ponctué d'un communiqué du syndic et de recommandations à révéler tout défaut ou malversation pouvant affecter la propriété. Puis, sans attendre, ils s'étaient entassés dans la petite voiture et, le regard fixe, comme trois conspirateurs, avaient quitté les lieux.

Léon-Marie avait suivi leurs gestes d'un œil détaché. Ce saccage que Gobeil avait fait de son bien l'avait tant de fois irrité qu'il était presque content de voir l'aventure se terminer ainsi.

Réconcilié par cette tranquillité nouvelle, le même jour, il avait repris sa place sur le perron avant de la maison.

Il se laissait griser par un dernier rayon de soleil, cet après-midi-là du mois d'août quand un bruit tonitruant troubla le calme de la campagne. À sa droite, dans un nuage de poussière, une puissante voiture, longue, marine, chargée de chromes montait la côte du Relais.

Le conducteur avait ralenti. Comme s'il cherchait à s'approprier le moindre détail, il examinait longuement la cour à bois.

Intrigué, Léon-Marie s'avança sur sa chaise. Le cou tendu, il le suivit du regard. Soudain, à sa grande surprise, le véhicule bifurqua vers la gauche, accéléra et pointa son nez dans la cour de sa résidence. Il se redressa puis, déçu, s'enfonça sur son siège.

Don McGrath avait ouvert la portière et en était descendu. Avec la lourdeur de celui qui n'a rien à perdre, il s'était engagé dans l'allée et se dirigeait vers lui.

— Godless que t'as un beau site! s'exclama-t-il en jetant un coup d'œil admiratif sur les alentours tandis qu'il allait le rejoindre sur le perron. T'aurais été le frère économe dans une communauté religieuse que t'aurais pas mieux choisi. La montagne d'un bord, la campagne à perte de vue de l'autre, pis en bas, la mer avec l'odeur du varech qui monte de partout jusqu'à pénétrer dans ta maison quand le vent est au calme.

Il le fixait avec ses petits yeux inquisiteurs, d'un bleu très vif, sa chevelure abondante d'une blancheur immaculée, son élégant costume taillé sur mesure qui découvrait sa cravate dessinée par un grand couturier de France.

— As-tu vu le beau char que je viens de m'acheter? fit-il en indiquant du menton sa voiture neuve et les zigzags de métal luisants de propreté dont les ailes étaient abondamment fournies. C'est une Packard. Le tout dernier modèle.

— J'ai remarqué ça, oui, répondit Léon-Marie. J'ai remarqué aussi que plus le moteur est fort, plus il nous casse les oreilles. Si t'es venu icitte pour te vanter de tes acquisitions, tu ferais mieux de t'asseoir, parce que, juché comme t'es sur ton nuage, si tu tombes, plus t'es haut, plus ça va faire mal.

— Je vois que la maladie t'a pas enlevé ton sens de l'humour, observa McGrath sur un ton conciliant. Anyway, je disais ça juste pour parler. Je suis venu te voir pour une toute autre raison.

Il se racla la gorge. Léon-Marie le considéra en silence. Il savait qu'il n'aurait pas à attendre longtemps. Dans son habitude de faire des affaires, l'Irlandais allait toujours droit au but, sans tergiverser.

—J'ai pas à te rappeler que Gobeil a fait faillite, amorça-t-il, pis que le coin des Savoie est à vendre. Ça fait que j'ai décidé...

—Ça fait que t'as décidé de l'acheter, coupa Léon-Marie. On sait tous ça.

Son visage se durcit subitement.

—T'as décidé de te l'approprier pour tes affaires. Pour ça, t'hésiteras pas à détruire jusqu'à la plus petite parcelle de ce qui a été construit sur le terrain, même la vieille meunerie qui est presque un monument tellement il y a de l'histoire derrière ses murs. Tu vas tout raser, même les vieux arbres qui poussent là depuis des générations, qui ont porté sur leurs bras, nos pères pis nos mères quand ils jouaient à la cachette dans la Cédrière. Toi, ça te dérange pas, c'est pas des forêts d'Irlande que tu vas abattre. Mais pour nous autres, c'est tous nos souvenirs qui vont s'envoler d'un coup de hache.

Outré, il parlait sur un ton rempli d'amertume comme s'il se délestait d'une colère longtemps retenue.

—C'est le progrès, se défendit McGrath, c'est...

—Je sais, reprit-il, désillusionné. Au nom du progrès, on n'hésite pas à faire un trait sur tout ce qui sert pas le modernisme. Pis quand on est devenu vieux, qu'on a enfin le temps de retourner en arrière et de marcher dans nos pas, ben on retrouve plus rien. Tout a été effacé, balayé.

—Je vois que t'es plus abattu que je pensais, observa McGrath. J'étais venu te faire une proposition plutôt alléchante.

Il paraissait sincèrement désolé.

—Je voulais t'offrir d'acheter ta belle résidence. Je t'aurais donné un bon prix, bien supérieur à sa valeur marchande. Mais après ce que tu viens de me dire, j'ose pus te le demander.

—Ç'aurait été non de toute façon, répondit tout de suite Léon-Marie. Ma maison est pas à vendre, pas tant que je serai en vie.

—En ce cas-là, oublions ça.

Il semblait amène, radouci, comme s'il tenait à entretenir des liens cordiaux, n'être responsable de la moindre altercation. Léon-Marie marqua son étonnement. Il ne reconnaissait plus McGrath. S'il ne le voyait dressé devant lui, s'il ne discernait les traits de son visage, il se serait cru en présence d'un autre homme.

—Que c'est qui se passe? demanda-t-il, inquiet soudain, te sentirais-tu fatigué, toi aussi?

L'Irlandais hocha la tête. Il s'efforçait de retrouver sa vitalité coutumière.

—Non, c'est que j'ai une autre nouvelle. Ça me remue un peu. J'ai voulu te le dire en priorité. À cause de nos liens. Je voulais pas que tu l'apprennes par d'autres. Voilà! Je vas être nommé sénateur.

Léon-Marie émit un imperceptible mouvement de surprise.

—Depuis le temps que t'en parles pis qu'il se passe rien, fit-il sur un ton qu'il voulait naturel, je pensais que c'était mort dans l'œuf.

—Il y a longtemps que mon ami MacKenzie King me le propose, expliqua McGrath. Jusqu'à aujourd'hui, j'avais pas le temps d'aller passer mes semaines à Ottawa, sans compter que, pour mener mes affaires, le poste de maire était plus important. Mais MacKenzie King a décidé de quitter la politique. Si je voulais être honorable un jour, j'avais pas le choix que de résigner mon poste et accepter.

—Je te félicite, prononça Léon-Marie sans trop d'enthousiasme. L'Honorable Donald McGrath... Me semble que ça sonne mal.

—C'est pas encore officiel, glissa McGrath, aussi tu gardes ça pour toi.

Penché vers lui, il se fit rassurant :

—À propos de ta maison, j'aurais aimé m'y installer avec ma femme quand j'aurais été dans la région, mais tu peux dormir tranquille, je t'ennuierai pus avec ça.

Pressé soudain, il se dirigea vers les marches. Brusquement, il se retourna.

—À propos de l'Honorable, tu m'appelleras McGrath, comme d'habitude. Je vas me sentir plus à l'aise.

Léon-Marie esquissa un sourire. Son regard pensif s'attarda sur la silhouette altière, déliée du futur « Honorable » tandis qu'il montait dans son véhicule et s'orientait vers la côte du Relais. L'Irlandais aurait tout obtenu ou presque, se disait-il. Il lui prenait l'envie de dire, à l'instar de Charles-Arthur : Câlisse, que c'est un gars chanceux!

Quatre heures sonnaient à la pendule quand Héléna rentra à la maison. Elle se débarrassa de son chapeau, vint s'asseoir près de lui et, sur un ton enjoué, entreprit de lui narrer les menus incidents de sa journée.

Il l'écoutait, la mine évasive, en hochant la tête, son regard tourné vers sa belle bâtisse de la scierie. Il ne pouvait s'empêcher de penser qu'elle laisserait bientôt la place à un espace vide et il en était malheureux.

—On aurait pas dû envoyer la *mére* à l'hospice, prononça-t-il brusquement, sans raison.

—Qu'est-ce qui t'amène à parler comme Charles-Arthur aujourd'hui? se surprit Héléna. Ta mère est morte depuis un an et demi et elle avait quatre-vingt-six ans. Elle a plutôt eu de la chance de vivre jusqu'à un âge aussi avancé.

—Je pense souvent à la *mére* depuis quelque temps, avoua-t-il. Je me dis qu'on aurait dû lui trouver un coin et la garder avec nous autres.

Héléna n'insista pas. Depuis son attaque, Léon-Marie montrait une sensibilité qu'elle ne lui connaissait pas. D'autre part, elle comprenait sa douleur d'avoir perdu sa mère sans avertissement, car, elle aussi avait vu partir de cette façon brutale, un être qu'elle aimait...

Quand la mort est subite, qu'on n'a pas eu le temps de se dire au revoir, on se demande si tous les actes de bonté, de générosité ont été accomplis envers la personne disparue. Toutefois, elle concevait mal que la souffrance persiste dans le monde des morts au point que ceux-ci en fassent le reproche aux vivants.

—Nous ne savons pas ce qu'il se passe de l'autre côté, dit-elle en caressant doucement sa nuque. Jamais personne n'est revenu nous en faire rapport. Mais il y a une chose dont je suis sûre, c'est que tu as été un bon fils pour ta mère.

—Un bon fils... répéta Léon-Marie.

Emporté par ses émotions, il ferma les yeux. Les uns après les autres, ses morts défilaient dans sa tête. Il distinguait Henriette avec derrière elle, ses cinq enfants qui lui souriaient, puis il apercevait sa mère, avec son visage fané tenant la main de son père, le menton levé, dans la force de l'âge ainsi qu'il se rappelait dans son souvenir. Ils s'étaient resserrés en demi-cercle et avançaient vers lui.

Troublé, son cœur se mit à battre plus fort. Il les discernait nettement, voyait leurs bras qui se tendaient, s'agitaient comme un appel, une invitation à venir les rejoindre. Il en éprouvait une sensation étrange.

Il secoua la tête avec énergie, dans un effort pour se ressaisir, peut-être aussi pour se rassurer, sentir la vie qui coulait encore en lui.

—J'ai soif, dit-il, son regard levé vers Héléna, j'ai ben soif tout d'un coup.

Il se mit difficilement sur ses jambes. Soudain, il arqua la nuque, ses yeux se portèrent sur elle, comme figés, s'y rivèrent. Un son s'échappa de sa bouche. Devant lui, étonnée, Héléna le fixait sans comprendre.

Brusquement, tout se passa très vite. Son bras valide glissa le long de sa hanche, sa canne chuta près de lui. Avant qu'elle n'ait pu réagir, dans un bruit mat, il était tombé de tout son long à ses pieds.

Horrifiée, elle plaqua ses deux mains sur ses lèvres.

—Oh! Non...

Vivement, elle s'agenouilla sur le sol. Elle tremblait de tous ses membres, regardait autour d'elle. Affolée, elle s'agitait, cherchait une aide.

—Faut appeler le docteur Gaumont, gémissait-elle. S'il vous plaît... faut appeler...

Mais partout, c'était le silence. Elle ne voyait que les arbres qui frémissaient dans le vent et les chaumières endormies dans l'après-midi tranquille. La rue était déserte et elle n'avait personne avec elle à la maison. Mademoiselle Bonenfant avait été prêtée à Cécile, et ses enfants n'étaient pas rentrés de leurs jeux.

Penchée sur lui, avec des mouvements furieux, elle le secoua, frappa ses joues, souleva ses membres.

Léon-Marie expira bruyamment, puis bougea. Elle poussa un soupir. Il n'était qu'évanoui, mais comment se retrouverait-il à son réveil?

Elle courba la tête. Elle venait de comprendre que ce temps de répit qui lui avait été accordé depuis sa première attaque venait de prendre fin.

Elle se recroquevilla sur le sol. Les mains croisées au-dessus de sa tête, elle éclata en sanglots. Avec l'énergie du désespoir, elle demandait au ciel de lui donner la force de supporter l'épreuve qui allait l'atteindre. Car elle savait, à partir de cet instant, que Léon-Marie ne serait plus jamais le même.

30

L'hiver avait été difficile, Léon-Marie avait peine à parler et à se tenir sur ses jambes. Apathique, sans ressort, il avait passé son temps reclus, maussade, dans son coin près de la fenêtre.

Tout juste, à l'heure matinale où le soleil baignait la cuisine, se traînait-il jusqu'à la porte pour glisser la tête dans l'ouverture et respirer une bouffée d'air froid. Sa main tremblante pressant le pommeau de sa canne, à petits pas hésitants, il s'en retournait, reprenait place sur sa chaise et s'y rivait jusqu'à son coucher.

Héléna avait cessé d'espérer. Jamais Léon-Marie ne retrouverait sa vigueur d'autrefois.

Incapable de s'occuper seule de ce grand malade, elle avait rappelé à elle mademoiselle Bonenfant. Heureusement, Cécile ne requérait plus de soins particuliers. Sa plaie était guérie, ses cheveux avaient repoussé et l'inflammation sur son front avait complètement disparu. Elle avait tant retrouvé sa joie de vivre, qu'elle croyait au miracle et s'était plongée avec enthousiasme dans ses occupations de commerçante. Héléna en était bien soulagée.

Rassurée par la présence de sa bonne à la maison, chaque matin, elle se dirigeait vers la chapellerie et allait modeler ses chapeaux. Plus que jamais, elle s'attelait à la tâche et reconnaissait l'importance de son apport. Elle avait l'impression d'être devenue le chef de la famille, l'unique gagne-pain.

Peut-être sensibilisée par l'épreuve, ne dit-on pas que les grandes réalisations se font dans la douleur, elle créait de plus jolies choses encore que ce qu'elle avait jamais fait. Elle mettait une telle expression dans son art que, le printemps venu, Pâques et les chapeaux à fleurs, sa renommée avait dépassé les limites de la paroisse pour s'étendre à la bourgeoisie de la ville voisine. Toutes les femmes de la région se ruaient à la Cédrière pour y acheter un chapeau confectionné par ses doigts habiles.

Elle n'en éprouvait pas de fierté. Elle voyait plutôt dans cet engouement une façon d'assurer à sa famille un revenu fiable en cas de coup dur.

Avec l'arrivée de l'été 1948, les activités s'étaient remises à abonder dans le hameau.

Face à leur résidence, l'imposante bâtisse de McGrath avait ouvert ses portes. Massive, recouverte de briques rouges, elle s'élevait à partir de l'espace autrefois occupé par la salle de coupe pour couvrir toute la cour à bois et englober ce qui avait été la manufacture de portes et châssis.

Le petit bosquet d'arbres qui ombrait jadis les entreprises et s'auréolait de si jolies couleurs à l'automne, avait été rasé au sol et remplacé par une aire de stationnement afin d'y garer les véhicules à l'usage des travailleurs de la centrale électrique. Les abords ainsi entièrement dénudés jusqu'à la route renforçaient encore cet aspect impersonnel que dégageait la longue construction sévère, sans âme.

Partout à travers la campagne, des vrombissements, des ordres durs déchiraient l'air au point d'éteindre le bruit de la cascade.

De chaque côté de la route, des nuages de poussière soulevés par les mastodontes allaient s'abattre sur les herbes. Comme un tourbillon de neige sale, ils allaient rejoindre les parterres jusqu'à ternir les carrés de gazon et l'éclat des fleurs, témoignant de l'activité intense qui s'y déployait.

Exaspéré par le grondement continu des machines, Léon-Marie avait repris sa place du côté du fleuve.

—Je pensais jamais voir ça... de mon vivant, dit-il un après-midi, tandis qu'Héléna et mademoiselle Bonenfant le supportaient vers la véranda arrière. McGrath... avec son pouvoir électrique, installé... devant mes yeux... mon moulin à scie... détruit pièce par pièce... mes beaux arbres coupés jusqu'au dernier... Tu peux pas savoir combien ça me crève le cœur de voir mes entreprises... disparues à jamais... remplacées par une monstruosité pareille...

Devant lui, la mer se déployait, calme et bleue, à l'image de ce qu'il aurait voulu voir partout autour de lui jusqu'au mont Pelé.

Les lèvres serrées durement, il laissa échapper un soupir rempli d'amertume.

—C'est assez pour me faire mourir... avant mon heure.

—Je ne sais pas quoi te dire pour que tu cesses enfin de ruminer cette histoire, se désespéra Héléna.

Léon-Marie ne répondit pas, son regard disait son désaccord. Il avait mal dormi la nuit précédente, et il s'était éveillé de mauvaise humeur. Ses os étaient douloureux et il ressentait une immense fatigue dans son corps, comme un poids énorme.

—Tu boiras ton jus, l'enjoignit-elle en déposant le verre près de lui sur la petite table. Je t'ai aussi apporté le journal et si tu veux entendre la radio, tu n'auras qu'à demander à mademoiselle Bonenfant d'ouvrir la fenêtre de la cuisine.

Elle le redressa et tapa les oreillers derrière sa tête. Elle faisait de grands efforts pour raviver son intérêt. Il lui semblait qu'en plus de l'usage restreint de ses membres, Léon-Marie avait perdu toute curiosité pour ce qui l'entourait, plus encore, que son agressivité s'accentuait à la mesure de son impuissance.

Cette attitude était loin de la perception qu'ils avaient eue de la vie et qui les avait fait se rapprocher jusqu'à progresser ensemble : le goût du travail, un esprit sans cesse en éveil, des buts identiques.

Elle se résignait mal à cet état devant lequel elle se retrouvait subitement seule. Elle tentait de s'imaginer, poursuivant sa vie, ainsi qu'elle avait fait après la mort subite de son bien-aimé Édouard, claustrée dans sa maison, avec son deuil. Elle se rappelait sa désespérance, le vide de ses pensées.

Sa chapellerie lui avait permis de maintenir un lien avec le monde extérieur et l'avait retenue de sombrer dans l'isolement total. C'est pourquoi, aujourd'hui, elle considérait important de la garder ouverte.

—Il est l'heure d'aller travailler.

Rapidement, elle déposa un baiser sur son front, se retourna et se dirigea vers les marches.

—Attends, articula-t-il difficilement. Ta boutique peut bien rester fermée... quelques minutes encore... Il y a... des choses importantes que je veux... te dire avant... de pus en être capable...

Le cœur étreint subitement, elle fit demi-tour.

—Quelque chose ne va pas?

—Je dois... en profiter pendant que mes idées sont encore claires... J'ai de plus en plus... de misère à trouver mes mots... comme là... je sais pas par où commencer.

Il la fixait de son regard fatigué comme s'il avait longuement hésité avant de s'exprimer mais qu'il ne pouvait plus surseoir.

—C'est de quand je serai pus là que je veux te parler... de nos affaires... faut que tu saches comment t'organiser.

Il amorça, de sa voix laborieuse :

—Les quatre-vingt mille piastres que m'a rapportées la vente des industries... je les ai mis sur les trois immeubles... pis sur notre résidence. Je pense que j'ai bien fait...

Épuisé, il fit une pause. La tâche lui était ardue. De sa main valide, il frictionna son front.

Dressée devant lui, nerveuse, Héléna hochait négativement la tête. De toutes ses forces, elle le retenait de poursuivre.

—Laisse-moi parler, souffla-t-il. Faut que j'aille jusqu'au bout.

Après que ça sera dit... je serai tranquille. Il y a les petites maisons du rang croche... qui commencent à coûter cher à entretenir. Au lieu de faire des dépenses... pour les retaper, quand le temps sera venu, tu les vendras... Tu commenceras par demander dix mille piastres... tu baisseras pas plus bas que huit mille... Il y a aussi la terre du vieil Adalbert Perron... qui rapporte pas gros pour tout de suite... mais c'est un placement... qui pourrait devenir intéressant... informe-toi du marché... avant de prendre une décision...

Embarrassé soudain, il se déplaça sur sa chaise.

—S'il te vient à l'idée de te remarier...

Son ton s'était brusquement raffermi :

—Je t'en voudrai pas de l'autre bord... Si tu restes seule, pis que tu trouves la maison trop grande, tu pourras la vendre... à McGrath. Il serait intéressé... Tu la laisseras pas aller en bas de trente mille piastres... C'est une bonne maison, solide, ben faite.

Il continua, énuméra ses attentes, parla des enfants, de ses proches, n'omettant personne, aucun détail.

Enfin, comme s'il avait épuisé ses ressources, il leva son visage et se tut.

De grosses larmes gonflaient ses yeux et roulaient sur ses joues. Héléna le regardait, abasourdie. Elle ne l'avait jamais vu dans pareil état de lucidité, de cette sorte d'aura qui aiguillonne l'entendement avant la dernière charge et elle en était extrêmement inquiète.

—Je t'aime, Héléna, dit-il encore, la voix cassée. Je t'aime comme tu peux pas savoir. J'ai pas toujours été capable... de t'honorer comme je l'aurais voulu... ma santé me l'a pas permis longtemps, mais dans mon cœur, je t'ai désirée ben des fois... je pensais rien qu'à toi... T'es la femme la plus noble... la plus intelligente que j'ai connue...

—Moi aussi, je t'aime, Léon-Marie, s'écria-t-elle, émue.

—Tu m'as apporté que du bonheur...

—Toi aussi, tu ne m'as apporté que du bonheur, répéta-t-elle, incapable de refréner ses sanglots. Mais pourquoi ces déclarations? Nous avons fait de notre mieux. Notre amour est toujours aussi fort. Nous n'avons pas besoin de le répéter pour nous en convaincre.

—Quand je serai rendu de l'autre côté... je vais te protéger, Héléna... poursuivit-il encore, t'auras qu'à m'appeler... je vais accourir.

Bouleversée, la mine faussement grondeuse, elle posa un doigt sur ses lèvres.

—Tu vas me faire le plaisir de chasser ces mauvaises idées de ta tête.

—Faut se rendre à l'évidence, prononça-t-il à voix contenue, je vivrai pas... bien des années... amanché comme je suis. C'est pas quand je serai complètement paralysé... que je serai pus capable de sortir un mot de ma bouche, qu'il sera temps de dire ce que j'ai dans le cœur.

—Je vais protéger ton bien, Léon-Marie, murmura-t-elle le regard subitement grave. Tu peux me faire confiance. Je le déculplerai pour nos enfants. Je te le promets.

Elle secoua la tête avec rudesse dans un effort pour cacher ses sentiments.

—Et maintenant si je veux commencer, je dois aller travailler.

Le cœur en cavale, elle avait soudain très hâte de s'éloigner, de reprendre son calme, de se remettre de cet entretien qui l'avait remuée jusqu'au fond de l'âme.

À grandes enjambées, elle se dirigea vers les marches.

Elle s'immobilisa aussitôt. Devant elle, une longue voiture noire s'introduisait lentement dans la cour. Elle reconnut le curé Darveau.

En cette splendide journée de juillet, le vieux prêtre avait décidé de s'échapper de sa maison de retraite à l'ombre de l'église Saint-Germain où il était installé depuis peu pour visiter les habitants du hameau.

Elle se tourna vivement vers Léon-Marie. Elle paraissait allégée.

—Voilà quelqu'un que tu vas être content de voir.

Cette visite n'était pas une surprise. Le vieux curé avait fait avertir au prône du dimanche précédent qu'il s'amènerait à la Cédrière au cours de l'été, comme une sorte de visite paroissiale qu'il ferait à ses anciennes ouailles. Âgé de quatre-vingt-trois ans, il savait que sa fin était proche et il venait revivre ses souvenirs.

Le chauffeur ouvrit la portière arrière et l'aida à s'extirper de son siège.

Appuyé sur sa canne, avec sa longue soutane noire qui frôlait ses chaussures, son ceinturon violine qui ondulait dans le vent, il s'articula avec précaution dans l'allée de sable et monta les degrés vers la véranda.

Il paraissait fragile, comme une porcelaine ébréchée, avec sa démarche hésitante, son échine qui se voûtait à chacun de ses pas. De temps à autre, il redressait la tête, comme s'il voulait dénier cette attraction de son corps vers le déclin, redonner verdeur et énergie à sa vieille carcasse usée.

Il n'y avait que son visage qui ne semblait pas avoir subi les ravages du temps. Sa peau était encore lisse sous ses cheveux argentés qui débordaient de son chapeau à larges rebords. L'expression de ses yeux était joyeuse, presque gamine tandis qu'il regardait de chaque côté de lui pour admirer le paysage magnifique de ce coin de pays et pour se rappeler aussi.

—Vous êtes le bienvenu, monseigneur, dit Héléna en descendant le rejoindre. Léon-Marie est assis du côté de la mer. Mademoiselle Bonenfant va aller le chercher.

—Comment est sa santé? interrogea le curé avec bienveillance.

—Mon mari ne va pas très bien, répondit-elle. Il a souvent des petites attaques qui le laissent chaque fois un peu plus faible et il a beaucoup de difficulté à marcher. Pourtant l'été n'a jamais été aussi beau.

Le vieux prêtre hocha la tête. Autour de lui, le fort soleil jouait sur la campagne et une onde de canicule montait avec les embruns. Il laissa échapper un soupir d'impuissance.

Face à lui, Léon-Marie s'amenait avec lenteur. Soutenu par mademoiselle Bonenfant, il se déplaçait, essoufflé, les yeux rivés sur le sol. Il paraissait bougon, amer, comme si la vie l'avait déçu, ne lui avait pas accordé cette libéralité à laquelle il avait droit à l'égal des autres.

Sans rien laisser voir, Héléna les précéda vers la porte d'entrée principale.

La démarche vacillante, comme deux vieux routiers arrivés à l'âge canonique, ils pénétrèrent dans le hall et, côte à côte, chacun appuyé sur sa canne, s'enfoncèrent dans l'ombre du salon.

—Qui aurait dit qu'un jour, nous aurions besoin de ce support, ironisa le curé dans un effort pour alléger l'atmosphère.

Léon-Marie ne répondit pas.

Le pas devenu alerte, le vieux prêtre progressa vers un des rocking-chairs de velours disposés de chaque côté d'une fenêtre et s'y laissa tomber.

Autour de lui, une odeur de reps flottait dans l'air. Les meubles étaient neufs, confortables et l'atmosphère était cossue.

Silencieux, dans son habitude d'entendre les confidences, il laissa exhaler bruyamment son souffle et fixa Léon-Marie.

—Je suis content... que vous soyez venu, monseigneur, prononça Léon-Marie en prenant place sur l'autre fauteuil.

—Je te devais une petite visite, répondit-il. Ne sommes-nous pas de vieux complices? Même si tu ne t'es pas gêné autrefois pour me faire quelques entourloupettes?

Les lèvres tirées dans un sourire, il lui jeta un regard à la dérobée.

—Je n'en disais rien, mais je t'ai chaque fois vu venir. Tu as bien souvent soulevé ma colère. Pourtant je t'ai toujours pardonné.

—Vous avez été à côté de moi quand j'en ai eu besoin... reconnut Léon-Marie. Je sais pas ce que j'aurais fait sans vous...

Il hochait la tête à petits coups. Depuis qu'il avait abandonné les affaires et surtout depuis qu'il avait subi ses attaques, comme si ce revirement lui en avait fait découvrir la valeur, il mesurait l'importance de sa relation avec le curé Darveau, ses conseils, ses appels à la modération, même s'il s'en était toujours farouchement défendu.

Assis près de lui, la mine pensive, le vieux prêtre actionnait sa berceuse dans une attitude familière, comme il faisait au presbytère en lisant son bréviaire. Habituellement loquace, avec l'âge devenu moins combatif, il goûtait ce moment tranquille dans la grande maison confortable.

Plus loin, du côté de la cuisine, le poêle à bois avait été remplacé par un brûleur à l'huile comme dans les logements. Les murs avaient été peints en bleu et les fenêtres étaient ornées de cretonne aux couleurs vives.

Le soleil chatoyait sur les parquets proprement cirés et entrait à pleines brassées par les croisées grandes ouvertes. Cette quiétude lui paraissait envoûtante, réchauffait ses vieux os. Il s'en délectait comme d'un moment précieux.

Mademoiselle Bonenfant se déplaçait autour de la cuisinière. Elle avait mis l'eau à chauffer dans la bouilloire et infusait le thé.

Supportant avec précaution un plateau chargé d'une théière et de petits gâteaux secs, elle le plaça sur une table roulante, délicate, en bois d'acajou.

Lentement, dans un bruit d'entrechoquement de porcelaine, elle la poussa vers le salon et alla s'arrêter devant le fauteuil d'Héléna.

Héléna versa le thé dans les tasses qu'elle offrit aux deux hommes.

Pendant un moment avec prudence, ils prirent une gorgée du liquide brûlant et le laissèrent descendre dans leur gorge.

—Tu as de la chance de posséder une aussi belle demeure, émit le curé, rompant le silence, en regardant autour de lui, tout ici prête au repos et tu as tout le confort que peut apporter le modernisme.

Immédiatement, comme si le sort voulait contredire ses paroles, dehors, un vacarme assourdissant secoua l'air et brisa le calme du hameau tout entier. Formés en caravane, une file de camions gris identifiés aux entreprises de McGrath se succédaient dans le chemin de Relais et occupaient largement l'espace vers la cour de l'usine diesel.

Un hennissement se mêla aux bruits des machines. Une voiture tirée par un cheval affolé s'était rangée sur l'accotement dans un grand Woo énergique de son conducteur.

—Je m'habituerai jamais à voir les employés de McGrath... débarquer en face de ma maison... comme si toute la Cédrière... leur appartenait, s'irrita Léon-Marie en jetant un regard malveillant vers l'autre côté de la route.

—C'est la rançon du progrès, le reprit le curé. S'il est vrai que le modernisme peut être incommodant, il a ses bons côtés.

—McGrath se prend... pour Dieu le Père, critiqua encore Léon-Marie. Je m'étais réconcilié avec lui, mais là, ça va pus... Il occupe toute la place... tantôt, on pourra pus s'aventurer dans nos chemins... sans risquer de se faire écraser par ses camions.

—Avec l'agrandissement de la route proposé au Conseil, ça n'arrivera pas.

—C'est de la démagogie, poursuivit Léon-Marie incapable de se contenir. McGrath est encore... plus pesant depuis qu'il est sénateur... il se permet tout... comme d'exiger qu'on élargisse le chemin de Relais pis le rang Croche... pour faire passer ses machines... Il aurait pas fait ça pour nous autres... quand on avait ces besoins-là...

—Allons, Léon-Marie, l'apaisa le curé, un homme entreprenant comme toi, ne va pas reculer devant l'amélioration de vos voies de communication.

—Si j'avais eu la santé... j'aurais brigué la place de maire et j'aurais refusé une affaire de même.

—De quoi te plains-tu? Si ce projet aboutit, ce serait une amélioration pour vous tous, le chemin de Relais serait élargi et il serait recouvert de macadam.

—Combien ça coûterait... à la municipalité? C'est pas juste... qu'on paie des taxes rien que pour le profit de McGrath... C'est beau le progrès, mais... en même temps... ça fait tout augmenter : les salaires, les marchandises. Après, ça va être les maisons qui seront pus achetables... Dans quelques années... je le prédis... un gars qui va posséder cent mille piastres va être raide pauvre.

Le vieux prêtre le regarda avec étonnement. Cette agressivité soudaine qu'il décelait dans ses mots, cette sévérité envers les autres n'était pas dans sa nature. Léon-Marie avait un tempérament fort, c'était connu, mais il était aussi un homme de bon sens. Cette attitude nouvelle en était une de faiblesse. « Le seul recours qu'a celui qui est capable de rien faire, c'est de critiquer, se dit-il. »

—J'aime mieux mourir que de voir... ce qui s'en vient... insista Léon-Marie.

—Mon pauvre Léon-Marie, comme te voilà alarmiste! le rabroua le curé. L'inflation est un phénomène normal. Toi-même as su t'en préserver par la construction de tes immeubles et les revenus que tu en rapportes.

Ses mains enserrant les accoudoirs de son fauteuil, comme la rampe de sa chaire quand il haranguait ses fidèles, il prononça avec autorité :

—Tes affaires sont en ordre, ta famille ne manque de rien, alors tu vas cesser de prendre ombrage de tout ce qui t'entoure et tu vas profiter du temps qu'il te reste. L'été est magnifique, la mer n'a jamais été aussi bleue et ces arômes de trèfle qui montent des pâturages...

Il poursuivit sur un ton radouci :

—Il est temps pour toi de laisser couler la vie, sans émettre de sentiments ni d'émotion. N'est-ce pas toi qui disais qu'il faut toujours regarder en avant, jamais en arrière? Tu dois faire un effort, Léon-Marie et oublier le passé.

Léon-Marie le regarda. Ébranlé, de grosses larmes voilaient ses yeux. Il paraissait déchiré tout à coup, autant qu'au premier jour de ses malheurs. Sans s'arrêter, il déniait de la tête à petits coups.

—Là, monsieur le curé, vous m'en demandez trop... Je veux bien effacer jusqu'au dernier souvenir de mes affaires, mais il y a des choses que je pourrai jamais oublier... J'ai pensé bien des fois que Dieu exagérait. Trop, c'est trop que j'arrêtais pas de me dire... Surtout, mon dernier malheur... Vous pourrez jamais comprendre la peine que m'a causée la mort de mon Antoine, mon premier Antoine... Je sais que je vais l'emporter avec moi dans la tombe... Quand je respire les parfums de l'été, je pense à lui... Quand l'automne arrive, que les arbres rougissent pis que les feuilles mortes embaument l'air, je pense encore à lui... Quand mon Antoine-Léon chante les chansons que chantait l'autre Antoine : *Le petit mousse,*

La chanson des blés d'or... vous pouvez pas savoir combien ça me remue... Ça fait que, invalide comme je suis, incapable de seulement arracher un radis du jardin... quand la peine m'étreint jusqu'à m'étouffer... même si j'aime ceux qui sont encore avec moi à m'en confesser... vous allez me comprendre de vouloir aller retrouver ceux qui sont partis et qui me manquent tant...

Le curé serra les lèvres. Pour la première fois de sa vie, il ne savait que répondre. Que de détresse, il décelait sous l'écorce rude de l'homme de la rivière, que de douleurs profondes le bâtisseur avait gardées sans jamais les partager.

Il était embarrassé, mais il était prêtre. Parce qu'il avait la charge de réconforter, son devoir lui dictait une parole pieuse, un adoucissement à la désespérance. Il se demandait comment appliquer un baume sur une plaie ouverte depuis tant d'années et qui saignait encore.

Il regarda autour de lui. Aurait-il perdu le mordant qui l'avait caractérisé autrefois? Il était vieux, ses os lui faisaient mal. Il n'avait plus la force de soutenir les convictions qu'il avait défendues avec tant d'âpreté dans les temps lointains.

Fatigué, il prononça cette simple phrase qu'il savait pourtant n'être qu'une redite :

—Sous la garde de Dieu, le juste n'a rien à craindre. Tu vas remettre ton sort entre ses mains, Léon-Marie, et tu vas le laisser décider pour toi.

***

La venue de septembre avait sonné la fin des vacances pour les enfants et la reprise des activités régulières.

Chaque soir, après la prière, Héléna allait s'installer devant sa machine à coudre. Sans s'arrêter, jusqu'à ce que ses yeux se ferment de sommeil, elle confectionnait les vêtements dont ses adolescents auraient besoin pendant leur séjour au pensionnat.

Assis à son poste près de la fenêtre, l'œil intéressé, Léon-Marie la regardait s'activer.

La visite du curé Darveau avait un peu calmé son agressivité. Sans avoir retrouvé sa joie de vivre, il était moins critique, moins impatient aussi. Elle ne savait si son attitude reflétait ce qu'il ressentait en lui-même, mais il leur faisait la vie plus agréable.

—J'ai presque terminé, dit-elle. Les enfants ne manqueront de rien.

La petite Marie-Laure tournait autour de son père. Rieuse, elle emplissait la cuisine de son babillage en agitant ses longues tresses brunes.

— Vas-tu arrêter de t'exciter! lança Antoine-Léon, du coin de la pièce où il se tenait, l'oreille collée à la radio. Tu m'énerves.

Redressé sur sa chaise, fort de ses quatorze ans qu'il arborait avec des airs d'homme mûr, il dardait sa sœur de son regard exaspéré.

Héléna leva les yeux de son ouvrage et marqua son étonnement.

Depuis qu'ils étaient au monde, elle n'avait pas cessé de leur rappeler les liens particuliers qui les unissaient. Issus d'un second mariage, devant le risque qu'ils couraient d'être orphelins avant l'âge, leur attache devait être plus profonde, leur répétait-elle. Ils devaient être attentifs l'un envers l'autre et ils devaient s'entraider.

— Qu'est-ce qu'il te prend de parler ainsi à ta petite sœur?

Antoine-Léon haussa les épaules et esquissa une moue ennuyée. Quittant son siège, à grandes enjambées impatientes, il se mit à arpenter la cuisine. Brusquement, il fit demi-tour et revint vers elle. Pendant un moment, l'œil morne, les mains dans les poches, il suivit ses gestes tandis qu'elle empilait ses affaires dans sa malle. Puis il se reprit à marcher.

Pour la première fois depuis son temps de pensionnat, l'annonce de la rentrée des classes ne semblait pas l'avoir envahi de cette exubérance qu'il avait naguère démontrée.

Il semblait avoir abandonné à regret son emploi de vacances pour reprendre le chemin de l'école. Habitué à recevoir chaque samedi une enveloppe brune contenant les quelques sous de sa paie hebdomadaire, pendant tout l'été, il avait fait usage de ses gains à sa manière et s'était suffi à lui-même.

Héléna se demandait s'ils avaient bien fait de lui permettre ce mouvement d'indépendance qu'était le travail, le plonger si jeune dans le milieu des adultes, avec l'exemple des ouvriers, leur vie stable, organisée, le mariage, la famille.

— Est-ce que je me trompe, Antoine-Léon? On dirait que tu n'es pas content de retourner au collège.

— Je suis tanné du séminaire, éclata Antoine-Léon en revenant vers elle. Je trouve ça plate. Tout ce qu'on apprend là, c'est le latin et la composition française et je déteste ça.

— La vie de pensionnat n'est peut-être pas toujours drôle, observa sa mère, mais rien n'est jamais parfait. À la maison aussi, nous avons nos problèmes.

Il secoua la tête. Autant il avait été ravi, deux ans plus tôt, à l'idée d'étudier au séminaire, autant il n'aimait plus cet endroit sombre, vétuste qu'était la vénérable institution.

Elle ne comprenait pas ce qui avait pu provoquer pareille volte-face. Elle ne l'avait pas pressentie et elle s'en inquiétait.

—Faut... t'instruire, dit son père. Tu penses pas qu'on va... te sortir de l'école à quatorze ans... te laisser aller travailler... avec des ouvriers... qui ont le double de ton âge.

—Je veux pas travailler, répliqua Antoine-Léon. Je veux changer d'école, étudier autre chose. Plus tard, je voudrais avoir une entreprise de construction comme David et mon oncle Charles-Arthur.

—T'as pas l'âge... pour ben évaluer... dit son père. Mener des hommes... c'est plus difficile que tu penses.

—Pourquoi vous me laisseriez pas étudier à l'école technique Donald-McGrath? interrogea subitement Antoine-Léon.

Léon-Marie fit un bond violent. Outré, il s'étouffa presque dans sa salive.

—Que c'est que... tu me rabâches là?

Le souffle court, durement, de sa main valide, il serra l'accoudoir de sa chaise. Que son fils unique exerce une occupation manuelle, passe encore, il n'y a pas de sot métier, mais qu'il choisisse de faire son apprentissage dans une institution créée par McGrath, ça, il ne pourrait jamais l'accepter. Ce serait assez pour qu'il fasse une autre attaque.

Il jeta un regard malveillant de l'autre côté de la route, vers le long édifice rectangulaire dans lequel McGrath produisait son électricité au diesel. Il ne pardonnait pas à l'Irlandais d'avoir ainsi disposé de son bien.

Devant ce qu'il considérait comme un gâchis, faudrait-il encore que celui-ci lui arrache les espoirs qu'il entretenait précieusement pour sa propre progéniture?

Il posa un œil noir sur son fils. Il lui importait que son passé soit revalorisé, et parce qu'il n'en avait plus la capacité, cette tâche revenait d'obligation à sa descendance, à l'unique héritier de son nom.

—Tu vas faire ton cours classique... que tu le veuilles ou pas, trancha-t-il de sa voix difficile, parce que j'ai ben l'intention... de te voir devenir un homme... Tu vas t'instruire jusqu'à... ce que tu sois capable de flairer les manœuvres de... gibiers de potence de la trempe de McGrath, bégaya-t-il tant il était en colère.

Antoine-Léon ne répliqua pas. La tête basse, il monta dans sa chambre.

Le lendemain, sans laisser paraître le moindre ressentiment, il s'en alla vers son séminaire.

Léon-Marie avait gagné son point, mais pour combien de temps? se demandait Héléna. Antoine-Léon était bien le fils de son père, se disait-elle. Acharné comme lui, tenace, il insisterait jusqu'à ce qu'il ait obtenu ce qu'il voulait.

Tandis qu'elle se penchait sur son ouvrage, elle se demandait si l'attitude de Léon-Marie était raisonnable. L'école technique de McGrath était une institution sérieuse dont la réputation n'était plus à faire. Les garçons y apprenaient non seulement le métier de leur choix, mais ils poursuivaient aussi leurs études secondaires de la même façon que dans tous les établissements reconnus.

Elle ne voulait pas qu'à cause de l'antipathie maladive de son père envers l'Irlandais, Antoine-Léon ne s'épanouisse pas selon ses compétences.

Elle laissa échapper un soupir. Le temps est le meilleur remède, se dit-elle.

Sans plus se préoccuper, elle sortit sur la véranda et alla admirer le dernier rayon du couchant qui rosissait le fleuve.

31

Ils se jetèrent un regard interrogatif. L'événement encore une fois, venait de se produire. Ils l'avaient perçu tantôt, alors qu'Héléna et mademoiselle Bonenfant avaient aidé Léon-Marie à enfiler ses vêtements et l'avaient supporté jusqu'à la table. De même que la veille, tout avait cessé brusquement.

S'acquittant de sa tâche comme à l'accoutumée, mademoiselle Bonenfant plaça devant Léon-Marie un bol de bouillie d'avoine, servit à Héléna, deux rôties directement éjectées du grille-pain, puis alla occuper le côté du panneau qui jouxtait la cuisinière.

—C'est à espérer que ça ne recommence pas trop souvent, firent-ils remarquer en se penchant sur leur assiette.

Ils étaient soucieux.

Hier, la terre avait tremblé, un tout petit frémissement qui avait agité le plafonnier et fait tinter les porcelaines. Il avait duré quelques secondes qui leur avaient paru des heures, puis il s'était arrêté.

Ce matin, à leur réveil, le phénomène s'était répété, mais cette fois, avec des secousses un peu plus vives. Comme si, mécontente d'avoir été ignorée la veille, la nature se reprenait pour leur souffler sa colère, dehors, derrière les fenêtres closes, un grondement sourd avait monté dans la tranquillité du levant. Pendant un instant, son fracas avait étouffé le bruit de la cascade et les oiseaux s'étaient tus.

À l'intérieur de la maison, les lambourdes avaient craqué, les portes des armoires et des penderies avaient battu sur leur chambranle et les cadres s'étaient déplacés. Enfin un grand silence avait couvert l'atmosphère.

—C'est quand même... pas normal, dit Léon-Marie, un tremblement de terre... deux jours de suite... faut une raison.

L'été 1949 avait été pluvieux, plus que d'ordinaire. Ils avaient espéré le retour du beau temps avant que n'arrive la saison froide, mais l'automne n'avait pas réussi à tarir les nuages. Comme une chape de plomb, la grisaille s'était obstinée à encapuchonner le mont Pelé. Sans relâche, le ciel avait continué à déverser des masses d'eau sur leur région jusqu'à noyer les cultures et transformer les routes en longues coulées boueuses. À leur grand désagrément, les pluies s'étaient poursuivies jusqu'à la semaine précédente qui marquait le début du mois de novembre.

Encore ce matin, enrobant un soleil timide, de gros nuages couraient d'est en ouest. De temps à autre, comme une rafale, ils égrenaient une pluie fine.

Son avant-bras appuyé sur la table, Héléna sirotait son thé. Tantôt, comme d'habitude, elle irait à la chapellerie, les informait-elle, mais aujourd'hui, elle prenait son temps. Elle attendait peu de clientes. Il ne cessait pas de pleuvasser et les routes étaient si malmenées, avec l'élargissement que les cantonniers étaient en train de faire, qu'elles étaient devenues presque impraticables, jusqu'à stopper le bon vouloir des plus valeureux.

Léon-Marie opina de la tête.

—Je me demande si je vais trouver le courage de descendre au magasin, soupira-t-elle, nous manquons de...

Un boum violent enterra la suite de ses paroles. Ils sursautèrent. Une énorme secousse avait fait trembler les solives. D'un même souffle, la maison semblait s'être détachée de son socle, puis s'être reposée rudement sur ses assises.

—Barnache! lança Léon-Marie les yeux noirs d'inquiétude.

Vivement, ils repoussèrent leur chaise et se ruèrent vers la fenêtre. De l'autre côté de la route, le décor habituellement froid, sans âme des installations McGrath, s'était animé brusquement. Les hommes s'étaient précipités hors de leurs locaux. Affolés, ils couraient de part et d'autre devant la façade.

La longue bâtisse était agitée de saccades. Presque aussitôt, un bruit retentissant, semblable à une puissante déflagration, ébranla un côté du rectangle en même temps qu'une gerbe d'étincelles, comme un large panache, s'élevait très haut dans le ciel.

—Le feu... souffla Léon-Marie, incapable de contenir le tremblement de ses membres. Le feu... dans les amanchures à McGrath...

Il respirait avec peine.

—Je le savais... Je savais que ça... arriverait.

—On dirait plutôt... une explosion, fit Héléna, stupéfiée.

—Le feu, répétait Léon-Marie. Moi qui ai toujours eu tant peur du feu... il va-t-y me poursuivre... toute ma vie...

Accablé, il pressa son front de sa main valide.

—Il y a quatre ans, c'est notre maison qui brûlait; aujourd'hui, c'est au tour de l'usine d'en face. Que c'est qu'il me veut donc, le Jonas?

Du côté de la pente du Relais, Jean-Baptiste s'amenait en courant. Charles-Arthur était sorti de sa maison et l'abordait en attachant sa chemise. Ils discutèrent un moment, avec des gestes fébriles, puis Jean-Baptiste poursuivit sa course, promptement, tourna dans leur cour et s'introduisit dans la maison. Il était à bout de souffle.

—Faut sortir d'icitte au plus vite, ordonna-t-il. L'affaire est grave. Charles-Arthur s'en vient vous prendre dans son char.

Léon-Marie le considéra sans comprendre.

—Le feu... il y a que la boucane... qui peut nous... incommoder.

—Aspic, t'as pas compris, hurla Jean-Baptiste. C'est pas un feu, c'est un éboulement. La bâtisse de McGrath est en train de glisser dans la rivière et peut-être que tout le hameau va glisser avec. Ça vous a pas allumés, les tremblements de terre qu'on a eus depuis quelque temps?

Il s'énervait, arpentait la cuisine à grandes enjambées pesantes.

—Avez-vous pensé à la quantité de carburant qu'ils utilisent là-dedans, c'est pire qu'une bombe. Si ça décide d'exploser tout ensemble, ça va mettre le feu partout. Personne au hameau sera en sécurité. Faut évacuer.

Léon-Marie avait ouvert la bouche. Il était atterré.

—Tout l'effort que j'ai mis à faire... un village de la Cédrière, presque une ville... tu dis que... ça pourrait s'en aller dans la rivière... ou encore en fumée...

—Avec la nouvelle pompe à incendie que le conseil a achetée à l'automne, il n'y a pas de danger que le hameau brûle, l'encouragea Héléna, quant à l'éboulis...

Un boum, à nouveau, secoua toute la maison. Devant eux, avec une rapidité foudroyante, une giclée de flammes léchèrent le paysage comme une vision psychédélique où les rouges domi-naient.

De longues flammèches volaient vers les hauteurs en émettant de fines parcelles qui se déployaient comme une suite de pièces pyrotechniques. Tout le ciel flamboyait.

Les flammes s'étaient élevées encore plus haut dans les airs, activées par, ils ne savaient quel combustible. Les langues de feu avaient atteint la saillie du toit et mordaient les entraits.

Subitement, les fenêtres de l'usine éclatèrent, comme la rafale d'une mitraillette, en émettant une suite de pétillements secs, rapi-des.

À la façon d'une masse délirante, les flammes s'en échappaient et se déroulaient comme de grands bras déchaînés qui gribouillaient une colonne de zébrures vermillon sur la construction de brique.

Nerveux, désemparés, les hommes s'agitaient, dans la crainte d'une autre explosion, détalaient vers la route en hurlant des ordres brefs. On entendait leurs appels horrifiés derrière la porte close.

Plus loin, du côté du chemin de Relais, la nuque arquée dans une attitude qui disait sa préoccupation, Don McGrath arrivait au volant de son véhicule. Il était suivi de près par le camion flamboyant des pompiers. Autour d'eux, des bruits de pétarades écorchaient l'air et se faisaient de plus en plus rapprochés.

Charles-Arthur avait grimpé dans sa voiture et s'amenait lui aussi. D'un mouvement raide, nerveux, il entra dans leur cour et alla stopper tout près du perron jusqu'à raser les marches.

—Amenez-vous, cria-t-il en pénétrant dans la maison. Faut quitter le hameau au plus vite.

—Cécile, les enfants, s'inquiéta Héléna.

—Vous en faites pas pour eux autres, la rassura Jean-Baptiste, Georgette est allée donner un coup de main à Jean-Louis. À l'heure qu'il est, ils doivent déjà être rendus dans la maison de mon frère Honoré au bord du fleuve.

—Comme lors du grand feu à l'été 1897, observa sombrement Léon-Marie. Toutes les familles... étaient allées se réfugier... sur la grève, à la différence qu'aujourd'hui... il fait froid comme en hiver... Tout ce trouble... toutes ces misères... à cause de McGrath.

—Paraît que c'est la rançon du progrès, conclut Jean-Baptiste. Viens-t'en.

Promptement, aidé de Charles-Arthur, il l'agrippa par les épaules.

Léon-Marie se débattit de toutes ses forces.

—Laissez-moi. Je pars pas... je reste.

Il se rebiffait, comme si, buté subitement, il refusait d'abandonner sa maison.

—Mais, Léon...

—Que c'est qui te prend? s'écria Charles-Arthur. T'es malade ou quoi?

—Je suis pas malade... Tu sauras, mon frère... que j'ai toute ma tête... j'ai seulement de la misère... à marcher pis à parler...

De l'autre côté de la route, les pompiers avaient déployé leurs boyaux.

Héléna leur jeta un regard et admira leur courage. Peut-être leur témérité? se disait-elle, en les voyant ainsi courir devant le danger. Mais les hommes étaient ainsi faits qu'ils aimaient jouer les héros.

Plus près d'eux, retiré prudemment sur la chaussée, Don

McGrath se tenait, les jambes écartées et criait ses ordres. Derrière lui, des badauds s'amenaient de part et d'autre et commençaient à se rassembler.

—Éloignez-vous, hurla l'Irlandais en roulant de gros yeux furibonds. Je veux voir personne dans les environs, c'est trop dangereux.

Les hommes avaient déplié la grande échelle et l'avaient orientée vers le toit de l'usine. Engoncés dans leurs lourds vêtements de caoutchouc, deux pompiers volontaires entreprirent d'escalader les barreaux.

Héléna reconnut le grand Isidore et Robert Deveault, le fils de Joachim, devenu, avec l'âge, aussi aventureux et fort que son père.

Les flammes avaient repris subitement de l'intensité et les entouraient. Soudain, elles s'élevèrent plus haut encore vers le ciel. Dans un nuage rougeoyant, de larges faisceaux éjectèrent leurs tisons très loin, de chaque côté, en émettant un crépitement menaçant qui glaçait de frayeur les quelques spectateurs figés de l'autre côté de la route.

D'un même mouvement, les pompiers avaient dirigé leurs jets d'eau vers le centre du brasier.

Saisi, le feu perdait de son ampleur. Autour d'eux, un chuintement se faisait entendre. Une énorme nappe laiteuse montait et enveloppait la bâtisse.

Debout devant la fenêtre, Héléna et les hommes se reprirent à espérer.

—J'ai bien fait... de refuser de partir, se convainquit Léon-Marie. Vous voyez... c'est déjà fini...

—C'était une explosion, fit Jean-Baptiste sur un ton sentencieux. Il y en aura d'autres.

Empêtrés dans leurs grosses bottes, avec les boyaux qui dégoulinaient en émettant une suite de cliquètements affairés, les pompiers avaient peine à se déplacer, sans cesse ils trébuchaient sur la terre raboteuse de la cour transformée en piste de patinage.

Soudain, une détonation solide ébranla l'atmosphère. Comme un ogre inassouvi, les flammes se ranimèrent et reprirent leur folle boulimie. Presque tout de suite, dans un craquement énorme, un mur de brique se disjoignit et oscilla dangereusement sur sa base. Avec lourdeur, il se détacha, pencha, lentement glissa, puis disparut vers la rivière en émettant un bruit étouffé qui secoua la terre et alla gronder à travers la campagne.

Terrifié, Charles-Arthur fit un pas vers eux.

—Si vous venez pas, moé je m'en vas. J'ai pas envie de crever icitte dans une mer de boue ou brûlé vif.

D'un brusque mouvement, il ouvrit la porte. Devant lui, grimpés en haut de l'échelle, Isidore et Robert s'évertuaient à arroser le toit de l'édifice. Le grand Isidore avait atteint le dernier échelon. Enhardi, il étira le bras, puis passa une jambe. Son pied étayé sur le rebord de la gouttière, il agrippa fermement son boyau et entreprit de le diriger vers la toiture au milieu de laquelle un trou béant s'était formé, ouvrant l'espace à un chapelet de tisons qui s'échappaient en sifflant comme une fusée.

Les autres pompiers avaient levé leur visage et surveillaient ses gestes. Dans le froid de cette fin d'automne, l'eau ruisselante se transformait en énormes glaçons gris qui allongeaient leurs casques et les faisait ressembler à une troupe de pingouins pétrifiés.

—Barnache! éclata Léon-Marie, que c'est qu'il lui prend... risquer sa vie pour un importé... comme McGrath.

Soudain toute la bâtisse craqua. Aussi rapidement, comme si elle se gonflait dans un grand souffle, la maçonnerie de brique que supportaient les assises par l'arrière se dissocia dans un immense roulement de tambour, croula vers la côte, entraînant avec elle une masse considérable de terre et de boue. Un énorme bruit de séisme, claqua dans l'air et secoua les habitations environnantes.

Malmené sur son perchoir, Isidore tenta de raffermir sa prise, de son pied chercha un appui sur le larmier, mais les écrous soutenant la saillie s'étaient depuis longtemps déboulonnés. Il saisit le vide. Déstabilisé, il pirouetta lourdement sur lui-même. Un long cri d'angoisse fusa de ses lèvres. De toutes ses forces, il se retint à même les montants de l'échelle.

Pendant un moment, suspendu dans l'espace, les jambes ballantes, il oscilla comme un pendu au bout de sa corde. Le feu avait repris avec fureur et le cernait, léchait ses vêtements, mordait son visage.

—Le réservoir, criait McGrath, éloignez-le du réservoir.

Alarmée, Héléna alla chercher la veste de Léon-Marie et l'obligea à l'enfiler.

—Charles-Arthur a raison, faut évacuer.

Dehors, les hommes étaient accourus. Tandis qu'une équipe s'affairait à préserver le réservoir de fuel, les plus hardis grimpaient dans l'échelle et dégageaient difficilement le pauvre Isidore de sa fâcheuse position.

McGrath se déplaça à grandes foulées vers son automobile. Vivement, il mit le moteur en marche. Le véhicule braqua, freina, se reprit puis étouffa. Ils n'avaient jamais vu l'Irlandais dans pareil état d'énervement.

Enfin la voiture pénétra dans la cour de l'usine. En prenant mille précautions, on déposa l'accidenté sur le siège arrière, avec ses longues jambes qui débordaient par-dessus la vitre ouverte.

McGrath s'éloigna aussitôt, en trombe.

— Ça risque d'exploser d'un moment à l'autre, entendait-on.

Jean-Baptiste se dirigea résolument vers Léon-Marie. Sans un mot, il le prit dans ses bras et, d'un élan exacerbé, plus qu'il ne le soutint, le déposa dans le véhicule. Héléna et mademoiselle Bonenfant avaient jeté un lainage sur leurs épaules et suivaient au pas de course.

Au bord de la panique, Charles-Arthur les poussa dans sa voiture et démarra en vitesse. Dans un puissant demi-cercle, il laboura le gazon de la cour et fit pointer le nez du véhicule vers le chemin de Relais. Il tremblait de tous ses membres. Vivement, en dérapant, il s'engagea dans la rue de la chapellerie, tourna plus bas dans la petite route tortueuse qui s'ouvrait vers l'arrière de l'église et fit ronfler le moteur. Silencieux, raidi, les articulations de ses doigts bleuies sur le volant, il filait vers la mer.

— Je savais que... le feu prendrait dans les amanchures... à McGrath, répétait Léon-Marie comme un leitmotiv. Chaque fois... qu'il est venu icitte ç'a été pour... amener le trouble.

— C'est surtout que McGrath a mal calculé son affaire, expliqua Jean-Baptiste. Il en a pris trop grand. La bâtisse est lourde, ben plus lourde que la meunerie pis la scierie ensemble et il l'a fait construire trop près de la falaise. En plus, il a fait couper tout ce qui y poussait quand on sait que ce sont les racines des arbres qui retiennent les côtes.

Léon-Marie se retourna et jeta un regard noir du côté des installations de l'Irlandais.

Son poing valide fermé sur sa canne, il avait repris son esprit critique.

— La municipalité aurait pas dû permettre... qu'une usine de même s'installe... aussi proche des habitations... Ben entendu, comme la business... appartenait à monsieur le maire... ç'a passé comme du beurre... dans la poêle... sans qu'ils se posent de questions. Quand McGrath est devenu sénateur... il a cédé son poste... pis les problèmes avec... au nouveau maire Alcide Thériault.

Quand je pense à ce que disait McGrath... que mes installations étaient pas conforme.

Ils reportèrent leurs yeux sur les hauteurs. La bâtisse achevait de se consumer. Ils distinguaient nettement sa devanture largement éventrée qui découvrait ses entrailles encombrées de pièces de métal tordues et de débris fumants. De chaque côté, les murs de béton encore debout exhibaient à la vue de tous, dans un geste presque impudique, leur squelette décharné. Au milieu du brasier, une petite flamme ondulait. Tout autour, une fumée vaporeuse, bleuâtre montait en dessinant des volutes.

Pour eux, le spectacle était terminé. Tout s'était passé très vite. C'en est ainsi des éboulements et des explosions. Les habitations les plus solides se désintègrent comme des fétus de paille.

—Je voudrais pas être dans les bottines d'Alcide Thériault, observa Jean-Baptiste. C'est sûr que la municipalité va devoir s'en mêler.

Léon-Marie se renfonça sur le siège. Il se demandait jusqu'à quel point son hameau serait affecté. Un éboulis bouscule la terre, mine les fondations et son site demeure un danger potentiel pour l'environnement.

Les obligerait-on à déplacer leurs résidences afin de redonner à la route un tracé qui l'éloignerait du sinistre? Incapables de supporter le coût de pareil dérangement, la plupart préféreraient abandonner leurs maisons et se construire ailleurs. Alors ce serait la fin de la Cédrière. Leurs immeubles se videraient de leurs locataires et ils perdraient, en même temps, leurs revenus. Leurs bâtisses n'auraient plus leur raison d'être.

Un frisson d'horreur le parcourut à cette pensée.

Il savait que, cette fois, il n'aurait pas la force de se relever et recommencer. Le cœur crispé de chagrin, redevenu fragile, il reprit son mutisme et se laissa ballotter par les soubresauts du véhicule vers le bord du fleuve.

32

Tandis que les résidants du chemin de Relais évaluaient leurs dommages, le nouveau maire avait convoqué ses édiles municipaux à une réunion spéciale du conseil à laquelle Donald McGrath avait été contraint d'assister.

Non seulement sa bâtisse était-elle une perte totale, mais les maisons environnantes avaient subi d'importantes fissures à leurs fondations et à leurs murs.

Les propriétaires touchés avaient bien avisé leurs compagnies d'assurances, mais celles-ci leur avaient indiqué une petite clause, insérée au bas de leurs contrats qui excluait les *acts of God* qu'é-taient les séismes et les éboulements. Ils n'avaient eu d'autre choix que de se tourner vers McGrath.

L'Irlandais s'était présenté dans la salle des délibérations, encadré de ses avocats. Assis au premier rang des spectateurs, avant même que le maire ne prenne la parole, il avait réfuté caté-goriquement l'accusation. Un tel phénomène était un effet de la nature, avait-il affirmé. Il ne pouvait en être responsable. Il subis-sait, au contraire, le plus grand des préjudices.

Ils avaient longuement discuté, argumenté, mais l'Irlandais n'avait pas cédé. L'affaire était embrouillée et risquait de se régler en cour.

Ils reconnaissaient qu'une erreur avait été commise. Des géo-logues auraient dû être consultés avant de permettre une telle construction. D'autre part, la situation était délicate. L'intimé était le maire à l'époque et, de par son rôle, il jouissait d'une certaine immunité.

Le conseil s'était mis d'accord pour voir au plus pressant. Le sol autour de l'éboulis était instable. Ils devaient consolider rapide-ment les abords de la rivière avant que des dégâts plus importants ne se produisent.

Une firme de camionneurs avait été engagée à grands frais.

Dans les jours qui avaient suivi, des grues avaient éventré le Pain-de-Sucre, ce petit mont rocheux perdu au milieu des Vingt-Quatre Arpents puis les fardiers s'étaient amenés. Au risque de déplacer la montagne entière vers la rivière aux Loutres, on les avait chargés d'énormes blocs de pierres qu'on avait déversés le long de la falaise.

Leur petit cours d'eau n'aurait plus jamais le même aspect au fond de son ravin. Les tonnes de terre et de racines qui s'y étaient éboulées avaient bouleversé son lit et dessiné çà et là, des îles effilées, cernées d'écume et de tourbillons.

Au-dessus du gouffre, comme un porte-à-faux branlant, la plate-forme en béton qui constituait le plancher de l'usine débordait largement avec ses odeurs d'humidité froide et de bois brûlé.

Une inquiétante déchirure coupait le devant de la bâtisse. Seule la plaque commémorative face à la route se dressait, solide, très droite, comme un défi aux œuvres périssables. « LÉON-MARIE SAVOIE, le bâtisseur » pouvait-on lire, écrit en lettres d'or.

Plus que jamais, la route était devenue raboteuse, enrobée de glace et labourée de crevasses profondes, creusées encore par les pesants véhicules qui la sillonnaient à longueur de journée.

Chaque matin, une couche de gravier était étendue sur la voie pour, après le passage d'un seul camion, voir la chaussée retrouver ses profondes ornières et sa laideur.

Les travaux étaient gigantesques et s'effectuaient avec une lenteur désespérante aux yeux des faubouriens qui, en plus de leur propre infortune devaient subir ce constant tintamarre.

Ils étaient à deux semaines de Noël et, aujourd'hui encore, les camions vrombissaient, poursuivaient leur cavalcade sur leur petite route.

Il avait neigé, pendant la nuit, de gros flocons duveteux qui étaient allés se nicher dans les rigoles. Ce matin, avec le doux temps qui persistait, la neige s'était transformée en averse. Ils n'en étaient pas surpris. Depuis le début du mois, la neige et le froid avaient alterné avec le dégel amenant pluie et verglas. C'était l'hiver et ils ne s'étonnaient plus de la nature capricieuse qui caractérisait leur coin de pays.

Comme d'habitude, Héléna s'était levée avec les lueurs de l'aube et se préparait à aller entendre la messe. L'humeur chagrine, Léon-Marie la regardait se vêtir. De plus en plus, à la mesure de sa faiblesse, comme un enfant sans défense, il requérait sa présence et acceptait difficilement de la voir quitter la maison.

—Pourquoi faut-il que tu... ailles à la messe encore à matin...?

—J'ai des grâces à demander, répondit-elle. Aujourd'hui, j'offre ma messe pour ma Cécile. Elle m'a dit avoir un peu mal à la tête depuis quelque temps. Je veux aussi l'offrir pour le grand Isidore, afin qu'il guérisse de ses blessures.

—Tu... déjeunes pas avant de partir?

—Je ne peux pas. Je veux communier, dit-elle en nouant un châle autour de sa tête.

Penchée vers lui, elle ajouta avec douceur :

—Je veux aussi prier pour toi, pour que tu gardes confiance.

Il détourna la tête. Accablé, il pensa aux dommages qu'avaient subis leurs trois immeubles, de même que sa résidence, aux dépenses énormes qu'entraîneraient les réparations. « Tout ce gâchis causé par l'Irlandais, répétait-il, parce que sa bâtisse était trop lourde et parce qu'il avait osé couper les arbres qui retenaient le sol. »

Plus que les autres, il en était convaincu car, du plus loin qu'il puisse se souvenir, jamais le plus petit éboulis n'avait affecté leur région.

Si seulement ils pouvaient retourner en arrière, se disait-il. Si seulement ils avaient fait par écrit les mises en garde, ils auraient pu lui en imputer la faute.

Il déplorait l'injustice de la vie.

Parce qu'ils ne pouvaient faire la preuve de sa culpabilité de la façon établie par la loi des hommes, parce que le bon sens, dans ce cas précis, n'avait pas sa place, tous les résidants affectés en payeraient la note.

Ses immeubles étaient sa seule fortune. Il avait été riche, il ne l'était plus. Afin de récupérer un peu de son bien, il devrait vendre quelques maisons de la route de l'Église...

—Quand le malheur... s'acharne sur quelqu'un, on dirait... qu'il en remet.

Héléna enfila lentement ses gants.

—Nous allons nous en sortir. Nous allons y travailler de toutes nos forces.

—T'es une femme courageuse, Héléna, prononça-t-il, ému. Je dirai jamais assez combien je suis fier de t'avoir avec moi.

Dehors, le ciel était gris de nuages. Quelques brins de neige accompagnés d'un petit crachin embrumaient l'air avant d'aller choir sur les buttes.

Elle sortit dans la cour. Au loin, la petite cloche faisait entendre son tintement léger.

Distancées les unes des autres sur la route, quelques femmes pieuses descendaient la côte et se dirigeaient vers l'église.

À son tour, elle s'engagea sur la chaussée. S'articulant à petits pas prudents, elle longea la grande usine sinistrée avec sa cour jonchée de débris de bois et de métal tordu et descendit la côte. La chaussée était inégale recouverte çà et là de plaques de glace formées par l'eau du verglas qui avait dévalé la pente et enrobé les sillons.

La campagne était plongée dans le silence. Plus bas, la place de l'église était vide. Les lourds panneaux s'étaient refermés sur les fidèles. Elle consulta sa montre. Il dépassait l'heure. L'office devait être commencé.

Elle accéléra son allure. Elle n'aimait pas arriver en retard à la messe. Il lui semblait qu'il était inutile de se déplacer si elle ne l'entendait pas tout entière.

Au-dessus de sa tête, d'épais nuages couraient dans le ciel. Une pluie froide s'était mise à tomber à grains serrés. Elle ouvrit son parapluie et pressa encore le pas.

La tête courbée afin de se protéger des intempéries, elle avançait à longues enjambées. Elle avait atteint la façade de l'école, elle approchait du trottoir menant au lieu du culte. La pluie tombait maintenant à grosses gouttes drues.

Devant elle, la chaussée s'étendait, lisse, propre, comme une belle patinoire vive avec l'eau qui roucoulait vers les fossés. Elle s'était engagée dans l'allée de béton. Soudain, comme une image qui défile en vitesse devant ses yeux, elle bascula vers l'arrière. Son cœur battant avec force dans sa poitrine, elle tenta de se retenir, glissa, dérapa. Affolée, elle laissa échapper un petit cri. Tout aussi vite, avant qu'elle n'ait pu s'en rendre compte, elle s'écrasa sur le sol, comme une masse.

Une douleur fulgurante parcourut sa jambe droite. Le visage grimaçant, elle ferma les yeux et, les muscles de son corps crispés avec force, attendit un moment que passe la souffrance.

Enfin, elle souleva les paupières et regarda autour d'elle. Elle était seule sur la chaussée, seule et bien désolée. Elle comprit qu'elle ne devait compter que sur elle-même, si elle ne voulait pas attendre dans cette inconfortable posture, la longue demi-heure la séparant de la fin de la messe.

Rassemblant son courage, elle tenta de se mettre debout; péniblement, elle prit appui sur ses mains et fit un effort. Elle étouffa un cri de douleur et aussitôt se laissa retomber sur le sol. Le mal était si intense qu'elle se sentait incapable de bouger. Épouvantée, elle se dit qu'elle n'aurait d'autre choix que d'attendre la sortie des fidèles avant d'avoir du secours.

Elle considéra sa jambe. Son bas de coton était troué et maculé de sang. Une large écorchure couvrait sa cheville. L'œdème, déjà, gonflait son membre blessé. Elle possédait peu de connaissances dans les accidents de cette sorte, mais évaluant la souffrance qu'elle en éprouvait, son impossibilité à se mettre debout, elle se doutait bien que sa jambe était fracturée.

Avec mille précautions, elle posa son doigt sur sa cheville, le fit glisser et monta jusqu'à son genou. Elle y décelait quatre bosselures. Ses prunelles s'agrandirent d'effroi. Se pouvait-il que ses os soient brisés en quatre fragments?

Consciente de son impuissance, elle jeta encore un regard autour d'elle, puis scruta la route. Le petit matin n'avait jamais été aussi tranquille. Elle laissa échapper un soupir. Elle n'avait d'autre choix que l'attente. Résignée, elle se recroquevilla sur elle-même et ferma les yeux. Se retenant de penser, imprégnée de silence, elle sombra bientôt dans une sorte de demi-rêve alimenté par la douleur.

Il lui semblait qu'il ne s'était passé que quelques secondes et pourtant... des voix aiguës, nerveuses, heurtaient ses oreilles.

— Qu'est-ce qui a bien pu lui arriver?

Elle souleva les paupières. Mademoiselle Bonenfant était agenouillée près d'elle et supportait sa tête en même temps qu'elle expliquait à un homme qui s'était amené en courant:

— Je m'en allais chercher le lait à la ferme quand je l'ai aperçue, étendue sur la glace...

— Vous inquiétez pas, on va vous aider, madame Léon-Marie, prononça l'autre en se penchant à son tour.

Héléna reconnut la voix de Joachim Deveault, lente, sans émotion.

— La chaussée était glissante, murmura-t-elle, je suis tombée et...

— J'espère qu'elle n'a rien de cassé, s'énerva mademoiselle Bonenfant. Il y a assez de son mari et de Cécile, s'il fallait qu'elle aussi...

Héléna discernait dans ses mots, les intonations compatissantes en même temps que surexcitées de Georgette. Elle n'avait jamais remarqué autant qu'à cet instant, l'étroit cousinage qui unissait la femme de Jean-Baptiste à sa servante.

— J'ai bien peur de m'être fracturé la jambe.

— Je vais aller atteler mon cheval et je vais vous amener chez la mère Maher, décida Joachim. Son garçon est ramancheur.

Madame Maher ouvrit largement la porte. Le visage impassible, elle considéra Joachim Deveault, son voisin du bas de la côte portant dans ses bras, Héléna, la femme de Léon-Marie Savoie, avec près de lui, la servante, mademoiselle Bonenfant qui se tordait les mains.

La tête agitée de petits hochements, elle précéda le trio vers une pièce sombre qu'Héléna devina être le salon. Une forte odeur d'eucalyptus et de moisi remplissait l'air.

Tout de suite, la vieille trottina vers la fenêtre et, d'un grand mouvement, repoussa les tentures. Une clarté grise enveloppa l'espace. Revenant sur ses pas, elle se tourna vers Joachim, de la main, lui indiqua un sofa fatigué, aux coussins informes et recouverts de reps décoloré.

Joachim y déposa Héléna avec précaution. Madame Maher s'approcha, jeta un regard rapide sur sa jambe blessée, puis serra les lèvres. Sans une parole, elle quitta la pièce et en revint presque tout de suite suivie du grand Benoît, le septième fils de la famille, identifié comme celui qui avait le don.

Les manches de sa chemise roulées comme si on l'avait interrompu au milieu de sa toilette, l'homme alla s'arrêter près d'Héléna. Pendant un moment, la mine hésitante, il la considéra sans rien faire. Enfin, se décidant, il se pencha et appuya sa grosse main de travailleur sur son membre brisé.

—Ça va vous faire mal, mais ça sera pas long.

D'un mouvement vif, il agrippa sa cheville et tira, de toutes ses forces. Héléna se raidit. Un cri de douleur s'échappa de ses lèvres.

Se reprenant, il affermit sa prise, tira encore, puis, après un interminable moment, relâcha ses doigts. Héléna prit une inspiration profonde et l'exhala bruyamment. De grosses larmes glissaient de ses yeux. Elle souriait. La douleur avait été atroce, mais c'était terminé.

—Je vais vous mettre une attelle. Vous pourrez pas marcher pendant trois bonnes semaines.

—On est le 12 décembre. Ça veut dire que je ne serai pas sur mes jambes pour Noël.

—Ni pour le jour de l'an, précisa le ramancheur.

—Les enfants qui vont rentrer à la maison pour les fêtes. Je me demande bien comment je vais m'organiser.

—Je vais m'occuper d'eux, décida mademoiselle Bonenfant, et je vais m'occuper aussi de vous. Ensemble on va invoquer le bon père Mazenod. Vous allez voir qu'il va vous guérir vite.

—C'est ben beau, le père Mazenod, répliqua le ramancheur,

mais pour tout de suite vaudrait mieux désinfecter sa plaie et mettre des compresses d'eau froide sur ses enflures.

—Vous inquiétez pas, je vais bien m'en charger. Je vais faire tout ce qu'il faut, assura la vieille fille.

***

—Vous ne pensez pas que je devrais consulter le docteur Gaumont, dit Héléna en regardant mademoiselle Bonenfant s'apprêter pour la nième fois à étendre sur sa jambe son emplâtre composé d'amidon et d'herbes séchées.

La vieille servante ne lui répondit pas. Les yeux rivés sur son membre blessé, elle considéra d'un œil de connaisseur la large écorchure qui couvrait sa cheville jusqu'à son genou, vive, frémissante, et l'œdème qui prenait chaque jour un peu plus d'importance.

D'un mouvement exercé, elle plongea la main dans le récipient au fond duquel elle avait mélangé ses herbes, en étala une couche épaisse sur la plaie ouverte, puis y pressa une feuille de plantain. Elle déchira ensuite une bande de coton, l'enroula avec de grands gestes sur son mollet et retint le tout avec une épingle de sûreté.

—Votre pansement devrait tenir sans problème jusqu'à demain après-midi, dit-elle sur un ton satisfait en se redressant, et je n'ai pas ménagé les herbes.

Son travail terminé, comme elle faisait chaque fois, elle prit dans sa poche sa médaille du saint père Mazenod et la glissa entre deux doigts. Ses lèvres marmonnant des sons étranges, elle laissa courir ses mains sur sa jambe malade dans un déplacement qui rappelait le vol folâtre d'un papillon.

Assis sur sa chaise près de la fenêtre, Léon-Marie ne cachait pas sa désapprobation. Il ne comprenait pas cette soumission nouvelle qu'il découvrait en Héléna d'ordinaire si raisonnable et sensée.

La vieille fille fit un grand signe de croix et se redressa.

—Sa jambe va beaucoup mieux, dit-elle comme si elle avait deviné les inquiétudes de Léon-Marie. Le pus s'est collecté. Bientôt l'abcès va percer et tout le mauvais va sortir. Ce sera grâce au saint père Mazenod.

Héléna baissa les yeux sur son membre malade, puis leva vers elle un regard interrogateur. On était le 24 décembre, il y avait deux semaines qu'elle avait fait cette malheureuse chute sur le trottoir. Le ramancheur lui avait assuré une amélioration notable

465

après quelques jours, mais à l'opposé de ses dires, sa jambe demeurait enflée et douloureuse, si bien qu'elle avait l'impression d'un boudin gonflé sur lequel se chevauchaient toutes les couleurs de l'arc-en-ciel.

—Il me semble que ça ne ferait pas de mal si je consultais le médecin, répéta-t-elle.

—Je ne vous le conseille pas, répliqua la vieille fille. Ce serait manquer de confiance envers le saint père Mazenod. Assez pour qu'il refuse de s'occuper de vous à l'avenir.

D'un élan généreux, elle dégagea de son cou une petite chaînette semblable à un scapulaire et l'enroula précieusement autour de la jambe d'Héléna.

—Je vous prête ma relique du saint père, débita-t-elle comme une faveur. Elle vous protégera pendant mon absence.

Car, ce soir, ce serait Noël et Héléna lui avait donné congé afin qu'elle célèbre la grande fête avec sa famille de Saint-André.

—Je dois partir, dit la vieille fille en se retournant. Ma sœur m'attend. Je lui ai promis de l'aider à préparer le réveillon. N'oubliez pas de boire votre jus toutes les heures, recommanda-t-elle en enfilant son manteau.

Héléna suivit ses gestes tandis qu'elle franchissait le seuil. Dehors, la neige tombait doucement. Une vraie petite neige de Noël. Derrière elle, la radio modulait de doux chants qui rappelaient la nativité toute proche, des airs qui se voulaient joyeux, mais qu'elle trouvait subitement si tristes que de grosses larmes remplirent ses yeux.

Que se passait-il donc pour que tous les malheurs du monde s'acharnent sur eux? Il y avait eu d'abord Léon-Marie, avec son attaque qui l'avait rendu impotent au point de devoir tout abandonner, puis ç'avait été le tour de Cécile avec cette prolifération dans sa tête qui risquait à chaque instant de ressurgir et maintenant cette chute malencontreuse qu'elle n'aurait jamais souhaitée.

Pour la première fois de sa vie, elle perdait courage. Elle avait l'impression de ne plus être capable de surmonter cette suite d'épreuves qui ne cessaient de l'accabler. Elle avait toujours été une bonne chrétienne, mais cette fois, elle reprenait les termes de Léon-Marie : trop, c'était trop.

Il y avait douze jours qu'elle avait tourné sa statue du Sacré-Cœur contre le mur. L'œil dur, elle fixa l'enduit de plâtre délavé, grisâtre qui formait son dos. Il y avait peu de chance que son Jésus revoie la lumière avant que ne commence l'année 1950.

Au-dessus de sa tête, ses deux adolescents, Antoine-Léon et Marie-Laure se chamaillaient dans le corridor de l'étage. Le vendredi précédent, ils étaient rentrés à la maison pour célébrer les fêtes de fin d'année.

Elle laissa échapper un soupir et ferma les yeux.

—J'ai pas l'impression... qu'on va passer... des fêtes ben agréables, prononça Léon-Marie comme une réponse à son gémissement. Quoi qu'en dise... mamzelle Bonenfant, je persiste à penser... que tu devrais consulter le docteur Gaumont... au plus vite. Tu prends pas de mieux.... t'es pâle... sans bon sens.

Héléna se tourna vers lui. Une immense tristesse couvrait son regard. Elle se sentait si lasse. Ce soir, c'était Noël et elle savait que ses petits n'auraient pas de réveillon, qu'elle n'aurait pas la force de seulement se traîner jusqu'au garde-manger pour leur servir un des mets simples qu'avait préparés mademoiselle Bonenfant avant son départ. Elle se sentait si désemparée. Il lui semblait que la mort l'emprisonnait dans son grand linceul, qu'elle ne trouvait ni l'énergie ni aucune raison valable de s'en dégager, réagir et se remettre à vivre.

À nouveau, elle ferma les yeux. Les doigts croisés sur son ventre, silencieuse, avec sa jambe qui émettait des petits crépitements douloureux, elle se plongea dans ses pensées.

Une main frôla délicatement son bras.

—Il est onze heures, maman.

Elle souleva les paupières. Antoine-Léon s'était approché et chuchotait à son oreille. Elle ne pensait pas qu'il était si tard. Elle avait dû sommeiller.

—Allez vous coucher, maman, l'engagea-t-il sur un ton d'adulte raisonnable, je vais amener Marie-Laure à la messe de minuit. Vous inquiétez pas, je vais bien m'occuper de ma petite sœur.

Assis dans son coin d'ombre, avec sa canne accrochée au bras de sa chaise, Léon-Marie se tourna vers ses enfants.

—Vous prierez pour votre mère... Pis, soyez pas tristes... Des épreuves, on en a de temps en temps... pis des Noëls... il va y en avoir d'autres... des plus joyeux...

La tête appuyée sur le dos de sa berceuse, Héléna opina de la tête. Malgré leurs ennuis, elle se disait que la vie avait encore des douceurs en réserve. Elle ne pouvait s'empêcher d'être fière de son Antoine-Léon qui fêterait ses seize ans dans moins d'un mois. Elle pensa que c'était un âge bien tendre pour montrer autant de maturité et de sagesse. Il y avait aussi sa Marie-Laure, âgée de treize ans qui était si jolie et d'une intelligence bien supérieure à la moyenne.

Les enfants avaient endossé leurs chauds manteaux et se préparaient à se rendre à l'église.

Derrière eux, trois coups légers avaient ébranlé la porte. Le panneau s'entrouvrit lentement. Georgette passa la tête, puis franchit le seuil. Elle était suivie de Jean-Baptiste.

—On a vu de la lumière et on s'est risqués à arrêter. Un jour comme aujourd'hui, on a bien pensé que vous seriez pas couchés. On voulait seulement savoir comment vous vous organisiez.

Elle avait revêtu son manteau neuf et enfoncé sur sa tête un chapeau en feutre noir piqué d'une plume de paon qui s'agitait sur son front.

—Prenez le temps... de vous asseoir, les invita Léon-Marie visiblement content de leur visite. Vous avez ben... quelques minutes... il est pas encore minuit.

—On peut pas rester longtemps. On veut pas manquer le *Minuit, chrétiens*, dit Georgette, je voulais juste savoir comment se porte notre malade.

Elle se dirigea vers Héléna et se pencha sur sa jambe. Comme si ce geste faisait partie de son ordinaire, elle souleva le pansement.

La mine préoccupée, elle fixa la plaie.

—C'est Antoinette qui vous soigne?

—Mademoiselle Bonenfant a une grande confiance au père Mazenod, répondit candidement Héléna. Elle est sûre qu'il va faire un miracle.

—J'espère qu'il va se presser, observa-t-elle. Vos orteils sont violets, presque noirs.

—Mademoiselle Bonenfant dit que c'est l'infection dans ma plaie qui leur donne cette couleur.

—Je ne veux pas contredire ma cousine Antoinette, mais elle n'a pas ma compétence pour soigner les malades.

—Je te connais... Georgette, s'immisça Léon-Marie qui ne cachait pas son inquiétude. Je voudrais que tu dises le fond de ta pensée...

Georgette se redressa et alla rejoindre Jean-Baptiste.

—Faut y aller, nous autres. Comme je le disais tantôt, on veut pas manquer le *Minuit, chrétiens*.

Elle se tourna vers Héléna.

—Ce n'est pas mon affaire, mais je me demande pourquoi vous n'avez pas encore appelé le docteur Gaumont.

Antoine-Léon et Marie-Laure quittèrent la maison sur leurs pas. Main dans la main, le regard rempli de tristesse, comme deux enfants seuls au monde, ils se dirigèrent vers l'église. Léon-Marie suivit leurs frêles silhouettes qui s'enfonçaient dans la nuit, puis reporta ses yeux sur Héléna.

— Demain à la première heure... prononça-t-il sur un ton raffermi, lourd de sa détermination, même si c'est Noël... tu vas appeler... le docteur Gaumont, ma femme. C'est... un ordre.

Douze coups sonnaient à l'horloge. Ils se levèrent de leur chaise. Fatigués tous les deux, péniblement, ils allèrent s'étendre sur le grand lit de leur chambre.

La cuisine était vide quand Antoine-Léon et Marie-Laure rentrèrent de la messe de minuit une heure plus tard. La radio était éteinte. Seul le plafonnier était resté allumé pour éclairer leur retour.

Un grand recueillement comme un silence monastique couvrait la pièce. Le cœur gros de chagrin, ils imaginaient les autres maisons, remplies d'invités bruyants, enjoués, qui s'entassaient dans les salons, tandis que les enfants découvraient leurs étrennes et remplissaient l'air de leurs éclats joyeux.

Ils regardèrent autour d'eux, la table dénudée avec son tapis ciré défraîchi, orné de petites fleurs, la salle à manger, le salon, sans la moindre décoration pour rappeler la fête, car il n'y avait pas de sapin chez eux, cette année, comme dans les autres demeures. Pas la plus petite crèche non plus ou une couronne pour souligner ce jour et, bien sûr, ils n'auraient pas de cadeaux.

Ils étaient conscients que ce Noël en était un parmi d'autres, pourtant ils savaient qu'ils ne pourraient l'oublier.

Les yeux brouillés de larmes, ils montèrent dans leurs chambres et, sans s'en faire la remarque, se glissèrent sous les couvertures.

Le lendemain, jour de Noël, se passa dans une atmosphère aussi lourde de tristesse et de médiocrité que la veille. Sa jambe malade allongée sur une chaise, Héléna avait peine à contenir ses larmes tant la douleur était intolérable.

Au grand dam de mademoiselle Bonenfant qui rentrait de ses vacances, elle avait pris la décision d'appeler le docteur Gaumont.

La mine horrifiée, avec des gestes dédaigneux, le médecin enleva le cataplasme qui entourait sa jambe et le lança dans la poubelle.

— Voulez-vous bien me dire pourquoi vous avez tant attendu avant de consulter? gronda-t-il en saisissant sa trousse qu'il avait déposée sur la table.

Le regard noir, il plongea la main dans sa mallette, farfouilla un peu et en retira un minuscule flacon renfermant une poudre blanche dans lequel il injecta une dose précise d'eau distillée.

— Votre plaie est gravement infectée, vitupéra-t-il en secouant le petit contenant afin de bien liquéfier la substance. Je doute que j'aurais pu sauver votre jambe si vous m'aviez consulté seulement demain. Nous aurions dû l'amputer, ajouta-t-il comme une menace.

Il roulait de gros yeux scandalisés. Habituellement placide, il ne cachait pas sa colère. Qu'avaient donc les habitants des villages à ne mettre leur confiance que dans les mauvaises herbes de leur cour et les forces de l'au-delà? Qu'attendaient-ils pour comprendre que la médecine était là et que, elle seule pouvait les guérir?

Il laissa échapper un soupir en même temps qu'il aspirait tout le contenu de la petite fiole dans une seringue. L'expression encore rébarbative, il ordonna à Héléna de se tourner sur le côté.

— Il y a peu d'années que nous utilisons ce médicament, dit-il en enfonçant l'aiguille dans son muscle fessier, c'est une sorte de moisissure qu'on appelle pénicilline. C'est un antibiotique très efficace, bien supérieur aux sulfamides et qui agit sur presque toutes les infections.

Il jeta un regard lourd de reproche vers mademoiselle Bonenfant.

— Vous avez de la chance que ce médicament ait été découvert. Peut-être que c'est ça, votre miracle du père Mazenod.

33

La pénicilline avait fait son effet. Peu de jours après l'intervention du docteur Gaumont, l'abcès qui s'était formé dans la jambe d'Héléna se résorba, et ses os se ressoudèrent. Après un mois d'immobilité, lentement, en boitillant, elle reprit ses activités ordinaires.

Elle l'avait fait sans trop d'ardeur. Cette bataille de son corps contre l'infection l'avait exténuée, et ses forces physiques tardaient à revenir. Elle n'éprouvait plus son habituelle joie créatrice en allant exercer son métier de modiste. Parfois même, elle se sentait si épuisée, qu'il lui prenait l'envie de tout abandonner.

N'eût été de l'avenir incertain qui était le leur après l'éboulis qui avait affecté la région, elle aurait profité de la manne annuelle qu'étaient les chapeaux de Pâques et elle aurait vendu son commerce avant que ne débute l'été 1950.

Mais elle s'était peu à peu raisonnée. Avec sa patience coutumière, elle avait décidé de vivre les jours un à la fois, sans penser au lendemain.

Face à leur résidence, les décombres de l'usine McGrath avaient étalé leur laideur pendant tout l'hiver, masses informes, encapuchonnées de neige, comme des rapaces à demi dissimulés, le bec pointé vers le ciel.

—On a pas idée de laisser... des cochonneries de même... à la vue des honnêtes citoyens, avait grogné Léon-Marie, le regard rivé sur la fenêtre. Bien entendu... quand on s'appelle... l'honorable sénateur... on peut tout se permettre...

Le printemps s'était écoulé, puis l'été sans que l'Irlandais daigne entreprendre le nettoyage de l'espace. Secoué, désenchanté peut-être, pour la première fois de son existence, il tardait à décider de ce qu'il en ferait.

Pour leur part, les résidants du hameau s'étaient mis vaillamment à la tâche. Après avoir colmaté temporairement les brèches sur leurs fondations au moment du sinistre, ils avaient complété les travaux, le printemps venu.

Au grand soulagement des faubouriens, le chemin avait été maintenu dans son tracé. La rivière avait été fortement stabilisée et les géologues engagés par la municipalité pour une expertise, avaient jugé qu'il n'y avait plus de danger d'éboulis.

Aussitôt que le temps doux avait asséché le sol, partout à travers le hameau, les coups de marteau et les cris des hommes avaient retenti.

Chaque matin, le pas tranquille, leur veste sur l'épaule, les ouvriers avaient monté la côte du Relais et s'étaient dirigés vers les différentes habitations à consolider.

Malgré son impotence, Léon-Marie avait tenu à veiller sur son bien.

Dès que les travailleurs pénétraient dans la cour, soutenu par Héléna et la bonne, il allait occuper une chaise au milieu du carré de gazon. Sa main valide appuyée sur sa canne, le corps un peu incliné vers l'avant, il observait leurs gestes.

Quand l'angélus de midi tintait à la petite église, deux employés de la firme le ramenaient à la maison pour ensuite revenir le prendre après le dîner. Installé encore une fois sur sa chaise, le dos au soleil, sa casquette sur la tête, pendant les longues heures de l'après-midi, il gardait ses yeux rivés sur les ouvriers.

Il avait suivi ainsi avec attention les travaux à sa résidence de même qu'à la bâtisse de la chapellerie, mais quand les employés s'étaient déplacés vers les deux autres immeubles du milieu de la côte, il avait commencé à ressentir sa fatigue. Il s'y était bien amené les premiers jours, puis il ne s'y était rendu que les matinées.

Rentré à la maison pour le repas de midi, épuisé, il se traînait jusqu'à son lit.

— Tu iras faire... un tour aux rénovations... disait-il à Héléna. Si les hommes travaillent pas à ton goût... tu m'enverras David.

Enfin, les trois édifices de même que la résidence avaient repris leur fière allure et Léon-Marie avait réintégré sa place sur la véranda. Il avait dû vendre deux petites maisons dans la route de l'Église pour payer ses frais.

On était en septembre. Les vacances estivales étaient terminées, et les enfants s'apprêtaient à retourner à leurs pensionnats.

Antoine-Léon qui était âgé de seize ans, avait terminé sa versification au séminaire et il irait y entreprendre ses belles-lettres. Après ce jour lointain où il avait exprimé son déplaisir à étudier dans le vieux collège, ils ne l'avaient plus entendu récriminer. Chaque automne, ils le voyaient partir, sans rien dire, ses valises pleines de tablettes de chocolat qu'il vendrait à ses confrères tout en poursuivant ses études.

Pour sa part, malgré son passage à l'école secondaire, Marie-

Laure n'avait pas quitté son couvent qu'elle fréquentait depuis sa tendre enfance. Elle avait plutôt traversé un an auparavant, le long corridor séparant les petites des grandes et y avait entrepris ses lettres et sciences.

Âgée de treize ans, bientôt quatorze, elle était sortie brusquement de l'enfance et avait rangé ses poupées pour devenir une jolie demoiselle distinguée et élégante qui rayonnait à travers la Cédrière.

Tandis qu'elle passait ses vacances à la maison, Antoine-Léon avait travaillé, comme d'habitude, dans les chantiers de construction de son frère David et de son oncle Charles-Arthur. De même que les étés précédents, le soir venu, il était allé peler des pommes de terre pour la roulotte à patates frites du grand Isidore.

Chaque fois qu'il avait quitté la maison vers la côte, Héléna n'avait pu s'empêcher de penser à ce pauvre Isidore avec son visage brûlé au second degré et qui garderait toute sa vie les séquelles de son imprudence de pompier volontaire.

— Qu'il s'attende pas... à ce que McGrath le dédommage... répétait Léon-Marie! La reconnaissance... c'est un vain mot... pour cet importé-là... Tout ce qu'il veut... c'est s'enrichir... sur le dos des Canadiens français.

Héléna l'écoutait et se retenait de commenter. Léon-Marie était chaque jour plus irritable et les discussions l'épuisaient. Affaibli, sitôt son petit déjeuner terminé, il traînait ses pas jusqu'à sa chaise et, l'œil soupçonneux, le visage tourné vers la fenêtre, perdait toute indulgence pour ce qui l'entourait. Bien sûr, il avait oublié depuis longtemps les incitations à la résignation du curé Darveau.

Ce premier dimanche de septembre, il s'était éveillé en bougonnant encore plus que d'habitude. Des crampes couraient dans ses jambes et ses yeux étaient brouillés de mille petits grains de sable. Héléna l'avait aidé à enfiler ses vêtements, puis avait passé de longues minutes à frictionner ses mollets engourdis.

Pendant toute la matinée, la mine sombre, enfoncé dans son fauteuil, il avait fixé la campagne. Malgré le vent doux et le beau soleil qu'il voyait dehors, il n'avait pas voulu aller s'asseoir sur la véranda.

— Si tu ne vas pas mieux demain, je vais demander au docteur Gaumont de venir t'examiner, décida Héléna tandis qu'elle l'aidait à s'approcher de la table pour le repas de midi.

Antoine-Léon avait commencé à manger. Il était pressé. Investi dans *l'ordre de bon temps*, il devait aller, le même soir, animer une fête canadienne avec son groupe à la salle paroissiale du village de Saint-Charles.

Héléna avait longuement hésité avant de lui permettre cette échappée vers le petit bourg lointain, niché dans les montagnes. Elle craignait de voir tous ces jeunes s'entasser dans une voiture par des chemins tortueux après une soirée d'excitation et de fatigue.

— Tu diras au garçon d'Arthur Lévesque de ne pas aller trop vite, recommanda-t-elle tandis qu'il franchissait le seuil. Il n'y a pas beaucoup d'années qu'il conduit une automobile.

Antoine-Léon se retourna et égrena un petit rire, le rire rempli d'assurance d'un homme, songea-t-elle.

Étonnée chaque fois, elle constatait combien son Antoine-Léon grandissait. Élancé, le port noble, il ressemblait trait pour trait à son père, avec son regard noir, décidé, son front large et sa bouche un peu moqueuse.

À la différence de Léon-Marie qui n'avait autour de son crâne qu'une mince couronne grise chatouillant ses oreilles, Antoine-Léon arborait une splendide chevelure d'un brun chaud, épaisse, creusée de vagues profondes qui auréolaient son front jusqu'en bas des tempes.

Elle ouvrit la bouche pour lui répéter son exhortation. Il la freina d'un geste.

Le visage réjoui, le col de sa chemise ouvert sur sa poitrine, il dégringola les marches et s'enfuit vers la côte.

Marie-Laure s'absenterait, elle aussi. Appelée à jouer dans une pièce de théâtre à l'occasion de la fête des moissons du curé Jourdain, elle devait aider à préparer la salle et les décors.

— Toi aussi, tu seras prudente, ma petite fille, lui dit sa mère. Ce soir, je veux que tu rentres à la maison dès la fin du spectacle.

— Maman! éclata Marie-Laure. J'ai treize ans, je ne suis plus une enfant. Et puis je serai tout près d'ici, entourée de gens du hameau.

— C'est justement ce qui me rend soucieuse, répliqua Héléna. Je me demande si treize ans est un âge raisonnable.

La mine pensive, elle fixait sa fille. Soudain, son visage s'éclaira. D'un bond, elle repoussa sa chaise.

— Peut-être le moment est-il venu de te mettre à l'épreuve.

D'un pas décidé, elle se dirigea vers son secrétaire, extirpa de sa poche une petite clé dorée et ouvrit un tiroir. Revenant vers la cuisine, elle exhiba un billet de banque tout neuf.

— J'ai mis des années à ramasser cette somme, piastre par piastre, dit-elle en détachant ses mots. Il y a longtemps que je veux faire un don aux religieuses de ton couvent pour leurs œuvres mission-naires à l'occasion de la tombola annuelle. Pour tout de suite, tu vas aller me ranger ça précieusement dans ta chambre.

Marie-Laure sursauta. La bouche ouverte toute grande, elle dévisageait sa mère. Elle n'en croyait pas ses yeux.

—Cent dollars... pour la tombola de sœur Sainte-Eugénie... Ça veut dire qu'on n'est pas pauvres...

—Nous ne sommes pas pauvres, mais nous ne sommes pas riches non plus, la reprit Héléna. Il n'advient pas qu'aux riches à faire la charité.

Marie-Laure la regarda encore. Un long frémissement monta dans sa poitrine tandis qu'elle avançait la main pour saisir le billet.

L'œil brillant, perdu dans le lointain, elle pensait à tout ce qu'elle ferait avec pareille somme, à ces jeux auxquels elle participerait. Elle en aurait bien pour trois jours avant de réussir à dépenser tout cet argent, et même, il lui en resterait encore.

Elle jouerait à la pêche aveugle, c'était certain, se disait-elle. Elle tenterait ensuite sa chance au jeu de fléchettes pour se gagner un panier de sucre d'orge et elle se ferait dire la bonne aventure par une des finissantes. Elle jouerait aussi au bingo et elle s'achèterait des tonnes de pop-corn et de chips. Elle offrirait des cornets de crème glacée à ses meilleures amies. Elle mangerait des tablettes de chocolat à en être malade et elle miserait une petite somme aux jeux de hasard.

Elle soupira d'aise. Ah! combien elle ferait ravaler son imperti-nence à la fraîche Charlotte Dubé, la fille d'un de leurs locataires qui était pensionnaire avec elle, de même que Marie-Louise Leblanc avec ses airs de m'as-tu-vu et ses longs cheveux blonds frisés qu'elle ne cessait de secouer sous leur nez.

Elle tendit une main fébrile.

Héléna retint le billet.

—Tu iras remettre cette somme en main propre à la mère supérieure et tu lui demanderas de te rendre cinq dollars pour tes jeux de tombola.

Sidérée, Marie-Laure fixa sa mère.

—Cinq... dollars... seulement...

Elle était accablée. Tout ce beau rêve qu'elle avait ébauché l'es-pace d'un instant, venait de s'évanouir d'un coup, avait glissé de ses doigts comme une agate échappée dans la crique et qui aurait émis un plouf retentissant avant de s'enfoncer dans les eaux troubles. De grosses larmes voilaient ses yeux.

—J'ai économisé cet argent dans le but d'en faire la charité, afin d'attirer sur nous les faveurs du ciel, expliqua Héléna. Aujourd'hui, avec le coût de vos études, la maladie de ton père, les frais de maison, sans compter nos déboires des derniers mois, même si je l'avais voulu, je n'aurais pas pu amasser une somme pareille.

—Faire la charité aussi gratuitement, articula Marie-Laure sur un ton de mépris. Quelle différence cela aurait-il fait que cet argent soit dépensé à la tombola? Les sœurs l'auraient eu quand même dans leurs poches et moi, je me serais amusée.

—Si tu penses que je ne te vois pas venir, ma fille, fit sévèrement Héléna. L'argent doit servir à des fins utiles et non à se faire remarquer de l'assemblée.

—Pourquoi ne me donner que cinq dollars?

—Parce que c'est plus qu'il t'en faut pour une simple tombola de couvent.

—Vous passez tous ses caprices à Antoine-Léon, persista Marie-Laure, et à moi, vous ne donnez jamais rien.

—Va déposer cet argent dans ta chambre, répéta Héléna avec fermeté, et presse-toi de t'en aller si tu ne veux pas être en retard à l'église.

Marie-Laure lui jeta un regard noir. Le pas dur, elle escalada les marches vers l'étage, puis en redescendit aussi vite. Sans un mot, elle passa près d'elle et, la tête basse, quitta la maison.

—Tu as été... sévère... avec la p'tite... lui fit remarquer Léon-Marie, moi je lui aurais... laissé... au moins dix piastres...

—Peut-être.

L'œil songeur, elle fixa la silhouette de sa benjamine qui s'engageait sur la route. Elle reconnaissait qu'elle n'avait pas été très généreuse, mais Marie-Laure n'avait que treize ans. Chaque jour plus jolie, avec son teint d'albâtre, ses grands yeux sombres et ses épaisses tresses qui allaient s'arrêter à sa taille, elle trônait bien au-dessus de ses compagnes dans sa luxueuse résidence de la Cédrière, à l'inverse des autres qui étaient presque toutes, filles de leurs locataires.

Elle ne voulait pas la voir tirer une trop grande vanité de cette supériorité apparente. À la suite de leurs revers des dernières années, Héléna avait constaté combien toute situation de fortune peut être changeante. « On ne sait pas ce que la vie nous réserve, se dit-elle, il faut y mettre beaucoup d'humilité quand on a tout perdu, si on veut avoir la capacité de recommencer. »

C'était là sa conviction et elle savait qu'elle ne changerait pas d'idée.

Elle se leva de sa chaise. On était dimanche et mademoiselle Bonenfant avait pris congé pour l'après-midi. Léon-Marie et elle étaient seuls à la maison.

—Si cela ne te dérange pas, je vais aller faire un tour chez Cécile. Elle n'était pas à la messe ce matin et je m'inquiète un peu. Je l'ai trouvée pâlotte hier, quand je me suis arrêtée au magasin.

—Pars... en paix... bégaya Léon-Marie. Je suis encore capable... de me traîner jusqu'à l'évier pis... prendre un verre d'eau... si j'ai soif.

Rassurée, elle descendit la côte d'un pas de promenade et tourna dans la cour des commerces. Les magasins étaient encore ouverts. Comme elle faisait d'habitude, elle poussa la porte du magasin général et le traversa jusqu'au fond vers l'escalier. Autour d'elle, la nuée de fermiers qui s'y entassaient chaque dimanche après la messe commençait à se disperser. L'allure affairée, seul pour s'occuper des commerces, Denis, le jeune frère de Jean-Louis faisait la navette entre les deux établissements.

—Jean-Louis vient de monter, glissa-t-il tandis qu'il passait près d'elle. Cécile file pas aujourd'hui.

Elle le fixa sans rien dire. Le cœur serré, rapidement, elle escalada les marches et émergea dans le petit bureau qui avait servi autrefois à la tenue des comptes de leurs différentes entreprises.

Immobile sur le palier, elle jeta un regard autour d'elle. Partout, une sorte de fouillis couvrait les lieux comme si un va-et-vient perpétuel s'était amorcé. Des chaises avaient été déplacées et gênaient l'espace. La longue table de travail était toujours à sa place contre le mur, mais elle était couverte de livres de comptabilité écornés et ternes qui s'y entassaient dans une sorte de désordre pressé. Une épaisse couche de poussière recouvrait les meubles et les rideaux étaient défraîchis. Une impression de relâche enveloppait la pièce.

Elle ne pouvait s'empêcher d'en éprouver un certain malaise. Il n'était pas dans les habitudes de Cécile d'être aussi négligente. Une vive inquiétude monta en elle.

Poursuivant ses pas, elle pénétra sur la pointe des pieds dans la cuisine.

Le spectacle qui s'offrait à sa vue la désola encore davantage.

Vêtu de sa chemise de nuit, en ce début d'après-midi, Marc-Aurèle était assis par terre et pleurait bruyamment. Agenouillée près de lui, Lina, sa grande sœur de huit ans, tentait de le consoler en portant maladroitement à sa bouche un verre rempli de lait frais qui dégoulinait sur ses joues, maculait ses vêtements pour se répandre en arabesques sur le parquet.

Horrifiée, Héléna se précipita et souleva le petit homme.

—Pauvre petit, qu'est-ce qu'elle te fait, la grande Lina? Où est maman?

Le retenant dans ses bras, accompagnant sa marche d'un mouvement berceur, elle se dirigea vers la chambre des maîtres.

Cécile était là. Étendue sur le lit, habillée de sa robe de tous les jours et de ses bas de coton, elle semblait s'être levée afin de vaquer à ses tâches pour ensuite retourner s'allonger. Son visage paraissait encore plus émaciée que la veille. Ses cheveux étalés en auréole sur son oreiller laissaient voir la large cicatrice de son front, toujours nette, violacée, et qui allait mourir sur ses tempes.

Jean-Louis était penché sur elle. Il paraissait malheureux.

—Cécile s'est éveillée avec un mal de tête épouvantable, expliqua-t-il. Elle pensait que ça passerait, mais ç'a empiré. Je suis monté aussi vite que j'ai pu. Je sais plus quoi faire...

—Maman, gémit Cécile, je souffre tellement. Je veux mourir.

—Tu as pris un calmant que t'a prescrit le docteur?

—J'ai pris deux doses et ça ne me soulage pas. J'ai toujours aussi mal.

Héléna la fixa avec chagrin.

—Avez-vous téléphoné au docteur Dionne? interrogea-t-elle encore, tournée vers Jean-Louis.

—C'est dimanche aujourd'hui et puis... il a donné ses directives...

—Téléphonez quand même, insista-t-elle doucement, comme si une petite lueur d'espoir perdurait dans son cœur.

Demeurée seule dans la chambre, elle alla s'asseoir auprès de sa fille et la fixa en silence. Elle devinait que le mal avait repris, que les moments difficiles s'apprêtaient à les atteindre. Ils n'avaient bénéficié que d'un court répit et elle ne cachait pas sa tristesse.

« Elle connaîtra des périodes d'accalmie, avait expliqué le chirurgien. Certains jours, vous la penserez guérie, puis le lendemain la douleur l'assaillira avec force. Viendra un moment où la souffrance s'accrochera à elle jusqu'à devenir insupportable. Alors vous comprendrez que la fin est proche. »

—Combien de temps durera sa rémission? avait-elle demandé.

—Trois, quatre, cinq ans peut-être? avait répliqué le médecin sans trop de certitude. Cela dépendra de la rapidité avec laquelle sa tumeur évoluera. Cela dépendra aussi où se situeront les métastases. Elle connaîtra des phases dépressives, elle se révoltera. À son âge, il n'est pas facile d'accepter la mort. Le moment venu, il faudra être avec elle. Elle aura bien besoin de votre aide.

Héléna se faisait de grands reproches. Accaparée par ses propres problèmes, elle n'avait pas perçu la gravité avec laquelle le mal de sa fille avait évolué. Elle la voyait bien un peu chaque jour, mais dans des moments trop courts. Que savait-elle du drame qu'elle vivait à l'intérieur de sa maison, la souffrance qui était son lot, la perte de ses rêves, de ses attraits?

Elle ne reconnaissait plus sa si jolie Cécile dans cette pauvre femme qu'elle voyait couchée, misérable, avec l'enflure de son front qui prenait chaque jour de l'importance, ses grands yeux globuleux qui semblaient sortir de leur orbite, sa bouche douloureuse, la transparence maladive de sa peau, la maigreur presque cachectique de son corps.

Elle se remémorait ses vingt ans, sa peau lisse, ses pommettes teintées de rose, ses beaux yeux sombres légèrement en amandes. Pourquoi la vie ne permet-elle pas de retourner en arrière? soupirait-elle. Comme une histoire dont on noircit une page, avoir le droit de revivre le passé, le refaire et en réparer les erreurs.

—J'ai réussi à rejoindre le docteur Dionne, dit Jean-Louis qui venait de rentrer dans la chambre. Il m'a demandé de lui amener Cécile. J'ai aussi appelé maman. Il me faut quelqu'un pour prendre soin des enfants et servir au magasin pendant mon absence. Denis ne peut pas s'occuper tout seul des deux commerces.

—Je vais vous prêter mademoiselle Bonenfant, vous la garderez aussi longtemps que vous en aurez besoin.

Derrière eux, les pas de Georgette avaient ébranlé l'escalier et résonnaient vers la chambre. Encore haletante, elle se tourna vers Héléna.

—J'entends que vous voulez prêter Antoinette à Cécile. Êtes-vous sûre que c'est une bonne idée? Avec la maladie de Léon-Marie, vous avez besoin de votre servante.

Elle la fixait de ses petits yeux noirs, vifs, comme si, déjà, elle prenait la situation en main, organisait leurs maisons.

—En cherchant bien, je pourrais peut-être trouver une autre cousine...

—Je peux m'arranger, assura Héléna. Je vais même ramener Lina et Marc-Aurèle avec moi. Un peu de silence ne nuira pas à Cécile et cela permettra à mademoiselle Bonenfant d'être plus attentive à ses besoins.

— En ce cas, si tout est arrangé, je vais aller aider Denis à fermer les magasins, décida Georgette.

— Et moi, je vais aller faire manger ces deux affamés, dit Héléna en aidant les petits à endosser leurs vêtements. Aussi c'est jour de congé pour mademoiselle Bonenfant et je ne veux pas laisser Léon-Marie seul trop longtemps.

Elle se retrouva dehors. Sa main agrippant celles de ses petits-enfants qui portaient vaillamment leur bagage, elle se dirigea vers la maison.

Malgré le doux été qui se poursuivait, les herbes rassasiées de soleil, elle ne pouvait s'empêcher de se sentir bien malheureuse.

« Comment accepter de voir la chair de sa chair supporter un mal atroce, entendre cogner des sons durs dans chaque partie de sa tête sans connaître un seul moment de répit jusqu'à en mourir, se disait-elle incapable de taire sa révolte. Cécile n'a que trente-cinq ans et elle est mère de deux jeunes enfants, se désolait-elle encore. »

Partagée entre la rébellion et la soumission, elle serra avec force les doigts de ses deux petits-enfants que, dans son impossibilité à vaincre la fatalité, elle voyait déjà comme des orphelins.

— Tu me fais mal, grand-maman, prononça Lina en levant vers elle un regard surpris.

Héléna se ressaisit. Un peu calmée, elle reprit sa marche lente et dépassa la maison de Charles-Arthur. Elle était arrivée devant la cour de sa résidence.

Au-dessus de sa tête, les oiseaux piaillaient dans le vieux sapin qu'avait planté Léon-Marie du temps de sa précédente épouse. Le vent sifflait autour du mont Pelé en faisant des spirales et charriait avec lui des arômes de résine et de fleurs sauvages.

Le visage levé, elle huma l'air. La nature lui apparaissait insouciante, paisible et elle se prenait à l'envier.

Soudain, un bruit, comme un chuintement troubla la paix du dimanche. D'une même envolée, les oiseaux s'étaient enfuis vers la montagne.

Intriguée, dans un geste d'habitude, elle jeta un regard autour d'elle, écouta, puis laissa exhaler son souffle. Partout dans l'après-midi tranquille, elle ne percevait que la rumeur confuse de la campagne et la stridulation des insectes.

Elle se reprit à avancer. Soudain, le bruit, encore une fois, se fit entendre. Étonnée, elle s'immobilisa et, à nouveau, scruta les alentours. L'oreille attentive, elle tenta de définir ce halètement qu'elle avait cru saisir, semblable à une plainte sourde, mais dont elle ne pouvait déterminer la provenance.

De l'autre côté de la route, deux chats du voisinage couraient à travers les décombres de ce qui avait été l'usine McGrath. Souples, agiles, ils batifolaient avec leurs petites pattes qui se déplaçaient sur les planches à demi consumées, s'accrochaient aux pièces de métal tordues en émettant un léger tintement de clochette.

Elle éclata de rire. Ce n'étaient que les chats.

Près d'elle, Lina tirait sa manche.

—Grand-maman, grand-maman, regarde.

De son index, elle indiquait devant eux, une ombre qui se mouvait et se confondait avec le bois de la véranda. Lourde, couchée, presque camouflée par les hautes herbes, elle se déplaçait avec peine, dans un mouvement ondulatoire qui la faisait ressembler à un invertébré.

Héléna y dirigea son regard. Soudain, ses yeux s'écarquillèrent d'horreur.

Épouvantée, elle abandonna la main de ses petits-enfants et se rua vers le perron.

Léon-Marie était là. Affalé au pied des marches, geignant et pleurant à la fois, incapable de se redresser, il ne parvenait qu'à se traîner lamentablement sur le gazon.

—Héléna, balbutia-t-il, vois comment... je suis rendu... Je peux pus vivre de même... je veux mourir...

—Tu veux... toi aussi...

Dépassée, elle hocha douloureusement la tête.

—J'en avais pourtant assez avec Cécile. Pourquoi en rajouter?

Brusquement, elle se raidit. Exaspérée, les yeux durs, elle lança comme un ordre :

—Tu vas te retrousser, Léon-Marie. Qu'est-ce qui t'as pris de descendre dans la cour?

D'un mouvement sec, autoritaire, elle l'assit sur le sol et lui tendit sa canne. Ses avant-bras fichés sous ses épaules, elle le souleva pour atteindre la première marche, puis le reposa. Elle était épuisée. Léon-Marie ne faisait aucun effort.

—Courez chercher votre oncle Charles-Arthur, demanda-t-elle aux enfants qui attendaient sans bouger au milieu de l'allée, dites lui que j'ai besoin de lui pour porter votre grand-père dans la maison.

—Je comprends pas mon frère de s'emberlificoter de même

quand il avait qu'à se tenir tranquille à regarder picorer les oiseaux, critiqua Charles-Arthur en accourant dans l'allée.

Héléna le fixa sans répondre. Sans cesser d'être exaspérée, elle saisit une épaule de Léon-Marie tandis que Charles-Arthur prenait l'autre. Ensemble, ils le traînèrent jusqu'à la cuisine et le déposèrent sur sa chaise.

Comme si rien ne s'était passé, elle se dirigea vers la cuisinière et attisa la flamme du brûleur.

—As-tu faim? s'enquit-elle en jetant un regard vers Léon-Marie.

—J'ai pas... faim, répondit-il. J'ai assez... mangé à midi.

—En ce cas, tu vas tenir compagnie aux enfants pendant que je leur prépare quelque chose. Eux n'ont pas dîné. Et vous aussi, Charles-Arthur, si vous voulez, vous pouvez rester et manger avec nous.

Elle parlait par saccades. Nerveuse, elle se déplaçait de la cuisinière à l'armoire en faisant des gestes brusques.

Incapable de taire sa fébrilité, rapidement, elle dressa le couvert, mit quelques œufs à frire dans le grand poêlon et sortit du garde-manger une pièce de jambon froid.

—Même quand la vie est avare de ses grâces, émit-elle en coupant de généreuses tranches de pain pour les faire rôtir dans le grilloir, nous pouvons au moins compenser en ayant le ventre plein.

—Si vous avez pus besoin de moi, je vas y aller, débita Charles-Arthur, gêné.

—Je vous remercie et j'espère ne plus avoir à vous déranger pour une affaire pareille, prononça-t-elle encore incapable de se départir de son air revêche.

Près d'elle, assis sagement devant la table, les deux enfants de Cécile mastiquaient leur repas avec l'insouciance de leur âge, en bougeant leurs petites jambes et regardant autour d'eux, inconscients des jours pénibles qui seraient les leurs. Elle pensa combien il serait difficile pour ces jeunes êtres turbulents et en santé de subir une mère malade et la voir mourir.

Elle s'était soudainement radoucie. Les mains enroulées dans son tablier, elle serra les lèvres. Elle se sentait démunie tout à coup, tant vidée et impuissante que, si elle ne s'était retenue, elle aurait éclaté en sanglots.

Le repas terminé, elle mit de l'ordre dans la cuisine et s'appliqua aux tâches domestiques dévolues à mademoiselle Bonenfant. Elle balaya sommairement le parquet, puis entreprit de préparer une pleine marmite de soupe aux légumes.

Elle se sentait impatiente, éprouvait le besoin de s'occuper.

D'ailleurs, les tâches ne manquaient pas. Le lendemain serait la fête du Travail, le jour suivant, Antoine-Léon et Marie-Laure retourneraient à leurs pensionnats et ses petits-enfants suivraient les jeunes du hameau vers l'école du rang. On était en septembre et la vie reprenait son cours.

—Je me sens étourdi... depuis quelque temps, articula Léon-Marie au milieu du silence, le regard tourné vers la fenêtre, ben étourdi... Ça me lâche pas...

—As-tu mal quelque part? s'enquit-elle, soucieuse.

—Je suis juste... étourdi.

Jean-Louis avait conduit Cécile à l'hôpital le même soir. La fête du Travail avait passé sans qu'il leur donne de nouvelles. Le mardi était arrivé et les enfants avaient pris le chemin de l'école.

Héléna était si inquiète qu'elle n'avait pas ouvert sa chapellerie comme elle aurait dû le faire. Elle ne s'en sentait pas le courage. Les yeux rivés sur le téléphone, elle attendait. D'autre part, ses clientes connaissaient ses habitudes et elle savait qu'elles n'hésiteraient pas à venir frapper à sa porte si elles avaient eu expressément besoin d'un chapeau.

Cinq heures sonnaient à l'horloge quand on ébranla la moustiquaire. C'était Georgette.

—J'ai laissé la garde du magasin à Antoinette, dit-elle en s'introduisant dans la cuisine. Ç'a été une journée bien calme. Il y a pas eu trop de clients. Je suis venue vous dire que Jean-Louis a appelé. Le médecin a examiné Cécile et...

Elle se mordit les lèvres. Elle paraissait embarrassée, clignait des paupières comme si elle cherchait ses mots, hésitait à poursuivre.

—C'est difficile à expliquer, avança-t-elle sur un ton presque confus, mais il paraît que...

Se décidant, elle lança dans un souffle :

—Il paraît que Cécile serait enceinte de deux mois. Le médecin ne croit pas qu'elle puisse rendre l'enfant à terme. Pire, il dit que sa grossesse fait évoluer son cancer. À cause des hormones.

—Mon Dieu! bredouilla Héléna.

Sidérée, elle fixait Georgette et secouait la tête. Elle avait l'impression d'être subitement sans force, tant accablée qu'elle avait perdu toute possibilité de réagir. Ils n'avaient nul besoin de ce nouveau malheur, se disait-elle en laissant échapper un douloureux soupir.

Soudain, elle se raidit, lança d'un trait :

—Cécile ne peut pas garder cet enfant.

—Je sais bien que Cécile n'aurait pas dû être enceinte, se désola Georgette, mais qu'est-ce qu'on peut y faire. L'enfant est déjà là.

—Elle ne peut pas le garder, insista Héléna. Cécile ne peut pas garder cet enfant.

—Êtes-vous en train de suggérer...

Georgette ouvrit de grands yeux horrifiés.

—On ne peut pas faire ça. L'Église nous condamnerait et le bon Dieu aussi.

—Il n'y a pas d'autre solution, laissa tomber tristement Héléna. De toute façon, le fœtus ne se rendra pas à terme.

Elle s'efforçait de raisonner avec bon sens. Pourquoi laisser poursuivre un bout de grossesse qui n'aurait pour effet que d'augmenter les souffrances de Cécile et la faire mourir avant son heure quand elle avait à la maison deux autres enfants bien vivants et qui avaient besoin de leur mère?

Elle laissa tomber dans un souffle :

—Croyez que ça me chagrine autant que vous.

Elle releva la tête. Elle venait de retrouver son énergie.

—Demain, je vais aller discuter avec le médecin de Cécile à l'hôpital.

Un tic creusant sa joue, elle ajouta, tournée vers Léon-Marie :

—Et toi, comme tu n'es pas assez sage pour rester seul, je vais demander à Jean-Baptiste de venir te tenir compagnie le temps que je serai absente.

Assis sur sa chaise, dans son coin d'ombre, Léon-Marie ne répondit pas.

—Tu m'as entendu, Léon-Marie?

Elle le fixa avec étonnement. La tête un peu inclinée sur l'accotoir, il avait entrouvert la bouche et une coulée de salive brillait sur ses lèvres.

Elle agrandit les yeux. Le cœur crispé d'angoisse, elle alla s'agenouiller près de lui et prit ses mains dans les siennes. Sans rien dire, la mine suppliante, elle leva les yeux vers Georgette.

Figée au milieu de la cuisine, Georgette avait plaqué ses doigts sur ses lèvres. Affolée, au bord de la panique, elle regardait autour d'elle, hurlait ses ordres sans bouger de sa place.

—Faut appeler le docteur. Faut le transporter dans son lit.

Habituée à la voir si maîtresse d'elle-même, toujours prête à apporter ses soins avec une impassibilité calculée et la compétence d'une infirmière, Héléna ne s'expliquait pas pareil revirement. Georgette subissait une deuxième épreuve le même jour. Héléna comprit qu'elle ne pouvait rien en attendre.

Péniblement, elle se remit sur ses jambes. Le pas pesant, elle se dirigea vers le téléphone.

Le docteur Gaumont replia son stéthoscope.

—Cette attaque est la plus forte qu'il a jamais faite.

Léon-Marie avait soulevé les paupières et regardait autour de lui. Ainsi qu'une pauvre créature égarée émanant d'un monde où tout est étrange, différent, il fixait les uns après les autres les trois visages chargés d'angoisse qui l'observaient, penchés sur lui.

La poitrine soulevée de sanglots, il tenta de déplacer sa main valide pour essuyer les larmes qui glissaient sur ses tempes. Son bras refusait de lui obéir.

Épouvanté, avec plus de force, il tenta de bouger son membre droit. Un son rauque s'échappa de ses lèvres.

—Hélé... na...

Il bafouillait, faisait de violents efforts pour former ses mots.

Vaincu, il étouffa une plainte et s'abandonna.

Héléna le fixa longuement en silence. Une incommensurable tristesse couvrait ses traits. Léon-Marie avait perdu le peu de motricité qu'il avait encore. Il ne lui restait que la souffrance. Lentement, sans rien dire, elle alla appuyer sa tête contre lui sur l'oreiller et ferma les yeux. De grosses larmes roulèrent sur ses joues pour aller se mêler aux siennes sur la couverture.

34

La nouvelle courut à travers le hameau. Léon-Marie Savoie, le bâtisseur, le maître de la scierie, avait subi une autre attaque qui l'avait entièrement paralysé.

Cloué sur son lit, il ne pouvait que remuer difficilement les lèvres sur un court bout de phrase. Seuls ses yeux encore vifs trahissaient l'état de lucidité de son esprit. Grands ouverts, consternés, ils se déplaçaient autour de lui, disaient son incompréhension, sa révolte, toute la détresse qu'il ressentait au fond de son âme.

Héléna n'avait pas eu d'autre choix que de se relever. Avec l'énergie qui la caractérisait, elle avait vite compris qu'elle aurait besoin de toutes ses forces pour supporter cette autre charge qui retombait sur ses épaules, qu'elle devrait y apporter détermination et compétence, plus qu'elle n'en possédait. Alors, elle avait refoulé ses larmes et s'était attelée à la tâche.

Incapable de prendre soin toute seule de ce grand malade, elle avait rappelé à Georgette la proposition qu'elle lui avait faite de dénicher une autre cousine pour s'occuper de Cécile et avait ramené mademoiselle Bonenfant à la maison.

Elle avait aussi parcouru le village à la recherche d'une modiste de profession afin de la remplacer dans sa boutique, le temps qu'il serait nécessaire. Avec les dépenses qu'occasionnerait la maladie de Léon-Marie, elle avait jugé important de garder le revenu appréciable qu'était la chapellerie

Pendant que mademoiselle Bonenfant réintégrait son réduit, une petite femme décidée, aux yeux pointus, s'introduisait dans son atelier et occupait sa place sur le banc haut, face à la table de travail.

Au même moment, du côté du chemin de Relais, imbue de son nouveau rôle, mademoiselle Castonguay, cette autre parente de Georgette, entrait par la porte du magasin général avec sa valise fanée et s'installait à l'étage dans la chambre de bonne.

Tandis que Georgette avait pris la charge de leurs deux petits-enfants, elle avait dû se résigner à remettre au jour suivant son projet d'aller rencontrer le médecin de Cécile. Elle devait d'abord régler les questions concernant l'organisation et les soins à apporter à Léon-Marie.

Elle devait déployer des prodiges d'ingéniosité afin d'harmoniser le tout à l'image des établissements hospitaliers. Il fallait faire avaler ses repas à la cuiller à leur malade, le laver à la serviette, changer ses draps, installer l'urinoir ou la bassine. Il fallait aussi savoir le soulever sur ses coussins, l'aider à boire son eau, en plus de comprendre ses exigences tout le long de la journée.

Elle n'avait pu trouver immédiatement le personnel dont elle avait besoin, mais Georgette était là. Généreuse comme d'habitude, elle faisait la navette entre les commerces et leur résidence.

Chaque matin, elle venait à sa rescousse pour la toilette de leur malade, puis s'en retournait chez elle et préparait leurs deux petits-enfants pour l'école.

C'était encore Georgette qui venait s'asseoir auprès de Léon-Marie quand Héléna devait s'absenter, comme ce jeudi où elle avait convenu de se rendre à l'hôpital afin de rencontrer le médecin de Cécile.

Couché dans son lit, tel un petit enfant habitué qu'à sa mère, Léon-Marie l'avait fixée avec chagrin tandis qu'elle troquait ses vêtements de tous les jours contre son tailleur des dimanches. Malgré les efforts de Georgette pour le distraire, moins que jamais, il acceptait de la voir quitter la maison.

Elle lui avait jeté un regard attendri. Elle avait un devoir à accomplir, lui avait-elle chuchoté à l'oreille. Elle serait aussi brève que possible.

Il lui tardait de régler cette affaire. La démarche était difficile, mais elle devait la faire. C'était l'unique solution.

Rapidement, elle déposa un baiser sur son front et s'engouffra dans le taxi Lepage.

Le trajet jusqu'à la ville lui parut très court. Elle reconnaissait, quoi qu'en dise Léon-Marie, maintenant que la route communale était pavée, combien la circulation automobile était devenue rapide et agréable.

La voiture la déposa devant la porte principale de l'hôpital. Aussitôt entrée dans le vaste établissement, sans perdre de temps elle se dirigea vers la chambre de Cécile. Elle s'entretint un moment avec elle, le temps de prendre de ses nouvelles, puis s'éloigna.

Avançant d'un pas décidé, elle traversa les longs labyrinthes que formaient les corridors, emprunta l'ascenseur vers la clinique externe et poursuivit jusqu'au fond du couloir pour aller s'arrêter devant une porte sombre, celle du bureau du docteur Dionne.

De sa main gantée, elle frappa de trois petits coups et poussa le panneau.

La pièce était exiguë et fleurait les solutions antiseptiques. Devant elle, assis derrière son bureau, le docteur Dionne était penché sur ses écritures. À sa gauche, une table d'examen recouverte d'un papier gras froissé, longeait le mur, avec tout au bout un sphygmomanomètre mural.

Impressionnée, elle regarda autour d'elle et, l'espace d'un instant, hésita. Elle prenait soudain conscience de la gravité de son intervention.

— Prenez un siège, l'invita le médecin. J'attendais votre visite.

Faisant un effort, elle marcha vers le meuble et se laissa tomber sur la chaise qui lui faisait face. Elle se sentait anéantie.

— Cet enfant que porte ma Cécile... débuta-t-elle.

Elle avait peine à se retenir d'éclater en sanglots. Depuis ce dimanche où elle avait vu Cécile à ce point souffrante et, après elle, Léon-Marie qui avait sombré à son tour, elle n'avait pas cessé de se déployer. Elle y avait mis toute sa volonté et son courage, mais à cet instant où elle se tenait devant le médecin, où elle s'apprêtait à plaider une cause qu'elle savait raisonnable, mais si difficile, ses forces l'abandonnaient, elle n'avait plus l'énergie de se ressaisir.

— Si vous saviez combien je suis peinée de la décision que je viens vous demander de prendre. D'autre part, ma pauvre petite fille...

Elle se mit à parler à voix basse, exposa sa logique, ses hésitations, ses scrupules.

La mine attentive, la tête un peu inclinée, le spécialiste l'écouta sans l'interrompre jusqu'à ce que, redevenue silencieuse, elle croise ses doigts sur ses genoux et se tienne dans l'attente.

— L'enfant que porte madame Gervais n'a aucune chance de vivre, reconnut-il. Bien sûr, d'interrompre sa grossesse ne la guérira pas de son cancer, mais cela aurait au moins pour effet de ralentir le processus pathologique et surtout d'alléger ses souffrances. Aussitôt après avoir posé mon diagnostic, j'ai soumis son cas au comité décisionnaire de l'hôpital.

Il fit une pause. Les yeux baissés sur son meuble, il laissa fuser longuement son souffle.

— Hélas... on ne pratique pas d'avortements, même thérapeutiques dans nos institutions chrétiennes.

Il reprit, les lèvres gauchies dans une attitude un peu irrévérencieuse :

—Vous ne devez pas oublier que nous exerçons la médecine dans un hôpital catholique, appartenant à des religieuses et géré par elles. En un mot, ce sont les sœurs qui mènent. Il faudrait un ordre de l'Église et encore, je ne suis pas sûr qu'elles obtempéreraient. Elles craignent que, n'ayant pas le contrôle, il se produise des abus.

—Moi aussi, je suis catholique, répliqua Héléna. Moi aussi, je réprouve l'avortement, mais je pense qu'il y a des situations où on doit user de son bon sens.

—C'est aussi mon avis.

Il y eut un moment de silence. Le regard oblique, le médecin paraissait embarrassé. Autour de lui, le soleil pénétrait à flot par les longues fenêtres et jouait sur les carrés de linoléum.

—Bien sûr, il y aurait un autre recours.

Il avança avec circonspection, en prenant son temps :

—Il existe des hôpitaux, des hôpitaux que l'on dit privés et qui s'adonnent à ce genre d'interventions, des hôpitaux que je qualifierais de... clandestins...

Héléna refréna un sursaut.

—Je pense que ma fille préférerait que cela se passe dans les règles, lança-t-elle très vite, les épaules soulevées d'un petit frisson comme un malaise. Et moi aussi. Je ne voudrais pas avoir honte de mes souvenirs.

La chaise du médecin racla le sol.

—Ce n'était qu'une suggestion.

Reprenant sa contenance, très à l'aise, il prit appui sur son fauteuil.

—La première étape serait une démarche auprès de votre curé. Il faudrait que cela se fasse très vite. Le temps nous est compté.

Elle acquiesça d'un sec mouvement de la tête. Les lèvres serrées durement, elle lui jeta un long regard. Elle était prête à toutes les démarches, semblaient vouloir dire ses yeux. Elle irait voir le curé, elle irait à l'évêché, elle irait à Rome s'il le fallait et elle les gagnerait à sa cause.

Rapidement, elle se leva et se dirigea vers la sortie. Elle ne savait pas encore par quels moyens elle y parviendrait, mais elle était fermement décidée à poursuivre la lutte et vaincre jusqu'au dernier obstacle.

Reprise d'espoir, elle franchit le seuil et se retrouva dans les labyrinthes de l'hôpital.

Elle fit un détour par la chambre de Cécile et alla l'embrasser avant de monter dans le taxi Lepage. Elle reviendrait bientôt, assura-t-elle, et, elle le lui promettait, elle lui apporterait de bonnes nouvelles.

Tandis que la voiture s'engageait sur la route en direction de l'ouest, plongée dans sa réflexion, elle énumérait les arguments qu'elle apporterait à son curé. Elle se figurait l'abbé Jourdain l'écoutant en silence, avec son visage rubicond, ses joues rondes d'adolescent, ses yeux d'un bleu lumineux, remplis de ferveur naïve. Elle imaginait ses grosses mains de fils de la terre posées sur sa soutane, son front carré, sa tête qu'il secouerait à petits mouvements sans trop comprendre, car il n'était pas bavard, le petit curé Jourdain. Elle devinait même, qu'il lui faudrait le secouer un peu.

Ils étaient entrés dans le village de Saint-Germain. Autour d'eux, les écoliers déambulaient sur la chaussée avec leurs sacs de livres alourdis sur le dos, babillant à grand bruit, comme une horde d'oiseaux migrateurs.

Ils les croisèrent, puis passèrent devant l'église. Tout près, accolée au presbytère, s'élevait la résidence des vieux prêtres.

Héléna y jeta un regard. Elle pensa au curé Darveau qui y vivait une retraite paisible. Elle aurait tant souhaité que le petit abbé Jourdain, tout accommodant qu'il fût, aie la poigne du vieux curé, ses réparties, son esprit décisif.

Elle tentait d'imaginer leur jeune curé du haut de la chaire, la nuque frémissante, la parole énergique devant ses ouailles pour les inciter à réagir. Hélas, ce comportement n'était pas dans sa nature. Elle savait qu'il n'aurait jamais la main de fer du curé Darveau.

Aujourd'hui, le vieux prêtre s'était retiré. Après avoir tant donné, habitué qu'il était à conduire, vieilli, fatigué, il avait déposé les armes. Se pourrait-il qu'il ait perdu tout esprit combatif, qu'il se contente de réciter ses prières dans sa petite chambre d'ermite? Elle l'imaginait mal, soumis, dompté parce que deux rides profondes, tout à coup, creusaient son front.

Une idée, subitement, venait de germer dans son esprit. Le soleil était encore haut dans le ciel. Elle avait tout son temps avant qu'il ne commence à décliner vers l'horizon et Léon-Marie était tranquille sous la garde de Georgette.

Sa main posée sur la portière, elle se pencha vers le chauffeur.

—Arrêtez-vous ici. J'en ai pour un instant.

Tout de suite, elle sauta sur le marchepied. Avec sa longue jupe qui frôlait ses mollets, à grands pas résolus, elle traversa l'allée menant à la maison des prêtres, escalada les marches et, d'un seul mouvement, fit résonner la sonnette.

Debout dans le hall sombre, imprégné du silence monacal et de l'odeur d'encaustique, la nuque raide, elle demanda à voir monseigneur Darveau.

—On ne doit pas interrompre le cycle de la vie, prononça le curé sur un ton sévère, péremptoire, sans attendre qu'elle ait terminé son exposé. Il n'existe aucun motif légitime qui justifie de commettre un meurtre, car ce que vous demandez à l'Église, c'est de vous autoriser à commettre un meurtre.

—Si l'enfant avait une seule chance de vivre, je serais de votre avis, argumenta Héléna. La loi de l'Église dicte de sacrifier la mère pour sauver l'enfant, mais dans ce cas-ci, l'enfant ne se rendra pas à terme, pire, il va entraîner sa mère dans la mort. Si Dieu décide de reprendre le petit, a-t-Il le droit, Lui, parce qu'Il est Dieu, de tuer aussi la mère?

—Madame Savoie! gronda le vieux prêtre. Ce que vous dites est un affront à votre Tout-Puissant. Dieu seul est le maître du monde et peut décider de la vie.

—Loin de moi l'idée d'insulter Dieu, se récusa Héléna.

Elle reprit dans un violent effort pour retrouver son calme :

—Je ne cherche qu'à comprendre. Je n'ai lu nulle part dans l'Évangile, ni dans l'Ancien Testament que Dieu exige pareille étroitesse d'esprit. Cette décision n'est pas un dogme, elle a été prise par les hommes.

—Et si les médecins se trompaient, si l'enfant avait une seule chance de survie... fit le curé sur un ton censeur. Avez-vous pensé à l'épouvantable erreur que vous auriez commise?

—Puisqu'il faut se fier à quelqu'un, j'ai choisi d'accorder intégrité et compétence aux médecins, répliqua Héléna. N'est-ce pas vous qui disiez que leur pratique est une vocation, comme celle des prêtres...?

—Les médecins sont des humains, comme vous et moi, et ils peuvent se tromper. Ils n'ont pas davantage le droit d'enfreindre les lois de la nature.

—Si je vous suis bien, cela voudrait dire que leur intervention est inutile puisque Dieu en a décidé à l'avance.

—Allons donc! s'écria le vieux prêtre avec impatience. La médecine a un rôle à jouer, mais elle ne peut rien contre la Volonté de Dieu. Dieu a placé les médecins sur votre route pour les faire intervenir selon sa Volonté.

À bout d'arguments, Héléna laissa échapper un soupir. Se redressant, elle articula à voix basse, les yeux posés sur lui :

—J'ai toujours eu confiance en vous, monseigneur... Je vous ai toujours considéré comme un homme compréhensif et de bon jugement. Aujourd'hui, les événements se précipitent sur ma tête. Je vous demande de ne pas m'abandonner en un moment où j'ai grand besoin de votre aide.

Ébranlé, le vieux curé lui jeta un bref regard. Aussi vite, reprenant son automatisme, il secoua les épaules en même temps qu'il prononçait de son habituel ton d'exaspération :

—Je ne suis pas habilité à prendre cette décision et vous le savez. Je ne fais plus de ministère, je suis fatigué et je ne suis qu'un vieux radoteur.

Héléna ne répondit pas. Les yeux rivés sur lui, elle attendait sans bouger. Pendant un long moment, un silence pesant couvrit l'atmosphère.

—Bon! lança-t-il enfin sur un ton bourru. Je vous l'accorde! Demain j'irai rencontrer mon supérieur à l'évêché. Mais c'est le plus que je peux faire. Et ne m'en veuillez pas si ma démarche échoue.

—Hélas, le temps nous presse, dit Héléna comme une incitation à employer tous ses efforts.

—Nous sommes les instruments de Dieu, prononça le vieux prêtre sur un ton sentencieux. Lui seul peut en décider.

Héléna laissa échapper un soupir qui disait son soulagement. Elle se retint d'ajouter une parole dans sa crainte qu'il revienne sur sa décision, tant elle lui apparaissait fragile. Courbant la tête, elle se dirigea vers la sortie. Elle avait chassé ses doutes, elle savait qu'il réussirait.

Le cœur léger, elle s'en retourna vers sa maison.

Le lundi suivant, le téléphone sonna dans le corridor. Occupée à faire la toilette matinale de Léon-Marie avec Georgette, elle abandonna sa besogne et courut répondre. C'était le curé Darveau.

—Vous avez la permission de mon évêque, débita-t-il comme s'il se libérait d'une tâche contraignante. Nous sommes des hommes, donc faillibles, aussi, priez le ciel pour que nous ne nous soyons pas trompés.

Les yeux embués, elle raccrocha le récepteur et se tourna vers Georgette.

***

492

Le docteur Dionne avait gardé Cécile sous observation à l'hôpital pendant plusieurs jours après qu'elle eut subi son avortement thérapeutique. La tumeur dans son crâne s'étant reformée, il savait qu'elle étendait ses tentacules autour de son os ethmoïde et il voulait voir si la patiente était opérable.

Hélas, le mal avait évolué avec une rapidité foudroyante. Il avait conclu qu'une seconde opération serait une charcuterie inutile et n'aurait d'autre résultat que d'épuiser davantage les forces de la jeune femme. Il en avait averti la famille, Cécile n'avait plus qu'un an ou deux à vivre.

Il avait prescrit tous les calmants possibles afin d'atténuer ses douleurs lorsqu'elles deviendraient insupportables et lui avait donné son congé.

Cécile rentra à la maison, la tête basse, avec sa fatigue et l'enflure de son front.

Dès qu'elle fut réinstallée dans ses affaires, les habitants du hameau, consternés, lui rendirent visite, chacun leur tour, pour lui proposer leurs solutions ou remèdes miracle.

Madame Maher, la première, se présenta chez elle. Revêtue de son manteau noir verdi par le temps, son chapeau de paille fatigué, son sac à main aplati, elle s'introduisit dans le magasin un après-midi d'octobre et demanda à voir Cécile à la résidence. Elle portait précieusement dans un sac en papier brun, un baume à base d'herbes médicinales à appliquer sur son front, ainsi qu'un élixir composé aussi d'herbes qu'elle lui recommandait d'ingérer au réveil. « Dix gouttes seulement dans un demi verre d'eau. » précisa-t-elle sur un ton entendu, penchée vers elle.

Puis ce fut au tour de mademoiselle Bonenfant d'extirper du fond d'un petit coffre ses reliques et ses médailles à l'effigie du bon père Mazenod.

Consciente de l'effet désastreux de son intervention sur sa bourgeoise, l'année précédente, elle procédait, cette fois, avec prudence et se ralliait à la médecine traditionnelle. « Ça ne peut pas te faire de mal » lui répétait-elle, tandis qu'elle appliquait ses talismans sur son front et marmonnait une prière.

Pendant ce temps, Cécile recommençait lentement à vivre. Quand la nuit avait été meilleure, que ses maux de tête ne la restreignaient pas dans ses mouvements, elle allait occuper son poste derrière son comptoir d'épicière.

—Laissez-moi faire à votre place, la retenait sa bonne, en la regardant se pencher jusqu'au sol à longueur de journée pour soulever de lourdes boîtes de carton remplies de conserves. Le médecin vous défend de vous fatiguer de même.

—Ne vous inquiétez pas pour moi, répondait Cécile sur un ton qui rappelait la fermeté de sa mère. Je veux le faire tant que j'en aurai la capacité. Mon seul souhait est de l'avoir longtemps.

Elle avait besoin de se sentir utile et puis, disait-elle, de s'activer lui permettait de penser à autre chose.

Contrairement à Léon-Marie qui gisait dans son lit, résigné, tétraplégique, incapable de vaquer seul à ses besoins les plus naturels, Cécile n'acceptait pas le sort qui était le sien et laissait transparaître sa volonté de réagir.

Un matin, mademoiselle Bonenfant entra en trombe par la porte du magasin général. Sans un regard, portant sous son bras la pinte de lait matinale qu'elle était allée chercher à la ferme, son pas rapide résonnant sur le plancher de bois, elle franchit la pièce jusqu'à l'arrière. En courant presque, elle escalada les marches, traversa le bureau vers la cuisine et alla s'arrêter devant Cécile qui prenait tranquillement son petit déjeuner.

Elle était hors d'haleine et ses yeux brillaient d'excitation.

—J'ai lu dans le journal, un article qui va t'intéresser. Il paraît que des chercheurs ont trouvé un traitement pour le cancer. Ils ne savent pas encore ce que ça vaut, mais... en tout cas, ça peut augmenter tes chances.

—Qu'est-ce que vous attendez pour tout me raconter? s'écria Cécile en se ruant vers elle. C'est sérieux?

—Par contre, il faudrait que tu sois hospitaliséé à Montréal, dans un grand centre, fit la vieille fille, freinant son élan.

Retrouvant son enthousiasme, elle expliqua sur un ton de connaisseur :

—Paraît qu'ils ont patenté là-bas une grosse machine qu'ils installent au-dessus de la personne et qui envoie des rayons sur son cancer.

Elle ajouta, sur un ton redevenu incertain :

—Bien entendu, il n'y a pas encore de garantie que ça fasse guérir tout le monde et puis... ça doit coûter cher. Je ne sais pas si Jean-Louis aura les moyens.

—Je vais aller voir maman, décida Cécile.

Héléna considéra sa fille. De nature rationnelle, elle la retenait de se bercer d'illusions.

—Ce que je me demande, c'est pourquoi le docteur Dionne ne

t'a pas conseillé ce traitement lors de ton séjour à l'hôpital. Il doit bien savoir que ça existe.

—Je lui ai téléphoné, répondit Cécile. Il connaît. Il m'a dit que c'est encore au stade de l'expérimentation, que la preuve n'est pas faite que cela donne des résultats. Bien sûr, il ne peut sensément me recommander un traitement qui n'a pas fait ses preuves, concéda Cécile. Mais il n'a pas dit non.

Nerveuse soudain, elle pressa les mains de sa mère.

—Maman, si ce traitement prolongeait ma vie... un peu...

Le visage assombri, elle se détourna.

—D'autre part, il m'a mise en garde. Ces rayons ne sont pas sans risques. Je puis avoir des effets secondaires, comme des nausées, de forts maux de tête, une perte d'appétit, je peux perdre mes cheveux et peut-être qu'après une série de traitements je serai incapable de me lever de mon lit pendant plusieurs jours.

—Tu n'as aucune assurance que ce traitement soit efficace et malgré cela, tu es prête à en accepter tous les mauvais effets, fit Héléna abasourdie.

—Je suis prête à accepter n'importe quoi, maman, lança Cécile dans un sanglot, si j'ai une seule chance de guérir.

Le regard implorant, elle prononça avec force :

—Maman, je ne veux pas mourir.

Héléna sursauta. Son cœur se contracta douloureusement.

—Maman, que feriez-vous à ma place? insista Cécile.

Héléna pinça les lèvres. Elle ne savait que répondre. De penser que sa fille les quitterait bientôt, la désespérait plus qu'elle n'aurait su le dire.

Elle se demandait comment ce traitement inconnu, expérimental pourrait vaincre cette grave maladie qu'était le cancer, redonner à Cécile sa santé quand tant d'autres en étaient morts? Et si au contraire, son mal s'accentuait, s'il ne réussissait qu'à la rendre plus malade encore en plus de la faire souffrir atrocement?

Elle demeura un long moment silencieuse avant de reprendre avec lenteur :

—J'ignore tout de ces traitements. S'il fallait que ce ne soit qu'affaire de charlatans, si, en plus d'être inefficaces, ils avaient un effet contraire... tu me demandes ce que je ferais? C'est à ton médecin qu'il faut poser la question. Dis-lui bien que s'il y a le plus petit espoir, nous allons tout faire pour que tu les aies, ces traitements.

Elle soufflait, parlait dans un débit rapide, comme si elle tentait de s'étourdir, de se convaincre.

—Je sais que ton beau-père, s'il avait eu toutes ses forces, aurait été le premier à t'aider. Il vous a accueillis chez lui comme ses enfants, il vous a comblés comme aucun père naturel n'aurait fait et je sais qu'il n'aurait pas hésité à...

—Mais vous, maman, coupa Cécile. C'est votre opinion que je demande, je veux savoir ce que vous en pensez.

—Ma pauvre petite fille... soupira Héléna. Tu sais bien que je n'ai pas les connaissances pour te répondre. Il appartient à ton médecin de prendre cette décision. Ce que je puis t'assurer, c'est que nous ferons tout ce qu'il ordonnera.

—Mais vous, maman, insista Cécile. Est-ce que vous croyez que je peux guérir?

Héléna serra les lèvres. « Ne vous bercez pas de faux espoirs, avait dit le chirurgien, vous ne réussiriez qu'à vous faire du mal. Il existe plusieurs formes de cancer et celui de votre fille est parmi les plus malins. »

Elle baissa la tête.

Cécile la fixa longuement. Deux grosses larmes avaient jailli de ses yeux et roulaient sur ses joues.

Bouleversée, Héléna souleva la poitrine dans un profond soupir. Elle avait peine à se retenir de se jeter dans ses bras, lui dire qu'elle lui recommandait de suivre ces traitements en dépit du médecin, sans s'interroger, même si elle savait qu'elle souffrirait, qu'ils la briseraient, mais elle retint son élan.

La vie lui avait appris la juste mesure des choses, et que la vérité allait au-delà de la passivité et des mirages.

—Si encore il y avait le plus petit espoir... murmura-t-elle, son œil songeur appesanti sur la frêle silhouette de Cécile qui disparaissait dans la côte vers sa demeure, un tout petit espoir...

La nuque courbée tristement, elle se retourna et se dirigea vers la chambre où l'attendait son autre malade.

35

Étendu dans son lit, une pile d'oreillers surélevant sa tête, Léon-Marie occupait ses jours, les yeux rivés à la fenêtre, à regarder passer le temps.

L'œil morne, il avait suivi l'automne qui s'était installé avec ses arbres rougeoyants, ses champs dénudés et l'âcre odeur des feuilles mortes. Il avait écouté les cris des enfants qui revenaient de l'école et le meuglement des vaches que le froid de l'air faisait se rapprocher des étables, puis ses yeux s'étaient animés tandis que la première neige avait enrobé la grisaille et assourdi les bruits.

Du matin jusqu'au soir, plongé dans ses pensées, il contemplait sans faillir, l'hiver qui s'installait et dessinait dans les vitres, de larges arabesques pailletées de soleil.

—Tu... vendras... la ferme... à Joachim, dit-il un après-midi tandis qu'Héléna tournait autour du lit pour replacer la couverture. Y a... longtemps... qu'il veut... l'avoir.

—Il me semblait que tu voulais la garder comme placement?

—Quand... un village... cesse... de grossir... faut le... retourner... à la terre.

À la suite de leurs derniers déboires, claustré dans sa chambre, le bâtisseur qu'il avait été avait eu tout le loisir de pousser sa réflexion. La scierie démolie, les industries se faisaient rares à la Cédrière. Désillusionné, il ne croyait plus en l'essor de son coin de pays, à ses luttes, à tout ce qui avait été sa raison de vivre.

Comme si le temps pressait, chaque jour, il instruisait Héléna de ses affaires, exprimait ses idées à mesure qu'elles traversaient son esprit, avec sa difficulté coutumière, dans une sorte de détachement résigné.

Quand il partirait, ils sauraient quoi faire, semblait-il vouloir dire.

Ensemble, sans y mettre de contrainte, ils parlaient du futur, discutaient avec prudence, analysaient les besoins de la famille, conscients que bientôt il ne serait plus là.

Sa santé ne s'était pas dégradée depuis son attaque, mais elle ne s'était pas non plus améliorée. Ses pensées étaient encore pénétrantes et malgré son incapacité à seulement tenir un feuillet entre ses doigts, il raisonnait avec bon sens.

Héléna multipliait les efforts pour le distraire. Elle n'aimait pas le voir ainsi, les yeux rivés sur la fenêtre, à remuer ses souvenirs.

Quand arrivait le soir, après la prière, elle allait s'asseoir auprès de lui.

Penchée près de son oreille, elle lui parlait doucement. Sur un ton de confidence, elle narrait les événements de la journée, lisait les lettres des enfants, puis ouvrait le journal et commentait les nouvelles, à sa façon à lui, comme une bonne élève. Il l'écoutait avec attention. De temps à autre, il fermait les paupières dans une sorte d'acquiescement tranquille.

Un jour gris de tempête, avec l'aide de mademoiselle Bonenfant, elle avait avancé son lit jusqu'à la porte afin qu'il puisse jeter un coup d'œil sur ce qui se passait dans les autres pièces de la maison. Il était resté ainsi de longues heures à les fixer en roulant de gros yeux remplis de curiosité.

Elle reprenait confiance. Elle avait l'impression que cet intérêt qu'elle lui insufflait à petites bribes, l'amènerait à reprendre des forces et, peut-être même, à récupérer un peu de sa mobilité.

Un après-midi de février, afin de l'arracher à cette morosité qu'il entretenait dans l'isolement de sa chambre, le docteur Gaumont suggéra de lui acheter une chaise orthopédique.

Après ce temps, chaque matin, sa toilette terminée, aidée de Georgette, elle l'asseyait sur sa chaise et l'amenait dans la cuisine.

Léon-Marie souriait tandis que les roues de son fauteuil le ballottaient vers la grande pièce. Il regardait autour de lui et paraissait heureux. Il réintégrait la place qu'il avait occupée pendant des jours moins tristes, sans toutefois être capable de bouger ses bras.

Comme il faisait avant sa paralysie totale, le visage tourné vers la fenêtre, il passait de longs moments à observer les mouvements de la rue, puis il regardait de nouveau les femmes qui s'affairaient dans leur aire de travail. Parfois, repris de nostalgie, son regard se posait sur sa canne, oubliée, appuyée sur un coin de mur. Il la fixait un instant, serrait les lèvres puis, se détournait et se remettait à contempler son paysage.

Il allait mieux. Jean-Baptiste qui le voyait chaque jour, avait répandu la nouvelle le dimanche suivant, sur le portique de l'église. Léon-Marie se remettait de sa paralysie. Il avait quitté son lit et repris son poste dans la cuisine, près de la fenêtre.

« Je vais aller le saluer un de ces jours, avaient dit chacun leur tour les hommes de la Cédrière. »

Comme s'il lui tardait de le voir, un soir de la même semaine, Donald McGrath, se présenta chez eux.

Entré sans plus de manières par la porte de la cuisine, il s'avança au milieu de la pièce, tira une chaise et la laissa tomber face à son fauteuil.

—Godless! Force-toi pour manger ta soupe, lança-t-il sur un ton goguenard. T'as perdu ta petite bedaine. Tu te rappelles comme on en était fiers?

La mine sceptique, sur ses gardes, Léon-Marie lui jeta un regard amorphe. L'Irlandais ne semblait pas comprendre que, privé de l'usage de ses mains, il ne mangeait plus seul, que c'était Héléna qui devait porter les aliments à sa bouche en plus d'accomplir pour lui les autres soins humiliants. Tristement, il se disait qu'il était comme un petit enfant qu'on nourrit à la bouillie afin qu'il grandisse, à la différence que lui, il ne profitait que d'un sursis. Il s'en allait plutôt inexorablement vers le déclin et la mort.

—Tu sais ben qu'on disait ça juste pour s'étriver, s'excusa McGrath en voyant son air contrit.

Léon-Marie ouvrit la bouche. Ses lèvres tremblaient. Il avait peine à bredouiller les maigres mots qui prenaient forme dans son esprit.

—C'est... pas... regardable... ton... amanc... hure, lança-t-il sans lien commun avec le bavardage de l'autre.

—Je vois pas de quoi tu veux parler.

Du menton, Léon-Marie montra la fenêtre.

—Qu'est-ce... que tu... fais... de mon bien?

—Je vois pas encore ce que tu veux dire, prononça McGrath de plus en plus intrigué.

Léon-Marie avait ramené son visage vers lui et le fixait. L'œil mi-clos, batailleur, comme il faisait dans les plus belles heures de leurs rivalités, il attendait, malgré sa faiblesse, trouvait la force de lui tenir tête, tant il en avait l'habitude.

—Fais... pas... l'in... nocent... t'as détruit... mon bien... t'as laissé... à la place... un... tas de... ferraille.

—Je viens de comprendre, fit McGrath soulagé, en éclatant de rire, tu veux parler de l'éboulis pis de l'explosion de mon usine au diesel. C'est vrai que c'est pas beau une carcasse de même juste devant ton château. Ben, tu vas être content. Je t'annonce en primeur que bientôt, il va y avoir là, mon poste de radio local. Dès l'arrivée de la première corneille, je vas mobiliser la machinerie la plus moderne, et je vas y faire construire une belle bâtisse, pis cette fois, je te jure que ça va être le silence total. T'auras rien à en redire.

Encouragé par l'écoute attentive de Léon-Marie, penché sur sa chaise, les avant-bras sur les genoux, il poursuivit encore, dévoila d'autres prouesses, d'autres réalisations futures.

Arrogant et fier, son regard bleu appesanti sur le lointain, il exprimait ses rêves, la mine sereine, avec l'insolence de sa santé florissante.

— Pis tu vas... installer... une grosse... antenne... qui va... nous... bloquer... la face, critiqua Léon-Marie.

— T'as tout compris, accorda McGrath, mais elle te bloquera pas la face comme tu dis, je vas l'installer en haut du mont Pelé, juste sur le mamelon.

— Belle... vue... nargua Léon-Marie.

Épuisé, il ferma les yeux.

Assis sur le bout de sa chaise, McGrath continuait à discourir. Pendant de longues minutes, pénétré de lui-même, il parla de ses voyages vers le parlement, des honneurs qui jalonnaient sa vie. Il poussait son monologue sans s'arrêter, sans égard pour son compagnon des premières heures dont les forces déclinantes avaient interrompu ce qu'il avait entrepris, brisant cette soif de caresser des projets, cette faculté de croître, d'étendre, comme lui, sa puissance à travers la région.

— Pendant ce temps-là, la municipalité va finir ce qu'elle avait commencé pis ton chemin de Relais va être enfin recouvert de macadam.

Adossé à son fauteuil, Léon-Marie le considérait sans réagir. Lui qui, autrefois, avait tellement souhaité pareille amélioration, se surprenait à n'éprouver que de l'indifférence, plutôt, le verbiage de McGrath l'étourdissait. Il se sentait fragile, si exténué, qu'aucune répartie ne germait dans sa tête.

Enfin l'Irlandais s'interrompit. Comme s'il avait atteint le vide de ses pensées et en était rendu à ressasser les mêmes vieilles anecdotes, il se leva et orienta ses longues jambes vers la sortie.

— Je reviendrai! lança-t-il en passant le seuil.

Léon-Marie reporta son regard du côté de la fenêtre. Le visage morne, sans bouger, il suivit sa haute silhouette, robuste, athlétique, qui descendait le perron et traversait l'allée pour s'engouffrer dans son véhicule.

Il attendit un long moment encore, bien après que le véhicule eut disparu dans le chemin de Relais avant de se retourner vers la cuisine. Ses lèvres tremblaient et ses yeux étaient voilés de larmes.

Le lendemain, comme une sorte de concertation, Joseph Parent et Isaïe Lemay s'introduisaient chez lui. Ils débitèrent quelques paroles d'encouragement, puis s'en allèrent à leurs affaires.

Le jour suivant, ce fut au tour de Ludger Lévesque accompagné du nouveau maire Alcide Thériault de venir passer un moment avec lui. Puis les visites cessèrent. L'hiver sévissait et la bourrasque rendait les chemins difficiles. Le froid était très vif. Frileux, les campagnards demeuraient claustrés dans leurs maisons.

Enfin, le printemps fit fondre les premières plaques de neige.

Georgette qui maintenait ses habitudes acquises depuis l'automne, venait chaque matin aider Héléna à dispenser les soins au malade. Entrée dans la cour avec la régularité d'une horloge, elle frappait à la porte de trois petits coups, passait la tête dans l'ouverture et sans attendre l'invitation, franchissait le seuil.

Elle avait toujours quelque nouvelle à rapporter. Elle savait Héléna confinée dans sa maison, aussi elle se faisait un devoir de commenter les événements du hameau pour elle.

—Il paraît que la femme de Paolo Borracio est morte en Italie, annonça-t-elle un matin d'avril.

—J'espère qu'il ne viendra pas nous enlever notre servante, répliqua Héléna. Ce ne serait pas le moment.

—J'en serais surprise. Ma cousine Antoinette a eu sa leçon. Cet homme-là ne viendra plus lui causer une autre peine d'amour.

Héléna laissa poindre une moue sceptique. Elle ne pouvait s'empêcher d'éprouver quelques doutes. Elle considéra dehors la carcasse de la nouvelle construction de McGrath qui s'élevait de l'autre côté de la route, à la place des décombres de l'usine au diesel. Elle voyait encore, la semaine précédente, le regard radieux de mademoiselle Bonenfant tandis que l'Italien s'affairait à recouvrir la toiture de tôle luisante qu'il s'amusait à agiter comme un miroir chaque fois qu'elle apparaissait sur le perron.

—En tout cas, on peut être tranquilles pour un an, l'encouragea Georgette. Paolo doit respecter son deuil. Et puis, son travail sur la bâtisse de Donald McGrath est terminé. On n'aura plus de raison de le voir dans les parages.

Tel qu'il en avait informé Léon-Marie lors de sa visite du mois de février, Don McGrath avait fait s'élever dans un temps record face à leur résidence une jolie habitation pour recevoir sa station de radio. Cette fois, des grues et des pelles mécaniques s'étaient amenées. Exhibant devant tous, sa vision du progrès, armé de sa machinerie nouvelle, sophistiquée qui défiait le gel de la terre, il avait fait creuser ses fondations si loin du précipice que la bâtisse rasait à quelques pieds près le bord de la route. De son poste, Léon-Marie voyait distinctement ses murs en brique rouge, ses fenêtres aux cadres blancs et ses vitres en trompe-l'œil coquettement ornées de dentelle.

Avec la route élargie qui serait enfin recouverte de macadam, il en était presque joyeux, en éprouvait une espèce de victoire, comme une compensation légitime après avoir subi ce qu'il considérait comme un affront à son travail de bâtisseur.

— Enfin... quelque... chose... de regardable... marmonnait-il de sa voix difficile en jetant un regard par la fenêtre tandis que les femmes vaquaient à sa toilette matinale.

D'autre part, comme un bonheur n'est jamais parfait, ses sourcils se fronçaient chaque fois que, levant les yeux vers le mont Pelé si haut, si beau, il le voyait chapeauté d'une longue antenne, comme un méchant pic qui allait percer les nuages.

Alors il laissait échapper un soupir et revenait porter ses yeux sur la chambre.

Héléna et Georgette tournaient autour de lui et esquissaient un sourire. Quand Léon-Marie commençait ainsi sa journée, elles savaient que celle-là serait moins mauvaise que les autres.

Georgette qui était venue chez eux, les premières fois en éclaireur, avait pris tout doucement sa place à côté d'Héléna jusqu'à devenir indispensable.

Ensemble, elles lavaient Léon-Marie à la serviette, le tournaient, le parfumaient et changeaient ses draps. Tout en travaillant, elles discouraient de tout et de rien, de la vie au hameau, de leurs enfants, du printemps qui éclatait.

— Hum! Je n'aime pas ça, dit soudainement Georgette, un matin.

Occupée à frictionner le dos de Léon-Marie, elle avait arrêté son geste. Perplexe, elle considérait cette plaque rouge sombre qu'elle découvrait sur la région où son coccyx arrondissait le matelas.

Elle avait bien remarqué une rougeur, depuis quelques jours, mais il lui avait semblé normal que cette pièce de coton rugueuse qu'était l'alèse, produise un peu de couleur sur sa peau à l'endroit où elle pressait. Aujourd'hui, la plaque avait grandi. Elle lui paraissait large, ronde, gonflée d'œdème.

La veille, sans trop s'en inquiéter, elle avait relevé quelques petites bulles au centre du cercle. Ce matin, les cloques avaient crevé pour former une cavité qui semblait se creuser tout autour, comme la chair d'un agrume.

D'un seul coup, elle avait perdu son enthousiasme. Songeuse, elle attendait.

« Viendra un temps où vous devrez demander l'aide d'un infirmier de l'hospice, les avait prévenues le docteur Gaumont. »

Appliquée à rassembler les vêtements souillés, Héléna se retourna.

—Quelque chose ne va pas?

—On ne peut plus s'occuper de lui toutes seules, souffla Georgette. À partir d'aujourd'hui, il faut une personne spécialisée.

Le cœur d'Héléna s'étreignit. Vivement, elle laissa tomber son monceau de linge et alla la rejoindre.

—C'est une plaie de lit, se désola-t-elle. Pourtant, il ne manque pas d'hygiène. Pas une fois je l'ai laissé dans ses excréments.

—Je sais, la rassura Georgette, vous n'avez pas à vous faire de reproches. C'est le frottement des draps. C'était inévitable, il est toujours appuyé sur le même os. Faites demander Julien Durand, le fils de Cléophas. Il paraît qu'il n'a pas son pareil pour soigner ce genre d'affection.

Julien Durand se présenta chez eux, le même après-midi. Sitôt entré dans la chambre, son premier geste fut de tourner le malade sur le côté.

Léon-Marie le regardait. De grosses larmes ruisselaient sur ses joues.

—J'ai... mal... ben... mal.

Les deux mains appuyées sur sa hanche, les yeux plissés pour mieux voir, l'infirmier le retenait. La peau de ses fesses était tuméfiée et une large rougeur couvrait le muscle charnu. Au centre, de la grosseur d'un sou, la plaie était sanguinolente, ronde, frémissante, entourée d'un bourrelet saillant, avec un liséré tout autour qui prenait des teintes violacées, inquiétantes. Dans le fond excavé, là où avaient crevé les bulles, la lésion était ulcérée et suppurait.

Il le déposa doucement. Sans faire de commentaire, il se retourna et fouilla dans sa trousse de soins.

—Il y a longtemps qu'il présente ces escarres?

En prenant son temps, il nettoya soigneusement la plaie au centre et tout autour. Léon-Marie hurlait de douleur.

Sans se préoccuper, il enduisit la partie infectée d'un onguent antibiotique, saupoudra une importante couche de talc sur un pansement et en recouvrit la blessure. Enfin, le soulevant, il glissa sous son siège, un coussin d'air qu'il avait apporté de l'hospice.

— Vous allez vous sentir plus confortable comme ça, monsieur Savoie.

Léon-Marie ne répondit pas. Les yeux fermés, il pleurait.

L'infirmier s'éloigna du lit et alla se placer devant la table de chevet.

Avec des mouvements vifs, il ordonna les objets qui la recouvraient et y approcha une chaise. Se déplaçant dans la pièce, il disposa sur la commode une pile de draps et d'alèses propres, puis alla écarter largement les rideaux et fit jaillir la lumière.

Il installait la chambre à sa manière. Il était entré dans la maison pour y rester pendant un temps illimité et Héléna devinait que sa présence serait nécessaire jusqu'à la fin.

Résignée, elle lui organisa un lit dans le petit espace de mademoiselle Bonenfant, cet ancien débarras grand comme une cellule de nonne qui faisait face à leur chambre et relogea la vieille servante à l'étage.

Cet arrangement la rassurait. À partir de cet instant, toutes les fois que Léon-Marie pousserait une plainte, quelqu'un accourrait et lui tiendrait la main.

Le lendemain et les jours qui suivirent s'écoulèrent dans la régularité et la monotonie des établissements hospitaliers.

Chaque matin, la toilette de son malade terminée, comme un rituel, l'infirmier tirait le lit près de la fenêtre qui donnait sur le fleuve et entrouvrait la croisée. Une bouffée d'air pur filtrait et fraîchissait l'espace.

Couché sur le côté, avec sa plaie dénudée afin de l'assécher et faciliter la guérison, Léon-Marie regardait dehors. Docile, comme s'il profitait de cet instant pour se délecter de ce décor qui avait été sa vie, il rivait ses yeux sur le paysage magnifique des vastes prairies du rang Croche qui s'étalaient vers l'ouest jusqu'à la masse bleutée de la mer.

L'heure du dîner arrivée, l'infirmier le soulevait dans ses bras et le déposait sur sa chaise orthopédique.

— Nous allons faire une petite promenade, disait-il comme on parle à un enfant. Nous allons voir ce que font les femmes dans la cuisine.

Quand le repas était sur la table, l'infirmier approchait son fauteuil et portait les aliments à sa bouche. Léon-Marie souriait en regardant autour de lui. Il était content. Il mangeait avec les autres, comme autrefois. Puis il était ramené dans sa chambre pour la sieste.

L'infirmier abaissait alors le store sur la fenêtre ouverte. Confortablement installé dans son lit avec sa courtepointe qui joignait son menton, Léon-Marie fermait les yeux et sombrait dans le sommeil. Derrière lui, les rideaux s'agitaient. Le vent doux caressait son visage et enveloppait la pièce de ses arômes de printemps.

Le soir, après le souper, quelques amis se reprenaient à venir lui rendre visite. Timidement, prétextant une balade nocturne, leurs tâches terminées, ils frappaient à la porte de la maison en petits groupes guindés, cérémonieux.

— Évitez les discussions, recommandait l'infirmier, pénétré de son rôle, en orientant son fauteuil vers eux. Il ne faut pas le fatiguer.

Jérémie Dufour et Oscar Genest s'étaient présentés les premiers un soir de fin d'avril. Fendant, bavard comme de coutume, Jérémie s'était avancé au milieu de la cuisine et avait poussé quelques boutades que Léon-Marie avait écoutées, le regard ahuri.

Ignace Gagnon était venu le lendemain. Il était accompagné des commerçants du village d'en bas. Puis ç'avait été au tour de Joachim Deveault et d'Évariste Désilets de s'introduire dans la maison. Vinrent ensuite ses anciens ouvriers à la scierie ainsi que les autres fermiers du Relais et du rang Croche.

Ils s'étaient tous amenés au cours de la même semaine, comme un interminable défilé et, chaque fois, incapable de s'exprimer par des mots, Léon-Marie avait marqué son étonnement.

Quiconque le connaissait aurait lu dans ses yeux cette interrogation narquoise à savoir, si son heure ayant sonné, ils ne venaient pas tout simplement lui dire un dernier au revoir avant la séparation définitive.

Puis, tout aussi rapidement qu'elles s'étaient amorcées, les visites avaient cessé. Les hommes s'arrêtaient bien encore devant sa porte pour prendre de ses nouvelles, jetaient un coup d'œil navré du côté de la fenêtre derrière laquelle ils le devinaient, tranquille, cloué à son fauteuil, mais ils ne pénétraient plus dans la maison.

Dans les jours qui suivirent, peut-être à cause du silence nouveau qui accompagnait ses soirs, amplifié par ce sentiment de tristesse qu'il avait senti dans le regard de ses amis, la santé de Léon-Marie se remit à décliner. Il avait peine à bégayer quelques mots et ses plaies de lit, loin de se cicatriser, s'étendaient chaque jour davantage.

Le mois de mai commençait. Ce mois, qui signifiait pour les uns l'éclosion de la terre et le parfum des narcisses, prenait chaque année pour Héléna un sens différent. Chaque début de mai, c'était la même chose. Le renouvellement des baux, les déménagements et les emménagements, la bousculade, les coups de marteau et le nettoyage dans les conciergeries.

Levée tôt, aidée de Jean-Baptiste et de mademoiselle Bonenfant, elle avait passé la journée, les mains enfermées dans des gants de caoutchouc à sillonner les immeubles afin de diriger les équipes de lavage chargées de débarrasser les pièces de la crasse laissée par les anciens locataires.

Enfin, elle réintégra la maison. Elle était fourbue. Le soleil commençait à décliner vers l'ouest. Bientôt, la nuit tomberait.

Avec un soupir de soulagement, elle arracha le fichu qui recouvrait sa tête, le lança sur une chaise et, courageusement, entreprit de mettre un peu d'ordre dans la cuisine.

Derrière elle, au fond du couloir, un long gémissement perçait le silence.

Vivement, elle abandonna ses tâches et se précipita vers la chambre.

Couché dans son lit, Léon-Marie hurlait de douleur. Penché sur lui, l'infirmier s'affairait à changer ses draps souillés, en même temps qu'il le tournait sur le ventre ainsi qu'il faisait à intervalles ponctuels afin de reposer sa peau mortifiée.

—J'aurais besoin d'aide, dit l'homme en la voyant apparaître dans l'ouverture. Je ne peux y arriver seul. Je lui fais trop mal.

Elle courut le rejoindre. Prestement, dans un geste d'habitude, elle agrippa les épaules du malade et le retint sur le côté.

—J'ai de plus en plus de peine à le déplacer, dit encore l'homme. Pourtant je n'ai pas le choix. Il faut assécher sa plaie.

Héléna leva les yeux vers lui, puis, tristement, considéra Léon-Marie.

Son visage tout près du sien, sa tête appuyée contre sa main, avec ses joues creuses, sa peau flétrie, Léon-Marie la fixait, les prunelles agrandies de douleur.

De temps à autre, un sursaut soulevait son corps. Un son rauque s'échappait de sa bouche quand l'alèse glissait sur sa hanche et ses plaintes se transformaient en sanglots convulsifs quand elle raclait par à-coups, la chair vive, comme un fouet qui cingle.

De grosses larmes roulaient sur ses joues et un bredouillement agitait ses lèvres.

—Mou... rir... mou... rir...

Ses yeux injectés s'accrochaient à elle, lui apparaissaient si implorants, si crispés de souffrance qu'elle se sentit remuée jusqu'au plus profond de l'âme.

Horrifiée, le cœur rempli d'épouvante, elle prit sa tête entre ses mains et, presque avec violence, la serra contre sa poitrine.

Cet homme qu'elle avait connu si puissant, si fort, qu'elle voyait aujourd'hui, brisé, sans défense, réduit à mendier la délivrance, lui était insupportable. Elle avait peine à se retenir de fondre en larmes avec lui.

—Nous allons mettre un beau pyjama neuf et nous allons ensuite aller faire un tour à la cuisine pour regarder travailler les femmes, prononça l'infirmier sur un ton encourageant, reprenant son expression habituelle. Il ne faut pas oublier que nous attendons de la visite ce soir.

—De la visite! s'écria Héléna, découragée, en s'apprêtant à quitter la pièce avec un paquet de linge sale sur son bras. S'il y a un soir où j'aurais aimé être tranquille, c'est bien après une pareille journée.

—Ce n'est que votre beau-frère, Charles-Arthur, avec son fils Raymond, la rassura l'infirmier. Il a téléphoné tout à l'heure pour dire qu'il s'arrêterait quelques instants après le souper.

—Bon! À la condition qu'ils ne restent que quelques instants, fit Héléna avec un soupir.

Le père et le fils s'encadrèrent dans la porte une bonne heure après le repas.

Ils avaient tant tardé que, un peu piteux, croyant qu'il avait mal compris le message, l'infirmier s'apprêtait à reconduire son malade dans son lit.

L'échine aussi droite qu'un if, le pas solide, avec son insolence coutumière, Charles-Arthur se dirigea vers son frère.

Affalé dans son fauteuil, un oreiller supportant sa tête, Léon-Marie le regardait s'approcher, une expression de lassitude couvrant ses traits.

—Ouais! On peut pas dire que... amorça Charles-Arthur.

Ses mots s'éteignirent sur ses lèvres. Il jeta un coup d'œil interrogatif vers Héléna. Il paraissait déconcerté. Il avait visité Léon-Marie la semaine précédente et ce changement qu'il voyait, dans son corps à cet instant, le remuait plus qu'il n'aurait su le dire.

Raymond, son fils, s'était arrêté près de lui. Marié depuis l'automne, il venait de louer un logement dans l'immeuble de la rue Savoie.

— Comment ça va, mon oncle? lança-t-il sur un ton gaillard.

Rieur, penché vers Léon-Marie, il le dévisageait, la mine espiègle. Il se voulait léger, amusant, avec l'impertinence tranquille de sa jeunesse.

Léon-Marie lui jeta un regard morne. Un léger tremblement agita ses lèvres.

Ébranlé, Charles-Arthur se rapprocha encore de lui. Il prononça rapidement, comme s'il regrettait son intrusion et qu'il lui pressât d'en finir :

— J'étais venu t'annoncer une nouvelle. C'est pas une mauvaise nouvelle. C'est pour ça que je pense pas te fatiguer en t'en parlant.

Ménageant son effet, il recula vers le centre de la cuisine. Vêtu avec élégance comme d'habitude, la silhouette à peine courbée malgré ses soixante-dix ans, il se déplaçait à grands pas, les mains dans les poches, en frappant du talon.

Soudain, d'un élan robuste, il se retourna.

— V'là ce que je suis venu te dire. J'ai décidé de sauter le pas, comme toi. Ben certain, je pourrais faire encore un boutte, mais vient un temps où il faut passer les cordeaux à plus jeune. Ça fait que j'ai décidé de céder l'entreprise à mon gars, ici présent.

La main déployée vers son Raymond, il lança avec pompe :

— T'as devant toi, le nouveau président des entreprises de construction CHARLES-ARTHUR SAVOIE ET FILS.

Léon-Marie tressaillit. Tourné vers Raymond, il lui jeta un regard inexpressif.

— On va essayer de faire honneur à la famille, dit Raymond, imprégné de sa bonne fortune, dans un effort pour alléger l'atmosphère.

Embarrassé, il s'éloigna. Il reluquait autour de lui, la vaste pièce, dans laquelle rien ne manquait. À sa gauche, la salle à manger s'ouvrait sur le salon. Au fond du couloir, la porte de la salle de bain était ouverte. Il y distinguait les serviettes de tous les résidants de maison, correctement alignées, les savonnettes colorées et le bouquet de fleurs séchées qui ornait le grand comptoir de marbre.

La demeure était luxueuse et depuis sa reconstruction, Héléna y avait apporté d'autres éléments qui ajoutaient à son confort, en plus de l'embellir encore.

Mademoiselle Bonenfant passa près d'eux, tenant entre ses mains un plateau abondamment garni de fruits, de biscuits et d'un verre de lait. Elle allait porter la collation du soir dans la chambre du malade.

Impressionné, Raymond revint se pencher sur le fauteuil de Léon-Marie.

—C'est pas drôle de vous voir amanché de même, mon oncle, émit-il sur un ton qui se voulait aimable en même temps que réconfortant, mais vous pouvez vous compter chanceux dans votre malchance. On rit pas, l'infirmier, les petites douceurs.

Héléna lui jeta un regard froid. Tournée vers l'évier, elle s'affaira à séparer le linge souillé. Avec tous ces changements de draps et de vêtements qu'ils effectuaient pendant la journée, ils devaient faire chaque soir la lessive.

Tandis que les hommes continuaient à discourir autour de Léon-Marie, elle fit couler l'eau du robinet, frotta vigoureusement une alèse, puis souleva le couvercle de la lessiveuse et la plongea dans l'eau savonneuse. Actionnant les boutons, elle mit le moteur en marche. Elle alla ensuite se courber devant la sécheuse et en retira un monceau de serviettes gonflées d'air et fleurant l'ozone.

Exténuée, les muscles endoloris par sa journée passée à courir à travers les immeubles, elle déposa les pièces de linge sur la table et commença à les plier avec précision.

Elle pensait à toutes ces tâches qui l'attendaient avant d'aller dormir. Le repassage, les comptes à vérifier, les fournisseurs à payer. Elle se dit qu'elle en aurait pour une partie de la nuit avant d'avoir terminé et, demain, la course dans les immeubles recommencerait.

Courageusement, elle déplia la planche à repasser, alla chercher le fer électrique et le brancha dans la prise.

—Pis vous, ma tante, fit Raymond qui tournait autour d'elle. On peut dire que vous avez su vous placer les pieds.

Éberluée, Héléna le foudroya du regard. Son fer levé, incapable de rien ajouter, elle fixa Léon-Marie, paralysé dans sa chaise, entouré de ses fioles de médicaments, puis plus près d'elle, la montagne de linge qui l'attendait sur le comptoir, l'encombrement de son petit secrétaire et le désordre de la maison.

Elle exhala bruyamment son souffle. Penchée sur sa pièce de

coton, elle laissa courir le fer. Un petit grésillement se fit entendre et une buée monta dans l'air.

—Vous aviez promis de payer la peinture, mentionna Raymond.

—Monsieur Gervais est censé voir à ça demain, répondit-elle.

—Il y a aussi l'évier de la cuisine qui est bouché.

—Monsieur Gervais va aussi voir à ça demain.

—Des inconvénients de même, ça vaut ben une petite diminution de loyer, avança Charles-Arthur, sans compter que dans la famille, il est d'usage de se faire des faveurs.

Il revint se placer devant Léon-Marie.

—Justement, à ce propos, je voulais te demander... Tu m'écoutes, Léon?

Léon-Marie ne répondit pas. Très pâle soudain, les yeux agrandis, il fixait un point sur le mur.

Ameutée, Héléna se rua vers lui.

—Qu'est-ce qu'il se passe, Léon-Marie? Qu'est-ce... On dirait que tu vois quelque chose...

Léon-Marie se tourna vers elle. Il semblait épouvanté.

—Amène-moi... dans... mon... lit...

Léon-Marie n'avait plus parlé. Pendant les jours suivants, son regard amorphe n'avait fait que cerner la chambre. Seules les larmes qui embuaient ses paupières quand ils le déplaçaient pour ses soins, le frémissement de ses lèvres, disaient les souffrances atroces qu'il endurait.

—Les calmants ne font plus effet, dit l'infirmier un matin. Le temps est venu de commencer les injections de morphine. Ça risque d'écourter sa vie.

Une petite crispation avait monté dans la poitrine d'Héléna. Penchée vers Léon-Marie, elle l'avait fixé en silence, les lèvres serrées, malheureuse, désarmée comme si, son devoir étant de le supporter, elle n'avait su mener sa tâche à bien.

Tantôt, tandis qu'ils faisaient sa toilette, elle avait vu comme chaque fois cette ulcération à la base de son dos qui couvrait son coccyx. Il lui avait semblé que la nécrose avait encore agrandi depuis la veille. La cavité lui était apparue large, profonde, plus profonde qu'elle ne pouvait l'imaginer. Excavée, elle s'étendait maintenant jusqu'à sa hanche, rejoignait l'articulation du fémur et laissait entrevoir distinctement en son centre, la masse bleuâtre de l'os.

Horrifiée, elle avait détourné son visage.

Elle avait compris à ce moment, qu'il lui faudrait bientôt accepter l'évidence: Léon-Marie se rapprochait lentement de la fin.

Dans son cœur, elle n'était pas prête. Pourtant, parce que Léon-Marie souffrait tant, malgré son déchirement, elle s'était tournée vers l'infirmier et avait hoché la tête dans un signe de consentement résigné.

Quelle était donc cette chose étrange qu'il avait vue sur le mur? avait-elle cherché à savoir, un soir, dans l'espoir de comprendre et d'accepter. Léon-Marie avait arrêté brusquement ses yeux sur elle. À cet instant, elle avait lu dans son regard, un tel effroi, qu'elle n'avait plus osé l'interroger.

Par la suite, quand il nécessitait des soins, elle courait aider l'infirmier. Elle voulait lui éviter toutes les douleurs, les prendre sur elle en même temps qu'elle soutenait sa tête et lui répétait son amour.

Avec le temps qui passait, le déclin, la souffrance qu'elle sentait dans l'air, tout doucement, son attachement obstiné à la vie commençait à faiblir.

Pendant trop de semaines, elle avait vu Léon-Marie se tordre de douleur et dépérir. Alors elle s'inclinait, comprenait peu à peu qu'elle n'avait pas le droit de le retenir à la vie uniquement parce qu'elle ne supportait pas de le voir partir.

Comme si la force de sa présence pouvait atténuer son mal, elle avait pris l'habitude de passer de longs moments auprès de lui. La nuit, au lieu d'aller dormir à l'étage comme elle faisait depuis que l'infirmier avait pris la relève, elle se glissait dans son lit et lui infusait sa chaleur. En tentant de bouger le moins possible, elle lui murmurait à l'oreille des mots doux, réconfortants.

—Il va falloir augmenter la morphine, dit l'infirmier un soir, tandis qu'il lui injectait son médicament. Les petites doses ne le soulagent plus. Bientôt, il lui en faudra encore davantage. À ce moment-là, je ne pourrai pas accéder à son désir. Ça s'appellerait de l'euthanasie. Seul un prêtre pourra le permettre.

Héléna l'avait regardé. Ses yeux s'étaient remplis de larmes.

—J'y veillerai demain.

Comme il faisait pour la visite paroissiale, le curé Darveau entra par la porte du salon. Il était accompagné d'un enfant de chœur revêtu du surplis et portait un petit coffre qu'il tenait appuyé précieusement sur sa poitrine.

Héléna alla l'accueillir sur le seuil.

—Comment va-t-il aujourd'hui? interrogea le vieux curé.

—Il souffre comme il n'est pas permis à un chrétien de souffrir, répondit Héléna incapable de réprimer la causticité de son ton.

—Je lui ai apporté le sacrement des mourants, murmura le prêtre sur un ton compréhensif. Muni du saint viatique, il saura mieux accepter la souffrance et la mort.

Héléna réprima un frisson.

—Il faut augmenter ses doses de morphine.

Elle se sentait si lasse, si impuissante. De voir Léon-Marie subir d'aussi intenses douleurs lui était insupportable. Comment un homme qui a passé son existence à semer le bien autour de lui, pouvait être frappé d'une telle sanction par son Créateur? se demandait-elle. Elle était chrétienne, mais depuis un temps, elle avait peine à croire en l'infinie justice de Dieu.

Pourtant elle n'avait pas cessé de multiplier les interventions pour alléger les souffrances physiques et morales de son époux, comme cette visite du curé Darveau qu'elle appelait aujourd'hui à son secours.

En même temps qu'elle précédait le vieux prêtre vers la chambre, elle se disait combien Léon-Marie et lui avaient toujours été proches. De même nature, roublards et forts, les deux hommes avaient passé leur vie à se tenir tête tout en éprouvant un immense respect l'un envers l'autre.

Se déplaçant derrière elle de son petit pas de vieillard fragile, le curé Darveau ne cachait pas sa tristesse. Il ne pouvait s'empêcher de penser à ce grand homme qui s'en allait, de regretter ce temps passé jalonné de leurs ruses où la verdeur de leurs mots masquait tous les autres.

Léon-Marie était pour lui un personnage haut en couleur, batailleur, opiniâtre qui avait réussi à vaincre les pires obstacles et mener son hameau vers la notoriété.

Aujourd'hui, le vieux prêtre qu'il était, allait indiquer à cet être exceptionnel, à ce géant orgueilleux qu'était l'homme de la rivière, le maître de la scierie, la voie de la soumission et le chemin du départ.

Immobile au milieu de la chambre, il considéra Léon-Marie étendu sur sa couche, affalé, avec son regard malheureux qui disait sa souffrance.

Son cœur se serra. Combien, à cet instant, il aurait voulu redonner à cet homme qui lui était si cher, cette vigueur dont il était dépossédé. La vie est trop courte quand on l'aime, se disait-il, pourquoi fallait-il que tout se termine de façon aussi abrupte?

Sans un mot, il alla s'immobiliser devant la petite table débarrassée de ses flacons et objets habituels, sur laquelle on avait disposé une nappe blanche. Un cierge brûlait devant le crucifix de la miséricorde. Tout à côté, un plat d'eau bénite avait été placé près d'une serviette propre et d'une assiette contenant quelques boulettes d'ouate.

Toute la famille était là pour le sacrement de l'extrême-onction. Héléna avait tenu à ramener Antoine-Léon et Marie-Laure de leurs pensionnats. David et Bertha étaient présents de même que Cécile avec son front déformé et Jean-Louis.

Georgette et Jean-Baptiste s'étaient introduits dans la pièce sur la pointe des pieds. Entrés derrière les autres, ils se tenaient à l'écart.

Le curé se signa pieusement, murmura quelques mots à l'oreille de Léon-Marie, puis lui administra le sacrement des mourants.

La cérémonie fut courte et émouvante. Léon-Marie communia. Pensif près de lui, le curé le fixait. Enfin se décidant, il se tourna vers le petit groupe et leur signifia qu'il voulait rester seul un moment avec le malade.

Ils se retirèrent dans la salle à manger. Assis autour de la table, silencieux, ils avaient peine à retenir leurs larmes.

De temps à autre des murmures se faisaient entendre de l'autre côté de la cloison, sorte de chuintement qui rappelait le bruit du vent dans la forêt, puis la voix geignarde, difficile de Léon-Marie s'élevait, rauque, comme une longue plainte.

Le curé en sortit après plusieurs minutes.

—Il est en paix maintenant, prononça-t-il. Il est prêt à partir. Bientôt, il sera auprès du Seigneur. Je lui ai dit que sa première famille l'attendait là-haut, Henriette et ses cinq enfants, qu'il retrouverait aussi ses parents, son père, sa mère.

Il courba la tête. Ses lèvres tremblaient. Quand il se redressa, deux larmes roulaient sur ses joues.

—Je lui ai fait mes adieux. Je lui ai dit de m'attendre, que moi aussi, dans de peu de temps, j'irais le rejoindre. Ce sacrement de l'extrême-onction que je viens de lui administrer est mon dernier ministère. Je l'ai gardé pour l'homme que j'ai le plus apprécié dans toute ma vie.

Il déplaça son regard autour de lui, avec lenteur. Il paraissait fatigué, voûté, comme s'il supportait le poids de la terre.

—Je vous souhaite la grâce du courage, articula-t-il à voix basse en se dirigeant vers la sortie. Vous en aurez bien besoin.

Debout sur le seuil, Héléna suivit pendant un long moment la voiture noire qui descendait la côte. Désorientée, incapable de rien faire, elle attendait sans bouger. Autour d'elle, les érables bourgeonnaient. C'était le printemps. L'après-midi était rempli de douceur et un parfum de fleurs embaumait l'air.

Un douloureux soupir s'échappa de ses lèvres. Tristement, elle se retourna et rentra dans la maison.

Sans un mot, sous le regard des autres groupés dans l'attente autour de la table de la salle à manger, elle saisit une chaise et se dirigea vers la chambre de son mari.

Silencieuse, avec l'infirmier qui tournait autour de son malade, elle prit place près du lit, croisa ses mains sur ses genoux et se tint sans rien faire. Elle n'avait pas déplié son chapelet comme auraient fait les autres femmes de sa génération, simplement, elle veillait son époux.

Elle ne prit pas la peine de souper. Prostrée, elle gardait ses yeux rivés sur l'homme qui avait été le compagnon de ses jours pendant dix-neuf années.

Georgette et Jean-Baptiste étaient restés à la maison. De temps à autre, ils franchissaient à pas feutrés l'ouverture et chuchotaient près de son oreille, lui proposaient d'aller prendre un peu de repos.

Chaque fois, elle hochait négativement la tête. Elle se refusait de quitter Léon-Marie ne serait-ce qu'un seul instant. Elle ne voulait manquer aucun de ses battements de cœur, elle voulait recueillir son dernier souffle.

Vers minuit, à l'heure où l'horloge tintait dans la cuisine, Léon-Marie émit une plainte. Elle s'approcha de lui et saisit ses doigts. Pendant un moment, la tiédeur de sa peau se mêla à la sienne comme une sève nouvelle qui coulait dans ses veines, puis sa main s'amollit, lentement retomba.

Léon-Marie avait fermé les yeux.

Un râle s'échappait de sa bouche, comme une sorte de ronflement léger. Il demeura ainsi tout le long de la nuit, jusqu'à ce que l'aube dessine un trait rose sur la ligne de la mer. Puis, le bruit rauque de sa respiration se tut.

Héléna lui parla avec douceur, répéta ses mots tendres, mais Léon-Marie ne réagit pas. Il avait cessé de respirer.

On était le 30 mai 1951. Il laissait dans le deuil, outre sa seconde épouse Héléna, un fils de dix-sept ans, Antoine-Léon et une fille de quatorze ans, Marie-Laure.

36

Durant trois jours, la vie à la Cédrière sembla s'arrêter. Comme si tous ses habitants avaient été éprouvés par le même malheur, tant le bâtisseur, le maître de la scierie, celui qu'ils avaient surnommé l'homme de la rivière était connu et estimé, ils avaient interrompu leurs tâches.

Un grand silence avait envahi le hameau. Les voitures avaient circulé avec lenteur dans le chemin de Relais et, quand ils avaient eu à s'exprimer, les hommes l'avaient fait à voix basse, recueillie.

Léon-Marie avait été exposé dans le salon de sa demeure. Les stores des hautes fenêtres avaient été baissés jusqu'à l'appui et deux cierges avaient été allumés de chaque côté du catafalque. Pendant toute la durée de son séjour en chapelle ardente, leur odeur fade avait flotté, mêlée à celle, étouffante, des couronnes de fleurs et des bouquets de roses disposés en abondance tout autour, sur le sol et sur des petits socles.

Un crêpe noir avait été accroché devant la porte principale et se balançait dans le vent.

Du matin jusqu'au soir, dans une suite ininterrompue, les véhicules automobiles s'étaient succédé dans la cour. Les concitoyens et les relations d'affaires venaient lui rendre un dernier hommage.

Don McGrath s'était présenté chez eux tous les jours. Visiblement ébranlé, il serrait chaque fois la main d'Héléna, bredouillait une phrase incompréhensible qui n'était pas dans ses habitudes, puis allait s'immobiliser devant la bière et fixait le visage sans vie de celui qu'il avait si souvent affronté.

Comme s'il se refusait à croire que le géant venait de partir, qu'ils n'auraient plus leurs empoignades coutumières, qu'il ne percevrait plus ses roublardises, il revenait le lendemain et refaisait les mêmes gestes.

Debout au milieu de la pièce, le visage impassible, Héléna accueillait les visiteurs. Ses yeux étaient secs. Seules ses mains froides, ses mouvements un peu brusques disaient son affliction. Parfois, dans un moment où le chagrin refluait en elle, son regard douloureux se tournait vers le cercueil. L'espace d'un instant, sa poitrine se soulevait et ses lèvres s'agitaient, refrénaient un tremblement furtif.

Ils étaient tous venus : les amis, les voisins, les politiciens, les adversaires, ils s'étaient tous agenouillés devant sa dépouille, les uns dans un dernier au revoir, les autres dans un geste de réconciliation face à la mort.

Georgette et Jean-Baptiste qui se considéraient comme faisant partie de la famille, s'amenaient à la maison tous les matins. Présents autour d'Héléna, comme si leur implication était nécessaire, sitôt leur petit déjeuner terminé, ils s'introduisaient dans le salon par la grande porte.

Le visage rempli de tristesse, ils s'agenouillaient un moment devant la tombe de Léon-Marie, puis allaient occuper une chaise côte à côte, un peu à l'écart. Ils demeuraient ainsi, figés, silencieux, comme si, après avoir tant donné, ils avaient épuisé leurs ressources et perdu leur faculté d'intervenir.

Charles-Arthur, en tant qu'aîné de la famille, soutenait sa belle-sœur. Arrivé lui aussi, tôt le matin, bien avant les autres, pendant tout le jour, de sa propre initiative, tel un chef de protocole, il se déplaçait à travers la salle et dirigeait les visiteurs.

Sur un ton bas, solennel, comme un leitmotiv, il déclinait quelques paroles de considération, puis se tournait vers Héléna et, avec une ferveur inattendue, louait le dévouement sans borne qu'elle avait manifesté pendant la maladie de son frère.

Il était méconnaissable. Héléna qui le regardait faire en était bouche bée, tant elle le voyait soudainement rempli d'attentions à son égard.

Ainsi qu'ils faisaient à ces occasions, les veufs de la place avaient aussi défilé à tour de rôle pour lui offrir leurs condoléances.

Ils étaient tous venus le premier soir, tôt après le souper, alors que le soleil commençait à colorer la mer et rosissait la clarté du jour qui s'infiltrait encore dans les pièces de la maison.

Comme s'ils s'étaient concertés, ils entrèrent les uns derrière les autres et lui tendirent la main.

Le premier à s'avancer fut l'avocat Larue. Sans se préoccuper de Charles-Arthur qui s'empressait autour de lui, il regarda Héléna pendant un long moment en silence.

Son œil admiratif cernant en même temps la luxueuse résidence dans laquelle il s'introduisait pour la première fois, sur un ton neutre, à voix basse, il lui signifia que depuis les huit ans qu'il était veuf, il n'avait pas encore réussi à trouver la perle qu'il recherchait.

—Les femmes racées, intelligentes se font rares, déclina-t-il comme un message.

—Je vous souhaite de la trouver bientôt, répliqua Héléna avec un petit mouvement de recul, les lèvres tirées dans un frêle sourire.

Elle le considérait de son air le plus détaché, poli, pressée qu'elle était d'en finir avec pareil aparté.

—Vous avez eu du mérite de vous occuper d'un grand malade de même, fit remarquer près d'eux, un autre veuf, l'ingénieur Mongeau, le directeur du pouvoir électrique en lui serrant la main. Pareille attitude est tout à votre honneur.

Héléna tourna vers lui un regard étonné.

—C'est vrai ce que dit Jos, renforça Charles-Arthur en acquiesçant de la tête à grands coups. Ben des fois, je me suis demandé comment vous faisiez. Le faire manger comme un bébé, le laver, le moucher, essuyer ses excréments, vider sa bassine. Moi, j'aurais jamais été capable.

Héléna tiqua de la joue. Tristement, elle se tourna vers le cercueil dans lequel gisait son Léon-Marie. Ses yeux enveloppèrent la pièce comme s'ils englobaient la terre entière, puis revinrent se poser sur les trois hommes. Chacun leur tour, elle les fixa. Les lèvres amincies, elle prononça avec lenteur :

—On ne fait pas toujours ce qu'on aime, mais on le fait parce qu'on aime.

Charles-Arthur sursauta. Il prit un temps avant de se ressaisir.

—Je pense que je vous connaissais pas, glissa-t-il avec un léger tremblement dans la voix. Je suis en train de découvrir que vous êtes une femme pas ordinaire.

Le samedi matin, un ronron continu se fit entendre dans le chemin de Relais et alla se répercuter sur le mont Pelé. Le corbillard s'amenait en bringuebalant, avec son gros nez carré, ses chromes luisants, ses fenêtres festonnées de noir.

Derrière, suivaient les limousines affectées au cortège.

En prenant son temps, l'imposant véhicule recula dans la cour jusqu'à l'entrée principale puis le moteur s'éteignit. Deux hommes s'en dégagèrent. Vêtus de noir, le visage levé, solennel, leur main gantée pressant leur chapeau sur la poitrine, ils s'introduisirent dans le salon.

Autour d'eux, l'atmosphère était feutrée et la foule parlait à voix basse. À leur vue, les visages se figèrent. Conscients que l'heure du départ était proche, lentement, ils se regroupèrent et, silencieux, gardèrent leurs yeux rivés sur le mort.

Héléna leur jeta un regard rempli d'angoisse. Les lèvres entrouvertes dans une sorte de panique, en tremblant et serrant avec force les mains de ses deux enfants, elle alla se placer devant les autres.

De même que sa fille Marie-Laure, elle avait endossé un tailleur noir et enfoncé sur sa tête un chapeau tout aussi noir. Près d'elle, exhibant sa belle chevelure frisée, se tenait Antoine-Léon. Dressé très droit, comme le protecteur des deux femmes, l'expression grave, il avait noué une cravate noire autour de son cou et un brassard de deuil entourait son bras gauche, comme un adulte.

Un silence total couvrait l'espace. La mine cérémonieuse, les deux employés des pompes funèbres s'avancèrent et allèrent s'arrêter devant le cercueil.

Avec précaution, dans un imperceptible déclic, ils rabattirent le couvercle.

Héléna émit un sursaut et ferma durement les yeux. La poitrine crispée de chagrin, elle venait de comprendre qu'elle ne reverrait plus jamais le visage de son Léon-Marie.

Les six porteurs s'étaient joints aux deux hommes. Tous choisis par la famille parmi les amis du mort, dont Donald McGrath, ils étaient arrivés bien avant l'heure et s'étaient tenus près de la bière dans une attente respectueuse, comme six sentinelles au garde-à-vous.

Ensemble, ils agrippèrent les poignées de cuivre, dégagèrent l'imposante caisse de son catafalque et, s'articulant à petits pas, défilèrent à travers la foule qui formait une haie.

Dans le calme impressionnant, Léon-Marie effectuait son dernier parcours solennel, couché dans un lourd cercueil de chêne, de ce bois teinté de roux qu'il aimait tant. Lentement, il glissait hors de sa maison pour n'en plus revenir.

Les unes derrière les autres, les voitures s'orientèrent vers l'église. Le silence était total. Même les oiseaux avaient cessé leur babillage. On n'entendait dans le hameau que le bruit des cailloux qui crissaient sous les pneus.

Le cortège s'ébranla sur la route. À peine engagé, le corbillard s'immobilisa. Dans une courte pause empreinte de respect, il salua d'un coup de frein la plaque commémorative face à la nouvelle bâtisse de Donald McGrath, cette plaque qui rappelait le grand Léon-Marie Savoie, le bâtisseur, l'homme qui s'en allait et qui avait marqué son coin de pays.

Chacune leur tour, parvenues au même endroit, imitant son geste, les autres voitures s'immobilisèrent et leurs passagers inclinèrent la tête.

Assise dans le second véhicule, entourée de ses enfants, Héléna ne contenait plus ses larmes. À sa gauche, le visage dans son mouchoir, Marie-Laure pleurait à gros sanglots. Troublé lui aussi, Antoine-Léon serrait avec force la main de sa mère.

Ils étaient arrivés devant l'église. Au-dessus de leur tête, le bourdon sonnait le glas.

Une foule nombreuse attendait sur le portique. En même temps qu'elle descendait du véhicule, Héléna dénombra tous les habitants de la Cédrière.

De l'autre côté de la route, quelques inconnus se hâtaient vers eux. Elle plissa les paupières. Elle croyait reconnaître une ombre en arrière des autres, une ombre qui lui rappelait une femme tant contestée. Brusquement, elle en eut la certitude, cette créature aux longs cheveux d'ébène qui se dissimulait derrière le bosquet de noisetiers était bien Clara Ouellet.

Elle ferma les yeux. Le pardon est de rigueur dans la mort, se disait-elle. Elle ne ferait pas le reproche à Clara de venir dire un dernier adieu à l'homme qui les avait tous marqués, qui lui avait apporté le pain quotidien comme il avait fait pour toutes les familles de la Cédrière.

Elle se détourna. Tristement, son regard se posa sur le corbillard qui venait de s'ouvrir encore une fois, avec les porteurs qui allaient reprendre leur fonction.

Entouré de silence, sous le soleil radieux et le parfum des lilas, Léon-Marie fit son entrée dans la petite église de Saint-Henri.

Lentement, avec derrière lui les faubouriens qui marchaient au pas à pas, son cercueil glissa dans le petit lieu de sa croyance qu'il avait contribué à bâtir, là où son Antoine, le premier de sa lignée, avait fait résonner la voûte de sa belle voix de baryton, là aussi où il avait fait son dernier arrêt avant d'aller rejoindre les autres au cimetière.

Monseigneur Darveau, l'ancien curé du village de Saint-Germain, avait tenu à officier lui-même la cérémonie. Il voulait bénir une dernière fois celui, parmi ses ouailles, qui lui était le plus cher, celui dont le départ signifiait la fin d'une épopée.

Héléna suivit le cercueil jusqu'à la table de communion et se glissa dans le premier banc. Ses deux enfants prirent place de chaque côté d'elle, tandis que Cécile, David et leurs familles occupaient les banquettes derrière. Au-dessus de leurs têtes, une voix grêle entonnait le *Stabat Mater* de Vivaldi.

De longues banderoles noires se déployaient dans le sanctuaire et allaient s'accrocher au-dessus de la petite lampe qui vacillait dans son vase. De chaque côté de la nef, d'épais rubans de soie, tendus, eux aussi, de noir, couvraient les colonnes de bois sculptées qui supportaient le grand arc.

Derrière, des bruits de talon martelaient le portique. L'église se remplissait peu à peu jusqu'au narthex comme au cours des plus imposantes célébrations.

Le curé Darveau s'était tourné vers les fidèles. Tandis que le chœur psalmodiait le *Dies irae*, il gravit lentement les degrés de l'autel et débuta la messe.

De son timbre le plus sombre, il commenta ensuite l'Évangile et la résurrection de Lazare.

Puis, avec sa soutane qui froufroutait sur ses jambes, son pas de vieillard fragile fit craquer les marches conduisant à la chaire.

Les mains appuyées sur la rampe, il considéra un moment la masse de ses fidèles, les yeux levés vers lui et qui remplissaient la nef jusqu'à l'arrière.

Il paraissait ébranlé. Son regard avait perdu son éclat bleuté. La peau de son visage était pâle, farineuse comme si son cœur allait s'arrêter de battre, sa poitrine frémissait.

Lentement, il ouvrit la bouche.

— Par sa vie de bâtisseur, débuta-t-il d'une petite voix tremblante, celui que nous pleurons aujourd'hui a été un exemple d'intrépidité et de persévérance. Léon-Marie Savoie, le maître de la scierie, était un homme d'une puissante personnalité, aguerri, invulnérable. Il n'avait peur ni de l'effort ni de la compétition. Persévérant, ambitieux, il était intelligent, malin, mais il était aussi un tendre, ce qui faisait de lui l'être le plus généreux de la terre.

Dans l'église, le silence était total.

— Quiconque a connu cet être exceptionnel, poursuivit-il avec émotion, sait le courage hors du commun qu'il a manifesté du temps de ses épreuves. Les épouvantables tragédies qui l'ont atteint en auraient terrassé plus d'un, mais lui, il s'est relevé et il a recommencé.

Il faisait l'apologie de l'homme en scandant ses mots, sans jugement ni analyse, narrait les phases de sa vie, ses épreuves telles qu'il l'avait vu les vivre, comme un exemple de bravoure et de dignité.

— Léon-Marie savait rire, s'amuser, reprit-il sur un ton renforcé. Il était un boute-en-train, ce qui ne l'empêchait pas d'être un homme de devoir, franchement honnête et d'une sensibilité profonde. Dans notre malheur, nous devons être reconnaissants envers le ciel d'avoir mis sur notre route un être de sa valeur.

Sa voix s'éteignit. Il enchaîna dans un murmure :

— Pareil dynamisme, pareille ténacité est un don qui n'est pas donné à tous. Sa disparition est une perte énorme pour notre communauté.

Il se tut. Un son rauque s'échappa de ses lèvres, semblable à une sorte de sanglot.

Penché vers l'assistance, les narines frémissantes, à nouveau, il ouvrit la bouche, fit un effort, puis courba la tête.

Étonnés, les fidèles le fixaient, attendaient. Un lourd silence comme un malaise planait sur la nef. La gorge nouée, incapable de poursuivre, ses doigts pressèrent ses yeux.

— Vous connaissez... l'homme... souffla-t-il avec peine. Je n'en ajouterai pas davantage...

À pas lents, fatigué, il se retourna et s'engagea dans le petit escalier. Il paraissait vieilli soudain, arrivé à bout d'âge, tremblant et souffrant, si près de la tombe, lui aussi.

Péniblement, il gravit les trois marches de l'autel et récita le Credo.

La messe terminée, le corbillard ouvrit à nouveau tout grand ses portes. Une fois encore, les hommes y glissèrent le cercueil de Léon-Marie. L'homme de la rivière effectuait son dernier voyage et il le faisait dans un véhicule motorisé, de ce modernisme qu'il avait abhorré tout le temps qu'il avait vécu.

Silencieux et graves, les résidants du hameau suivirent en file serrée de voitures noires, le long fourgon mortuaire qui descendait le chemin de Relais, empruntait la route communale et se dirigeait vers le cimetière de Saint-Germain.

Léon-Marie allait y occuper sa place dans le lot familial des Savoie auprès de sa première épouse Henriette et de ses cinq enfants. C'était l'entente qu'ils avaient prise, Héléna et lui. Leurs morts ne devaient pas dormir seuls. Léon-Marie serait enterré auprès d'Henriette, tandis que, son tour venu, elle irait rejoindre Édouard, l'artiste.

Leurs pas craquèrent sur le gravier de l'allée. Tristement, ils suivirent le roulis du cercueil qui s'enfonçait doucement dans la terre.

L'existence de Léon-Marie Savoie était arrivée à son terme. Il ne reviendrait plus. Il ne resterait de lui que le souvenir de ses réalisations.

La tête basse, ils s'en retournèrent vers la sortie.

—Sa réussite relève de l'extraordinaire, prononça McGrath, comme un hommage en accordant son pas à celui d'Héléna.

Héléna sursauta. Elle lui jeta un regard malheureux.

—Léon-Marie ÉTAIT extraordinaire, répliqua-t-elle en martelant ses mots.

Les lèvres tirées dans un rictus qui disait sa fierté, elle franchit la barrière.

37

La vie avait repris lentement son cours. Les habitants de la Cédrière avaient recommencé à sourire, timidement d'abord, puis, avec le temps qui passait, y avaient mis un peu plus d'audace.

Pourtant, ils étaient encore fragiles, ne pouvaient s'empêcher de ressentir un pincement au cœur quand ils étaient en la présence d'Héléna. Gênés, ils esquissaient un petit signe de la tête, puis, instantanément, se réfugiaient dans une sorte de considération respectueuse et poursuivaient leur chemin sans rien dire.

Héléna ne s'en formalisait pas. De nature réservée, au cours de ces dix-neuf années vécues auprès de Léon-Marie, elle avait mené une existence peu mondaine, axée sur son travail de modiste et leurs affaires, et, moins que jamais aujourd'hui, elle souhaitait modifier sa relation avec les autres.

Elle savait que cette période serait difficile et qu'il lui faudrait du temps avant que sa douleur ne s'atténue. Tandis qu'elle retrouvait sa solitude, elle avait mesuré le pouvoir de son époux, cet homme énergique, coloré, la forte empreinte qu'il avait laissée partout où il était passé. « Sa disparition est une perte énorme pour notre communauté, avait dit de lui, le curé Darveau dans son éloge. »

Le rappel de ces paroles, chaque fois, lui faisait mal. Elle ne pouvait s'empêcher de regretter ce temps joyeux, lointain où son pas lourd ébranlait le perron, où il était actif, gaillard avec son humeur belliqueuse et ses pensées saines.

Tout aussi rapidement, montaient à sa mémoire les souffrances atroces qu'il avait endurées. Divisée entre la peine et l'allègement, elle était presque soulagée à l'idée de sa délivrance tout en souhaitant revivre ces jours pénibles où il était malade, mais encore bien vivant, assis sur sa chaise près de la fenêtre, sa canne appuyée sur l'accotoir, avec ses yeux injectés, son amertume et ses critiques.

« Le chagrin fait oublier les moments durs et dore le passé, se disait-elle. Il n'y a que la mort que rien ne réussit à magnifier, qui demeure toujours inexplicable. »

Ils avaient souvent débattu de ce mystère tandis que Léon-Marie avait encore la capacité de s'exprimer. Poussant leur réflexion, ils avaient auguré de l'après vie d'où personne ne s'était jamais manifesté pour leur rendre compte.

—Si j'en suis capable, je vais revenir te le dire, ce qu'il se passe en haut, s'était-il engagé. Si j'en reviens pas, c'est qu'il y a pas grand-chose.

Elle n'avait pas discuté. Léon-Marie doutait et cela lui avait semblé normal jusqu'à ce soir de mai...

Quelle était donc cette chose étrange qu'il avait fixée sur le mur à cette occasion et qui l'avait tant effrayé, le poussant presque à prendre le lit et à ne plus se relever? Bien des fois, elle s'était interrogée, mais elle n'avait pu savoir. Léon-Marie avait emporté son secret dans la tombe.

Elle avait mis du temps à reprendre sa routine d'avant la maladie de son époux. Incapable de se défaire de son image, pendant les premiers jours, elle le voyait dans toutes les pièces de la maison, sans cesse, entendait sa voix tonitruante qui l'appelait, se surprenait même à accourir vers la chambre, tant cette habitude était ancrée dans sa vie.

Enfin, tout doucement, elle s'était apaisée. Sa douleur était toujours présente, constamment, elle sentait au creux de son estomac, ce poids qui l'oppressait, mais elle savait qu'elle n'avait d'autre choix que de continuer à vivre. Elle avait une famille, deux adolescents, et elle avait surtout sa Cécile qu'elle avait bien abandonnée pendant ces jours difficiles qui avaient précédé la mort de Léon-Marie.

Maintenant que ses tâches s'étaient allégées, elle avait repris ses habitudes anciennes et lui faisait de fréquentes visites.

Chaque après-midi, son dîner terminé, comme un rituel, elle revêtait ses vêtements de deuil et descendait la côte vers le magasin général. Quand Cécile en avait la force et qu'elle occupait son comptoir d'épicière, Héléna restait un moment près d'elle, sinon, elle allait la retrouver à l'étage. Elle bavardait alors de tout et de rien, ainsi qu'elle faisait avec Léon-Marie, commentait les nouvelles dans un effort pour la distraire puis s'en retournait à ses affaires.

Il y avait maintenant trois semaines que Léon-Marie était décédé, qu'elle partageait ses jours entre ses visites à sa fille et ses occupations à la maison.

Ce matin, elle s'était éveillée avec le chant du coq. Pour la première fois depuis longtemps, elle avait bien dormi. Elle avait l'impression de se sentir plus aguerrie, d'avoir retrouvé son ressort.

Tandis qu'elle faisait sa toilette et enfilait ses vêtements, elle déclinait ses tâches de la journée. Il fallait mettre la comptabilité à jour et percevoir les loyers impayés. Tantôt, quand Jean-Baptiste viendrait faire son rapport, elle lui demanderait de repeindre le treillage entourant l'immeuble de la rue Savoie. Au début de l'après-midi, elle ferait sa visite à Cécile puis elle irait discuter avec la modiste la possibilité de reprendre sa place à la chapellerie.

Son petit déjeuner terminé, son livre de comptes sous le bras, elle sortit sur la véranda et se dirigea vers l'arrière. Elle avait choisi de s'installer du côté de la mer, là où Léon-Marie aimait s'asseoir les jours tranquilles quand la touffeur de l'été alourdissait l'air comme ce matin de fin du mois de juin.

Immobile sur sa chaise, son crayon entre les doigts, elle appréciait un moment le paysage magnifique qui se déployait tout autour d'elle, puis ouvrit son grand livre et se concentra sur les chiffres.

De temps à autre, elle déposait son crayon et levait les yeux. L'espace d'un instant, le regard perdu dans le lointain, elle humait la fraîcheur du large qui fouettait son visage à laquelle se mêlait le vent chaud soufflant de la montagne. Puis elle se remettait à ses écritures.

Les affaires n'allaient pas comme elle le voulait. Depuis le mois de mai, deux logements étaient inoccupés dans l'immeuble de la rue Savoie et elle avait trop de mauvais payeurs, sans compter que les industries n'abondaient pas non plus dans le hameau. Il fallait trouver un autre moyen de faire entrer l'argent à la maison.

Elle se disait combien, par ses conseils, Léon-Marie lui aurait été utile. Maintenant qu'il n'était plus là, elle devrait se résoudre à discuter ces questions avec Jean-Baptiste.

—Je ne voudrais pas vous déranger, entendit-elle prononcer en bas de la véranda.

Elle sursauta. Un étranger venait de s'arrêter près des marches. Proprement vêtu d'un costume noir, son chapeau sur son bras, sa tête dénudée découvrant son abondante chevelure grise, il la fixait sans bouger.

—Je suis venu vous offrir mes condoléances.

Sa voix était grave, empreinte d'une grande politesse.

Surprise, les sourcils haussés, elle le regarda avec attention.

—Je vois que vous ne vous rappelez pas de moi, fit l'homme. C'est vrai qu'il y a si longtemps...

Héléna hocha négativement la tête.

—Nous nous sommes connus, il y a de ça bien des années. Vous aviez insisté pour me voir en personne.

Il lança sur un ton amusé :

—Les petites figurines se vendent toujours bien?

Le visage d'Héléna s'éclaira.

—Les figurines. Mon Dieu! Vous ne seriez pas monsieur...

—Noël Gauthier de l'ébénisterie Gauthier-Leclerc. J'étais de passage dans la région et j'ai appris votre deuil.

D'un élan agile, il grimpa les marches et lui tendit la main.

—Je suis veuf, moi aussi, depuis à peine plus longtemps que vous.

—À mon tour de vous offrir mes condoléances, formula Héléna.

—J'espère que j'aurai le bonheur de vous revoir.

—Peut-être, répondit-elle sur un ton aimable, sans montrer d'enthousiasme. Si l'occasion se présente. Mais il ne faut pas trop y compter. Je suis très occupée.

—Je comprends, fit l'homme en s'inclinant.

Sans rien ajouter, aussi vite qu'il était venu, il s'en retourna vers la route.

La mine perplexe, Héléna le suivit des yeux. La course aux prétendants se poursuivait, songea-t-elle. Elle pensa avec un peu d'amertume qu'on n'aurait pas déployé autant d'empressement si elle n'avait été que la pauvre veuve de l'artiste.

Derrière elle, un pas lourd faisait vibrer les planches de la véranda. Antoine-Léon traversait l'espace dans toute sa largeur et venait la rejoindre.

—Je viens de voir un étranger sortir de la cour. Encore un soupirant? la taquina-t-il.

—Tu n'as pas à t'inquiéter pour celui-là plus que pour les autres, l'arrêta-t-elle tout de suite. J'ai eu deux maris et cela me suffit.

—Me voilà rassuré, convint-il l'air mi-sérieux comme si l'affaire était importante. Alors on passe à autre chose?

Immédiatement, elle déposa son crayon et se tint à son écoute. Antoine-Léon était rentré à la maison depuis peu pour les vacances et elle supposa qu'il voulait lui parler de ses emplois d'été.

Il avait été entendu qu'il travaillerait dans l'entreprise de son frère David, mais il cherchait aussi un autre travail le soir, plus lucratif que la roulotte à patates frites du grand Isidore. Ces activités ajoutées à son commerce de chocolats au collège, lui permettaient de disposer de son argent sans avoir à rendre des comptes à sa mère. Héléna devinait, d'autre part, maintenant que son père n'était plus là, qu'il ferait de plus grands efforts pour alléger sa charge financière.

Elle le considéra avec bienveillance. Devenu presque un adulte, Antoine-Léon ressemblait encore davantage à son père avec sa large carrure, son visage amène, un peu gouailleur, ses yeux perçants rappelant la force de caractère et les roueries du maître de la scierie qui avaient fait ses belles heures pendant sa vie active.

—Je présume que tu veux me parler de tes travaux d'été.

—C'est plutôt de mes études que je veux discuter aujourd'hui, maman, prononça-t-il avec décision. Si je veux m'inscrire pour l'automne, il me reste peu de temps.

—Ai-je bien compris? se désespéra Héléna. Es-tu en train de me dire que tu reprends cette vieille idée de changer de collège?

—Je n'aime pas plus le séminaire qu'il y a trois ans, maman, fit Antoine-Léon sur un ton neutre. Si j'ai continué là-bas, c'est uniquement parce que papa ne pouvait accepter de me voir inscrit dans une école fondée par Donald McGrath. Aussi, maintenant qu'il n'est plus là... Je haïs toujours le latin et la composition française, avoua-t-il. Je continue à penser que ce sont des matières de filles. Moi, j'aime les sciences exactes comme les mathématiques, j'aime la géologie, la botanique.

—Tu ne peux pas tout aimer de ton collège, accorda Héléna, mais pourquoi tout bouleverser? Tu n'as qu'à t'armer de patience, il ne te reste que tes deux années de philosophie à faire.

—Ce sont les pires.

—De terminer tes études classiques, t'ouvrirait toutes les portes.

—Je n'ai besoin que d'une porte, maman.

Elle le regarda en silence. Antoine-Léon paraissait sûr de lui. Elle décelait dans son intonation une maturité qui l'étonnait.

Poursuivant son idée, la tête arquée vers l'arrière, il débita avec flamme :

—J'aime la forêt, l'odeur du bois coupé, le contact des hommes. Je me sens bien dehors, dans la nature et la profession la plus proche serait... d'être ingénieur forestier.

—Tu es bien le fils de ton père! s'exclama Héléna. S'il avait pu poursuivre ses études et si cette profession avait existé au début du siècle, c'est sûrement ce qu'il aurait choisi.

Elle reprit, tournée vers lui :

—Mais tout ce bavardage ne me dit pas où est ton problème. Tu n'as qu'à finir ton séminaire et choisir cette voie. C'est bien mon intention de te laisser faire ce que tu veux. L'instruction est le plus bel héritage qu'une mère puisse léguer à ses enfants.

—Si je choisis d'être ingénieur, je pourrais terminer mes études à l'école technique McGrath, raisonna Antoine-Léon. Le cours est valable. De plus vous auriez un homme à la maison, comme du temps de papa.

—Mais pourquoi tant vouloir étudier chez McGrath?

—Vous ne pensez pas que papa pouvait avoir un peu trop de préjugés vis-à-vis de monsieur McGrath? lança brusquement Antoine-Léon.

Elle haussa les épaules. Les yeux tournés vers la mer, elle exposa, d'une voix évasive :

—Ces deux-là ont toujours donné l'impression de s'entendre comme chien et chat, mais je suis sûre qu'au fond, ils n'ont jamais pu se passer l'un de l'autre. Je n'ai eu qu'à voir le chagrin de Donald McGrath à la mort de ton père pour le comprendre. Il avait l'air terrassé, comme s'il venait de perdre une partie de lui-même. Je me suis souvent demandé si ton père aurait été autant humilié de te voir inscrit dans son école, dit-elle encore. Pour ma part, je n'aurais pas vu d'un si mauvais œil que tu étudies dans une institution fondée par monsieur McGrath, mais quand ton père décidait que ça n'allait pas...

Elle leva les yeux vers son fils. Un doute, subitement, venait d'effleurer son esprit.

—À mon tour de te demander... tes études finies, où irais-tu travailler? Il n'y a pas d'emploi d'ingénieur forestier dans la région.

Elle lui jeta un regard suspicieux.

—Je suppose que tu devrais aller travailler sur la Côte Nord, dans des forêts exploitées par des hommes comme monsieur McCormick avec qui ton père a eu son contrat? Non seulement tu t'éloignerais de ta famille, mais tu travaillerais pour des Anglais. Tu frayerais avec des protestants.

Elle pointa un index sévère dans sa direction.

—J'accepterais de te voir t'exiler, mais à la condition que tu ne te laisses pas influencer par ces étrangers-là. N'oublie pas que tu es né catholique et que tu dois le rester.

Antoine-Léon éclata de rire. Il reconnaissait bien là sa mère. Sans s'en rendre compte, elle marchait pas à pas dans les traces de Léon-Marie. Attachée à leurs coutumes, comme lui, elle avait ses convictions bien ancrées et elle se méfiait des inconnus.

—Allons donc, maman, les Anglais comme vous dites ne viennent pas chez nous comme des missionnaires pour évangéliser les petits Chinois. Ils viennent pour faire de l'argent.

—Justement! C'est bien assez qu'ils viennent puiser dans nos belles forêts.

Un pas léger se faisait entendre derrière eux. Marie-Laure avait terminé son petit déjeuner et venait les rejoindre.

—Vous aussi, maman, ça vous préoccupe, ces razzias que les compagnies de papier américaines viennent faire chez nous.

—Antoine-Léon vient de m'annoncer qu'il aimerait être un ingénieur forestier, lui dit-elle en guise de réponse, tournée vers elle. Et toi, ma fille, qu'est-ce que tu as l'intention de faire, une fois tes lettres et sciences terminées?

—Moi, je serai journaliste, déclara sans la moindre hésitation, Marie-Laure.

Héléna sursauta. Elle aurait tout entendu, ce matin-là.

—Veux-tu bien me dire d'où te vient cette idée? Moi qui voulais faire de toi une modiste, comme moi.

Une ride barrant son front, elle considéra un moment sa benjamine. Il est vrai que Marie-Laure avait les dispositions disait son regard pensif rivé sur elle.

—Mon père adoptif disait toujours qu'un bon journaliste doit savoir porter un jugement et être un peu contestataire s'il ne veut pas être relégué toute sa vie aux petits faits et à la rubrique nécrologique, avança-t-elle avec douceur. Je commence à comprendre tes réactions, ton esprit critique, tes opinions bien à toi.

Elle fit une pause avant de reprendre sur un ton qui disait sa fierté :

—Tu écris bien, ma fille et tu te défends bien aussi. Le sénateur dirait que ce sont là des qualités qui font les bons journalistes.

Elle considéra ses enfants, tous trois formant triangle dans une sorte de concertation, d'entente complice. Parce qu'ils étaient unis, que, dans leurs yeux, ne se lisait ni jalousie ni amertume, elle se sentait presque heureuse, avait l'impression d'avoir atteint le but principal d'une véritable famille, qui est la solidarité.

Malgré l'absence de Léon-Marie avec sa force tranquille, sa voix tonitruante, elle se surprenait à éprouver un peu de bonheur. Elle comprenait que, même lui parti, la paix pouvait s'infiltrer en elle.

—Ainsi vous allez tous deux fréquenter l'université. Cela signifie que je devrai bien surveiller mes finances. La maladie de votre père a coûté cher et nos logements ne sont pas tous loués. Il me faudra trouver d'autres revenus.

—Si j'étudie à l'institut McGrath, je pourrai travailler les soirs et gagner le coût de mes études, proposa Antoine-Léon. L'économie réalisée vous permettrait de faire une petite réserve pour notre université.

—Et moi, je pourrais garder des enfants, suggéra Marie-Laure.

—Vous avez bon cœur, sourit-elle, mais je pense que cela ne sera pas nécessaire.

Lentement, son œil rêveur se tourna vers les grands champs qui se déroulaient jusqu'à la mer. Devant ses yeux, un troupeau de vaches paissaient dans le pacage qu'exploitait pour eux, Joachim Deveault, cette jolie ferme que, dans un moment d'abattement, Léon-Marie lui avait recommandé de vendre.

Plus bas, de l'autre côté de la route communale, une fumée bleue montait dans l'air. C'était la nouvelle cimenterie, installée là depuis à peine un an. À sa gauche, dans le rang Croche, elle devinait la rangée de petites maisons qui leur appartenaient encore, la plupart délabrées, dont Léon-Marie lui avait aussi conseillé de se défaire.

—Je suis sûre qu'il y a moyen de faire quelque chose avec ça, marmonna-t-elle pour elle-même.

Une idée, lentement, prenait forme dans son esprit. Elle savait que l'effort serait difficile, mais Léon-Marie lui aurait dit qu'il ne faut pas que l'intention pour aller de l'avant, il faut foncer.

D'un élan subit, elle referma ses livres.

—Vous allez prendre votre dîner bien sagement avec mademoiselle Bonenfant. Moi, j'ai affaire au village d'en bas. Je mangerai une bouchée au casse-croûte de monsieur Dubé.

Sous leur regard étonné, elle quitta son siège et alla endosser ses vêtements de deuil.

Revenue dans la cuisine, résolument, elle commanda le taxi Lepage.

—D'abord, avez-vous suffisamment de garanties? s'énerva le directeur, et pourquoi une autre construction? Vous disposez déjà de trois immeubles, ça ne vous suffit pas? Pire, vous me dites que vos logements ne sont pas tous loués à la Cédrière. Comment pensez-vous être capable de remplir les six autres logements que vous voulez ajouter?

Dès l'instant où, entrée dans le bureau de la Banque canadienne nationale du village, elle avait pris place sur la petite chaise droite, inconfortable des emprunteurs, il la bombardait de ses questions, manifestait son impatience, comme devant une enfant dérangeante qui n'a pas conscience des complications qu'elle cause autour d'elle.

—Votre mari n'étant plus là, êtes-vous seulement capable de gérer vos biens? reprenait-il. Quand monsieur Savoie était vivant, ce n'était pas la même chose. Il était un homme d'affaires averti et il pouvait vous endosser, mais maintenant...

Héléna laissa échapper un soupir lourd de lassitude. Malgré tous ses efforts, elle ne parvenait pas à l'interrompre, l'amener à se contenir et à l'écouter à son tour.

—Vous ne semblez pas savoir que les opérations financières sont affaires d'hommes, poursuivait le banquier, ses doigts boudinés lissant la pile de documents devant lui. Vous ne semblez pas comprendre que vous vous lancez dans un monde de loups. Seul un homme a la capacité de se battre contre les loups. Vous n'avez ni les arguments, ni le timbre de la voix, ni la force de caractère pour vous défendre.

—Qui croyez-vous gérait nos affaires, pendant les cinq dernières années de la vie de mon époux? réussit à glisser Héléna.

—Je sais bien que c'était vous, s'exaspéra l'homme, mais vous le faisiez sous les conseils de monsieur Savoie. Il était paralysé, mais il était lucide.

—Vous avez compris, j'espère, que je n'attendais pas après un ordre de mon époux pour payer les comptes et dépenser l'argent là où nous en avions besoin.

S'efforçant de garder son calme, elle expliqua avec lenteur :

—Il y a cinq ans, je suis venue vous voir pour un emprunt de dix mille dollars. Il s'agissait de construire l'immeuble à deux étages qui fait le coin de la rue Savoie. C'est moi qui l'ai remboursé, chaque mois, strictement, selon notre entente et vous n'avez pas perdu un sou. Vous avez récupéré capital et intérêts, rubis sur l'ongle.

—Monsieur Savoie était là et vous cautionnait, insista le directeur.

—Vous croyez que mon mari devait me rappeler chaque mois que je devais aller vous verser trois cents dollars? ironisa Héléna. Quand une femme fait les comptes de la famille pendant toute sa vie, vous croyez qu'avec la mort de son époux, elle devient subitement inapte? Vous nous mésestimez, monsieur Leblanc. Devenue veuve, une femme n'a pas d'autre choix que de relever ses manches et prendre ses responsabilités.

—Combien d'étages aurait cet immeuble? soupira le directeur, excédé, s'apprêtant à céder.

—L'immeuble que je veux construire aurait pignon sur la route communale. Avec la cimenterie et la fabrique de canots non loin de là, il y aurait beaucoup plus d'activité qu'autour du chemin de Relais. Comme l'édifice de la chapellerie, je voudrais que le rez-de-chaussée soit commercial, à la différence que j'aimerais avoir trois étages de logements au lieu de deux.

—Ça signifie quatre étages, en plus de prévoir l'achat d'un terrain? se récria l'homme, prêt à revenir sur ses dispositions.

—Ce terrain nous appartient déjà, l'apaisa Héléna. C'est la ferme du vieux Adalbert Perron.

—C'est un projet énorme pour une femme, fit le banquier en secouant la tête. Des locaux pour des bureaux. Avez-vous pensé que ça ne se loue pas comme des logements?

—Sans l'ombre d'un doute, fit Héléna, la tête redressée avec assurance. C'est pourquoi j'ai établi ma liste. Quand la construction débutera, je reviendrai vous voir et je vous proposerai d'y installer une succursale de votre banque.

Elle s'était ressaisie. Le visage impassible, elle paraissait forte, le fixait avec l'aisance de celle qui a longuement étudié la question et qui sait exactement ce qu'elle veut.

Très maîtresse d'elle-même, comme si elle avait accompli ce geste tous les jours de sa vie, elle fit un mouvement pour se lever de sa chaise.

—Je ne prendrai pas davantage de votre temps. J'ai d'autres institutions à voir.

—Quelles garanties avez-vous à offrir? la retint l'homme. Vous savez que les règles sont partout les mêmes. Les garanties doivent dépasser la valeur du prêt.

—Je sais, acquiesça Héléna en reprenant place sur sa chaise. Vous m'aviez expliqué, il y a cinq ans, et je suis une bonne élève. Mon époux me l'a toujours dit.

L'homme secoua les épaules, comme s'il était pressé d'en venir aux faits.

—Que possédez-vous exactement?

—J'ai six petites maisons dans la route de l'Église, énumérat-elle.

—Je connais. Elles ne valent rien. Il me faut autre chose.

—Mes trois immeubles sont libres d'hypothèque. Vous pouvez en prendre un en garantie.

—Nous les prendrons tous les trois.

Heurtée, Héléna se dressa sur sa chaise.

—Ce n'est pas un peu beaucoup pour une seule construction?

—Voilà ce que je vous propose, fit l'homme comme s'il était de son devoir de trancher pour elle et qu'elle n'avait pas d'autre choix. Vous allez construire un immeuble à deux étages de logements au lieu de trois. Ça réduira d'autant le coût de la construction. Nous nantirons vos trois immeubles. La banque vous chargera un intérêt de sept pour cent et, comme d'habitude, le billet sera à demande.

Son ton était sans réplique, protecteur, celui acquis lors de sa formation pour négocier les emprunts.

—Les prêts que vous accordez à vos autres clients sont de cinq pour cent, objecta Héléna. Je me suis informée. Et si vous décidez de redemander votre prêt...

—Nous saisissons la maison à construire, compléta l'homme sur un ton détaché, et nous mettons en vente les immeubles en garantie jusqu'à récupération de la somme due, plus les frais. C'est la règle. Bien entendu, nous n'ordonnerions pas une opération semblable sans une raison sérieuse.

D'un geste preste, il mouilla son majeur droit de sa langue, tira à lui un formulaire de contrat et commença à le noircir.

—Ça vous convient comme ça, prononça-t-il en même temps avec un petit mouvement d'impatience comme si pour lui l'affaire était close et qu'il eût d'autres occupations.

Héléna se raidit.

—Non!

Il sursauta. Son stylo en équilibre dans sa main, il marqua son étonnement.

—Si vous tenez à construire cet immeuble, vous n'avez pas d'autre choix, bien que je persiste à penser que vous devriez vous contenter de ce que vous avez.

—Peut-être bien, répliqua Héléna en se levant de son siège. Mais votre proposition ne m'agrée pas tout à fait. J'ai besoin de temps pour l'étudier.

Elle se retrouva dehors. Déçue, choquée même, elle s'engagea sur la chaussée. Les conditions offertes par le banquier étaient inacceptables parce que nettement injustes, se disait-elle. Quel avantage avait-il d'agir ainsi, quand il ne pouvait que voir son client aller ailleurs? À moins que la règle ne s'étende à toutes les institutions.

Elle ne comprenait pas. L'homme avait pourtant été si aimable et conciliant avec elle la première fois qu'elle s'était présentée chez lui. Que lui arrivait-il pour qu'il soit devenu aussi irréductible? Bien sûr, Léon-Marie était encore vivant à l'époque. D'ailleurs, le banquier n'avait pas hésité à le lui faire remarquer.

Personne ne doit laisser outrepasser ses droits, raisonnait-elle, car elle ne doutait pas un instant de la capacité des femmes à gérer les affaires, mieux même, parfois, que leurs époux. Les hommes n'étaient pas tous des Léon-Marie Savoie!

Elle laissa échapper un soupir. Fatiguée, elle se demandait comment elle aurait la force de lutter. Elle se sentait soudain comme le pendu passant lui-même la corde autour de son cou. Reprise de doutes, elle avait presque envie de retourner en arrière et d'accepter la proposition de la banque.

Il lui en coûterait plus cher, mais c'en serait fini. Elle n'aurait qu'à travailler un peu plus fort, c'est tout.

Elle jeta un regard autour d'elle. À sa gauche, la grosse voiture marron du taxi Lepage était stoppée près de la demeure familiale et l'attendait. Droit devant, au bout de la grande rue, s'élevait une petite construction rectangulaire, humble et tranquille, recouverte de brique jaune. C'était la bâtisse de la caisse populaire.

Elle consulta sa montre-bracelet. Il était à peine onze heures. Elle avait tout son temps et... elle n'avait rien à perdre.

Se décidant soudain, à longues enjambées résolues, elle parcourut l'espace la séparant de l'autre édifice, poussa la porte et s'introduisit dans le local dépouillé de la petite caisse des épargnants.

À grands pas sonores, elle se dirigea vers le grillage du caissier.

—Je voudrais voir monsieur Lamirande, demanda-t-elle sur un ton ferme.

Penché vers elle, monsieur Lamirande riait de toutes ses dents.

—Que vous arrive-t-il, madame Savoie? Vous avez l'air d'avoir perdu un pain de votre fournée et ce n'est pas dans vos habitudes.

À l'inverse du directeur de la banque, personnage plutôt ascète, à l'allure sévère, cassante, le directeur de la caisse populaire était un homme grassouillet, jovial et bon enfant. Habitué à administrer les avoirs des petits épargnants, Léon-Marie disait de lui qu'il manquait d'envergure. Mais, à cet instant où Héléna était assise devant lui, encore outrée, elle se disait que c'était de cette attitude débonnaire dont elle avait grand besoin.

—Je sais que je vous dérange, s'excusa-t-elle sur un ton encore frémissant de colère, mais je suis venue vous demander conseil. Je sors de la banque où j'ai rencontré monsieur Leblanc avec qui je voulais négocier un prêt. J'ai l'intention de faire construire un immeuble sur l'emplacement de notre ferme du chemin communal et...

Brièvement, elle lui raconta son entrevue, quelques instants plus tôt, les observations du banquier, ses répliques, son indignation.

534

—Il est clair qu'il n'aurait pas fait autant d'obstacles si vous aviez été un homme, observa monsieur Lamirande.

—Il me pense incapable de gérer mes affaires, déplora Héléna, comme si, où j'en suis, je ne pouvais que m'en aller vers la faillite. Je tiens à bâtir mon immeuble, je tiens à mes trois étages de logements et je tiens à un prêt comparable à celui qui est accordé à n'importe quel client.

De son poing fermé, elle cognait sur la table.

—Leblanc exagère, admit monsieur Lamirande, ou du moins, il aurait pu y mettre un peu plus de tact. Vous étiez membre chez nous du temps de votre premier mari, Édouard Parent. Je me rappelle vous avoir accordé un prêt peu après sa mort. La somme étant inférieure à mille dollars, la caisse n'avait pas exigé de garantie, malgré cela, vous aviez été plus rigoureuse dans vos paiements que bien de mes clients masculins.

—C'est pourquoi j'ai pensé venir vous consulter. Je n'ai encore rien accepté de la banque.

—Vous êtes une femme d'affaires avertie, la complimenta monsieur Lamirande. Je dirais même que vous êtes la cliente dont rêverait tout banquier.

Il lui jeta un regard vif.

—Pourquoi ne pas revenir chez nous? Je suis disposé à vous la prêter cette somme et ce ne serait pas à des taux usuriers. Comme nantissement, je me contenterais d'un seul de vos immeubles.

—J'avais choisi la banque parce que les affaires de mon mari étaient là...

Elle hésitait. Brusquement, ses prunelles brillèrent d'une petite flamme méchante.

—La banque mériterait que je vide mes comptes et que je transfère tous mes avoirs chez vous.

—S'il n'en tient qu'à moi, je ne m'en plaindrais pas, lança monsieur Lamirande dans un grand éclat de rire. Même si notre slogan veut que nous servions les petits épargnants, je serais honoré de compter parmi mes membres une femme aussi bien nantie que vous. Si je ne me trompe, vous possédez les revenus de quatorze logements en plus de trois locaux à bureaux et de vos petites maisons de la route de l'Église. C'est considérable. Votre mari ne vous a pas laissée dans la rue.

Sans relever sa remarque, préoccupée par ses affaires, elle avança sur un ton évasif :

—Vous me donnez un temps de réflexion? Léon-Marie

m'a appris à ne jamais prendre de décisions trop hâtives. « Vingt-quatre heures pour y penser, ça ne vaut pas la peine de s'en priver, quand, de l'autre côté, il y a toute une vie de misère, me répétait-il. » Je reviendrai vous donner ma réponse demain.

À nouveau, elle se retrouva dehors, mais cette fois, elle souriait. Tout son visage rayonnait. Au-dessus de sa tête, la petite cloche de l'église tintait doucement pour annoncer l'angélus de midi.

Ragaillardie, elle se reprit à marcher. Elle avançait avec lenteur, en repérant les cailloux de la chaussée.

Elle ne savait pas encore quelle serait sa décision, mais elle savait que la nuit aplanirait ses craintes. Demain, tout serait clair dans son esprit et le parti qu'elle prendrait serait le bon. Les travaux commenceraient le plus vite possible et la vie se poursuivrait comme naguère, mais sans la présence de Léon-Marie, puisqu'il fallait qu'il en soit ainsi.

Leurs vacances terminées, les enfants retourneraient à l'école. Pour la première fois de sa vie, elle se retrouverait entièrement seule avec sa bonne. Elle prenait subitement conscience de l'isolement qui serait le sien.

Elle imaginait le vide de sa vie, dans la grande résidence, monotone comme un cloître, sans le moindre chuchotement, privée qu'elle serait de la présence de Léon-Marie et de la bousculade des enfants.

Bien sûr, s'il décidait d'étudier à l'école technique McGrath, Antoine-Léon rentrerait le soir, mais comme tous les garçons de son âge, il aurait bien d'autres soucis que de tenir compagnie à sa mère.

Soudain, son regard s'anima. Un éclair, subitement, venait de traverser son esprit.

—Parlant de mère, il y a longtemps que je n'ai rendu visite à la mienne...

Immédiatement, elle rebroussa chemin, longea l'église et s'enfonça à sa droite dans la petite rue transversale. Elle allait proposer à madame Martin de revenir vivre avec elle dans sa grande demeure.

Madame Martin avait commencé son repas de midi. Debout devant elle, au milieu du hall, toute menue dans sa robe de soie grise à petits pois, sa serviette de table chiffonnée dans sa main, elle épongeait délicatement ses lèvres.

Du côté de la salle à manger, un cliquetis d'ustensiles se faisait entendre. Par la porte entrouverte, Héléna distinguait quelques dames assises autour de la table, penchées les unes vers les autres et qui babillaient allègrement en ingurgitant leur potage. La maison lui paraissait confortable et bourgeoise, un peu vieillotte dans une ambiance feutrée, chargée d'ombres.

Le menton dressé, l'air surpris, madame Martin la regardait.

—Je t'aime beaucoup, ma fille, dit-elle enfin de sa petite voix insoucieuse, mais je suis très bien ici.

Elle ajouta dans un éclat de rire :

—Nous sommes quatre petites vieilles et nous nous amusons beaucoup. Je ne sais pas ce que l'avenir me réserve, mais pour l'instant, cette vie me convient tout à fait.

Installée depuis près de six ans dans la résidence de madame Côté, son amie de toujours, elle coulait une existence agréable auprès d'elle et de deux autres compagnes avec qui elle partageait chaque après-midi son loisir préféré qu'était le bridge.

Héléna n'insista pas. Elle était déçue mais elle prit bien garde de le laisser voir. Elle était une femme énergique. Elle avait décidé de prendre la vie un jour à la fois et elle savait qu'elle ne pouvait obtenir tout ce qu'elle voulait.

Elle se retrouva dehors. Autour d'elle la verdure étincelait de soleil. L'été était beau et elle avait faim tout à coup. Elle alla commander un sandwich au casse-croûte Dubé, le grignota sur un banc du parc, puis s'abandonna tranquillement dans la tiédeur de l'après-midi.

Repue, plongée dans ses réflexions, elle attendit un long moment, assise à l'ombre des arbres, sans bouger, le temps de comprendre. Soudain, comme un voile qui se soulève, peu à peu la lumière se faisait dans son esprit. Elle savait ce qu'elle ferait.

Vivement, elle quitta sa place et fit appel au taxi Lepage.

Elle ordonna au chauffeur de s'arrêter devant les magasins.

Il lui pressait de raconter à Cécile la bonne veine qui lui arrivait. Bien sûr, tout n'était pas entièrement clair dans sa tête, mais elle savait que son projet aboutirait et son aînée serait la première à qui elle en ferait part.

Une grande paix l'avait envahie. Enfin quelque chose d'agréable à annoncer, se disait-elle. Ses revenus augmenteraient, elle pourrait envoyer ses deux petits derniers à l'université et elle apporterait un peu d'aide à sa grande. La maladie coûte cher. Elle en savait quelque chose.

Elle poussa la porte du magasin. Le poste d'épicière était occupé aujourd'hui par mademoiselle Castonguay, la servante.

Comme elle faisait à ces occasions, Héléna traversa le grand local jusqu'au fond, emprunta le petit escalier et se retrouva dans les pièces du logis.

Cécile était dans le salon. Étendue sur le canapé, malgré le soleil qui pénétrait à flot par les fenêtres et la touffeur qui couvrait la maison, elle avait rabattu un châle sur ses épaules et une épaisse couverture de laine couvrait ses jambes.

—J'ai une nouvelle à t'annoncer qui va te réjouir, lui dit Héléna en franchissant l'ouverture. Imagine-toi que je viens de négocier un prêt de trente mille dollars pour faire construire un immeuble à logements sur notre ferme de la route communale, et je pense que ça va marcher.

Cécile avait ouvert les yeux et, le visage morne, la regardait sans réagir.

Héléna fronça les sourcils. Sa joie s'était figée sur ses lèvres. Elle pénétra plus à fond dans la pièce et alla prendre place sur une chaise.

—On dirait que ça ne va pas aujourd'hui.

—Ça ne va pas, répondit Cécile.

—Je pensais que tu allais mieux, que, depuis ton curetage...

—Je vais suivre papa de près, prononça sombrement Cécile.

Héléna se raidit. Angoissée, elle la regardait sans comprendre. Hier, quand elle était venue pour sa visite quotidienne, Cécile paraissait gaie, elle faisait même des projets d'avenir. Elle ne s'expliquait pas ce brusque retournement.

—Ce n'est qu'un moment de déprime, l'encouragea-t-elle, demain tout va rentrer dans l'ordre.

—Je suis condamnée, maman, lança Cécile dans un sanglot. Je vais mourir.

Héléna sursauta. Vivement, comme si elle voulait exorciser sa remarque, elle la tança avec vigueur :

—Je te défends bien de parler ainsi. Tu vas mettre toutes les chances de ton côté et tu vas guérir. Tu vas commencer par revoir le docteur Dionne et tu vas insister pour suivre ces nouveaux traitements dont tu m'as parlé. Même si leur efficacité n'est pas prouvée, au point où tu en es, tu vas prendre ce risque.

Les yeux levés, Cécile la regardait et hochait la tête. De grosses larmes roulaient sur ses joues.

—Tu vas exiger de suivre ce traitement, poursuivait Héléna sans rien voir, prise qu'elle était dans son explication. Je vais t'aider, ça coûtera ce que ça voudra, tu vas...

—C'est inutile, maman, coupa Cécile. Vous dépenseriez votre argent pour rien. Je viens d'en avoir la confirmation, tantôt, au téléphone.

Ses lèvres frémissaient, sa poitrine se soulevait à petits coups.

—Je ne voulais pas vous fatiguer avec mes problèmes, vous aviez tant à faire avec la maladie de papa, mais j'ai obtenu un rendez-vous à l'Hôtel-Dieu de Montréal, la semaine qui a précédé sa mort. J'y suis allée et j'ai eu deux traitements...

Elle prononça à voix basse :

—Le docteur Dionne vient de me donner son avis.

Brusquement, elle enfouit son visage dans ses paumes.

—Ça n'a rien donné. Ce traitement n'agit pas sur ma forme de cancer.

Ses poings fermés martelant sa poitrine, elle s'énervait, elle criait :

—Je suis condamnée, maman, comprenez-vous? Condamnée. Il n'y a rien à faire. Je n'ai que quelques mois à vivre, peut-être seulement quelques semaines. Je vais mourir.

Sans s'arrêter, elle secouait la tête dans un refus obstiné.

—Et je n'ai que trente-six ans.

Atterrée, Héléna se rua vers elle. Elle ne pouvait s'empêcher de penser à Léon-Marie, à son deuil encore trop récent, à cette insupportable douleur qui, au moment le plus inattendu, montait dans sa poitrine. Était-il possible qu'elle subisse une seconde épreuve avant même que l'autre plaie ne se soit un peu refermée? Tantôt quand elle était entrée chez sa fille, elle était joyeuse, elle apportait une si bonne nouvelle. Pourquoi fallait-il que chaque fois, un nuage noir vienne tout assombrir?

—Tu ne vas pas te laisser mourir. Nous allons nous mettre tous ensemble et nous allons t'aider. Je ne peux pas croire qu'avec notre vouloir tu ne parviendras pas à t'en sortir.

De toutes ses forces, elle refusait ce nouveau malheur, cherchait un moyen de l'éloigner. Pourtant, au fond de son être, elle savait bien qu'elle n'avait aucun pouvoir, même si elle s'y objectait de toutes les fibres de son corps.

Tant de fois, elle avait retourné sa statue du Sacré-Cœur dans l'espoir de le secouer, mais il l'avait si souvent déçue celui-là qu'aujourd'hui elle préférait le regarder en face et le rabrouer à son aise.

—Il va falloir que j'accepte de partir, maman, murmura Cécile sur un ton soudainement résigné. Vous ne pouvez savoir combien ce grand trajet me fait peur. Pour la première fois de ma vie, je vais être seule. Personne ne pourra entrer dans mon être pour quitter le monde avec moi, même si vous me tenez tous la main. Vous ne pourrez que m'accompagner physiquement, et quand mon esprit se séparera de mon corps, je m'en irai et je serai toute seule.

—Je sais, dit Héléna. La maladie, la mort, c'est comme la peine, on ne peut que la comprendre. On est incapable de la vivre pour l'autre.

Le dos voûté, cassé comme une vieille femme, elle se leva et se dirigea vers la sortie. Arrivée devant la porte, elle se retourna.

—Veux-tu que je te décharge un peu, que j'amène Lina et Marc-Aurèle? Je pourrais aller les prendre tantôt, après l'école.

—Non, répondit sans hésiter Cécile. J'ai besoin d'avoir mes enfants avec moi. Ça ne m'empêchera pas de mourir, mais je veux les voir chaque fois que j'ouvrirai les yeux, les entendre courir à travers la maison, les sentir bien vivants, près de moi, jusqu'à l'instant de ma mort.

Héléna acquiesça de la tête. Elle lui jeta un dernier regard, allongée sur le fauteuil, avec sa main blafarde, pendante, qui touchait le sol comme si elle n'avait plus la force de la relever.

Atterrée, le cœur bien lourd, elle franchit le seuil.

« Il n'y a pas d'espoir dans la mort, tentait-elle de se convaincre, il n'y a que l'acceptation. »

En même temps qu'elle cheminait vers sa demeure, les yeux levés, elle appela Léon-Marie à son secours. Depuis son départ, elle avait délaissé son Sacré-Cœur pour se tourner vers lui, comme si, de là où il était, parce qu'il connaissait ses besoins, avec sa force occulte, il pouvait accomplir des miracles, mieux que ne le ferait le Maître du monde.

Cette impression de support, d'entente secrète la confortait et elle n'hésitait pas à recourir à lui chaque fois que nécessaire. Elle avait le sentiment profond qu'elle n'était pas seule, qu'il était avec elle, en elle. C'était son jardin secret.

D'un mouvement furtif, elle essuya ses yeux. Un peu calmée, pressant le pas, elle réintégra sa maison.

38

À la suite de cet après-midi de juin, la santé de Cécile ne cessa pas de se détériorer. Profondément abattue par le verdict médical, comme si, privée de ses espoirs, elle capitulait, comprenait l'inutilité de ses effort, elle s'était repliée sur elle-même jusqu'à perdre toute curiosité pour ce qui l'entourait. Elle ne souriait plus. Elle ne faisait plus sa tournée matinale dans les magasins. Ses journées s'écoulaient entre traîner ses pas fatigués à travers les pièces de sa maison sans rien faire ou encore aller s'étendre sur son lit.

Héléna qui allait lui rendre visite chaque jour ne cherchait plus à se bercer d'illusions. Cécile faiblissait rapidement. Dépassée, incapable de trouver la moindre parole de réconfort, sa mère ne pouvait que la regarder décliner et reconnaître son impuissance.

Pourtant, dans son raisonnement, la résignation n'était pas aussi limpide. Comment rester indifférente quand un mal atroce ronge son enfant, qu'une souffrance intenable se lit dans ses yeux et qu'on sait qu'elle ne peut s'arrêter qu'avec la mort?

À cette pensée, un flot de révolte montait en elle. De toutes ses forces, elle refusait ce nouveau malheur, puis, presque aussi vite, se reprenait. Tandis qu'un jour nouveau pointait à l'horizon, qu'une nuit de sommeil avait tout effacé, en femme énergique, courageusement, elle se relevait et recommençait.

Son nouvel immeuble prenait lentement forme sur la route communale. Après le retrait des affaires de Charles-Arthur, son Raymond étant moins pointilleux, elle n'avait pas hésité à en confier l'entière construction à David.

Ainsi qu'elle en avait décidé, l'édifice compterait trois étages de logements. Avec les activités qu'elle voyait se déployer du côté du fleuve, elle savait qu'elle n'aurait aucune difficulté à les remplir.

Elle avait finalement choisi de négocier son emprunt avec la caisse populaire de monsieur Lamirande tout en décidant d'autre part de ne transférer chez lui qu'une partie de ses épargnes.

Raisonnant avec sagesse, devenue aussi retorse que Léon-Marie, elle avait jugé préférable de maintenir une attache dans chacune des institutions. L'esprit d'émulation que cette situation créerait, obligerait les concurrents à faire de plus grands efforts pour garder sa clientèle, accroissant ainsi, son pouvoir de négociation.

Car elle était bien résolue à se faire accepter comme une femme d'affaires redoutable et veiller à ce qu'on ne lui cause plus d'obstacles. « Mieux vaut être respecté qu'aimé, disait-elle, et c'est cette règle qu'elle avait l'intention d'enseigner à ses enfants. »

Le directeur de la banque avait reçu la leçon qu'il méritait.

Il avait été bien dépité de la voir transférer une tranche importante de son compte bancaire au profit de sa compétitrice, la caisse populaire, en plus de perdre un emprunt de trente mille dollars qui aurait rapporté à son institution de substantiels intérêts. Nul doute qu'il avait dû s'en expliquer devant ses supérieurs.

Héléna n'en avait éprouvé aucune pitié. « Quand il aura hersé ce que j'ai labouré... », avait-elle marmonné, l'œil revêche.

Poursuivant son action, afin d'alléger plus rapidement sa dette, elle avait mis en vente ses six petites maisons de la route de l'Église et avait avisé sa modiste qu'avant la fin de l'année, elle reprendrait sa place dans son atelier.

Le chemin de Relais avait enfin été asphalté. L'événement s'était passé au milieu du mois de juillet.

De sa fenêtre, elle avait suivi avec intérêt les cantonniers, le visage noir, maquillé de goudron, pousser et tirer les lourds râteaux de bois afin d'égaliser le mélange granuleux, puis les bruyants compacteurs qui s'étaient mis en branle et avaient aplani le tout.

Elle s'était longuement demandé quelles auraient été les impressions de Léon-Marie.

Lui qui avait tant de fois décrié l'injustice, les yeux tournés vers le rang Croche, réclamé une juste répartition des services, il ne l'aurait pas vu de son vivant. Elle n'avait pu s'empêcher de pousser un soupir rempli de tristesse.

L'été avait fui et le mois de septembre débutait. Comme chaque année, le mardi suivant la fête du Travail, Marie-Laure retournerait à son pensionnat.

Antoine-Léon, pour sa part, avait commencé, la semaine précédente, ses cours à l'école technique McGrath.

Son sac d'étudiant à l'étroit devant lui dans le panier à treillis de sa bicyclette, chaque matin, les lèvres arrondies dans un sifflement joyeux, il pédalait vers le village. Il était heureux, détendu comme il n'avait jamais été et Héléna se disait qu'elle aurait dû lui accorder ce privilège bien avant ce jour.

C'était la première fois qu'elle le voyait aussi épanoui et plein d'initiatives, sans cesse affairé, impliqué dans différents groupes sociaux dont la *jeunesse étudiante catholique* et *l'ordre de bon temps*. D'ailleurs, c'est en tant que membre de ce mouvement récréatif, qu'il allait animer tantôt une épluchette de blé d'Inde dans le rang Deux.

—Tu te comporteras comme un garçon bien élevé, lui recommanda-t-elle.

—*J'ai lié ma botte avec un brin de paille, j'ai lié ma botte avec un brin d'osier*... entonna Antoine-Léon comme un défi, en la regardant les yeux ronds, le sourire gouailleur, en même temps qu'il attachait sa chemise à carreaux.

Penchée sur la malle de Marie-Laure, elle lui jeta un coup d'œil scandalisé.

—J'espère que tu ne chanteras pas ça à la fête. Tu sais que les curés ne supportent pas le mot *botte*. Ils disent que c'est indécent et c'est aussi mon opinion.

—J'en connais de pires, répliqua Antoine-Léon avec dans sa voix, un accent irrévérencieux qui lui rappelait les intonations de Léon-Marie.

Avec un grand rire, il se pencha, déposa un baiser sonore sur sa joue, puis enfonça sa casquette sur sa tête.

La moustiquaire claqua sur son ressort. Tout aussi vite, ses pas rapides ébranlèrent les marches, et sa haute silhouette s'amenuisa dans la côte.

Les yeux rivés sur lui par la fenêtre, Héléna pensa combien Antoine-Léon était devenu un adulte avec ce petit air protecteur qu'il arborait et qui faisait de lui l'homme de la maison. L'après-midi était beau et la soirée serait douce. Le regard rempli d'indulgence, elle l'imaginait, revenant tantôt, les joues rouges de plaisir, ne tarissant pas d'anecdotes à leur rapporter.

Derrière elle, la moustiquaire venait encore une fois de claquer. Marie-Laure qui avait passé l'après-midi sur la véranda, plongée dans la lecture d'un roman, avait croisé son frère et franchissait le seuil. Son livre sous le bras, elle avança dans la cuisine à grandes enjambées.

—Antoine-Léon part sans souper, bavarda-t-elle, choquée. Comme d'habitude, il va en profiter pour courir après les filles.

—C'est de son âge répondit sa mère. Ton frère a dix-sept ans. Ce qui compte, c'est que ça ne le dérange pas dans ses études.

Elle replia sa pièce de couture. Elle avait terminé et elle n'était pas fâchée. Ils étaient samedi et comme chaque année quand arrivait le mois de septembre, elle avait passé une journée astreignante à coudre des blouses d'uniforme et piquer des bords de jupes pour le pensionnat.

—Ça va nous permettre de souper plus rapidement. Je voudrais retourner voir Cécile. Je ne l'ai pas trouvée bien cet après-midi quand je suis allée lui faire ma visite. Elle n'avait pas quitté son lit. Elle m'a semblé très faible.

—Ça me peine de voir ma grande sœur aussi malade, émit Marie-Laure.

Héléna leva les yeux vers elle. Elle paraissait subitement accablée.

—Crois bien que ça me peine, moi aussi, murmura-t-elle.

Marie-Laure se retourna. La mine grave, elle se mit à marcher dans la cuisine en même temps qu'elle débitait doucement dans le silence :

—Cécile était si fine. Vous vous rappelez combien elle était patiente avec nous? Elle nous trimballait partout. Au bord de la mer, en pique-nique, chez nos oncles, dans les champs pour cueillir des petits fruits. Je n'oublierai jamais quand elle avait découvert le caveau du bonhomme Fortier. J'étais toute jeune, mais c'est un événement qui m'a marquée.

Elle laissa échapper un soupir.

—Pauvre Cécile! Je voudrais tellement qu'elle s'en sorte. Tantôt, j'irai la voir avec vous, maman, décida-t-elle.

Elles s'apprêtaient à sortir quand Antoine-Léon rentra.

—Tu arrives bien tôt, lui fit remarquer sa mère, il n'est même pas sept heures. L'épluchette n'a pas eu lieu?

—Elle a eu lieu, répondit Antoine-Léon, un sourire mi-figue, mi-raisin gauchissant ses lèvres, mais le curé nous a chassés parce qu'on a chanté *Le curé de Pomponne*.

Il se mit à fredonner :

—*Embrassez-moi cinq ou six fois et je vous pardonnerai, ma fille... pour ce péché-là, il faut aller à Rome.*

Héléna ouvrit de grands yeux horrifiés.

—Tu n'as pas osé chanter *Le curé de Pomponne*! Mais qu'est-ce que tu as pensé? Tu es pire que ton père.

—Antoine-Léon est en train de nous faire une mauvaise réputation, se plaignit Marie-Laure. On dirait qu'il ne connaît que des chansons grivoises.

—Pour la réputation, tu peux toujours chercher, toi, lança Antoine-Léon.

Il revint porter ses yeux sur sa mère.

—Savez-vous où Marie-Laure passe ses soirées? À manger des frites à la roulotte du grand Isidore, pis à se laisser conter fleurette par lui. Un de ces jours, vous allez le voir apparaître. Combien vous gagez qu'il va venir vous demander sa main?

Furieuse, Marie-Laure courut derrière son frère et le frappa à grands coups de poing sur les épaules.

—Maman, j'en ai assez. Il n'arrête pas de m'embêter.

Héléna s'esclaffa. Le téléphone sonnait dans le corridor. Encore rieuse, elle rentra dans la maison et alla répondre.

Il y eut un moment de silence. Elle s'était raidie. Son enjouement du début venait de s'évanouir d'un coup.

Ils se jetèrent un regard. Leur humeur badine encore figée sur leurs traits, ils se tournèrent vers l'intérieur de la cuisine et rivèrent leurs yeux sur le couloir sombre dans lequel se dessinait la silhouette de leur mère, debout, sa main tremblante appuyée sur la boîte du téléphone.

—Nous nous apprêtions justement à nous rendre chez vous, l'entendirent-ils prononcer sur un ton grave.

Le geste alourdi, elle raccrocha et, lentement, revint vers eux. Un frémissement agitait ses lèvres.

—C'était Jean-Louis. Cécile ne va pas bien du tout...

Sa voix s'étouffa. De grosses larmes voilaient ses paupières.

—Quand je pense que tantôt, j'ai ri avec vous comme si j'en avais le droit. Pourtant, loin de moi l'idée d'oublier combien votre sœur est malade.

—Vous détendre un peu ne changera pas son état, la raisonna Antoine-Léon avec douceur. Et puis, ce n'est pas comme si elle était encore une enfant à la maison.

—Même devenus adultes, nos enfants restent nos enfants, répliqua-t-elle avec une brusquerie qu'elle était incapable de contraindre. Tu le comprendras quand tu seras père à ton tour. Tu voudras tout prendre sur toi pour qu'ils ne souffrent pas. Jusqu'à vouloir mourir à leur place, si c'était possible.

Refrénant un sanglot, elle attrapa son châle et le serra avec force autour de ses épaules.

—Maintenant, faut y aller.

D'un élan redevenu énergique, accordant son pas à celui de ses adolescents, elle descendit la côte vers le magasin général.

La grande pièce était vide, chargée des ombres de la nuit. Assise derrière le comptoir, mademoiselle Castonguay, la bonne de la famille, faisait les comptes.

Héléna pensa à tous les efforts que Cécile avait mis pour faire de son commerce, un lieu agréable où les clients aimaient se retrouver, contrant à sa façon, différente de celle de Léon-Marie, la concurrence du jeune Clément Lemay et son épicerie de la route de l'Église.

Le magasin général était le point de rencontre d'une grande famille, reconnaissaient les gens du hameau sur un ton de nostalgie, comme si, maintenant que Cécile avait déserté l'endroit, ils découvraient la valeur de sa présence, regrettaient ce temps passé où elle les accueillait avec son plus charmant sourire.

Tristement, ils se dirigèrent vers l'arrière-boutique et accédèrent à l'étage.

Jean-Louis les attendait en haut des marches. Il paraissait malheureux, désemparé.

— Je lui avais apporté son souper, expliqua-t-il en les entraînant vers le logis. Elle avait mangé un peu de bouillie. Je lui ai parlé et elle ne m'a pas répondu.

Ils avançaient sur la pointe des pieds, les deux enfants derrière, intimidés et graves, silencieux et solennels, comme s'ils allaient s'introduire dans un sanctuaire.

Ils pénétrèrent dans la chambre à la suite de Jean-Louis. Une forte odeur de menthol saisit leurs narines. Les fenêtres étaient closes et les rideaux avaient été tirés, ne laissant filtrer à leur base que la lueur du couchant.

Cécile gisait au milieu du grand lit. Immobile dans la demi-obscurité, les mains abandonnées de chaque côté de ses hanches, la tête appuyée sur l'oreiller, elle semblait inconsciente.

Son front bombé saillait au centre de son visage et semblait prendre toute la place. Privée de cette étincelle de vie qui animait ses traits, avec son teint jaunâtre, ses paupières fermées sur ses globes oculaires qui débordaient de leur orbite, son aspect paraissait encore plus effrayant.

Georgette se tenait près d'elle. La taille inclinée à la façon d'une infirmière, une serviette mouillée enroulée autour de ses doigts, elle tapotait doucement ses joues.

Bouleversée, Héléna se précipita vers sa fille. Vivement, elle se pencha vers elle et l'entoura de ses bras. Les yeux brouillés de larmes, elle se tint un long moment figée, incapable de se détacher d'elle, tentant de s'imprégner de cette vie qu'elle sentait encore contre son corps, refusant d'accepter que bientôt elle ne serait plus.

Enfin, lentement, elle se redressa. La poitrine gonflée de chagrin, ainsi qu'elle avait fait peu de mois plus tôt pour son époux, elle alla chercher une chaise droite, l'approcha du lit et y prit place.

À son exemple, Georgette agrippa une chaise et alla s'asseoir de l'autre côté du lit. Les yeux levés vers elle, elle émit un petit mouvement de la tête sans rien dire. Ses lèvres tremblaient.

Les autres avaient rapporté quelques bancs de la cuisine et les avaient alignés au pied de la couchette.

Pendant toute la soirée, ils se tinrent ainsi, silencieux, leur regard angoissé rivé sur la figure inanimée de Cécile, sur sa poitrine qui se soulevait à petits coups distancés et brefs.

Vers onze heures, Antoine-Léon et Marie-Laure s'en retournèrent à la maison. Pour Jean-Louis, Georgette et Héléna, commençait la pénible veille.

Derrière eux, dans la salle à manger, inexorablement, l'horloge continuait à égrener son tic tac monotone.

En même temps que sonnait minuit, la lune passa sa tête ronde, fureteuse par la fenêtre, les considéra un moment, puis poursuivit sa course indifférente vers l'ouest.

Durant de longues heures, la nuit devint noire puis, tout doucement, un filet rose se dessina à l'horizon et repoussa les ombres. Dans le firmament, les unes après les autres, les étoiles s'éteignirent.

Le soleil se levait sur le dimanche. Cécile respirait encore, mais son souffle était lent, si fragile qu'ils avaient peine à le percevoir sous la couverture qui la recouvrait jusqu'aux épaules.

Dans la salle à manger, l'horloge égrena sept coups. Du côté des chambres, un bruissement se fit entendre, puis un craquement ébranla les lattes du corridor. Mademoiselle Castonguay entrait dans la pièce, tenant par la main, les deux enfants de Cécile, enveloppés dans leur peignoir.

Délicatement, elle les poussa vers le lit en même temps qu'elle leur chuchotait à l'oreille. Impressionnés, les deux petits jetèrent un coup d'œil autour d'eux, déposèrent un baiser rapide sur la joue de leur mère puis reculèrent. Cécile émit un léger frisson, ses paupières battirent.

Repris d'espoir, ils se ruèrent vers elle.

L'espace d'un instant, son souffle s'accentua, puis elle expira avec lenteur. Angoissés, ils attendirent que sa poitrine se soulève encore, dans une folle attente, longuement rivèrent leurs yeux sur sa poitrine, mais elle demeura inerte.

Cécile avait cessé de respirer. La matinée débutait.

Ainsi qu'elle l'avait prédit, elle avait suivi Léon-Marie de près.

Abasourdie, Héléna rentra à la maison et se laissa tomber sur une chaise. Ses yeux étaient secs. Ses lèvres étaient amincies comme lorsqu'une émotion intense l'habitait. Elle n'éprouvait pas de révolte. Simplement, elle ne comprenait pas. Terrassée, incapable de réagir, elle regardait autour d'elle à la façon d'une mécanique.

Comme ils avaient fait trois mois plus tôt, les résidants du hameau se réunirent dans l'église de Saint-Henri pour les funérailles, puis leur cortège se dirigea vers le cimetière sis à l'arrière où le cercueil fut déposé dans le lot qu'avait acheté Jean-Louis.

Les yeux rougis, le jeune veuf pressait la main de ses enfants. Georgette se tenait auprès de lui avec Jean-Baptiste. Sa nuque arquée, résolue, disait son intention de prendre en charge les deux orphelins et les garder avec elle aussi longtemps que son fils n'aurait pas réorganisé sa maison.

Le cœur meurtri, Héléna regarda la bière glisser lentement dans le trou profond.

« Quand je serai rendu de l'autre côté, je vais te protéger, lui avait promis Léon-Marie. T'auras qu'à m'appeler, je vais accourir. »

Comme à chacun de ces moments difficiles, elle savait qu'il était auprès d'elle. Elle l'avait appelé et il était venu. Elle avait presque l'impression de percevoir le frémissement de sa peau sur la sienne, sentir sa main solide, vigoureuse supportant son bras, comme du temps de sa vie active.

Dans un geste rituel, elle prit une poignée de terre et la laissa filer entre ses doigts. Pendant un long moment, comme hypnotisée, l'œil douloureux, elle considéra le petit monticule qui s'était formé sur le bois verni du cercueil. Brusquement, un sanglot comme un adieu s'échappa de ses lèvres.

Autour d'elle, le vent doux faisait ployer les champs de blé qui doraient la campagne jusqu'au fleuve. Dans le pacage de Joachim Deveault, les vaches meuglaient.

Sans hâte, Héléna recula. La tête basse, encadrée de ses deux enfants, elle s'en retourna vers sa grande demeure.

***

Tandis que les jours s'écoulaient, avec Marie-Laure qui était retournée à l'école et Antoine-Léon qui ne rentrait à la maison que pour étudier dans sa chambre, elle mesurait l'ampleur de son isolement. Pour la première fois, elle comprenait que sa vie venait de changer, qu'elle était à un tournant et qu'elle ne retrouverait plus jamais cette activité débordante qui avait été la sienne du temps de Léon-Marie.

La belle résidence, jadis si vivante, était devenue sinistre, austère, avec des odeurs de solitude qui stagnaient dans toutes les pièces comme un château déserté. Même mademoiselle Bonenfant, la bonne de la famille, tournait en rond et se surprenait à astiquer cent fois les mêmes objets.

Un matin d'octobre, Héléna décida de reprendre son poste à la chapellerie.

« Employer son temps est le seul moyen d'atténuer les chagrins », avait-elle toujours pensé.

Elle savait que le travail ne la ferait pas oublier les êtres disparus, qu'ils occuperaient jusqu'à la fin de son existence une place énorme dans son cœur, par la marque qu'ils avaient laissée autant que par leur simple mémoire, qu'ils feraient partie de son quotidien comme s'ils étaient encore vivants.

À l'égal de Léon-Marie, fidèle à ses enseignements, elle avait compris qu'elle devait se relever et poursuivre. C'était la loi de la vie pour les gens de courage, continuer à œuvrer auprès de ceux qui restent et lutter jusqu'à la limite de leurs forces.

Épilogue

Les années avaient passé. Antoine-Léon avait terminé son cours secondaire à l'école technique McGrath, puis s'était dirigé vers l'Université Laval de Québec où il avait complété ses études d'ingénieur forestier.

Marie-Laure, qui avait hérité de la beauté de sa mère, était devenue une charmante jeune femme. Étudiante, elle aussi, à l'Université Laval de Québec, elle avait obtenu un diplôme en journalisme.

Au cours de ses années de résidence dans la grande ville, elle avait fait la connaissance d'un élégant jeune homme, étudiant en médecine dentaire, qu'elle avait épousé sitôt leurs licences décrochées.

Héléna continua à pratiquer son art dans sa chapellerie pendant dix années encore, avant de la vendre à cette même femme qui l'avait remplacée lors de la maladie de Léon-Marie. Durant cette période, elle avait fait construire deux autres immeubles à logements sur la ferme d'Adalbert Perron.

Les familles s'accrochaient à leurs racines, la population augmentait et leur paroisse devenait peu à peu une ville.

Ses revenus de location lui avaient permis de garder et sa bonne et sa maison.

Son bon sens et ses capacités de femme d'affaires lui avaient mérité le respect de tous. Elle connut le couronnement de sa carrière ce jour d'automne 1955 quand une dizaine de citoyens étaient venus en comité pour lui proposer la présidence de la ligue des propriétaires.

Le gouvernement du Québec ayant instauré une régie des logements quelques années plus tôt, les propriétaires de maisons à vocation locative et commerciale avaient décidé de se former en association et l'avaient choisie afin de défendre leurs droits.

Elle s'y était employée avec enthousiasme.

Jusqu'à ce qu'elle ait atteint ses quatre-vingts ans, avec une persévérante régularité, les bons partis avaient continué à se proposer. Mais, imprégnée qu'elle était du souvenir tranquille de Léon-Marie, elle les avait chaque fois repoussés.

—Vous n'avez jamais élevé la voix devant nous, papa et vous, lui dit Marie-Laure sur un ton chargé d'admiration, un jour d'été qu'elle était rentrée de son école.

— Nous avions rarement des divergences, répondit Héléna, et quand cela arrivait, je respectais l'opinion de votre père comme il respectait la mienne. S'il fallait s'expliquer, nous le faisions sur l'oreiller et cela se terminait toujours dans l'accord.

— Je suppose que vous restiez bien tranquilles et que vous n'avez jamais frenché, non plus, prononça Antoine-Léon, sur ce ton moqueur qu'il prenait quand il voulait taquiner sa mère.

— Qu'est-ce que tu entends par frencher?

— Je veux dire, vous embrasser, mais faire plus que coller votre bouche sur la sienne, fit Antoine-Léon, la lèvre gouailleuse.

— Quand on s'embrassait, ton père collait effectivement sa bouche sur la mienne, si c'est ce que tu veux savoir, répliqua Héléna. Pour moi, c'est ça que j'appelle embrasser.

— Ça devait être bien *plate*, jeta Antoine-Léon.

— Tu apprendras, mon petit gars, que même si on frenchait pas comme tu dis, ton père aurait pu en montrer à bien des jeunes.

Ils avaient éclaté de rire.

Ses deux enfants usaient souvent de ces petites astuces qui réveillaient ses souvenirs. Elle leur répondait chaque fois avec franchise, nullement embarrassée, les incitant presque à l'interroger.

Elle s'engageait alors dans une longue narration des événements de sa vie afin qu'ils les transmettent à leurs héritiers et peut-être aussi, si son histoire valait la peine d'être racontée, à quelqu'un qui saurait en faire une œuvre de prose, tant il lui apparaissait important de laisser aux générations montantes, une image exacte de ceux qui les avaient précédés.

Elle avait quatre-vingt-deux ans quand elle décida de se départir de sa belle résidence du chemin de Relais.

Pendant toutes ces années, aussitôt qu'arrivaient les vacances, les courses folles et les cris de ses petits-enfants avaient secoué les vieux murs.

« Tu vendras la maison à McGrath, n'avait cessé de lui répéter Léon-Marie, il y a longtemps qu'il veut l'avoir. »

Toute sa vie, elle avait tenté de répondre à ses vœux, mais cette fois, elle n'avait pu accéder à son désir. En 1977, au moment où elle avait pris cette décision, l'Irlandais était mort depuis longtemps et ses biens, divisés, avaient été achetés par de puissantes compagnies.

Seul son nom subsistait à deux endroits distincts, écrit en lettres d'or sur une plaque commémorative : face à la haute bâtisse de la mairie du village et devant le barrage qui élargissait la rivière aux Ours.

Retirée dans une résidence de vieillards à l'ombre de l'église Saint-Germain, Héléna y vécut les quatre dernières années de sa vie.

—Je n'ai jamais aimé la chaleur, disait-elle.

Elle mourut dans son lit, entourée de ses enfants, un matin d'août 1981. C'était un jour de canicule.

GLOSSAIRE

Astheure : maintenant
Au plus sacrant : au plus tôt
Bécycle : bicyclette
Beu : bœuf
Big shot : nabab, riche,
Bons soirs : jours établis pour les fréquentations
Boutte : bout
Bretter : traîner, s'attarder
Business : affaires
Cacasser : caqueter
Câler : appeler les figures de la danse folklorique
Can-dog : grappin à crochet courbe utilisé dans les scieries pour
déplacer les billots. On dit aussi can hook
Canter : terrasser
Carrosse : voiture d'enfant
Change : dans ce cas, monnaie à rendre
Chaperonnage : surveillance afin de respecter les convenances
Châteaux : patins de chaise berçante
Chétiverie : ruse méchante
Chicoter : tracasser
Conter fleurette, dit sur un ton ironique : enguirlander à sa façon
Crigne : chevelure épaisse
Croûte : dosse
Décrochir : redresser
Dret : droit
Écrouelles : oreillons dans leur langage
Être en famille : être enceinte
Étriver : agacer
Feluette : fluet
Fille engagère : Fille engagée, bonne à tout faire
Frazil : fines aiguillettes de glace se formant à la surface des eaux
Fret - frette : froid
Gazoline : essence
Icitte : ici
Importé : étranger
Jammé : coincé
Jobbines : petits travaux

Jonglard : pensif
Malvat : mauvais sujet
Mesquiner : agir avec mesquinerie
Office : bureau
Overall : salopette
Pantoute : pas du tout
Planeur : raboteuse
Ramancheur : personne qui, sans être médecin, répare les os brisés
Rapailler : glaner, amasser
Revirer son capot : changer d'idée
Ripe : copeaux, débris de bois
Roulières : traces laissées sur le sol par les roues d'une charrette
Running shoes : chaussures légères en tissu aux bouts caoutchoutés
Se colletailler : se colleter, lutter à bras-le-corps
Se retrousser : se remettre à la tâche
Shack : habitation temporaire pour les bûcherons
Slaquer : ralentir
Sparages : intention de soulever la colère
Swigner : danser en pivotant
Tanné : lassé
Tanker : remplir un réservoir avec de l'essence
Truie : petit poêle rond servant au chauffage
Turluter : fredonner
Varmousser : besogner
Ventre-de-bœuf : poche de boue sur une route après un dégel